阮章竞文存

散文卷（上）

阮章竞　著

北 京 出 版 集 团
北京十月文艺出版社

作者像

1987年摄于北京

作者简介

阮章竞（1914年1月—2000年2月），出生在广东省香山县（现中山市）沙溪区象角乡一户贫苦渔民家里，只上过四年乡村小学。13岁辍学做油漆店学徒，刻苦自学。20岁到上海以画工手艺谋生。后投身抗日救亡歌咏活动，成为人民音乐家冼星海的入室弟子。

1937年12月北上太行山，参加八路军。任八路军总部太行山剧团艺术指导员、团长，太行区文联戏剧部部长，晋冀鲁豫党委文委委员等。以文艺为武器，动员组织民众参加抗日战争。其间他大量收集民歌民谣，加以提炼创新，创作出一系列民歌体的戏剧、叙事诗，确立了在中国现代文学史上的地位。代表作有大型歌剧《赤叶河》、长篇叙事诗《圈套》等；1949年创作的长篇叙事诗《漳河水》，被文学史家称为中国新诗民族化的典范之作。

阮章竞还是一位优秀的儿童文学作家，他的童话诗《金色的海螺》获得第二届中国儿童文学创作一等奖，被译成多国文字。

阮章竞的后半生专注于以小说形式反映中国人民伟大的抗日战争，著有长篇小说《山魂》三部曲：《霜天》《晴岚》《尾声 青春祭》。

阮章竞一生酷爱绘画，在中国水墨画、油画棒画和金石篆刻方面有深厚造诣。出版有《阮章竞绘画篆刻选》。

建国后，先后在中共中央华北局宣传部、中国作家协会党组、包头钢铁公司党委宣传部、河北省省委、北京市人大常委会任职；担任过全国政协委员、北京市文联副主席、北京市作家协会主席、名誉主席。

本散文卷录自散文集《新疆忆旅》、合集《我的书斋》、《作家的画梦》及报刊和作者手稿。

目录

六十年代

七十年代

八十年代

代　序

在“纪念阮章竞百年诞辰座谈会”上的主旨发言

中国文联、中国作家协会主席　铁　凝

新年伊始之际，我们在中国现代文学馆隆重举行阮章竞百年诞辰纪念座谈会，以此深切怀念这位卓有成就的诗人，向他致以崇高的敬意。

1914年1月31日，阮章竞出生于广东省中山县象角乡，2000年2月11日在北京病逝，享年87岁。“回首当年事，墨砚火熊熊”，追忆阮章竞先生激情澎湃、百折不回的一生，人们都会油然生出感佩和敬仰之情。在中国现当代文学史上，阮章竞是一个熠熠生辉的名字，他的作品长久地留在中国人的记忆之中。和他那个时代的许多作家一样，阮章竞的写作与国家兴亡和民族安危紧密相连，他曾说过：“解放区的诗人，是通过战火的熔炼自我完成为诗人的。”的确，从青年时代起，阮章竞就首先是一位英勇忠诚的革命战士，在炮火硝烟中经受着生死考验。1936年，阮章竞参加了上海职业界革命活动和抗日救亡歌咏运动。1937年全面抗战爆发，中华民族到了最危险的时刻。阮章竞一手执笔，一手持枪，义无反顾地走向抗日救亡的前线。先是在太湖一带进行抗日宣传，1937年底北上太行山抗日根据地。“欲济无舟楫，报国向太行”，从此他在太行山战斗和工作了整整十二个春秋。1938年4月，阮章竞任八路军太行山剧团政治指导员、艺术指导员和团长，并兼任民族革命战争艺术学校和前方鲁迅艺术学校教员，1939年1月1日加入中国共产党。他率领剧团随军转战各地，机警果断，身先士卒。在百团大战著名的黄岩洞战斗中，由于他的准确判断剧团才得以突出重围，化险为夷。他的老部下们至今提起那些往事，仍旧敬佩不已。

在风云激荡、戎马倥偬的战斗中，阮章竞从未失其热烈、执着的诗人本色。对他来说，创作就是战斗，一支永不放下的笔就是一支永不熄灭的火炬，它燃烧着，在暗夜中激励着人们奋勇前行。八年全面抗战，可能是阮章竞的写作生涯中最为勤奋和多产的时期，他创作了大量的叙事诗、话剧、歌剧、活报剧和小说。但是，这些作品大多在战火中散失了，保存下来的只有《未熟的庄稼》《比赛》《糠菜夫妻》三个剧本。这是中国文学令人痛惜的损失。然而，在太行山上，在我们民族最为艰危困苦的时刻，一个诗人和作家曾经用他倚马而就的作品激励着我们民族坚毅无畏的战士们。我想，我们大家都会深切地感觉到，那些已经散佚的作品，它们依然是在的，它们就融汇于争取民族独立与自由的伟大斗争之中。

1940年代后期，阮章竞在毛泽东同志《在延安文艺座谈会上的讲话》精神引领下迎来了创作的高峰期和收获期。结合自身的革命斗争经验和文艺工作领导经验，阮章竞进一步明确了文艺大众化、民族化的方向，为此进行了自觉的探索。1947年2月，他创作了"俚歌故事"的长诗《圈套》，获得晋冀鲁豫边区文学特等奖。1947年秋，他结合在"土改"运动中的切身体验创作了大型歌剧《赤叶河》，采用民间曲调，说唱结合，通过随军文工团的演出被各地群众广为传唱，成为解放区新歌剧运动的重要收获，与《白毛女》并称“一白一红”。1949年3月，阮章竞开始写作长篇叙事诗《漳河水》，以真挚的情感、比兴的手法、通俗晓畅的语言成功地塑造了荷荷、苓苓和紫金英三个从封建礼教下挣脱出来追求解放的个性鲜明的农村女性形象。他将漳河地区的《开花》《割青菜》《漳河小曲》《牧羊小曲》和《四大恨》等民歌小调创造性地融入作品，曲调灵动多变。

漳河水，九十九道湾，
层层树，重重山，
层层绿树重重雾，
重重高山云断路。

清晨天，云霞红红艳，
艳艳红天掉在河里面，
漳水染成桃花片，
唱一道小曲过漳河沿。

时至今日，当我们重读《漳河水》时，这些诗句依然那么亲切优美，它们是“国风”的回响，又是时代的新声，如清冽的河水一般，由口头到心头，滋润着人们的心灵。

一曲《漳河水》，传遍大江南北、备受好评。这是解放区文学史上继

《王贵与李香香》之后又一部影响巨大的叙事诗，也是中国现当代诗歌史上叙事诗写作的一座高峰。阮章竞以具有鲜明的中国作风和中国气派的诗歌，以对中国故事的深情讲述，奠定了他在文学史上的地位。

从1934年冬天在南京《大道日报》发表第一篇小说《割稻的故事》起，阮章竞始终是时代进步的歌者。新中国成立后，他历任中国作协党总支书记、党组成员、《诗刊》副主编，工作十分繁忙。但是，祖国的新生和火热的社会主义建设使诗人激情满怀，他的创作迎来了又一个高峰期。1955年，他写出了优美、纯净的童话诗《金色的海螺》，1956年11月至1959年12月，阮章竞任中共包头钢铁公司党委委员和宣传部长，深入工厂和矿山，先后写出了组诗《新塞外行》、长诗《白云鄂博交响诗》和《勘探者之歌》等一批优秀作品，展现了社会主义工业建设的宏伟图景和建设者们豪迈、高昂的精神风貌。尤其是《白云鄂博交响诗》，将几代人的奋斗串联成一幅多姿多彩、气势磅礴的历史画卷。茅盾先生高度评价这些作品："造句浑脱，想象瑰丽""用字练句，兀突不群""气势刚健""奇特""俊逸"。阮章竞的工业抒情诗吸收了中国古代边塞诗以及五七言歌行的传统，融汇了新诗的句法、技巧和新时代的思想情感、想象方式，为新诗表现崭新的现代工业经验做出了开拓性的贡献。

上世纪60年代初期，阮章竞动笔创作构思已久的长篇小说《山魂》，他把这部小说视为自己必须完成的历史重任，无论在农村参加"四清"，还是在"文革"中历经磨难，总是把厚厚的书稿带在身边。《山魂》的写作如同推石上山，一次次被迫中断，一次次重新开始。写出《山魂》，以告慰牺牲的战友，这成为阮章竞的执着信念。党的十一届三中全会之后，阮章竞担任北京文联副主席、北京作协主席，他以时不我待的急迫感，积极推动首都文学事业的发展，同时投入《山魂》的创作。他在日记中写道："留给我的时间已经不多了，让我把工作做完！"这位病弱的老人，每天凌晨3时就已端坐在书桌前，一字一步地与时间和生命赛跑。如此超负荷的写作状态一直持续到1984年心脏病突发才被迫停止。在生命的最后一年，阮章竞将新时期创作的300余首诗歌初步编成《晚号集》，烈士暮年，壮心不已，时代前进的号音依然在诗人的心中嘹亮回荡。

"土厚根深叶繁茂，纵横老干发新蕾"，这是阮章竞一生的真实写照。他深深地扎根在人民生活的丰厚土壤中，人民在他心中始终占有最高位置。他曾说过："人民大众是爱我们的，但要求我们说真话。""说真话"，说出人民的心声，这是一个人民的诗人毕生践行的艺术信念，体现着一个革命者的高贵情操。在六十多年的创作生涯中，阮章竞取得了多方面的艺术成就，他在音乐、书法、绘画、篆刻上都有很高的造诣，转益多师，博采众长，创造性地吸收古典传统和民间文化的营养，写下了大量为人民大众喜闻乐见的优秀作品，成为我国革命文学传统的重要代表，为后人留下了宝贵的精神遗产。

同志们，朋友们，中国各族人民正在党的十八大和十八届三中全会精神指引下为实现中华民族伟大复兴的中国梦而团结奋进。中国梦是近代以来无数志士仁人为之前仆后继、不懈奋斗的理想，一代又一代中国诗人和作家，把他们的创作深刻地融入中华民族争取独立解放的伟大事业，深刻地融入中国人民对幸福美好生活的执着追求，由此，他们的作品获得了长久的生命。今天，我们在这里纪念和缅怀阮章竞先生，就是为了从先生的业绩和风范中汲取力量，在中国人民创造历史的实践中书写“中国梦”的最新篇章，推动中国文学的创造与发展，回报我们的祖国和人民。

让我们以此共勉！

2014年1月20日

四十年代

当前戏剧界的几个问题[①]

晋冀豫戏剧界，在敌后辛勤奋斗六年，得到了不少的成绩。去年一月一二九师政治部，中共晋冀豫区党委召开的文化座谈会[②]，开始了戏剧运动上的提高与普及，民族形式，面向大众等问题，在思想上原则上，都得到了一致的意见。一年来的创作，虽然不多，但是在内容上、形式上的确比过去进步了，如以写群众运动为主题的《清平乡》《核桃》，反映妇女儿童的秧歌剧《春桃》和农村剧团自己创作的《劝荣华》等剧作。这些作品不但表现的是与大众气息相关的现实斗争内容，而且有的采用了民间艺术形式，开始向为大众所“喜见乐闻”的方向走。这些作品虽然有很多缺点，不够深刻，很单纯，但它的努力方向，却是十分正确的。然而另一方面，由于一部分的

---

① 发表在《华北文化》1943年7月10日革新1卷第4期10-13页，署名：啸秋。

② 即1942年1月在涉县悬钟村召开的“对敌文化斗争座谈会”。

戏剧工作者和实际斗争联系不够，对现实生活缺乏敏感和兴趣，就产生了小资产阶级知识分子的脱离实际的艺术至上主义的偏向。虽然部分地也在开始清算纠正，但由于是出身小资产阶级的知识层，因而在创作上，实际行动上，处处还多少表现出这一阶层的思想和感情，很不容易放下他们的成见和偏爱。

关于戏剧为政治服务这个问题，在一部分戏剧工作同志中，还存在着糊涂观念。他们尽可以空谈艺术与政治结合，但是在实际上，则过分地强调艺术的特殊性，不是从艺术性与政治性可以融合的观点上，去积极地想办法，而是采取消极敷衍的态度，并把艺术价值和宣传价值机械地分开，认为凡是宣传品就是"廉俗化"，就是降低艺术价值；而凡是所谓艺术作品，则当然可以不顾虑它的宣传作用了。醉心于铺张大场面，而没有决心从事于富有战斗性的，短小精悍的适合迫切需要的东西。片面地强调提高技术，过分地对大戏和旧中国的戏剧的溺爱，严重地脱离实际政治斗争。年来活跃的群众运动、政治攻势、对敌斗争，尽可以熟视无睹，而用大部分精力去搬运"有伟大意义"的大剧名著（当然演大戏的偏向基本上克服了，但还有些残余）和全本原本的古装旧剧上台。敌后艰苦的战争生活，亟需要我们鼓舞大众的斗争热情，提高大众的文化水平和政治水平。我们有些人却躲在小圈子里，培养发挥小资产阶级知识分子的狂热幻想，而腾不出工夫去反映丰富的革命现实内容。甚至饥不择食地搬运失掉立场的、消极伤感的思想情调的创作，迷恋于旧时代的旧戏，而且多少存在着"玩票"的观点。对学习旧技术，抱着保守成见，把学习和改造对立起来。不合时宜地强调"今天是研究阶段"而不是研究中求改造。因此，就原封不动地不加选择地搬运旧剧的全部家当，真正为抗战、生产、教育而服务的精神是不够的。

其次，在理论上抽象地承认戏剧要与大众——工农兵结合。在实际的行动上脱离群众，对工农兵的迫切需求漠不关心的现象，依然相当严重。我们有些人，生活在根据地多年，却还保留着“做客”“帮忙”的态度，对根据地的问题关心不够，对根据地的困难认识不足，对根据地伟大丰富的实际运动了解得很少，空谈戏剧观点。近年来农村剧团蓬勃开展起来，但是缺乏人去指导他们，解决政治上、技术上和创作上的实际问题；对民间艺术形式，则采取“事不关己高高挂起”的态度，听到人家赞扬哪个农村剧团的创作和技术，口头上随着赞扬，实际上则表示不甘心，专欢喜人家“叫好”和“捧场”；倘遇到对于缺点的指责、严正的批评，很少虚心接受，却讥讽为是“不懂艺术”，是“外行”。很显然的，从这次救灾公演中充分证明：只要真正能表现大众的生活、感情和他们的要求，只要是大众“喜见乐闻”的形式和气息相关的内容，就为大众所欢迎和接受。反之，空谈所谓高级艺术，名著大戏，一味搬运原本全本旧戏，就要遭受到失败。说群众“不懂艺术”，是没有根据的；同样不加批判不加选择地搬运旧形式固然不需要，单纯地反对一切旧形式，对旧形式抱绝对主义的观点，也是不对的。

再次，戏剧界本身，还存在着严重的宗派主义。不喜欢读别人的作品，不喜欢用别人的作品，“文人相轻”不是彼此菲薄，就是无原则地乱捧，不照顾全面，不互相帮助的现象，多少是存在的。争“台柱”，捧“明星”，自命不凡，自视特殊。在群众面前，提出自己与别人不同，而是一个“艺人”，不但生活上脱离群众，在行动上、装束上、生活上也使群众“望而远之”，这些都在说明一个事实：小资产阶级知识分子的“华而不实，脆而不坚”的根性，反映到工作生活上的另一面。

本区戏剧运动的方针，过去早就解决了，然而在实践上，朴素的“实事求是”的作风是不够的，缺少实行的决心和力求贯彻的毅力。当然，我们不能否认，一年来的整风学习中，已开始逐渐在清算和纠正以上的偏向。延安文艺界在实践中，证明毛泽东同志的指示“在普及的基础上提高，在提高的指导下普及”的充分可能，我们应该将这一指示在太行山上实现起来。

中共中央文委三月在延安召开的戏剧座谈会，关于戏剧方向的决定，和组织部、文委的关于文艺工作者改造问题的意见，我觉得，在本区戏剧界应展开讨论和检讨，并应特别强调以下三点：第一，戏剧应进一步为政治服务，今天就是为战争、生产、教育三大任务而奋斗。艺术工作者是革命的战士，而不是革命的客人。第二，与群众结合，面向工农兵，到群众中去与群众打成一片，一面教育群众，一面向群众学习。打开广阔的天地，开展工农兵群众性的戏剧运动，在群众中生根发芽滋长。第三，就是加强整风，加强戏剧界的团结，坚决克服宗派主义、自由主义的残余，发扬自我批评，提倡互相帮助，督促、提高组织性、纪律性。戏剧界应在剧协大众化的农村剧运的总的统一的方针下积极行动起来。

1943年6月18日夜

在工厂里[①]

我这次到工厂中来，这个工作可以说是完成了，而且是很好地完成了。原因是在整风后，我在思想上有了准备：不是为了要收集材料，而是为他们服务而来的。所以留下了个较深刻良好的印象，打下了今后到工厂和联系的基础。我愿意把这次的经过和所闻所见告诉你们，我想在“文艺工作到工农兵中去”上，弄出点经验。

初到军工部的时候，曾有些同志告诉我：过去外界到工厂中，收集材料的同志（并不多），很少能留下良好印象的。工人们很不高兴你们和他谈话时，掏出本子来记，他们会以为你是在搜集他们的问题。这样就使我十分留意了。我首先就考虑我如何能让他们了解我的来意，和“知无不言，言无不尽”地告诉我关于他们的生活和斗争（这都收到了，他们不怕我记）。

① 发表在《华北文化》1944 年 1 月 1 日革新 3 卷第 1、2 期合刊 11–13 页。

在未到厂里的时候，在军工部和行政、工会诸负责同志及其他工作同志做了多次的详谈，初步了解敌后军工事业发展的经过，怎样克服困难、改进条件，及工人的组成和生活等等事情，这样子给了我以很好的提示，和我在文联将走时你所说的意见相结合，我深深地感觉到：在经济文化这样落后，而且又是在敌人和国民党反动派严重包围封锁中的敌后，建立起军工工业，在极其困苦艰难中，供给了军队的需要，创造许多新的方法。这些方法都是在现成的书本中找不到，为“发明家”“科学家”所不相信，看到会瞠目惊奇的。正如×工人说：“从前谁信这样子能造出货来。”一个初到的厂夫告诉我：“八路军共产党就是有办法，没有什么困难是不能克服的！”工人阶级是这样的奋不顾身地为民族解放坚忍不拔地斗争着。

现在工厂中，有了大批的、具备新的观点的技术人才。这些人才中，好多是过去被旧社会压得喘不过气的，有的是不识字的，还有一大批具备着火般的热情的新的革命青年工人，这都是将来建设新中国的建筑家和创造者嗬！

我在军工部一星期，就到厂里去。

我参加了他们的工作，和他们住在一起。工厂里的负责同志，以为我是文化工作者，是“客人”，要为我另找一个屋子，以便于安静点来整理材料，我谢绝了。得到工会同志的允许，我和工人们住在一起，在煤烟下，在机器和打铁的声音中，和工人们打打笑笑过着生活，我感到好像回到童年时期的学徒生活了。我教他们唱歌，他们也唱了许多他们爱唱的和民间的歌子给我听。在其中我惊奇地发现一位天才的工人，他能在看戏中学会各种腔调，“落子”“秧歌”许多民间的歌谣。我为他们画画，画他们的生活、机器房、打铁炉。他们在旁边看，有时纠正我画的哪一个轮子或床子（机器）的错误，做工的人应该站在哪一边，这样他们也参加了我的创作。我画了一幅他们在机器和火炉旁的会议，他们都高兴地指这个是你、那个是他地笑着玩。

我参加他们各种工作活动，替他们想些办法，提出些经过调查的意见，告诉他们国际和国内的情形（他们十分关心的）、学习的方法、苏联工人发明的故事，他们常对我说："你不要回去了，就在我们这里，我们要有人来帮助我们。"

灾荒影响了工人们的生活，大伙儿饭不够吃。这个厂的大伙房，遭到各种困难，菜太贵，又不好买，又没有管理员、经济委员会。工人们一面生产，一面要抽空去买菜（夜班下了工不睡就去赶集）。有一度曾因为困难，个别人提出"散"了，各自搞小灶。这样每人在十小时工作外，还要做三顿饭，就等于做十三四小时工作了，没有工夫学习。我跟他们谈集体生活的好处，劝他们坚持下去。又向行政上提意见，请给些必要的帮助，经过多方的努力，大伙房恢复了，而且生活得到改善。

喜欢研究的工人，天天和我谈他的发明理想和计划，打算怎样来改造生产工具；有的问我怎样才能写文章。他们感到过去把许多东西都忘了，看见自己的斗争生活平凡。我跟他们说明白写些什么东西，他们很惋惜过去有很好的东西，自己不会写出来。

他们每天下工后，不是唱就是讲，唱他们喜欢的曲子，讲他们过去的斗争生活。

这里有好几种工人：大产业工人（很少），小工业工人，手工业工人，八路军工厂培育出来的青年工人（甄荣典就是此种工人）。他们代表各种的思想意识、生活作风。我都做到了相当的了解，在和他们平常的说说笑笑中，从过去的老工人口中，我了解过去资本家和官僚军阀的工厂或修械所的黑暗和欺压工人的情形。有人的地方就有各种思想斗争，这道理在工人中，使我更了解了。这里的劳动者，反映了中国社会的复杂性：过去的“工人贵族”，自己有好几个徒弟的，自己参加了制作，和受到资本家的“恩典”（欺骗）的，今天对革命工厂是如何看法；过去在资本家的压迫下，参加反抗的革命工人，今天在革命工厂中，如何发挥了对革命工厂的高度责任心和生产热情。一位焖火工人说：“我过去不认字，到了革命工厂，学会了三百多字，八路军工厂是工人的学校。”他们把工厂当自己的家，生产任务是自己的家务，工厂是自己的学校。他们对于不高兴的事，就说话，或说“二话”，可当他们明白了道理以后，无条件地去完成。这些材料太多了，一时不易写尽，不容易说清楚。

工人们笑我说：“你在这里再过两个月，就是工人了，现在已经像一个学徒。”他们把各种工具的名称、作用都告诉我。有位阎同志，把一个军工制成品的全部作用为我上了一课，使我了解一个细致铁丝起了什么样的作用。

此致

敬礼！

洪荒

十二月廿二日夜

让恨火，更猛烈地烧吧！

——哀悼王若飞、秦博古、叶挺、邓发、黄齐生诸烈士的遇难[①]

中国法西斯反动派，正在无耻下流地想偷天换日，要把人民用热血与头颅赢得的和平民主葬送的时候；要用肮脏的血手，撕毁神圣庄严的“三大协定”的时候；要把光明的中国推向黑暗，要把中国人民打下十八层地狱的时候，你，保护和平民主的伟大战士，却惨遭暴虐的风云殒命了！

从北国到遥远的南方，从东海到荒僻的西陲，人们都在跺脚，都在嚎哭：

“在风雨飘摇，险恶艰难，光明和黑暗的当儿，我们正需要你们……

我们正需要你们，你们竟死了！……”

---

① 发表在《文艺杂志》1946年第1卷第4期第17页，署名：洪荒。1983年4—5月间，作者在编辑诗选时曾准备将此篇收入，记忆中是发表在《太行文艺》杂志1946年上半年。并注：“这是一首散文诗，找到补上，找不到不补。”

悲愤堵塞住了我们的喉咙，热泪蒙罩住了我们的眼睛。

从大革命到中国人民被迫的保卫革命战争，再到抗日战争，二十多年，从南到北，从西到东。经受过无比艰难悠长的斗争岁月，也支付过无数严重的血的代价。但，在血的史诗上，从未像今天！——

这样，这样一次就付了如此巨大的损失啊！

在六年黑暗的监牢生活，反动派没你奈何。甘忍辛劳为中国人民的解放、和平民主事业奔波。

在严寒的雪山和荒凉的草原上，难以想象的艰辛时日，你仍是那样孜孜不倦地为年轻中国奉献的教师。

六年了，法西斯的军事苦狱，暗无天日，可是，那些甲虫们不敢动你脚趾上的尘土。

白色的暴政下，未给丝毫的烦恼，阶级兄弟望着你的眼和手而奋斗。

中国！是爱国者的大牢狱，是受难者的大屠场，是革命者的大红炉，在血与泪、火与热的斗争中，炼成了——像王若飞、秦博古、叶挺、邓发、黄齐生般的爱国者，人民战士，人民领袖：

祖国有了你们而光明、而永生、而幸福、而骄傲！

你们是中华民族的灵魂！

在政治协商会议上，在宪章审议会中，在伦敦世界的阶级弟兄们面前，你们铿锵的声音，使希特勒、墨索里尼、裕仁的奴才们（还有应声虫）震惭。

踏出地狱的第一天，还未脱下那雕镌着法西斯罪恶的破军装，就翘望着延安——党的中央、毛泽东同志！……

这一切，这一切，才有几天？！你们竟不幸地死了！

我们怎不哭，怎不恨？！

群众文艺创作上的几个问题[①]

太行区群众性的文艺活动，从历史上说，是有相当广泛基础的。数年来，出现了不少较优良的农村剧团和不少较好的群众创作，对战争、生产、二改都起了很大的作用。今年七月七日，区党委宣传部发出了关于创作的通知，各地爱好和热心群众文艺运动的同志，热烈地响应了党的号召，一百五十余人参加了这个工程，两个多月时间，创作了四十多万字（五十余件快板和鼓词，四十多个剧作）的巨大成绩。而作品未送来审查的数目和人数，估计还很多。绝大多数作品，都比较丰富地、现实地反映了今年本区农村的现实情况。这一次创作运动的特点，表现在群众性、集体性和非业余性上。毫无疑义，从这次运动证明，本区的群众文艺有相当雄厚的力量，有一

① 原载《新华日报》太行版，民国三十七年（即1948年）12月16日第4版；《人民日报》1949年1月10日第4版。

大批很宝贵的有实际经验与写作能力的同志。大多数作品都强烈地想回答现实中某些问题，而作品的形式又都是采取了为群众所最容易接受的快板鼓词和秧歌剧等通俗形式。每个作品的结构，都采取了新的较科学的剧本形式，像过去开流水账本式的写法，都不见了。而且不少剧作，都配有曲谱。虽然在音乐上，还只限在东拉西套，还没能够根据新的生活，在音乐上赋以新的生命与形式，但这确是一个很大的发展。这些都是必须肯定的成绩的一面。但同时也看到目前群众文艺创作上，还或多或少存在着若干亟待解决的问题，兹提出来作为参加这次运动的同志研究参考。

一、主题的选择和处理

许多作品，一方面是或多或少反映了现实生活；但另一方面又大都是孤立地、片断地、割裂历史地片面反映的方法。主题的选择，对党的路线和政策的掌握很不够；而处理题材，又采取了照相似的纯客观的现象罗列，缺乏马列主义的批判分析，政治上思想上都很贫弱。比方关于纠偏的作品，大都单纯地、过分地强调因“左”倾冒险主义而产生的消极因素，为了表现“左”，一定要一个二流子式的人物，作为贫雇阶级的代表，“吃斗争饭”“不劳动”“不正派”等等，使人看了可恨可憎。而对于消灭封建，土地改革的伟大成果，和贫雇农在这一伟大运动中的革命作用，则被冲淡，或忽略，甚至无形中否定了。当然，侵犯了中农，是错误的，不许可的，所以要自我批评，要纠正过来。但我们在“左”的消极现象方面，反映的倒不少，而积极的目的——纠正偏向后团结生产——和正确的自我批评精神，则十分不具体，没力量。

选择民主整党主题的作品，同样缺乏根据党的路线政策，加以批判分析。多数还是过分地、不全面地强调了党员干部的不纯部分：贪污、腐化、多占，作风不纯、思想不纯。把某些工作组在执行整党政策中的“贫雇路线”，“踢开老基础”的错误做法，不正确地、固执地写成是农村支部的错误。因此就夸大了党员干部的消极和黑暗的东西，而对于战胜日寇，胜利地进行了伟大的爱国战争，消灭封建，领导生产运动，这些不应该在整个作品精神中忘记的东西，都很含糊，或者没有。这就很能使人怀疑：解放区农村史无前例的伟大变革，是谁领导的，从何而来的？文艺作品对社会生活现象，必须分清：什么问题是本质的、主要的；什么问题是非本质的、次要的。因此，批判我们工作中的缺点和错误，是十分需要的，绝不是叫我光说好不说坏，报喜不报忧。但应肯定：这是前进中的缺点或错误，我们是在热情与严肃地进行斗争，而不是眼巴巴地对着错误现象，呶呶不休。这是马列主义的现实主义的文艺创作方法，它是小资产阶级看病不开方的纯客观主义的文艺创作方法的分水岭。这一立场和目的性必须明确。

二、党的领导问题

在数十万字的作品中，不能明显地看出我们所以能战胜一切的根本原因，是有共产党的领导，这是一个天天在看，又为很多人所熟视无睹的问题。过去很多文艺作品忽略了这一点，今天也未被大家所注意。

不少作品，都曾写了一个“工作员”，又都企图把这个工作员作为党的代表来出现，但差不多反而写成了个官僚主义分子，在作品中，看不出他是代表战斗的共产党的。当作者在写群众发生问题写不下去发生障碍的时候，工作员就应时地出来“救驾”了：背诵几句政策条文，说两句党八股和现成的口号和政治惯语，就算胜利地解决了问题，很不容易看见他如何去深入了解群众思想，在群众中进行艰苦工作，具体地体现党的政策与主张。同时也很少看到：经过多年严重斗争考验的农村支部，如何领导群众斗争的事实。

中国人民所以能翻身，是因有无产阶级的先锋队共产党的领导，这是不许可忽略的真理。

三、表现手法的两种偏向

很多作品，在表现手法上，不是脱离人物故事思想感情的生硬的、干巴巴的政治说教，就是离开政策指导的材料堆积。对现实农村群众的生活，了解和观察不深刻，不能从伟大的革命战争时代所引起的一切状态、思想感情、生活方式等等去洞悉人民的灵魂。所以表现的人物，都是平板而不生动。政治思想，又不能从人物、故事的行动中融化集中表现，只能在生硬干枯的政治说教中来求解决，不少作品夹杂着长篇大论的政治训话，原因就在这里。另外是当作者无法写出新的革命的人物时，就无中生有地，写一个十四五岁的，聪明伶俐，活泼捣蛋的小孩子，上通天文，下晓地理，总路线总政策，从农村到城市，什么都懂，吱吱哇哇在舞台上现身说法，作为剧中的理想新人物。一个小孩，天真纯洁，易信真理是可以的，什么都了解就太虚幻。可是这个公式主义，已变成流行病，从过去的太行剧团、人民剧团直到专县剧团，特别是这一次的作品中，出现了不少这类“小天才家”“小政治家”。这就使真实性大为减色。艺术没有真实性，是不会有生命的。

也有不少作品，完全或多多少少地，不从政治思想政策思想的指导下，把客观发生的各种事件加以批判分析，集中表现，而单纯地把许多表现现象原封不动地搬到纸上去。什么事情都谈，什么事情也谈不透。不从各阶级的各类型人物、各类型干部与各类型群众加以阶级分析，再集中表现，而是什么人物都有，什么人物也没有个性，作品本身又缺乏故事性。而这一切，恰恰又是在戏剧艺术中十分重要的。

文艺作品，要想同时解决很多主题，是很吃力的。这就使不少作品枉费了工夫。包罗万象，长篇大论，就把回答现实生活中某些问题的良好意图，使之落空了。

艺术作品，要求有生动活泼的感动力；生硬的政治说教，不容易产生良好的效果。不从马列主义指导下的现实主义的创作方法，集中典型来表现，就会使作品软弱无力。

四、前进面与落后面的表现；丰饶的风趣和庸俗低级思想的处理

很多作者，没有正确地解决上述的问题，每每在写黑暗落后的东西，倒

是兴趣横生，有声有色；而对光明与前进的东西，则如嚼破絮，枯燥寡味。如反迷信的作品，几乎全部是荒诞离奇的传说。白日见鬼，兴妖作怪的玩意儿，写得淋漓尽致，煞有介事，颇为突出，使人看了有阴风惨惨，鬼影憧憧之感。这类作品的题材，都从这两个方面来：一是历史传奇故事，如“河伯娶妇”“关公制周仓”“周仓整观音”等等；一是农村中的神婆活动，怎样下神捉鬼，招魂治病，误死人命，最后是巫神坦白等等，千篇一律，大同小异。一般都是以大部时间和篇幅来写这些，最后留根老鼠尾巴似的来揭破它，而这根尾巴，都是闹个笑话形式来结束。这类作品占全部作品的最多数。这也说明迷信是现实农村中亟须解决的问题。同时也说明作者对这类荒谬怪诞的故事，颇有兴趣。可是如此写法，在今天农村群众科学知识还不高的情况下，它的正面作用，远不如副作用大。人民剧团演出《红鞋女妖精》后，把许多小孩和勤务员吓得不敢上茅房了。

某些作品，庸俗的低级趣味思想是存在的。为了要逗观众发笑，无缘无故加个不必要的、与戏毫不相干的噱头。如母女在敌人“清剿”的逃难中，尽情地开玩笑。战争如此严重紧张，哪来这样的闲情逸致？而且农村的母女关系上也不自然。特别是关于两性问题，赤裸裸地在舞台上表现，这是十分低级的。写敌人对妇女的侮辱，不能正面来写，否则必然会使某些观众哄然大笑，绝不能增强群众同仇敌忾。戏剧艺术上，越是粗野的侮辱，越要严肃地处理。无产阶级的文艺，是要求有战斗的崇高健康的文化生活，绝不能延展到庸俗的腐朽的堕落意识的笑话上去，特别在戏剧上，必须注意艺术的严肃性。

五、语言和形式

不少作品，在语言上、形式上写得很好，唱词上学会和吸取了民歌中的描写法、比喻法、衬托法，而且采用为群众所喜闻乐见的诗歌形式，但也有采用很狭窄的地方土语（地方土语在当地的演唱上，完全必要，但对一部作品来说，则至少应有相当的全区共通语言，否则就限制了作品的推广），也有俚俗语的硬套。有的作品，写的是中国形式，但夹杂着半中半西的生硬的欧化言语，使得作品在情调上不协和，念给群众听，会感到不熟悉。通俗作品，应该使群众能听懂，通俗的诗歌，我以为必须是能上口的。

有的作品（戏剧），存在着戏剧八股、公式主义，收场必定是个大合唱或大齐唱，而又必定是秧歌舞，而唱词必定是“毛主席像红灯”　“共产党是救星”等等。故事的发展，不一定最后是个大合唱，大秧歌的插花舞。毛主席和党是应该歌颂的，但应采取与群众切实相联的内容和语言形式来歌颂，缺少这一点，就不自然了。

六、旧剧形式的历史剧创作

作者一般对历史材料了解研究还不够，缺乏正确的历史观，也有歪曲了历史的（如果是用历史的唯物主义去改正过去为统治阶级所歪曲了的历史，是可以而且应该的）。在写作上，还仅限在形式上的套来套去。写农民起义的史料，和其他的帝王将相在舞台上出现，是一模一样的，只是换了个名字而已，不能写出历史的真相与因果。而且有很不合情理的现代语言：如“反对帝国主义”“解放人民”“反封建”等现代政治斗争口号出现，这是不妥当的。我们不能把历史死去的人物，硬拉到现在来活，同时也不能把现在推到数百年前的枯骨堆中去。我们写历史剧，是要从历史上吸取教训，而不是以现在的政治斗争来修改它，而且也是修改不了的。

综上所述，可以看到：我们对党的路线政策不了解，理论水平还很差，对现实主义的创作方法，还不熟悉或缺乏明确理解。因此，使我们有的作品未能达到政治上、思想上崇高丰富的境地。也有很多是技术上和经验上的问题（如缺少舞台经验，创作剧作就有困难，但多写几回就可以克服的）。我以为提高政治理论水平是根本的，因为如果进行文艺创作，不了解不研究党的路线和政策，很难正确反映人民之所以胜利的根本原因。

如作为群众性的、业余性的文艺创作来说，成绩是肯定的，并值得表扬。但要作为作品，是供给群众看或听的来说，就需要提出来，因为观众不管你群众性不群众性，业余性非业余性，他是从作品的演或唱上，直接感到完满或不完满的。

以上提出的问题，不一定对，只是把感觉提出，作为参加创作的同志共同来研究这个问题的一块引玉之砖。

1948年12月

人民文艺丛书版《赤叶河》后记

一九四七年土地改革运动深入阶段，封建土地阶级悄悄从他们的垃圾箱里，翻出两件护身“法宝”：一是“良心”，一是“命运”，农村中发生了“土地是怎么来的”的问题。于是封建土地占有者出来说：“三皇治世，开天辟地，分纸占单，老君爷安下，谁有命谁就有土地”；“命里有八斗，一石溅了口”；“谁分了地，谁分了房，都扪良心自问吧！”这样使我想起在赤叶河工作时，一个愤怒的回忆：一个佝偻衰弱的老人，在脑子里涌现上来。记得我去访问他在深山沟的破屋中的时候，正是狂风暴雨，他诉说了他怎样家散人亡的悲剧。同时引起我童年的回忆：地主到家里逼债，逼母亲卖儿的故事，不禁悲愤填胸。土地真是老君爷安下给地主的吗？用这山沟的来历，可以清脆地给土地占有者们一两个耳光！不自量力地想把这故事写出来，这是当年春天想做的一件事。工作忙些，能力又差，想是想了，却没有做。

同年七月，海啸同志从延安来，随便扯起这一件事，原想要海啸同志去写的，他却主张我写他配曲。还是上述的两个缘故：忙些，力弱，搞不出来。不久，海啸同志等不得，因事回去了。我因少了他的天天催促，松了一口气，停下不写了。可是太行剧团来追索曾许过的“愿”（答应给他们写个剧本）。许愿不还是不行的，硬着头皮赶写下去。

原先要写这个材料，只想回答现实中的一个问题，因而打算此稿要能普及些、实用些。原与海啸同志商定，音乐上采用太行山小调。他一走后，这个理想也太高了，索性写成不固定曲调的形式，唱秧歌可，落子也可，快板也无不可，让各地剧团随便演唱吧。初稿的音乐，是太行剧团在这种思想下试用的。

分幕与分场、布景，都想采用便利与普及，不采用分幕与布景，只采用旧剧形式的分场法，所以初稿没写布景，打算随便用椅子当山，上了桌子就算上了岭，不用开幕闭幕，锣鼓一打，就出来进去。初演时，有些场面有布景，是太行剧团以它的条件而尝试的。以后各地演时，每场都有布景，显得零散与拖长时间，所以不得不改成现在的样子。

总之，起初是不想弄这样大的，以后是孩子滚雪球，越滚越大，几乎滚不动了，也就成了我的大包袱。

动笔前，我想起在那里工作时的许多可留恋的情景，工作日记这样写道：

“……重叠高耸的峰峦，幽静茂密的林壑，坡边岩畔，一道只容两人并走的小路。无数澄清的小泉，像叶脉似的从坡根流出，汇合成一道水流，潺潺地穿过一座天然石架小桥，叮叮咚咚地注入深涡。三三两两的山庄，零碎地、不规则地隐隐约约出现在崖畔山根。高峰上矗着两三个不知何年何代的废垒残迹。三十户不到的一个自然村，散布在二十里长的山腰上。盛夏草木，把山路与庄子遮盖着，常常是走到庄前，才知道有农家屋。使我想起王摩诘青缘册山水画上的好去处，谁知道覆盖着一个残酷与深重的压迫和剥削呢？这就是地主资产阶级教科书所说的‘田家乐’吗？

“晚饭罢，农民们都来‘闲圪扯’，花果树下，成了集会的场所。从石碾为什么会裂开，扯到飞机为什么会飞，谈到三年前国民党反动军队在这里的黑暗统治，又拉到特务恶霸与地主的压迫，等等。一扯就扯到深夜，大家都忘了睡觉。月亮已藏在南山后了，他们仍不散走。

“有时不是月夜，或阴天，山里的气候，很冷。草蚊十分凶恶，大家烧起火堆，熏走蚊虫，围着火堆闲拉。……我名之为‘仲夏夜闲话’。”

在仲夏月夜，或野火旁边，农夫牧叟给我唱了好多当地的乾板秧歌（只打锣鼓没弦乐的一种秧歌形式），使我听了好多充满山野风趣的故事。怀古述今，表现无限忧愁的咏叹，和反抗压迫的歌讴。在开展运动时，他们随时编唱了揭露封建罪恶与赞颂翻身的快板俚歌。在构思时，同时想起四二年在武乡养伤时，在《柳亭郊》剧中写过一个歌者（动机是看了一个说鼓书的盲人引起的）。后来日寇“扫荡”，把这篇未写成的东西和其他书籍等物一齐在窑洞里烧了。但多年来，还在惦念这个盲人歌者。老宋，就是在这两个情况下捏成的，而取了当地一个羊工的姓。

在许多农夫牧人中，羊工老宋介绍过的，脸色灰灰、十分忧愁的那个老人，说话很低沉，眼老是盯着地面。在构思时记得十分真切，我的日记写道：

“农民是那么不幸……看了这个老人，就想起自己的父亲，常是那副忧愁灰暗的脸孔，常是在半夜起来长吁短叹。自己做工挣得钱，拿到家里，填不满地主与高利贷者的‘无底洞’（母亲这样对我说过）。我所看到的中国农民，到处都一样的悲惨！”

我一翻开日记，制止不住我的愤怒：我要写这个老人的故事！写个王大富，写个王禾子，写个燕燕儿。然而在事实上，燕燕儿是死了，禾子是并没有回来，不知何处去了！忽然想起故乡一个故事，一个人卖猪仔（奴隶）到了南洋，十多年后回家时，父子认不得的一个悲喜场面。

关于燕燕儿的死。有人说她是半夜逃跑了，有人说是“寻无常”（自杀）了。严酷的封建压迫下的中国农村妇女，所受的痛苦更多、更重，常常因很小的事，就自寻短见！我相信后者的说法：她是死了，她是这个野蛮社会的殉葬者！想起这个不幸者，就想起第一次到山沟访那个老人的场景：

“充满阴湿、霉气的破石屋中，这个老人诉说了他的悲惨身世……他是很伤心的，仍是像头一次见他那样的忧愁，仍是那样眼盯着地面。突然，外边大风呼呼地吹拂起来，他抬起头，低沉沉地说：‘雨来了！’只见山峦林壑，蒙蒙地被灰色的云海弥漫了，雷电交拼，狂风暴雨骤然而来，草木萋萋地哀鸣，山下河水轰轰地怒吼……我惨然地回头看见老人，那默默无语饱经风霜的皱脸上，晶晶地流着两道泪痕……”

我悲痛地把这个愁惨的情景，移到燕燕儿的被辱和死、王禾子的出奔、王大富的被撵（扫地出门）——家散人亡上去。

构思到第四部，又发生了一个副题目，党群关系，干部作风问题。这是我在农村工作时常所碰到的。干部的立场模糊与忘本思想，因而使地主有空可钻，因而有些群众未能彻底地翻了身。因此，我考虑到在回答现实问题时，这情形同时应得到批判。所以才有了这个副题目。这个副题目的处理，给我增加了好多困难，背上了沉重的包袱。以后顺着某些观众的意见，又把这包袱越弄越沉起来。

因太行剧团催得紧，初稿仓促地写出来。经过他们随便套上几个太行山的小调，经过一星期的排练，举行了预演。个别文艺工作同志提出了好多疑问，其他个别同志提出“中农路线”问题（因为我想把封建罪恶暴露突出些，把王大富父子勤劳经营，娶了媳妇，前期生活勉强能过，以后由于地主的残酷剥削压迫的与日俱增而更趋恶化到家散人亡）。这许多问题，在我的能力下，是很难解决的，就想以后想通再改吧，打了“退堂鼓”，承认失败了。行署支部同志就给我打气，鼓励我修改。剧团同志又坚持要演（驻村群众看排练时，许多人为自己的阶级兄弟的痛苦而流泪）。他们给我撑住腰，我捏着把汗，改了三四天，初稿半正式地与各方见面。[①]

第一次演出后，上级党与各个战线的同志，给我以现在仍感激不尽的鼓

---

① 《赤叶河》在1947年10月2—26日晋冀鲁豫中央局在武安县冶陶村召开的土地工作会议期间演出。

励，热情地提供了宝贵的意见帮助我进行修改。[①]

我是用功地修改了。但由于自己能力弱，理论水平不高，未能把同志们提供的宝贵的正确意见，融化进去，严重的缺点与错误，仍然存在。各方面又写信来，派人来要这剧本，所以不谨慎地把稿子付印，作为未定稿出版了。[②]当时曾想少印一些（三千份），以便将来更广地收集各地意见重改。四八年二月，下乡参加工作去，再版时也没法去收集各地意见和做些必要的修正。去年八月在石门，得周扬同志、柯仲平同志的指导，以后在华大的演出，文艺界同志提供了宝贵意见，促进我重写的决心。又得华北人民文工团刘郁民诸同志的督促，用了半月工夫，改写出来，梁寒光同志又把音乐重新配谱。石门演出，因工作与路远，不能亲自去再听取各方面意见，这是很遗憾的，虽然后来人民文工团转来些意见，又略为整理了一下，勉强卸下了这个沉重的包袱。但现在看来，毛病仍甚多，这确是主观力量所限，有负大家热望。惭愧之余，只好努力向大家学习，在今后工作中克服吧。

从初稿到这次重写，得到晋冀鲁豫文联诸同志、北方大学光未然诸同志、华北文艺界同志们、华北人民文工团刘郁民、梁寒光诸同志的指导与帮助，衷心感激，并在此表示谢忱！

1949年1月2日

---

① 晋冀鲁豫中央局于1947年12月28—29日，举办了《赤叶河》座谈会。

② 即《赤叶河》初版，太行群众书店1948年2月10日版。

附：

关于音乐创作的经过

高介云

阮章竞同志把《赤叶河》写出后，剧团要演，分配我去配音乐。我不会作曲，这确是出了个难题。和作者阮章竞、导演张万一等同志共同商量；又请来了一个武乡著名的盲人歌手庚江同志，他知道很多太行山的小调，提供了好多材料。起初的意旨是保持地方特性采用太行山的小调，合乎感情的，套用；部分不合的，改改；太不合感情的，选择一个较相近的调子大改一改；还不够用，就唱《乾板秧歌》。

我对音乐是个外行，只是跟剧团几年，唱过几个歌子，能认谱记谱，别的都不行。给了这样的一个工作任务，而且要一边排练一边供给，这似乎把我压扁了。但剧团都是青年人，大家劲头大，我也大起来。只要求能演唱就行，做梦也没想到要把它当成东西看的。怎样配曲呢？把收集的材料本子，一页一页地翻开来看：有《打寒虫》、《大将》（第二十一曲）、《慢五更》（原燕燕儿跳河唱的曲子，是以此曲作基础的）、《摇三摆》（第十六曲）、《八角鼓调》（老宋唱的第四曲）、《采茶》（原王禾子、燕燕儿对唱的曲）、《开花》（原燕燕儿洗衣服时唱的曲）、《木梨花》等等。真是无法下手。导演又是一天催三趟（因为要一星期排出来），我白天黑夜地手忙脚乱了一星期：能套的套，能稍改的稍改一改，套不合适的就大胆胡写了几个（如第一曲、第五曲、第七曲等）。他排完，我才算松了松气。

我感到套，也得套得合感情。山歌风趣，是合适《赤叶河》的感情的，表现前三部分内容，还好做些。但一到了第四部，是个新的现实斗争生活部分，我就又感到为难了。开头阮章竞同志曾说：我们是试试的，不希望别人采用。底下的剧团认谱也不很普遍。固定了曲调，倒限制着普及。

一句话：从写剧到配曲，从导演到演员与舞台工作，都是抱着试试看的一股劲儿。也只限在太行剧团自己的演出上，以后是像剃头剃了一半，不剃下去不行了，才当作一回事去做的。

头一次演出后，在音乐上的批评是：乱、碎、不统一、硬套，或是“抄了什么剧里的曲”，特别是对乾板秧歌，说是乱来。原来就是套、抄（我也不知道是抄了什么剧的，只知道太行山上原来就有相似的调子）和乱来的，这可说对了。怎么办呢？上级和各位同志们都很鼓励，剧本要修改，音乐也要修改才行呀！好容易才找到张晋德同志在百忙中抽时间改了几晚上。拿回来一试，比过去好得多了，自然了，他把好多分节校正了，把音订正了，勉强的地方，改了。使我这个初学的人学了不少东西。观众也觉得好些了。

但还有好多地方，仍是不统一、不协调。此时我已到了山穷水尽了，就这样吧。

这次在石门演出，得到梁寒光同志的改编与重谱，乐谱一寄来时，我高兴得了不得，当夜就试唱了一番。比过去又好得多了，有的地方较以前更自然了，感情也较统一了。这次学到的东西更多。希望以后也能常这样得到同志的帮助，学习更多的东西。因此，这个剧本的音乐部分，我仅做了个收集材料与学习的徒弟，不该把我的名字写上去的。但我是这剧从头到尾的参加者，说明音乐的创作经过，好像也有必要。

因此，我就来说明音乐创作经过。

1949年1月15日

访列宁故居[①]

从布达佩斯回国的中国民主青年代表团，在莫斯科参观时，曾到莫斯科附近的哥尔克村伊里奇集体农场去，那里是列宁住过的地方。

汽车大概走了一个小时吧，远远地看见公路的尖端有个白色点儿，汽车向前开，白点儿越来越近，越来越大起来。原来是一位银白色的巨人坐在岔路口上，俯着半个身子，朝着大路，和蔼亲切地，似乎是在注意地听人们向他说什么话。

这就是哥尔克村村口，伟大的伊里奇的塑像。

左边山林尽是浓浓密密的一片红树。红树坡上，露出一所白色的房子来。大路右边，绿色栅栏围着一所宽大好看的木屋，阳台的栏杆上，种着一小盆一小盆红红白白的花儿，真像裙子上的花边一样。房屋的周围，栽满了

① 发表在《中国青年周刊》1949 年第 26 期。

树，中央塑着伊里奇的立像，远远地对着红树林子里的白色房子。

这是哥尔克村集体农场的托儿所。

三五株白桦树旁，有一所绿色的板屋，檐边嵌着俄罗斯式的花样。挂着白色帘子的窗台上，放着好多小盆鲜花。

真是所庄严好看的房子呵！伊里奇曾在这房子里向农民做政治报告。

辞别了集体农场热情的农民们，汽车从进村的岔路口拐进去，走在两旁尽是枝叶交织的林荫道上。

不一会儿，汽车已经不是在林荫道上走了，似乎是钻进不知道大小的森林里。经过了好些整齐洁净的农家屋，车停了，我们走下来。好像是在筛子底下看天空，太阳光斑斑点点的，穿过枝叶间落在人的身上和地上，鸟儿啁啁啾啾地吵着，飞着。

“到了。”莫斯科同来的苏联同志说。

一种庄严的敬意和爱，随着步子在心头增加。绕过一道木栅围着的白桦林，抬头看见尽是高大的、浓浓密密的枫树，上面是一片红色，地上也是一片红色。轻轻地踏过落在地上的叶子，到了白色房子门前，那里站着两个士兵。

我们在院子里稍等候了一下，来了位眉眼长得很好看的穿得很整齐的女同志，做我们的向导。跨进园子上了台阶，进到一间玻璃廊子里头，地板上铺着红色地毯。我们都换穿上软底子的拖鞋，跟着向导员走进去，她平静庄严地说第一句话：“列宁同志在这里逝世，所以这是一所最宝贵的房子。”

十月革命前，一个资本家的太太，在这里盖了一座别墅，风景清幽，房子和家具都很讲究齐备。一九一八年列宁被反革命分子阴谋刺伤，好了以后，医生劝他到郊外休养，党和政府就选择了这个地方。但是列宁不断地领导着革命工作。一间小小的房子，作了他的电话室。他用的桌子、椅子和老式的壁上的电话机子，原物原样地保存在那里。电话机旁边有个扩音器，向导的同志说因为电话机子不好，所以加了个扩音器。列宁同志就靠这个有毛病的电话机和在莫斯科的斯大林同志联系，指导工作。

他在休养中不断地著作。《无产阶级革命与叛徒考茨基》的大部分是在这里完成的。这里还保存着他的亲笔稿子。他在这里写了和托洛茨基作斗争的《再论职工会与党的危机》。还给《真理报》写了许多文章，而且还继续领导国内的经济建设工作。哥尔克村和附近的农民，经常来这里会见自己的领袖，谈很多很多关于他们生活上的事情。列宁病好时，坐着车子到刚才我们看见过的绿屋子里给农民们做报告。一九二一年五月，哥尔克村和附近一个村子的集体农场建立起发电所，就是在列宁的亲自帮助下建立的，这是全苏联最早的两个电气化的集体农场。

列宁的健康，是全国和全世界无产阶级所天天关心的事情。玻璃橱子里，陈列着各地工人、农民、妇女、儿童送来的慰问信与纪念物品。一个女工亲手在手帕上绣着："祝你，亲爱的父亲健康！"一个工人的小孩子送给列宁同志一片树皮，上写着："我们亲爱的祖父，祝你快快地把身子养好！"

一九二二年的夏天，他的身体又坏了。医生叫他少说话，少会见客人。七月，病好了，第一个来见他的是斯大林同志。两个人在屋外的栏杆旁边拍了一张相片，这就是常见到的列宁坐在藤椅子上，斯大林坐在木椅子上的那张相片。这两个巨人坐过的两把椅子，陈列在“冬天花园”里（白房子里会客厅的名称）。

“冬天花园”在革命前是资本家太太和贵族们玩耍胡闹的地方。但乌拉基米尔·伊里奇住在这里后，就成了他和农民共同娱乐的场所。墙角里安着放映机，农民们不分男女老少，常跑来和列宁一起看电影。玻璃橱子里保存着列宁的衣服和鞋子，衣服是很粗的黄呢子做的，黑皮鞋也是很粗糙的皮子做的，样子很不好看。现在我在苏联的国土上，见过所有的人穿的都比这衣服和鞋子不知道要好多少倍。

我们走上楼去，看列宁最喜欢的阳台和餐室。餐桌上放着列宁用过的刀、叉、勺、杯、盆子。这些东西不但应该说太粗，而且应该说古老得不像话。列宁同志从来不讲究生活上的舒适，而把全身心献给党和阶级。他自己非常刻苦，他时时刻刻都在用脑子思想，要使劳动人民过得更好。

把原来资本家太太的宽大明亮的卧室，改做列宁同志的办公室，里面铺设得非常华丽，发光的天鹅绒窗帘，讲究的家具，柔软的沙发椅子，这一切多好，真是作办公室的好地方呵！

可是列宁同志却很不喜欢，他却喜欢住在另外一间窄小、很简单的房子里。这又使我联想起一件事情来：在莫斯科列宁博物馆里参观时，看见列宁在克里姆林宫的办公室，他不愿意坐软椅子，说坐软椅子舒服，容易叫人打瞌睡。他说坐木椅子可以使人常是紧张的工作。现在所看见的他的屋子里，只有一张床，一面小屏风，一张小写字桌子，两把椅子，列宁夫人克鲁普斯卡娅坐这椅子念报给他听。旁边放着列宁的手杖，还有一张茶几，上面放着药和瓶子。一见到这些药瓶子，就想到敌人的卑鄙下作，他使用阴谋损害了人类伟大的导师与领袖的健康，难以抑制的憎恨涌上心头。

从朴素的卧室出来，走进一间插着红旗的较大的房子里，当中放着永久的花圈和红底金字的誓词。铺着红绒布的桌子上，安放着列宁的头部塑像与拳状的右手和伸展开的左手。这是一九二四年一月二十一日，列宁停止呼吸后数小时，一个教师跑来，依照他死时的样子做的。和在红场列宁墓内的列宁是一样的。

向导员讲解到这里的时候，声音更平静而严肃。一阵凛凛的寒气透过每个人的全身，热泪凝在人们的眼眶里。我们低下头来数分钟，然后静静地走下楼梯来，心里不断在重复着这个巨人的名字。

向导员带我们走在屋外的园子里，两旁尽是高大的树木的道上，列宁常在那里散步，有时自己推着自动车子在那里走着。好几张椅子是列宁坐过的，现在都用红带子围护起来。那一边是樱桃园，樱桃是纺织工人送给他的。南面的小楼房，每年冬天，为了节省煤炭，列宁就搬到小楼房来住，里面只有四间房子：一间是他自己的卧室，同时也是书房，一间是列宁夫人的卧室，一间是列宁姐姐的卧室，再一间就是餐室。

东坡上，有一个半圆形的栏杆，是一九二二年列宁和斯大林拍合照的地方。坡下的树林中，有一清水小池，小池边的水上，停着一只小船，列宁常在那里钓鱼的。他很爱钓鱼，可是收获很坏。

北面的斜林荫路，列宁很喜欢站在那里观望着远方。宽阔的田野上，有农庄、电线和铁架子，向天桥似的伸展到地平线的远方去。

汽车库里，保存着两辆旧式汽车。一辆是有齿轮的英国式汽车，和坦克一样，可以随便在没有路的地面上走动，列宁常在冬天坐这汽车到莫斯科去的。另一边放着列宁的小艇和滑雪板。

我们走出了这所世界上最宝贵的房子，怀着感激的敬意，留恋徘徊在枫树林间和门前。觉得不是第一次到这圣地来，觉得在什么地方，在苏联，在中国，在战斗的前线，在世界的每个角落，都看到过他，听过他的声音。我不能相信他是死了。伟大的乌拉基米尔·伊里奇没有死，他活着，永远地活着。

汽车响了，每个人都在地上捡了几片枫叶，珍贵地夹在本子里，才爬上车去。

把这珍贵的红叶带回中国去，把伟大永生的列宁精神带回中国去。

1949年11月3日于北京

五十年代

关于《赤叶河》的三次重改写[①]

一九四七年《赤叶河》的未定稿写出之后，根据许多同志提供的宝贵的意见（尤其是从事实际群众工作的同志的意见），做了第一次的修改。[②]

一九四八年九月，在石家庄演出之前又听取了一些意见，做了第二次的修改。[③]这两次的修改，都由于自己理论思想水平与艺术素养不高，不能完全满足观众的要求。去年在北京演出，又收集了不少宝贵的意见。我是十分感谢的。这些热情鼓舞，使我增加了新的力量，要做第三次的修改。但在这时期收集到的许多意见中（特别是关于副主题的处理），相反的意见也很不少。许多朋友们认为加上副主题，在艺术上是不完整的、不统一的；但在另

---

① 这是作者为新华书店发行的人民文艺丛书社《赤叶河》1950 年 9 月修订版写的后记。

② 即 1948 年 2 月太行群众书店版。

③ 即 1949 年 5 月新华书店版。

一方面的意见（特别是在农村演出的），认为副主题有它一定的农村现实意义，主张稍改而不必删去。因此，我犹豫了很多时候。在这过程中，曾试写了四五个稿子，有接受前一种意见而写的，也有接受后一种意见而写的。但因考虑不成熟，都没作肯定。

政策思想，是一个文艺工作者在他参加群众斗争的实践中，逐步明确与加深的。从我自己参加群众斗争，及《赤叶河》的初稿到两次修改，近两年来的生活实践与学习，我明确了一个重要的问题：惊天动地的人民翻身运动之所以能获得伟大胜利，是由于有共产党的领导。我没抓紧这个最根本的问题（虽然主观上自己认为并未完全忽视），在作品上就产生：到底是党在领导群众呢，还是群众在领导党呢？在第一稿时没深刻认识这个重要的决定因素；在第二次修改时曾有意识地要修正这一点。但由于思想水平低，没有足够的力量去正确地克服“贫雇路线”下的尾巴主义影响，而这又是一个极其重要的问题。

在写作初时，我长期在一个地区参加工作，因而我的写作意图除了回答主要问题之外，同时想回答与当时当地的现实密切关系的问题（土改中干部群众关系问题、“十二月政变”[①]问题）因为现实斗争是极其丰富而复杂的，中国农村要完成消灭封建制度，也不是一帆风顺而取得的。在当时当地，副主题曾起过一定的作用。当时人民要求排除土改中的思想障碍，比之我的要求艺术上的统一要迫切得多。我接受了这个要求，而加深了副主题的作用。但这也只是一个时期和较狭小范围内的，现在看来，意义就小了。经

① 1939 年 12 月，阎锡山部在晋西永和石楼地区，进攻山西新军和八路军的反共事件。

过这一段的考虑，我认为删去是必要的。

一个歌剧的创作，是需要更集中、更明朗、更精练、更有诗情与音乐音响。要在一根鲜明简洁的线条上，表现最突出、最深刻的复杂的现实生活史实。这是很难而又十分必需的。这一点，我是做得很不好，偏于长而不简。有些悲剧情节的处理，易于给群众以疲惫的感觉。我很爱好诗，因而在剧中诗的气氛过于浓厚，似乎对惯于话剧表演的手法是不适宜的（因为我们的新歌剧创作与表演，还在创造的时期）。所以这次重写，删去相当大篇幅的唱词。我想到一个歌剧的创作（其他的创作可能也一样），是要在与作曲家、导演、演员、乐队的共同行动中才能完成的。换一句话说：剧本要拿到剧场中完成。很大的遗憾，是在第二次的修改后，因为其他工作任务的羁绊，始终未获机会亲睹一次演出。直到人民文艺丛书编委会索稿付印时，还来不及与作曲家、导演、演员见面，共同研究。修改时，有些问题就很难决定。直至去年年底才在山西等地见到演出，给我在修改上的启示很大。

好些热情关怀剧的主人公命运的朋友，曾质问过我："为什么让燕燕儿觅死去呢？""为什么王禾子不参加八路军，让他胜利还乡呢？"等等。是的，我何曾不是这样往更美满的路上想呢？但存在着最重压迫的万分复杂的阶级社会中，是不可能一切尽如人愿的。常常是人所不愿的事情，偏偏要出现。

中国人民的严重的灾难和残酷的斗争，只有在党的领导下，才结束了数千年来的悲惨命运而走向胜利与光明。这个伟大的现实，给我提供了丰富的斗争生活源泉；加以同志间给了我热情帮助，对于《赤叶河》，我仅是做了记录和整理工作。但我这个记录员又是十分不高明的。我深深感到表现群众生活面貌、思想感情，都十分不肖似，群众语言十分贫乏，文字功夫十分不通俗而又笨拙。第三次的修改和整理，虽曾想尽绵力回答观众的愿望，但结果是距离相当遥远。

由于作品存在着严重缺点，过去有的剧团在演出时，有些删削、合并，也有增补。好的地方是给我提供好多难得的启发，但由于某些思想上的未趋一致，作品故而受到割裂、显得破碎与零乱。因此，也常收到观众询问为什么不一致。我希望经过这次的重写版后，演出时尽量保持原样。这并不是等于堵塞了更好的意见，相反地，我是热忱地在期待，能不断地得到严格的批评。我一定不嫌烦地修改，从剧本的初稿到三稿是如此，将来还是如此。我始终认为：观众、读者与组织剧本在舞台上出现的同志们的意见，是我最良好的先生。

1950年4月5日于北京

附

关于音乐部分的简短说明

梁寒光

一、这歌剧在各地的多次演出中，得到过很多宝贵的意见。在一些来信中或用其他方式所登载的意见中，虽然大家很热爱这剧本和它的歌曲，及有些同志来信要求给剧曲中的某些歌曲作一伴奏独唱之用等等，我们都尽可能地满足了这要求。但更重要的是：能够指出不少的缺点，如有些地方音乐与剧词情节的进展不够。光登载了歌唱的部分而没有专为剧情效果需要的音乐部分，因此有点不足。在初版本中，很多地方与唱词弄不到一地，不晓得是印错还是本来就是这样。及演出中过门长短感到不调合及其他等等。这许多意见，我们感到非常宝贵，因此在这次重新增删更改中，得到一些改善，这是大家帮助的结果，这里特予致谢。

二、在这一年多以来，经常有些同志或一些演出的团体来信要求把伴奏部分刊出，并有些同志跑很远的路来抄。这情况是从前估计不到的，过去还以为在普及的意义上没有什么很大的需要。而实际情况却完全不同，我想，这是因为人民解放事业很快地走向全面胜利的缘故。由于这种胜利，增加了新的器材，技术条件也进一步地得到部分的改善，因而提高了这种要求的缘故。这是一种非常好的现象。但这次《赤叶河》的再版，还不能达到这一点。原因是一方面我们演出距今已久，很多伴奏部分已散乱遗失，并且过去写的伴奏是根据我们当时的器材条件而没有根据普遍的可能条件（最小型的普及式的管弦乐队配备）。因此，需要重新编写。故这里特加说明，并示歉意。

三、这剧本去年的出版本，有很多错误及不适合之处。这原因是我和剧作者初步写好之后，即行分手，以后我把歌曲部分全部寄去，剧作者又根据需要增减了好些唱词，而我们无法联系，只好照原有调子套，因此就必有很多不适合之处，故这里特加以说明。现在的再版，这方面已相当地补救起来。当然，缺点还会不少的，希望大家指正帮助。

四、由于剧本形式的关系，在音乐方面还不适宜把全剧完全连贯起来，只好还是剧词与歌曲分开印刷。但由此而产生的全剧的各个部分的音乐底连贯或中断的效果，就无法详加说明或补救。因此，过门的长短，要前或要后，连贯或停顿，可按照导演同志的意图稍灵活处理，但作者希望勿失曲调原意。

关于定调的问题，作者虽略加上，但非一成不变。各地排演，可按照演员音域的情况及前后连贯和转调的方便自行处理。

1950年1月2日　于北京人民艺术剧院

抗议土耳其反动政府迫害人民诗人希克梅特

土耳其反动政府残暴迫害土耳其伟大的革命的爱国诗人拿瑞姆·希克梅特。为了诗人的革命诗作与共产主义信仰，反动政府捏造罪名，非法判决了他二十八年零四个月的长期监禁。诗人被囚禁在狱中已达十二年了。由于长期的摧残，他患了严重的心脏病，生命垂危。而反动的土耳其政府，非但拒绝了诗人出狱治病的要求，近且变本加厉，将他转移了监禁的地方，竟把他与外界完全隔离起来，阴险地想迫害诗人至死！

我们认为土耳其反动政府对革命的爱国诗人希克梅特的迫害，完全是野蛮的法西斯暴行。如所周知，土耳其反动政府在美帝国主义的豢养下，企图在其力之所及的地方，将爱国分子加以迫害与屠杀，以便扫清其独裁统治的障碍。

现在世界的和平民主力量，日益巩固壮大，美帝及其走狗土耳其反动政府的阴谋必将被粉碎！

我们抗议土耳其反动政府的这种暴行，中国的诗人们对土耳其诗人希克梅特的爱国行动以及他的优秀作品，热烈地表示敬佩和同情。我们拥护巴黎保卫希克梅特权利委员会的一切声援的行动，要求立即恢复诗人希克梅特的自由！

力　扬　卞之琳　王亚平　田　间　艾　青　李广田

阮章竞　沙　鸥　何其芳　吕　剑　林　庚　俞平伯

袁水拍　苗培时　陈徽明　徐　迟　冯　至　黄药眠

贺敬之　邹荻帆　张志民　端木蕻良　臧克家　肖三

严　辰

1950年夏

敌人不滚出去，就消灭它！[①]

世界和平民主势力日益壮大；东方各个民族像巨人般的站起来了！

帝国主义阵营中为首的美帝国主义的头子——杜鲁门，惊慌失色，乱抓乱咬。现在又把最后的一片遮羞布扯下，赤裸裸地向朝鲜人民进犯了！并狂妄地下令武装阻止中国解放台湾和干涉越南、菲律宾的解放运动！

美帝国主义的飞机在轰炸、扫射朝鲜的老人、儿童和妇女！在虐杀和平居民！美帝国主义在他所把持下的安理会上，盗窃名义，演出无耻的“授旗”丑剧。曾经是庄严的蓝白旗帜，现在被美帝国主义玷污之后，被扛着去杀人了！

战胜了日本帝国主义、战胜了美帝国主义豢养与武装起来的蒋介石匪帮的中国人民，绝不怕这只狼狈窜出中国大陆的纸老虎！杜鲁门硬要阻止中国

① 发表在《人民日报》1950 年 7 月 23 日第 5 版。

人民解放台湾，中国人民决不会吝啬他的铁拳，一定要把海盗打落在汪洋大海！

中国人民以无比的关切支持援助为自己祖国解放而战斗的朝鲜兄弟和亚洲民族。

英勇的朝鲜兄弟，打得好！曾经和日本帝国主义进行了四十年不屈不挠的斗争的光荣的乙支文德、姜感赞、李舜臣等英雄的后代，今天给予进犯者以迎头痛击，打得他落花流水！

英勇的朝鲜兄弟，你们懂得面前的斗争是严酷的，因此你们将会打得更好！我以诗歌工作者、战斗的参加者与目击者来见证：在我国抗日战争中，在东北、华北的高山和原野，我们曾共同度过艰苦的年月。一九四一年的冬天，野蛮的日本法西斯军队，以强大的武装，向太行山的门户，向坚持边地斗争的元氏仙翁寨民兵进攻，情况是严重的。刚才开到的英勇的朝鲜儿女——朝鲜义勇军，立即展开勇猛的战斗，我们共同打退了敌人。一九四二年的夏天，日本法西斯军队，数路“扫荡”太行山区，在麻田、青塔附近的山上，和十数倍于我的敌人，展开了激烈的战斗。我国的英勇儿女和朝鲜的英勇儿女，一起打过仗，一起流过血！矗立在巍峨的太行山巅，伟大的国际主义者——陈光华等朝鲜英雄的墓碑，标志着我们的友谊是深固的，是血肉相连的。

我们懂得怎样战胜过去的凶恶的敌人，我们更懂得怎样战胜今天的野蛮的敌人！我们懂得怎样迎接困难，我们更懂得怎样去取得胜利！

今天我国人民，从城市到边疆，从工厂到田野，都在发出愤怒的声音：

侵略者不滚出朝鲜去，就消灭他！

美帝国主义的侵略朝鲜，正表示世界和平民主的巨浪，把这条狰狞可恶的鳄鱼，冲击得魂飞魄散，卷上灼热的沙滩，乱蹦乱跳，在全世界人类的眼底下，现形出丑！

胜利是属于正义的朝鲜人民的，是属于亚洲人民和世界的和平人类的。

谈文艺创作中的几种倾向[①]

一年来，我断断续续地读过河北、山西、平原、察哈尔的文艺刊物和一些别的文艺作品，有五百余篇，将近二百万言。这些作品，在相当程度上，反映了华北人民由战争胜利、土地改革结束转入和平建设时期新的社会生活面貌。我们的文艺园地上出现了很多有希望的、有才能的、密切联系群众的年轻作者。

新的主题，已在许多较好的作品中出现。反映工人生活比较突出的有石家庄铁路工人魏连珍的剧本《不是蝉》，山西陈志铭的小说《一件意外的事情》（《山西文艺》创刊号），张培洪的小说《团结就是力量》（《山西文艺》一卷二期）。反映华北农村新的生活的有谷峪的小说《新事新办》（《河北文艺》五期），李束为的短篇小说《春秋图》（《山西文艺》创刊

① 本文原载于《人民日报》1951 年 2 月 4 日。

号），李方立、王云波的小说《余粮》（《平原》一卷六期），平原林县五十二岁的老农民板人秦易的短诗（《平原》二卷四期）等。这些主题，已不是只停留于反映过去的痛苦，而是着重地描写今天如何愉快地建设幸福的祖国。这些作品绝大部分是新的青年作者写的，有的虽然写得并不完美，但应该承认，这些作品都是相当真实地反映了现实生活，具有一定教育意义的。

从总的情况来说，有较高的思想性艺术性的作品还不够多。我们在创作上还存在一些问题，人民在要求我们改变这种状况。

所谓“化装宣传”与“不解渴”

我们的某些作品，还不善于从人民的真实生活中，去阐明党与国家的政策，而是借某几个人物的外形，概念地去讲解政策。有些戏剧或时事政治诗，政治名词术语太多，很少表现人民的真实情绪和语言，缺乏深刻的说服力，因之群众评它为“化装宣传”，感到“不解渴”。

我们国家的政策是符合全体人民的最大利益的。现实生活面前摆着很多问题，群众要求我们正确地解答，只要深入现实生活，深知群众的内在要求，以政策思想指导群众行动，群众是会接受的，而不致感到是在“化装宣传”。可惜我们有些作品，表现作者是不熟悉生活、不熟知人民的思想和要求的。不但如此，作者有时也并不了解政策，如有些作品笼统地反对一切剥削。华北绝大部分地区土改完成，社会生活安定，人民热烈地要求生产发家，要求提高技术，要求在新的生产条件下组织起来。这是广大群众的内在要求，群众要求领导，要求正确的回答。但我们的许多作者不会正确地观察新鲜事物，不会深刻地了解群众真实要求，还在写“农民苦”之类的作品。难怪农民说：“老是诉苦倒苦水，谁过去没有段苦？”觉得腻了。有几篇写组织劳动力的作品，仍停留在多少年前克服劳力畜力不足的原始状况，不知道今天的劳动力的组织已有了更丰富的新内容，如要求改良技术，运用新农具，科学方法除害虫，发展生产等，因而引不起群众的兴趣。

不可否认，我们有的作品对群众所迫切关心的新问题，仍未给以足够的注意。人民渴望更多的有一定高度水平、创作态度严肃、充满现实战斗意义的作品出现。人民不满意当现实斗争逼得无法，我们才出来“应景”一番，潦潦草草、马马虎虎地凑上个《保卫和平》《生产发家》《生产自救》。“补补空白”，“有比无好”的创作态度必须克服。当然，描写过去的伟大斗争场面，而对更好的将来指出远景的作品，特别是描写革命战争的作品，还是十分需要的。但不能因此而关起门来创作，应当经常和生活保持密切的接触。然而我们有几篇这类的作品，也写得很草率，革命人民的战斗气息和群众语言都不够饱满。这也说明我们过去和生活联系是不密切的。今天如果再脱离现实斗争，将来也不能了解今天。脱离现实，是不能理解历史的。

“锄地、抡铁锤”“小家庭”

老区的农民看罢我们的戏后说：“看见的净是锄地，有什么意思？”工厂的工人听罢歌咏晚会说：“在车间成天机器轰隆隆响，看戏听唱歌也是机器轰隆隆响，唉！”我以为，我们应该接受这个批评。很多写生产的作品，只是写生产过程和数目字，像篇成绩报告书，不能发掘到生活思想的真实活动，是一般的缺点。写农村的不应该只是开生产会，订计划，开荒锄地；写工人的不应该只是机器房，抡铁锤。艺术作品不是外形摄影，而是描写人的生活，写人对事物的思想和态度。作品没有思想批判，思想性就低，教育意义就少，不能感动读者（观众）；作品没有艺术加工，只是生活外形的记录，不能使人喜欢看。文艺作品，是不能命令人硬着头皮看完的，应该是使人不能不看才好。

写人民新的愉快生活，非常必要。但各地的作品，太多地出现《小两口订计划》《夫妻竞赛》《夫妻顶嘴》等等。绝大多数在作品中插上个笑话，闹个玩儿，逗个乐儿，最后是转嗔为喜，歌唱几句感谢领袖、感谢共产党和人民政府，就算心满意足了。把如此广阔的新社会生活，锁在一个小生产者的小家庭里，这也是作品缺乏思想性的表现之一。新的家庭幸福生活，应该写，但作家的任务，还应当引导群众走向更高有美好前途的理想生活上去，需要以先进的阶级思想教育农民。而这些作品的思想，恰和目前某些农村革命队伍中的落后分子的思想“三十亩土地一头牛，老婆孩子热炕头”同出一辙。“天下太平，无命可革了”，满足于狭小的天伦之乐，忘记了祖国交给我们全体人民的伟大任务。缺乏积极的战斗意志，这便只能引导人们“退坡”，而不能鼓舞人们前进。

“人民经过长期战争的紧张生活，现在应该给人民以愉快”，今年在创作问题讨论中，常听到这句话。如果以此去提高思想水平与艺术水平，克服形式主义，老一套，就是积极的；如果错用它去追求纯粹个人的享乐和庸俗的滑稽，那就是消极的。新现实主义应该是充满新鲜愉快的风趣，充满天真的笑容，对生活充满无限的乐观。前进的诙谐，是从活生生的生活中，自然而然地产生的，和矫揉造作的庸俗噱头有原则性的区别。

我国人民是一个勤劳勇敢，智慧的民族。我们应该描写这些高尚的美德。华北的劳动人民，在祖国的解放事业中，像神话上的巨人似的，尽了伟大的贡献。我们要写他们，写我们人民祖国的新人，因此我们是不许可把他们写脏的！但还有少数作品，还未注意到这一点。常常为了逗个乐，结果把健康主题弄脏了。如有一篇写农村新生活的诗作，写得很好，但最后写道：“老两口越谈越高兴，老头觉得身上有点刺痒。急忙脱下大棉袄，开言叫声孩子他娘，我拿拿虱子你替我挠挠后脊梁。”这就是不适当的。我们编辑部的同志们，应该帮助新的作者工作，帮他们改改，或提出意见，就会减少这些过失。关于妇女的“小脚”，这个已经死去的黑暗时代加在我们一些姊妹身上的创伤，早已脱痂了。但有几篇作品还在提它。有一篇是着重地写在一个英雄身上。有一篇作品，写得很好，但作者为刻画主人公的保守思想，在他的头上出现一小根辫子。这些都是错误的。

“老一套”与“僵化的形式”

翻开近五年到今年的文艺书刊报章，看见不少的什么《拜年》《四女

（或十女）夸夫》《识字牌》《二流子转变》《劝懒汉》《光荣花》等等区别不大的作品。还有歌颂新英雄，最后必定是受奖大会戴红花，听了开台锣鼓，就知道将是如何煞尾收科。赞美新时代的诗歌中，过多的是《红花》《太阳》《红旗》《胜利》《前进》《万岁》《锣儿鼓儿》《加油，努力》《唉噢咳嗬》等等。人民的大时代在突飞猛进，人民的斗争生活广阔无边，人民的语言丰富美丽，但我们在作品上表现的情绪和词汇，太单调狭小了。不是说这些东西不应该写，“红旗”“万岁”等字不可以用，而是应该根据人民的生活感情，写在必要的时候。

许多说唱词上，开头一定是段《西江月》，或“弦子一拉嗡嗡响，老乡同志们坐两旁”“撇开闲言书归正，打起鼓板开正封”，接着从东到西，从天到地，古今中外，“不说这”“不表那”的一大套提纲引子，枉费周章，半天才书归正传。每篇不知多少“听心间”“把话明”“表其详”“为哪桩”“地溜平”“明理端”；还有类似“暗愁惨”“院当阳”等衰老腐朽的奇言怪调。把新鲜活泼的生活内容，埋在一座古坟里去，这是很可惜的。有的过于迁就旧形式，不加批判地套用陈旧的词句，把工厂的女工模范，写成“两道眉弯秋月样”“唇如丹朱牙赛玉”，还有的写“走路像杨柳遇见了风”等等，把新的劳动妇女，装进古画框子里去作病态美人来欣赏。写我们的战士是：头戴一顶什么帽，什么皮鞋脚上蹬，身上穿着什么装，牛皮战带系腰中等等，几乎是神奇小说里的二十八宿。把我们人民共和国的英雄这样来写是不恰当的。要学习人民的传统形式，要尊重民族遗产，但应以新的生活思想语言去创造，突破它，扔掉已经僵死的部分，把它变为充满朝气的，战斗的青春的形式。

任何一件工作，不用脑子是做不好的。创作是需要艰苦地用脑子，是需要艰苦地去熟悉生活。技巧是从生活中提炼加工来的，用现成的形式去套，摹仿，是方便，但是低级的。文艺作品是要创作，不是要摹仿，开头创作得不好，幼稚点，不要怕，每个人的成长都有个幼稚时期。可怕的是千篇一律，没有进步。

我们都是在学习写作，发生上述的缺点并不奇怪，只要我们知道了，就能克服。人民在热烈期待能“解渴”的好作品产生。人民需要我们工作，党和政府都在关心帮助我们，我们的工作需要提高一步。

向广大农村开展宣传工作的轻骑队

——山西各县的文化宣传小组[①]

山西省各县为了提高广大农村群众的政治、生产热情，进行爱国主义思想教育，传播文化科学知识，建立了文化宣传小组。从去年七月省文教厅艺术训练班第一期学员训练完毕之后，各县就开始陆续建立这种小组。到今年二月首届文艺新闻给奖大会时统计，全省九十二县除武乡、沁源、平定、石楼、交城、河曲六县外，都先后建立了文化宣传小组。各地文化宣传小组，大部是以艺术训练班学员为主，又抽调县剧团、教员、学生、在乡知识分子组成的。每个小组最多的十人以上，最少的二三人。全省参加宣传小组的有六百六十人（缺大宁、永和两县材料）。

文化宣传小组主要的任务是经常结合中心工作，利用各种各样的文化艺

① 发表在《人民日报》1951年6月15日第3版。

术形式进行宣传。如：说鼓书、快板；放映幻灯、洋片；携带通俗读物、小人书、漫画下乡等。还采用了设立文化棚、画壁画、写标语、散发小型传单、出大众黑板报等文字的和美术的宣传方式。文化宣传小组还帮助农村剧团、盲人宣传队或学校，教歌、教舞、排戏；并根据需要与可能，组织农村剧团与民间艺人观摩、竞赛或举行座谈会，改造旧艺人思想，改编旧剧本，改革旧戏班的制度，等等。半年（从去年七月到今年二月）以来，文化宣传小组结合了秋季生产、冬学运动、和平签名、春节宣传、抗美援朝爱国主义思想教育等工作，做出了初步的成绩：

一、各县农村剧团的文化娱乐活动多数是自发的、季节性的。参加活动的人热情很高，但缺乏专人指导，不能很好提高。文化宣传组建立之后，对他们有很大帮助。如临县的文化宣传组，在很短的时间里，帮助了二十多个农村剧团排戏、编剧本，教会两个完全小学的学生“打霸王鞭”，一个民校组织了腰鼓队。为了做好今年春节文娱活动，去年十二月召开了伞头（民间娱乐活动中带头的人）和剧团、道情班的负责人，及盲人宣传队、画匠及其他民间艺人的联席会，交流经验，讨论和布置了今年春节的宣传工作。改革旧剧方面，召开了全县历史剧团的负责人会议，讨论了戏剧改革政策，总结了经验，订出了今后的工作计划。

二、文化宣传组的活动方式最好的是壶关文化宣传组。他们先选好几个重点村，分头下去向村干和群众进行访问，搜集当地需要解决的问题和群众的思想情况，用真人真事，画成幻灯片，或编成快板、鼓词等，利用庙会或集会进行宣传。白天用文化棚、画展等方式，晚上用幻灯放映。集中与分散活动结合得很好。清源文化宣传组自己创造了《大生产》《如此美国兵》《登云鞋》等剧。群众看后都说这比旧秧歌有意思。

由这些活动中，得到几点经验：

一、要掌握政策，配合中心工作，宣传内容要紧紧地和群众的思想情况相结合。如临县文化宣传组，去年在碛口村配合骡马大会进行宣传时，正赶上天旱，又有一贯道在造谣。村里祭神求雨，还买了一头猪献神。有些农民听了谣言便偷跑了。文化宣传小组知道了这些情况，就在骡马大会上，利用各种形式做宣传，在群众中组织座谈。经过两天，群众接受了献神求雨不顶事的道理。恰好当天晚上下了一场雨，群众愈发相信宣传组的话了。宣传组就抓紧机会，大量揭露一贯道的造谣阴谋。从此碛口一带求雨的鬼话再也听不到了。因此，要使宣传深入，解决问题，必须随时掌握群众的实际情况，“对症下药”。

二、宣传形式要多种多样，要时常有新创作，并充分利用民间的艺术形式。如晋城文化宣传组，幻灯放映已不是老一套。他们根据一定的内容说唱或配合乐器。如放映毛主席像时奏《东方红》，过军队时奏《解放军进行曲》；还按照一定的画面配合各种效果，如汽车喇叭、枪响、马蹄声等，使得银幕上的形象更加真实生动。还有利用幻灯和皮影戏（以画片为背景，再把剪好的人物拿线吊着，在画片前活动）结合放映。利用幻灯教歌，一面教唱，一面放映歌词，效果也很好。腰鼓也加了唱词，配合了更多的乐器。根据歌的内容，创作了各种舞姿，如进军杀敌、锄地、收割等。这些文艺形式的改造，都受到群众的热烈欢迎。潞城文化宣传组把旧魔术加以改造，给以新内容，如“八宝箱”改为“刘聚宝（劳动模范）的小农场”。从空箱子里变出刘聚宝培养的许多优良品种（棉花、谷子、八瓣蒜等）以及改良农具（空心锄等）。还有把未浸过的种子和已浸过的种子结出的果实对比，演出时配合快板说明，借以提高农业技术。

三、文化宣传组不但自己要积极带头工作，还应该组织或配合各种文化娱乐机构，利用各种文艺形式，和其他有关部门一起进行宣传活动。乡村中有许多有群众基础的艺术形式，如盲人宣传队、八音会、自乐班等，应注意研究，加以适当的改造，领导组织他们从事宣传活动，发挥他们的作用。汾阳文化宣传组因当地农村剧团多，且有一定的群众基础，他们就和农村剧团配合演出。这样可以改造和提高农村剧团，教育他们接受新的东西。

配合其他有关部门进行宣传，如和公安局配合宣传一贯道的罪行。把一贯道的罪恶活动排成戏，通过真人真事的演出，揭发一贯道的真面目。演出后，有很多人诉苦，要求退道。猗氏文化宣传组和农业部门合作，宣传“温汤浸种”，农业改进推广的同志先做说明，文化宣传组利用幻灯、快板等形式，宣传“温汤浸种”的好处和方法，然后改进推广农业的同志再帮助群众实地试验。卫生方面也是这样做法，效果都很好。

四、创作上不但自己努力，还要发动和组织群众创作。今年春节从群众中产生了很多较好的作品，闻喜一县新创作有二百多件。昔阳、武乡等县的创作，在数量质量上都有些提高。这说明县里只要有人注意群众的创作，群众就会供给很多的材料，增加了文化宣传组的宣传武器。

山西各县的文化宣传组，以轻骑队的方式活跃在广大乡村，进行文化教育宣传工作，做出了很好的成绩，同时使乡村群众文艺普及运动的辅导工作获得解决，使远离城镇的广大劳动人民在热烈的生产运动中，要求享受到文化生活，有了政治的思想的指导，有了健康的内容。

我怎样学习写作[①]

朋友们，大众文艺创作研究会要求我来讲讲有关创作上的一些问题，这份差事对我来说，是十分沉重的，谈什么呢？只能讲点经验。

一、我怎样取得生活？

以我的经验来说，最可靠的办法，是参加人民解放事业的各种斗争。要想创作，首先要自己有生活。我参加革命工作十多年，经验教训了我，不要以作家的身份去做工作（当然在工作时要时常留心吸取可作为写作的材料），最好是以一个普通的工作人员，或群众中的一员去做工作。我常记着我将来要为人民写点东西，但在工作时就要好好地工作，这样才能不成“客

① 本文在《文汇报》1951 年 11 月 26—28 日副页③连载，并在《大众文艺通讯》发表。

人”。如我写的《赤叶河》，就是我在地方上工作时，参加与领导那里的整个斗争。但在工作时，我不是在想为找写作材料而工作，同时我也经常留心注意收集材料，因此，我就能从历史上了解了整个山沟的来历。

要学习劳动人民，首先就要使他们觉得你是他们自己人。在做地方工作时，我常常跟群众一块上地，一道走，一道拾粪。开头，他们很奇怪，但以后，他们就感到我真是他们的朋友，什么都和我说，不但说目前的事，而且说从前的事，连风俗、人情都给我说。敌人来了，我和他们一块打游击。当时我想我只是一个民兵，因此，他们都很喜欢和我接近。我到工厂，就和工人住在一块，跟他们上工，替他们画画，教他们唱歌，我这样和炮弹大王甄荣典成了很好的朋友。

深入一个农村或一个工厂是十分必要的，但光这样还不够。一个作品，它不能只表现一个地方的情况，这样就不能代表一般，就没有典型性。要有其他的地方，较更大范围地去了解情况，才不会狭隘。因此，我常常参加县里、区里的各种会议。这样的条件，每个文艺工作者都想争取，但每个文艺工作者一参加这种会议时，常常感到与自己所关切所需要的东西不多。我看见有的同志，去找材料，都是用采访的方式，因此，各处跑，各处看见都很平常，找不到什么能给他可以写的故事。这是很吃亏的。一个作品写出来，是从很苦的生活实践中来的，不要相信什么“灵感”与“天才”，有了更多的生活积累，一碰到一件事情要写时就觉得充实了。我是采用深入一点，和吸取更大的方面来充实自己。

我常这样想，要做个革命的文艺工作者，就要下决心做一个政治战士，要了解党和政府的政策、革命理论，因为这是今天中国人民之所以能胜利的根本原因。我们做文艺工作的朋友，连我在内，多多少少是对政治生活兴趣较弱的，吃大亏就在这里。我们要写今天中国人民的哪一件事情，与政治生活都是紧相连结的。只在书本上学习革命理论、党的政策还不行，还要拿到实际工作中去做。在实际工作中要碰到许多政策上的问题，你能不能正确答复，人民就这样考验你。

一个文艺工作者，要勇于参加斗争，锻炼自己，锻炼越多，收获越大。

要相信群众比你懂，不要小看他们。我向群众领教了好多东西。如我写《漳河水》中的两句："种谷要种稀留稠，娶妻要娶个剪发头。"开头误写成"种谷要种细密稠"，我把作品念给我的房东听，他给我改正的。而且他把这句话的意思分析给我听，为什么要"稀留稠"，使我增加了生产知识。

不要做一个旧文人，要做一个对人民事业什么事情都关心、都有兴趣的人，因为我们现在写的是人民，不是那些文士的身边琐事和"才子佳人"，那些用不着写他要懂生产、懂做饭。可是你要写劳动人民，那就不行。这就是高尔基说过的"要写你熟悉的事情"，我所不懂的事情我是不写的。

要敢于深入斗争生活，才能取得生活，就是要做个很平凡的人和很平凡的工作。生活是积累来的，没有什么秘诀，也不可能一开门就能取得来。

二、怎样体会群众的思想感情、生活习惯、风土语言？

人的生活，是有阶级性的，因不同的阶级就产生不同的思想感情。这不能凭空得来的。

地主与农民是不一样的：地主阶级是靠剥削农民生活，所以他就有一套压迫农民的思想；而农民是终岁辛勤不得一饱，就有反抗地主的封建压迫、要求解放的思想。

要善于研究人民的思想变化。很奇怪，从阶级观点去分析，群众的思想在各个时期的变化，都有共同的特点，如现在产生的一些农民群众中的“革命成功思想”，山西的农民说：“早晨一顿金皇后，中午一顿一六九，晚上一个剪发头”则满足了，没啥好干了。平原的农民说：“三十亩地一头牛，老婆孩子热炕头”也就满足了。思想是一样的，就需要以工人阶级的思想去教育他们，领导他们前进。

群众这些真实思想是不容易取得的，如果不能深入群众，与他毫无隔阂，就不能知道。

作家就要研究这些思想，分清哪是现象问题，哪是本质问题，提出解决的办法。

故事当然要紧，但如果对群众的思想不懂，就很难写出富有生命的作品来，也就很难有高度的思想性。

有了生活、思想之后，语言，在文学作品中是最重要的一关了。群众的生活与思想感情，是用语言、行动来表达的。我是南方人，在这一点上，是很吃力的。因此，我要常关心群众的语言，什么样的情形，怎么样说，大体上都是有些规律的，则把它记下来。

群众的语言，十分幽默、新鲜。初听群众的语言似乎很啰唆，可是这当中有好多好的东西。文学家的任务，在于提炼这些语言，根据群众语言的规律，创造语言。群众的语言，有的简直就是诗，一个农民说他的思想时说：

“脚蹬着灶火手拿着勺，

夜间睡在热被窝，

妮儿，子儿，

扭过脸来怪得的。”

多生动，加点工就是很美的诗了。我很喜欢诗歌，特别是民间的诗歌，朴素、明快、生动。

三、怎样处理题材，怎么样写？

写作是要对人民非常负责的事情，所以对自己要求要非常严格才行。

我常是这样的，先问问我为什么要写？要说清楚什么问题？对人民要他知道什么？大概这就叫主题思想。

此后，通过什么人、什么事件来表现出来？比如我写长诗《圈套》前，我想到地主的反攻，利用农民的空子，利用干部的缺点，反对农民。当时好多地方有此情形，我先抓住了这个主题来展开。《赤叶河》也是当时土改深入阶段，地主阶级利用农民的忠厚，想出土地从何而来。我想到用《赤叶河》的故事，可以答复他们。十多年来，我听了很多关于妇女所受的封建压迫，我都把它记录下来，但我一直没有打算写。去年春天妇委同我说妇女问题很严重，我参加了全区第一次妇女代表会议，研究了中共中央关于妇女工作的决定，了解了她们的要求，我抓住这个主题就写了《漳河水》。

一个很重要的问题，就是在你的作品中，拥护什么，反对什么。要抓住这个斗争。如果一个作品没有斗争，那就写不好的，写出来也是不能感动人的。而这个斗争必须有生活，有思想。

要表现这个斗争，就必须有人，人是作品的灵魂。要很好地考虑用什么人来代表斗争的两个或两个以上的方面。土改是地主与农民的关系，但其中还有很多不同的思想，有先进与落后，这就有斗争。写人写得好不好，像不像，就决定作品有无生命。

人，必须是集中的，不能只写你见过的一个人。我写《圈套》中的李万开，是集中了当时很多村干部的情况；我写老宋，是写了从武乡到陵川和其他地方所见过许多有骨气的民间歌者。这个歌者，是我在四二年就想写的。可是我在写人物上，还是写得不够典型。

人，要有他的个性，代表一个相当多数的人的共同思想特点。从他的思想就有他的生活态度、面貌动作、语言习惯。要写成一读就知道谁说的话。

一种斗争中的各个方面的人物，从开始到发展，到问题的解决，就要给他们计划出个故事来，一定要有故事性，没有就不成为文艺作品。同时故事要安排得合理得当。大概这就叫“结构”。

要能怀疑自己的作品。初写作品的人，思想都不够艰苦，自己看着总以为差不多。我常常是站在和自己的原意完全相反的方面去怀疑自己的作品，反复自己责问自己。作品要不怕修改，我不相信出口成章的一气呵成的。要苦练，努力才能产生良好的结果。

要想避免空谈，就要熟悉生活，有了生活还要避免包罗万象。文学作品，不可能把社会很多问题都包括进去。语言要精练，只能把问题用很简单的话说出来，不要多。艺术作品，不能从客观表面来写，如写生产，只写打铁、上地，那是没意思的，照个相就可以。一定要通过人的思想行动来写。写生活倒不一定非打铁、上地不可。

艺术是要加工的，在现实生活的基础上，许可想象的。技巧是从生活中来的，从生活中提炼出来的。没有生活的技巧，就是矫揉造作，形式主义。一个作品应该饶富风趣，但不要噱头。

要做一个作家，必须首先锻炼自己成为一个有优良革命品质的人。要好好地学习毛主席的思想，高度地热爱人民，不是在口头上，而是在日常的行动上，是爱人民的，这样在写作时，才能写出热爱人民的作品。写人民受苦、受压迫的时侯，应该写，但不要写他脏，要写他美，劳动人民的灵魂是高尚的。

我也没什么方法，就是不怕失败，多写，不怕反复修改，不要贪早成，不要怕批评，特别是读者与观众，是很可贵的批评家。

作家是新社会的积极分子，自己要了解很多，才能影响读者。要看见新社会的积极分子，才能影响读者去为更好的将来而斗争。

最重要的是学习，学习毛主席的思想和毛主席的文艺方向。我从前写东西不很通俗，学习了毛主席的方向，才有了转变，为工农兵，本身就是提高，从不懂到懂了。一个作家要扎好根子，要严格地要求自己。

我是这样走过来的，不知道是否对大家有些帮助。

干部自传[①]

阮章竞是从小的真姓名。曾用过阮啸秋、洪荒。一九一四年正月初七出生于广东中山县第二区（现十二区）象角乡。父阮达彬，租种土地及贩鱼为生（父亲在抗日战争时期，家乡沦陷时，病饿死）。母亲姓杨。我家没有田地，也没有其他产业，只有一座房子。

母亲共生了十一个孩子。

大哥阮文伟，在新加坡，电器工人。知道解放后在那里开了个小电器店，三十年没回来过。解放后和我通过一次信。他在那里很困难，曾想把他的孩子们送回国来叫我教养。

二哥、三哥很小夭折。

四哥阮章权，木船厂工人，抗战时病饿死。

五哥阮章成，人品不好，青年时期好赌，吸烟。抗战时曾在国民党军中

① 这是作者为当时的审查干部运动，向党组织写的自传。

当兵[①]。现在家乡劳动，有妻子。

我是第六个孩子。

七弟阮章桓，少时在家帮助父亲劳动，抗战时期在家乡参加地方派系的游击队，被人谋杀了。

八弟阮章棣，抗战时逃荒西江，胜利后回家贩鱼。解放后由珠江地委介绍在广东水产公司石岐市营业部工作，有妻子和女儿。

九妹夭折。

十弟阮章钊，抗战时病饿死。

十一妹阮惠霞，抗战时逃荒西江当用人。解放后参加土改工作，被吸收入党。现在广东封川县团委工作，已结婚。

我家人口多，生活艰苦，由于田租捐税和大哥几次出外谋生的借债，受着长期的高利贷剥削。我做工时每年工资收入都还不了利息和债务。债主经常到家逼债，曾要我母亲卖一个孩子。父亲因生活无法，半夜不睡，咒骂一切，母亲哭泣，想寻死。我从小就受着很深的刺激，怜悯父母和弟妹，总想找出路帮助家庭。我八岁读了半年私塾，九岁进乡立小学，利用星期日和假期去打鱼虾、采桑解决读书费用。十三岁进私立作人学校，约半年因缴不起学费，中途退学。到涌边两合油漆店当学徒。三年期满在家乡、石岐、澳门、广州做漆工，直到二十岁到上海为止。

在学校时，成绩都很好，做工时技术也很好，很快成了全工，并将所得

---

① 阮章成参加国民党远征军，曾到南亚作战。

的工钱，都交给家里用和支持弟妹读书。

我上小学的时候，正值北伐战争时期，省港罢工回来很多邻居，谈到英帝国主义对我国的压迫和侵略。父亲当时是鲜鱼工会会员，常去石岐集会，村里常有人来宣传“打倒军阀”“打倒帝国主义”。这些政治影响对我是深刻的。我在做工时，常和一些归国华侨接触，从他们那里听到科学、文明的发达情况，我热望祖国成一个发达富强的国家。特别是“九一八”事变后，我迫切地产生祖国独立自主的要求，梦想自己做个救国的军人。“一·二八”事件，蒋介石的不抵抗，我是反对的，但我还不明白这个卖国贼的本质。当时只要抗日我都拥护，对十九路军强烈同情。很显然，我这些思想是民主主义的思想，并未产生阶级认识。

我从小喜欢画画，在读书和当学徒时，我曾努力自学，有一些基础。一九三二年，从上海回来一些画家，其中有个肖剑青，他们办了一个“天涯艺术学院”，办了一个暑期班，我到那里（在石岐）学过两个多月美术。在那里接受的是资产阶级唯美的艺术思想，从此时始，看开明、良友出版的东西。丰子恺的艺术思想，我曾接触过的。同时也萌芽地知道左翼方面的文艺，但不具体。当时看鲁迅的东西还看不懂。暑期结束，我又回到原来的漆工工作上。

一九三三年我到澳门时代装饰公司做工，不到半年，我又回到家乡、石岐等处做工。

从一九三三年到一九三四年，建筑业很不好，不容易找到工作，常常在半失业状态，生活十分困难。我感到在故乡是无法生活，不甘心这样下去，强烈要求到外地去，想读书，盼望有个半工半读的机会，以求个较好的出路。一九三四年我由朋友凑借路费，到上海找肖剑青和文誉扬（即现在总政的木刻家艾炎），他们当时都在世界书局的附属书店（进步书局）做事。艾炎也是在“天涯”学过画的。我当时认为上海是文化集中的地方，请他们帮助找点工作，能达到要求学习的机会。一九三四年七月中旬我从香港到了上海。

在上海时期——一九三四年七月到一九三九年八月底。

到了上海，找不到事做，我便和肖剑青的兄弟肖约伯住在北四川路永丰坊。生活很困难，只能找些临时、零星的装饰、粉刷，画些广告等活做。我在肖家吃了半年饭。永丰坊住着一些广东的青年中学生，其中有陈启既（陈涯）和冯润滇，他们和肖约伯认识，常到我们住处去玩。陈涯的堂哥哥陈子殷，曾用叶子笔名写过文章，陈带他来过我们住的地方，和我谈谈文学方面的东西。陈涯借给我一些旧的《新青年》《语丝》《中学生》等杂志。我在这时期对文学很有兴趣，曾写过一个短故事《割稻的故事》，给陈子殷看，他拿去登在一个小报《春雷》上，后来他说这小报是汪精卫派的。不久，陈涯到了北平金城银行做事，陈子殷也到了南京《大道日报》去。

一九三四年，我遇见了我在涌边当学徒时认识的李思庸，当时他在一家纱厂里当跑街。李思庸和他的朋友老徐，是我的进步思想的启蒙朋友。

李思庸了解我的生活情况，很同情，经常给我谈革命思想，借很多左翼文学作品给我看。老徐（一直不知道他的名字），是广东台山人，他也经常送书给我看，鲁迅的作品，几乎全部是他拿给我读的。李在一九三五年“一·二八”纪念日带我到江湾无名英雄墓集会和游行示威。一九三五年春天，他到了一家广告社当跑街，并介绍我去那里做工一个月左右，老板娘因恋爱自杀，广告社关闭了。我们两人都没事做了，就合作找零星活（广告），他去接洽，我画。同年夏天，同乡余介平出钱开了个广告公司（生光广告公司），我和李同到那里做工。李思庸此时参加世界语者协会学世界语，经常从他手里带回一些我们地下党的刊物给我看。到了冬天，这家公司也付不出房租，吃不上饭了，老板对我们的思想很不满意。艾炎正被世界书局解雇，他拿出了仅有的几块钱租了个地方住，我离开生光和艾一块画广告。我们只做过一件四十元的广告，以后就找不到事做了。在思想上，我和艾也发生了分歧，他是基督教徒，我因说过一次劝他不要吃饭时祈祷，伤害了他的信仰，他就和我分开，到了菱花照相馆去。我只好又回生光。

此时在生光认识的暨南大学学生林国豪，他们要在中山同乡会办一职业学校，叫我去帮助他们做些管理工作，兼教工艺美术课。生光倒闭了，我到了中山职业学校，光有吃，没有工钱。李思庸也常到那里吃饭。这是一九三六年的春天。

在这个职业学校，认识了这几个大学生：林国豪、胡定理（广西人）、白曙（广东新会人）、张方谷、杨君球（中山人），他们都在暨南、沪江念书。

这个学校根本没有经费的，设备很坏，只有十来二十个学生，三四月间，被上海市国民党教育局查封了。

我们又没有办法生活了，李思庸就到了西北去。可能是到了延安，是秘密的，没有告诉我，他是走后我才知道。以后除从老徐那里听说过一两句话后，再没有听到他的消息。我很怀念他的，不知他以后的情况怎样。

一九三五年春夏之间，我和李思庸生活无法，又来到生光的时候，曾在与陈涯通信中，谈到这些困境。陈曾写信给南京的陈子殷请他帮忙。一九三六年春，我正要到中山职业学校时，陈子殷来过信，说工作不好找，问我愿不愿意去帮《大道日报》作校对和剪报纸，我不愿去，感到南京是蒋介石的巢穴，思想不会自由。这家报纸是国民党的，我没有去，但艾炎生活无法，他去了。陈有次经过上海到香港去，到菱花照相馆找过我，我送他走时曾一起在马路上走了一阵，他当时穿着还很朴素，但我发现他不大像初认识时的那样。他问我说，听说参加CC的人都有钱。不知道是什么意思，我也没注意他是不是CC。但想到此人已经庸俗了，我未说什么，也没问他到香港干什么，就分别了。以后再没有听到他的消息。从我不愿去南京而让艾炎去和陈子殷最后一次见面对我谈的那句话，我当时的政治思想是很幼稚的，并未注意这里有什么，也未注意陈是个什么人。这个人是什么人，不知艾炎是否清楚，我未问过他。

关于在上海这一段，艾炎同志是知道的，可以找他证明。中山职业学校封闭后，该校的校长吴子恒，见我生活无法，介绍去一小学教画画。没有去过几次，这学校也关门了，一个钱也没拿过。由于李思庸的影响，我在一九三六年夏天，去学习世界语（在卡德路）。十月间也到过一家广告社做过一个月工作。这时生了一次病，生活更难，就同意菱花照相馆（北四川路公益坊口）老板何少菱的意见，到他那里吃、住，帮助做些美术设计（没工钱）。我一直在那里住到我离开上海时止。

一九三六年六月（或者是七月），我在世界语学习班认识了徐稼之（宁波人，在纱厂做工）、蒋莱（温州人）、甘元简（湖北人）。当时正是抗日救亡运动高涨时期，由徐介绍参加了上海职业界救国会，记得只在静安公墓园林里开过一次小会，谈抗日时局问题。是否有次曾到过吴淞以郊游方式活动，记不清楚了。以后没有什么活动，我也与救国会没有关系了。徐、甘、蒋在我生活困难和病时，都对我有些小帮助。大概是九月左右，世界语者协会内成立救亡歌咏班，我参加了，由这歌咏班推派我到立信会计学校内的立信歌咏班学习指挥。我在立信认识了那里负责工作的麦新、孟波同志。不久，他们派我去领导少年歌咏队，这样就没有经常到世界语者协会去，徐、甘也不常去。约在一九三六年底我们的来往少了，但与蒋莱仍有些来往。蒋莱在一九三七年春还介绍我参加张春桥同志搞的读书会（在金城剧院附近的弄堂内）。我曾和我当时与她感情极好的沈养廉，一同去该读书会读书。蒋莱在我离开上海后才没有联系。

在立信不久，由麦新、孟波介绍我参加了上海业余歌咏团（合唱团），我在立信跟冼星海同志学指挥。星海同志对我是很关心的，我常到他家里。抗战后他离开上海时曾叫我常去看他母亲。在这时期（一九三六年底到一九三七年抗战）我曾被派去少年歌咏队（现在军委总政的曹欣、青年艺术剧院的朱崎都是这个队的）、世界语者协会歌咏班、量才学校，还有一个记不清的地方去教唱歌。“八一三”事变后，由于这些团体的关系，在难民收容所做过一些宣传工作。

我在少年歌咏班认识了沈养廉。她当时是法蔡女中的学生，以后她也参加了立信歌咏团，我们常在一起活动，我们感情很好。这是我的第一次恋爱。我离开上海的路费都是得到她帮助才能解决的。我们分别时，都曾留约言，不管战争怎么样，她等着我回去。以后我们的通讯是不断的。从我到了华北后，交通不便，没法联系。我当时没有过真正的恋爱，她是我头一个对象，我对她非常恋念。十五年后我在一九五二年到上海搞“五反”时，知道她在上海妇联工作，去找过她。这次会见使我很痛苦，她一直保存着我所有过去给她的信件，她告诉我等了我十年，什么音信都没有，一九四八年才结了婚。说日本人曾冒我名写过信给她，捏造我在战争中被捕。由于这些，引起我对她的旧日感情，我曾产生过想恢复过去感情的不好想法，但当我想到我们都有自己的家庭，这样做是错误的，组织上也提起我要注意，我把这种错误想法压了下去。我在上海期间，她正在生产前后。她生产后我去看过她，我回京时，她到车站送过我，要我给她写信。以后有些书信往来，但我想到这是一种不健康的东西，劝她不要再写信。从五四年始，没有通信，现在不知她的情况。我在上海时曾把这事写过材料给组织（上海市组织部），回京后向支部作了报告和检讨。过去与沈的关系，我在一九四四年整风中详细交代过。

一九三七年八月底九月初，我参加了上海文化界救亡协会的流动宣传团，到苏州、无锡、常州一带活动，约有三个月的时间。这个宣传团是世界语者协会介绍参加的，没有经费，什么都是自己筹划的。团体成员共十来个人，都是些学生、店员、工人，负责人是雷宁（即现在全国文联的薛灿，听说以后脱了党）、陈野萍（听说在南京任市委宣传部长），其他的还有林徐图（现在中央文化部工作）、陈文六（出版总署工作），还有一个姓周的、姓沈的，记不住名字了。这个团体的政治思想是进步的，政治教育是陈野萍负责。我在那里开始读社会科学方面的读物，陈利用他在当地的社会关系进行工作。生活是艰苦的，自己扛运东西。在太湖附近活动，受到国民党的各种限制，要我们离开，工作不能开展。我们讨论过好几次，都主张到八路军去，曾派姓周的到南京找沈钧儒，沈主张我们离开那里，并介绍姓周的去见叶剑英同志。姓周的回来后，决定谁想去，只能各自想办法。我决定去，和林徐图还有一个湖北省的小青年，一块回上海设法和筹划个人路费，再去陕北。雷宁写了一封介绍信要我去上海找戴平万同志帮助我。

我们到了苏州，国民党军队从上海溃退，情况很紧急，火车不通，我正患疟疾，住在苏州城隍庙里（由林的关系而找到住的地方）。敌机轰炸得很厉害，林与湖北的青年是蚂蚁社的社员，他们跟一个上海演剧队走了（好像是张庚同志的那一队），留下我一人在苏州。我当天曾去找刘亮模的上海青年会红十字会（在立信时见过刘），刘不肯带我走。晚上都撤退了，幸好，和我同住城隍庙的一个苏州青年，叫我同他一起随苏州红十字会撤退。在这个团体内认识张天禄（即鲁鱼，以后参加了我军一二九师，在太行区党委党校我们一起整风）。从南京又到了汉口。

流动宣传队的这一段情况，可查问陈野萍、雷宁、林徐图、鲁鱼（可向总政打听）。

一九三七年十月底到了武汉，我立即找到冼星海同志，请他设法介绍我去八路军，冼很同意，但一时不能解决，问我是否先到武汉大学歌咏队教唱歌，我还是要他想法到我军里去，并告他国民党要接收苏州红十字会，快点替我想法。过了一两天，星海同志告我找到了，带我去读书生活出版社黄洛峰那里（记不得黄在不在），介绍我认识桂涛声，说随他到八路军去。走的时候，星海送我他的大衣，并说将在延安和他会面。一九三七年十二月中，我随桂涛声到了郑州，才知道桂不是到八路军而是到十三军（汤恩伯）的游击队去。我不愿去，桂不让走，说冼星海把我托给他，他一定到了太行山保证介绍我到八路军去。我毫无办法，又没有钱可以回武汉，我想冼星海同志介绍的人，又是读书生活出版社，不会不进步，只好跟桂上太行山了。到了陵川（一九三八年一月初），桂当了十三军游击队的政治部主任。司令是李果湛。在陵川，我们（桂也去）常去八路军办事处玩，找办事处主任郑幼虎同志，向他表露想到八路军的要求。“因为当时碍于统一战线，所以不好表示”。这是我在一九四〇年打朱怀冰时遇见郑时他说的（郑以后是青年纵队长）。李果湛发现我们常去八路军办事处，召集政治部的人员大训了我们一番，说谁要想去不是不可以的，今天是朋友，明天就是敌人。我感到是上了当了，这里是不能自由的。曾找刘子超同志（他在陵川办干校）表露过我这种思想（陈沂同志也在干校当教官。我当时不知道刘是党员，只知道他是我的同乡，思想是进步的，所以相信他。他请我去教他的学员唱歌）。

当时的环境是这样：十三军游击司令部有进步的同志，如陈裴夫（后来的陵川县委书记）、王拾遗（后来一二九师的参谋）、陵川县长王耿人，这些同志对我都很关心。大约是二月间，我从乡下回来时这个司令部已被国民党取消解散了，大部分人员都转到陵川牺盟会方面去。我一回来，河北民军的张荫梧的副官（姓叶）找我说，我们总指挥要你到他那里。我表示要回汉口（假说的）。他说，你如果不是回汉口，而参加了别的地方，太对不起张总指挥。我表示抗日是可以自由的。谈后，王耿人同志叫我到他的第二战区第一游击支队，并说将来可以保证到我军中去。我看陈裴夫等都去了，八路军也派了人当参谋长，我就去了。后来他们派我去第一大队当指导员，在晋城、潞城一带打游击。我很高兴搞部队活动。

我跟陈裴夫同志一起到潞城附近搞破击活动，在行军和驻下时，陈就跟我谈党的问题，说他也想参加党，约好分头去找关系。陈回陵川时，叫我代理他的前方政治主任工作，并留一张申请入党的表给我填写，回陵川时给他。我四月中回陵川，在半途和在壶关县政府听到张荫梧搞垮了游击第一支队司令部，赶走了王耿人。有的同志劝我暂不要回陵川，我很气愤，抗日有什么罪？我坚决要回去看看。在平顺宋之春同志（区长）处住了一夜就回陵川城。听说城已被河北民军控制，我把表藏在石头下，进城去，找不见陈裴夫，县长被师人凤代替了。我实在无法。我已不相信桂涛声了，去找刘子超，刘不在。找到陈沂同志，要他设法介绍我到我军中来。陈叫我跟他到晋城见朱瑞同志。四月二十日左右，我在晋城见到了朱瑞同志。

朱瑞同志很热情地和我谈过几次话，我把我的历史，从上海到太行山的曲折经过告诉了他。他告诉我，李果湛原是留苏学生，是个叛徒、托匪，桂涛声也有可能是托派。

这一段情况，陈裴夫（不知在何处）、陈沂（总政）都了解的。

参加我军实现了。朱瑞同志马上派我到太行山剧团当指导员。这个剧团是从十三军游击司令部政治部转到二战区第一支队和刘子超的干校合起来的。四月底我随朱瑞同志到了总部，剧团由晋冀豫区党委领导。六月派来赵迪之同志当政治指导员，我是艺术指导员。

在这半年中我还不是党员，很苦闷。十二月宣传部长徐子荣与我谈话，说我的组织问题可以解决了，我高兴得不行。一九三九年一月我在太行山剧团入党（在长治），候补期三个月，四月底转正。我的入党介绍人是赵迪之同志。

一九三七年一月到四月我兼任长治的民族革命艺术学校的导演课程。四月底回辽县区党委机关的太行山剧团。

一九三九年九月后任剧团的政治指导员和艺术指导员。

我的创作活动是在参加我军后，在朱瑞同志的鼓励下学习写的。写过一些剧本和歌词。我受着党的全面培养，工作、学习是努力的，但政治修养很差，个人英雄主义也很浓厚，常发脾气。

一九三九年春天，我同赵迪之同志结婚。

一九四〇年春剧团在冀西配合打退朱怀冰的反共战争。五月到总部的前方鲁艺教戏剧课，八月回区党委，一九四一年六月到北方局党校学习，十二月回到太行山剧团，这时剧团已归边区政府领导。我在剧团改任团长。

一九四二年五月反扫荡战争中，我在漳河南岸负伤，住在医院休息四五个月。一九四三年十月我离开剧团到太行文联，到总部的军工厂下厂一月。

这一段情况，袁靳（中宣部）、赵洛方（在秦基伟部）、康方印（同上）、贾宗谊（开封步校）、赵子岳（北京制片厂）等同志都能证明。

一九四二年底至一九四四年一月始参加区党委党校整风，一九四五年四月结束。一九四五年四月后到太行八地委，做调查研究工作。日本投降后，曾派到陵川民兵大队做围困焦作时的政治工作。焦作解放后，即在矿区的工会、农村搞群众运动。

这一段，高宗智、刘刚都能证明（高在全总，刘在拖拉机厂）。

一九四六年十月参加太行群英大会工作（画画）到年底。

一九四七年一月到太行文联任戏剧部长，这年写出了歌剧《赤叶河》、长诗《圈套》和长篇小说《太行山不会倒》（现在仍未写完）。

一九四八年春参加太行区党委的安阳工作团任团委，搞土改，同年八九月，任区党委文委委员。

这一段情况，袁靳、王玉堂（全国文联）都可证明。

一九四九年一月写长诗《漳河水》，五月参加北京召开的全国青年代表大会。七月参加第一次文代大会。七月底出国，参加第二届世界青年代表大会（在布达佩斯），十月底回国。十一月调华北局宣传部任文艺科长，一九五一年任文教处副处长，年底任文艺处处长，直到一九五四年九月华北局结束时止。

华北局结束准备到包头钢铁公司党委会工作，后因工作需要，与胡风反革命集团作斗争，留在作协任党总支书记（一九五五年三月至一九五六年三月）现仍在作协做以下的工作：工作委员会委员、青年作家委员会主任，并参加党组工作。目前在结束肃反工作。

现在家里除母亲、五哥五嫂外，八弟、十一妹都参加了工作。我和赵迪之同志有五个小孩。赵迪之现任第一机械工业部的机械仪表厂筹备处主任。

阮章竞

1956年4月20日

文学小丛书版《漳河水》[①]后记

收集在这个集子里的小诗，都是一九四七年到一九四九年写的。以前写的都在战争中遗失。现在除了《牧羊儿》默记下来外，其他的都想不起来了。

《牧羊儿》是用洪荒笔名在太行山写的，由常苏民同志配了曲。现仍听到有人唱它。前年听说有人把它作民歌搜集到，并加以编改在电台广播。我好像也在收音机前听到过。

几首短诗中，做了某些修改。《妇女自由歌》的最后两节，和演唱词不同，原因是我填写好词交给演唱者后，领导演唱的同志，未问过我就把它改了，马上就唱开了，原稿也不知哪里去了。现在我是根据第一个稿子的片

① 人民文学出版社 1958 年 12 月出版的“文学小丛书第二辑”选编了诗集《漳河水》。包括《牧羊儿》《圈套》《送别》《盼喜报》《漳河水》《妇女自由歌》。

断，做了恢复和整理工作。

其他的除了个别字句有变动外，还是原来的样子。

1957年7月5日

附：

目录

矿山医生[①]

去年，当金红色的橘子，正红满了南方果园的时候，我来到了北方边疆——白云鄂博。飓风吹卷着白雪，像大海里泛起的银色浪花。照季节来说，应该是初冬，可是在这里，已经是零下三十摄氏度的天气了。就在这样的初冬夜晚，在矿山一间窄小的房子里，乌同志介绍我认识了年轻的矿山医生。乌同志曾这样告诉过我：这里从来没有过医生。矿山建设开始了，人都不愿来。他是草原的第一个医生。他过去也有个思想问题，老想进医学研究院。

我见到这位从医学院毕业不久的年轻医生时，他刚从包头坐着运输卡车，经过了五六小时的路程，带着满身尘土回到矿山来。他穿着件肥大的、很不合身的矿山工作服，脚下穿着一双笨大的毛皮鞋，腼腆地坐在火炉旁

① 发表在《人民文学》1958 年第 2 期。

边。房子外面，夜风像怒涛似的咆哮着。电线杆呜呜地响着又尖又长的啸声。一阵一阵的沙砾，簌簌地撞击着结成瑰丽花纹的玻璃。

“你来矿山好久了吗？”

“一年了。”

“光你一个人吗？”

“不，还有一个护士。”

“工作怎样？还想进研究院吗？”我笑着问他。

年轻的矿山医生笑了笑：“就是应付不过来。我在医学院是学外科的，可是在这里，要求一个医生既要懂外科，还要懂内科。我根本没做这样的准备，可是，我还要做产科大夫的工作。”

“那不是挺有趣吗？”

“是很有趣。在这里学会了骑马、骑骆驼。蒙古马，不大好惹。骑骆驼倒挺舒服；可是它知道你没有跟它这一族打过交道，走到半路，突然前腿跪下，吃起草来，把你从背上摔下地。它会跟你开这种玩笑。生活就这样强迫你什么都要学会。”

矿山医生说完了最后一句话时，淡淡地笑了笑，搓了搓手，好像很高兴，因为生活学校，给了他很多东西；但也好像感到是个损失，使他成为专科医生的愿望，在这荒漠的草原上受到了影响。

“我毕业的时候，准备进研究院学习。组织号召青年学生，参加社会主义建设。边疆地区需要大批的医务人员。进研究院还是到边疆呢？思想矛盾开始了。我妹妹在军队里，我去跟她商量。她说国家工业不发达，什么也谈不成。她不完全反对我进研究院，但她更赞成的是服从祖国需要。第二天，我回到学校。学校领导同志找我谈话，说我同班的一个同学，分配到包头钢铁基地，现在不肯去。他静静地看着我，没有说别的话。我了解，这是在等我回答。进研究院，服从祖国需要，这两个问题在脑子里翻来翻去。我最后说：‘再没有人愿去吗？’他说不会这样，但还没有找到。我犹豫了一下，说：‘祖国需要，我替他去好了。’我的决心，并没有使领导同志露出赞许的笑容，他玩弄着铅笔半天才说：‘你能长期安心在那里工作吗？’我心跳得很厉害。他看出来了，我是有矛盾的。但我说：‘我保证：一定安心工作，直到炼出第一炉铁水。’”

“你的勇气很好，计划也很周到。我没有说错吧？”

矿山医生笑了，脸更红了。

“是的。我想：到那时候，顶多是一两年，我还可以进研究院。一百四十一项工业重点建设中有包钢，这是祖国现代化的三大钢都之一，多叫人兴奋啊！我想：现代化的钢都，医疗设备能不现代化吗？冶金基地去了多少人，开始也得有个三百张床位的医院吧？我想：包头，草原上的一颗明珠。早晨拉开窗帘，看着太阳从白色的雾海中升起来，千里绿野，露珠闪光……”

“真美啊！只有我们的国家才有这样的风光。”我笑着说。

“可是我所想的都早了一些。”矿山医生说了这句话，对着火炉沉思起来。他好像划着小舢板，在海洋里寻找宝岛，不知道要在什么时候，才能看到那座迷人的山影。“我来到的时候，看见的是黄沙飞天，地冻天寒，要啥没啥。到基地来的人，都是从各地城市来的，有些人适应不了气候，病号多，医疗条件不足，个别病人摔摔打打，态度很不好。建设真不容易，做医生真难呀！”

他停了一下，看见我想说话。

“你想说‘研究院’，是不是？”

我笑着点头。矿山医生不好意思地笑了笑。

“是这样。有一天，我收到一封同学的信，知道有个别同学已经从边疆回到学校。信上说如果我想回去，现在还是时候，等掌握到更高的技术，过个三几年条件好了，再出来，正好用上。

“我正在反复地看着信，党委书记找我来了。他说矿山有了几百矿工和家属，就是少个医生。有人生病了没有人给看，工人不安心。‘这块滩头阵地，已被我们占领了，现在需要各方面的人去支持。目前最迫切是有个医生。’党委书记说了好几句这样的话：‘矿山是苦的，条件比包头差多了。好的时候是在明天。可是需要有人今天去那里，把明天的条件创造出来。’

“医务工作者的任务，是保护人的健康。哪里需要就应该到哪里去。可是还要党来征求同意不同意。知识分子太软弱了，我一直摸着裤袋里的那封信。党委书记微笑地看着我，可是眼神是有点忧郁的。我知道，我的同事没人愿意去。我回避着，不敢正面看他。我问我自己：你没有不可见人的事呀，为什么不敢正视党委书记？为什么不敢正视那双带着点忧郁而又亲切刚毅的眼睛呢？我发现了我不敢正视的原因是这两个字——自私。但我不敢碰它，想兜个圈子绕过它。我毫无气力地说：‘当然，要说自愿吗……’我突然不好意思说下去。我问自己：为什么还要说‘当然’呢？‘当然’底下应该是‘服从需要’。我把裤袋里的信，捏成一团，用对母亲说话那样的声音，对党委书记说：‘我虽然不是党员，但我服从党的调配！’”

“有没有困难？”

“我说：‘没有。’党委书记说：‘那里是新开辟的地区，有很多困难。你鼓足勇气去是好的，但皮球鼓足气，一碰到阻力就跳回来，这就是知识分子的气度，也是弱点。’党委书记望着我，又补充了一句：‘不生我的气吧？’

“我说：‘说得很对。’

“党委书记又说：‘说得很对吗？可是你不要一去到就把气门带松了，扁塌塌地只好一天到晚待在医务室里。医生的工作范围，不光是看病。那里周围有兄弟民族，医生的工作范围，也不光在矿山。’

“我坐着运输卡车，穿过了大青山，走进了像大海似的漠漠草原。我来到矿山的时候，正从外地又调来了好几十个工人。这里的气候更冷，干燥缺水，供应困难，生活十分枯燥。病人多，尤其是小孩们，感冒、咳嗽、百日咳、肺炎都来了。工人家属们，成天嚷着要回原来的地方去。

“我的诊疗室里，天天有六七个基本‘病人’。他们不发烧，也不发冷，检查结果：一切正常。可是他们都叉住腰，一致说腰疼；而且都有个统一要求，要我开证明信，到原来的地方医治。不答应就吵闹。我对一个天天闹的何森说：‘何同志，你的身体很结实。’

“他火了：‘我天天来看病，你还说我很结实？你到底是不是大夫？’

“我说：‘我在医科学校学了六年。’

“‘不管你学了多少年，你看不了我的病！’

“我说：‘你的病是另一种病。’

“‘你不关心病人，不是个大夫！快给我开证明信，我回本溪去治！’

“看！医院他都早选好了。我说：‘何必跑好几千里路。安心上山劳动，马上就会好的。’

“糟了，我这一说，把那些天天来的，同病相怜的‘病人’都惹火了。

“‘我们都要回原来的地方去治，赶快开证明信！’

“就是这样，这几个人天天来，轮流来，吵得药瓶子都要跳起来。

“‘不能开这样的证明信！’我对护士小刘说。‘你别跟我松了气门带。’其实我自已早就松开了气门带。我不好意思碰到阻力就跳回去，我硬着头皮说：‘我们想办法，使他们相信，我们能够战胜自然条件。我们把工作做好，他们会像大多数人一样，坚持下去。他们都是一些能人，别只看今天泡病号。’

“白云鄂博，雄伟地站在我的面前。这是裸露在祖国边疆的宝山。它将要供给祖国无穷无尽的钢材、钢管，各种合金。我们有本事，照着夜空的繁星那样，用灯光串成一座草原上的城市。但是，在这冻土三米多深的地面上，挖开第一道沟，埋下第一根巨管，引进清泉，是艰苦的。风像刀子，饮水是苦的，看不见树木，听不到音乐。当然，更听不到货郎担子的锣声。妇女们盼望得到一两根彩色绒线，给小孩绣个花围嘴，也要走好几百里路。照着夜空星斗，用灯光串成的城市，到底是明天的事情。

“‘医生的工作范围，不仅是看病。’我反复地想着这句话的意思。我想通了，决定把自己的一部分工作，到诊疗室外头做。我抽出时间，到工棚，到家属中去。有一天，快下班了，我到单身汉的集体宿舍去。没有人，火炉熄了。我把炉子生起火来。一位腰疼的‘病人’，下班回来了。他把风帽扔在床上，笑着说：‘谁这样功德无量，替光棍们把炉子生起来了？’

“我直起身来跟他打招呼。他奇怪地上下打量我一番。‘哦，大夫。你会生炉子吗？’‘看，一学就会了。腰疼好些吗？’他含含糊糊地说：‘好多了。我自己来生吧。’

“以后，我一有工夫，就上山看他们采矿石，休息时，问问他们身体怎样，跟他们聊天。我发现，他们在干活的时候，是像打仗一样的，人人都是一头汗水。这时，我严格禁止敞开衣服。他们很服从我的干涉，看看我就把扣子扣好了。几个天天要求开证明信的人，拿出烟来要我抽，还问我家在哪里，有几口人。

“去年年底，我送一个病人到包头，回到矿山已经是夜里了。我正低着头在洗脸，忽然门被人推开，一阵冷风滚进来。我抬头一看，是矿工何森。他的脸色非常苍白，样子很痛苦，一手抓住我的胳膊，声音颤抖：‘大夫，快！’

“我急擦掉脸上的肥皂，‘怎么啦，老何？腰疼得厉害吗？’

“‘不，你赶快跟我想办法！’拉着我就往外跑。

“‘你真腰疼就不能这样跑！’我被他拉着踉跄了几下。

“‘不是，我老婆快死了！’我被他拉到外头了。

“‘让我带上药箱。’我急回头叫小刘：‘小刘，快带药箱到何森家去！’

“我像吉普车的斗子一样，被他拖下洼地，翻过小岗，窜过草丛，越过乱石。我一进他家，耳边是一阵叽叽喳喳的女人声音：

“‘大夫，快送去包头吧，不行啦！’

“我看见炕上的病人，也吃了一惊，完全像死了一样，炕头坐着的两个小男孩，‘妈呀！妈呀！’地哭喊着。我马上给她检查，脉搏还不怎么，瞳孔没有缩小，也没有散大的现象。

“家属们屏住气息，看着我。这些眼睛呀，都想从我的身上，看到希望和平安。小刘拿着药箱来了，跑得上气不接下气。她把听诊器给我时，悄悄地：‘怎么？’我用眼色告拆她：‘别说话。’

“我听了她的心脏，检查了呼吸，扳动了她的脖子。我有些放心了。

“一个替何森抱着最小的女孩的家属，走到我身边说：‘快把她送到包头吧，不要耽搁了！’

“我这时候才看到她们，已经替病人，准备好东西了。家属们乱哄哄地发表议论，一致认为只有赶快送到包头。

“这里没有什么医疗设备，没法子做进一步的检查。我问自己：有没有把握？你的判断正确吗？还是送走吧？不行，三百多里，路这样难走，又是零下三十几度的冬夜，病人已经没有任何力量，怎么能支持住呢？就是送，也要让病人恢复点力量才能送。这是个重要关头。我把不能送的道理告诉他们。

“‘不会耽误吧？’好几张嘴在我耳边问着。

“我说：‘放心吧，不会的。’

“何森愁眉苦脸地说：‘就这样吧，死在路上，死在这里，反正一样。’他转过脸对替他抱着小女孩的女人说：‘三嫂，要是出个三长两短，孩子先吃你的奶，看看谁要就给谁。这两个大的，我自己带着……’

“他这一说，两个男孩哇哇哭起来了：‘不要给人家！不给人！要妈妈……’

“我说：‘老何，不要说泄气话。不会这样的。’

“总算取得暂时的信任了。我给病人打了针，就这样等着。外面冷风呼呼地撞着窗户，屋里静悄悄的。等着等着，两个男孩子开始打盹，很快就睡着了。病人忽然睁开了一丝眼缝，低低地喊口渴，喊头疼。她这一喊，多难得啊！把屋子里的油灯都喊亮了。

“我回到宿舍，合了一阵眼睛，天亮了。何森走进来。

“‘大夫，累得你一夜没有睡。’他的话多么和气，这跟他要我开证明信的时候，真是成了另一个人。

“我问了病人的情况，就跟他到他家里。在医务所门口，我把小刘喂的一只百灵带上。

“何森的女人，完全清醒了，但还很弱。她流着泪水问我：‘大夫，我们在这里挺得住吗？这个地方太……’

“我安慰她说：‘这里将来是个好地方啊！我们要把草原变出座城市，怎么挺不住呢？’我拿着小鸟对两个小男孩说：‘我给你们带来只小鸟。这里的百灵多好看！你们会喂它吗？’

“‘会。’两个小男孩争着摸我手上的小鸟，轻轻地捋着草绿色的羽毛。

“病人露出了笑容：‘大夫，我不想死，我会不会死了呢？’

“我说：‘我看见你的孩子，就不能让你死呀！’

“小鸟一下挣脱了孩子的手，引得两个孩子追捕起来。小鸟一会儿跳上窗台，一会儿跳在病人的被子上，一会儿跳在玩具小钢琴上，踩得键盘叮叮响起来。

“‘弟弟，抓住啦！’那个按着小鸟的大孩子，大声笑起来。看呀，窗外蓝色的天空，盖着白雪的山，整个草原都是他们的。他可以大胆使用自己的权利，大笑大叫。

“病人笑了，而且笑出了眼泪：‘这里的百灵真好。’

“我回到医务室，告诉小刘，她的小鸟送人了。她嘟着嘴说：‘要你给我去捉回一只！’其实，她比我还高兴，把病历表给我的时候，咔咔地笑着。

“病人完全好了，何森的‘腰疼’也完全好了。他有天跟我说：‘大夫，你救了我女人，又给我省了好多钱。’

“从这次以后，要求去别处治病的人少了。人们相信，人是能够斗争过自然的。

“我刚才告诉过你，我是学外科的，产科只知道一些，可是没有临床经验。在这里，我第一次遇到的是个头胎难产的工作，器具又不全。这些还不要紧，最成问题的是封建思想。我一去到，妇女们都皱着眉头，睁着不信任也不友好的眼睛：‘哼，连个女大夫都没有。’那个年轻的产妇，死活不肯让我检查，对我很不礼貌地要我出去。那有什么办法，医生听到病人的难听话，是常有的事。我没有走。最后是她男人和两个年纪大些的妇女帮助，我才顺利地完成工作。真好呀，一个九磅多重的男孩子！”

矿山医生讲到这个为迎接社会主义的矿山而诞生的第一婴儿，很平安地来到白云鄂博时，快乐得眼睛都红润了。我羡慕地说：“你真幸福！”

矿山医生说：“是呀，这里的人，太好了，我有时离开几天，他们就打听我回不回来。我在这里，还看见了一个剽悍而又热情的兄弟民族。”矿山医生接着谈起他怎样和牧民做起朋友来。

“党再三嘱咐，医生的工作范围，不仅在矿山。可是我来了一个月了，还是在矿山。一天中午，医务室里，来了两位牧民，男的叫达木林查布，女的叫斯达琳沁木格。他们抱着一个男孩。孩子的脖子长了个大脓包，肿得分不出腮边了，痛得光叫喊。他们骑马跑了好几百里。我看见窗外雪地上的两匹马，浑身冒着白汽。

“孩子睁着痛苦的眼睛，看着我。

“我看了之后说：‘找个地方住，孩子要留下来治。’

“达木林查布用生疏的汉话说，他在这里没有亲戚朋友，找不到地方住。

“难题出来了。我来到矿山之后，曾想过，在医院盖起来之前，先搞几张临时病床。可是困难呀，没有房子。

“‘孩子不能回去，要动手术。’年轻的母亲听见要开刀，眼睛溢满了泪珠。我安慰她说：‘开刀，不怎么痛，请放心。十天半月，孩子就可以骑着马去追黄羊了。’

“他们商量了半天，认为这个问题，跟登天一样难。我亲自找矿山党总支书记去。问题完满解决了，挤出来一个小房间。

“母子住下来了，新的困难又来了。斯达琳沁木格不会烧煤火，水喝不上，饭吃不上，冻得母子缩成一团。只好由我和护士小刘，轮流担负起这个生炉子、打水、送饭的任务了。

“十天之后，孩子好了。临走的时候，达木林查布找党总支书记道谢。斯达琳沁木格抱着孩子在马背上说：‘毛主席，长寿！’

“从此以后，达木林查布介绍我认识了好多牧民朋友，常到国境边的蒙古包里去，接替喇嘛念经治病的工作。

“就是这样，党教育我认识了这个热情的民族。可是，有一次，差一点犯了重大的过失。今年二月间，病人很多，我忙不过来。一个青年牧民扶一位老太太来看病。病人名叫根基德玛，六十多岁了。脸色已经发灰，体温快到四十度，脉搏跳得特别快，但很微弱，听诊器里听到像米饭烧开冒泡的声音，这叫湿性啰音。气管变小了，看来是严重肺炎。我告诉青年牧民说：‘病人病得很重，你们都留下来。’他说不行，要马上回去。我说最好有她的亲人在这里照顾她。青年牧民说她家只有一个十六岁的姑娘，要照管羊群不能来。

“我问他：‘你不是她的儿子吗？’

“不是，我是牧业社的十二组长。青年牧民这样回答我。

“后来他去找地方政府办事处，想法解决这个问题。当时我忙不过来，给她打了针，给了药让她先去休息。我从病人们中腾出身来的时候，还不见青年牧民回来，我拿上药箱到政府办事处找他们。办事处的人说，已把病人安置在一家蒙古包里。那里离这里还很远。眼看天就黑了，我想已经安置妥当了，一定有人照料。我也实在太累了，不想去了。我走了几步，想起病人的病很重，那张干瘪的发灰的脸色，我担心起来。党调自己来这里的时候，说我是头一个来的医生。医生的责任是什么呢？天黑、劳累和路远，就可以不管病人吗？我不知道为什么，一下想起‘可耻’两个字。我马上回头走，好像听到病人在叫喊似的。我跑得很快，回到办事处，问清楚方向。

“跑了多久，我记不起来了，但那个破蒙古包我是找到了。我轻轻地推开门一看，里头黑黑的，也听不见声音。我有些害怕，病人在哪里呢？我从药箱里取出手电筒，一照，中间有个火炉，用手一摸，冰凉的。火炉后边，堆着一团羊皮，没有病人。出了什么事？我定眼一看，那团羊皮有点颤动。我轻轻地揭开一看，哎哟，病人缩在羊皮里哆嗦。

“我马上进行检查，脉搏到了一百二十了，比初看时严重多了。她来的时候走了好几十里，现在环境又不适应，她没有气力和病作斗争了。我立刻找到干牛粪把炉子生起来，给她打了针，就跑出蒙古包去找人。我找到了几个蒙古包，人家都听不懂我的话。幸亏碰到一个复员军人，他会说汉话。我请他去陪着病人，说明不会传染。这个复员军人很干脆，拿起东西就跟我去。我给病人进行了睡眠疗法，她安静地睡着了。时间已经很晚了，我告诉复员军人，不会有什么问题了。我明天一早就来。

“我走出了蒙古包，看见满天星斗。天气虽然很冷，但我放心了，因为今天差一点犯下了错误。草原上，严格说是没有路的，又是在半夜，我只能朝来的方向走着。忽然看见前头的岗子上，有一对像灯笼似的绿光。我怕极了。我一来到矿山，就听说这里狼多，常常成群结队地出现，而且会从人的背后扒着肩头，等你回过头好咬喉咙。太可怕了，但我总算没有遇到过狼。今天冤家路窄，碰上了。往前走吧，它会吃了我。往后跑吧，它会追上我。我身上除了药箱，什么能做自卫的东西也没有。我想起来了，野兽怕光，我不是有手电筒吗？我打亮手电筒，朝着那对绿光乱划。判断正确，效果良好。绿光不见了。我提心吊胆地绕开岗子，朝有几家蒙古包的地方走。我想如果再碰到狼，我可以叫喊了。我绕过一堆乱石，又发现一对灯笼似的光。我怕极了，这可能是狼群。我的手电筒又起了作用，光一下不见了，却听到嗥嗥的吠声。不是狼，是蒙古狗。狗是不会吃人的，可是蒙古狗，咬人也很出色。幸好，出来一位牧民把狗吆喝走了。

“我和护士小刘，天天轮流到那个蒙古包看病人。开头几天是一天去两趟。我说忘了，我第三天去的时候，复员军人告诉我，说老太太的女儿来过。我说这位姑娘太不懂事，怎么不留下。

“复员军人说：‘不是这样，她母女抱着头哭了半天。家里有三百只羊，她要回去照料。你没有看见，走的时候很惨，女儿解下马，又拴住，又

走进蒙古包，抱着哭了几次！医生，她母女俩是在诀别呀！’

“我从这次更了解，这里太需要医务工作者了。

“我就是这样，纠正了过错，认识了根基德玛老太太和她的女儿。她们来看过我。”

时间已经很晚了，矿山规定的照明时间过了，电灯一下子灭了。我擦着火柴点着油灯的时候，问矿山医生：“听说有人请你吃过饺子，是她吗？”

矿山医生说：“不是她，是在塔木家里。那一回，我头一次骑马出了洋相。大概是三月间的夜里，天气很冷，有月亮，还下着春雪。十二点钟左右，突然打门打得很急。从我们的职业来说，半夜有人打门那是很平常的事。你开门，一定会听到谁家有人病啦，或者是谁的女人要生小孩啦这些话。我开开门迎接进来的是一位魁梧的骑士。他的皮帽、领口都结满霜花。叽里咕噜半天，我一句都听不懂。他急得满头大汗，拿帽子擦着。半夜三更，到哪里找个翻译呢？真凑巧，在医务室后头的坡上，碰见了警卫部队的排长，他是蒙古人。

“他听了那位骑士的话，告诉我：‘医生，他要你赶快去救命！他家七口人病倒了四口，情况很严重。’

“我来不及问在什么地方，也不知道有多远，赶快返回医务室，收拾好药箱，拿起大衣走出门来。这位来请我的骑士，牵过来两匹马，拉一匹叫我上马。

“‘有多远？’我问排长。

“骑士把马鞭子向东一举。排长告诉我：‘他说一鞭子路。’

“‘一鞭子，有多远？’

“排长问了骑士一句话，笑着说：‘你就当它四五里路吧。’

“我小的时候，可想骑马了，特别听说蒙古马很有名，可是没有骑过。想不到在雪夜出诊中，实现了童年的愿望。我太羡慕那位骑士了，他拿过我的药箱，一下就上了马背。我没有这个本事。排长拉着缰，我左脚一伸进马镫，那匹马使起威风来了，后腿猛地蹦起来。可把我吓坏了。太惭愧了，怎样也骑不上去。那位骑士非常着急，又跳下马来，和排长一起把我托上马背。可是这匹马，根本不理解主人的着急，很不愿我骑着它，老想挣脱排长的手，而且昂着头叫起来。排长就这样替我牵着走出矿区。

“月色很好，小雪片像梨花瓣一样静静地下着。地上的积雪，银光闪烁，马蹄声‘簌簌’地响着，白云鄂博的巨影，耸立在西北边。飘着白点的蓝灰的雾幕中，露出几点红宝石似的灯光。这样美的雪夜，我一点欣赏的心情都没有。那位骑士，更是焦躁不安，我也不比他轻松一点。

“排长吩咐马的主人招呼我，他就回去了。

“那位来请我的骑士，不知道说了句什么，马小跑起来了。我骑的那匹马，开始跟着跑，接着就抢过它的主人，拐着弯子乱跑起来。我怎么也勒不住，身子左晃右摆，上抛下跌。幸亏马的主人，飞快地抢到前头挡住，要不我那个翻身落马的姿势，一定不大雅观。

“太耽误时间了。我把大衣交给那位骑士，我下决心跑步去。‘一鞭子’才四五里路，我过去也跑过万米，很快就能跑到的。

“我跑了大约有二十分钟，脚被皮鞋磨痛了，换不上气了，可是还不知道目的地到底在哪里。那位骑士老要在前头等我。他很着急，说了句什么，就把我一搂，搂在他的马上，他狠狠地踢着马肚奔跑起来。从洼地跑上岗丘，又从岗丘跑下洼地。马跑累了，浑身是汗。他勒住马，要换马骑。经过这一段路的锻炼，我从他身上学到了点东西。我用手比划了一下，他看出我是问还有多远，仍旧是举起鞭子一指。还是四五里路。我拉过匹马来，自己骑着走了。行了，比刚才强多了。小跑走了好大一会儿，马突然又快跑起来，快到蒙古包的时候，它跑得更快，简直像飞起来一样，我又上抛下跌，左晃右摆起来。一直到了蒙古包旁边才肯停住。蒙古马出色的地方我领教了。

“那位请我到这里的骑士，赞许地笑着过来拉着马。我心想：你这‘一鞭子’的四五里路，真不近啊！

“这个地方，有三几个蒙古包。有一位六十多岁的老头和一个年轻的姑娘，在门口把我们迎接进一个大蒙古包里。地毡上睡着四个病人。这时进来一位羊倌来当翻译。我了解了，这个家庭的老太太、大女儿和两个小孩病了。去接我来的人是老人的大女婿，是牧业社干部。刚才在门口接我们的是二女儿。我立刻给病人们进行检查，病得最重的是大女儿和她的两个孩子。都是流行性重感冒，因为没有进行隔离，结果一下病倒了四口。

“我给每个病人进行了治疗，打了针，服了药之后，已经是早上三点钟了。主人早就把另一个蒙古包生了火，拿了好被子，请我去休息。我说我要看看病人的变化，在这里休息就行。年老的主人看见我这样坚持，双手拉着我说了几句话。我听出有‘毛主席’三个字。我感到他的手在颤抖。羊倌告诉我，他感谢毛主席派来了好汉医。

“病人都很安静地睡着了。我骑马骑得两腿很酸疼，很疲倦，不知不觉地也睡着了。当我醒来的时候，看见蒙古包顶圆圆的天窗，已透进阳光。我发现主人在我睡着的时候，给我盖上了被子。我正要爬起来时，忽然觉到有点头晕，喉咙沙疼。糟了，病传到我的身上了。我挺着检查了病人。老太太和大的小孩，好得多了。只有大女儿和最小的孩子还不大好。这样我不能一早就离开这里了。

“主人请我到另一个蒙古包去吃饭，我去到的时候，看见二女儿在包饺子。原来主人一早就在忙碌，杀了羊，弄来大葱，为我准备饭。年老主人陪着我吃饭，大女婿和二女儿在一边伺候。我再三请他们一块吃，他们不肯。后来老主人叫他们吃，他们才吃起来。大概这是这里的规矩。

“到了下午，大女婿出去工作了。病人都好得多了，看来不会有什么问题，我留下了药准备回矿山。老主人叫他的二女儿牵马来送我。我听见叫她做塔木。老主人送我一段路，拱手跟我道别了。

“塔木是个漂亮的女骑士，她像燕子一样，一闪就上了马背。她看我也上了马，左手一提缰，右手一挥鞭，纵马跑上了山岗。大概她不知道我的马术是出色蹩脚，要不就是故意跟我开玩笑了。我还是骑着那匹马，它很了解我的弱点，放开蹄子，飞一样追赶它的女主人。她勒住马看着我在马上的样子，笑得前仰后合。我骑的马绕过她跟前，放纵地跑着，她像飞一样把我的马截住了，给我牵着慢慢走起来。

“塔木用鞭子指着周围叫我看，大概是问我她的家乡好不好。真是美呀！天上浮着牛奶般的朵云，一目千里的雪地上，散放着马群、牛群和羊群。百灵鸟群，像南方水上的浮萍一样，忽高忽低，在天空下流荡着。草原的风光太好了。可是我浑身疼痛，没有充沛的情绪好好地欣赏草原上美丽的风光。

“塔木送我到了白云鄂博，临走的时候，笑着对我说了一句不熟练的汉话：‘好好学骑马。’

“我说：‘学好再跟你比赛。’

“我一进诊疗室，一堆病人又把我包围起来。在这里做医生，你是没有权利生病的。”

矿山医生说完了。时间已经快十二点了。窗外的夜风，呼呼地吹刮着。我在门外和矿山医生道别的时候，他问我：

“这里的风是厉害吧？”

我说：“反正它刮不倒人！”

一年很快过去了。初冬的早雪，按照千古不变的时刻，准确地降临在白云鄂博。可是矿山发生了巨大变化。火车运送着建筑器材，运送着新的人来到矿山。又运着成千上万吨的矿石出去。许多矿工住进了新建成的房屋。俱乐部很快就可以放电影了。那些来过医务室的小客人们，曾敞开衣服，让矿山医生轻轻敲响过的胸脯上，现在已结着鲜艳的红领巾，在做早操。许多牧民恢复了健康，纵马驰骋在无边的草原上。多少个未来的骑士，经过他的手迎接在朝霞绮丽、露珠闪光的天地里。矿山医生盼望了很久很久的医院，已经在安装楼板。而每个早晨，开山的连珠炮声，震动山野，升起白色的烟云，浮流过狼牙似的山峰。

在这个初冬的日子里，我又遇见了矿山医生。他告诉我，矿山已经有了好几位医生。他可能很快就要离开那里了。

我问他：“进研究院学习吗？”

年轻的矿山医生笑着说：“你记性真好。我可能到北京，或其他医院进修。我还要回来，这里需要人工作。”

1957年11月27日

张开了翅膀的草原[1]

我听说过，有这样一种人，害怕吃粗粮会使腰身发胖，劳动会使指节粗大，会丧失了苗条的细腰和修长的玉手而忧愁失眠。这种人，似乎是带着与众不同的两件东西来到人间的：有副特殊的肠胃，只能消化玉馔珍馐；有具天赋的娉婷身材，只宜于披着华衣美服；像时装店橱窗里的木偶一样，虽然有点可怜，但经常带着得意的微笑向人们示威：看，我多幸福！

我在蒙古草原上，看到穿着肥大的羊皮衣的女测量员，她们立在凛冽的风沙里，吐了含满沙粒的唾沫笑着说："现在，这里什么都看不见。明年来吧，这里就是巨大的第一号高炉！"

一九五七年的春天，当资产阶级分子兴云布雨的时候，我在工地上，遇见一个勘探队员拍着报纸说："我们在风沙滚滚的地方，建设社会主义；这

① 发表在《诗刊》1958 年 2 月号第 41–47 页。

些家伙，坐在沙发和玻璃窗里，要拆倒社会主义。我们不答应！把他们弄到矿山来，跟我们来辩论！”

人民自己缔造的幸福，比什么都可贵。基地上，曾经不止一次地听到，那些饱经忧患、历尽旧社会辛酸的老工人，对着那些新参加工人队伍，不知天高地厚，自命为时代鲜花的青年们说：“要比，要拿旧社会和今天来比一比，要拿昨天的草原和今天的草原来比一比，你们才知道什么叫幸福！”老矿工李敬贤，拉起国家发给他的劳动保护品——皮衣、皮裤，激动地说：“国家把我们当宝贝蛋，把我们从头到脚，都用皮子包起来；旧社会也包，那是拿破麻袋包！”我衷心感谢老工人们的启发：要比！

《诗刊》编辑部来信，要写一篇包头的过去和现在。写什么呢？我望着逶迤东去的阴山巨影，望着灯火如南国橘林的草川，想起昨天、前天，想起古老的《敕勒歌》来：

敕勒川，阴山下，
天似穹庐，笼盖四野；
天苍苍，野茫茫，
风吹草低见牛羊。

这首吟咏阴山的古代民歌，流传两千年了，可是，塞外仍旧是黄云漠漠，白草萋萋。古代诗人曾写下多少震撼人心的诗章，但是没有一句一字，敢提过任何幻想。难怪他们，因为如果不是有党的领导，工人阶级的思想力量鼓舞，要在这千里荒漠的草原上，创造出来历史奇迹，是不可想象的。

祖国，美丽而且富饶。但是只有在今天，她才像童话似的一日千里在飞航。今天的北国，显示了伟大的诗句的力量："江山如此多娇。"它鼓舞着千百万人民，在移山倒海，扭转乾坤！前人所办不到的事情，在这一代里完成了。

去年一个夜晚，我踏着初冬的早雪，走出包头车站的月台，惊奇地望着，这个灯光闪耀的塞外古镇。

曾经在太行山上，一起吃过野草、树叶，一起踏碎过敌人封锁沟里的冰块的老同志，对我这样说："变化很大，你来得不算太晚。"这句话，带着多少惋惜！是晚了，在先头部队的脚迹上，已经出现了无数三层的楼房，出现了灯火如画的市街。

古代兵车战马不需有路可以横冲直闯的草原，出现了三十公里长的洋灰大道——钢铁大街。向大街西走，能体会到，古代诗人没有故意夸张，仍可以看见黄云漠漠、沙尘漫漫的天地。但这一切，都按照人们的愿望——社会主义在变化着。从大青山到乌拉山南麓，有成千上万来自松花江，来自太行山，来自长江、湘水，来自从不落雪的白鹅潭畔的社会主义的建设者，在寒冷、干旱、风沙弥漫的穹庐下，进行改造大自然的面容。无边无际的旷野，隆隆地响着时代的足音。难驯的黄河岸滩，落满巨人似的脚印。

年老的、年轻的每双眼睛，都在沙尘笼罩的风镜里，闪着欢乐的光芒。人都说：青春不能享受两次。但是在我们的时代里，能享受一百次，一千次。我们生活在多么壮丽的时代。

白云鄂博，富丽的神山。它确是富。它毫无保留地把如此丰富的矿石，袒露在草原上。只要弯下腰来，就可以取得。它确是美。像三颗宝石，镶在夏天是绿色的、冬天是白色的锦缎上。一出阴山北麓，在如同大海似的草原上，就可以望见那个紫蓝色的圆峰，矗立在白云里。它是神圣的山。为着伟大的民族家庭的幸福，准备着，等待着。日本帝国主义者，曾经像群饿狼，嘴边挂着涎沫，偷偷地去舔舐它的门槛。结果被以勇敢善战震动过历史的蒙古人民，打得顺风而滚！在今天，他们借出马匹、骆驼给勘探队使用，为他们带路、寻找泉水；曾经救起从矿山顶上翻车落下的伤员，收留过在暴风雪中迷路的管道队员。他们热情地、骄傲地说："我们的包钢！"同样，草原的建设者们，半夜派出医生走几十里路去为牧民治病、接生。茫茫草原上，洋溢着友爱、团结。

旧时代的反动统治者，只长着吃人的牙齿、舔血的舌头和抓人的爪子。除此以外，什么都不会。解放初期，六亿人口的大国，只有二百来个人的地质队伍。丰富的资源，长期在地底下叹息！但是，中华人民共和国诞生之后，就培养出成千上万的地质队伍。年轻的二四一队，首先来到这座富丽的宝山。这个一望无际的，有时皓月当空，还会飘着雪花的世界，却是人烟稀少，没有树木，没有泉水，一天要度四个季节的地方。听不到音乐，看不到舞蹈，住不到房屋。他们是：工作上山头，吃饭蹲石头，零下四十五，枕边听狼嚎。夜晚，这里是狼的天下。他们说："这里实行两班制，白班一人班，夜班一狼班。"但是幸福的远景，迷住了他们。老工程师黄敬饶，立在北风凛冽的鄂博顶上，恋恋不舍地观察着。当人们上山去劝这位曾经抱着美好幻想，而在旧时代里用武无地的老知识分子下山休息的时候，他说："为了事业！！"

铺设二十多公里管线的青年管道工程队，挖着三米深的冻土，啃着冻成石头似的馒头，喝着辣喉的苦水，忍受着一切严寒和暴风雪，把白云布拉格蓝色的泉水，引向矿山。防寒保护品供应不上，他们用破布把脚包起来工作着。我在白茫茫的旷野，看到了这二百多个被北风吹裂了嘴唇的青年人。他们笑着说："不算什么，为了社会主义。明天就会好的。"明天，这个字眼，多令心痒，含义多深刻啊！工人的儿子、年轻的见习技术员韩德文，悄悄地告诉我说："这里才在开工，但我们的眼睛早看中了第二个艰苦的任务——明天黄河水源地的线路工程。"他欢乐地闪着发馋的眼光，露出洁白的牙齿，好像奔赴的不是风沙和冻土，而是去赴婚礼的宴会。

昭君坟黄河渡口，这将是个多鲜明的对比。汉朝怀抱着琵琶出塞的王昭君的青冢，就在这里的黄河边上。古代多少名士骚人，呕心沥血为她唱哑了喉咙，弹断了琴弦。但是孤坟依旧对着冷月寒星，做伴的只有乱窜的青蛇和几点凄凉的流萤！要说真正的多情，还是在我们这一代。青冢的所在地——黄河，将为草原钢都，每天输送几十万吨的清水。但是谁都知道，这道从星宿海那里咆哮万里而来的滔滔黄水，多少千年，使人不敢招惹，对它无可奈何！水，在干旱的草原，是多么稀罕？水，在一个巨大的钢铁基地，是多么贵重？

"征服黄河，澄清浊水，为钢都服务！"这是个惊人的任务。

木筏，一排接一排放下去，一排接一排地被洪水咽了下去。枯水期，又是那么短促。勘探队的人们，站在风沙里，望着浊浪翻滚干着急。必须解决汽艇的问题。到天津去的人，空着手回来。去河套的人运来的是一只半身不遂、不能行动的小汽艇，需要把吉普车的发动机换上去。这里在忙碌着，河边的人也在忙碌着：一个喝黄河乳汁长大的青年，发现了大风浪多半是在每天的午后发生。他想出了个大胆的设想，并得到党支部的支持。他们在水文站，在附近居民、包头航运局借来了四条木船，以两条合组成一条，准备试验。他，还有一个小伙子和党支部书记，先去创造经验。从浅往深，从缓流到急流，慢慢放到河的中流。难驯的黄河，在勇敢和智慧下面低头了。就这样，他们天天派人在上游盘查黄风的行动，熬过几次险恶的场面，在不到一个月中，完成勘察河底的钻探任务，取得了第一手的资料。黄河渡口的昭君坟，将来以巨大的扬水机的歌声和辉煌的灯火，代替寂寞的寒夜流萤。

过去，一个国家完成工业化，最快也要一个世纪。不少文豪的巨著，要熬十个、八个年头的时光。但现在的草原，是以一秒钟一秒钟的时间在变化着。从白云鄂博向首都呈献第一个喜报，选厂址的先头队伍来了。从他们骑着骆驼，坐着大车，走遍大青山、乌拉山，走过英雄的大青山支队战马驰骋过的草原；从他们在乌梁素海归途中，遇到的暴风雪，蜷缩在破吉普车下，熬过冻得两脚像猫抓一样难忍的冬夜；从为了寻找焦煤矿、石灰石、耐火黏土，一个人骑着骆驼，走了七昼夜的老工程师，微笑地说完他的远征故事为止，拉开了在包头建厂的序幕到今天，只不过是五个年头。原来要啥没啥的塞外草原，现在已经不能辨认了：古老的土城，像春光下的冰凌，闪着临别的微光，在消失着。随着东方红的晨钟声音而起的是：楼房、烟囱、电光、汽笛。老沙窝——南牌地，现在是炊烟袅娜、繁盛的住宅区。这里的幼儿园，传出“蝴蝶蝴蝶穿着花花衣”的歌声；小学教室里，红领巾映红了白色的粉壁；中学的球场上，明天的工人、农业合作社员，或者是未来的宇宙飞行者们，猛如狮子在争夺篮球。接二连三出现的影剧院，在播放音乐。百货商店，出售南国的香蕉和菠萝蜜。新华书店的流动服务队刚摆出的《石头记》，不到十五分钟，销光了。

用笔写，用嘴说，无论如何，都赶不上时代前进的足音。夏天回北京一趟，当回到基地时，那片原来空空旷旷的昆都仑河西边，巨柱、钢梁、吊车，三十多米高的桴子，像树木似的立在那里。

我们生活在飞天的时代。昆都仑河边，几十万公亩沙地上，已种下了近二十万株树苗。我在敲冰块、取水润苗的时候，听到建设包头的人们说：“让风沙死去，让绿树成林。将在昆都仑河桥上，听听树林里孩子们的歌声！”

旧时代，为着生活压迫，而走过西口的人们，带着辛酸痛苦，在其他地方流传这样的四句歌谣：

包头和尚头，
有水不见流；
一天过四季，
一月度三秋！

但是，在我们的时代里，这样的日子永远结束了。现在虽然是冬天，可是温室里的豆角和黄瓜都在吐蔓盘丝；新屋的窗台上，秋海棠和橡树，在争红斗绿。明天，层层横断草原的绿色风障上空，流过高炉映红的浮云。时代要把这四句歌谣改写为：

包头金云冠，
黄河绿水流；
一天跨万里，
一月越千秋！

这就是时代的真实。

文艺界的资产阶级右派分子，认为我们把过去连牧人篝火都寻不见的荒野，变成了灯光辉煌的城市是搞得更“黑暗”了；认为我们把过去虎狼横行的洪荒，变成人的世界是“搞糟了”，是他们“从没有见过的紊乱”。因此，他们要来“干预生活”，要在人民的世纪里创作“时代的悲剧”。谁能相信这是人的语言？这些旧时代的渣滓，只能像这里的风沙和黄河的淤泥一样，将从我们的时代里清除出去。

资产阶级右派分子神经错乱，眼花色盲，只有向工人阶级求医才有出路。这里的一位建设者对着我说：“文艺界那些饱食终日、别有用心的右派分子，最好请到矿山来，跟我们砸矿石、挖土方，把他们的筋骨重新改换一番，保证能治好他们的神经错乱和亏损失眠；让这里零下四五十度的寒风，吹醒他们的头脑，治好他们的那双花色眼！”太好了，上帝也开不出这样的救世良方！

张开了翅膀的草原，时时刻刻在朝着历史的峰顶前进！

1957年12月17日

他们只有一把铁钳[①]

在我们的建设事业中，有的单位什么条件都很好，做出了好成绩；但也有的单位，什么条件都很不好，也做出来出色的成绩。有些人，光叫喊而不敢克服困难；也有些人，不会叫喊而战胜了困难。对这两种情况，我说后者是有真本事。这是前些日子，我到包头钢铁公司运输部的河北附属企业车站所得到的感想。

包头钢铁基地的建设，时时刻刻都在和困难斗争，和时间赛跑。繁重的材料供应工作，要靠铁路来负担。可是，在一九五七年春天，除了已铺成的轨道和有了两台机车、少数车皮之外，什么都没有。二三月间，五十多人的铁路运输队伍，从东北调到包钢来了。工作，没有工具；住，没有房子；办公，没有地方；连烧开水，也没有个炉灶。人们来到干涸了的昆都仑河，站

① 发表在《人民日报》1958 年 1 月 8 日第 3 版。

在三河塄的沙地上，想起在鞍钢时，要啥有啥，嘴说手拿。现在经过了三千多公里的路程，来到塞外，怎么不望着乌拉山发愁呢？

党的组织，很了解这些困难，更了解自己的阶级，相信勤俭建国、勤俭持家的口号，会鼓舞全体工人阶级，发挥出如同喷泉似的力量。党的组织领着他们到昆都仑召庙附近，参观了包头铁路三局筑路队住的窑洞。他们看见了先头部队，曾经怎样在寒冷风沙地区斗争，怎样修成了包头——白云鄂博线路，怎样把钢轨和包钢厂区连接起来的。

工人们了解了为什么要从三千多公里以外，调他们来包头的意义。他们从电装公司借了两间土房子。车站、机务、养路，凡是一个火车站必需有的部门，办公的桌子，睡觉的床铺，一切都塞在两个几平方公尺的房子里。晚间，睡觉的鼾声，打扑克牌的笑声，两台与各方面联系、指挥调度的电话声，哗啦哗啦搅在一起。就这样开始了工作。可是，这样“美好”的日子，也为时甚短。电装公司要用房子了，附属企业车站的办公桌还没有搬到外头的时候，房主的办公桌搬进来了。在一次党的会议上，讨论了勤俭办企业的方针，工人们决定：用自己的手盖起房子来。于是工人、工程师和干部在一起，打土坯，拌灰浆，利用废木料做柱子，做门窗。五十多个铁路运输职工，克服了“我是开车的，不会干这个工种”的思想，做了泥瓦匠、木匠的工作。十间半完全用土灰和废木料做成的房子盖出来了，有了办公室，有了仓库，有了烧开水的伙房，有了饭棚和打乒乓球的地方了。和旁边的楼房一样，能避风沙，能挡日晒，而且同样明亮，只是外貌没有那样雄伟，没有那样秀气。

工作又可以开始了，五十多双眼睛都笑开了。可是，他们看见自己的手上，什么工具都没有。怎办呢？用自己的手，打出工具来！隋永秩，这个平常多一句都不肯说的老工人，拿出从东北带来的一件宝贝——一把铁钳，在风沙的天空下，垒起了一个红炉，买了一只风箱。紫蓝色的火舌，在炉口舞动，火星在铁砧上飞蹦，二百五十八件，包括各种各样的锤子、钳子出来了，火车开动起来了。当我去到的时候，隋师傅的红炉，已经不在露天下，而是在一间刚盖好的、有玻璃门窗的、十分明亮的房子里。房里的东西，安排得有条有理，和这位老工人的名字一样，随便看哪一个角落，永是很有秩序。我看了他自制的各种工具，确是做得很漂亮。

“隋师傅，你原来是锻工吗？”

他很节约地说了两个字：“铆工。”

“过去露天干活，下雨下雪怎办？”我想多引他说几句话。

他还是很爱惜他的语言：“这里雨很少。”

我下决心要听他多说两句话，我拿起他的铁钳说：“这把铁钳，克服了很多困难，它立了大功。”

他淡淡地笑了一下，干脆不说了，好像我说的话，都是多余的。

我到了养路段的土房里，见到了段长王树森。我参观了他们的小工房，房子很小，两三个人进去就转不过身来。顶上和周围都架满放满他们的作品：有木锨、锤柄、搬枕木的铁叉、搬钢轨的叉钩，还有轨距尺。

“这轨距尺，有三种用处，”王段长把活动的尺码让我看，“买的只能量轨路距离。”他又指着木制的洗脸盆、热饭用的笼屉、他们的办公室——

也是这个车站的工人课堂——的桌子、板凳、黑板说："这都是自己做的。"

"段里有木工吗？"

"没有。"

"这些工具是买的吗？"

"开头，什么工具都没有。我们借人家一把小斧、一管凿子。"

"有会打铁的？"

"没有。我们等隋师傅的红炉中午休息、晚上和星期天闲下来的时候，自己去打出来的。"

"工具做得很好，而且什么都有了。"

"没办法，有的在这里买不到。让等着，不如自己动手做。"就是这样，从他们的手里，生产出来十三种包括一百一十八件养路用的工具，不但房子有了玻璃门窗，屋里有了日用家具，屋外还有了面漂亮的、像牌坊似的黑板报牌。

在车站的西边，一截用铁网围着的轨道上，停着一台正在修理的机车，下面是一道洋灰灌筑的坑道。王段长告诉我，这就是他们修理机车的露天工场。过去，我也曾经到过几个机车修理厂，像这样简陋的工场，是第一次见到。他说机车每月都要检修一次，可是自己没有修理设备。开始的时候，要到包头托三局帮助，每次要花三百元，而且要等人家有空余的时间，常耽误运输任务。现在有了自己的工场，完全可以自己修理了。整个夏天，给国家省了一大笔开支，也保证了运输任务。我问他们，夏天晒着干活，还能将就过去，但是草原的冬天，历来是寒冷不肯让人。他们笑着指路旁的一间小土房，指着房子前面一面用枝条编成的，有十来尺的方形屏障说：

“我们先拆下机件，搬到那间小暖房里，里面水不冻，擦洗修好之后，等中午的两小时，天气暖和些，把机件装上去。风起、天冷都不碍事，你不要小看中午那两小时和这面风障，都在为社会主义服务！”

我到了车站的办公室，看见技术员董长庚在仔细地用白铁做一个洗车的油槽。他对我说：“在这里买不到，凑合凑合，有了这个东西洗车就不浪费油。”

他们提出每人做一件事的口号，在这个小小的车站里，成了每一个人的生活习惯。为了解决车皮不够用，他们和运输部的干部在一起，担负起卸煤的任务。为了节省六个临时工，每月给国家省下三百六十元，他们自己干了加水的工作。他们什么都做了，用工人阶级的智慧，社会主义的劳动热情，以“我们是全才”来回答了“我不是干这个工种”的思想。在这样勤俭办企业，一点一滴都在为社会主义的好风气下，教育影响了青年知识分子。我在仓库的门前，遇见了几个今年刚从济南、天津、上海铁路院校毕业的学生，他们借别个单位的板车，拉着两瓶氧气和润滑机油，说说笑笑地回来。我问从济南来的谈庆芳，在这里生活怎样。他满意地说：

“毕业时，听说这里条件很差。来了这里之后，觉得很好。”

我也遇见过一些青年学生，来到这里之后，懊悔了。但是，这几个青年，看见工人们是以什么思想在劳动，他也会学着以什么思想来劳动，就会觉得这里是多好呀！在养路段的办公室里，几十个工人，在听从天津铁道工程学院毕业的马占文上技术课——冻害。他高兴地告诉我："大家都想赶快提高知识，迎接一九五八年的更大任务。"

就是这样，他们从一把铁钳和借人家一把斧子、一管凿子，盖出房子，打出工具，把火车开动起来。在十一月，把四十万吨的全年运输任务，超额完成八万二千九百吨。他们提出在十二月内再完成五万吨的任务，并保证第一年就做到收支平衡。在我写这篇文字的时候，他们已经达到了。

在包头钢铁基地，我看见了一个不声不响、埋头苦干的单位，一个有本事的，不是靠钱来代替政治工作的基层组织。他们满怀信心，准备好一切来迎接更光辉的第二个五年计划的开始，满怀信心地响应党中央提出在十五年后，我们在钢铁和主要工业产品的产量方面赶上或者超过英国的伟大号召。为提前把草原钢都建成，他们正加快脚步在前进。

虹霓[1]

在解放战争中，我送别一位战友渡河南征。他托付我如果将来离开老根据地时，一定要替他去探望一个山村姓张的农家。下面就是我这位战友讲的故事：

“一九四二年在一次遭遇战争中，我受了伤。刚取出子弹，冈村宁次又来‘扫荡’了。我和医院的三个伤员，转移到一个山沟里。刚进沟，敌人来了。两边都是绝壁悬崖，只有一道流泉的石头夹沟，可以作我们的出路。我们忍着痛，攀着小树、石头爬上半山。敌人在沟底下朝上打枪。我们隐藏好，准备着如果敌人发现上来抓我们，我们就抱着敌人滚下去，同归于尽！大概是日本人知道太行山的每片草丛，都张着牙齿在等他们，没敢上来。日头偏西的时候，我们爬上山了，哪里知道前面还是高山。我们累得不能走

① 此文是《虹霓集》（诗集，作家出版社 1959 年版）的序言。

了，伤口又痛，口干得像在喉咙里塞了块火炭一样。我们正趴在石头上，捧着泉水要喝的时候，忽然听到对面林子里有人喊我们：‘不要胡来！不要喝凉水！’

“我们抬头看见是一个有六十来岁、须发斑白的老人。

“‘来，我这里有热米汤。’

“我们照着他指给我们的一道天然的石头小桥走过去。他看见我们的动作和绷带，沉下眼皮问我们说：‘什么时候带彩的？’‘伤口痛吗？’

“伤口实在痛，但我们都忍着说不要紧。

“他痛苦地看了我们一看说：‘不要骗我，痛的。可是要这样忍着。’

“‘老大爷您贵姓？’

“‘不敢，我姓张。’

“他这样回答之后，就取出刀子，走到一片小树那边去了。我发现他原来在移接果树。他十分熟练地，十分仔细地削好枝芽，切开树皮，把枝芽插进去，再用树皮捆扎好。他一边听着枪声，一边紧张地工作着。我惊奇地望着老人，忍着痛往他那里走去。老人望着我说：‘这年月就是这么回事，惯了。’

“我说鬼子就在山底下，为什么还干活。老人说：‘怎么能等呀？等就什么都没有了！’

“忽然山底下浓烟烈火冲天，卷起的灰渣炭屑满天翻滚。老人停下工作，走到沟口向山下看着，但一句话也没有说。火像在烧着我们的心一样，我们诅咒着伤口，因为它使我们眼看着敌人在放火而不能打击他们。我听见老人的牙齿咔咔地响着，看见他的下颚、胡子、两颊都在抽动；握着刀子的手，青筋一道道地鼓起来。

“‘是您的村子吗？’

“老人好像没有听到我问他什么，却冲着山下愤怒地说：‘烧，烧不完，烧了我们会盖出更好的！’说罢，他又去工作了。绿玉似的嫩芽，在他的手里发光。

“我很了解老人，他在千灾万难的土地上，面对着是苦痛的年月，但从他那双青筋鼓起、有力的手上，我看到是永摧不倒的信心和气力。

“‘同志，你以为我不难受吗？不，我难受得要炸了！’老人停了一会儿之后，又对我说，‘夜间，什么都看不见，可是草芽还在长着。不管夜多黑，不管夜多长，为了明天见到太阳，什么都不管，长着、长着！从前，我什么都看不见，也不想看见。可是共产党、八路军来了，叫一个六十多岁的老头儿看见了明天的光亮。我老了不能打仗，可是我能经务果树。天地，什么都肯施舍给人，秃山，等我们显本事。只有时光是个扎一刀不出血的家伙，不肯多给你一分，也不肯稍等你一分。怎能等呀？人，活着不是为了灾难，不，人是为了更好的日子才活的。再过三五年，这里不再是秃山了，你会看到果树花开了，开得像彩霞一样。’老人越说越高兴，睁着发亮的眼睛又说，‘天晴了就会出彩虹，咱中国到那时候，就会像雨过天晴一样，天上出来一道好看的虹霓。你看！’老人回身指着山上泻下的飞泉说，‘我们叫这道泉做虹霓。传说天上七仙女在这里洗过澡，以前人们常看见泉水上会出现虹霓。你看，半山小树遮着的那道，不是虹嘛！’

“我顺着老人指着的地方望去，果然隐隐约约地有一道虹霓，横在林壑的飞泉上。

“当时，我似乎觉得战争已经胜利，万里晴空上升起彩虹来。反‘扫荡’胜利结束了，我们路过那里，打听这位老人。老人的老伴哭着告诉我们，说日本人烧村的第二天早上搜山，逼着老人带路。老人不肯，并用接枝的刀子扎伤了拉他的日本鬼子，另一个鬼子就开枪打他。老人临死时，紧抱住和他纠缠着的日本兵，一起滚下山沟去了！”

我的战友讲完这个故事两眼都湿润了。临别时，他又嘱咐我别忘记他的委托：“记着看看果树开花没有。那位老人和那奇异的虹霓，永远在我心上，革命到哪里，将带着到哪里！”

一年之后，我这位战友在大别山牺牲了！一九四九年的春天，随着解放战争的胜利要离开太行山。为了履行战友的委托，我到那山沟去，老大娘一听到我的战友的不幸信息，流着泪花说：“多少人流了血才换到这一天呀！”

我安慰老大娘说：“我们活着的和我们的后代，永远会想念着他们！”

老大娘指着老人以鲜血浇红的花果山给我看。我穿过杏红桃艳的花树，看见半山林壑的飞泉上，有道绮丽奇异的虹霓。

我带着那座红似朝霞的山色和奇异的虹霓，走到天安门前，听到撼动人类历史的伟大声音：

“占人类总数四分之一的中国人从此站起来了！”

从这一句伟大的语言开始，世界东方的曙天上，升起灿烂的朝阳和绮丽的虹霓，给人们带来了和平、希望和信心。祖国从胜利走向胜利，从一个凯旋门迈进又一个凯旋门。社会主义时代的阳光升起来了，又一句伟大的语言领导着、鼓舞着六亿人民向历史的高峰前进：

“我们正在做我们的前人从来没有做过的极其光荣伟大的事业。”

从这一句伟大的语言开始，另一道虹霓升起来了！历史面貌改变了，巨人时代开始了。祖国人民喝令着高山低头、河水让路，命令着穷山恶水变成花园；多少被前人判为不毛之地的地方，被我们发现是宝山树海；多少无数世代黄羊野鹿追逐嬉戏的山野，虎狼高视阔步的世界和过去连牧人篝火都看不见的荒原，现在像搬下一天星斗，变为灯光辉煌的城市和矿山。风沙滚滚的塞外，巨大的熔铁高炉，很快就把人造朝霞撒上沙原的夜空。在我们这一代人的手上，大自然不肯开门的地方，打开了；老天爷不许进入的禁区，进去了！我们以超过光速的速度和时间竞赛。总之，人类一切美好的幻梦，都在我们的蓝天白云下，变为真实——人间的真实童话；而且是一部巨大无比，光彩无比，越写越美的童话。我们的中华人民共和国的生活，使千古传奇、神话黯然失色。我们的人民和先烈们前赴后继所追求的、永不消散的奇异虹霓升起在伟大祖国的高空！

在这排山倒海的年月里，我录下了很小的一部分前进的足音，今年春天编成集子。但未定书名，也未想到写个说明，这次作家出版社编辑部要我加个前言或后记和选定书名时，我想起那座红霞似的山和奇异的虹霓，自然而然地联想到今天的祖国，故以这个故事来作前言，并以那道虹霓做书名。

集子最后的一辑诗，是在伟大的社会主义革命中，扫净街道，迎接清晨时的录音剪辑。

收在这集子中的诗，有的发表后作过整理、修改，有几首改得如同重写。因为自己在写作中，常感到写不好，等放了一些日子，觉得可以给人看了。但一寄出去，又发觉有问题，已经来不及了。这种心情常使自己对已刊登出来的东西，缺乏勇气去读。当冒着汗水去读时，就一边读着一边改了。现在看来还是没有改好。如将来有机会，我还是会再修改的。这样做，是要告诉读者：我没有一挥而就的才能，而是像矮个子和高个子同行，人家迈出一步，自己却要迈三步，还不能跟上而且走乱了。因为自己有这个缺陷，只好不停地走着，不断地修正脚步。

最后，幸望读者不吝指教批评。

1958年8月补写于北京

群众对诗人的要求是什么

——在《诗刊》编辑部的座谈会上的发言[①]

我在工厂里看到了诗歌大跃进。不但群众写，一些从前不太喜欢诗，或不大注意诗的干部也纷纷写起诗来。有的还经常到我那里借诗人的诗集看。在社会主义大跃进中，群众写了许多好诗。他们觉得现在的诗人赶不上群众的蓬蓬勃勃的社会主义气魄。有人说，群众创作的比诗人的还要好。什么人都喜欢诗，这是一个多好的时代，多好的条件。我在一个厂里看到党委书记、厂长、工会主席（都是老干部），有的过去不注意文学上的事情，现在关心了。

刚才有的同志说：现在的民歌，还是绝句，还不能表现更复杂、更细致的生活；在技巧上，还不能写出更长的诗。我的看法是这样：人民群众向着

① 发表在《诗刊》1958年8月号第71–73页。

伟大的理想在进军和战斗，他们把自己的创作——诗，作为进军的战斗令、战鼓和号角，因此群众写的诗是在战斗中写的，诗的本身就是战斗的武器，“长诗”将来会出来的，也会逐渐提高，经验也会更丰富的。工厂里贴出的诗，常常是在一个晚上，或一个小时乃至几十分钟内赶出来的，很快就在大字报上看见。在宣传总路线的时间，一个小工厂，一个晚上就出来几百篇。这真是了不得。他们有社会主义建设的英雄气概和豪迈的乐观主义。对于诗人的作品，凡是大胆地体现了革命气魄的，他们就喜欢；对于那些雕雕琢琢，扭扭捏捏，拐弯抹角的东西就不喜欢。群众喜欢有力的诗句、革命英雄的语言。他们希望诗里有汽油，有原子，有电。希望从这些热能中看见绮丽的光。在这些要求里，可以看出群众对诗人的要求是什么。

群众对诗的形式也是很注意的，我们的诗要走群众路线，要深入到群众中去，就不能不考虑这个问题。现在的工厂中的诗歌爱好者，有一批新的技术工人，很多是中等技术学校出来的，都有高中程度，一般技术工人都有初中程度。这些人都是解放以后培养出来的，可以说是知识分子。这些同志中也有人喜欢写我们现在的那一套，语言方面也很像知识分子，但内容跟我们不同，他们写的是他们的生活和斗争。但更广大的工人群众，比较喜欢有规律的如民歌体的诗。许多工人都提出他们不喜欢“楼梯式”的诗，说这种诗看起来很费劲；还有，群众拥护诗中加标点符号，因为可以帮助阅读。这些问题，我们是应该考虑的。

《诗刊》应该选登民歌，刊物要到群众中去，要反映群众的社会主义建设的革命愿望和革命创作。这也是改变诗风的重要因素；并从中会发现有才能的，从人民群众中产生的诗人。不然刊物就会犯错误。各地民歌很多，《诗刊》是全国性的刊物，可以选得广泛一些，也严格一些。

群众喜欢民歌，诗歌工作者必须重视这个问题，我们应该对诗歌进行学习研究，《诗刊》应该来做这个工作。广大人民所喜欢的东西就是个政治问题，为千百万人民所拥护的民歌，就是诗歌的主流，为工农兵服务的诗，避开这个主流怎能为工农兵服务呢？当然我们不排挤自由体，我们可以竞赛。

有人说民歌有局限性，认为它不能表达雄伟的生活，这是完全错误的。看今天人民群众在大跃进中，用民歌表现出多么壮丽的时代气魄。有的同志说在下面领导宣传工作的同志对民歌的意见有些偏激和不够全面，这都可以考虑；但不管如何，这些同志的确反映了广大人民的意见，代表了广大群众的要求。现在诗人赶不上时代，除了诗风问题之外，是不是在感情上存在着落后于时代的问题？有些工人写的诗，气魄之所以那么大，主要是因为对祖国人民的事业爱得深，对他们自己的生活、工作爱得深。他敢这样想，敢这样做，敢唱出冲天的战歌，藐视一切困难。所以我认为对人民事业，首先要有深厚的爱，才能有人民的情感。只是为了要写诗而写诗，是无法写好的。

关于民歌的字数问题。现在大多是五、七言的，我认为主要是它形成的时间比较长，同时因为节奏清楚明朗，也比较好记，一般的四句六句，都能够套到民歌里面唱。有的同志说像“我来了”是自由体，我认为不对。我始终认为它是民歌，它是冲破了原来的形式（破格）。这里面还有一个语言问题。诗的语言很重要，如果语言不是中国气派和人民的语言，而是学生腔，或受到外国影响的语言，就是五、七言，还不是民歌。为什么群众喜欢民歌？语言简练、准确、生动，是一个很重要的因素，它不拐那样多的弯，单纯明快。有一首陕西民歌，只用了五句话就说了三个时代。中国古代的民歌有这样好的东西，古代诗人学习了人民的好传统，所以气魄好大，像翻江倒海一样。我看到的外国诗人的作品，很少有李白那样好的浪漫主义的宏伟的气魄。我说是比较少些，不是说完全没有。我认为新民歌中的优秀创作，同中国的民间传统、古典诗歌传统很有关系，所以民歌和古典诗的传统结合问题值得我们好好研究。

很多人不满意自由体的长短句，我觉得主要问题在于知识分子味太重，自由体能不能用真正的劳动人民的话来写，我觉得是可以的，问题是现在的自由体的诗中的确有一些词条是我们一般劳动人民所不能接受和不习惯的。所以长短句是可以的，主要看你的语言是不是劳动人民的语言。就是将来的民歌发展的结果也不一定都是五、七言的，实际上已经早有长短句。许多新民歌已经冲破原来的样子。时代在发展，诗也在发展，中国的诗同音乐同画都很有关系。

中国民歌和古典诗由于中国语言的独特性，有颜色，有音色，一些民歌和古典诗一读起来，就觉得充满画意和音乐旋律。

谈到自由诗究竟怎样搞法，有很多问题需要研究解决。但我主张广大群众喜欢的东西，我们就要向这方面努力！去学，向民歌学。

1958年8月3日

最红的光速[1]

鹰群

青年钢铁突击兵，

团团猛攻热风炉。

这是人们称为“雄鹰们”的青年钢铁突击队战歌的头两句。这支拿着电火枪二十四人组成的队伍，一共用九天零十六小时，安装了三座热风炉，创造了高速度安装的时间纪录。

包钢金属结构公司第二队，在安装一号高炉外壳时（九月下旬）曾研究过安装风炉的工期问题。领导提出了个胆大如天的计划；在不影响高炉安装的情况下，打破常规，四十五天安装一座。在十月二日的生产会议上，被群

① 选自包头市文艺献礼办公室编《最红的光速》，1959 年 9 月。

众否定了，代替它的是一个更大的胆大包天的计划；三十八天干一座，过了五天，总公司党委，为了迎接十五日在包头召开的全国建筑快速施工现场会议，提出大放特放卫星的号召。已经取得了安装吊塔式吊车和高炉外壳胜利的金结二队，在七日上午召开了总支委员会的紧急会议，提出再跃进，争取八天完成一座的计划。很多人认为这已经到顶了。可是中午在全队的会议上，群众提出："跃进再跃进，八天干两台"多数人都被这个意料不到的意见震动了，特别是安装风炉的主力军——电焊工。

两座三百吨重，焊缝两千多米，怎么能完成呢？生产队的副队长，首先起来反对：想四天干一台，没有五十名合格的电焊工，根本完不成！有人摇头讽刺说：一台二十三带，四十多米高，八天干两台？行，够呛！

大胆的意见一冒头，这两盆冷水浇来了，正浇在电焊组的青年们身上。他们数来数去，只有四名合格焊工（其中有一个师傅）使用过直流电焊机和四十二号焊条，其他从来没有干过。一下被保守派唬住了。保守派占上风。共青团员孙健起来反驳："我说不是五十名焊工的问题，是政治挂帅的问题。如果政治挂帅，就能够做到。"

党的领导考虑八天一座的根据，又经过和先进分子计算，认为可以做到。鼓励青年们，敢想敢干。这样先进派与保守派，展开了大辩论。但保守派不认输，坚持说办不到。孙健说："你们说不行就不行啊？不信，就来试试看！"

党和团鼓励青年说："我们是电焊工，有什么机器、焊条是学不会的？我们能学会。"

老师傅刘国贤对青年们说："这点技术，没有问题。八天干两台可以完成！"

辩论会，像一下子打开高炉炉口，红光四射，铁水奔流。青年们看见党、团支持他们，又有他们所信任的刘师傅撑腰，纷纷说："干！""别听他们瞎说，照刘师傅的话，八天干两台！"

风向转了，先进派完全压倒了保守派。

思想解放了的青年们，提出要以他们刚组织起来的民兵战斗队形式，用到生产中去，要求批准他们成立"青年钢铁突击连"。从队到总公司党组织，立刻批准这个要求。当天晚上，二十四名突击队员，向党庄严宣誓。代理队长王文涛，代表党组织把青年钢铁突击连队旗、臂章和胸章授予突击连副连长孙健。

队员们当天晚上把行李搬到工地。八日清晨，太阳还没有照上乌拉山，包钢高炉工地上，围攻热风炉的战斗猛烈开始了。从这一天起，他们迈着整齐的步伐，穿过高大的"连放卫星跃进门"，走进战斗阵地。下班时，整队走进食堂、军营。四名正式电焊工，在头两天，教会二十名队员，掌握了技术。用党的希望，回答了保守派："我们是电焊工，什么技术学不会！"高德普对我说："过去我们正式学，起码得学两个月。"为了达到高速度，他们创造了新技术，焊直缝时，上下两道交叉进行；焊横缝时，分段进行，这样省去等铆工、气焊工铲渣和割角的时间。这样很自然地展开友谊竞赛。人少工作量大，采用"车轮战"，两座巨大的炉体，日月被二十四个钢铁兵包围起来，不许它有喘气的机会。紫外线的强光，不仅使人眼眩，而且像爆炸的弹片，打在焊工、铆工的手上、身上和脸上。轻伤不哼声，重伤涂点红药水，又继续战斗。邹德仁闹痢疾，但勇猛如鹰，哪里需要到哪里，屡劝不肯下火线，一直坚持了八昼夜。

就这样，他们干一天顶十天，把黑夜当白天，把寒流、风沙，都当作好天。十一、十二两天，寒冷剔骨的塞外大风雨来了。似乎是故意来考验这些年轻人：寒冷，你们不退让，水湿电焊会过电，总得退却吧？突击队员从头到脚都湿了，但没人示弱。领导同志看见雨大，命令他们下来。青年们在高空跳板上，互相笑笑，似乎是通过了决议，不搭腔。战斗紧张，不能按时吃夜饭，饭冷汤凉，没有一人说怨言。

突击连副连长孙健，谈到他们安装高炉热风炉，是政治性的任务时说：“美国人替蒋介石在护航，轮不到我们去台湾海峡干，我们就在这里加快建设，给美国人一个打击。看看中国人民有没有力量！”是的，他们没有忘记多管闲事的杜勒斯。一有空隙，从部队转业的队员筛振昌，当军事教员，带着全副武装的勇士，在操练。他们说：“时刻准备祖国召唤！”

战斗的工地上，响着他们的诗句：

热风炉旁没昼夜，
鹰群日夜打冲锋！
乌拉山跳黄河立，
惊破西方强盗梦！

这队鹰群的冲天干劲。藐视一切困难，打破一切迷信。他们说，巧人出在今天的中国，出在乌拉山下的草原：

古人算巧匠称鲁班，
外人是瓦特，华盛顿。
我看都不算，
要算咱们：张学敬、石连柱、王增达、孙健和邹德仁！

我认为他们写得毫不夸张，而是合情合理。中国、外国历史上的“巧人”，哪个敢来和他们比。

同志

在高炉工地上，经常听到一种快乐的争吵，或者是抱怨。这种东西，除了在伟大共产主义的革命大家庭中，在任何地方永远找不到的。一天，我看见一身都是劲的孙健走过来，我对王文涛说这小子真有劲。他说：“我有时对这个同志没办法。”他说，有天夜里，看见孙健坚持四十个小时，四五次夺了他的电干都不肯休息，最后强迫他去睡觉。不一会儿，看见他偷偷地又在工地了。王文涛说：“你不是去睡觉啦？”

孙健说：“睡好了。”

“刚回去就睡好了？回去！”

孙健很不满意地说："我睡不着，能硬叫我睡！"

王文涛强硬地说："睡不着也要回去睡！"

孙健马上顶起来："你也没有睡，为什么不回去？"

就这样，给他将住军，我没有一点办法。

我正在看他们画的画，赵云程指一幅画叫我看。画里有一个人站在大雨中，向高空叫喊快下来。"看，这就是工会主席！"从孙健的不服从和赵云程谈的话，似乎是：最好谁也不说谁。你们不休息不躲雨，有什么资格来要我们休息、躲雨？孙健说他有一天夜里吃夜饭，汤没有了。王队长把自己的汤端过来，说他不口干。"怎么不口干？我不肯喝，结果把汤都搁凉了。"石连柱说："金结公司的杨书记，一宿宿跑来和我们在一起。有一夜我醒了，忽然看见有人只穿着大衣睡在我旁边，天这样冷。我一看，原来是他！可是我们都有被子呀！"

"整风之后，领导和我们是两股拧成一股绳。"

"我们这些领导同志，真是……"真是什么呢？大家没有说下去。

是的，这是不需要加以说明的。我不禁马上想起革命战争的岁月，我们的指挥员和战士的关系，我们的干部和农民的关系。一同吃糠，一同咽菜，枕着武器同盖一条被子，用"同志"这个伟大的称呼凝结成一个永摧不垮的伟大集体。什么蝗、虫、水、旱，什么飞机大炮，都在这个称呼和集体面前倒下去了！在今天，有什么世界纪录是不能打破的呢？用孙健的话来回答吧："像这样的团结，没有办不到的事情！"

就这样，过去两三个月才能安装一座的热风炉，包钢金结二队用七天零十六个小时干出两座。比原计划提前了八个小时。紧接着在老师傅的支持下，以两天半的时间把最后一座又立起来。这群雄鹰们用最红的光速，飞跃过安装热风炉的世界纪录。

我们的朋友，仰望这三座庞然大物，向他们祝贺：这是世界奇迹！

是的，这是世界奇迹，时代最精美的艺术。

钢铁青年之家

也许，人们很容易想到，这样紧张的战斗，没有时间过文化生活了。可是这样想就错了。

在“连放卫星跃进门”的对面，有个写着“军营跃进门”的院子。这就是“钢铁青年之家”。人们一进去就能看见琳琅满目的诗和大字报。那首称他们为“雄鹰们”的诗就贴在院子的正壁上。

在这里，可以看到刚从战场上下来的鹰（有的还涂着红药水，或者贴着纱布），有说有笑地在下棋、打扑克；有的聚精会神地在作诗、画画和写大字报；有的在看书看画册。两边里间的墙壁上，挂着武器。一切都显出齐整、干净、活泼、严肃，使人感到一切都处在发红发绿的春天里。他们这样歌唱自己的美丽生活：

常人说垂柳绿水，
古人传世外桃源。

哪像高炉工地上，

电光紫火撒满天。

这个春天似的“钢铁青年之家”，是带病坚持战斗的高德普设计，并领着一些青年搞出来的。这些不知疲倦的鹰们，半夜回来，还在灯下看书，领导制止不住，使得金结公司的党委书记兼任了个新任务，经常要来关电灯。他们对我说：“这些领导同志，真管得宽啊！”

在高炉架子的高空上，孙健、高德普和石连柱对我说：“现在就是材料供应不上！”他们望着写满炉身的“分秒必争”“向时间要钢”这些要提前把帝国主义远远抛在后面的大字，着急地朝着东北的远天，好像说：快点！再快点！

我说：“如果构件、支柱、各种材料都马上来到，怎样？”

孙健快乐地说：“马上干出来！”

我完全相信：只要必需的器材跟得上，草原钢铁基地的每队鹰群，会创造出更新的世界奇迹。那样，巨大的钢铁红花，在草原将开得更快，更好。

1958年10月25日于包头

将以凯歌报祖国——建设中的包钢[①]

朝霞万里，旭日高升。草原巨人——包钢一号高炉的高大炉体，披着金色的阳光立在乌拉山前。巨大的第四号焦炉，喷出朵朵滚着金边的烟云。“平炉之王”工地的混凝土结构，像钢铸的城墙矗立着。五色缤纷的彩旗、狮舞、龙舞、花篮队，载歌载舞流过满墙诗画的钢铁大街。包头钢铁基地的建设者们，超额完成了一九五八年的任务，现在高唱战歌，投入更光辉的一千八百万吨钢的战斗行列，前进！

一九五八年，这个震撼人类历史的大跃进年中，在党和毛主席领导下，包头钢铁基地的建设者，似如光的速度在改变着塞外的面貌。即使是最伟大的浪漫主义做诗家，也很难想象出如此充满奇光异彩的境界。过去，人们常以金色的光环，画在神佛的头背，以象征智慧之光，而草原的荒凉，却依然

① 发表在《人民日报》1959 年 1 月 19 日第 2 版。

如故。然而在今天人们的手里，亿万年来的无树老荒山——白云鄂博，已经变成一顶以千颗万串夜明珠穿成的宝冠。夜晚白云鄂博的山后天穹上，出现着一轮绮丽光环。矿山附近的牧民，有了电灯，像紫微星飞进了古老的蒙古包。

千古难驯的黄河，在成千上万的水源工程英雄们征服下，将按照人们的意志变成清水，分流向北送到乌拉山下，为包钢服务。

包钢，是我国最大、最现代化的钢铁基地之一。它建设在一个人口少，完全没有工业基础的古塞外。要在这样的地区，建设一个世界第一流的钢铁基地，任务是艰巨的。但是那些在党领导下的建设者们，以一天等于二十年的速度改变着草原。塞外——这个古代英雄到此唱出“一望山河萧索”的地方，现在像在捏面人手里的面团，任从建设者的意志，捏出一个无比雄伟、无比精美的艺术品——钢铁之城。

标志着包钢诞生的一号高炉的工地上，简直是“卫星”的发射场。金属结构公司二队的雄鹰们，在完全没有现代化安装设备的条件下，用几根无缝钢管做成的独干桴子，在三十天中，把七十米高的四十吨巨型塔式吊车，安装起来。比有现代化安装设备的兄弟基地，快了七十天。这是老工人詹德荣、朱孝先的“自安自身”方案的成功。这座吊车原来只能转二百七十度，设计家和技术专门家，肯定这是无法改动的先天性的缺点，然而，青年工人于长玉，只把转盘绳子多绕一圈，二百七十度就变成四百五十度。

安装一号高炉，遇到了设备不足、其他工程配合不上、塔式吊车开不过来的重重困难。金属结构二队的工人们在兄弟单位的协助下，用十二天的时间把这个庞然大物，安装了九圈。按正规作业，九圈以后，没有托盘支柱是不能继续安装的，可是，这种支柱偏偏又来不了。这时，他们以创造性的科学方法，又继续安装了十九圈。在这个巧干的过程中，他们创造了第一圈炉体留个进料门，安好六圈才堵上的快速施工法。这个安装高炉的创举，给今后高炉施工添了一笔科学资料。

在安装热风炉的工程上，张学敬、石连柱、孙健等二十四名青年，曾经放出了最红的“卫星”。他们只有四名合格的焊工，两天里就使二十人学会掌握直流电焊机和使用四十二号焊条。以七天又十六小时，在塞外冬季寒雨中，安装了两座。紧接着又以六十六个小时，把最后一座安装起来。这三座四五百吨重，焊缝一千五百公尺的各身高四十多公尺的炉体，过去没有几十名合格焊工和两三个月工期，是不敢动的。

这是最红的光速。这是钢铁历史的精美艺术。

包钢第一号高炉和它的三座热风炉，现在威武地立在草原上。在它的西边，雄伟的四号焦炉，已提前六个月烘炉，把第一阵蓝烟，吐在乌拉山的苍穹上。它们精神抖擞地向一千八百万吨钢的大本营报到：我来了！

“我们正在做我们的前人从来没有做过的极其光荣伟大的事业。”被这句伟大语言鼓舞起来的、曾受尽旧时代压迫的上千个巧匠——老师傅，他们在党的领导下，开训练班，当教员，献出自己的业余时间，培养他们的接班人。筑炉工老师傅史俊山，为了焦炉工程，带着四十名青年，把自己从十五岁到现在学来的东西，用十天时间，使他们学会筑炉技术。一座焦炉的异形砖，真是千姿万态。号码有六七百，形状有六七百，真是使人看得眼花缭乱。他利用晚上，画下许多图样作教材。我那天看了他一卷绘制精美、线条精确的图纸，想到一个五十多岁，不识字的老工人，不知花了多少心血，熬了多少个不眠的夜晚。

曾经靠一把铁钳，把厂房盖起来，把火车开起来的老师傅隋永秩，细致认真地向青年人传授铆工技术，他教青年工人先画图样，然后把图样剪下再对正，使他们发生兴趣和了解。这些老师傅们把培养年轻一代当做无上的荣誉，而不要任何报酬和奖赏。他们说，政治挂了帅，技术就是决定性的环节了，我们这样做，等党需要人到哪里，我们就能派出人到哪里。

在包头钢铁基地上，我经常听到这样一句话：“全国人民都在关心我们，望着我们！要加快，要早日出铁出钢！”青年万能手刘志祥，在去年上半年就实现了修理汽车半机械化，而今年要实现全部机械化。包钢几百部汽车滴下的废油，经过他的创造，复活为七种油，每月出三吨，节约四万元。

我听刘志祥说过一个故事：去年，他在北京参加青年积极分子大会时，有天他去理发。理发师在工作的时候，问他从哪里来。他回答从内蒙古来。理发师不满意他笼统的回答，说：“内蒙古大了。你去过包头没有？”

刘志祥抱歉地说：“我是从包头来的。”

理发师紧接着问：“你是不是在包钢？”

“是的，我是包钢的工人。”

“包钢？”理发师高兴了，“你们什么时候出钢？”

“快了，明年可以出铁出钢了。”

“要快点呀同志，我们都望着你们呢！”

像这样的关怀，很多人都遇到过。我曾在火车上、医院里遇到过。提前再提前，加快出铁出钢出钢材；加快生产出我国现在还没有的特种钢材来答谢党和人民的支持和关怀！这就是建设者们之所以忘我地创造、忘我地劳动的原因。

全国最大的、世界少见的破碎厂的雏形，已经立起在白云山下。这座深入地下三分之二，六十多公尺高的钢筋混凝土结构，如果材料跟上，也早已完成了。矿山建设者称之为“长城”的盘山电车铁路出现了，从湖南来的电机车在试车时着急地叫着：“快来枕木呀！”将来，在巨型穿孔机劳动过的地方，经过爆破手粉碎的铁石堆旁，经过一次张嘴就能吞掉四吨、六吨矿石的电铲，吐在电车皮上，顺着“长城”的脊梁，泻在破碎厂，再由输送系统送到城堡似的储矿槽，再流进穿过地阔天空的乌兰察布草原的火车，运到乌拉山前，化为金星飞舞的铁水黄河。

包头钢铁基地在诞生中。但是这个钢铁巨人要诞生在一个遥远的荒野上。它需要的不是两只普通的奶瓶、几件普通的小衫。它需要各种各样的配件、仪器、发电机……为着它的诞生，只说最普通的螺丝钉，不是一吨十吨，而是要十几个大火车皮！

我曾经有一次和人们誉为鹰群的金结二队青年突击连副连长孙健，登上安装了十九圈的高炉上。我问他什么时候能全部安装好。他说：

“如果材料供应跟上，就快啦！”

他像个远征的战士，在胜利的决战前夕，等待后援。他望着远方的天云，似乎说：我们感谢祖国的支援和关怀！但我们急需弹药，以便更早地以凯歌来报答祖国！

我现在才了解：为什么这里的各级会议上，都在赞美红娘。为着成全我国的一个重要的钢铁基地，愿天下无崔母，各地有红娘！

假小子——胡桂芝[1]

冶钢阴山上，淬火黄河水。

在包头钢铁基地上，有成千上万的祖国儿女，就这样成长着。

我在黄河水源地，曾听到有过一篇文章，题名叫《且看今朝的穆桂英》。顾名思义，这是表扬一位女同志。同时听到许多老师傅们，亲切地用“小子”两个字来叫唤一个女青年。

在一个零下三十几度、七八级大风扬起千里黄沙的日子里，我在黄河工地的简便房屋里，遇见了胡桂芝。闻名不如见面，见面不似闻名。先前，我以为一个被称为“穆桂英”又以“小子”来称呼的女同志，当然不全是古人说的“巾帼英雄”的样子，但总是有点“小子”般的冒劲儿。然而，在我面前站的是一个：个子不算高，圆圆脸和圆圆眼睛，穿着蓝布“棉猴”的姑

① 发表在《中国妇女》1959 年第 4 期。

娘，有点像个前天才不系红领巾的满龄少先队员。

“很高兴看见你，拉拉手吧！”出乎我的意料，她握手这样有劲。

共青团员胡桂芝，一九五七年在哈尔滨土木建筑工程学校毕业。在分配工作的时候，她的一个同班女同学，听说要分配到包头，想起人们常说那里风沙滚滚，白草萋萋，一下就吓哭了。胡桂芝想：一个共青团员，祖国需要我去哪里就去哪里。就这样，八十多个志愿到包头的青年学生，在九月的一天，坐上火车穿过山海关，幸福地经过毛主席工作和生活的首都，再迈出包头车站，沿着钢铁大街来到昆都仑河旁。胡桂芝看见的不是在学校宿舍里想象出来的无山无水的荒野和零零落落的蒙古包，她看见的是楼房鳞次栉比，影剧院灯火如昼。虽然有些街道没有铺上洋灰，走路费劲，但总是很不错的。是的，她不可能知道一九五七年以前，建设包钢的先行部队，把野狼赶走，把兔穴鼠洞填平，在风沙风雪中，用砖块、洋灰征服沙窝的情景。因此，她马上往哈尔滨母校写信道：这里很好，出乎意料之好。

走出家门进校门的胡桂芝，从书本、铅笔、制图板上学，绘制门框窗扇，建筑图样；但她不知道怎样从图样变成房子。她缺了一门最重要的功课——生产劳动。党和组织同她谈话以后，木工王桂昌小组收了一个徒弟，姓胡名桂芝。

初生牛犊不怕虎。劳动，有什么困难？胡桂芝走进锯齿辚辚、伐木丁丁的课堂。头一堂功课交了白卷：刨不会使，锯不会拉，钉钉，钉在手上，敲凿子敲在手背上，手心尽是血泡泡，指甲敲裂了！这门功课，比书本难学呀！好强的胡桂芝，生怕人笑：女同志怎能干这玩意儿！不是打着鸭子上架吗？

胡桂芝想：为什么人家就不会钉钉钉在手上，使凿凿在手上呢？是呀，一个土木专科学校出来的，连钉子都不会钉！胡桂芝睡不着了，学不会还要学！书生架子放下来，徒弟精神打起来，胡桂芝成天跟着老师傅们，上班下班一起走。晚上到师傅们家里去，帮助他们学文化、读报，教他们使用计算尺、算小数点等等。她看见没带家眷的师傅在七歪八扭补衣服，胡桂芝不嫌破不嫌脏，抢过来替他们缝补。师傅们教她磨刨、锉锯。

胡桂芝学会干活了。虽然每天累得满头大汗，但晚上睡得又香又甜。老师傅们高兴地说："我们小组有了好徒弟。"老工人们都把她当自己的女儿。

不久，组织又调胡桂芝去学第二门功课：当两个月瓦工。过去以为抹灰砌瓦有啥困难？当然更难不倒建筑学院的毕业生。要叫他们来讲技术，真是清明时节雨纷纷，山水树木被蒙混。可是砌砖在胡桂芝的手上，调皮捣蛋不听指挥。费尽心力，砌好一瞅：七歪八裂，左高右低，老师傅们告诉她，怎样用铲一刮就看出来，怎样使用垂球吊就知道好坏，怎样做窗台不会发陷，等等。跟她讲，做给她看，鼓励她跟着做，有毛病替她纠正。

在跟老师傅们的日子里，胡桂芝发现：在绘制门窗图纸时，用铅笔多加一道线是多么容易，谁知到了工人手上，一道线就要付出不少力气。很多道理都学过，但一到了实际当中，蒙头转向合不起来。她才了解理论结合实践的重要性。

工人们也需要胡桂芝。包钢大规模建厂开始了，许多只搞过民用建筑的工人，现在转到工业建筑，技术要求复杂得多了。一根头发差个八分之一，工程质量就不同，他们需要胡桂芝讲解。

一切为了党和人民，一切为建设社会主义和实现共产主义理想！在党和团的教育下，老师傅们的帮助下，胡桂芝想：我怎样才能给祖国多做点事？可是自己做的这样少！但是和胡桂芝同来的一些青年们，来了不久以后，选择了自己的鼻尖，想盖座个人的天堂。有的找胡桂芝来了，不谈学习，更不谈工作，却提出："十二年寒窗苦读，工资二十九元五！"提出他们是祖国的"希望"，时代的"未来"，却去劳动锻炼！岂不是错将栋梁当锄把！胡桂芝反问："祖国培养我们，我们刚出学校，有什么贡献？"那些浑身浸透了资本主义血液的人，身体里的白血球已增到一万九千九了，涨得脸青脖子肿，叫胡桂芝一撞，像个扎破的猪尿泡，扁塌下去了！

在伟大的整风运动中，胡桂芝不分白天黑夜，帮工人记、写、编辑材料。在这些日子的考验中，胡桂芝认清了大是大非，提高了自己，决心要在乌拉山前冶炼自己。

提前给祖国出钢、出铁、出大型钢材的英雄口号，鼓舞着包钢的建设者们。像人的身体需要血液一样，水，是头一关。一九五八年四五月间，胡桂芝跟着木工小组，到了黄河水源地。

这里，可不是大青山下。这里没有洋灰街道，更没有楼房，迎接几千个征服黄河的野战军是：滚滚的浊流，茫茫的荒野。

工地组织调胡桂芝去帮助从银川请来的一位老师傅总结经验，绘制拦河围堰草图。王贵昌小组的老师傅们，想念自己的女儿，一见到就问："小胡，什么时候回来？快点回来吧！"

进水口工程，要抢在秋汛和山洪以前修好。和时间、和洪水赛跑的战斗开始了。黄河，金涛万里，是我们民族的摇篮！黄河，野性难驯，几千年来使我们坐卧不安！它似乎是早有准备，和夏季风雨订立互助同盟，一起来同包钢的建设者试试臂力！当此之时，风怒雨狂，河呼浪啸。指挥台上，站着市委书记们，站着包钢的领导同志们。党望着几千个英雄儿女！

正在使用围堰来筑坝的时候，胡桂芝回到小组来了。她在学校里无法学到的，然而从银川老师傅那取得的"法宝"有用了。小组的老师傅们，高兴地看着小胡：她在装草袋，她在挑土。挑得重，干得猛。

"小胡，停一下！"

"不，我的肩头还没有压出来呢。"

"不要逞能！"老师傅心疼说，"快给我！"他们夺了她的扁担。

风猛，没有人们走得猛，雨大，没有人们的劲大。坝筑起来了，浊流被挡住了。炸药炸得黄河跳起来，岩石掀上天去，再落在地上，在英雄的队伍里，胡桂芝享受到了幸福！

一切为着提前送水！木工小组被派去抢挖暗渠工程。黄河怪，天下第一，而它保存在岸上地下的流沙，也是举世无双。挖了三米，第二天平了。用木板挡，从木板底下冒出来，两边的平地也坍塌下去了，跟没挖时一模一样。地下水似乎排出了，表面似乎干了，可是一踩上去，像跳在沙发上，使人失掉重心。干了的沟底上，突然会乱七八糟地涌出千百个像大小蘑菇一样的怪东西。流沙眼，像溃烂的脓疮一样喷出黄水，看了使人吃不下饭。许多人面对着这些怪东西犹豫起来。胡桂芝也害怕，但一想起提前送水的紧急任务，想起这是一个共青团支部宣传委员真正需要工作的时候，她说：

“同志们，不管它，下去！”她跳下去了。

就这样，胡桂芝日夜和大家在一起，同流沙和时间展开争夺战。领导同志劝她不走，就赶她回去。是的，在此时此刻，她怎能离开小组？她躺了两个小时，又出现在流沙战场上。

胡桂芝一面工作，一面扛着黑板报牌，鼓动着大家。黄河水源地的大字报牌上，出来了《且看今朝的穆桂英》的文章，胡桂芝觉得写稿的人是多事。她说：这是共青团员最起码要做的事，做得并不好（她告诉我因为参加了暗渠工作，放弃了一部分团的其他工作），我又是个宣传委员，要表扬应该表扬其他同志。

老师傅们说：“这个女同志真行。”

“女同志”的“女”字，是胡桂芝最避讳的。她提心吊胆地怕人说她是女的，剥夺了她做艰巨劳动的权利。为了劳动的权利，她屡次向老师傅们请求：别叫她“女同志”。这样使得老师傅们为难起来：因为事实总是事实，这不是梅兰芳先生在演《穆柯寨》，男扮女装。但是为了同情起见，老师傅们就给了她个新小名：“小子”。于是黄河水源地上，出现了一件新鲜事：有位不是小子的“小子”。根据文法规程，连累我写这篇文章，要加上许多引号。

暗渠修成了，塞外的寒冬，千古以来从不发懒，永不迟到。十一月的黄河，北风凛冽，领导调“小子”担任暗渠的保温工作，在“小子”的指挥下，有五千多个支援包钢的附近农民。测温、保温、烧风炉，他们没有干过，他们的先人也没有干过，没有人传授。“小子”反复讲解明白怎样工作以后，可是一到做的时候，又不会了。“小子”不放心，白天黑夜巡走在暗渠线上。领导发现了她一个人黑夜巡查到十二点，就不准她去。“小子”像受了委屈。领导同志说：“我不能不考虑安全问题。”是呀，领导是叫“小子”指挥老乡们工作，并没有叫她包办一切。

“小子”胡桂芝，虽然请了安全员一起检查过防火措施，认为无问题之后，仍是不放心。她挑了几个人做夜间检查工作，但他们回来报告说：哪几个看炉子的人睡觉了，哪几段温度不够，等等。天气越来越冷了，全线热风炉增到十几台，线路上的防寒保暖东西，都是容易着火的，混凝土又浇上沥青油。要自己检查！她又走了，果然有些炉子不灵，送不出热风。她半夜跑来跑去，找机工修理，一直折腾到天亮。

“自己不去是不行的”。她灵机一动，有办法了：她找到一顶男人戴的风帽，戴上又悄悄地去了。没有电筒，夜里暗渠线上，什么都看不清，尽是坑坑洼洼，有时踩下水道，有时跌下泥坑，鞋子湿了，冻脚，这些都没有什么，最糟糕的是裤腿，都冻成玻璃一样，走在路上锵锵响，这样回去后被发现了怎么回答？一天晚上，可出了问题。事情是这样：

夜里，假“小子”戴着真小子的风帽，正沿着线路走着，忽然对面来了个人。

“谁？”

“小子”没留心，顺口搭了腔：“我。”

“哦，‘小子’？”

糟糕了，站在“小子”面前的是王主任。他用手电一照，在真小子戴的风帽檐下，露出的是“小子”的眼睛、鼻子、嘴巴，还有两片夜风吹红的脸蛋，机关被识破了，“小子”被赶了回去。

“小子”心里不快乐，十几台炉子，万一老乡们不小心怎办？“小子”改变办法，每天早起，天不亮就去看。

一天，黄河黎明前的冷风，迎接“小子”起床，她还没穿上衣服，有人进来告诉她：

“夜里暗渠失火！”

这句话，把“小子”吓得非同小可！抓住衣服就往线路跑。她虽然看见失火被发现早，很快扑灭，工程没有受损失，但对祖国的责任，使“小子”抬不起头来。怎么也憋不住，哇哇哭起来了！她向组织请求处分。

队部根据检查结果，认为保温员已尽到责任，而是看炉人的过失，决定给看炉的民工以处分。

“处分我吧！多重我受得起。别处分老乡！”“小子”惭愧地恳切请求。

队部否定了“小子”的请求，也考虑了“小子”的要求，只让看炉的人，每人写两张大字报检讨。

“掉泪能解决问题吗？”领导同志问她。

“以后再也不哭了！”“小子”生怕人们从此否定了这个称号，丢掉了艰巨劳动的幸福。她紧张地召开检讨会议，总结教训，采取了各种方法，加强保温防火措施。

“领导上虽然不处分我，但无论如何，是我的责任。”她惭愧地对我说。

我同意她的看法。我说："光靠你一个人跑是不行的。你要把大家发动起来，使他们都懂得责任就好了。"

"你说得对。"她低着头说。

"半夜，你一个人到线路上跑，我也不同意。你悄悄地去了，能叫组织放心吗？"

她回答说："组织不放心。"

在结束谈话的时候，我笑着问道："革命的中国妇女对祖国做了出色的工作，真是了不起。你为什么这样怕人家说你是女同志？"

"怕很多事不让我做。"

我说："你不是以女同志的身份，做了很多男同志也干不了的事吗？可是你还是女同志。"

她从失火的重负里，抬头笑起来。笑得那样天真。她伸出手说："再见！"

她真有力气。我心里笑着说："她真是个'小子'！"

大风沙，一阵连一阵，掩盖着黄河水源地。胡桂芝，她不需要纱巾，昂着头走进去。

河心上，北京号吸泥船的桅顶上，红旗矫健地迎接着狂风飘舞。爆炸坚冰的碎片，掀上天空，在禁区的外面站着的有祖国的儿女们。

原野红珠——包钢

朝霞如轻纱，罩着“鹿的地方”——“包克图”（汉译“包头”）。叫帝国主义心惊胆战的大钢都，像颗金光冲天的红色巨珠，嵌在一望千里的原野上。古人望而生畏的“天苍苍，野茫茫”的阴山下，随着伟大的中国人民革命的胜利和惊震世界历史的社会主义建设，广阔无边的内蒙古自治区的青山绿野，红霞白云，牛马羊群，牧歌和蒙古包顶的炊烟，从奴隶、封建制度飞越过资本主义，跃上人类的光明时代——社会主义。在中国共产党和毛主席的领导下，蒙古族、汉族和其他民族兄弟一起，在草原上，建设一座世界头等的钢铁之城——包头钢铁联合企业。

几年以前，阴山南北，除了那座被旧时代统治者、军阀、日本人蹂躏过的土城之外，只有低矮的红柳，残败的黄蒿，稀稀拉拉地摇晃在黄沙滚滚的寒风中。多少世代对于荒凉和风沙无法招架。古代的文人诗客，只能把类似这样的地方说成：

一川碎石大如斗，

随风满地石乱走！

此外，一筹莫展，只好英雄勒马，壮士回车。但是这些年月，是：

俱往矣，

数风流人物，

还看今朝。

劈山造海的时代来了。祖国发出建设包钢的宏伟计划。走过二万五千里长征的人来了，在太行山打塌了日本鬼子鼻子的人来了，在上甘岭打瘫了美国兵的人来了；“二七”和“五卅”英雄的后代，从东北、华北、全国各地来了。在广阔的阴山南北，展开了天摇地晃的钢铁的“淮海战役”。

从地质部241队在白云鄂博挖下第一道探槽，到1953年冬天，要把“鹿的地方”变为“钢的地方”的决定起，古老的包头，改变了容貌。

内蒙古人民称为富丽和神圣之山、古代白云巴特尔守在这里、充满神话的白云鄂博，迎接着人类历史的黎明。漫过阴山的高压电线，把光明送到了白云山。包头——白云鄂博铁路，像条花边绶带，铺在乌兰察布草原的胸腹上。山野的黄羊群，惊奇地望着机车吐出的朵朵白云。盘山电车铁路，世界不多见的巨大的破碎厂、贮矿槽和新建的市区，组成一幅织锦似的图画。现在，白天，看着昨天的牧野，是人熙马攘的市街；夜晚，看着昨天连牧人篝火都不易发现的狼群天下，是暴风吹不灭，阴云遮不住的人造天河。

为在草原上提前建成钢都，担负输水工程的黄河水源工地上，唱着：

战黄河，
战流沙，
强使浊水变清流，
提前送到阴山下！

在这里，有来自吴淞口、塘沽新港的潜水手，有曾给颐和园的昆明湖洗肺涤肠的“北京号”吸泥船，有人民解放军的登陆艇，有内蒙古自治区的“草原号”，同包钢的建设者一起在战黄河！几百几千公斤的炸药，把无法无天的黄河水，抛上百尺高空！在去年七八月间，把多少百年不遇的两场大山洪，按在水源地的围堤外面，令它低首下心，乖乖地溃入黄河，东逃入海。

输水管渠工程遇到了大流沙，翻遍世界历史资料也找不出办法来来对付。常说，不过黄河心不死。可是谁要没见过黄河乱滚乱翻了千万年之后，悄悄地暗藏在地底的流沙，别再夸见识。这些千奇百怪的“芝麻酱”，调皮捣蛋得气死人！挖了三公尺，它仍是涌满三公尺；挖十米，涨满十米；压不住，按不住，挡也挡不住，而且能喷出十多公尺高的黄泥水来。什么童话家也想不出，在风干了的表皮上，突然会拱出大大小小的“泥蘑菇”，会动会颤，会长会大，一个接一个稀奇古怪地钻出来。流沙，厉害且古怪！可是吓不退包钢的建设者。像高希亭老师傅那样的中国工人阶级，发挥了共产主义的劳动智慧，他们发明了各种各样的战胜流沙的武器，而且为今后制服流沙，积累了一套新的科学资料。

乌拉山前的包钢大厂区，在一九五七年前，还是一块无边无际的旷野。那时，这里只立着一座四十多公尺高的木架气象塔。当时，数它了不起，单枪匹马，勇敢地站在风沙中。一九五六年冬天，我曾登上四围一望，真是，浩浩乎，平沙无垠。天空上，除了一小块露出微光，周围都是黄云漠漠，而且下着疏疏的雪花，如同走进古战场。但曾几何时，特别是去年海跳山飞的大跃进，这块广阔的旷野，像经历了一次造山运动，山野重新摆布过似的。

前些日子，在一号高炉旁，我和金属结构公司二队队长崔国华同志攀登上六十多米高的四十吨塔式吊车。在这颗没有现代化安装设备，只用三十天就安成的快速施工“卫星”上，俯瞰这块前天的荒野：大青山和乌拉山，像一道汹涌的波涛，从西北奔东而去；南边蒙蒙的黄雾中远远地看见一道暗暗的光带，这是黄河；昆都仑河东边，新建的能住十几万人的住宅区，楼房鳞次栉比，在阳光下，像一件红色的袈裟，平铺在大青山麓。在这条河的西北角，烟突如林，喷吐蓝烟。迎接新年的彩旗，五色缤纷飘扬在几十座彩门上。这就是为迎接草原巨人——包钢一号高炉——诞生的工程基地。在吊车下面周围，是数不过来的钢铁联合企业厂址。

我看见的不是一个几十亩、几百亩的工区，而是一个每年能出几百万吨钢的红光闪闪、钢花涌涌的海。

高大的起重机，森林似的脚手架、混凝土结构和那些使云彩缭绕的烟突，和纵横立在天野的高压线路和照明线路，组成一部无比巨大的交响乐谱。爆破岩石声、马达声、搅拌机声，日夜轰轰隆隆。试问，哪里能听到如此壮丽的和平交响乐？

夜晚的乌拉山下，出现着繁灯布成的星海。

现在世界一流的我国最大之一的包钢第一高炉，打破了世界安装纪录，披着七十公尺长的红色襁褓，立在乌拉山前。它标志着，一个很有分量的码子，已经加在改变世界钢铁天平的东方盘子上。

四号焦炉，提前六个月建成了。现在已投入生产。

“平炉之王”的宝座，出来了。轧钢厂工地，施工机器响彻云霄。“包钢为全国，全国为包钢”的六亿人民大合唱，更使包钢的建设者们，信心百倍，干劲冲天。

最好的诗句，写在原来最穷最白的地方。最壮丽的图画，画在昨天的无边的白草沙原上。包头钢铁基地证明着这句伟大的语言：

“敌人一天天烂下去，我们一天天好起来。”

一颗金光四射的巨大红珠，镶嵌在千里原野上。

1959年2月4日

人民文学版《赤叶河》后记

从现在来讲，已经是很久很久以前的事了，旧《赤叶河》的时代，已一去不复返。

太行山革命老根据地的南部地区重新获得解放之后，党调我到八地委工作。一九三七年的冬天我是从这里的南端登上太行山的。我曾亲自听到“母亲叫儿打东洋，妻子送郎上战场”这支英雄战歌，升起在这千山万壑中。我亲眼看到英雄的山岳，从重重苦难中站立起来。几百万人民，头一次看到一道东天破晓的曙光。但是，当他们还来不及多看一看的时候，就被蒋介石、阎锡山反动集团在一九三九年阴谋制造的“十二月政变”的血雨腥风淹没了！为了民族的命运，不愿在大敌当前再出现中国人打中国人的局面，八路军和决死队，忍痛退过浊漳河。从此，半个太行山区，在日寇和国民党反动军队的军刀宰割、铁蹄践踏下，过着暗无天日的日子。一九四三年，蒋介石的27军，把这大块山区抢光、啃光之后，公开投降了日本人。

当我回到这块离开了四五年的山区时，是一幅触目惊心的悲惨图画：遍布山野是饿殍白骨。在这些白骨里头，常看到小孩的小骷髅！我看到我曾经住过的村庄，狼窝扎在炕头上，蒿草长在锅台边！这些现在写起来还使人落泪的文字，它曾经是历史的真实。我们的战士，在赶走日寇和国民党军队的同时，解下自己的炒面拌好，一个个地把还未断气的男女老少，喂活过来。偌大的一块山区，才重见炊烟。

在一个春天的日子里，党派我到一个偏僻的峡谷，和当地的干部一起工作。这个几十里长的峡谷，山青水绿，峰峦巍峨。但是，它和我走遍的太行山别的地方一样，在这样雄伟壮丽的山水间，淤积着无数世代的封建压迫。在这里我看到无数的“王大富”和忍辱活着的“燕燕儿”；也看到“王禾子”的同辈，他们和自己的媳妇，两人只有一条裤子。我看到这些善良的人们，祖祖辈辈辛勤劳动，披荆斩棘的结果，吃的是粗糠和野菜，盖的是虱子结成团的破老羊皮！然而，像“吕承书”这类的人，住的是砖瓦房院，开的是油坊粮店，吃的是大肉好面，手里拿着的是算盘和农民的生死簿！

但是，我更看到无数的“老宋”。他们在阴云盖满的日子里，曾经天天爬到北山顶上，苦苦地盼望自己的军队——八路军回来。

中国共产党带来了中国人民的春天。在蒋介石军队开着美国战车即将闯进太行山大门的时候，党领导着人民起来为自己的解放而斗争。扭转乾坤的时代来了，土地改革开始了。反封建压迫的战歌，震撼了山川林壑。

这就是《赤叶河》。

我离开那个峡谷之后，在土改工作中，曾对许多人讲过赤叶河。我曾向一些做文艺工作的同志，建议他们写赤叶河。

一九四七年，当土地改革运动更全面、更深入地发展的时候，地主阶级及其代言人说："开天辟地，分纸占单，谁有命谁有土地""命里有八斗，一石溅了口" 。我在工作中，经常听到土地是怎样来的和社会财富是谁创造的问题。这使我想起"王大富"在破屋中，对着夏天雷雨，向我讲了一个山沟的土地历史和他一家的悲惨遭遇；也使我想起我长期在农村中所见到的残酷的封建压迫。由于现实斗争的需要和太行农村剧团的工作需要，在党的鼓励下，我学习写作《赤叶河》。

党早在一九三九年就指导我们搜集民歌，并向民歌学习。一九四二年，在减租减息中，我曾用民歌格调写过一个叫《柳亭郊》的剧本，但在日寇"扫荡"中被烧掉了。一九四三年春，又尝试写了一个短歌剧《比赛》。写《赤叶河》的时候，想在这基础上继续尝试。

在剧本写好要配曲时，正好遇到了山西武乡县的盲人宣传队的老艺人庚江，他能弹唱出很多优美纯朴的民间音乐。他给了我们很多帮助。为了便于农村剧团上演，初稿是以椅为门，以桌作山，只有分部、分场而没有布景的。从剧本到音乐，是较粗糙的。但通过民间艺术家的豪迈、粗犷的歌声和表演，使人如见巍峨耸立的太行山。他们那双粗大的、青筋暴起的手，拿着键板敲响羊铲唱出的男低音，确像山中人。

随着人民革命战争的胜利，《赤叶河》从山沟、农村进入城市大剧场。在这个过程中，作曲家和剧院，在剧本和音乐方面，提供了许多很好的意见，并做了很多有益的工作，使它较歌剧化了。

现在的本子，是为中央实验歌剧院和天津人民艺术剧院的上演，在前年春天作第四次修改过的。删掉了第二部的第一场，改写过第四部。

删掉的部分是为了缩短演出时间，让观众能早点休息。

改写第四部，是因走了一些弯路。《赤叶河》初次上演之后，根据当时现实斗争的要求，曾穿插着一个有关农村干部作风的副主题。进城后，许多同志觉得已时过境迁，在第三次修改时，虽然已经删去，但仍感到不满意。这次修改，觉得还是恢复到初次上演的稿子为基础，似乎好一些，因此，做了一次大返工的工作。如现在的四部王禾子回忆燕燕儿时，地主向他放黑枪（初稿是用木棒）的场面，就与初次上演大同小异。

《赤叶河》是写给当地的太行农村剧团演的，他们清一色都是男演员，如果剧中出现女的太过是不好办事的。可是进城之后，作曲的同志感到“重男轻女”太严重，使音乐显得单调。好在在人物表上添上几个甲、乙、丙，比照相容易得多。因此，这次修改的时候就纠正了这种偏向。纠偏结果，《赤叶河》的女公民较繁荣了。

至于把原剧本中的一些次要人物的作用，合并在一些主要人物的身上，是想能更集中一些。剧本中个别地方字句的合并和变动，有的是出于作曲家、导演和演员的要求，有的是兴到笔随，说不出什么理由来。

1959年3月

五十年代

人民文学版《赤叶河》后记

附：

关于音乐的说明

高介云

《赤叶河》从第一次演出到现在已经十年了。在这十年中，作者听取了许多好意见，把剧本和音乐都做过几次整理和修改。这个本子的音乐部分，是一九五七年重新整理过的。

记得在一九四七年的时候，我还是个初学音乐的青年，接到为《赤叶河》配曲的任务，真叫我束手无策，但是剧团等着要上演，领导上以及阮章竞同志又多次鼓励我，我就这样作了。

在第一次演出后，得到观众们很大鼓励，同时他们对此剧也提出了许多重要的、宝贵的意见。在音乐方面，大家主要的意见是：乱，缺乏连贯的歌剧气氛。

我是不会作曲的。因为自己是个太行山区的人，从小听山歌、看大戏、办秧歌、闹社火，记下一些曲调。动笔之前，民间盲艺人刘庚江同志又为我提供了很多民间音乐的材料。就这样，在短短的时间中，我按着剧情把唱词和曲调编配了一番，谈不上什么作曲。所以在第二次修改音乐时，我就有点无能为力了，好容易找到了张晋德同志，他帮助我把它作了一次整理。

一九四八年华北人民文工团在石家庄演出此剧时，梁寒光同志又把音乐部分重新加工、改写了一番。很显然，改写后的音乐比起原来的那是大大地提高了一步：音乐的戏剧性加强了，音乐方面的人物性格也鲜明了，不连贯的地方连贯起来了，不自然的地方自然了，总之，梁寒光同志的工作，对这个戏的音乐起了重要的作用。我从这里也学到了不少新的东西。

一九五七年中央实验歌剧院和天津人民艺术剧院重新上演此剧时，作者将剧本重新作了修订，音乐方面也发现有很多地方需要重新整理与修改。梁寒光同志工作忙，不能来，大家又想让它恢复太行山的一些色彩，故决定由我重新做这工作。现在的音乐部分，就是这样出来的。

因为时间很紧，我自己对于大型管弦乐队又不很熟悉，所以又请了葛光锐同志一起来参加这次音乐创作。葛光锐同志为这出戏的音乐，出了很大的力气，写了很多段乐曲和伴奏。因为这次印的是文学剧本，故不能把它们都印进去。

另外，还需说明一点，为了配合剧本的重新修订和音乐风格的统一等等原因，我大胆地把音乐部分重新作了调整和安排，删掉和改写了许多首梁寒光同志以前写的曲子。当然，也有完整地保留下来的曲子，如《燕燕儿下河洗衣裳》等。所有这些，因为我和梁寒光同志远隔千里，不能在一起研究，同时时间也不允许我们交换意见，我应在这里向梁寒光同志致以歉意。

《迎春橘颂》序[①]

一九四九年至一九五九年，是奇光竞亮、异彩争妍的十年。我们伟大的祖国，在中国共产党和毛泽东同志的领导下，像东方碧海升起的朝阳，光芒万丈照耀着人类的历史。

十年，从人类历史的行程来说，是个微不足道的很短时间，我们的星球围绕着太阳转，也只不过是十圈。但我们伟大祖国的发展变化，超过任何一个伟大童话家的想象力，她的速度，她的光芒，是史无前例的。

我们的先人，留给我们许多美丽的传说和歌儿，希望有个劈山造海、呼风唤雨的时代，希望有个明净无尘的世界，明媚不老的春天。在那里，没有人压迫人。小时候，听老人们的讲述和歌唱中，驱邪逐鬼，创造世界的力量，很多都是神仙和帝王。一代又一代流传着，一代又一代歌唱着，但这些

① 《迎春橘颂》（诗集）人民文学出版社 1959 年版。

希望和幻想，只能出现在书本里、人心里、幻梦中。

北京、广州过去有很多雕刻象牙的老艺术家，他们在象牙上创作出美丽动人的仙境，而在他们的刻刀周围，却是严酷的命运。许许多多的美好希望，只能寄托在一个不可知的世界里。

人，只能诞生一次，获得一次生命。但是我，诞生了两次，获得了第二次生命。我第二次诞生在伟大的真实的童话时代。在这个时代里，我听到一支最新的歌，它教导我们：从来没有救世主，也不靠神仙和皇帝。它号召奴隶们自己救自己！

伟大祖国的儿女们，在中国共产党和毛泽东同志的领导下，亲自动手把盘踞在生我们养我们的土地上的妖魔鬼怪，消灭干净，把旧世界淤积着的灰尘垃圾，横扫出去。

我亲自看到横行一世的外国侵略者，全部被打走！亲自看到最反动的、最黑暗的，也是最后的一个王朝倒下来！

我亲自看到六亿人民欢呼伟大的中华人民共和国的诞生！

共产主义——人类的春天，党和毛泽东同志给六亿人民带来了。我亲自看见一个劈山造海、呼风唤雨的巨人时代，出现在自己的国土上！远非我们的先人所能想象出来的人民公社出现了！

伟大祖国的革命现实生活，到处充满着革命浪漫主义的光辉。党的每一句话，都集中了人民的心愿，党的每一句话，都成为排山倒海的能源。童话般的奇迹出现了。和毛泽东同志生活、劳动在同一个时代，是我们最大的幸福。同在祖国各地一样，我在古老的阴山顶上，看到曾经是黄云漠漠的塞外，日日夜夜在迸放奇光。成千上万的劳动者，在黄色的旋风中，在险恶的黄河中，用锹用镐在创造奇迹。当你还来不及多看一眼的时候，新的奇光又升起来：一座雄伟的钢都，在昨天的沙窝和草地上，在今天的嫩柳新杨和各族人民的欢歌中，矗立起来。

“大跃进”三个字，改变着人们的精神面貌、思想感情甚至是语言，许多工人家庭的主妇，在回答主人到哪里去了的时候，都异口同声地说：“跃进去了！”

“大跃进”三个字，代表着中国人民的风貌。

蒙古族兄弟居住的阴山南北，已经开始要和莺歌乱啭的祖国江南争妍斗艳。我们勇敢勤劳的各族人民，在这个曾经是“一穷二白”的地方，写下最新最美的文字，画下最新最美的图画。

人类不老的春天，在纵横辽阔的九百六十万平方公里的土地上出现了，日新月异，万紫千红。

十年的祖国成就，向一切被压迫民族，一切爱好和平的世界人民，献出一支最新最好的歌——时代的凯歌。这支凯歌，和以伟大的苏联为首的社会主义国家在一起，组成一部震撼历史的大凯旋交响乐。向世界人民证明共产主义的伟大生命力无穷无尽、万古长青！

钢铁大街上，成千上万的各族劳动者，高唱战歌，高举红旗，向着春天前进。让帝国主义、外国扩张主义分子在我们的春天周围，发抖号哭吧！我们统一的祖国，团结的六亿人民，高举马克思列宁主义的旗帜，向着更好的春风丽日前进！再前进！

1959年国际劳动节

六十年代

英雄的时代需要英雄的诗篇①

在全国文学艺术工作者第三次代表大会上，陆定一同志代表党中央和国务院所作的祝词中提出："我国文学艺术工作的首要任务，就是用文艺的武器，极大地提高全国人民社会主义和共产主义的思想觉悟，提高全国人民共产主义的道德品质。为了达到这个目的，就必须同资产阶级思想进行长期的坚持不懈的斗争。"

现在，我们的国家，在三面红旗的光辉照耀下，像光芒四射升起的一轮朝日。

人们常说：诗歌是时代的战鼓、号角，是长剑，是火焰。我们的诗歌，要以人类有史以来所没有过的最强音，歌唱这个伟大的时代，并推动它前进。

---

① 发表在《诗刊》1960年9月号。

毛泽东同志创造性地发展了马克思列宁主义，确定了我国文学艺术为工农兵服务的唯一正确的方向。毛泽东思想引导着我国人民从胜利走向胜利，从一座凯旋门走过又一座凯旋门。

我们生活在波澜壮阔、雷霆万钧的大跃进时代。无产阶级革命的时代，社会主义、共产主义胜利的时代。

我们，和毛泽东同志战斗、劳动、生活在同一时代。我们，追随着一个伟大的领袖、诗人，和他歌唱在同一个时代，我们感到最大的幸福，我们是在毛泽东同志的亲自教育下，开拓我国无产阶级诗歌的道路。我们在毛泽东同志的亲自教导下，以社会主义的理想完成了民族民主革命，现在又以共产主义的理想在进行社会主义改革和社会主义建设，向着更加壮丽的明天前进。明天——那个更伟大、更光芒四射喷薄欲出的朝日，我们将亲眼看见，将亲自歌唱、迎接它从东方升起来！

同时，我们将一定亲眼看到帝国主义埋葬在它自己掘好的坟墓里！

我们生活在一个英雄的时代。英雄的时代需要英雄的诗篇。人民要求诗歌以最瑰丽的色彩、最优美的音色，最宽广的音域、最强烈的音响来歌唱我们的伟大时代，歌唱怀抱着共产主义伟大理想而斗争的当代英雄。我们的诗歌，应该像时代的绿灯，向着伟大的明天鼓舞千千万万人民奋勇前进。我国的诗歌，在毛主席的文艺方向指导下，已取得了巨大的成就，出现了具有高度思想水平和艺术水平、翻天覆地的气魄、勇往直前的时代抒情诗和英雄诗篇。像“两脚拨开千江水，双手打通万重山”。“喝令三山五岭开道，我来了！”等使高山低头、河水让路的豪迈诗句，深入到祖国各处崇山峻岭。穿过几次革命烽燧成长的杨高[①]、石不烂[②]，这些英雄人物，都已经走上了社会主义革命、社会主义建设的各个战线。

更可喜的是从工矿、公社、连队中涌现出来的大批新人。我们还从大跃进的民歌瀚海中，产生了伟大时代的国风《红旗歌谣》。这是毛主席倡导的采风运动的丰硕成果。诗与劳动结合，劳动与共产主义伟大理想结合，这是通向共产主义前进道路上的一面巨大的里程碑。它以高度的共产主义思想风格、优美的民族形式，改变、充实了新诗的风貌和阵容。祖国九百六十万平方公里土地上，无处无诗。没有一个工地、田野、丛山、河流没有诗。没有一个车间、街道、公社、食堂没有诗。从九百六十万平方公里的每个角落唱出来的诗歌，歌唱北京人民大会堂。我们的时代是诗的时代，我们的国家是诗的国家。

沿着毛泽东同志的文艺方向实践证明：人民喜欢的是东风、旭日、骏马、雄鹰；是要加速向共产主义前进的电、光、热和蒸汽；是要加速旧世界倒台的雷霆、风暴、长剑、火焰；是要摧毁旧世界、推动新世界前进的强大宇宙火箭的烈焰。

沿着毛泽东同志的文艺方向实践证明：离开人民的共同斗争、劳动、生活，就没有诗。诗人首先是普通的劳动者然后是诗人，首先是共产主义的革命家然后是诗人。和人民呼吸在一起，他的诗就色彩光亮，音调铿锵。离开

---

① 杨高：李季的叙事长诗《杨高传》的主人翁。

② 石不烂：田间的长诗《赶车传》的主人翁。

了人民，就暗淡无光，变音走调。周扬同志在这次大会的报告中指出："文艺的民族独创性，是人民创造性的集中表现，是一个时代、一个阶级文学艺术成熟的标志。"我们的诗歌应该具有为中国老百姓所喜闻乐见的中国作风和中国气派。离开人民，离开我们伟大民族的优良传统、特点的基础，只能是水面浮萍，不能在人民中扎根。毛泽东同志指示在民歌和古典诗歌的基础上发展新诗歌，是我国共产主义诗歌的方向。我们高兴地看到：在这方面的继承和创造已取得了良好的成就。同时，也看到自由体诗在运用人民语言方面，在吸收对今天还为人民喜爱的古代词汇方面，已经取得了一定的成绩。我们认为这样的实践，对新诗的创造发展是有积极意义的。

我们的各兄弟民族都是有丰富诗歌传统的民族。发扬了各民族的风格和独创性，我们的诗坛，呈现出万紫千红、无比瑰丽、绚烂多彩的景象。

革命现实主义和革命浪漫主义相结合的创作方法，是毛泽东同志给了我们创造新的文学艺术的一个重要的法宝。而毛泽东同志的光辉诗词，正是我们的典范。我们的现实生活，光辉夺目。人民以共产主义的理想在建设我们的国家。昨天的理想已是今天的现实，而今天的理想就是明天的现实。我们今天铺下的每块基石，都刻着承担共产主义时代的光荣任务。人民的共产主义风格、道德品质，在迅速成长。如果我们同我们的人民一样，怀着共产主义的崇高理想，把我们千千万万的当代英雄，集中、提高，就能够创造无数更强烈、更典型，比之现实更光芒四射而又具有崇高性格的英雄形象，再到群众中去成为教育、鼓舞人民自己的楷模。

我们祖国的山川是壮丽的。但同样的黄河、长江，已不是李白、杜甫时代的黄河、长江；阴山、贺兰山、祁连山，已经不是岑参等古代诗人所见到的地方。我们的时代是“春风杨柳万千条，六亿神州尽舜尧”。黄河不再黄的时刻，就在这一代出现。

但是，如果我们不具有共产主义的世界观，没有时代的感情和革命理想，就不可能弹出时代的最强音。学习马克思列宁主义和毛泽东思想，是诗人的竖琴弹出和时代完全协和的最强音调的保证。共产主义思想，是诗人竖琴的定音笛。

我们的诗歌应是鼓舞人民向前、不怕困难、无坚不摧、充满革命乐观主义的战歌，开拓道路向无限美好的高峰飞跃。

中国的革命战歌，和伟大的无产阶级及其先锋队登上历史政治舞台同时诞生。中国的革命诗歌对《国际歌》来说，是从中国大地发出强大的和声、大合唱。我们的诗歌的成长，不是在音乐院里和明窗净几的琴室中，而是在反帝、反封建、反官僚资本主义的工厂、农村、码头、街垒和硝烟弥漫的革命战场上。它诞生的使命，是为革命，为人民的解放，因此，它充满着革命的战斗传统。在今天，它是为社会主义总路线、大跃进、人民公社而服务，为反对帝国主义、支持各被压迫民族的正义斗争而服务。我们在困难的年代，全世界无产阶级、各国人民支援了我们。我们支援各被压迫民族争取解放的斗争，是理所当然的。

我们的诗歌，从来就同资产阶级思想、修正主义势不两立、不共戴天。伟大的巴黎公社的革命精神通过国际歌鼓舞着全世界无产阶级，永远成为争取人类彻底解放的武器。伟大的无产阶级诗歌传统是用诗歌作斗争的工具。我们的声音，不是寺院的祈祷钟声，使人迷住眼睛等待涂抹一层冰凉的圣油，而是在反对以美国为首的帝国主义的斗争中、保卫和平的阵地上的战鼓、冲锋号。帝国主义的大炮、机关枪、火箭射向非洲人民的头上，被压迫人民的梭镖不能熔铸为农具。我们歌颂奔赴前线为大多数人民活下去、为被压迫人民活得更好的明天而战斗的勇士。诗人，不要把知识分子的懦弱和胆小、个人主义的伤感，强加在人民的身上；或者以美丽的辞藻掩盖着帝国主义的希望：戴着镣铐的和平。莱伊卡[①]上天，为人类敲响宇宙的大门，帝国主义的什么"保护"动物的"慈善家"、长老，"如丧考妣，痛哭涕零"；而对轰炸古巴蔗园农民、码头工人，屠杀手无寸铁的非洲人民的强盗们，没有听到半句"人道主义"和"人性论"。帝国主义的"道德"，就是屠杀。对帝国主义和反动派来说，我们的诗歌，就是歌唱复仇，歌唱战斗求解放！

从《国际歌》到《义勇军进行曲》，无产阶级的诗歌和音乐紧紧结合在一起。鲍狄埃和狄盖尔，田汉和聂耳，光未然和冼星海，是革命诗人和作曲家合作的榜样。我们高兴地看到这个传统在继续放射光华，产生了良好的效果。诗与画的结合，从来是我国的独特传统，在大跃进中，诗画结合，产生了良好的效果。我国是有丰富戏曲遗产的国家，它的不朽生命是和诗词结合在一起。诗在戏曲的文学价值中占着重要的地位。在党的百花齐放、推陈出新的政策抚育下，我国的戏曲艺术，重获新的繁荣。在整理、发掘、创造历史题材的同时，戏曲艺术向新的革命现实斗争题材发展。新歌剧和传统歌剧

---

① 1957年11月3日，苏联"斯普特民克"2号人造卫星乘载一只名叫"莱伊卡"的狗。

（戏曲）的相互学习，将使我国的歌剧，向民族化的艺术高峰发展，前途光辉灿烂。但是我们不能不提出：戏曲（包括一些新歌剧）的文学创作中，有些剧诗（唱词）尚存在诗意不足的状况。和我们的先人遗产来比，迫切需要我们辛勤劳动。我们不但要继承这些优良传统，而且应该努力超过他们。改变这种状况，诗人们有责任，就是诗人要积极参加歌剧创作，参加戏曲的整理和创作，使我们的戏曲，走向文学高峰的境界。

关心伟大的集体事业，是共产主义的风格。诗是党和人民事业的一部分。事业的发展和每个诗人是血肉相连的。目前，我们的诗评队伍远远赶不上事业的发展要求。诗人应该参加诗评工作，为我们的诗歌开拓更宽广的道路。

在社会主义的六条标准下，百花齐放，百家争鸣，倾向性的一致，形式风格的多样，是繁荣诗歌的唯一正确的群众路线。让我们在这个伟大的英明的指示下，创造出更多样、更完美的英雄时代的诗篇，超过任何时代水平的诗篇来。

让我们高高举起毛泽东同志的文艺红旗，攀登诗歌的珠穆朗玛峰！

遗音三日绕屋梁[①]

——看赣剧青阳腔《西厢记》

南昌观赣剧，

北京听新腔，

曲终声不散，

遗音绕屋梁。

今年春节前后，在南昌看了江西省赣剧院的青阳腔《西厢记》和弋阳腔《西域行》，这是我第一次欣赏这个古老、优秀的传统剧种。赣剧音乐，悠扬悦耳，真有绕梁三日的魅力。最近，江西省赣剧院，携带着这两个戏目和其他好看好听的戏，来北京与观众见面。

脍炙人口好几百年的《西厢记》，不断有人改编，不断有剧种上演，都

① 发表在《人民日报》1962年5月29日第6版。

韵味不一，各有千秋。崔莺莺和张君瑞的相爱，是多情佳偶好姻缘，而《西厢记》用青阳腔谱唱，是优美的故事和优美的形式相结合，也是合节合拍的好姻缘。从古老的弋阳腔发展而来的青阳腔，用来唱这种诗情画意浓郁的古典戏，浓渲淡染都适宜。赣剧曲牌丰富，载歌载舞，能恰当地表现古典戏曲中的诗词，抒情咏怀，有慢有快，可用散句，可插绝律，可由个人一唱三叹。情绪激越的帮腔，像一道山泉，泻落深涧所引起的回声，既不噪耳，反更觉恬静。

潘凤霞同志扮演的崔莺莺，细致地、很有特色地创造出渴望自由、敢于反抗封建压迫的古代女性。一开锣鼓，性格鲜明，等到遇见了张珙，表现出纯洁的强烈愿望，人物发展，合情合理。虽然封建思想的束缚、名节的顾虑矛盾，都不能掩盖住解放的主动要求。从《赖婚》开始，性格逐步深化、完整。戏剧从剧本到舞台，是有很大距离的，就得看演员才能。这一场，剧本上的莺莺，只有几句短白，几段唱词，但舞台上的莺莺，达到出神入化。例如崔母使红娘请她出来见客人，开头不愿来，接着是漫不经心不想理，可是一听到是“张秀才”，一声“来了”步如飞。潘凤霞同志把这个寂寞深闺的少女心，毫无保留地摊开在观众前。她的高兴和害臊，盈溢舞台，当她听到是“上前拜见哥哥”，这个晴天霹雳闪击，两眼一睖，转化逼真。当她“眉压新愁”，把盏敬酒，张珙推量窄饮不下时，她的手举着不动，一声红娘接盏，似黄河突然决堤，怒浪从天而来。“我自会回去”一转不顾，似洪波咆哮，横泻千里。在《寄方》中的“孩儿并未胡作非为”到“你将那书柬，立刻送与张生”，鲜明地塑出这个不仅是“我想这样”，而且是“我就要这样”的反抗压迫形象。这个性格创造，是与众不同的。

童庆礽同志扮演的张珙，干净利落，情感逼真，态度自然。古代书生角色，不易做好，不酸点，不大像；过分酸，个个都这样，也不一定真。在这里的张生不太过分腐酸，而是一个追求自由的纯洁的古代青年读书人。童庆礽同志对剧中的诗词体会表现，扣人心弦。古典作品，常常由于诗词的难懂，不容易把人物化进诗的天地，打动观众，引起共鸣，演员对文学的修养同演好戏，是很有关系的。我看过庆礽同志演的几出戏，都很好。虽然音色稍干一些，但表达剧中诗词意境，处处都颇有功夫。如在《饯别》中的“小桃红”：“恨压三峰华岳低，泪滴黄河水溢，你一处来独自为……我则秋风听马嘶”、《惊梦》中的“驻云飞”：“暮噪林鸦，鞭催瘦马入天涯”、《尾声》的“瘦马西风向长安去”，唱得令人回肠百结。固然是董、王西厢原有的绝妙好词，但童庆礽同志的表现功力，也不能忽略。

如果说，艺术许可有偏爱，我愿意顺便谈一下《饯别》。以往也看过若干次演得很好的《长亭送别》，赣剧青阳腔谱唱得更有独特魅力。这场激动人心的名剧中的名折子，用“端正好”带“小桃红”把“碧云天，黄花地，西风紧，北雁南飞”的离情惨惨和落叶萧萧的秋色，融结在一起。动听的曲牌，独特的帮腔，把观众带进了十里长亭。莺莺和张珙的唱词，许多段，是以音乐伴帮腔来进行的，更能使人觉得这对多情的青年恋人，多少悲愤压在心头而不能发泄。这样，自己不唱，或不唱尽，而心里却在怒吼。这样蕴藉含蓄的艺术手法，十分完美。

具有热心成全别人好事、风格高尚的红娘，是人所共知的。但是有的红娘，总觉得是个深谙世味的中年人，“泼辣加姜”却短了年轻使女的天真美气。现在青阳腔里的红娘，一方面既有成人之美的侠义心肠，同时又具有年轻少女的天真烂漫。不久前从赣剧学校培养出来的青年演员童明明，对这个新的红娘性格，演得也很好。《拷红》一场戏，曲牌采用了《斗鹌鹑》《棉搭絮》，且歌且舞，别具风貌。

扮演崔夫人的杨桂仙同志，是赣剧名演员。在表现这个顽固地维护封建思想统治，利欲透骨、反复无常的故相国夫人，戏做得很成功。由于剧作改编意图，有意把她又是一个孤女老母的方面撇去，单刀直入，不必使观众再花心思的写法，似乎使人物性格简单化了些，这是一。第二，我认为和剧院有很好的合作条件，又熟悉演员才能的编剧家，尽可能发挥演员的才能。以唱腔刚越出名的杨桂仙，一声未唱，有点可惜。我愿编者如红娘，成人之美，让她唱几句。

从法聪——这个见义忘身的和尚身上，可以看出改编者的意图：保留董西厢的特点，这是好的，但总感到他的出场，不是处处必要。如在《佳期》的末尾，总使人会这样问：一个出家之人，儿女私情，“干卿何事”？不宜处处干预。

谈戏不可能避剧本，已经扯到，就顺便试谈一下。我对《西厢记》素无研究，对戏曲艺术一窍不通，本无发言权，但是看了戏，总会有点感想。

赣剧青阳腔《西厢记》，保留着董、王西厢的优良基础，同时在主题思想、人物塑造、情节安排上，有许多独出心裁的大胆创造，重要的一点是崔莺莺的形象。青阳腔中的莺莺，不再是个多情而又柔弱、渴望自由但又十分被动的深闺少女，而是一个敢想自由，又敢和自己的顾虑决裂，最后敢冲破铁锁铜笼而高飞的自由之鸟。这是历来的《西厢记》碰到而又避开的问题。因此，处处要有红娘来推动，女主人公的强烈愿望，反而多少被遮盖。石凌鹤同志在这里作了大胆的尝试，值得欢迎。

其次是删掉原来《西厢记》中那些不好唱，更不好做戏的封建文人的不严肃的描写。但删削可能会碰动筋骨。现在青阳腔的《西厢记》，改编者较好地解决了这个问题，使三个主要人物都磊磊落落，不但不减颜色，反而更光亮，与众不同，别开生面。我说这样好。

1962年5月23日夜

无题

严冬是冷的，似乎什么植物都没有欢乐而奄奄一息地睡眠了。

可是你想错了，植物落了叶子正是为孕育着春天的更茁壮的新芽，一个欣欣向荣的时代准备着出世。

冶炉是炽热的，但是各种各样的物质在变化，谁是纯钢就在那里考验。去掉各种杂质而更纯，能炼成优质的钢。你说它没有快乐吗？你错了。

是革命者，在什么时候都压不扁，在最困难的日子里，肉体受到严重伤害的时刻，他仍然有着不能磨灭的快乐，为新的明天而快乐，也许这个明天不属于他，但是他为更多人的快乐而享受到谁都享受不到的快乐。

太阳由于地球的运转，人们有时看见是黑夜。你以为它就没有光亮吗？你错了，它永远在发光。一个真正的共产主义者，是不能消失热力的。只有能克服困难的人最知道幸福。钢不是天生的，而是用火炼成的。

1962年7月10日

《白杨颂》序[1]

要我对读过的诗说点意见，常常感到茫茫然。议论诗，似乎是要懂得诗。可是，我很不懂诗。如果以为我喜欢诗，也多少写过一点，就懂诗了，这是全属误会。一个普通的会计，虽然会算账，但是，不一定是数学家。这绝对不是故作玄虚。我对自己以分行排列写的一些文字，就不知道它到底算不算是诗。

如果是一个有名的诗人作品，很快被有读者信任的评论家评介，有了个基本调子，跟着做文章，似乎好办一些。但是，我不知道评论界，过去对雁翼的诗作评介如何？手边没有这样的材料。这就充分说明我对诗歌运动，是如何不关心了。这次由于作家出版社要出版一些诗人的诗集，要我看看《白杨颂》，要求看过之后，多少说几句话，更感到茫茫然。从自己的经验体

① 发表在《诗刊》1962年第6期，后作为《白杨颂》（作家出版社，1963年6月版）的序言。

会，常感到挑剔容易作诗难，苦思十天半月，也写不出半句好句子。所以，当看到别人写出一首好诗，觉得真不容易。第二首也和第一首同样好，更觉得不容易。作诗是件快乐事，也是件苦恼事。自己都做不到的事，要求人家做到，能够吗？既要有鼓励又要有要求，这是谁都同意的；但是，要说出个道理，就难得很。也有这样的情况，当自己看到别人的评论文章，说好的话多，自己觉得：幸亏看到这篇文章，否则就看不出还有那样多的优点。可是有时在背地里又听到评论家说“这不是我心里的话”，自己又糊涂起来，感到说好话还是较容易的，真要挑剔出个道理，并不简单。不然，为什么在背地里要追加这样的补充呢？因此，“挑剔容易作诗难”这句话，就不能存在了。作诗是苦事，写评论也不轻松。我想，最自由最愉快的办法，是说自己的认识，无非是：这些好，这些不好，或者不够好。我就本着这个宗旨来读、来谈《白杨颂》。

从《拂晓时分大雾茫茫》起，我随着诗人的歌声，听着远方的稀稀拉拉的枪声，越过黄河、冀鲁平原、长江，又折向西北，跨过卫河，越过秦岭，翻过蜀道，进入康藏高原。我重温着在夜雨中行军，在寒星下露宿，在黎明前出发的第三次国内革命战争时期的生活。诗人随着我们的军队，歌唱着这条“弯弯曲曲，忽西忽东的赤色的道路”。在这条红色的道路上，我们看到为迎接祖国黎明，用自己的鲜血洒红卫河桥的老游击队员的身影；也听到“在灾难中孕育，在胜利的时候诞生”的新生命向世界报到的啼声。这些革命战争的实况录音，现在听起来，仍十分亲切；婴儿诞生所引起的欢乐和笑声，栩栩如生地表现了人民子弟兵的可爱形象。集子中常出现的白杨树，使我看到可爱的冀鲁豫平原，这正是成千上万南征北战的冀鲁豫健儿，他们对故乡、祖国的热爱，对人民的怀恋。像在《白杨颂》《黄河帆影》里所反映的人民与军队的骨肉恩情，在老革命根据地里，是数不尽、写不完的。辛苦访问不到的子弟兵母亲，望穿秋水而寻不见的老渔人，都能引起每个老兵的怀恋心情。在大雾茫茫中，燃烧起来的复仇之火，在暴风雨信息里，撒起追歼敌人的天罗地网，都是一些有声的历史镜头。

从这些诗中，听到革命士兵的心鼓声音，听到胜利进军的步伐节奏。

从一个普通的农民孩子、八路军“小鬼”、战士、宣传队员到诗人，这是雁翼的经历。因此，从他的诗中，常常贯注着士兵的感情。如果没有这个经历，有些诗是描绘不出这种色彩的。当然，这个特色不是光他一人所有，而是许多从部队出来的诗人所共有。但是，不管是谁，有这种特色，都是极可贵的，希望它永不褪色。

沿着人民革命胜利进军的西南战线，从娄山、大渡河、岷山，这大块交织着二万五千里长征的英雄足迹，和中国人民解放军鞋印的地方，随着诗人来回驰骋的歌声，听到改变祖国山河面貌、摇天撼地的爆破巨响。诗人描下秦岭的巍峨、蜀道的险峻，绘下嘉陵江的涛声、长江的云雾、山城的辉煌灯火。在这一幅社会主义建设的长卷里，诗人回顾古代的陈迹，展望今日的巫峡灯标，豪迈地唱出：“三峡，诗的故乡，我们伟大民族的艺术长廊。”而震荡千古人心的难于上青天的蜀道，猿猴不敢攀缘的峭壁，在今天的开山者、筑路大军的手下，变为通途。唱着“看，车轮滚滚，驶向阳光灿烂的高处”。在三国时代将军的故垒上，盖起月台；在沉埋着古代征战的矛头箭镞的江底，把桥墩竖出水面，架起大桥，开出又一道崭新的艺术长廊。在这条英雄时代的长廊里，诗人速写下无数开山者、老游击队员、解放军战士、猎人的肖像。

在这些肖像里，有的画得很好，如在《钢的幻想》里，诗人看见了世界上最热最强的钢，它不是钢锭，而是制造钢铁的工人阶级，生动地刻画出冶炼工人的英姿。

在《访石棉县》里，诗人给人们展开一幅神奇的真景：

看那千座高山，
山山绿翠如玉，
座座都是棉桃，
藏在云里雾里。

富有诗情的意境、真实而又形象化的比喻，造出一件晶莹如玉的浮雕。这就是我们祖国的瑰丽山河。在这些重峦叠嶂的云山里，进行着伟大的建设。这是诗人在人民凯旋的道上所唱的新凯歌。

雁翼的诗作，我没有全部读过，但是，从这个集子里，感到有时代的感情、时代的气氛。我几次读了集子之后，感到诗人像个侦察兵似的探索着道路前进。而这条道路，在诗人的前面仍很艰巨的。我每次读后都有这样的印象：诗人在离开部队前后时期的诗，感情要深一些。但这个时期有些作品或某些诗句，读起来，感到太冗长，语言锤炼不够，有些很好的意境，被重复的、太多的细节描写填塞着，如《黄河帆影》，诗是富有诗味的，但总觉得第一个章段的头一节还嫌过于繁。这个章段共两节二十句，头一节诗人已在河边望着洪流寻找帆影，而第二节仍是重复着头一节的内容。第二章段的头几句，似乎过多地写细节，没有在造成气氛之后直转到“黑旗”故事上去。也许是我的偏见，我想，诗不着重在唯恐遗漏地描写，而贵在通过事物，以最大的概括集中，以能引起深刻联想的有声有色的意境，尽可能以最经济、最准确的语言，唱出富有节奏的韵律，来表现诗人的情怀。俗语说：“花多眼乱。”诗要实中有虚，虚中有实。选择景物，必须要对抒写情怀有用，或可作烘托。归根到底，是托物咏情，而不是见山写山，一草一木不能遗漏。

我想，不论什么形式，自由体也好，格律体也好，诗，大概是和散文应有区别。集子中有些诗，从文字形式上看是诗，但是，读起来，听起来，却和散文差不多。说几句离开这个集子的话：我常常在看诗的时候，长期有个问题不能解决，就是诗能否做到看也好，读也好，听也好，都能立刻感到是诗，而不是散文。能否像听唱歌一样，一听就知道这是男声，那是女声。

诗在运用语言上，我想，是要经过很好的选择和锤炼的。有人说：“这是雕琢。”我想，锤炼者，除渣去杂取纯也。“雕琢”者，施脂抹粉掩丑也。这是两码事。钢铁需要经过选矿、火炼，才能达到优质产品。我想，除了“天才”之外，一写就成好诗、佳句，总不是人人所能的。要炼好诗的意境，表现得好，诗人靠语言。要选择既能生动准确地创造意境，又能完成诗的特殊要素——音乐性的语言，就整首诗来说，要有回旋音响的语言（协调的韵脚）。只求辞藻美丽，装腔作势，搔首弄姿，以此来掩盖感情空虚，这才是诗的癌症。诗中可省可不省的字，应省去。如《黄河帆影》中的第三章段八节有“从战友的手里拾起来刀枪，端着枪和冲上来的敌人肉搏”，“端着枪”三字省去反而更有劲。类似这样的例子，我看都可考虑。《小桦树》中的“那时候，我们的子孙和桦树林，一起迈着阔步前进——走进工厂、矿山、城市和农村，把共产主义建设的任务担任”，意境似乎不错，但是，总觉得桦树和人一起迈步，这个拟人化境界，并未造成，因此就会感到不可能。如把它和《路的歌》里的“仿佛沙漠一下不见了，红旗领着绿荫漫卷而来”比一比，觉得后者动人、深刻，形象也美。

诗人随着大跃进的民歌运动，诗风随着有了变化，诗意、语言都较明朗简洁。曾听雁翼同志说过：在部队宣传队到铁路做宣传工作时，为了工作需要，曾写过、唱过坠子书。我很重视这一点。但从诗人一开始写诗（我是以这个集子作依据的，诗人其他前期作品未看过），没有有意识地沿着这一点向前发展，如果我没有猜错的话，似乎是个损失。所以，看到诗人近年来有意识地向民族的好传统学习，是值得欢迎的。当然，诗歌道路无限广阔，学习不等于非照着那样的形式写不可。吸取传统诗歌的好营养，大胆地创造发展新诗，使诗更富有民族性，更易于接近广大群众，我想，总是好的。

雁翼同志是勤奋写作的诗人之一，他的诗，有优点，也有缺点。有士兵的热情，也有知识分子的腔调。有的诗，气氛情感不连贯，用意用字不够准确，或不够干净。有些诗句还很粗糙。可是，话又说回来：每首诗，每句，每字，都使人人满意，天衣无缝，谁都难做到。何况我们这些在文化上存在着先天不足的状况的人。只是在党的培养下，刚刚学会做两句文章。任何果子开始都是青的，味儿也涩。只要果树根扎得好，果蒂长得壮，经得起风雨，总是要长成的。只要保持并且发挥革命热情，不疲倦地学习，不会没有收获的。

我是个爱诗不懂诗的人，不可能说出诗的道理。只是和诗人同辈，说点印象，谈点感想而已。创作中的甘苦，常常不易为评论者所能完全了解：作者苦心经营或有意如此安排的地方，常常不易被评论者所赞同。同样，评论者的要求，不一定对作者就有帮助，只是一种交换意见罢了，作者是可以完全不听的。至于读者对作品的理解，更多是从阅读中得来，决不会受评论文字的说好说坏，影响到对作品不能作出公正的评价。

1962年9月26日

永远不能拆毁的战略武器[①]

古巴，这颗安的列斯群岛的明珠，青山绿海，美丽富饶。但是，在革命胜利前，古巴人民过着极其穷困的生活。是什么原因呢？用中美洲人民的话来说，就是“离上帝远，而离美国近”！

英雄的古巴人民，在自己的伟大领袖、民族的伟大儿子菲德尔·卡斯特罗的领导下，在加勒比海站起来了！这颗安的列斯群岛的明珠，擦掉了几百年蒙住的污泥，放出灿烂的光华，照亮着拉丁美洲各国人民前进的道路。在那里，我遇见的每个拉丁美洲朋友都这样说：“保卫古巴革命，就是保卫我们的权利！”“要古巴，不要美国佬！”这句震撼世界的口号，是最强大、最有威力的武器。这是什么“洲际导弹”，什么“威胁力量”所不能比拟的武器。美帝国主义之所以恐惧，就在于此。

① 发表在《文艺报》1962 年第 11 期。

美帝国主义者妄想在全世界称王称霸，甚至妄想吞并月球，可是就在他的窝边，站起一个英雄的古巴；他所豢养的走狗都被打倒了。在哈瓦那白浪飞珠的海堤边，旧古巴的真正“总统府”——美国大使馆的屋顶上，美国的国旗，降下来了！光秃秃的旗杆上，拉满鸦雀粪。我亲眼看到，那个以极不光彩而问世的“缅因号”纪念碑，碑顶的蓝色秃鹰，在古巴人民的钢斧下，被砍下来！肯尼迪所以伤心伤肝，魂飞魄散，就在于此！

遭受过美帝国主义长期掠夺压迫的古巴人民，知道应该选择什么道路。在曼萨里约，我临走的时候 ，登上了诞生自由古巴的海上产房“格拉玛号”游艇。离游艇的右边不远的地方，是渔民区。在那里，是一片片杂乱的、不能挡风遮雨的破板屋，一摊摊的烂泥污水，腥臭、潮湿、阴暗。渔民们，在这里住了许多世代。渔船主刮租时的车辙脚迹，渔民的眼泪和着海潮，一次又一次，永远冲刷不完。这就是美国所念念不忘的曾经是所谓“自由古巴”的一个小角落。离游艇的左边不远的地方，在一片宽广的滩坡上，一座渔民新村，正在做结尾工程，每栋房子，都有卧室、客室、厨房，门前都有绿化区。在新村中心，有一个很大的圆形商场，有学校、有幼儿园，在海边有一个渔船修造厂。上船之前，我也看过这个新村，看见那些准备乔迁大喜的老渔民，带着孩子在看房子。有些渔家主妇，在擦门窗，她们笑着呵一口气，擦一擦；呵一口气，笑着又擦一擦。开头，我还以为她们在和玻璃亲吻。

对比是如此鲜明：“格拉玛号”就在中间，往右走，是泥泞、潮湿、腥臭的旧古巴；往左走，是百卉争妍，阳光灿烂的新古巴。古巴的渔民，不需要任何人开导，会大声回答：“我往左走！”

这里是永远拆不毁的、最强大的“战略武器基地”。

“格拉玛号”游艇，就这样把加勒比海，破开一条无比巨大的浪带来，美国佬被浪带激起的怒涛，冲得丢魂失魄。

像这样使美国佬失眠的翻天覆地的变化，在城市，在农村出现着。写到这里，我再一次想起萨帕塔。萨帕塔是一大块草泽丛林区，在革命胜利以前，在这个鳄鱼横行、毒蚊乱舞的世界里，烧炭夫们，为安居在哈瓦那、马坦萨斯等城市，夜夜出入于灯红酒绿的夜总会中的庄园主，劳动着。在那里，没有一条道路。庄园主们，为了便于敲骨吸髓，铺了条轻便铁路。这条吸髓皮管，也只能在干季里通行三个月，以后，就与世隔绝。在那里，不知有文化生活这句话，但是，沼地丛林里的炭窑，长年升腾着怒火，伐树的钢斧，在越黑的地方，越发光照亮。烧炭夫们，提着它，点着火，日夜等待着。

黎明的军号，从马埃斯特腊山，吹进萨帕塔。公路，修进来了，合作社，组织起来了，新居民点、学校、托儿所，像雨后的蘑菇，一下子从这块湿土拱出来。在那里，我看到许多从哈瓦那来的青年扫盲教师，他们提着中国制的手提灯，挨门逐户在教炭夫们读书写字。一个头发斑白的老人，用拿大斧的手，握住笔管，用力地写出世世代代嵌在心上，而又无法写出的一句话：

“古巴，我的祖国！”

陪同我的古巴同志，指着在校园蹦跳的儿童，对我说：“在美国佬和他的走狗统治下的古巴，不知埋没了多少天才！你看，这些孩子，将来可能是科学家，也可能是艺术家吧？”我说：“可能，而且每个都是保卫古巴革命的勇士！”

这样的变化，谁能不赞成，能说是奢侈吗？这样地过生活，能说不应该，反而要用大炮轰倒、坦克摧毁吗？这样的欢笑权利，谁敢来剥夺！我不禁要问美国的善良人民：你们纳的税，是让肯尼迪拿去干什么用的？几天之后，美国的炮弹，轰塌了这个居民点，美国的坦克，推倒了学校和幼儿园。受伤的母亲，在丛林的烈火浓烟中，喊着：“我的孩子！”

但是，有大无畏精神的古巴人民，他们的腿，从来不是为下跪长的；他们的手，从来不是为作揖生的。他们用脚把敌人追到海边，用手把敌人打烂在海边！

在古巴的日子里，我经常用肉眼就能看到，美国的军舰在古巴的海域巡行。莫罗炮台的一个观测兵对我说：“从革命胜利以来，美国佬经常这样。”难道从一九五九年一月一日，古巴就有了什么“战略武器”，而要来封锁吗？可是现在，飞扬跋扈的美国佬，更加猖狂了，胃口更大了，防卫古巴安全的武器不许有，还要上来进行什么“视察”，要上港口挨门搜查，挨个搜身了！难道七百万古巴人民，已经真的成了“被俘虏的人民”吗？这简直是得寸进尺，越来越无法无天了！

怒火在古巴遍地燃烧起来。拉斯维利亚斯省一个地区的第六十四保卫革命委员会打电报给菲德尔·卡斯特罗总理说：“我们支持拒绝视察我国领土的立场，并将继续执行我们组织的提高警惕的口号，保持战斗戒备状态，反对美帝国主义及其厚颜无耻的代言人。”这就是古巴人民坚定不移的立场。

古巴人民的骨头是最硬的!

一个国家的主权，绝不容许侵犯。劳尔·卡斯特罗回答得好："我们的权利和我们的主权不容谈判，要为之战斗！"

古巴人民，是酷爱和平的人民，也是更懂得如何保卫和平事业与保卫国家主权的大无畏人民。中国人民，完全赞同古巴总理菲德尔·卡斯特罗十月二十八日提出的五点要求。古巴正在遭受凶暴的美国侵犯，现在的问题是保证古巴的权利。菲德尔·卡斯特罗在十一月一日的电视讲话中说："和平的道路并不是牺牲各国人民的权利、侵犯各国人民权利的道路，因为这恰恰是导致战争的道路。和平的道路是保证各国人民的权利和各国人民决心为保卫这些权利而进行抵抗的道路。"

狼总是狼，侵略者总是侵略者。不管美帝国主义玩什么花招，它的目的是要扼杀古巴革命，重新奴役古巴人民。但是，有着大无畏革命气概的古巴人民，是任何核武器、洲际导弹所吓不倒的。正如卡斯特罗总理所说的："我们拥有道义上的、拆不毁的、而且永远不能拆毁的远射程的导弹。这就是我们的战略性武器，是战略防卫的、也是最强大的战略进攻的武器。"说得好，这个战略武器，就是古巴人民大无畏的革命精神。我想起去年在吉隆滩战场，和胜利的古巴英雄们告别的时候，好几个起义军、民兵托我带回中国的口信，他们说："美国佬，不会甘心失败的。他们还会来侵犯我们的。请你回到中国，告诉中国人民，告诉毛主席：我们古巴人民，是永远也打不倒的！"英雄的古巴兄弟们，我现在又听到你们的声音了："我们今天比任何时候都更为做这样的人民儿子感到骄傲。"我们中国人民，同样以有这样英雄古巴兄弟感到骄傲！

古巴的兄弟们，中国六亿五千万人民，永远和你们同甘苦、共患难，永远和你们在一起！正义在你们这一边，胜利一定属于你们！

1962年9月

说得来就做得到的伟大人民[①]

十月二十二日晚上，美国总统肯尼迪，发出全面封锁古巴的战争挑衅信号！

美帝国主义的“发明”，越来越多，嘴脸越来越狰狞了。一个主权国家，现在要用什么武器来保卫自己的安全，也得由美国来“批准”了。谁给肯尼迪这个“特权”呢？肯尼迪以为这样一来，我们的整个星球，已经在他的脚下颤抖了。看，美国海盗的想象，多么“丰富”！多么狂妄！多么可笑！

二十三日清晨，哈瓦那的报纸，公布了古巴总理、武装部队总司令卡斯特罗的总动员命令，号召古巴全国军民，紧急动员起来，迎击侵略者！

以后几天中，我又从报上，读到哈瓦那人民在雷电交加的暴风雨中，高

① 此文发表于《人民日报》1962年10月30日第6版。

呼着传统的、深入人心的“誓死保卫祖国”“我们必胜”的口号，穿过海堤，进入各个防卫地区的消息。

这些消息，一下子，就使我想起一九六一年四月的情景来。当时，美帝国主义，在一连串杀气腾腾的叫嚣之后，于四月十五日清晨，突然空袭哈瓦那、圣地亚哥等城市。就这样，才诞生两年零三个半月的新古巴，面临着近在身边的美帝国主义侵犯危险！

可是，新生的古巴共和国，不是吓出来的，而是从惊涛骇浪的拉斯哥罗拉达斯，冒着炸弹烈火，打出来的。

十六日，古巴首都哈瓦那，国旗飘扬，战歌荡漾，十万古巴民兵，从四面八方，奔向哥伦布公墓前，举行迎击美国侵略者的集会。他们高呼着“誓死保卫祖国”“我们必胜”的口号，唱着《七二六颂歌》，在炎热的烈日下，穿过海堤，进入各个防卫地区和军营。

在这次集会里，使人难忘的还有古巴的女民兵。有着光荣战斗传统的古巴妇女，对我们来说，是早就熟知的。在马埃斯特腊山下，我们曾访问过著名的女兵营。同年三月，在墨西哥城举行的拉丁美洲争取主权独立、经济解放与和平的大会上，留下深刻的印象。一位古巴起义军女英雄，在讲话中讲到同美国的关系时，她说：要么，大家都坐着谈；要么，大家都站着谈。只许你美国佬坐着，而古巴必须站着，决不可能！

英雄的古巴妇女，就这样雄赳赳、气昂昂地回答美帝国主义！现在，我又在哥伦布公墓前，亲眼看见她们和男子一样，举枪响应菲德尔的号召，同时不断喊着：“菲德尔，坚定，狠狠地打击他们！”

古巴，确是很小的，四面都是海洋。说古巴会威胁一个武装到牙齿的帝国主义大国，使它伸不开腿、睡不好觉，谁也不会相信。可是，要说古巴这样小，就必须听任美国摧残摆布，那是妄想、做梦，永远办不到。在美国侵略者登陆的前几天，我在吉隆滩，见到一位扫盲的青年女教师，她对我说："我们的民族英雄何塞·马蒂，活在今天菲德尔领导下的每个古巴人身上。""我们古巴人民，是说得到就做得到的人民。"

古巴，确是这样：是说得到就做得到的伟大人民。从美国侵略者，在科奇诺斯湾打第一枪起，到全部惨败投降止，一共是七十二个小时，就在这时间里，一千多个美国雇佣军在那里登陆，就在那里投降！

十天之后，是五月一日，在世界劳动人民的节日里，参加过科奇诺斯湾战斗的英雄们——起义部队和革命民兵，驾驶缴获来的美国坦克，押着灰溜溜的美国俘虏，浩浩荡荡，走过巨大的何塞·马蒂的塑像前。

一年半的时间过去了。美帝国主义不断空投反革命分子，秘密派遣特务，进行各种阴谋破坏，可是都一一失败。突然的偷袭炮击，纠合拉丁美洲各国走卒，进行禁运，也于事无补。肯尼迪，还有什么锦囊妙计？只有这一条了：下令征兵，全面封锁，亲自出手！

那么，请便吧！可是古巴人民是不会屈服的。古巴是小的，国土，只有十一万四千平方公里，人口，只有七百万。可是不要忽略：每公里海岸，都是科奇诺斯，七百万个胸膛上，是七百万个吉隆滩！也不要忽略：在古巴人民的后面，是六亿五千万中国人民、社会主义各国人民，和全世界捍卫正义与和平事业的人民！

七十年代

伟大的诗篇光辉的典范

——学习毛主席词二首的体会[①]

伟大领袖毛主席的光辉诗篇《水调歌头·重上井冈山》和《念奴娇·鸟儿问答》的发表，是我国人民政治生活中的一件大事。

经过无产阶级文化大革命和批林批孔运动，我国社会主义革命和社会主义建设取得了伟大胜利。在全国人民意气风发大步跨入新的一年之际，“世上无难事，只要肯登攀”的豪迈诗句，像响彻云霄的号角，激励我们继续革命，鼓舞我们去夺取新的胜利。

毛主席这两首壮丽诗篇和已经发表的三十七首一样，都是毛泽东思想

① 此为作者在1976年2月一次座谈会上的发言。发表在《中国新闻》1976年3月2日第7667期。后来作者在剪报上批注：奉命表态。曹禺的发言是马联玉代拟的。在会上我问曹：“说得还不错。”曹悠悠地对我说：“还好哩？这算啥！”在那个时候做诗难，发言也难。要想平安，智者只好“滑头”而不敢说实话。

的重要组成部分。这些诗词生动地反映了中国革命和世界革命的伟大进程。大家知道，六十年代是革命风暴震撼全球，马列主义与修正主义激烈斗争的年代。苏修叛徒集团在列宁的故乡阴谋篡夺了领导权，在国内，全面复辟资本主义，实行法西斯专政；在国外，全面复辟资本主义，与美帝勾结妄图主宰世界。在我国，叛徒、内奸、工贼刘少奇极力配合苏修，大肆鼓吹“三和一少”“三自一包”，干扰和破坏社会主义革命和社会主义建设。正是在这个时候，毛主席写出了《水调歌头·重上井冈山》和《念奴娇·鸟儿问答》这两首伟大的战斗诗篇。在这两首词里，毛主席以伟大的无产阶级革命胸怀，高瞻远瞩，以雷霆万钧的战斗激情，酣畅的笔墨，生动鲜明的艺术形象，把“四海翻腾云水怒，五洲震荡风雷激”的世界革命斗争形势，用三十九个句子，一百九十五个字，高度凝练地描绘出来，革命的政治内容与完美的艺术形式高度统一，真是水乳交融，炉火纯青。

毛主席的光辉诗词，是绚彩瑰丽的巨画长卷，思想非常深远，意境十分伟大，感染力极为强烈。无论写景、叙事、音响、旋律，都是紧密地为战斗的目的服务的，读了使人意气风发，信心倍增，浑身是劲，给人产生不怕困难、一往无前的革命斗争精神和革命乐观主义，不但能使人认识世界，而且更能使人能动地改造世界。

《重上井冈山》的上阕，像是闲庭信步，纵览到处莺歌燕舞，更有潺潺流水的井冈山新颜风光，自然地使人联想到祖国万里河山，山花烂漫，春风旭日，一片大好形势。“高路入云端”，既是写山道的高远，更显示出命题的高远，使人心胸开阔，豪情满怀，放眼祖国山河，纵览五洲风云。

“过了黄洋界，险处不须看”。意境十分深远，不仅使人感到地形的险峻，同时也使人回忆起三十八年前的英勇斗争。一九二八年的井冈山战斗，毛主席在《西江月·井冈山》中，热情赞颂过。这首《重上井冈山》再一次写到黄洋界，读后使人从那次保卫战联想到更深更远的意义。大家知道，毛主席亲自开辟建立了第一个革命根据地，当时革命力量还是幼小的，外有敌军围困万千重，内有“左”倾机会主义和林彪右倾投降主义的干扰，还有比这更危急艰险的吗？因此，那次保卫战的胜利，对中国革命的前途关系极大。“思想上政治上的路线正确与否是决定一切的。”路线正确，即使遇着再大的困难，也可战胜，“险处不须看”。

紧接的下阕，毛主席以雷霆万钧之势，写出“风雷动，旌旗奋，是人寰”的伟大革命风暴。在这九个字里，概括了漫长的革命岁月，经历了多少惊涛骇浪，暗礁险滩。然而，在无产阶级战士来说，只是“弹指一挥间”。九天揽月、五洋捉鳖的无数艰巨战斗到伟大的中国人民站立起来，把一个落后的旧中国变为初步繁荣昌盛的社会主义国家，“谈笑凯歌还”。这是多么崇高的思想境界！

毛主席在词的结尾，以“世上无难事，只要肯登攀”的伟大警句，向我们发出继续革命的前进号令。

这首词的意义非常深刻，非常重大，每一句都在谆谆教导我们：要坚持继续革命，要接好革命班，要为共产主义事业奋斗终生。

在《鸟儿问答》中，毛主席深刻地揭示出马列主义必胜，修正主义必败的历史规律。毛主席以生动、鲜明、辛辣的笔墨，把苏修叛徒集团鼓吹的“三无世界”和假共产主义，暴露在光天化日之下。什么仙山琼阁，“三无世界”，纯属欺人之谈；什么“土豆烧牛肉”的“福利共产主义”，早已声名狼藉，彻底破产。在勃列日涅夫叛徒集团的统治下，今日之苏联，一小撮资产阶级享有种种特权，他们有着吃不完的烧牛肉，而广大人民则是黑面包填不饱空肚皮，土豆也难于到手。试看天地翻覆，国家要独立，民族要解放，人民要革命，已成为不可抗拒的历史潮流。全世界人民和苏联人民日益认清苏修叛徒集团的反动面目，苏联人民一定能推翻勃列日涅夫新沙皇的罪恶统治，革命的红旗一定能在列宁的故乡重新飘扬!

在这首词里，毛主席以鲲鹏拍翼高飞，一举九万里，卷起急剧风暴，叱咤风云的高大形象来比喻马克思主义者和革命人民。相形之下，蓬间小雀，却是那么龌龊渺小，满脸晦气，像个瘪三。毛主席用了通俗的性格化的语言，把卑劣猥琐的叛徒心肝嘴脸，暴露得淋漓尽致，如闻其声，如见其人。怎样描绘革命力量，塑造英雄形象；怎样揭露反革命，痛击黑暗势力，这首词都是光辉典范。

毛主席的伟大诗篇，是革命现实主义和革命浪漫主义最完满结合的艺术珍品。毛主席为诗歌创作指明了前进的方向，树立了光辉的榜样。作为一个诗歌工作者，我一定要更加深入地学习和领会毛主席这两首光辉词章，以诗歌为武器，为反修防修、巩固无产阶级专政而战斗。

我学习得不好，只是把初步学习的一些体会，向同志们汇报，请大家批评指正。

1976年2月

人民文学出版社一九七七年再版《漳河水》后记[①]

春光明媚，百花盛开。在这个早春时节，为这个小集子写再版后记，心似漳河流水，浮想奔腾。

一九四二年五月，毛主席《在延安文艺座谈会上的讲话》发表了。毛主席这篇光辉著作，为无产阶级革命文艺开辟了光辉道路。熟悉工农兵，写工农兵，为工农兵服务，在文艺史上是个伟大的转捩；在文艺工作者身上，是个脱胎换骨的思想转化。革命老根据地的广大文艺工作者，这样做了。

从此，创造历史的动力——人民，登上文艺历史舞台，把多少世代统治着这个舞台的老爷太太、少爷小姐，横扫下去。

从此，无产阶级文艺走上新纪元。

老根据地的文艺工作者，在伟大领袖毛主席的直接关怀下，学习工农

① 此版《漳河水》被要求改掉“大总统妇女也能做”一句。详见文集《漳河水几处修改的原因》。

兵、写工农兵，寻取一切新鲜活泼为中国老百姓所喜闻乐见的艺术形式，进行革命改造，为工农兵服务。在战火纷飞的岁月里，起了团结人民、教育人民、打击敌人、消灭敌人的有力武器的作用。并以千只万只战斗凯歌，迎接了中华人民共和国的诞生！中国无产阶级的文艺花园，百花齐放，万紫千红。

这是毛主席无产阶级文艺路线的伟大胜利。

这是无产阶级文艺历史的真实。

王张江姚，这个新老反革命结成的黑帮，为了篡夺党和国家的最高领导权，千方百计声嘶力竭地吹捧江青“开辟了无产阶级文艺的新纪元”，是什么“文艺革命的旗手”，什么它在文艺的种种“开端”，“是没有先例可循的”，等等。真是没有先例的胡说八道，没有先例的厚颜无耻！如果要说这个坏事做绝的家伙，还有什么“没有先例的开端”，那就是用最下流的手段，最无耻的脸皮，最无赖的腔调，在文艺界实行骗、偷、抢、灭口越货，一次又一次地把别人的作品和劳动成果，攫为自己“呕心沥血的杰作”，这的确是没有先例可循的。

“四人帮”非常害怕、非常仇恨在毛主席革命路线指引下产生的作品。在这个黑帮的淫威下，这些作品几乎全部被禁锢起来。但是，在战斗中成长的中国无产阶级文艺，是禁锢不住的。在去年十月，无产阶级文艺的凯歌，又震撼万里长空了。

我们看到，在以华主席为首的党中央领导下，又一个文艺的早春已经到来。清除了“四人帮”，我国的文艺战线同其他战线一样，朝气蓬勃，欣欣向荣。

“四人帮”彻底覆亡了。江青妄图以带着文艺桂冠的“女皇”，挤进历史舞台，跟吕后、武则天和慈禧平起平坐在一溜，结果是留下令人捧腹、喷饭的大量笑料而告终。

这是毛主席无产阶级文艺路线的又一次伟大胜利。

在全国一片大好形势下，《漳河水》能有机会与读者重见面，对我，是一个很大的鼓励。在根据近年读者意见整理的过程中，感到像在战争年代那样，深深受到工农兵同志的热情帮助和勉励。

煤，在进烘炉之前，发不出热，进入烘炉之后，变得红光焕发，在把光和热尽发的过程中，气化为烟，扶摇直上蓝天，多么得劲。我想，煤的作用，是用得其所了。我愿像煤一样，能将自己余生之热，完全献给这个百花齐放的春天，就是最快乐的事情。

1977年3月

五月山花红似火[①]

在革命战争年代，我们常把五月叫作“红五月”。在战斗途中，一到五月，山花似火，战地芬芳。

今年的五月，更是风光喜人。这是在全国军民热烈掀起学习《毛泽东选集》第五卷高潮的琅琅读书声中，迎来的这个山花烂漫、万紫千红的红五月。

这是华主席为首的党中央，高举毛主席的伟大旗帜，为八亿人民带来了百花齐放的祖国春天。

《毛泽东选集》第五卷的问世，是全党全军全国各族人民政治生活中的一件大事，也是马克思主义发展史上的一件大事。这是在全国深入开展揭批王洪文、张春桥、江青、姚文元反党集团，实现华主席抓纲治国的战略决策

① 此文发表在《人民文学》1977 年 5 月号。

的胜利进军中，一件极为振奋人心的大喜事。

我捧着这部不朽的文献，开篇看到《中国人民站起来了》这篇震撼人类历史的伟大篇章。我们敬爱的领袖毛主席向全世界庄严宣告：“占人类总数四分之一的中国人从此站立起来了。”这伟大的声音，现在仍然在世界长空震荡，并将永远在世界长空震荡。

是伟大的领袖毛主席，为我们引来万代幸福，万代光明。

风光旖旎，百花争艳的五月，也是无产阶级文艺的光辉节日。是我们沿着伟大领袖和导师毛主席为无产阶级文艺革命指引的方向，向前进军的节日。

今年的五月，是毛主席《在延安文艺座谈会上的讲话》发表三十五周年。缅怀毛主席，缅怀毛主席对无产阶级文艺革命的亲切关怀，回忆毛主席的谆谆教导，心潮澎湃，浮想联翩。

回想三十五年前，战火纷飞的中国，已进行了五年的抗日战争，正处于所谓“黎明前的黑暗”之中，被日寇和蒋介石前后夹击包围的各抗日根据地，有的又遇上旱灾、水灾、蝗灾，困难尤其严重。

这是抗日战争争取胜利的最后阶段。全党全军都以百倍的革命精神，为最后驱逐日寇出中国而努力工作。可是文学艺术战线，思想紊乱，问题不少。群众喜唱的歌儿，少了；群众爱看的戏，少了；小说的读者不多；诗歌，群众看不懂。什么原因？有说是重视不够，有说是看法有偏爱，有的甚至埋怨群众没文化、水平低，感到英雄无用武之地。文化界大会小会都开过，争吵不休，谁也说不服谁，问题仍得不到解决。

一九四二年，太行山抗日根据地，和各个根据地一样，是日本侵略者疯狂推行抢光、烧光、杀光的“三光”政策，“扫荡”频繁的一年。我是在五月反“扫荡”的胜利战斗过程中，听到毛主席《在延安文艺座谈会上的讲话》发表了。毛主席对文艺工作发出伟大指示，我们心里是多么的喜悦啊！不久，我们就读到了这篇马克思主义的光辉著作。

在华北前方，我们捧读着“讲话”，久久不能释手，久久不能平静。想到我们华北前线和延安之间，虽然有日寇和蒋介石的前后夹击，多层封锁，又有重山和黄河的阻隔，但是，毛主席在“讲话”中指出的问题，也正是我们前方文艺工作的根本问题。

毛主席明确地指出文艺的问题：“基本上是一个为群众的问题和一个如何为群众的问题。”毛主席深刻地、全面地总结了无产阶级文艺运动的历史经验，发展了列宁关于文学的党性原则思想，阐明“我们的文学艺术都是为人民大众的，首先是为工农兵的，为工农兵而创作，为工农兵所利用的”。从而提出了无产阶级文艺运动的方向，是工农兵方向，解决了文艺运动的根本问题。

毛主席谆谆教导我们，时间无论怎么长，我们必须解决为什么人的问题，一定要在深入工农兵，深入实际斗争的过程中，在学习马克思主义和学习社会的过程中，把立足点移到工农兵方面来，移到无产阶级方面来。“只有这样，我们才能有真正为工农兵的文艺，真正无产阶级的文艺。”毛主席亲切热情地号召：“中国的革命的文学家艺术家，有出息的文学家艺术家，必须到群众中去。”他殷切地希望文艺工作者，在火热的斗争中，根据实际生活创作出各种各样的文艺作品来，帮助群众推动历史的前进。

毛主席的深切关怀，我们永远不能忘怀。我们背起薄被，轻装上路，到群众中去。

地方和军队各级党委，都热情地支持我们。我记得当我手持组织介绍信去总部见副参谋长，要到兵工厂去时，副参谋长热情地亲切接见，亲自写信，让我去见军工部长。军工部长也热情支持。在我与来自五湖四海的工人同志共同生活中，革命根据地工人阶级的战斗劳动，我亲眼看见，亲手触到了。我看到在原始的红炉旁边的砧子上，怎样用榔头把工字铁轨锻短锻粗，加工成为炮筒；我看到在原始的水磨房里，怎样利用河流的水力，（冬天用人力）直接牵动车床，加工出一个又一个的炮弹。他们就是用这样的落后工具，造出枪炮，造出子弹、炮弹（加上从敌人那里缴获来的武器），抗击了一个工业发达、武装到牙齿的日本帝国主义，最后彻底打败了它！白天我和工人同志一起劳动，休息时跟他们一起唱歌、学习，晚上听他们诉说受剥削的家史、畅谈参加革命后的思想变化和战斗生活：敌人不来，怎样拼命地做工；有了情况，怎样埋藏机器，拿起武器，打击敌人，保卫工厂。大家谈起一年前保卫黄烟洞兵工厂的战斗，那时兵工厂的同志和我各自跟着一个连，各守在对峙的山头上，说起来，我们还是未见过面的老战友哩。这种战斗的阶级感情，一直到现在仍然铭记在心中。

革命老根据地就在农村，我们住在群众家里，时时见到群众，有人问道："我们还要到群众中去吗？"诚然，我们住在民房，甚至和群众睡在一盘炕上，可是不少事，我们跟群众是同床异梦！我们不怎么了解，甚至完全不了解群众。因为我们未把群众的事当作自己的事，群众也未把我们当朋友。

比如，在此之前，我们也有机会参加各级会议，听汇报、看材料，也可以访问。群众的斗争，群众的忧喜，我们也寄予很大的同情。我们也写他们，唱他们，为什么总是咫尺天涯？

在此之前，我们在听汇报的时候，自己常常不是言不及义，就是无话可说。因为自己没有实际经验。当自己到群众中去，首先是为了做工作，心里有任务，肩上有重担时，情况就不一样了。特别像搞减租减息、土地改革这样急风骤雨似的群众运动，要发动和依靠贫苦农民成为斗争的主力，就要首先使他相信你，把你当作真正的同志和知心朋友，才能了解复杂的阶级关系、阶级斗争的具体情况。这就得运用马列主义、毛泽东思想，分析实际情况，运用党的政策，定出斗争方针、办法。这就需要高度的负责精神和辛勤的细致工作。这样，我开始同他们成了忧欢与共的亲密战友。

在“到群众中去”的伟大教导指引下，我真实地看到，太行山上深重的阶级剥削。我见到过一对青年夫妇，只有一条可穿的裤子，一个出来，一个就得闭户不出门。我曾看见得了眼病的老羊工，长年在深山，只有一件光板羊皮袄，而羊毛绒里虱卵成团。就是这些受尽苦难的劳动人民，当共产党、毛主席的阳光照亮他们斗争道路的时候，他们是摧毁封建制度的主力军，也是抗日的主力军。他们自带粮食去开会，自造武器去打敌人而不辞千辛万苦。记得我曾在那里做过工作的一个不大的村落，在抗日战争的最后阶段举行大反攻的时候一次参军四十多人。多少像这样的普通的、在斗争中提高了阶级觉悟的中国农民，为了中国人民翻身解放而献出了青春的生命！在这样学习社会的过程中，我学到了活的马克思主义，知道恨什么，更知道爱什么。我们只能爱这样的人民及其先锋队。歌颂这样的人民及其先锋队是无产阶级文学艺术工作者的天然使命。

我曾跟着这些拿起枪杆子的工人农民，在山口，在峡谷，在青纱帐，在丛林打击进犯的日本强盗，射落他们的军旗，打掉他们的威风，遍山的地雷，炸得他们人仰马翻。我看到，我军的高级指挥员在发动突击之前，亲临前线检查战士的准备工作，从人数、子弹、刺刀、手榴弹，一直问到鞋带有没有系牢系好。我看到后备的战士向参加突击的战士送子弹、手榴弹，送鞋换鞋。这种亲如手足的阶级感情，使人多么感动啊。在离敌人只有四十米的地方，一阵冲锋号声，一阵手榴弹声，我们的战士冲上去了，在手榴弹爆炸的火光中，战士的刺刀，正插向敌人。

多少次，特别是在阵前，我看见跟随毛主席南征北战的指挥员，是那样镇定从容，严肃、乐观，在敌人所谓“铁壁合围”“梳篦战术”的多路进犯中，运筹如意，牵着日寇团团转。

在开辟新解放区的初期，在蒋介石和日本特务勾结对付我们的时候，基层干部的勇敢和智慧，深深地鼓舞和教育着自己。我亲眼看到他们半夜撕掉插在门缝的恐吓信而不为所动。我看到了他们从枕着子弹上膛的手枪睡觉，到初步发动了群众，捉了特务，搜出大批武器，武装群众，开展了胜利的反奸反霸斗争的整个过程。

我看见真正的勇士，是在对共产主义无限忠诚的行动中产生的，是在为共产主义的实现的火与血的实际奋斗中产生的。从这些同志的身上，使我深深认识到：世界观的改造，是根本的改造。

在学习“讲话”之前，自己常常是以文艺工作者的身份，去采访，去接近工农兵，是想从他们那里获得写作材料。在学习了“讲话”之后，逐渐认识到，首先是要做个普通一兵、人民的勤务员，其次才是一个文艺工作者的道理。因此，在这样生活过的地区和山村，我都产生故乡的感情，深于故乡的感情。

我也曾听到一些对革命人民的战斗和胜利，抱着冷眼旁观的人这样说：“过去许多写出伟大作品的作家，并不需要到人民大众中去。”其实，那不奇怪，因为他们的笔下，是在写他自己的阶级及其经营的小圈子，而且以欣赏的态度，把他们的腐朽生活美化着。如果现在还有这样的人，只能得到一个“蠹虫”的称号！

经过到群众中去，我见到的许多文艺工作者，改造了自己和自己作品的面貌，陆续不断地写出了为工农兵群众欢迎的各种艺术作品。在这些作品里，创造了人类历史的劳动人民，矗立于画廊、银幕、种种艺术舞台之上。老爷太太、少爷小姐横扫下来了！不少作品的语言，丰富多彩，生动活泼，充满革命斗争的生活气息。不少作品，从民间艺术和民间艺人中，吸取健康的营养。诗歌、音乐、舞蹈、戏剧、美术，革命的政治内容和尽可能完美的艺术统一的作品，逐渐多起来了。

陕北的腰鼓，华北的民歌，内蒙古的舞蹈，华东、华中的山歌、采茶调，鼓舞着追歼日本侵略者的大反攻，激励着摧毁蒋家王朝的全国进军！我现在捧读着：“占人类总数四分之一的中国人从此站立起来了。”这句伟大的语言时，毛主席啊，我们是多么怀念您！

这就是无产阶级文艺史的真实。

王张江姚，这个新老反革命结成的黑帮，为了篡夺党和国家最高领导权，妄图从无产阶级文艺史上，把一八七一年至一九六四年这段革命历史长河，一刀砍断。江青声称：“无产阶级从巴黎公社以来，都没有解决自己的文艺问题，自从一九六四年我们搞了革命样板戏，这个问题才解决了。”这个黑帮及其死党余党、御用工具，随声鼓噪起来，胡说什么江青在文艺上的“赫赫功业”，是没有先例可循的，“开辟了无产阶级文艺的新纪元”。把这个在三十年代向独夫民贼蒋介石乞宠求荣的叛徒，吹捧成无产阶级“文艺革命旗手”。这倒真是没有先例可循的厚颜无耻！

以英明领袖华主席为首的党中央一举粉碎了“四人帮”。我们伟大的祖国第二次解放了！被“四人帮”禁锢压制了整整十年的革命文艺，从去年金秋十月，走进了灿烂的春天。

我们曾时时衷心祝愿毛主席万寿无疆，期望他老人家亲自指引着无产阶级文艺运动从一个胜利走向又一个胜利。万想不到，在纪念《在延安文艺座谈会上的讲话》三十五周年的时候，我们伟大的领袖和导师毛主席已离开了我们！这是我国亿万人民无法平复的心上创伤！

沿着毛主席指引的文艺为工农兵服务的方向前进，收获是很多的。但是，由于自己放松了对世界观的继续改造，衡量起来，失去的多，收到的少。因此，今天重温这篇不朽的光辉著作，回顾三十五年的漫长岁月，自己是感慨尤深的。

仰望昆仑，缅怀毛主席！我们要永远铭记毛主席的教导和殷切希望：

“我相信，同志们是有决心走这个方向的。我相信，同志们在整风过程中间，在今后长期的学习和工作中间，一定能够改造自己和自己作品的面貌，一定能够创造出许多为人民大众所热烈欢迎的优秀的作品，一定能够把革命根据地的文艺运动和全中国的文艺运动推进到一个光辉的新阶段。”

毛主席的无产阶级文艺路线胜利万岁！

毛泽东思想万岁！

高举毛主席的伟大旗帜前进！

1977年4月

叛徒的屠刀[①]

一九六六年二月，从来无法“露峥嵘”的叛徒江青与资产阶级野心家、阴谋家林彪合伙，打出一把“文艺黑线专政”论的屠刀之后，江青就像母夜叉出海，先从文艺领域，继而在教育、政治、经济各个领域大露峥嵘，大砍大杀，把建国十七年以来，由伟大领袖和导师毛主席亲自制定方针的、敬爱的周总理无限关怀的社会主义革命文艺，统统说是“一条反党反社会主义的黑线专了我们的政”。

这是骇人听闻的攻击和诬蔑！诚然，社会主义革命文艺领域确曾受到刘

① 发表在《诗刊》1977年第12期，未经作者同意大幅修改。作者在责编寄回的抄稿上批注：“这是一桩公案。《诗刊》应当（原文如此）无法表态，要求写一篇。我病，葛洛叫封敏来，我口述。后见她不易完成，我同意我自己写。但太仓促，要求看小样才能发。后她违诺，而且乱改动，文理不通。葛告就如此，来不及，请谅。这样不严肃地违诺，我向封提出质询时，抄寄我的。我的原稿是毛边稿纸。”此为原稿。

少奇反革命修正主义路线的干扰、破坏。但是，毛主席革命文艺路线的光辉，始终照耀着广大文艺工作者奋勇前进，并取得了不能低估的成绩。

十余年来，江青挥舞着“文艺黑线专政”论的屠刀，从作品到作者，从舞台到银幕，从调色板到画廊，从广播台到阅览室和书店，砍得百花凋谢，杀得万马齐喑！而且，她所大砍大杀的，何止是十七年？在延安文艺座谈会后产生的革命作品，坐牢了；“五四”时期的优秀作品，关起来了；中国古代的优秀文学，不见了……与此同时，江青“呕心沥血培育”的、用“三突出”圣水浸泡过的《反击》《西沙之战》之类的毒草作品，塞满了书店和阅览室、舞台和银幕……

江青挥舞“文艺黑线专政”论的屠刀，首先是为了砍杀建国十七年在毛主席革命文艺路线指引下取得的不能低估的成绩。为此目的，她还煞有介事地批判他们凭空捏造的所谓“反‘题材决定’论”。我们也来就这个问题说几句，看看她的臭皮囊里裹着什么心肠。题材是重要的。但是，决定作品的好坏，更重要的是作者的思想立场。资产阶级文艺家反对我们写重大题材，反对写翻天覆地的革命运动，反对写革命战争、阶级斗争，归根结底是反对文艺为无产阶级政治服务。至于为资产阶级政治服务的重大题材，他们不仅不反对，而且是抓之唯恐不紧的。江青也不例外，她虚张声势，大批所谓“反‘题材决定’论”，干的恰恰是反对写革命的重大题材的勾当。中国革命是伟大的。伟大领袖和导师毛主席在半个多世纪里，在我们这个幅员广阔、人口众多而又百年魔怪舞翩跹的国家，领导我们取得了新民主主义革命的伟大胜利和社会主义革命的伟大胜利。这都是人类历史的伟大胜利。毫无疑义，这个革命的各个时期，各个方面，都应大书特书，大写特写，都应让千世万代大唱特颂。可是叛徒江青，就最怕有人写这些重大题材。她歇斯底里地说："党史军史，还得进一步搞清，写重大题材一是容易犯错误，二是不易站得住，写得深。"请看，她首先挥着屠刀：不准写。要歌颂中国革命，必然要歌颂毛主席的丰功伟绩，歌颂毛主席的亲密战友周总理和朱委员长的伟大革命实践。要写出中国革命的广阔深远，就要出现许许多多忠于毛主席、跟随毛主席南征北战的老一代无产阶级革命家。而这样做，不是要了"四人帮"的命吗！这些老一代无产阶级革命家，强渡大渡河，过草地，翻雪山，千世万代看见都要感激的啊！但是，这些老一代无产阶级革命家，正是江青所要打倒的对象，她怎么能允许你写呢！

在中国共产党的领导下，在伟大的毛泽东思想哺育下，一不怕苦二不怕死、全心全意为人民的无产阶级英雄豪杰，像十八勇士、张思德、董存瑞、黄继光、王进喜、雷锋等等，在战斗中成长起来。如果以这许许多多同志为模特儿而写出英雄人物，这不又要了"四人帮"的命吗？他们咬牙切齿地喊叫要把在"旧社会里吃过糠，抗日战争扛过枪，解放战争负过伤，抗美援朝渡过江"的老革命，统统打病、打倒、打死。江青之流说：谁写了谁就是"为那些老家伙们评功摆好"，"有问题"，是"复辟"，"黑线回潮"，要批要整，要关要杀头。那么，他们就不抓重大题材吗？不然。重大题材，"四人帮"是要抓的，像电影《反击》《盛大的节日》等。这些从头到尾统统出于歪曲、捏造，为他们那个黑帮篡党夺权鸣锣开道的阴谋文艺所写的，就是他们要抓住不放的重大题材。

从这里，我们可以看出，叛徒江青对“反‘题材决定’论”大张挞伐，原来裹着一副篡夺党和国家最高领导权的狼心狗肺！

1977年11月

航灯[①]

怀着无比喜悦的心情读了伟大领袖和导师毛主席《给陈毅同志谈诗的一封信》，反复默想。我感到每一个字都铭刻着他老人家对中国诗歌发展的伟大关怀。

在学习毛主席这封信的同时，读叶副主席、董必武同志和陈毅同志的诗；又阅读了信中提到李白、杜甫、李贺、韩愈的一些诗，从毛主席精辟的分析阐述中，得到巨大的教育和启示。

毛主席给陈毅同志谈诗的这封信，同一九五七年《给诗刊编辑部的信》和一九五八年的一次谈到中国诗歌的发展方向的讲话，都是马克思主义文艺理论的光辉篇章。在这封信中，总结了中国诗歌创作的规律，指明了中国革

① 此文系在《诗刊》社组织的学习《毛主席给陈毅同志谈诗的一封信》座谈会上的发言。《光明日报》1977 年 12 月 31 日摘登。作者在剪报上批注："此文未经同意，是被擅自抽段和改了的。1978 年 1 月 1 日收到。"

命诗歌的发展方向，因此，它的意义是极为深远的。

毛主席首先在信中谈了律诗。律诗，是我国人民所喜爱的古典诗体。从唐代形成以来，留下了极为丰富的优秀诗篇，我自己就很喜爱。律诗规矩很严，但为什么又为人喜爱呢？我想，是不是因为好的律诗，都有比兴生动，对仗相映，有意有境，节奏和谐，音韵铿锵，确是朗朗上口，又容易记住等等充分发挥汉语的天然特点。且不说古人的，就说毛主席的诗词，这种特点更是最光辉的典范。又如叶副主席的七律，董老的五律，陈毅同志的古风，不但非常感人，而且像印在脑子里一样，影像总是不易忘记。我想，这些老一代无产阶级革命家的诗，除了他们有一生的伟大革命斗争实践，有对人民对党的无限热爱，有对革命坚定的胜利信念等等之外，不能不说他们很好地运用了我国这种优美的古典诗体的形式，从而给人如此深刻的艺术感染力。但是，毛主席说这种诗体，“只可以写一些，但不宜在青年中提倡”，“因律诗要讲平仄，不讲平仄，即非律诗”。词也是这样，虽然是长短句，韵脚有平有仄，但平仄同样是十分严格的。当然，要钻懂它，下功夫是完全可以办到的。讲律诗规矩的书，简单易懂的甚少。光一个如何叫作犯孤平和拗救问题，有时叫人越读越糊涂，越举例越不清楚。我就很希望精通古诗词的同志，专门写一本能说清楚问题的通俗易懂的读物。既然是做律诗，就得照律诗的严格规矩写，如果只是照字数填写和应有韵的地方押个韵，还是未入门。但如果完全照律诗的严格规矩去做，在创造上是很受束缚的。而白话诗（自由体），几十年来还未形成为广大读者所承认的诗体。

诗和其他姐妹艺术一样，从生活素材到创作的过程中，不可能没有艺术想象。诗更是需要有形象化的比拟，“胸有成竹”是个形象化的比拟，绝不能说一竿竹子怎么会长在心里，而当作是唯心主义，捉拿治罪吧？可是在形象思维问题上，一九六六年就出现过这种颇有怪味的人。现在好了，原来早在一九六五年，毛主席就写道“诗要用形象思维”，“比、兴两法是不能不用的”。

毛主席在信中，为中国的诗歌做了深刻的历史唯物主义总结。我们的古人，早就提出比、兴的问题。反掉形象思维，诗就会味同嚼蜡。毛主席指出：“要作今诗，则要用形象思维方法，反映阶级斗争与生产斗争，古典绝不能要。”这是毛主席留给文学艺术创作，一个非常重要的教导。

毛主席从来就非常重视民歌。早在农民讲习所就亲自做收集工作。一九五八年提出搜集点民歌的同时指出中国诗的出路，第一条民歌，第二条古典，并在这个基础上产生出新诗来。现在，毛主席在这封信上说：“将来的趋势，很可能从民歌中吸引养料和形式，发展成为一套吸引广大读者的新体诗歌。”江青疯狂反对毛主席对民歌的指示。她胡说民歌只是什么“情歌小妹，靡靡之音”。这个坐在人民头上作威作福，根本不知道什么叫民歌的野心家的淫威，弄得中国诗坛和整个文学艺术领域百花凋谢，万马齐喑。如果谁要探讨各种美学问题，就罪犯天条。

毛主席在这封信上又指出了中国新体诗的问题。缅怀毛主席，就更感到应该好好地研究白话诗，也是常说的自由体诗了。确是经常听到很多人对新诗不满意。但也曾听到说，古典诗词只是某些读者，特别是老年人的个人偏爱。我想，恐怕不完全是这样的。我们现在的诗歌，是存在着一个中国的表现方法和民族形式的问题。就说民歌罢，民歌的比、兴手法，先用别的东西来比要说的事，真是俯拾即是。如“一铺滩滩杨柳树，一铺滩滩草，一铺滩滩年轻人，数我哥哥好”。有情有境，清丽自然，而且通俗好记。它不受平仄的限制而音律流畅优美。再说古体诗，平仄自由，韵脚较宽，而且句子可长可短。这种诗体出现过许许多多非常广阔壮丽、淳朴典雅的诗篇。以后又吸收近体诗（即律诗）的一些特色，但写法仍很自由。

毛主席在这封信里，提了民歌之后，紧接提到李白和李贺。我想，毛主席除了向陈毅同志介绍律诗在二李诗作中的情况之外，是否还寄有更大的深义？毛主席说要作今诗，“古典绝不能要”，这里“古典”两字，可能是叫我们不要以古典语汇、典故去写今天的斗争生活，而应着重在创造新诗体。

自从毛主席提出在民歌和古典的基础上产生新诗的讲话后，我常这样想：时代发展了，历史前进了，世界宽广了，人类社会的各种斗争，比古代不知复杂多少倍了，语言当然也发展变化了，很多古代的语言，今天已不能用了。律诗和词，束缚思想，写诗，当然以新诗为主。但这种新诗，我认为应当在民歌与古典诗歌的基础上，用中国诗歌特有的比兴方法，写出革命现实主义和浪漫主义相结合的新诗体来。这种新诗体，不仅在朗诵时，达到强烈的戏剧台词效果；还要在阅读时就收到更深的、像好的民歌和古典诗歌那样的艺术效果。这种诗体恐怕篇章不能太长了，特别是抒情诗恐怕更是不宜长。诗贵精练，这一点无疑是更要向民歌和古诗歌学习的。因为花多眼乱，记不住。

在伟大导师离开了我们一年多之后。读到这封谈诗的信，感想是很多的。作为一个学写诗的人来说，我自认为是想遵照毛主席的教导来写诗的。但十分惭愧，许多年过去了，没有什么收获。但我坚信，在我国，毛主席所殷切期望的新体诗歌，一定会出现，而且声韵与天籁争美，万紫千红，芬芳馥郁。

1977年12月

在中宣部、文化部召开的文艺界座谈会上的发言提纲

像这样的会，由中宣部召开，总是盼望到了。过去，我们常说组织部是党员干部的家，宣传部是思想战线工作者的指挥部，也是家。有了问题，要请示家里有什么意见。可是十年出头了，这个家不见了。文学战线的人成了无娘孩、流浪孩一样。

“文化革命”后期，也有的地方成立了宣传部，但不起思想战线的指挥部作用，有什么事只像打太极拳，推推转转，或研究研究、考虑考虑，就不见后文了。

我们没有工作条件，有的地方甚至连稿纸也不肯发。作家没有笔和稿纸，等于战士被夺走了武器。

我和其他同代的同志一样，是在毛主席思想哺育下从事宣传工作的。我虽然不称职，但总是一个以创作为工作的人，怎能忘了毛主席，怎能忘了

周总理。他们的去世，我们是摘心痛！可是不准我们表示怀念哀思。总理去世，和总理遗体告别总算力争到了。但伟大领袖和导师毛主席离开我们的时候，和主席的遗体告别，我差点争不上。我真难以理解啊！为什么不让我和主席遗体告别，一直说名额少。可是很多同志都去了，我就不能去？我不甘心，一直天天打电话，一直力争到最后一天。我在家等啊等啊，心想我就是这样再看不上主席啦？一直打电话，最后在下午临时通知我，要五时到机关集合，我去时都已集合好，在宣布规则，快上车了，我差点赶不上。到大会堂外，看到我们后头，只有两个工厂，是最后一批。不是谁先去谁后去的问题，许多人都去了，为什么不让我去？这是有意的剥夺！我是个徒工、工人，只有毛主席领导中国革命，我才有了做人的权利，和敌人斗争的勇气，成为革命干部。刚开完追悼会，我看到追悼会上“四人帮”虎视眈眈看着华主席。我问自己：党怎么办，国家、人民怎么办？会后立刻座谈主席丰功伟绩，我谈起出身，哭不成声。有人说要化悲痛为力量。谁不懂这句话！可是，党、国家和人民怎么办？能立刻化得起来吗？当时说此话的，对毛主席，对党、国家、人民，对我军，有多少真感情？

总理离开了我们，朱老总离开了我们，根本没有人敢叫写诗。悼念主席，只有一家刊物打来了个电话，但是打了，没有再问。除此，都没有人敢叫写诗。当时，我是在写诗，但知道不能发。可是，诬陷邓副主席，却要表态。“天安门事件”，却要表态。告我说不表态不好，要听他的，标语口号都不要紧。

我是无产阶级创作工作者，是有革命道德的，有良心的。能一点问题都看不出吗？我不相信，我就是不写。我说我不但现在不写，五月、七月、八月都不写！我就是不写，爱怎么样就怎么样！我不是说我自己怎么硬呀，我是悲愤填膺啊！

反映革命战争的只能偷偷写，可是当“四人帮”提出要写走资派，传达贯彻的真是雷厉风行，于会泳的讲话，抄件很快送来。当然我不是说这些人就是这个帮的，但为什么传达贯彻得如此坚决，如此快啊。我同样不写。我写是要写的，但要写中国人民在毛主席路线的指引下，如何翻身解放。我虽写不好，不要紧，留作素材，让后人写。我不要求发表，我虽然病了，但没停笔。

去年十月，清除“四人帮”了！但我们很晚才传达。第一批到第三批只念材料，只读读看看，我们要求能得到一份好写文章时参考，不给。去年十月揪出“四人帮”开了庆祝大会。领导我们单位的上头在谈学习问题时，四个领导同志对迟群和谢静宜说如下面有意见，可以提，但矛头要对着“四人帮”。四个领导人都这样关照，我感到奇怪。我连说三句废话：你北京不叫提，全国就不提了？北京人民也不答应！别看是首都，有的现象很奇怪，直到现在，未真正接触实质问题，躲躲闪闪。如《西沙儿女》，我说要用中程导弹，远距离轰，不然近武器打不开。这是两军对阵，旗帜要鲜明。我不是对哪个人有什么故意过不去。现在好了，感谢以华主席为首的党中央，打倒了“四人帮”。全国大解放！扬眉吐气！今天中宣部开这个会，把心里话说了，更扬眉吐气。

几点建议：

一、先恢复文联作协。准备好再开文代会。恢复发扬党直接管文艺的好传统。

二、“文艺黑线专政”论、“三突出”流毒甚深甚广。不少编辑部“三突出”不见了，但幽魂仍在徘徊，用此来决定文艺作品。要重新建设理论工作队伍。

许多报刊，大量刊登了追随江青“文艺黑线专政”论，攻击革命文艺的文章，流毒甚大。要有自我批评精神，自己组织些文章，清除污染！现在还看不到有这样的文章出现。写了很坏的文艺作品的，还扭扭捏捏，好像此地无银三百两的张三。除了《西沙之战》《反击》《严峻的日子》《西沙儿女》等极坏的之外，不是每篇都要这样做。前些年在第一线工作的同志是困难的，别人应谅解，自己总得表明态度。建议报刊这样做，像北京，有些部门、刊物，仍无动于衷。现在从几千公里外，用中程导弹打来了。

这些年来，出现了一种吹捧江青风。有一种是在“他=她”的淫威下，不得不说一些；有一种是赶浪头，仍可原谅；有的则不然，无中生有，攻击别人，捏造罪状。陷害同志，连捕风捉影都谈不上。为什么？他们是想踏着同志的尸体过关或爬上去，跪在江青“四人帮”的脚下，当宠臣、佞臣。犯错的人要有勇气向人民交代，这才是聪明的办法。

要说老实话，做老实事，不说假话。共产党作家怎能说假话？怎能陷害别人？不能让此种人溜过去。建议中央，检举查实，清出坏人，纯洁了党。为党做了好事，应表扬；查无实据，搞清了问题，也没事，但对那些完全捏造陷害别人的，轻者批评教育，重者处分。我们应有条文，有法纪。不如此，我们在与敌战斗时，这些家伙在背后，捅你一刀，就算不死不伤，政治上一身残废，搞得全家不安，有许多这样的事情。要有条无产阶级的法纪，惩办少数政治上的投机分子，文丐。这种人，什么时候都是正面人物。如反革命复辟得逞了，他们是那个“盛大的节日”的人肉筵席上的应邀者。别看他文章做得迷人，如反革命来了，他就是反革命的狗腿子。

要提倡无产阶级文学艺术的工作者，具有崇高革命品质和革命道德的。

张平化同志说要整顿队伍，完全必要。

多少作家遭迫害，作品遭坐牢，“四人帮”横行时的审查作品，要重新来。如赵树理问题要搞清，做出正确结论。他可以说是第一个写通俗作品、为工农兵欢迎的人，也是第一批被“四人帮”斩首示众的。他是被打断两根肋骨，折磨死去的。还有很多同志，如郭小川死在林县前，“四人帮”派去找他的两个人，到底干了些什么，要追查清楚。未死的同志，要提笔上阵，努力写东西，帮助青年，同时要关心死去的同志，使他们的问题，能做出公正的结论。

1977年12月22日

在华主席的指挥下战斗①

我以无比喜悦和兴奋的心情，学习了英明领袖华主席给《人民文学》的题词。它给了我巨大的鼓舞，给了我战斗的力量。

我们的文艺队伍，是一支战斗的队伍。这次盛会，像当年革命战争胜利时的第一次文代会一样，前方后方的老战士、新战士们胜利会师。我感到无比的欢欣鼓舞。

我们的革命文学艺术队伍，是在伟大的领袖和导师毛主席的亲自关怀下，由敬爱的周总理亲自组织起来的。过去，我们一直是在毛主席和周总理指挥下战斗的。今天，英明领袖华主席，高举毛主席的伟大旗帜，像毛主席、周总理那样，亲自指挥我们战斗，我们感到无比幸福！

---

① 此文是作者在1977年12月28—30日，参加《人民文学》编辑部召开的百人座谈会的发言摘录。发表在《人民日报》1978年1月17日。

我们的笔，是毛主席交给我们的。“四人帮”夺走了我们的笔，现在由华主席交回给我们了！我们这支笔，永远不会丢了！

这次盛会，迎来了粉碎“四人帮”的第二个春天。文学战地，万紫千红。我们有很多老战士，又有更多的中年战士和青年战士，我们的队伍是一支好队伍。

中国革命是伟大的。革命战争时期的斗争生活，我们远远未写够。社会主义革命和社会主义建设的斗争生活，更是丰富多彩。无数革命先烈和现实中的英雄，他们用血和汗为我们磨浓朱墨，委托我们去绘写春山。

我仍然是一个兵，虽然已到晚年又有病，但责任未了，我要同新老战友一起，为坚持毛主席的革命文艺路线而奋斗。

战友们，好好地写啊！写出更多更好的作品来。我要鼓足力气赶你们，直到最后一息。

毛主席交给我们的笔，再不会被夺走了！

毛主席交给我们的笔，是永不生锈的枪！

1997年12月28—30日

从一期刊物想起来的话[①]

全国各族人民，正在华主席的统帅下，意气风发，斗志昂扬进行新的伟大长征。

中国文联全国委员会和中国作家协会理事会扩大会议，是在华主席提出“必须极大地提高整个中华民族的科学文化水平”的伟大号召下召开的。参加这一次具有重要历史意义的盛会，使我感到无比的欢欣鼓舞。为承担创造灿烂文化这个崇高的历史使命，我愿跟随同志们在一起献尽自己的余生力量。

“四人帮”篡党夺权阴谋活动，首先是从文艺战线打开突破口的。他们和林彪相勾结，炮制了一个所谓“文艺黑线专政”论。叛徒江青就是挥舞着这柄法西斯屠刀，在文学艺术界进行了十二年的抉剔清剿。伟大导师毛主席为我们开辟的革命文艺道路，被“四人帮”的阴谋文艺侵占了。毛主席、周

---

① 这是作者 1978 年 5 月在中国文联第三次全委扩大会议上的发言稿。

总理亲自培育的文艺队伍被他们砍光打散了。无数优秀的文艺工作者被迫害致死了。富有革命战斗传统的中国文坛，没有作家、艺术家了！多亏有华主席为首的党中央，一举粉碎“四人帮”，文艺战线跟其他战线一样，获得新解放！中国的革命文艺花园，现在开始了百花盛开、欣欣向荣的新局面。

华主席在五届人大报告中说：一年多来揭批“四人帮”的群众运动，发展是迅猛又健康的。在讲到清查工作基本结束的同时，华主席深刻地指出：运动的发展是不平衡的，有少数地区和单位，由于运动开展得晚或者搞得不好，清查工作还需要抓紧。

既然文艺战线是“四人帮”篡党夺权的突破口，那么，在北京不管是中央还是北京市的文艺单位，都是江青最先开刀祭旗的祭坛，并从这里开始，杀向各地，扫荡全国。因此，我们就不能轻视北京这个地方。粉碎“四人帮”一年又七个月了，揭批清查运动，已进入第三阶段。但是像我所在的单位，直到最近换新班子之前，运动基本没有搞，甚至连“风乍起，吹皱一池春水”也谈不上。别的不多说，仅举一期刊物为例：一九七六年曾被一个大人物侮蔑为“鬼节”的清明节，我们几十万几百万的首都干部和群众，由于悼念我们敬爱的好总理而遭“四人帮”的法西斯血腥镇压。可是有两个刊物，首先是《北京文艺》居然不顾八亿人民咽着泪水，揪心似的仍在痛哭，幸灾乐祸地在七六年六月号，抛出一株题名《严峻的日子》的大毒草。这株颠倒是非、混淆黑白的大毒草，完全是依照“四人帮”的反革命政治纲领炮制出笼的。它恶毒诽谤在清明节，悼念我们敬爱的周总理的广大干部和群众，为“反革命暴徒”。可是这株毒草的炮制者，一句也不敢说人民是在悼念人民的好总理。

这株毒草完全按照“四人帮”的“老干部是‘民主派’，‘民主派’就是‘走资派’”的反革命逻辑，捏造了一个从一九三〇年就跟随毛主席转战南北、出生入死的贫苦农民出身的老干部，四九年一进北京就“继承”了一个大资本家的朱门大院，同样地也“承担”了老资产阶级“复辟妄想”的卢川隆。就是这个参加打倒了日本帝国主义和蒋家王朝，参加了社会主义革命和社会主义建设的“社会主义最危险的敌人”的卢川隆，唆使他的儿子带着匕首和诗词到天安门广场进行“反革命暴乱”。这株毒草的精心炮制者们，唯恐读者疏忽，反复多次提醒读者注意这个“社会主义最危险的敌人”“新资产阶级”是四川人。这株毒草完全按照“四人帮”篡党夺权阴谋的需要，通篇反复诬陷邓小平同志是所谓“天安门事件”的后台。这株大毒草的送审稿上直截了当地把这个“事件”捏造成是邓副主席亲自策划的。由于有个同志提出不同意见，才删了去。据说，现在这个删去的发明权，大小人物都在争。但是在同一期的艾克恩的《为巩固无产阶级专政高歌猛进》一文中，仍然诬陷邓小平同志是刮起右倾翻案风和所谓“天安门广场反革命事件”的煽动者。因此，现在争夺这个删去的发明权，只能证明他们乱了手脚！

《严峻的日子》这株大毒草是《北京文艺》的一个组稿人，带着以上的意图去组织另一个人写成的。据说在编辑部内，曾有分歧，又经过两级审查定稿，最后由市委前任文卫组的副组长和当时上一级主管宣传文化工作的领导同志，拍板发表的。这株毒得不能再毒的大毒草一出笼，就被“四人帮”安插在《人民文学》的亲信发现了，就如获至宝，立即赶忙加工，提高烈度，加浓毒性之后，在《人民文学》第四期上重登，又在电台加以广播，以便达到毒化中国，毒化宇宙空间的目的。

七六年六月号的《北京文艺》，可以说是毒草丛生、毒液四溅的阴黑园林。紧接《严峻的日子》的后面，就是《天安门广场擒敌》，并注明为“革命故事”以欺骗广大读者。这株说唱毒草同上述的《严峻的日子》一样，也是写一个老干部的儿子，持三棱刮刀到天安门暴乱行凶。对邓小平同志的攻击诬陷伎俩，使戈培尔也要甘拜下风。据说这株毒草又是那位前任文卫组的副组长提出的，市文化局一位领导人在场赞成合伙炮制的，最后也是经市委当时那位上一级主管宣传文化工作的领导同志拍板发表的。

这一期《北京文艺》好不热闹：小说、诗歌、歌曲、演唱、评论、美术、歌咏大会、诗歌朗诵、通信等等，应有尽有，五毒俱全。作者：上有初澜，中有不少受蒙蔽或被借用的工农兵业余作者，下有毛毛孩子小娃娃，都动员起来，摇旗鼓噪，挥刀上阵了。在这些所谓“作品”中反复诋毁中央负责同志是“纳吉”。可是谁都知道纳吉是匈牙利事变时的匈牙利总理，而邓副主席在“天安门事件”前，只是副总理，翻来覆去地指的中国“纳吉”，到底指谁？明眼人一看就晓得。

这一期《北京文艺》虽然借用了不少工农兵作者之名，可是无一篇是代表工人阶级和劳动人民心声的。当时，我听见一位工人老母亲说：“这会儿广播电台，什么相声、说唱、快板都天天在骂邓小平，他听了好受吗？人家做了那样多好事，现在什么都堆在他头上，我就不服，我就不好受！”这才是工人阶级、劳动人民的朴素的真实心声。当然，当时在“四人帮”的淫威下做工作的同志，处境是很难的，批几句也不足怪。但奇怪的是如此卖力气造谣，如此不顾伤天害理！难道离天安门并不远的《北京文艺》编辑部，对这件震撼世界的事件，一人也未看见，一声也未听到吗？这还不算奇怪，而更奇怪的是抓了“四人帮”一年又七个月之后，直到前一个月新班子进来之前，从未见到我们的单位有想过要揭批的点滴意思，更无清查的丝毫闪念。大概是仗着写文章的都是业余工农兵群众，别人不会追问，这正是“四人帮”惯用的反革命伎俩，也是风派人物常玩的无耻花招。因此，我要向被拉来炮制毒草的年轻业余作者和编辑部同志进一忠言：你们是有过错的。你们在写这样完全没有真实生活依据的题材时，这种“感情”如果是真实的，那你的思想就很有问题；如果不是真实的，那为什么要昧着良心写这样遗臭万载的谎言？“四人帮”的“主题先行论”“闹而优则仕”毒害了无数青年，你们上当了！有人把你们当古罗马时代的角斗士使用，用你们的政治情操做赌注，押在“四人帮”的钱盘上。你侥幸地得胜，他捞了一大把。你若斗败了，拿挠钩拖出去就是了，他毫无损失。一个无产阶级的文艺工作者的笔，是为无产阶级政治服务的一杆枪，你要看清目标是什么人，不要人家夸你枪法好，就随便乱开枪。

以上事情，我看还是请《北京文艺》的同志和参加写作的同志，自己出来说清楚为好。

决定这类毒草出笼要负主要责任的是“风派”人物。想当初，“四人帮”得势的时候，他们风派十足。人们说：“他们见江青放个屁，舔来舔去一百里。”当开展揭批“四人帮”运动之后，盖子捂得密不透风。他们说：

“我们基本上是顶住了的！”用这样的假话，虚晃一枪，溜之乎也，好像谁奈我何！

说到这里，我想起一个老贫农讲过一个故事：说过去有一个地痞饕餮鬼，凡见人家有红白事，他都送个贺帖或一副香烛，就能被邀请上筵席。有一次，见有一家办丧事，他不问死者是什么人，便赶忙买了副香烛，前去号啕大哭：“哎哟，我的老相好啊，你怎么不等等我就走了！”主家惊问他与死者有何关系，他答道：“是老相好。”不料死者是个妇女，主人大怒，把他乱棍打出去。这种饕餮鬼，现在还有。这十来年中，不管东风西风，只要有筵席，他都有座位。想借“七六年清明节事件”来为“四人帮”作伥的这两株毒草的炮制者，在赶忙捏制时，太忘乎所以了，未料到在这两株毒草里，却把“四人帮”血腥镇压群众的现场实况，相当真实地泄露出来，留下在人间，证明那些说过未打过一人，未伤过一人全是谎言！高压水车龙头，永远冲不掉凝结在人民记忆里的殷红血迹。“七六年清明节事件”，是北京人民群众反抗“四人帮”法西斯暴力镇压的英勇事件。我们的人民是要写的，是一定要写的，但不是写卢建华、高首斌那样的特务、打手和傻瓜，而是写无限忠于毛主席和周总理的首都英雄儿女。

捂是捂不住的，溜是溜不掉的，震是吓不倒人的。清除“四人帮”并肃清其流毒的运动，人民是要决心干到底的。“四人帮”的筵席，早已杯翻盘碎，赶快退出来吧，否则会被历史的乱棍打出去的。

1978年5月

为了我们的明天[①]

已是好多年了，少年儿童文学跟其他文化科学教育一样，遭受到“四人帮”无情摧残，万花凋谢，万马齐喑。

今天，人民文学出版社召开关于儿童文学的座谈会，是极其重要的。跟过去开这样的会，谈谈创作不一样。“救救孩子”这句话，是我在青年时代听到的。在毛主席领导中国革命取得胜利之后，又想起这句话，十分痛心，因为儿童文学受到无情破坏。十二年之后召开“为孩子们多写东西”的会，它的意义与以往极其不同。

为孩子们写，我的可能性很小了，不完全是身体不好，我年龄哪里比上高（士其）老，主要是有其他的计划。对自己的希望是将来能把长篇写成，抽出有关儿童的部分，作为回答。当前主要把希望寄托于其他同志。但我很

① 此文是作者 1978 年 9 月在人民文学出版社举办的儿童文学座谈会上的发言。

高兴，一定要来。因有话要讲，有要求。

我从来不敢在很多人面前讲话。这是难以克服的毛病。备以这几页大稿纸，不是文章，而是个备忘用的提要，因有些话，仅能当拉家常，公开发，孩子们看，都不恰当。

“四人帮”这批新老反革命，虽然都是不学无术的骗子、野心家，但却搞鬼有方，破坏十分惨重。不仅是儿童文学，而是整个文学，品种之少、作品之缺，主题、题材之千篇一律，令人吃惊。中国，是个有几千年丰富文化的伟大国度。但这十来年，在无产阶级劳动人民取得了胜利之后，却成了历史上的最严重科学文化空白。中国人无能吗？不是，我们有很多极其光辉的文化历史、科学发明，也出现了不少千古闻名，为历史做出重大贡献的科学家、文学家。现在有才能的人，在国内有，在国外也有，但国内无创造或很少，能以古代有，国外也有这样来安慰我们吗？不能。

先讲革命文学，像我这样的人，过去曾受严重的阶级压迫，但不懂得是什么原因，有人说是命。我很大程度，是在文学中认识三大敌人而走上革命道路的。再讲神仙、童话和寓言吧，在我国是非常丰富的，毛主席也常利用，加以马列主义的分析，我们这个品种却被差不多消灭了。

我从小爱听祖父母辈讲童话，大多数是幻想人们能征服自然，虽然他们自己也并不了解，不少也有封建、迷信的糟粕。但我从未听过这些老祖母、母亲们在讲神话时，叫我们去做坏事。相反地，受启发：月亮（嫦娥吴刚的住地）到底是什么地方，能否有一天上天去看看；水晶宫有没有，能否有一天入海去看看。说起妖精，我现在还记得，在幼小的心灵上，产生同情，为被压迫的人而流泪，看到不畏强暴的人而崇敬。如果其中还有有害的糟粕，那是需要作家去整理。过去中国有些神话小说，故事好，说不上，文字也不怎样，却在三四百年中，如此有影响。如果允许这样说，它预言了会有生物化学战争，会飞到天宫去打仗，会有火焰喷射武器的飞天、水遁等等。我小时就问过：人能不能做到呢？今天，果然做到了。登月已有例子，有飞机，有潜艇，有顺风耳、千里眼就是雷达，人造侦察卫星，等等。

我不是提倡今天儿童文学重点放在神话，因今天已经揭开光怪陆离、深不可测的宇宙帷幕，完全可以用科学去启发小孩。孩子在观察世界、认识世界的幼年期中，是充满想象的。好的儿童文学会引导孩子上进，去思考三大革命运动中的问题。同样，坏的儿童文学会使他们走入迷途。革命题材十分丰富，启发儿童永记住刘胡兰、董存瑞、黄继光，也记住小八路、红小鬼、儿童团，向往学习他们。当然，坏的东西不是已绝种。因阶级的存在，斗争还是长期性的。建国以后，敌人还在利用入山访仙、鬼神等等坏东西，和我们争夺后代。但有无产阶级专政，总的是我们胜利。解放后，我从事过这个斗争。

我们的后代，比之旧时代，完全不一样了，拾两个钱，交给老师、人民警察。做好人、做好事成风。但“四人帮”窃取了部分党和国家权力后，道德问题每况愈下。这些家伙，本就是叛徒、特务、流氓，江青在窃取《白毛女》成果后，一定要消灭剧中极其微小的爱情痕迹。她自己装得多像白玉观音。而他们在黑暗的空室里，看外国黄色片，吓得一个女青年劳动模范不敢看。他们公开提倡几本书：什么《基督山恩仇记》《飘》，而美其名曰：是为了要知道坏人是怎样搞鬼。因为禁锢得太厉害，这些书是世界名著，就成了极其神秘的书。我们纯洁的后代，没有正当的书看，什么样板戏，看腻听烦了，一听有这些书，以为是什么宝书，到处寻找。上海五元看一次《基督山恩仇记》。她提要人们读《金瓶梅》。有个女青年，因不知是什么书，就问我为她找《金瓶梅》。我告她，这是一本很坏的书，千万不要向别人借，等你大了，就知道此书了。

十二年里，不少孩子坏了。当然阶级存在，坏人总是有的，但不可能如此惊人，令人痛心疾首。

孩子们正在长身体、要知识的时期，中国书好点的，不管古今的都关禁闭了，有的烧了。外国较好的，也禁闭了。中国要成荒野吗？孩子们精力用不完，缺乏正确的教育和精神食粮，弄成喊打喊杀声音大，文化道德水平低了。造反精神越强，社会风气、组织纪律越弱。老师不当人了，玻璃打光，围墙拆平。纪律被无政府代替了，革命的道德被败坏了，社会风气唤黑了。七三年抬出了个小学生批师道尊严，可以说从此以后，少年儿童的革命道德到了崩溃边沿，一败涂地。

我们无数的革命先烈，为民族生存，为人民幸福，为阶级解放，而献出了青春生命，面对这样的情况，怎能交班啊！气节没有了，奸诈成风，老革命臭了，革命传统不香了，不少青少年，现在对他讲革命，回答说这不过就是那么一回事。谈起这些，我无比地痛心难过！

人类灵魂的工程师，多年不讲了，我主张要讲。作家有责任，救救孩子们：为把我国迅速建成四个现代化的伟大社会主义强国，为共产主义的前途，为全人类解放的崇高事业，儿童文学是一个重要战线。“四人帮”搞得人们不愿意搞教育工作，不愿当老师。我认为，人是要有尊严的，无产阶级要讲骨头硬，有气节，为什么当老师就不能讲尊严，要被人如此凌辱吗？不行。我完全地、通篇地、一字一句地拥护小平同志在教育会议的报告。

教师，是人类希望的一个重要工作，没有一个科学家、艺术家、革命家、政治家不是从小学启蒙，而后为人民做出不同的贡献。他们的辛苦工作，在每个领域的成就上，追本溯源，都有小学老师早期的心血和热汗。中小学老师都是崇高的职业，现在这种比谁都低一级的不平等情况，一定要改变。文学家有责任写儿童的作品，也应写出以教师为题材的作品。教师，是个非常大的队伍。同时，我们要爱护、帮助、表彰这支过去不被人注意的，却是不可轻视的队伍。既要写大学教授，更要写幼儿园、中小学老师。写出几个中小学教师的光辉形象。他们是一支上千万人的队伍啊！几百万军队，就可以保卫祖国，那么，九百多万中小学老师，在培育和保护我们的后代——未来的接班人！

繁荣文学，很重要，但为接班的幼苗提供读物，重要性大于写给青年、大人看的书。我认为不是更好写，是更难，更艰巨，也更光荣。要写出比过去儿童文学更好的，甚至超越过去的作品，包括成人看的作品，很大一部分，超不过古代人和十九世纪文学，什么道理？艺术水平不高，不吸引人。必须解决此问题。

编辑是作品的组织者，作品的第一位读者，第一判分的决定人。要求和作者交好朋友。对读者作者，都负有严肃的责任，要敢推新作品，也要敢于正确评论，要有自己的看法。作品不能使人人都满意，但总的倾向是好的，就要保护。

过去，“四人帮”对作品有公式化的要求，什么都要有斗争，都要出来个阶级敌人杀人放火。写内部，一定是党的领导人正确，行政干部错误。完全违反生活。负责党的工作不是天生正确的，是看本人的马列水平觉悟。群众流行顺口溜：“队长犯错误，支书来帮助，贫农一诉苦，民兵抓特务。”千篇一律，万人一脸，故事一样，情节差不多，看了头，知道尾，使得读者不愿看，看了也无新意。如不这样，批评、责备都来了。说实话，我还心有余悸！

我认为，编辑部要善于辨别正确与错误，重视革命的、尝试性的东西，对形而上学的批评责备要敢于顶住。如在“四人帮”横行的时候，所谓工农兵审查，很多是脱离现实和当时环境的，随便枪毙或判无期徒刑，不准与读者见面的。

题材要广，故事要新，形式要多样，作家舒畅才能使儿童文学繁荣。要百花齐放，百家争鸣，既要有批评的自由，又要允许有反批评的权利，这样才能出一个活泼生动的局面。

顺便说说：儿童诗，希望出一批照主席给陈毅同志信中指示的，解决新诗道路。这是主席非常关心的问题。儿童中将会出一大批诗人，从小让他们了解主席的希望，很重要。

因有话想说，说了心里才痛快些。

大家都来为儿童写作吧！说多了，占了大家时间，很对不起！作为学习，如有不妥，请批评指正。

1978年9月

丰碑与血

历史丰碑，都是用血浆和花岗石筑成的。要覆盖一九七六年的“四五”丰碑，集中天空的乌云，也莫想办得到。

十一月十六日报道，新的中共北京市委顺应人心，以彻底唯物主义者无所畏惧的精神，公开宣布：“天安门事件是革命行动。”

这是八亿人民在两年七个月以来，呐喊奋战的胜利。

农历丙辰清明节，首都人民在天安门广场，为悼念自己敬爱的周总理，愤怒声讨“四人帮”，张贴了浩如瀚海，动人心魄，锋利如剑，炽热如火的诗词文赋。虽然遭到“四人帮”用钢棍木棒的狂砸滥捣，用青年的鲜血涂抹，用监狱苦牢、铁镣手铐来囚禁和虐杀，同时张开天罗地网，在九百六十万平方公里抉剔，在万里长空清剿，而这些无数诗篇，像燎原野火，越扑越旺。去年，再经过七女九男的“童怀周”辛勤地抄录、搜集、整理、编辑出版，这两部实录着“四五”丰碑的铭文，又插上了翅膀，带着电光和雷声，飞遍全国，响彻全球。试问人类历史，哪里出现这样的诗篇和奇迹？现在，又得到华主席亲笔题写书名出版，“四五”运动的丰碑铭文，更加光芒四射。这充分证明：中国，有敢于掀起“四五”运动的人民，任何邪恶，都敢战胜，任何高峰都能攀越。

《天安门诗抄》之所以超越空间，被亿万人民视为珍品，因为她是为人民而呐喊！当然，也有那么几个长着花岗石脑袋的人，死抱住两个“凡是”，横下一条心要跟“反周民必反，批邓民不依”较量到底。现在，他们输精光了！在“四人帮”实行血腥镇压天安门广场群众时，曾经环城狂叫的高音喇叭、前线指挥，只好落得个独锁朱门大院，喃喃自语“都走了，剩我一个人了。真安静啊！”的境地里。

我们伟大祖国的首都，半个多世纪以来，都是中华民族喷吐怒火，大叫大喊而新生的圣地。在怀念人民的好总理的一周里，首都人民，从朝到晚，从晚到朝，像荡漾着雪白浪花的迴旋大海。日日夜夜，几百万人次在那里无限崇敬地献上花圈、诗词；无数玫瑰般的小手，在青翠的柏墙，缀上千千万万朵白花，滴着连绵不断的泪珠，念着裂人心魄的誓词。愤怒声讨“四人帮”的檄文，哪一言哪一语，不是出自亿万人民的心底？整个广场，庄严、肃穆，又有秩序。几千几万辆自行车，无须看管；海潮般的人流，不劳交警指挥。我两次扶着手杖挤在人海之中，没挨过撞跌、被踩过脚。看不清楚，就有青年少年，主动念给我听。我再试问：人间何处，有过如此感人至深的场面，有如此高度自觉的一代青年？

但是，不断的电话警告来了：“上边通知，不准家里人到天安门。”以能在那里照一张相片视为珍贵纪念品的天安门广场啊，您今天硌破了谁的脚指头啦？我愣住了：钢棍木棒、手铐铁拳在等待我们年轻的孩子们。傍晚，高音喇叭车撕裂全城人民的心。天安门广场啊，您的洁白胸脯，要溅满孩子们的鲜血了！您洁白的身上，要承托孩子们重伤躺下的身体了！刚下班的孩子匆匆对我说："我要去看看！"她去了。我望着天安门方向的夜空问道：那里会是毒打青年的地方吗？一九二七年三月十八日的事，居然有人在那里重演了。我对满脸悲愤奔回家来的孩子说："镇压青年者，从来没有好下场。历史不会忘掉这一天！"

四月六日，咬紧牙关，忍着重创的首都，显出是个无声的早晨。我去天安门广场回来，忍泪低吟着：

壮岁从戎身未捐，
留得老泪泣雄魂。
平明策杖腥风下，
步步惊心履血痕。

高压水车难洗刷净殷殷的血泊，几双黑手怎能死捂住人民的声音。血腥镇压人民的罪证，豺狼们自己用血淋淋的爪子写了下来："晚九时半，一声令下，天安门广场上华灯齐放，亮如白昼，狠狠打击一小撮反革命分子的战斗开始了。数万名首都民兵，手提自卫武器，以排山倒海之势，从广场东西两侧，像两股滚滚巨流涌进广场。在人民警察和警卫战士的配合下，他们把一小撮反革命分子紧紧包围住。那些猖獗一时的坏蛋们在英雄的首都工人民兵铁拳面前，哆哆嗦嗦，龟缩一团，受到了应有的惩罚。”

四月五日才发现有所谓“猖獗一时的一小撮坏蛋们”（现在知道当时被包围的是二百多人。前后被打、被抓进监狱的是三百八十人），只在两小时之内，一下就来了数万民兵，还加上警卫兵，再加上从外地调来的刑警，北京区域如此广大，人如此众多，集结如此神速，简直是一位什么巨神，一声吆喝，就把泰山提溜到了天安门广场，像压碎二百多个小小鸽子蛋一样，创造了镇压人民的奇迹，更创造了亘古的谎言。像韩志雄那样的同志，早在两三天前就被抓进了监狱，那是自己回家走错了门吗？

从四月六日开始了接连几天的锣鼓鞭炮，杂音笼罩城郊，肆无忌惮地向首都人民逞淫威，示虐抓人。在首都人民的伤口上反复撒盐，使尽一切从未得到人民任何承认的权力，强迫首都男女，噙着泪水嘲弄被自己人毒打的阶级兄弟。他们以为用鸨母的锥子棍棒，就能强使首都人民丧失贞操，永远沉默。可是两年七个月里，首都没有一秒钟对天安门事件沉默过。

岩浆冲出地幔了，把压住火口的顽石，冲倒踢开了！被“四人帮”颠倒的历史，重新颠倒了过来。由北京“创制发明”而波及各地的丙辰清明事件，都得到昭雪平反了！实践是检验真理的唯一标准得到胜利了，社会主义民主得到胜利了！这是林彪、“四人帮”专政巨毒和那些中毒而又不肯医治者的一次大溃败！

今天，在人民扬眉吐气之际，我非常钦佩中共河南郑州市委撤销“追认焦春光为中共党员和烈士称号的决定”。北京应向郑州学习看齐，公开在报上撤销替“四人帮”在天安门广场行凶打人者的一切不光彩称号，以昭是非分明，好坏分明，奖惩分明，纪律严明的信誉。人民会谅解大多数被迫驱使上阵者的处境的。这是一。

二、不管出于任何原因和困难，镇压天安门广场青年的直接司令者、前线指挥员，你们当时被御用记者文丐吹捧，而心犹未足，曾亲自登台自我吹嘘。现在也应亲自出马向人民说几句交心话。人民会通情达理地谅解你们，决不会扩大打击面的。这样，以免无情的历史将你们和制造“三一八”惨案者流并坐一排。请移玉趾罢。

三、根据当时《人民日报》、电台的反复报道，对待手无寸铁被围在广场的青年，前线指挥驱使数万民兵：“手持自卫武器”，“双手紧抓住钢棍”，加上民警和警卫战士一起，取得“辉煌胜利”。可是在“四人帮”垮台之后，慑于震地惊雷，某个高级指挥员出来保证：“未打死过一个人。”如果是真话，那么当时得意扬扬地反复报道在广场的“坏蛋、罪犯受到了应有的惩罚”，这些白纸黑字，依据何来？难道你们是干了虚报斩获、冒功领赏的勾当吗？

真的就是真的，假的就是假的。我愿这一次昭雪平反不再留尾巴，不再存疑问。

1978年11月20日

附：

此文是中央批准北京市委新领导为天安门事件平反昭雪后几天，《北京日报》两名记者同志来，约我为此事写篇文章。我深深知道该报是不可能登直言文章的，不想浪费时间，未答应写。但在记者同志的再三要求下，我答应看看。

他们走后，我回想了天安门事件那个悲愤的一周，写下这篇文章。我知道，他们不会登的。记者来取稿时，我认真告诉他："文不可改，因为我不想说违心之言。"他边看边踟蹰，说回去看看，明天一早回话。

第二天他上午未来。下午去听了中央的紧急传达，我了解了。

第三天，他来了。我告诉他：中央的意见，听明白了。照办就是。

马寅初平反

今日写作休息时读报，见中央统战部副部长李贵，到东总布胡同三十二号马寅初先生家，代表党通知他：一九五七及五八年对他的关于人口问题的批判，都是错误的。他的《新人口论》是正确的。真理在他一边。

马寅初已九十八岁高龄了，他的受批判及不知道怎么被撤销北京大学校长职务，已二十多年了。我常常为之叹息：一个学者为国家提出一个十分值得注意的问题，而受到批判，打进冷宫。经过二十多年的实践过程，他的观点早已证明是完全正确的。可是直到今天才姗姗来迟的平反、恢复名誉，实在令人难以理解。

一九五六年中央召开的高级知识分子会议，毛主席已提出了“百花齐放，百家争鸣”的正确口号。马老发言的那天，毛主席也在主席台上。马寅初提出要控制人口问题，我还记得几个主要论点：一、他作为人民代表到农村视察，看到小孩很多。从长期发展的可能性来看，不适当控制人口将会成大问题。他提出奖励一对夫妇生一个、两个小孩，三个以上就要每个纳税五元。农民是实利主义者，这样他就要考虑了。他激动地说：五十年后，我国会有十二亿人口，将是严重问题。如果我们这一代人不做好这件事情，五十年后我们的后代就会问现在的政治家：你们当时是干什么的！

这一句直率尖锐的话，当时在座的一些政治家是受不了的。

直言有罪。“双百”方针靠边站了。反对者有种种说法：“人多好办事，人多热气高干劲大。”左派和蒙住眼睛装左派的批判家摇旗呐喊，鼓噪上阵了，一时把马寅初当成帝国主义马尔萨斯人口论的中国代言人。有意思的是：越在批判马寅初，中国人口出生率越突飞猛进。当后来看到有点可忧的情况时，有一位著名作家仍在人大会时发言宣传“人多热气大”。有识人在背地里笑他说：你老兄误了点，表演过了时。

以无知当作武器，以教规代替科学，顾某些人的面子而不承认真理，能留下什么呢？只能留下话柄于人间。

人们已都知道计划生育的重要了。党和国家也制定政策了，这是国家万幸，民族万幸。历史证明真理在马寅初一边，马寅初先生曾估计五十年以后，要发展到十多亿人口，今天看来保守了。现在我们只用二十年的时间，就以九亿七千万人口的惊人成绩，为马寅初先生彻底平反，恢复了名誉。

伽利略的故事再次发生在以马列主义、毛泽东思想指导我们事业的新中国，责任究竟在谁？

1979年7月26日

报应

中国人，历来信报应。无非是一种愿望，希望一些做坏事、违反真理、狂妄自大、不顾道德良知等等之事的人，得到惩罚。我历来和许多人一样，不信报应，但对一些坏人、恶棍，感到无法惩罚。在无能为力来惩罚恶人的时候，我还是希望有一天，能使他得到“报应”。

对反历史的人，如果又是主宰了生杀予夺大权的人，我希望能有“报应”。

中非国家的博卡萨，七五年来过中国，我不知此人是个怎么样的人。但是，由于中非过去深受帝国主义奴役，来看看取得革命胜利的中国，应该欢迎。但这位国家首脑，却没有看到中国人民对封建帝后的愤怒，曾多次起来打倒它们。他刚回去一些时候，就不顾人民死活，大刮民脂民膏，皇冠高戴，当起什么中非帝国皇帝，逆着把历史推回去。过过皇帝瘾，真叫人可笑可恨。我老想，怎么能把他打倒，就像深埋了一只疯狗一样痛快。

今天，一九七九年九月二十二日，听广播知道，这只疯狗，已被中非人民打下台。

无论中非怎样发展，那是中非人民自己的事，但我高兴的是“报应”果然出来了！所以对这类怪事，我在无法时，希望应该有报应。

1979年9月22日

八十年代

忆邹雅[①]

在旅寓中，远闻要为邹雅遗作开展览会，我庆幸这一天的到来。

中国旧戏唱词里，常听到“想当年”三个字。人老了，也爱讲“想当年”。但我写这篇短文的动机，是为了不要忘却。

想当年，要把不当亡国奴，我们是人，不当牛马，团结起来斗争，把侵略者赶出去，把反动派打倒的道理告诉人们；同时，把为人民解放而英勇奋斗的人，把领导人民去争取胜利的党及其领袖们的形象，让人民知道和认识，在百分之九十以上都是文盲的革命根据地里，用照片、图画，是最理想的手段。但在照相机被视为稀世神物，调色板、色碟、宣纸连想都不敢想，美术印刷根本没门儿，四面被敌人封锁的环境里，就有一批青年美术家，靠

---

① 邹雅（1916—1974），江苏无锡人，版画家，山水画家。1938 年到延安鲁艺，同年到太行。新中国成立后，他参与人民美术出版社的创办，任《连环画报》第一任主编。他的山水画独具魅力，被关山月评为：“有气吞山河之势。”1974 年在山西某矿山采风时，出事故离世。

几把刻刀、沉重的梨木板，自己画，自己刻，自己印刷，辛勤地工作着，把作品交给农民、士兵。和各个革命根据地一样，在以太行山为依托的晋冀鲁豫，也有那么一群，其中有邹雅、罗工柳、彦涵、艾炎等同志。

想当年，既没有画室，更不知道有管子灯玻璃板描稿台。高度近视的邹雅和他的同伴们，日以继夜，在豆大的油灯光下，作画、运刀、印刷。从三钱油三钱盐、一斤小米、一元津贴，到除了吃糠麸，咽野菜，穿补丁摞补丁的军衣之外，就什么都没有了。但十二年如一日，从未听他们抱怨过创作条件坏。说老实话：工作、生活都是很苦的。他们却总是那样热爱着自己的工作和深知自己生活的使命。在敌人频繁的“扫荡战”中，他们怀揣木刻刀而战斗、行军，住下便又画又刻。和邹雅等同志在一起的青年木刻家刘韵波，就是这样毫无惧色、毫无愧色地把青春的鲜血，流尽渗进太行山的山花草根下。

由于残酷的战争，邹雅及其同伴的大量作品，今天，恐怕只能见到小小的一部分了。

中国人民解放的胜利大厦，每道墙基柱础，可能都有一粒沙子，有一块石子，是用木刻刀添进去的。为了不要忘却，中国的画廊，一定会有一段陈列着战火纷飞年代的木刻作品。在其中，会有邹雅及其伙伴的作品。这是必定的。

战争胜利后，直到六十年代初，才又见到邹雅。他仍是那样朴素无华，虽然似有沉郁。行政工作任务多，但每次做不速之客到他家时，总是看见他在灯下作画。他在探索中国山水画，想从皱折的纸面，创一新风格。这个探索，作出有砖刻、石刻感的皴法来。他并不介意成败，总是天真地辛勤地画着。他热爱战斗过的地方。我同他在一九六三年春夏之间，重访太行山。他如饥似渴地作了许多速写，作了许多画。因为长期在同一地区战斗，我曾预请他为我的书稿作插图，他欣然地答应了。

善于呼风唤雨的年代，把科学文化艺术花朵，搞得枝秃花败。邹雅从干校回来到了北京画院之后，我发现他创作情绪非常高涨。重新置了画毡，买了大批宣纸和几两贵得吓人的印泥。他要重新大干一番。齐白石一副篆联写道："诗思夜深无厌苦，画名年老不嫌低。"邹雅就是那样。我每次到他家去，他又总是在灯下作画。他答应为我的一个朋友，作四条山水。

谁料中国艺术家的灾难，怎么会这样没完没了！在宣纸上出现了一只猫头鹰，几只小老虎，一峰骆驼，林间四把椅子和几张山水、翎毛花鸟，使江青的神经错乱了。她煞有其事地惊呼骇叫：这是资本主义复辟的信号！我从水泄不通的"黑画"展室挤出来之后，觉得欺人太甚！我根本不相信：一个打跑了帝国主义，消灭了蒋军八百万而建立起来的社会主义中国，会被宣纸上的几只动物，闹得长江变为黄河！我又去找邹雅索画。他苦笑说："过些时候再画。"我十分理解中国的画家，日子多不好过啊！当时，被胡吹能消灾缓祸的大寨，是朝圣圣地。邹雅告诉我，他明天就和画院的人一同去参观学习。

我盼他参观回来，会见到百花盛开的春天，会为我完成许下的画，创作出更好的作品。现在写此文的时候，好像我和他仍在灯下，面对面促膝长谈"过些时候"那个春天会来。我真不相信：邹雅不幸逝世已经六年！

中国艺术的春天，的确是来了，使邹雅辛勤留下的艺术花朵，能展出在众多的观众面前。

请不要忘却，这个春天，来之不易。艺术家们也要警惕、思考，防止在一个什么时候，再出来个什么“帮”，把这个春天押着倒回冬天去。我思索，似乎不能掉以轻心。

1980年8月8日 于远方

苦闷者与苦闷者谈诗

——与几位朋友谈心

从我选择这个题目看，就可以知道我写这篇文字，不是给发表过诗作、有才华又有创新的诗歌作者看的，而是给同我一样，在作诗时苦闷，甚至对自己失去自信感的苦闷者看的。因为我对几个朋友许过愿，说诗稿、信件今后不能一一奉复，将找个时间，写篇文字，跟朋友们交交心。这是第一个来由。第二是近年一些大专院校编作家小传、研究评论等工作同志，个别做编辑工作的同志，从不同角度，反复来信，要我写生活经历，写作经历，谈谈自己是怎么写起诗来等等。我同样是无法一一奉复，就想来锅合子饭：剩面条、剩菜加上小米、萝卜、蔓菁煮成一锅，让朋友们品尝品尝。合子饭是华北农村最普通方便、节约凑合的便饭。

近四年来，像暴风雨过后，天蓝水绿，空气清新，花想争开月想明，人人都想为祖国的光明前景，多做贡献。想当诗人的朋友，更是这样。我不断收到这样一些诗稿、信件：或希望对他的诗打个分数；或希望介绍给报纸、刊物和出版社；或替他改一改；或告诉他怎么就能写好诗；或同他讲讲我写诗的经过，生活途程；或诉说写诗不少年，报刊不采用，或很少采用，甚至得不到任何具体意见帮助，因而彷徨苦恼，甚至埋怨编辑。总之，他们多么渴望人们的帮助，支持！这些朋友中有青年，也有已写诗十几二十年而见不到成效的中年。这些同志朋友的诗稿，有短诗、组诗、长诗，有几千行到上万行的叙事诗，也有集子。字体有较工整清秀的，有较潦草马虎的；有复写的，也有刻板油印密密麻麻，上半页清楚，下半页糊涂，用放大镜也看不出是什么字的。作诗苦闷，我很同情，因为我自己从青年时期到现在，仍然处在上面所说的苦闷状况之中，对这些诗稿，若字迹清晰，诗也短小，不是几百上千行的，一般我都看看，也用可擦铅笔在稿旁写上一两句评语，改几个字，做几个记号，再写回信。有鼓励，但从不写恭维话。提出的要求，我自己也做不到。但是常常信发出，不几天就复信连绵飞来，有修改得好的，也有修改坏的；有新写的，也有库存的。有的诗稿，反复看了，自己觉得不是诗（这完全凭我的主观思想、情趣来判断的，很可能是好诗），不好写回信。有的因字体潦草，看不完放下了，特别是个别的油印长诗就没回信。对长诗，看了，虽不甚满意，但总觉作者花了心血，想再看看再回信。但人老了，记忆力不行了，加上自己凡心太重，总想跟疾病、时间展开争夺战，写完自己要写的东西，常常把诗稿一放下，时过境迁，也就忘了。现在想起来，仍深深感到内疚。这样的情况从前到近年，都欠了许多朋友一些账。

作诗容易作好难，从来是我的第一个感受。褒贬容易帮好难，这又是第二个感受。有的朋友，以为我写过几首诗，就是个诗人，就能告诉别人怎么作诗。这已经纯属是个误会。再以为一定能告诉人怎么就能作好诗，那更是个大误会了。有的朋友已经请教过许多名家，现在还是无进展，转而问我，那更是最最最大的误会。因为直到现在我还解决不了自己的问题。

先说看诗稿吧。对一首我认为是好的诗，读的结果很感动，这封信比较好回。对于一首很有可取之处，但又不甚满意，回信就得认真点。如果是一首我认为不成功的诗，这封信就比较难回。如果还要说出个怎么就能写好，改好，就更是难。谁都想听到能受到鼓舞的话，让人欣慰的话。但我常常面对着诗稿，难以写出来。因为说两句好话不难，难是难在对作者有无好处上头。下笔断案，出口否定，常自己问自己，有无把握？没把握的话，我想不如不说。在回一封信之前，诗稿起码得看三几遍，再想说出个子丑寅卯，有时得放下几天，再看看，再想想。常常为一首几十行的诗写一封的回信，得写一张到两张以上的大稿纸，花上两三个小时以上的时间。长诗、集子，就更费工夫了。不要埋怨报刊编辑。我们是个人口众多的大国，几十人的编辑部，每天处理多少稿件？几百件，上千件！何况还要求开出个写好诗的方子呢？这样的投稿情况，我自己常碰到，现在仍然继续在碰。当然，我不敢说一些编辑同志毫无缺点或错误。

要做个诗人，首先要认真地，从小到老地下苦功夫。把诗写好，不能省力气图快；要做个诗人、作家，语文这一大关，必须自己过。字要写得好一些，因为任何编辑、作家，都担当不了语文老师这个伟大任务。好的语文老师教出高足，或者老子是名家，儿子也成了名家，见过。但哪个诗人、文学家，是某某诗人某某作家亲手教出来的，我还没有听说过。即使有，如果他的老师是个诚实人，一定不敢承认。名师出高徒，在别的艺术领域则很多很多。但我知道，赵荣琛同志是程砚秋先生的高徒，他不仅是经过程砚秋大师严肃挑选，更是经过他自己的努力学习才成功的。如果程先生健在时，接受我拜他为师，在我是三生有幸，在他是白费工夫。因为我想当演员，而不想下苦功夫，老师再有名也是毫无意义的。

要我从理论上去谈作诗，我谈不了。不是因为我轻视作诗理论，而是我读过不少，还是不谙其中三昧。我只能照朋友们的要求，讲讲我的个人经历和写诗经历，这倒好办一些。因为我现在仍然处在与这些朋友一样的苦闷状况中。

我出生在珠江三角洲的乡下，不知道为什么，从小喜欢看人画画、捏泥人、唱歌、谈诗。产生一个幻想：当个画工，学作诗，但本钱很小。我只读过半年书塾和不到四年小学。在农村天地里，只读过中国的章回小说、小唱本和《唐诗三百首》。十七八岁才开始读到五四后的文学作品，但为数很少。我十三岁中途辍学，到油漆作坊当小学徒，实际是当“火头”。作坊里生意兴隆时，有八九十来个工人，加上老板五口的家庭劳务，都要我承担起来：每天天不亮，就开始担水、买菜、做饭、收拾铺子。然后挑起油盆色钵，走十几里路去做工。到时又赶快回去做饭。晚饭后又忙做血料、熬桐油等等，直到十一时，才能进入我自己的小“王国”，看书画画。老板几次发出严厉警告，不准我晚上点灯耗煤油，我就把灯挂在木头箱里，悄悄地在自己的“王国”读书、学画画。在黑暗的世界里，我从泪水中窥视着人间。人在童年，幻想丰富。我当小学徒前后，正处在北伐战争时期。听到中国受列强的践踏凌辱，又想当兵，为国报仇雪耻。虽然不大懂得蒋介石叛变革命是怎么回事，但对大杀革命者，镇压广州起义，我是愤懑不平的，想参加造反。可是，当时的眼前，是赶快长大帮助父母挣点钱，买米吃饭，还债是紧急的任务。三年学徒，加上半年傍师期满，大年三十下午，老板给了我三十块钱，加上七元赏钱（其中还有三元是假银币）回家过年。正无法过年之际，我母亲捧着这三十七元，下颌和手都在颤抖。她认为我立了大功，帮助家里度过可爱的除夕。可她不晓得，老板用这三十七元，买去了我的整个童年。

人间是值得向往的。但是，当我刚会认人，勉强能担水做饭的时候，生活对我的要求太严酷了。可是比我遭遇更严酷的人，不知有多少。旧时代对同我一样的孩子这样不公平，只能培植我的仇恨。

由于有这两种的仇恨，使我向往、敬仰为推翻旧世界的政党、人群。我比较知道手工业工人，更知道农民。后来参加两个革命战争，一直在农村，又一直在敌后。战争胜利后，又参加了几年社会主义工业建设。我对于凡是亲自参加，流过汗，甚至流过血，挨过饿，度过酷暑严冬的地方，都产生浓厚的乡土感情。因此，我有好几个故乡。在故乡这个问题上，对哪一个我都是一往情深的。特别是这些地方的人民和战友。即使当时不在同一个工作场所，同样彼此都很了解，敢说敢笑敢吵架，而不伤感情。唯一的例外，是在“史无前例”的年月里，人和人的关系，我总感觉是在一列车厢，一起过了几个站而已。少年时期里，有几个人曾敢真正说过几句真心话。

世界就是这样博大、广阔、复杂，美好和丑陋共存。

童年在故乡，我看到许多永生难忘的情景：有许多年轻的华侨少妇，十年，几十年在家等丈夫归来。有的当了寡妇、弃妇还不知道。我的家乡，光棍特别多，青年、中年到老年，光我家那道街上，就有一大串。这些守活寡的少妇，加上这些成串的光棍（也不尽是这些光棍）再有同姓关系，大逆不道的事常常出来了。虽然都是人，但少有平等对待。婚姻不自由和无钱娶妻，那是活该的。然而那些对别人稍有不正，就板起一副道学面孔的人，有的有大小老婆，还可以去宿娼，甚至公开通奸，而不犯法。我的一个远房姐姐，先是卖到远方当妹仔（丫头），后又被强迫为妾，回家后不几天，丈夫追来。强逼回去，以后就不知下落了。我见过在不许自由恋爱的压迫下，生私生子的女子，被赶到收拾死人的仵作寮，在存放白骨的陶罐和曝晒白骷髅骨头的草席旁边生产。那些看热闹的人，就在周围扔石头、瓦片，嘲笑咒骂。以后这个年轻的母亲，只能母子分离，贱卖远方。在战争年代的北方农村，常常看见儿子打老婆，老子在院子加油助威的场面。我看见妇女被打被骂，无权在家里哭，要跑到村外远地才能哭。买卖婚姻，无钱娶妻，不准恋爱，是落后的中国农村男女关系不正常的主要原因。可是战争年代的农村妇女，承担了重大的革命任务。

一些青年朋友在四十年代末，常要我说说怎样写出一部歌剧和两首叙事诗。我大体上就是根据上面说的所见所闻，所喜所怒，最值得同情的善良女性，凑合成的。因为是写反封建，符合革命目的，不触动什么清规戒律，心中不顾虑，所以很顺利。在那个时期，不但人物的面貌、情态，看得见，而且我像有个听诊器，她们的心音也听得见。能见到这些人是在什么地方笑，又在什么地方哭，是在麻纸窗棂后面的炕台上，还是在什么样的坟旁、小河边。都有一个特定的年月背景，一个特定的人群，一个特定的场所和山石林树。没有这种氛围。我什么也写不好。

艺术绝对不能搞规范化、标准化。样板戏、样板诗是极端有害的。

我去参加工业建设时，有位同志说："你是写诗的，不一定要像小说家那样，要较长期蹲在一个地方吧？"我说："别人可以，我却不行。"的确，好些同志，看一看，就写出了诗，甚至马上就写出来，我没有这个才气。我得回去以后，想了又想，有个什么能引起我吟咏它。找不到这个"什么"，我半句也写不出来。我从来就怕叫我即席作诗、题句。真的，逼死我也作不出来。作过这样的诗没有？有，都不好，偶然想起脸红心跳，就不敢再想。别人要我表态的应景政治诗，没有一首是勉强可读的。

前些日子去杏花村，主人把中外人士的题词册页拿来，要我写几句。我读了别人题的，都敬佩他们的才华。可是我着难半天，才想起太原解放之后，同志们庆祝胜利会合，用竹叶青把我灌得大醉如泥，这样才想起："壮年尝醒竹叶酒，晚年长入杏花村。"还不敢当面来，最后幸得主人许我回去再想想。这首诗的"长入"两字，因大醉过，不敢喝了。但又想人家跟你讲友好，你却怕去，太不合情理，苦了好几天，只好改成"壮岁尝醒竹叶酒，晚年始到杏花村。断魂何须清明雨，白露芳销四海魂"。

因为我喜欢山水画，也就喜欢山水诗。我去年因去寻找朱总、彭总的八路总部驻地，到了五台县，写了《我问》《十月秋山》《骆驼道》等五首短诗。我面对着秋叶红于二月花的五台山色，满心涌起当年情景：日寇兵分两路正要钳击太原的紧急日子里，刚开进山西的我军，首战平型关，取得大胜；再战雁门关、阳明堡等，取得胜利。南下太行，兵过骆驼道，是何等英雄气概？在这些能否打败日寇侵略的紧急关头，我军高级指挥员的彭总、贺总，不死于战场，而被害于“史无前例”的灾祸之中，怎能不动情！诗不好，但我是满怀愤恨而写的。我过去写过颂歌，在这时刻，对这段历史，我怎么也做不出颂歌来了。

对事物无所感受，就写不成诗。

不了解广阔的社会生活，诗只能写自己。不深入理解人民的喜怒哀乐，只能表现小小的自我感情。

我喜欢古典诗词，影响很深，但我长期不懂中国古典诗词的规矩。因为是用普通北方语言来写作，很多字我就弄不清平声仄声。故花了许多工夫，才得到了一点儿古诗词知识。在革命根据地时期，因当时农村环境，自由体不被不识字的群众所接受。民歌则是很好的。我见人搞过朗诵，群众不习惯，在台下发笑。诗，要被广大农民（包括工人、士兵）接受，必须大众化、民族化。写自我表现的诗，在太行山根本找不到销路。

我要写诗，必须有情景，借此情景抒发什么思想意境，我一定要找到个触发点。我是站在或行进在一个什么环境里，才能写。在这天地间，见山有山，见水有水，见树有树，见人有人，等等。这大概就是人们评论诗的时候常说的诗意、意境的意思吧。这种情景、意境，小诗、长诗都要有。没有这些，我就不能写。凡是硬写的诗，都写不好。没有漳河西岸风光，我写不出《漳河水》。不进入内蒙古草原，我写不出《新塞外行》等抒情诗。比如在《漳河水》中三个主人公在河边诉说痛苦，我把漳河上下游、左右岸的一切景物：月亮、天云、鸟鸣、风声、时间、色彩都调动起来。为她们的身世、遭遇、诉苦服务。我写《风暴颂》这类题材的政治抒情诗时，在我的脑子里有一个全球风暴，四海翻腾的意境。我借助这个意境，抒发世界人民斗争的情景。因为有这个风暴情境，写起来造句遣词都很顺手。

思想要反复提炼，意境要反复加深。要把意境中自己认为最有光彩的火花撞击出来。我常常为一个句子，为一个字，日夜冥思苦想无所得。《漳河水》开头的漳河小曲，最初发表不是这样的。是经过长时间的反复捉捕漳河晴岚的晨雾、朝霞、晓色，才写出这八句诗来的。提炼思想，加深意境，我从不害怕说是雕琢，相反，如果不下这种死不罢休的劲头，我，一句稍微像样的句子也写不出来。即使是一首小诗，我从来没有一口气就写成的。四句、八句诗，常常几天几夜，走路吃饭，无时不在脑子里翻来翻去，真是神魂颠倒。我自刻过一方闲章："无才作诗苦，何以种瓜甜"来自我解嘲。

我从事写作的时候，祖国处在战火之中，处在光明与黑暗决战之中，祖国既伟大，也贫穷。为祖国为人民的前途而舍身战斗的是青年农民、工人、士兵。士兵，就是穿起军服的农民。所以，农民在缔造新中国的漫长岁月中，他们是主力军。我的诗都是写他们的，写给他们看的。但他们绝大多数不识字，怎么才能使他们看懂听懂，我经历过许多改造过程。参加抗日战争，开头作品除幼稚之外，还存在着一个农民、士兵看不懂听不懂的问题。一九三九年秋冬，党叫我们去开展农村群众戏剧活动，使我们在了解群众，运用群众语言的工作上，开辟了一个广阔的途径。在这个天地里，同志们和我发现了民歌。这些民歌，不仅曲调优美，歌词生动。更重要的一点，是它表现当地人们的生活环境和精神风貌，何其协调一致。我们利用这些民歌曲调填词，立刻为群众接受，产生广泛效果。一九四〇年，我写过一首《牧羊儿》，在太行山口头流传，一直到今天。一九四二年，我曾想利用这些民歌写一个反映减租减息斗争为题材的歌剧，取名《柳亭郊》，后因伤病没能写成。那时，我虽然发现了民歌，但是不认识民歌，真正认识民歌是在毛主席《在延安文艺座谈会上的讲话》发表之后。

作诗，是有个目的的。诗人，总知道有个使命，就是为抒发个人情怀，还是为民族解放正在浴血斗争的人们？我是后者而不是前者。不为民族解放而沐血斗争的人们歌唱就没有今天。到群众的火热斗争中去，我和许多同代人都这样做了。《讲话》发表之后，我曾有一段时间到兵工厂同工人生活在一起，而更长的时间是在做农民的工作。我们住在农民家里，似乎不需要“到群众中去”的口号了。其实不然，不仅是到斗争激烈的地方去的问题，而更重要的是世界观的改造问题。我说对人民感情的深浅决定诗境的深浅。人民的心声决定诗的灵魂。

诗，应被广大人民接受。诗，不应只是知识分子抒发个人情感的手段。

我主张诗要精练，短诗要精练，叙事诗要精练，抒情更要精练。中国古代诗歌精练见长，特别鲜明。现代生活，比古代复杂得多，又是以白话写诗，当然要写得长一些。但是在长中，还是要求精练，要求以最少的语言，精准地表达复杂的现代生活。叙事长诗，按诗的要求不能写成分行的小说散文。

1980年10月

读诗有感

诗，可以抒发大众情怀，也可抒发个人情怀。

如果说诗，只能抒发个人情怀，而与时代步伐，人民喜忧，等等，都不相干，只是自我表现，自我欣赏，我感到那未免太寂寞荒凉了。

诗的寓意，可深可长，可浅可短。

如果说我的诗，只要自己知道说什么，不管别人懂不懂，那么发表、出版，都是多事了。

诗，国内读者喜欢，外国读者也喜欢，那是很好的。

如果说诗，是写给世界读者看的，不必考虑。国内的读者，祖国的语言，民族的情感、风貌和富有中国气魄，新鲜活泼的形式，那我就不用中文写，因为世界各国认识中文的，总是极少数。倒不如直接用各种外文来写，省去翻译，又可避免失真，那多好？可惜，我不懂外文！

1980年11月

《路就该这样走》[①]序

庆明同志：

你的信早已收到，因忙于开会，你已发表的诗作，只找到几首，后按你开的目录，请图书室的同志帮忙寻找也未找全，故信回迟了，请谅！

你我，虽然年龄相差几乎一半，但都是为人民写诗的人，用不着信上那样的称呼，还是以同志相称好。请无论如何要接受我这个意见！

我读了你在《上海文学》（80/12，81/2）、《诗刊》（81/1，81/3）、《人民文学》（81/1）上的诗作，感到清新隽永，在当前出现一些主张诗歌应迷蒙缥缈脱离时代之际，你的诗使我在迷离扑朔的各种“崛起”声中，能听到人间的欢声笑语。你的诗我可以说好，是因为你为人民，为一个新的历

① 此文是作者写给河南安阳诗人张庆明的一封信。张庆明的诗集《路就该这样走》（河南人民出版社 1982 年 8 月版）将其收入作为序言。

史在歌唱。你的诗，反映了我国农村的情景，道出农民的心声，从而反映出党的三中全会精神的威力。你很熟悉农村，熟悉农民，诗中充满了田园风光和农村群众的笑语动态，精神性格，在我读的写农村诗中，你的诗，是比较有特色的。我认为，要作诗人就应当作人民的诗人，作时代的号兵和鼓手。如果诗仅是自我表现，那么何必发表呢？可见，那些说除表现自我以外，不表现任何时代精神、英雄模范的主张，我是很怀疑是不是在说真话。

如果你要我对你的诗提点什么意见，我认为广度深度还得多下功夫，去观察、发掘。我读过的几首诗中，有的题材大同小异，如杜鹃的出现（有时这是难免的），不要都停留在表面的欢笑上。如“这政策能不能多实行两年”一句就十分好，这是挖出了农村群众心底的一句话。在表达思想感情，遣词造句，我是主张有战斗性的。如《笛声》的第二段，我很喜欢，“十载难闻娶亲歌”，觉得很深沉。诗，是要敢说、敢恨、敢爱、敢笑、敢怒。

时代变了，时时刻刻在前进。诗，当然要前进。外国好的东西，不要拒绝，但不能照搬，如现在有的诗作那样。现代派的诗歌，早已批判过的，这会儿拣起来，已不新鲜了。现在有人写一些，也不必反对，但都写得朦朦胧胧叫人看不懂，总是不好吧？中国诗歌有悠久的光荣传统，要发展要创新，但要民族化。现在，很需要振兴中华。

我过去之所以写起诗来，主要为民族解放、人民解放，因此，为人民（特别是农村群众）接受，是我不能忘记的一件最重要的事情，当时不能像现在。我没有什么成就，写的东西很少，你千万别向我学习，决不是客气话，而是跟你说真心话。

好了，上面对你的诗说的话，你千万别当真，这些话也许是很错误的，如果你当真就会出过错！

希望你取得更好的成绩！

阮章竞

5月3日

在全国思想战线问题座谈会[①]上的发言提纲

近年，对文艺问题提意见很不好办。张平化同志时的中宣部在人民大会堂开过一次座谈会，对受“四人帮”看重的一个作家，因北京不让批，我在会上说了“你不叫批，现从广州打来中程导弹”，几年都不能了结。以后也说过一些意见，更是不得了。接受教训，不想谈了。但中央同志要老同志们来讨论，不说对不起中央。我也对《太阳和人》确有意见。

一、关于涣散、软弱，对文艺领导提点意见。我不了解情况，说错了，请批评。

大概是三月二日，看了《太》片，在看之前听到两种截然不同的意见，一是好得不得了，是中国有电影以来最好的；二是大毒草，作者应重新划右派。

① 1981 年 8 月 3—8 日中宣部召开的全国思想战线问题座谈会。

三月三日，在文学组上，说了我的三点看法：

1. 影片充满怨恨情绪。

2. 全片都贯穿一根中心线，就是："你爱这个国家，可是这个国家爱你吗？"作者是花了心思的，主人公每说爱祖国时（他的潜台词是这个国家不可爱），五星红旗，天安门就出现。可见作者指的是整个新中国。

3. 我看此片时，正是在研究修改和可否放映时。我说过，放映会有少数人高兴、欢迎，多数人看了难过。台湾，可以不须加任何说明，直接放映就可以收到反共的作用。

在开大会的最后一天，贺敬之同志传达小平同志的七个意见。感到此片要批判。

当时，给我的感觉是除了中央的领导同志和军队同志主张批外，文艺界有的同志也认为此片有错误，但没怎么听到主张批。可以说反应不强。

军报文章出来后，出现个抵触局面。转载的报纸很被动。其他报刊都不表态。造成个批错了，起码是过分的情势。

军报文章是有分析不足、说理不足。如背离四项基本原则，是高了一些，但批评不能说不对。军报文章出来后，社会震动很大。我正参加北京市的一个会，不少中小学教师、干部、知识分子打听，以为又要抓什么，搞什么运动。我回答两句话：一此片有政治错误，二绝对不会搞运动、像过去那样一棍子打死，请放心。

以后听到《时代的报告》出了增刊，沿街叫卖，说是黄钢得到某方支持。

出现了几个谣传。一是《太》片女主角去找黄钢，说你挣了好几万，要稿费。二是说姚文元放出来，军报文章是姚写的。虽是笑话，但特别说姚放出来，是抱着一种对抗情绪和思想。

另一传说，由于批《苦恋》剧，外国不敢跟我订合同等等。中央有同志说放一放，好像今年也不批。

又说此剧本是在《十月》、香港等四个报刊发表，因外汇稿费分赃不均，两作者发生矛盾。

参加八月三日会前两天，听到小平同志说要批。会上说《文艺报》写文章，但还没写出，香港地区、日本报道出来，很详细，了解得很清楚。我们是光听楼梯响，不见人下来，台风在海外形成，从香港登上大陆，今天又开此会。

《文艺报》文章未早点写出来，和领导对批《苦》没有思想准备，或下不了手，故文章不能很快写出来。这件事，弄成一件政治波澜，要中央几次过问，我们的文艺领导，确是存在涣散、软弱无力。今天的中央是非常可信的。三中全会到今天，拨乱反正，解决了多少极为重大的问题，解决了多少冤假错案。六中全会决议，把一个极为重要的历史问题正确解决了，真是为子孙万代造福。领导全国为四化奋斗，十年动乱，国民经济到了崩溃的边缘，可以说是“受任于败军之际，奉命于危难之间”。我们应为党分忧，想起来十分惭愧。

二、对《苦恋》的看法。

1. 一个作家创作，首先都有一个要告诉人什么的问题。即，不是歌颂，就是揭露，批判。在这个问题上，是有作者的根本立场、态度、感情问题。

我感到两个作者，不了解新中国是怎么来的。中国曾是很苦难的。一百多年，多少仁人志士前仆后继，但只有共产党，才真正赶走了帝国主义，推倒蒋家王朝，解决了土地、民主革命的任务，建立了新中国。

解放后，不管我们犯了多么大的错误，但首先新中国是一个独立于世界的大国，中国人站立起来，是一个不需向别人讨吃的国家。从只有五十万吨钢到基本建立起一个强大的工业基础，农业有很大的发展，文化科学教育都有很大的成就。过去的中国，每年都是几十万、上百万、上千万的饥民到处逃难。现在看不到这种惨状了。国家大，常有灾害，也有工作上的过失，我们不讳言，个别出现讨吃还是有的，但从整体说，十一亿人有饭吃就值得歌颂，今天的中国，总不是三十二年前的国统区，旧中国。

是谁建立新中国，是中国共产党。毛泽东同志的功绩，不能抹杀，当然，过去全都归功于一人，不对。但是否定毛主席就是篡改了历史，给跟随毛主席的中华民族的英雄子孙抹了灰。蒋介石，不怕白桦、彭宁，也不怎么怕在座的各位，蒋最怕毛泽东，出二十五万要他首级。中国是个弱小民族，能战胜强大敌人的战略战术，是毛泽东同志总结集中，变成了我们取得胜利的伟大理论。我与一个同志讨论过，他不同意有些事情只有毛才能做到的说法。我劝他去读读毛的军事著作就会知道，只有毛泽东同志才能做到。我们有充分理由说新中国可爱，能作为今天的中国人感到骄傲和自豪。

但《太》片给人揭示的是：画家凌晨光是可以不死的，苦苦地爱中国爱错了，是自我灭亡。他把毛泽东晚年的错误，与“林江”集团的罪恶混在一起都归于新中国。这样对毛的功过不公正，对“林江”是免罪，对中华人民共和国是极大的冤枉！

抗战时，多少华侨子弟到延安，并不是凌那样。解放后，多少华侨回国，多少学者回国，都得到学习、发挥才能、重用的机会，陈嘉庚、李四光等等。

反右，十年史无前例，受委屈的何止是华侨、知识分子，何止非党员，何止普通干部，连彭总、贺总、少奇同志都不得免啊！这是一段非常痛苦的历史。六中全会决议是公正的，老人家对国内形式判断错，骄傲了，凌驾于党之上了，独断专行了，就产生了他所培养出来的两三代人，痛心疾首的悲剧。这个晚年错误，全党全国，都在受委屈，都在痛苦中。不能由党和祖国来承担这个错误。

2. 两位作者，中心主旨是批揭个人迷信。整个戏给人的结论是共产党不好，社会主义中国不好，这不是会使人得出新中国不如旧中国，社会主义不如资本主义，共产党不如国民党？

夏公说，两位作者说此部片，才真正是他们的影片。

文艺作品，不管多么离奇，总是有点社会真实依据的，在离奇中求得合理。教授和画家的苇塘，是串通全剧的场所。那个形象，不禁想起但丁的地狱来。“文革”中，一亿人受牵连，这个基本画面，对祖国这个伟大母亲太不同情，太忍心了，用林彪的话说就是打翻在地还得踏上一只脚！生吃活鱼，二十世纪吃石器时代的伙食，当说笑尚无不可，用苇塘这个惨相给人看见新中国是个倒退到原始人、野蛮人时代的国家，能不得出社会主义太可怕了的印象吗?

3. 从《苦恋》到《太阳和人》，不仅是改个剧名问题，而是作者怨恨越写越大，越写越膨胀，越写越不喜欢这个国家了。影片之所以用“太阳”作毛的代名，在这个太阳之下和这块九百六十万平方公里土地上，人的一切人格、尊严被摧毁了，即使在三中全会，平了那么多的冤假错案，包括作者的白桦在内，这个暴政并没有完结，只能伸手问天。快死的躯体爬成个大问号。留给我们自己去回答：先烈的血白流了，人民对革命的支持，错了。赶走帝、蒋都错了，五星红旗升错了，长江大桥建错了，一切都错了！作者替谁在说话呢？作者梦寐以求的是去获取国际电影奖的目标。如果有人说作者为讨好帝、蒋、苏而写、而说的，那不是就不好解释了吗?

我认为从哪方面说，这片都不是爱国的，中国人民是不会同意的。包括叫好的，也将会猛醒。我认为作者应有所醒悟才是。

对“左”倾错误不少人都有怨恨，我也有。我就抱恨为什么抬出林、江，为什么看见他们践踏一切而不制止，多少可加以管束。我常想：一切都归功于一人，一定要产生类似的悲剧，这是惨痛教训。但写这个教训，现在是难的，据说《布衣老帅》就是这样。

这个剧立意就错，一切情节场所都是为中国无人道这个目的而编织的，没法改。此剧不能改，改，就是另外一个与现在此片无干的另一个戏。

最后，此剧出现，不是个偶然现象，是自由化的产物，是对社会主义已失信心的思潮的产物，甚至是持不同政见者代表作，故不能小看，它得到一定的人群的赞赏和支持，一千和五万封信，作者有恃无恐。不一定真实，但一定是有的。此外，是不是尚有精神支持者，否则就太狂妄了。

此种思潮，文艺领导、作家、评论家不注意，会出事。现在有一种很不好的东西，我们同志在问，谈共少，崇资多，自由化倾向不可低估。有些年轻人，越把我们说得一无是处，越离奇，怪事越多，就越得劲，掌声越多。领导工作要十分警惕，是要帮助，不要捧杀。读者观众并不全满意。念首打油诗："惨遭迫害，谈情说爱，稀奇古怪，台湾海外，地球以外。"

讲点关于叶文福、白桦诗的问题。

反对官僚主义，批"左"倾，反黑暗面、不正之风的作品，我现在仍是主张写。但一定要给人以希望，有前途，得出教训何在，要鼓舞人们前进。

《将军你不能这样做》我听到有人反对，我看后，支持。这诗哪有汪东兴厉害。而且前面说了不少功勋。评奖信最多。《好好洗一洗》我看不好。叶文福我不认识，有次听他朗诵，很不正常，但无灯光看不清本人。他在师范大学的讲话是不好的，狂得很。他的诗得奖，部队提出意见，为团结，我同意拉下换另一首。白桦的我同意上，有错批，有好的奖。

占了大家很多时间，很对不起，有错误，请批评。

1981年8月5日

《苦恋》读后挑差

《苦恋》作者是用苦爱祖国来说明遭受最后的死亡。

用雁阵来反复说明这是个没有人的价值尊严的国家，出现九次雁阵。

用五星红旗代表祖国，出现八次红旗。

用佛来代表毛，个人崇拜，结果是自食其果。

主人公的独白说明了作者对社会主义的中国态度：中国怎么也不如美国。

对毛是全盘否定。个人崇拜，党要负责。

毛就是党、祖国。

“四人帮”的罪恶看不出来。

所谓诗的隐晦，朦胧。

它代表了青年、知识分子的思想倾向，自由化倾向。

一群单恋、苦恋者。

娟娟 绿娘	对凌晨光。

凌晨光 冯汉声 陈科学家 谢秋山 云英 绿娘 独臂将军	都是苦恋者，而最后都受惩罚。

最后的问号，是问什么呢？是凌用生命历程最后写出来的——苦恋能有什么好结果？能给人以这个感觉。中国是个大问号。

用出国来逃避中国的压迫，在国外是天堂，在中国知识分子只能是一枝芦苇。

此剧只写“文革”的问题，没提反右。毛为神使人没有尊严价值，是这个剧的主要思想，把“四人帮”搞的一切罪行都归于祖国，是一条主线。

在“北京市思想战线问题座谈会”[①] 上的发言提纲

谈点参加这次文化部全国文联老作家、艺术家座谈会[②]我个人的理解。

我很怕正经八百地发言，更不肯花工夫写好稿子念，只愿意随便讲，因此常出错误。这次更难免，因为学习中央负责同志的讲话不够，理解可能有错误。参加会的同志发言很多，很好，可全都没有做笔记。我现在把自己的领会来谈谈，讲错了，请批评。

① 1981 年 8 月 24—28 日北京市召开“思想战线问题座谈会”。因与文化部、全国文联的会议时间重叠，作者只参加了后半段。

② 指文化部、全国文联 1981 年 8 月 20—25 日召开的座谈会。

一、先介绍一下我理解的情况。

从八月三日起，参加了六整天的“思想战线问题座谈会”。

邓小平同志提出思想战线上存在着涣散、软弱状态的讲话，耀邦同志、乔木同志的讲话，我感到很好、及时。这些讲话，不全是文艺战线的问题。涣散、软弱其他战线同样存在。中央是想通过文艺的批评和自我批评，克服这个问题。

与文艺有关的，也不仅是《苦恋》戏，还有叶文福在北师大讲话，丁一石讲话，也联系到《在社会档案里》《假如我是真的》①等等。但最突出的是《苦恋》。

《苦恋》——《太阳和人》拍成，从剧本到影片，过程相当复杂。它代表一种思潮。看剧本看出有错误的同志不少。但只说要修改，都未明确作出正确的判断。片子拍成之后，是一片叫好声，评价很高，差不多说成空前的，也有说很坏的。

中宣部学习会议休会时，小平同志对此片有批评，但只有军报文章出来。之后，出现一个冷冷清清的局面。报纸刊物都不表态，转载的报纸，显得很被动。外国报道了，香港说解放军打了个败仗。韦国清地位不稳，成了个轩然大波。

七月十七日小平同志再一次提出后，并要《文艺报》写文章，《人民日报》

---

① 李克成的《在社会的档案里》、沙叶新的《假如我是真的》都是1979年发表的针砭时弊的剧本。

转载。还未写出文章，香港又把我们的会议的情况几乎毫无差错地报道了。

我个人从会议上感觉，为什么地方，特别是《文艺报》不表态，主要对《苦恋》有共鸣，对批判没有思想准备，也下不了手。

对自由化倾向，半年以来，文艺界是认识不足的。因此跟中央的看法不完全一样。总怕一批就会乱，特别是下面，生怕把成绩否定。

这几天，即经过从二十四日到现在的五天会议，从二十个同志的发言中，是一致了。现在的中央真是耐心。我感到会议毫无压力，而且反复交代，对待当前出现的问题要接受过去的教训，不能搞运动。恰如其分，入情入理。

我经过抗战时的整风，除了认识几次路线斗争那一段，在审干阶段，不能说是讲道理、摆事实的，挨过整。领导当时运动的人现在讲，就是依靠工农干部、老红军整知识分子。五十年代中间的“左”倾路线下，我当过执行者和积极分子，搞错过或批判错过好几个同志。每想起来，总感到内疚。最近几年，也有提意见提错、说错的。对这些同志，总想找个机会公开认错，所以，受过委屈，不一定对“左”倾路线就能抵制。现在，也应注意这个问题。

二、对文艺状况和《苦恋》谈点不成熟意见。

三中全会后，文艺界出现许多新人，好作品，很值得庆幸。但也得承认，也出现了一些不好的，情调低沉，社会效果不好，甚至有严重政治错误的作品和言论。我们只看到一些青年的喜爱而听不到不满，我听到五句打油诗。

经过这两次的学习，对《苦恋》提高了认识。这个作品，从政治上说有严重错误。邓小平同志说：“看了以后，只能使人得出这样的印象，共产党不好，社会主义制度不好。这样丑化社会主义制度，作者的党性到哪里去了呢？”我同意这个批评，不管动机如何，效果是不好的。

作者把毛泽东同志的功绩一概抹杀了，把晚年错误和“四人帮”、林彪的罪恶混同起来。把这些归到党和社会主义的中国。中国人民站立起来了，是来之不易的，是经过百多年的斗争，才在共产党的领导下，取得彻底胜利的。这是一个来之不易。第二个是不管有多少挫折，建设了工业基础。第三个是自己清除了“四人帮”。三中全会是“受任于败军之际，奉命于危难之中”。如果不平冤案，作者也翻不了身。

作者对中国不理解，不知道中国是怎样来的。作者对中国知识分子也不了解。那个教授是小偷，士可杀不可辱，这是中国知识分子的特性。对美国也不了解，以为是天堂。去过美国的同志是知道的。

凌晨光最后的死，是在三中全会平反冤案的时候，灰暗的太阳，六个删节号，一个问号。即，现在的中国，暴政没有完。

整个影片都是充满怨恨，集中围绕在“你爱这个国家，这个国家爱你吗？”这句根本思想主题上。这句话并不是作者的首创，老舍先生早用过，但相比一下，可看出作者的水平。

艺术也是不可取的。是围着这个党、国家、制度的不好，人的尊严、价值都不存在这样的一个要求，而随意编织的，毫无生活依据。这不叫浪漫主义，实在是大杂烩。许多情节和细节都禁不起推敲。艺术不能取消想象，但总得合情合理，有说服力，有科学性。

三、谈谈对这次学习的体会。

（一）对文艺批评重要性的体会。

小平同志讲：“批评的旗子一定不能丢。”

对老作家要求团结一致，带好新的一代，否则就会带坏一代人。弄不好会使矛盾激化，会出大乱子。党要求华侨至少也不能反对社会主义的新中国。至于对中华人民共和国领导下的每个公民、每个青年要求当然更高一些。对党员作家、艺术家、思想理论工作者，首先遵守党的纪律，而现在的很多问题出在我们党内。这是惊心动魄的警钟。

我认为这些要求都是应该的，起码的。一个党员作家首先是个党员。党外的作家，也应首先是个爱国者，拥护接受党的领导，坚持四项基本原则，首先是党的领导。党的领导不能从某个人来看，而应该从党的整体来看。

现在有一种值得注意的倾向，就是讲共产主义少了，讲资本主义、自由化多了。有一部分青年对社会某些现状不满，可以理解，也不足怕。因为他们看到的是“左”倾路线造成的动乱及其恶果，对社会主义产生动摇，不满。对外开放是对的，但也受到资本主义各种东西的侵蚀，一定要引导，不能助长这种思想，否则害了他们。青年中有一些人，越把我们说得什么都不是，他越鼓掌，越欢迎你，得票越多。

犯罪情况之多，甚至向外国人卖淫等等，不要国格也不要族格、人格。“中国姑娘最便宜”，是多么痛心。

这种情况，文学艺术有个教育他们提高情操的任务。如果我们的作品不好，甚至写这些不好的、低级的东西，作家就是丧失自己的职责。现在的任务是振兴中华，创造高度的两个文明。如北京电台播的《外遇幸福》，我认为对现在青年情况不起好作用。

（二）开展文艺批评，促进文学的繁荣和健康发展，不会妨害进步文学的创作自由。不是放弃双百方针，这方针从来都没有真正实行好，应执行好。好的作品，是能禁得起风浪的。《青春之歌》《组织部新来的年轻人》是批不倒的。相反一时叫好的，倒不一定经得起时间考验。

我对批评的主张，应是自由讨论、争鸣，不能一文断案。对《苦恋》也如此。资本主义创作是不自由的，为钱创作。访问过日本的同志能说明。可是有的青年，说抗日抗错了，不如被日本占领中国。虽是个别，幼稚可以原谅，但思想是很不好的。

就全国某种情况说，儿童文学好。我主张作家批评家，多接触中小学、幼师，会了解很多情况。限制低沉、色情的东西是应该的，谈不上自由的问题，是执行职责。

反官僚主义，不正之风、黑暗面，“文革”动乱，我是主张写的。人民对我们最不满的是这些。青年作家成长其中，不让写是不可能的。今天不写，明天还是要写。但要鼓舞人，看见光明前途，有战斗性。党和人民在“四人帮”横行时都在奋斗，如张志新、遇罗克应写。中华民族是个伟大的民族，作为这个民族的儿女，应塑造千万英雄形象。《先驱凯歌》还未写够、写好。有的东西这几年多了，有的现在不好写，如《布衣老帅》。

应创新，应有新的风格，同时也应中国化，借鉴不是模仿。文联、作协应经常研究讨论一些创作问题，加强评论研究工作。

（三）要相信中央，我认为现在的中央是很好的，如果不是小平同志等出来，许多同志出不来，我也是个受益者，许多新的好作品也出不来。小平同志等是从国家的现状和前途向我们提出要求。没有党的领导，中国会更落后，失掉一切。历史上从来都是有爱国、爱民、正义的作家诗人留名千古。在今天，批判落后要分清两类矛盾，这就不会感到创作不自由。鲁迅是奉命文学。

我主张有为有志向的作家，应到工农兵中去，不要满足于城市知识青年的爱好。

当然，要爱护作家，特别是青年作家。列宁跟高尔基的关系是榜样，很严格。作家犯错误是难免的，毛主席都犯，能叫我们不犯？自我检查，提高觉悟，同志式交换意见，我过去跟光年、小川就是这样。曾向市委建议，让作家多了解国内外情况，看文件始终解决不了。中宣部、华北局过去不是这样的。

最后，近年来对某些作品，我不敢说自己的看法，怕得罪人。自己感到已进入暮年，脑子不如过去，下去的也少，像中央要求老党员作家那样，我是失职的。有些作品情调不同意，但不敢讲。对《飞天》，我承认有此情况，不同意写法，更不同意那个情调。

有些作品，也支持过，如《将军，你不能这样做》。但《将军，好好洗一洗》就不好了。叶文福在师大讲话，很狂妄。他的诗评奖时，我与光年尊重了部队同志的意见。

白桦的诗，我认为，好，受表扬，坏，受批评。改变一棍子打死，故投了赞成票。

对北京市中青年作家，包括除我之外的老作家，我是满怀希望的，感到高兴。受委屈的中年作家，我多么高兴看见他们不减当年，而且更成熟了。

努力吧，到群众中去，写出永不褪色的作品。

1981年8月28日

为“胜利者”录像[①]

八月十三日，下午五时左右，在王府井百货大楼的确良柜台前，一对白发苍苍、年将七旬的老人，在买的确良。为了量准用量，售货员把软尺交给老人量腰身。老年人眼花，错用了软尺的尾端。

这时，过来两个二十多岁的衣着整齐的女青年。稍大些的女青年从老人手中夺过软尺：“你使用错了！”就递给另一个稍年轻的。她们从容不迫地量了身长、下摆、胸围、袖长……

两位老人一直等着。年老的女同志轻轻地说：“真不像话！”年老的男同志答道：“是不懂礼貌。”两个女青年听到了，年轻些的那位瞪着老人笑道：“嘻嘻！跟我们讲‘五讲四美’啦？”另一个女青年纵情大笑，撇着嘴巴，用斥责的口气问：“什么叫礼貌？你们量错了！”

① 此文发表在1981年9月1日《北京日报》。

老年人轻声说：“我是量错了，可是尺没有使用完。”女青年笑着嘲弄说：“嘻嘻！尺是你家的吗？”老年人说：“年轻人，不要这样尖酸嘛。”

两个女青年快乐地笑着、量着，好半天，才算量好了。那个稍大的女青年，把尺使劲地摔在柜台上：“给你，尺是你家的！”

两位老人忍气吞声，付款走了。两个女青年睨视着两位老人，扬扬得意地笑着。如果柜台上有面镜子，她们一定会看见自己的芳容，是多么威风、多么英勇、多么意气昂扬、坚强挺拔而毫不怯弱、羞愧……

人，总是会老的，眼也会花的。这个日子，也会迎接这两个“胜利者”。

一想到这儿，似乎有点替她们悲哀。但我猛又看到她们用无比自豪的目光，笑着送走两位白发苍苍的，她们口下的战败者，那个可歌可泣的造型，淹没了是多么可惜！为此，赶快为这两个“胜利者”做了这个录像，借《北京日报》播放在读者面前。

看！她们的仪表，多么“美丽动人”啊！嘻嘻！

1981年8月13日夜

漫忆咿呀学语时[1]

有许多年了，我不断收到一些爱好写诗的朋友的信和诗稿。这些朋友，有青年人，也有一些是中年人。在信中，有的除了要求我看看他的诗稿提点意见或看看能不能向刊物推荐之外，还要我谈谈学习民歌写诗的经验，都想从其中找到怎么就能写好诗的答案。特别是有些写诗写过好多年的朋友，因为总没有或者很少能得到出线——越出省自治区——发表机会，因而陷于长期苦闷。有的说他们也请教过一些名家，也未得到解决的办法。也有的因为诗稿寄出去就石沉大海，对刊物编辑部有意见。这些朋友以为像我这样写过几首诗的一定能够帮助他，告诉他怎样就能写好诗。这完全是个天大的

① 发表在《文艺研究》1982 年第 2 期。发表时作者注："《文艺研究》发表时因安排不下去，做了删改。我看过，但时间只有半天，就要排版，最后一段未阅。准备出刊后恢复原稿。"收入《北京作家谈创作》北京十月文艺出版社，1985 年 6 月版。原稿现存国家图书馆善本部，刊登在该馆出版的《文津流觞》2002 年总第 5 期。

误会。说实话，我虽然写过几首诗，但同样感到越写越写不好。退稿，或因难处理而拖延的事，也是常有，也早已埋怨自己无才硬写诗，越写越苦闷。这样的信多了，没法一一回答。曾答应写一篇文章，题目就叫“苦闷者答苦闷者”。前年夏天文章开了头就没有时间把它写成，欠了账。这次北京市民间文艺研究会几次要我讲一次话，说今年为纪念《在延安文艺座谈会上的讲话》发表四十周年，讲讲我怎样学习民歌，写《漳河水》。我想也好，借这个机会，对曾经许了多年的话，还还愿。但是，谈这样的问题，我是毫无把握的，很可能浪费了大家的宝贵时间。现在我们先立个约：能硬着头皮听下去的就听，听不下去的就走。

从我自己来说，谈《漳河水》，不能仅仅从学习民歌谈起，要讲得广一些才能了解写作的经过。当然，这难免有一些话是大家听腻了的、老生常谈的东西，如深入生活呀，向群众学习呀之类的话。我现在要讲的是三十多年以前的事，可以名之曰：漫忆咿呀学语时。

一、学语和学步

小鸟学飞，在亲鸟的引导下，从窝边开始；小孩学步，在母亲的扶持下，从脚下的土地开始；小孩学语，从母亲的口音学起；学习儿歌，是在乡下老祖们的身边开始。第一支歌，很可能就是：

鸡公仔，尾婆娑，

三岁孩儿学唱歌。

不用爹娘教知我，

自己精乖毋奈何。

稍大了，学唱歌谣，跟着扛举着的木制龙舟或纸扎的大鲤鱼的艺人，敲着锣鼓学《龙舟歌》《鲤鱼歌》，什么“鲤鱼公，鲤鱼婆，公鸡母鸡喊抱窝”之类娱乐小孩儿的歌儿。在庙会神诞放烟火时听对唱的小鹤歌，或平时听妇女们做针线时唱的《南音》《木鱼》。到了少年时期，学唱戏曲粤讴段子。上了四年多小学，读了几首唐诗。听老师说古典诗讲平仄，规矩是一三五不论，二四六分明，我一直没有弄懂，觉得非常神秘。全国解放后，才花了一点时间学习它。现在仍然是半懂半不懂。粤讴也很深奥，是夹着一些广东话的古典诗词。

同任何小孩一样，我爱看人画画，爱学唱歌。从小喜欢中国画，自己也自学过几天水彩画和油画，为人画像，也爱好广东音乐。到了青年时期，很喜欢新体白话诗。对诗歌的体裁形式，我没有固定意见，但从心底里还是更多地喜欢中国风格的。

做过梦，想做个画家、诗人。但当民族危难，抗日救亡的歌声震撼了我，我参加了抗日救亡歌咏活动，要打走日本帝国主义。我走进华北敌后，参加战争。由于我有以上的爱好，领导同志就把我从游击队调去搞剧团工作。这就使我从咿呀学语，趔趄学步，终于走上文学的道路。

从三十年代起，我开始对新文化发生强烈兴趣，主要是两个方面，一是新文化好懂，写的是新思想；二是反映了人民要求，民族解放和劳苦者解放，觉得新文化代表了中国人、劳动者的要求，时代前进的要求。

在华北敌后，从一九三八年下半年，开始了文艺宣传工作。我们所唱的、演的节目，都是从大城市来的歌本和剧本。开始时，确是轰轰烈烈。山区的群众和部队，都没有见过听过有布景、声响效果、比较认真地化装的话剧和富有战斗情绪的歌曲，都感到不寻常。但很快发现，群众之所以惊奇，居多是尝新鲜看热闹。如对话剧，说好是好，但不是唱的；对合唱，说好是好，就是唱得不整齐；对美术感到不大像当地人。特别后来一九四〇年对诗人们举行的一两次诗歌朗诵会，从内容风格到朗诵方式，都在哄哄大笑中表示很新奇但也古怪。在工作中，我们开始察觉我们知识分子味的、洋腔洋调的东西，碰到个群众不接受这么个严峻的问题，遇到个反映生活的内容和语言问题。当时我最不愿意听到的意见是不通俗、洋里洋气这些话，深深感到苦恼。

工作的需要，一九三八年夏，我开始学写剧本，为了使农民、士兵接受，我在学写的第三个剧本《巩固抗日根据地》中，头一次试用当地小调《卖扁食》填写了一首《秋风曲》。歌词是：

秋风凉，叶儿黄，
片片吹落纺车旁，
手摇纺车念俺郎。

好男儿，去当兵，
俺郎参加抗日军，
杀敌报国有名声。

上前线，上前线，
俺郎冲锋在前面，
英勇名声飞家园。

这首插曲，群众接受了，很快传唱起来。

当时，日寇为确保它的“大东亚圣战基地”，加紧了频繁残酷的“扫荡战”；国民党政府也从消极抗战转到积极反共，掀起第一次反共高潮，抗战进入艰苦时期。巩固敌后抗日根据地，是全体军民的重任。我当时常听领导同志要求工作要有民族风格、民族形式、为老百姓喜闻乐见的说法，对我启发很大。许多年后才知道这就是毛泽东同志在《中国共产党在民族革命战争中的地位》一文中所说的。

就在这时候，剧团分散到辽县的许多村庄组织建立农村剧团。这是我们几十个青年，开天辟地头一次真正跟广大农民群众相结合，开展农村的戏剧活动。在与群众一起工作中，我们发现了丰富多彩的民歌小曲。这些作品，都在群众的脑子里、口头边、手指上。有辽州小调、小花戏，襄（垣）武（乡）祁（县）太（谷）秧歌。这些文艺形式都是反映农村人民生活的。上党宫调、中路梆子和武安“落子”几乎全是反映帝王将相、才子佳人等古代故事。我们当时尚未觉悟到这些民间文艺的重要意义，但也残缺不全地记录了一整本，可惜被一个音乐工作者借去，脱离太行山而不还！

有了这些民间文艺启迪之后，我也借用这些形式编写歌舞、活报戏，群众都较喜欢看。

一九四二年春，曾计划用当地的民歌曲调，串成一个反映减租减息斗争的多幕歌剧《柳亭郊》，未脱稿就在敌人“扫荡”中遗失了。和我一起工作的好几个同志，都写过名为“小调联唱”的歌曲。可惜，我写的和其他同志写的东西，都在残酷而频繁的战争中遗失殆尽，留不下片纸只字！说是很早就利用民歌小调，但真正自觉地去学习、去运用，是在毛泽东同志的经典著作《在延安文艺座谈会上的讲话》传到抗日根据地之后，为工农兵服务的文艺方向才确立起来。

一九四三年夏，我第一次在学习民歌的基础上写成了独幕歌剧《比赛》。虽然作曲在运用民歌曲调方面有不足，但总是在往这方面走。同时写的小话剧《糠菜夫妻》，经张万一同志改为秧歌剧，则广为群众接受。

我在抗日战争时期写过好多剧本和很多歌词，现在能留下的只有三个麻纸印的剧本，上面讲的是其中两个。

一九四四年一月到一九四五年四月，我参加了一年多整风学习。不避讳，对外来知识分子和从事文艺工作的同志的态度，使我憋着一肚子气，发誓在战争中不做文化人，改变方向去搞调查研究工作，搞减租减息。土改、民兵和开辟新区的工作，使我更进一步地直接参加了打倒封建土地制度和在新区的黑枪恐怖下接受考验。这是对我的思想改造，为更进一步观察人生，提供了一块极其深刻、宽广而又非常艰苦的天地。在了解人民命运的同时，理解了劳动者的精神世界。他们敢于坦率地告诉我过去见所未见、闻所未闻的社会生活、人与人的关系、农民的思想情操、他们的弱点和强点、喜爱和憎恨。从怯懦到勇敢，从对旧世界的无可奈何到起来推翻旧世界，从现在的要求到将来希望，他们一一坦露在我面前。

一九四七年初，我归队了，重新拿起笔来，要为人民的解放事业写东西。第一首运用民歌体方式写的《圈套》，被较多的读者肯定之后，接着运用民歌体写了歌剧《赤叶河》。这时我正从一个盲人宣传队艺人那里，听取了丰富多彩的民间口头作品，进一步摸到了民歌脉搏的时候，故写作比较顺手。

太行山是我的摇篮，漳河是我的保姆，我是行卧在太行山林壑，渴饮着漳河河水学习写作的。但在文艺道路上，毛泽东同志的《在延安文艺座谈会上的讲话》是我的指针。这篇伟大著作的出现，是革命文学的伟大历史里程碑。它是哺育了参加两个革命战争，推翻旧世界，迎来新中国的整整一代两代作家、艺术家的思想长江。中国的劳动人民，是在毛泽东文艺思想的指引下，洗净了强抹在鼻子、嘴唇上的白粉，以本来的面目，以主角的身份，扬眉吐气登上文艺舞台，把自古以来充塞舞台、书本、画幅的帝王将相、才子佳人，打发到应该坐的座位上去。谁现在企图削弱、抹掉、否定《讲话》的功绩，是办不到的，它是水泼不灭，火烧不燃，刀削不掉，斧劈不去的。

二、我曾目睹的旧中国农村妇女的命运

要谈《漳河水》，首先讲讲我曾目睹的旧中国农村妇女命运。

我的家乡不算华侨占比例很大的乡村，但也有不少华侨。我在少年时期，不断为华侨做过工，见到他们的家庭生活。除了少数是较有钱的人之外，一部分是中等人家，一部分是比较苦的，有的甚至是“卖猪仔”到了外国的。虽然人人都笼统地美称他们为“金山客”，妻子是“金山婆”，儿子是“金山仔”，但有不少是去了很久甚至好几十年，挣了几个钱才回来盖了幢房子，娶了个媳妇，又匆匆出洋去了。留下在家的年轻妻子，过着凄凉寂寞的生活。有的成了弃妇或寡妇，尚不知道。这些最容易招蜂惹蝶的少妇，倘失检点，就被人指脊梁骨骂和笑。在这里，就有我姑姥姥家的情况。贫家少女被卖到远方，先当“妹仔”（婢女）后做二娘三娘（妾）的凄惶人，屡见不鲜。我远房一个姐姐，父死母讨吃，被卖到远方当婢女，大了被卖为妾，受不了大妇的虐待逃了回来。她是一个性情温顺美丽的女子，但脸色如蜡，常常哀愁无笑容。我十分怜悯而同情，希望她从此回来不要走。可是不久，被起码大她二十多岁的丈夫来捉拿回去，从此我再没有见过她了。大革命的失败，中国的问题不但未解决，相反失业的人更多。这时，家乡的旷夫怨女特别多，常发生青年男女不正常的恋爱问题。没有明文的封建世俗的惩罚有时是很严酷的。我见过一个耽误了婚龄的女子，被逐出家门，抬到收棺死人的仵作寮旁，在到处曝晒白骨头的树林子里生私生子。高坡上站

满了人，有骂的，有笑的，有投石块的。在产妇的呻吟中，男人们在寻找欢乐！

在战争环境的敌后根据地，妇女的贡献是很伟大的。纺纱织布，做军鞋，加工军粮，养鸡养猪，等等，都是她们的任务。动员青壮年参军，要她们做出自我牺牲。她们脚又小，在日寇的疯狂进攻时，最易遭受侮辱和杀害的是她们和她们的孩子。她们除了和农民同样遭受到地主阶级的压迫之外，在家庭还要受封建世俗的多一层压迫。挨打受气，是她们的家常便饭。谁都需要她们，没有她们就不成世界。可是为她们说话的人太少太少了。我看见过儿子打媳妇，公公在院子里呐喊助威，说："我看你小子是不是我的儿子！"我常见到妇女被打得鼻肿嘴青而不敢说话，独自跑到村外、坟头、岩根，偷偷哀泣。她们自己也欺负自己，自己小时被母亲缠了脚，但当了母亲，又给自己的女儿缠脚；自己吃透了买卖婚姻之苦，但当了母亲又对女儿实行买卖婚姻；自己受尽婆婆的虐待，可是当了婆婆，又毫不留情地虐待儿媳妇。在这里，我抄一首太行山调名叫《平调》的民歌，让大家读读：

三十年媳妇三十年婆，
水道流水流成河，
三十年炕头轮流坐，
三十年媳妇熬成婆。

就这样，中国农村妇女的痛苦，轮流接递，恶性循环，没完没了。她们自己也不尊重自己，不承认自己也是个人。你进院子一问有没有人时，她在房里回答说："没有人！"男人，小时候是大胖小子，大了是大小伙子，再大了是大丈夫；女儿是从小丫头、小闺女、小姑娘，最高的才是升为小媳妇，要熬到四十才熬到"老娘们"，才挤进"老太太"行列。她们称丈夫是"掌柜的""当家的"，诚惶诚恐，非常尊重。可是男人对别人说自己的妻子，却是"俺家做饭的""洗碗洗衣裳的""孩子他娘"。初叫觉得挺谦逊，细品极为可恶。他们编歌唱道："养儿抱蛋，洗衣做饭。"进一步是："娶来的媳妇买来的马，任我骑来任我打。"再进一步是"臭婆娘""坏女人"，活泼的叫"骚货""烂货""臭货"。中国社会是不孝有三，无后为大。谁都怕断子绝孙，谁都需要有个她，包括铁打金刚铜罗汉。否则，诵经顶礼，后继无人。中国社会对妇女的待遇是用着时靠前，用不着时靠后。

要为农村妇女写个东西，我早有这个念头，但迟迟没有形成有人物和有情节的腹稿本。一九四九年春天，这个早就想在心里的念头，像一股堵在太行山里的山水一样，忽然开了闸门。我列席太行区党委召开的妇女工作会议之后，又沿着清漳河回到过去的驻地看了看。在路上，思索起在会议上各地所反映的妇女问题，也想到战争将很快结束，自己也很快要离开太行山了，因此，决心要写个东西，替在两个战争中，为我们纺线织布做鞋的太行山妇女说几句话。

三、从漳河走进《漳河水》

开头，我只是想写一首分段落又能串联起来的、带有一定情节的、能唱的抒情诗，把太行山妇女的内心痛苦和要求解放的渴望心情，痛痛快快地呐喊一番；把农村中根深蒂固的封建世俗恶习和坏思想，狠狠地批它一通。按中国共产党指出的妇女解放道路——参加劳动，经济自立的道理，告诉她们，这样才能使自己不依附于男子，在家庭、在社会才能有发言权，才能真正和男子一样地当家做主。

但是，当我沉浸在现实生活海洋的时候，脑海里浮现出三个人物，另外还浮现出一个应该批判的和一个应该鞭笞的人物。

三个女主人公都是封建买卖婚姻的受害者。她们虽性格不同、特征不同、所遇不同，但是命运是相同的。我又从太行山中普通的及有书本的女儿花名谱里，选定了荷荷、苓苓、紫金英三个名字作为三个女主人公的名字。我赞扬荷荷的明快勇敢，欣赏苓苓的活泼单纯，对紫金英则是充满同情，为她的痛苦表示悲愤。她们善良、单纯、美丽，她们的思想情绪和希望，同我的思想是完全一致的。在农村，这样的女性，是普通的，使人喜爱的。

我写的《漳河水》，是战争年代的漳河，人物籍贯是太行山，口音是太行山的，但取形取神，就不仅仅是漳河两岸的农村妇女。这三个家住漳河水畔的女子，动用了我从南方农村到北方农村，二十多年所摄的人物底片相当大的库存。动用了我学习民歌的大量储蓄，也动用了漳河两岸的一切山光水色、风云天籁、鸟语虫鸣。凡能帮助我烘托人物、抒发感情，点染风神，表达欢愁的一切漳河色调，我都使用了。《圈套》早两年写，侧重故事；歌剧《赤叶河》就比较注意抒情。这次，我想诗总归是诗，所以决定进一步打破自己的常规，不侧重曲折的情节而侧重她们的内心生活，不侧重故事而侧重抒发感情。

人物确立，有了素描轮廓，我就将全诗划分成往日、解放和长青树三个部分，拟定每部开头都有个部首诗；全诗结束，也要有个终曲。这是从《乐府》、古典诗中，从声乐曲和器乐曲中得到的启示。

我从来赞成并且坚持实践“诗贵精练”这个原则。同时，也考虑到时代的不同。现代的生活，比古代复杂多了，应该长的也不要怕长，但总的来说，四行的诗，要讲精练，一千行诗更要讲精练。诗不能随心所欲地、漫无边际地抒情下去，必要的排比是很需要的，但不要一直排比下去，诗要概括，广而深，在复杂中求单纯。作者在写一个人物的思想情绪，斗争活动最好由笔下的人物去思想，去说去做。不能没有作者离开人物说的话，但不要说得过多。理性的语言需要，但我警惕自己不要当牧师、传教士，最好是由人物的行动去说明。还有一个最根本的要求， 是群众能听懂。我本着自己这些要求进行写作。

部首诗，我是把它当音乐的序曲，写作一开始就安排要的，但不是现在的样子，这将在下面再谈。

三个对人生充满希望的姑娘的出场，我用了十二句话，就立刻揭开“断线风筝女儿命”的农村少女命运。最根本的问题是“爹娘盘算的是银和金，闺女盘算的是人和心”。如果是写戏，三个少女出嫁后，要写点在婆家的受气生活，诗的便利之处就是可以省略，直接揭示情感。毛毛小女的幻想破灭了，在什么地方倾诉好呢？需要一个能烘托主人公悲惨遭遇的环境、场所和气氛。那就是桃花坞。在这个有月儿、流水、桃花、柳树、草儿、石鸡的漳河边上，按每个人物的嫁后生活，配备的景物、声响，都是有意识的。荷荷是月儿云遮后，盼望光明自由；苓苓是石鸡夜半哭，诉不尽心中的怨恨不平；紫金英则不同，她要说话，河边的青草都打颤了。腮泪盈盈而不说话的情景，我是看见过的。三个主人公诉说完了，我替她们说了十四句话。我认为抒情已够了，再多就不必要了。

当时，中国农村妇女的解放，只有在中国共产党领导下的解放区里，才有可能。光有党的领导，民主政府的法令，还是不行的。首先是要妇女自己站起来，自己解放自己，不然的话，妇女是“商品”这把自人类进入阶级社会以后的牢固的封建枷锁是打碎不了的。在两个革命战争进入最后时期的解放区，这种世俗，仍然紧紧地钉在妇女身上。这种愚昧的、落后的、世俗的思想，不是仍然出土、复活在解放已经三十多年的为数不少的今天城乡青年一代身上吗？结婚要聘礼、讲排场，不以为愚蠢落后，反而认为是风光体面的丑现象不是像幽灵一样，徘徊在今天的中国土地上吗？这与荷荷思想、性格相同的女子，倒退了多少年？荷荷她们，在三十多年前的解放区土地上，首先站立出来，冲坍封建的大古牢。荷荷，是当时农村基层各项工作的积极分子、带头人的类型人物。这种类型的女子，都比较容易接受新鲜事物、思想开朗，因此，我较充分地把有这种勇气、美德的思想，集中在荷荷身上。其实，要求自由解放的思想，早就在抗日前的民歌中呐喊着：“住一天娘家上一天天，回一天婆家坐一天监。”太行山革命根据地的中期，青年们一反顽规陋俗，喊出：“种谷要种稀留稠，娶老婆要娶剪发头，种地要种金皇后（玉茭品种名），嫁汉要嫁个政治够。”荷荷这只“不坐花轿不骑马，不拜天地手拉拉”，敢于冲出旧世界阴云的带头雁，把一些“顽固头脑”们，冲得目瞪口呆。要有像荷荷这样的女子，才能使苓苓治服了“二老怪”，才能领着紫金英走上新天地。我是以这样的看法来写这个女主人公的。

“苓苓”这一章，我在欣赏苓苓的同时，主要是用来批判大男人主义。我曾见过不少“二老怪”，他们离不开老婆，又打骂老婆。中国社会有不少这样的最佳丑角，这些丑角们既不是坏人，更不是敌人，可是，他们都是“母猪不敬神，女人不是人”，“娶来的媳妇买来的马，任我骑来任我打”丑恶顺口溜的“天才” 创造者、推行者、夫权主义者、家庭专制独裁者。他们是应该受到批判的。

我在诗里，对媒婆张老嫂，也进行了一定的鞭笞。可惜，心软了些，着力不够重！

在第二部的“紫金英”一章里，同河边诉苦的“桃花坞”不一样。我把环境安排在室内：窗外的风声、炕桌上的孤灯，系着水裙、啃着指甲、抱着婴孩儿，用这样的一个场景来写紫金英孤独寂寞的神态和渴望自由和有语难明的复杂矛盾思想。大家知道在中国的戏剧、民歌、唱本中，《小寡妇上坟》这个永久性的节目，并不是每出每折都是寄以深切同情的。凡是年轻女子加上一个“小”字，像在一首民歌里说的“慢慢品尝才知好赖”（“坏”字解）。“小寡妇”“小孤孀”“小尼姑”，这一串渗透泪水，带着悲凉色彩的不幸者，历来就是男人们寻开心的对象。有一些男人斜睨着下作的眼色，戏弄她们的痛苦：“瞧，这小寡妇！”尤有甚者是那些用长衫裹着卑鄙灵魂、道貌岸然的道学家，他们抹着八字胡子，问道：“这小孤孀还算怎么吧？”这些东西，就像苍蝇一样，趴在没有气力来赶走它们的柔弱者伤口上，尽情地吸吮着血！其中在三十六句诗里，我让紫金英来倒尽一个年轻守寡女子内心的痛苦：从“看尽花开看花落，熬月到五更炕头坐，风寒棉被薄”“寄生草根缠树身”“日月糊涂过”的凄凉诉说，到从心底里发出的呼喊：“扪心自问我犯啥错？难道寡妇就不该活？”在阶级社会里，有钱人可以到处寻花问柳，寻欢作乐；权贵者，可以有大小老婆，三四夫人，七八姨娘，都是合法的。寡妇有点不是，难道真的就不该活！当我写到“咽了吧，莫嫌苦，记住你娘是寡妇”时，停笔泪下，窗外怒风呼啸，旧中国，太不公平了！

善良的紫金英，同她的相好诀别时，我觉得已经用了“送出门，送出院，梨树花开月明天”的景色，就没有什么话可再说了。

《漳河水》写出之后，有人对我说：这诗，好像女人可以不需要男人。我回答说互相都需要，像民歌中早就说的“绣一对鸳鸯在河里漂，相依依，相靠靠，相依到头靠到老”。如果互相都不需要，那就天下尽和尚，人间净尼姑。《妇女自由歌》出来之后，也听到相同的反应。我认为，虽然“母权制被推翻，乃是女性的具有世界历史意义的失败”，但是女性被当作“商品”，更不能表现是男性的胜利，还是出现的是你恩我爱、自由平等的新型家庭好。

四、民歌形式与内容的结合问题

《漳河水》虽然采用了太行山的民歌形式，但它不完全是靠现成的民歌调配成的，它首先是靠现实生活内容和人民群众的语言。太行山丰富多彩的民歌，就像色彩与光泽都适合的一方石块，正好利用这个自然条件而雕成一件物品一样。我是南方人，初到北方时，普通话说得很糟。听懂偏远山区的语言，并且使之用于写作，是花了很大的气力去学习和累积的。《漳河水》诗中的语言，直接从民歌抄录是很少的，绝大多数是从群众活的语言中取得后，加工为诗的。我只是利用了当地民歌的情调色彩，借太行山的山光水色，用来反映太行山妇女群众的悲愁欢乐，这是造化给我的便利，因为我在那里生活了十二年，诗就在百姓家中写成，真是造化——福气。

在前面已经说过，我很早就试用过小曲填词。但是，在抗日战争时期，试写过一些东西都被认为不是新诗，从来没有得到发表的机会。那时候写的差不多都是歌词，我有意识地自觉地大胆使用民歌形式，是始于头一首叙事诗《圈套》。这首长诗被肯定，当然是《在延安文艺座谈会上的讲话》为我开辟了道路，同时也应感谢太行文联的领导人高沐鸿、冈夫等同志和《太行文艺》编辑部的大力支持，使我树立起写诗的信心。

《漳河水》的民歌曲调，在创作《赤叶河》时，已大量使用了。这部歌剧的最初演出，音乐几乎全是改编过的太行山民歌曲调。太行山的民歌曲牌、词曲结构，同山西其他地区的民歌山曲，绝大多数曲名都相同，曲词有的基本相同，或大同小异，也有完全不相同的。这些民歌字数，有三三七言、七七言两句式，有五言和七言四句式，也有字数参差的长短句或杂言诗式，但更多的是七言两句式的。我写《漳河水》时，选择了几种最适合表达主题思想、人物感情的民歌结构，基本是三七言式、七七言式、七七五言式和七言四句式。这些结构形式多是两句一韵，四句一韵，韵母要求比较自由宽广，近似则可，很利于变化。七七言两句式的曲牌非常之多，如《平调》《太平调》《开花》《对花》《摇三摆》等等，是最常见的。如下面的两个曲牌，都是两句式。

《平调》

桃花红来杏花白，
爬山过岭看你来。

《开花》

井里头打水称上几称，
凤仙花交根人交心。
拿上刀刀割韭菜，
慢慢品品尝好坏。

我也大量地使用了许多七言四句式的结构形式，如：

《太平年》

一道道河来一道湾，
妹妹在河湾把我喊。
有心过去谈一谈，
又怕别人偷瞅看。

再如：

《苇嘴嘴开花》

高粱开花红顶顶，
我是哥哥的要命人，
我的心来他的肺，
谁离开谁都活不成。

我在三个女主人公诉说痛苦时，用了七七五言三句式，如《割青菜》《拔葱》：

三月里来是清明，
姑嫂二人去踏青，
捎带放风筝。

见过一首有点像京剧《拾玉镯》的，叫《掐蒜薹》：

来在园里边掐蒜薹，
隔墙撂进个戒指来，
叫人好奇怪。

《漳河水》的第一稿，我依稀记得都附有曲牌名，但这个本子已无法找到了。现在的本子是发表后修改过的。修改过程中，感到过于烦琐，就按思想情节分章分段，进行合并，这样成了纯文学的东西，保留曲牌已无必要，故全部删去。

“漳河水，九十九道湾”这句主调，是我从许多民歌里得来的。如“天下黄河九十九道湾”“汾河九十九道湾”“漳河九十九道湾”“盘陀道道九十九道湾”。我从这许多“九十九道湾”里，用文学术语说，使我获得灵感，于是就用了“漳河水，九十九道湾”作为领头主句。然而，虽然有这句领头句子，但最初的“漳河小曲”，我总是感到不满意，无法记得改过多少次，无法记得苦闷了多少天。最后是从春天的清晨看到一个画面而写成现在这个样子。这个画面一出现，一下子“九十九道湾”，起了主旋律作用，贯串全诗，回荡始终。

中国民歌，产生于人民的生产活动、人民的生活，源远流长。很多古代诗人，都从民歌中吸取养分。我是喜欢民歌和古典诗的，一听一读都感到亲切，就像人都喜欢吃家乡风味一样，自己爱吃，即使朋友不大爱吃，也极力向他宣传，劝他吃。

比兴，从来是中国诗歌的特点。这种特点，现在还在劳动人民群众生活中，不断在使用，在创造。如比喻劳动创造世界的“万物土中生，死地活人耕”，“刀在石上磨，人在干中学”。比如非常丰富的农谚，既贴切又生动，又便于记忆。农民群众常把大量的生动语言，使用到民歌中去。

民歌的比兴手法，特别明显。很多是以起兴或比喻作第一句，第二句才是要讲的是什么。许多民歌，头一句和后句不一定必须相联系，就是说要讲这事，先讲那事，如："二套牛车慢慢游，真魂魂跟在你后头"，"二饼饼牛车抹麻油，真魂魂跟在你左右"。这个两件事情一线牵的句法就是兴。如："满天星星一颗明，十三省挑中你一人"，"一对鸳鸯一对鹅，一对毛眼眼瞭哥哥"，这是比喻。

民歌还常用双关语，如"火车车拉笛笛铁轨轨响，前半晌响（想）了后半晌响（想）"。一般民歌每首都比较短，上下两句式的更便于使用比兴。也有些较长或段落比较多的民歌，是起兴之后，就直接进入叙事，但都保留着这种纯朴生动，充满生活气息，泥土芳馨。民歌的山风野气，天真纯朴，情真意热，很少装模作样地虚假拼凑。如"送郎送到大门东，可恨老天爷刮起风，刮它几年雨又下，留下咱二人过几冬"；"把着你胳膊拉住你手，不说下个日子我不叫你走！扯烂你的袖口我给你缝，这一缝，叫你口外走不成！"

时代在前进，民歌也随着在前进。如上面提到的"火车车拉笛笛"和"山雀雀飞在电线杆，打电话容易见面难"等等，就不是古代的事。在革命战争中，民歌发挥了她的战斗作用。用民歌体写农村生活，山野风光，是比较顺利的。我在太行山时期写《漳河水》和其他一些东西，就是利用了这个条件。同时，我也从古典诗词中吸取了不少营养成分，接受了它简练典雅的句法，如"梨树花开月明天"，我认为表达紫金英的思想和情景能完全一致。我认为民歌也不是什么都是好的，应该承认民歌中确有不少不健康的东西，有糟粕，谈儿女情长的东西多，昂扬向上的东西少，民歌体也不是写什么都合适的。从我的实践，写现代工业、写政治诗，我不得不另辟蹊径，探索古典诗与民歌结合，往新诗民族化的方向做些尝试。适应于反映现代生活，新诗仍然是主要的。

五、诗与生活，稿纸与磨石

诗不能离开时代，不能离开人民。写诗的时候，不是自己在伸手问天，而应看见人民如何生活，想什么问题，想说什么话。我不管写什么诗，不管写得怎么样，总先看到人民。我在写作时，要能见到被写的人，听到他们的声音语气，动作神情，悲欢喜怒。看见山林天云，也听见泉鸣风响，浪啸涛声。写《漳河水》的时候，年纪还不算太大，记忆又好，故写得比较得心应手。这当然和我长期在太行山的生活，同以往的经历，是不能分开的。我现在就感到比写这篇文字似乎好写些。写这篇文字，主持者和今天的编者，都要我多举实例，这样我就不得不大动干戈地多方写信，求助于许多老战友，最后只有高介云同志借来一份类似的有关资料，真是别梦依稀寻故道。其实我在写《漳河水》时，根本没有完整的资料，什么都在脑子里，忘了问问老百姓和别的同志，二十来天，我就写出第一稿，并在当地发表了。当然，修改定稿倒是花了很长时间，那时全国胜利，下了山，从五月到十二月，可以说是行踪无定，稿子带在身边，修改过多少次记不住，差不多磨了将近一年，但我感到并未离开太行山。

文学创作，是个很复杂的课题。没有较深的社会生活体会与观察，不能进行。有了较深的社会生活体会和观察，也不一定就能写成写好，但是没有较深的社会生活体会与观察，我看是很难写好的。只有写诗的个人强烈要求，没有对祖国山河大地、人民群众的真诚的爱，即使文字很好，也是没有重量的。

写自己周围的人们的生活，可能比较容易写好，但不要满足。做一个革命作家，多接触、体验更广阔的工人农民士兵的生活，了解他们，在挥笔替他们说话时，就更有根据了。为要这样做，我常常放下很想写的东西，到新的生活天地里去。看书本资料，请别人讲，都是必须的，但我常常不大满足，事情虽小，我总得亲去看一看，做做实地调查，写作时就有人有物有景色了。虽然如此，写诗时，仍然感到体会不深，未走到点，总写不好。

农民常说果树有大年小年，人有青年中年老年。体育运动员的新老界线划得更快。竞技状态好的时刻，多在青年壮年。人生能有几回搏？容国团这句话讲得真好。

我的经验，写诗要把墨池当火炉，在这个火炉里，首先要炼意，再要炼字，还要炼句。炼意极其重要，不管长诗短句都要不断地炼。画家写生，可以写棵松，也可写山写水，但他不是随便排开速写本就写的。他首先要看这棵松树，这派风光，能不能挑起他的画意，寄托他的情怀。画家东选个地方，西选个地方，就在挑选能充分表达意境情怀的角度。所以写诗要不怕炼。

我的经验，写诗要把稿纸当磨石，要把泥灰尘锈都磨去，要自己能见到棱角，上光，别人看到看不到可不管。

我的经验，用绣的方法绣诗，不如用锤的方法锤诗。千万不要把未全尽气力的东西去麻烦别人，人家随便说好，你却茫然；说坏，容易动摇信心。一定要把已经尽了极大气力的东西，请别人看，这样容易知道差距。要有自信，又不要过分自信，也不要人怎样说我就怎样改。改一个作品，一定要经过反复的深思熟虑，不能一听就动手。我写的东西不多，但走过不少冤枉路，吃过苦头。作品不可能叫人人满意。出生三十多年的《圈套》已被宣判过两次“死刑”，头一次是在老区土改中期，第二次是在“四人帮”倒台之后，故1977年再版的《漳河水》，同时把第二次处死的《圈套》掩埋了。

我的经验，不要吝啬气力，不要怕退稿，更不要怕“石沉大海”。我现在仍不断处在这种景况之中，也很苦闷，常偷叹无才强做诗！但是，创作的道路，每个人都有个终点。我每年都从电视看北京春节的马拉松赛。优胜者我真钦佩，但引起我最敬佩的是落了后而能跑到终点的人。我决心跑到终点。也想请近年常写信给我的朋友，都跑到终点，不要畏惧有人笑。

毛泽东同志《在延安文艺座谈会上的讲话》，产生于中华民族与敌人拼搏战火纷飞的战场上，产生于中国文艺处在迷惘寻路的时刻。《讲话》的发表，使中国的文艺面目为之一新，人人精神向上，大地空气清鲜。今天出现的一些怪现象，只不过是风浪再度掀起，四十年前已被扫掉埋在水底的沉渣残滓、枯枝败叶，重泛出水面，它仅能散发一阵霉烂的臭味，还得沉埋下去，这是一定的。

《在延安文艺座谈会上的讲话》，为民族的生存，为人民的解放，曾像紫外光、红外光那样，清除了那些腐蚀人们的机体、使人精神颓废、麻木不仁、醉生梦死而不管民族存亡的病毒。今天，为了民族的繁荣昌盛，为子孙的健康成长，他还要清除那些乘机泛上水面的侵蚀人们身心，使人空有躯壳而无灵魂，能奇歌怪舞，却长睡不醒的同样病毒。人人都盼望我们的物质文明、能建设得更好，更强大，能更快地走进世界先进民族之林，就更需要我们的精神文明能建设得更高尚、更纯洁，能更迅速地登上世界最崇高的道德之峰。中国的诗人和艺术家，肩负着这个光荣的使命。我愿与写诗的朋友们并肩攀登。

1982年1月10日为北京作协诗歌组、民研组的专题座谈会讲话

1982年2月中旬整理

我的故乡[①]

前言

近来，我常常想到要把六十年前的事告诉现在的孩子们。在六十八年的生活中，我感到一个人最重要的应该是立志做一个正直的人，努力做一些对人民有益的事。现在的有些青年，把生活道路中遇到的挫折一股脑儿地归罪于客观环境。一个人的成长，能受到良好的教育，有一个良好的环境，当然很好；就像花草树木，能得到肥沃的土壤，适宜的气候，及时的雨露滋润，就会成长得快一点。可是人不是草木，条件不能决定人的一切。青年们应该从知道要获得知识，认识人生开始，就做出选择：是不是打算做一个真正正直的人，是不是打算为人民做一点有益的事？愿不愿意在社会上当一条

① 此为作者口述，阮援朝记录的稿子。

蠹虫？人生的道路虽然要受外界条件的限制，但在很大程度上决定于自己。人的天赋、兴趣虽然有差别，一生能不能做出大的成绩来，也需要有一点天才。可是做一个正直有用的人，却不需要天才。主要看自己想不想做，如果想做，能不能坚持到底；坚持到最后是很不容易的。我自己童年的历史可以证明我上面的话。对新中国建立以后才开始生活和学习的孩子们来说，了解一些老年人过去的生活道路，会有助于小朋友们的思考和判断。尤其是对十年内乱期间成长起来的孩子们来说，这种思考和判断更有必要。为此，我想把在故乡的岁月回忆一下。

我的故乡

我一九一四年一月三十日出生在珠江三角洲近海口的一个农村。我的祖父是个渔夫，有三个儿子，我父亲排行第三。两个伯父都在青年时就去世了。父亲从小就帮祖父打鱼、卖鱼。他只读过两年私塾，懂一点珠算，能记账，却不会写信。他的文化水平不高，却很爱看书。在我的记忆里，父亲有一本木版印的《岳飞传》。对这本书，父亲十分珍惜，书中缺页的地方，他都借来别人的书，用歪歪扭扭的字迹抄齐，补足。这本书对他来说十分重要，也是他所有的唯一的一本书。在我家住的新亨街上，这本木版的《岳飞传》也是有点名气的。

我的母亲生过十一个小孩，三个夭折了。开始时，靠父亲打鱼维持生活。后来光打鱼已经不能糊口，父亲就开始租种土地。我们兄弟也都到田地去帮助父兄们薅草。我家的生活十分贫困。

我的童年时代，正是大革命风起云涌的时代。我的家乡广东省是中国民主革命的策源地。而我恰恰有幸生为伟大的革命先行者孙中山先生的同县人。我们的村子在中山县西乡区，距离中山先生的故乡翠亨村只有三十几里路。儿时的生活虽然穷苦，但对于故乡的回忆总是有美好、亲切的一面。我喝珠江水长大，故乡的山川陶冶了我的性情、气质。在故乡我开始知道中国在受帝国主义的欺侮，在故乡开始接触到中华民族古老悠久的文化传统，在故乡，邻家婆婆口中的山歌童谣使我陶醉。在故乡我开始知道了什么是美好，什么是丑恶，由此开始了一生的追求。

故乡的环境是美丽的，水网密布，水陆交通发达。珠江的一条支流，从中山到江门、新会、开平有一道水，能走很大的拖船，这条河从我们的村旁流过。村子坐落在水的东北边的山梁上，村后有郁郁的松林。

由于村边有一座名叫象山的小山丘，大概取象山一角之意，村名就叫象角。象山顶上有个大土堆，向下伸延有狮山，右侧有几丈高的圆土丘，这个环境对我关系很大。从象山到狮山有一道梁，有松林，往东南走是狮山。圆土丘叫龙珠，狮子耍绣球。田野围着山丘，山上有松林竹林，林里许多大榕树，土地肥沃、富庶。过了江顺着龙珠山走即渡口，过去就是沙面（冲积平原），田野上是果树桑园，属乡管，但多数人在那里搭寮，经营果树、竹林、鱼塘、养蚕。水网为带，种得很整齐，说能到达江门，但我没有走到过。远处能看到电线，象角到石岐有小轮船，每天来回两次。担挑小贩常不走陆路，乘船到香山县城去做生意。

租给农民的是稻田，山上有旱田。靠江是水田，产量高，一季能打五六百斤。学校教育比较发达，虽说不上是侨乡，但出外谋生的人多，许多华侨捐钱回来办学。有个公立学堂“作新小学”，是乡办的，学费低，有学田，半年交两块钱。私立学校少说六块钱半年。由于接近海外，接触民主，反封建的多。我母亲已是改组派①。乡里有个小市场租给人投标，是公产，围绕着市场有几个小饭馆、鞋铺、药店、杂货店、米店，摊贩很多。虽不是镇，也不是集，但挺热闹，外洋影响大且早。

家乡人叫孙中山先生为孙大炮，我到澳门做工回来，专程过翠亨去看。那里有个实验农场，朋友艾炎的父亲在农场当总务。中山先生的故居是一座两层的平常小楼，朴素，不比一般华侨家更漂亮。唐绍仪②当过中山模范县的县长，政治民主主义思想接触多、早，文化比较普及。象角村没有出大人物，比侨乡穷，但有慈善事业。有个叫“团益公会”的福利机构，有不要钱看病的一位中医，有时还施舍药；有个新法接生的老姑娘每天等接生。

村里四大姓，阮、彭、陈、林。阮姓大而穷，没有出过举人。彭有好几个，陈也出过举人。我见过一个七八十的举子彭炳纲，中山县到处是他题的字。朦胧记得反帝时，中山有几所中学：一中、二中、女中。十七八岁的学

---

① 改组派：指妇女幼时缠足，后又放足，脚虽有伤，但未完全残废。

② 唐绍仪（1862—1938 年），字少川，广东香山县唐家镇人。自幼到上海读书，1874 年成为第三批留美幼童，赴美留学，后进入哥伦比亚大学学习，1881 年归国。曾任驻朝鲜汉城领事、驻朝鲜总领事、清末南北议和北方代表、民国第一任内阁总理等。与孙中山政见分歧后，政治消沉，1931 年任中山县县长。

生到乡里宣传演讲，如二十一条款，日本占领青岛。大革命时广东是策源地，省港罢工、五卅、沙基惨案都到村里演讲，打倒列强等等。学生们教唱的打倒列强的歌子我现在还能背下。我的一个堂哥哥当过孙中山的卫队。他寄来的家书信封上写着："元帅大本营卫士队缄"，族人们都在传看。

我从小就很喜欢念书，现在自己也搞不清那时多大。二伯父做木匠，死后伯母改嫁，留下了一套家什。我用他的工具把木刻的字刻下来做图章。我很喜欢捏泥人，给妹妹惠霞捏头像，十八九岁就会搞浮雕。我父亲土地少，小孩靠港澳找出路，必须认字会打算盘。每个小孩都读过几年书，老大二年，老四四年，老五五年，我四年半。

我家住的新亨街上的一支阮家，凡是有点钱都搬下去下底塘了。街里没有好房子，多数是渔民、造船木工、油工、鸭工、小贩。宗族观念强，开通得早。阮姓大宗祠很大，前面的广场子孙们在那里打拳。阮姓在乡里的四大姓氏中。杂姓有缪姓，外村迁来的，只有一两户。阮姓祠堂没有什么匾，彭姓祠堂里举人、进士的匾很多，陈姓也有。有人在祠里念书，我见过的书有《风尘三侠》《三星福禄寿》《神仙传说》等。小时候，我常走去每个祠堂看壁画，有名家罗渊泉父子画工的画。中山的民间画工分成两个支流，泥瓦工画水画；油漆工用漆画。画工写的唐诗"白日依山尽""月落乌啼"，画的花鸟、牡丹、钟馗、达摩渡江、水墨龙虎等，都让我着迷。

有位李姓画工和后起之秀高寿山，能用西方画法画中国画，名噪一时。色彩迎合群众的欣赏，题款行草篆隶都行。有个刘姓画工，学李（李是国画家）完全是临摹。这些画工对我影响很大。

知识分子彭姓多，阮姓有几个大学生，一毕业就在祠堂贴出“贵村少爷阮某某，来要报喜钱”。几个姓的纠纷不太大，争吵有，没有械斗，比较团结。姓缪的老太太住在西边，家里是搞船运的小康人家，特别能讲故事。我常跑到她那里听。说太平天国造反，从南京退回广东，在狮山登陆，有很多大炮，学堂里都有炮弹。说孩子们玩的乱葬角有红头贼，一进村就碰到彭姓，在龙珠山打死很多，有鬼，吓得小孩晚上不敢去。村里原来有闸门、大炮，炮身上有太平天国铸的字样。村里民团镇压老百姓不多，对沙面的疍民厉害，说他们穷而为寇。

缪老太讲狼外婆来看三个姑娘，大女儿听见外婆要吃东西，吃炒米，一摸两个妹妹都没有了，摸到狼尾巴。女孩急中生智，说要出去拉屎。狼不让点灯，说自己长了钩针眼。女孩拿一块包袱皮，蒙在井口，自己躲在一旁。狼想吃大姑娘，看见那个地方白白的，一开门就扑上去，掉进井里。女孩用竹竿“捅死老妖婆”。

金色海螺，马猴祖先，牛仔王的故事都是听缪老太讲的。

村里会游泳的人多，一般不阻止小孩学游泳。船民小孩都背着水松根做的葫芦，掉进水里也不会淹死。

村里有几个大庙，作新小学校址的公产叫洪王大帝庙。大概是怕珠江泛滥，在庙里供龙王。狮山下竹林和山上松林，有观音庙，十分幽静，常有远游和尚。庙里都有住持，用劈竹来确立住持。象角还有关帝庙、河边有龙王庙。每年有庙会，会上演戏、放焰火。四月初八是浴佛节，耍龙，耍狮子。圣狮乡的街上、陂下耍金龙，阮氏的新亨街、下底塘耍银龙。渡口上汽船的地方有埠头狮子，最好看。市场那里和下底塘边各有两只狮子。四月初一开始就扎龙，好几十个人舞龙，龙狮都是公产。

我还舞过两次，花几角钱租了红腰带。陂下还有个凤，尾巴是孔雀毛，狮子眼会开合。十几二十里外的人都来看。听大人说，吊屈原时在石岐赛龙舟，充满尚武向前的精神，前鼓后锣，按鼓声一齐用力。龙舟赛后用桐油涂满，在河边用泥盖住。五月弄出来，在江面上竞赛，摆台对歌，我小时已不多见了。

灶君爷上天前父亲出去躲债。到了三十再来追债的很少，同乡没有这样的，吃晚饭时就没事了。守岁，零点放鞭炮，头一顿吃斋。蒸年糕，好几斗米，蒸一天一夜。用竹叶、芭蕉叶包好，甜的，整个年间有吃的了。下午可吃荤，初二开牙祭，十五也是，工人要吃好的，一早到市场买两条活鲤鱼，拜祭门神后放生，我家就都吃了。初六是人日，吃盖菜。

清明扫祖坟，始祖葬在东山，全姓都可以去，有饭吃，不到五更就走。祭奠后回来分烧整猪。男孩子有，我家男孩子多分得多，可以美美吃一顿，还能吃到甘蔗。家里上坟也买甘蔗。

端午包粽子，李、桃、杏都分，早荔枝都下来了。端午吃果子，不管家里多穷，也要买果子给孩子吃。李深红为柰，青黄为李。

七月七是妇女的节日，在门口拜。说织女会掉下粉，拿着蜡烛灯去找粉，女孩子特别起劲儿。天河那一天特别亮，说打的水是天河水，妇女都一清早就去打井水。用大酒罐，河溪水封入，放一年都不坏。冬瓜下来了，把冬瓜劈开装在这罐里。第二年冬瓜都化了，水很清凉，能解暑。

盂兰节是鬼节，到河边烧纸。盂兰盆会，我小时已不流行。七月还包粽子，用专门的一种带状植物。叶上有芽，四指宽，用筛子磨掉芽，泡软，包米做粽子。馅料有红豆、鸭蛋、咸肉、苏木（状如竹笋）。粽子用草绳捆好，放在锅里排满，点火焖。东乡挑来买的布刀，粽子不用刀切，用绳子绞开。凉粉，白的，黑的，是用水中的藻类做的。

八月十五杀挞子。芋头成熟了，大芋头不容易买到黏的，垒起拜月亮。田螺正肥，用紫苏菜炒来吃。还有柚子、月饼。穷得没办法的就拜不起月了，只有请邻居给一点。

九月九是补清明的先人祭。

1982年

我为什么作起画来[①]

六十年代，有时以画画代替工间操。十年内乱，被迫中断了。近年，几次重访革命老根据地，常中途停步，见景作画，生情作诗，似觉这是一个具有治病作用的方法。可惜不能多创造条件，坚持下去。但仍然觉得不失是一个可供考虑的偏方。故不避笔拙墨丑，向想身体健康的同志，提供参考。

以下是画的顺序：

一、七亘故战场（山西平定）

二、茅津渡（山西平陆）

三、吕梁山周柏（山西交城）

四、壶口（山西吉县）

五、王屋山道（山西垣曲阳城）

---

① 这是为北京市文联举办的画展所写。

六、洪河书怀（河南平舆）

七、始信、仙女峰松群（皖南黄山）

八、黄山西海（皖南黄山）

在北京市人大常委会审议《北京城市建设总体规划方案（草案）》的发言

这个方案（草案）很好。从城市性质、规模、环境、旧城改造、住宅、交通、能源、抗震，近期建设的实施共十七项都贯穿着全国政治中心这个最根本的主题。

建国以来，首都的建设，做过不少规划，成绩很大，虽然比解放前多了四倍，但为什么仍然没有建设好呢？我认为主要是首都的性质没有确定好，只想从一个消费城市变为工业城市，贪多求大，各自为政，希望建成政治、经济、科学、文化，面面俱全的城市，建了一些不应该建在北京的重工业。这些工业虽然取得很好的成绩，加上五八年的万马奔腾，又出现许多有害于首都的大大小小工业。十年动乱，无政府主义泛滥，连指挥总体规划的部门都不要了，加重乱、杂、碎、脏的情况。

首都是个多大规模的城市，始终是和人口一样，没有明确的打算。有，也是无法控制的，而建设上骨头与肉的严重失调，人民生活、居住，各种设施，都欠账太大太多，使得怨气很大。

这个规划，总结了三十三年的情况，做出了一个科学的总体规划。我认为是个好规划，宏伟的，从实际出发，又是有远见的。

草案和周永源同志[①]的说明，像给我上了一堂课一样，了解了北京的地理、历史、资源，也明确了城市的性质、问题、困难和解决办法。使人看见前途，有近景，有远景，充满信心。

中国是文明古国，北京是文化古都，应该以最现代化的装备，装备起来，走上世界文明民族之林。要有理想，不能老是瓜菜代。

草案，是一卷壮丽的长卷，是我们这一代人的责任，使人高兴。

当然，要实现它，难度大，坡度陡，登上这个高度，会遇到许多困难，要很多投资，要统一许多思想及不同的要求，矛盾重重。

我曾想过的问题，草案都回答了，但仍想提出几点看法：

一、最严重的问题是人口。如果不控制住，规划不可能实现，即使实现也还是问题成山。

到大兴视察，看到的情况，使人担忧。要建十五万到二十万人口的卫星城，原居民九千，现六万。据说迁去的工厂，只三千人（不可靠），许多未迁去。但这六万是从外地迁回北京的工程单位。这怎能减轻市区压力？

卫星城镇，不能作进北京的跳板，如是这样，则不如不建。

---

① 周永源是北京城市规划委员会副主任、城市规划管理局局长，受北京市政府委托，向市人大常委会作草案的说明。

劲松五万，团结湖二万，据说去年人口增加二十万，今年已增十五万，需多少个小区？

因此，人口问题，要卡紧。中央、军队，北京要一杆笔管，不能多一杆，过去是二十多杆。必须严格依法。

二、要疏散迁出市区八十万人口，首先是迁到哪里去？肯不肯去的问题。

如果指望卫星城镇，就得快搞，真正投资，否则当地就会依靠想留在那里的单位，很难搞成有吸引力的小城镇。看了大兴，吸引力不大，它是从一九五八年就搞的。一定要各方面都不比市区差，富有吸引力，使人愿意去。

要明确卫星城镇是从市区迁去的，别的不能。

迁些好的中小学去，或分校、幼教，使居住者安居乐业。

大兴，有好的环境，有太阳能，空气好。

卫星城镇，应各具特点，工业的、商业的、文化科学的。

工厂，可以去，我认为机关要带头，事业单位不带这个头，难。文化科研如制片厂、艺术学校，在城市干什么？如音乐学院、美术学院、事业单位、文化科研，也应去。如科学研究，文化出版、编辑部，不一锅端的办法，八十万很难，反之是越大。

创造这个条件，今后凡新建立的，可到那里，不准在城区。

建一些公寓，吸引一些脑力劳动者去住。

当前，按方案清理该迁出北京的户口有许多漏洞。父母走，子女不走，死了世袭。迁来，连子女都来，以后只带一个，成年的不能进来。首先负责干部要起模范。解决世袭房屋，清理无户口人员，要立住房法（包括使用应守的条件）。

三、城区，特别是旧城改建，扰民污染的工厂、单位，要迁移或关停并。如西城搪瓷厂、食品（糖）也不卫生。

安排建设艺术中心。这是现代城市都要有的。

广用雕塑人才，美化、教育人民。要建立一个研究的组织，广召各方面人才，艺术中心不完全是美术雕塑问题。

作为伟大国家的首都，卫星城镇也要有这样各种小型的、各具特点的场所。北京很有此条件，有文化古迹、风景区，有历史时期的有功人物，如周、刘、朱等。

当前，要注意对绿化、环卫的松劲。草地、立交桥、农贸、就业铺棚，违章建筑，乱放器材，如建国门、日坛、国际俱乐部墙外哨兵吐痰。

文化古迹的破坏严重，游览点的不文明。

四、关于十七项。

有宏图，实施很不易，要有权威机构和人。底下议论、赞称，现说最好有中央领导为首，否则不易统起来。中国有特性，法不贯彻，立也不顶事。如在王府井的九千大楼。

北京光荣，但诸事有时很难办，婆婆多，权威多，人民埋怨多。

方案批准就成为大法，不能徇私情，听说一句“缺乏感情”就吓住了。在闹市区，为什么?

要立各种法，不能世袭，使用房屋法，包括不能乱增有损市容的东西。

一些事，不能一市解决，要中央、各省，特别是华北各省配合，如迁厂，电源。

要广为宣传，号召为首都我有什么责任？光伸手、埋怨不行。过去有人说要是我当市长会如何解决什么，现在也可以用这来问：一个现代化首都，假如你当市长，你怎么样？

建议通过！

1982年7月19日

抚今追昔[①]

这几天，重读了毛泽东同志一九四二年发表的《在延安文艺座谈会上的讲话》，抚今追昔，感怀甚多。

我没有见过胖子

一九四二年前后，华北敌后抗日根据地，正处在“前门打虎，后门拒狼”的严重时期。根据地遭到日本侵略军残酷频繁的扫荡和国民党猖狂的摩擦进攻，加上水旱蝗虫，八路军、抗日干部每年发两尺布修补服装，每人开荒生产，自己解决三个月粮食。那时候我没有见过胖子。

不能埋怨群众

有不少人以文艺为武器，战斗在贫穷落后的农村。但军队和农民看不懂、听不懂我们创作的作品。我们队伍里有人埋怨群众没有文化。于是，一

---

① 作者注：这是一次学习《在延安文艺座谈会上的讲话》发言稿，可能是在1982年5月写的。

种坚决要维护五四运动的文学为正统，与另一种主张文学要群众化、民族化的人之间，发生了争论。开了两次文化座谈会，谁也说服不了谁。

四二年残酷的五月大扫荡之后，毛泽东同志《在延安文艺座谈会上的讲话》传到敌后根据地，才统一了认识。绝大多数文艺工作者受到鼓舞，投身到火热的斗争中去，走工农兵方向。赵树理同志首先做出榜样，彭德怀同志是第一个肯定他的创作道路的。从“讲话”发表以后，抗日根据地的文学艺术发生了根本的变化，出现了许多为群众所喜闻乐见、充满生活气息、战斗激情、昂扬乐观、民族化的新型文艺作品。这时候，大家都认识了，过去群众对文艺作品不接受，不能埋怨群众。

夜不闭户，路不拾遗

当时的农业生产力，仍是几千年的老古董。没有一个不被敌人反复烧杀过的村庄，人民生活水平十分低，但是群众顶住了。农民、民兵参加开会集训，自带口粮，积极支援前线。在残酷的战争中，我看到的是一个夜不闭户，路不拾遗的新社会。很难听到见到有什么人是盗窃、贪污、凶杀、强奸的罪犯。

经过减租减息，土地改革，生产运动，提高了农民的阶级觉悟。作为团结教育人民，打击消灭敌人的武器，文学艺术“使人民群众更加惊醒起来，感奋起来”，做出了它的贡献。秧歌腰鼓，震撼了全中国，迎来了中华人民共和国。为什么在那样艰难的条件下，人民群众充满革命精神，革命英雄主义，主要是靠共产主义教育了人民。

因此想到今天

“左”倾思想，十年内乱，我们受到损伤惨重。尤其是精神创伤更加严重。但是，在受挫折，遭痛苦之后，十分需要揭露批判的时候，是不是人人都必须要唱哀歌?

要求心情舒畅，思想解放，抒发对生活的向往，是不是必须是颤音?

我认为：用哀歌不能提高士气，用颤音不能使群众感奋起来，软绵绵的歌声，不能鼓舞战士冲锋陷阵，倒会使一部分人的思想更加沉沦。

要像战争年代那样，用与敌人血战到底的决心，去战胜天灾敌祸，最后推倒“三座大山”。今天，也要用这种精神来建设两个文明。没有高度的精神文明，建设不了强大的物质文明。建成了恐怕也是盗贼滋生、物欲横流、尔虞我诈的资本主义社会。那么为共产主义理想而奋斗终生的无数先烈的血，白流了。我作为幸存者，死不瞑目!

不准写爱情是错的，全是爱情更是错的。多角恋爱早在半个世纪以前，就被人们抛弃了。

不准写知识分子是错的，但全是城市知识分子，何来粮棉油?

时代要求最好人人都会讲外语。但是在生活中都讲外语，有悠久历史、丰富多彩文化的中华民族岂不要灭亡了! 世界只有一个月亮，就不能说外国的月亮比中国的圆。

历史在向前，理论也应向前，“讲话”也要向前。但它所指引的根本方向是应该遵循的。不能用资产阶级的美学理论去指导革命文学创作，应该坚定按“讲话”阐明的基本思想去指导我们的创作。

在“讲话”的指引下，诗歌曾开创了一代新风，它使人精神振奋，斗志昂扬，情操高尚，使人爱党、爱祖国、爱人民、爱共产主义理想。

毛泽东同志说过，诗歌仍是以新诗为主。又曾提出古典诗与民歌结合产生新诗，这仅仅是提出了一个探索的理想。现在就这样匆忙包围，从理论上去宣判此说已证明行不通，是否为时过早？其实许多好的新诗中，大量使用古代留下的文言成语和词汇。百花齐放，就是要从中国土壤生长的。诗歌风格应多样化，民族化。

文学要以共产主义思想武装自己[①]

毛泽东同志的《在延安文艺座谈会上的讲话》的基本精神，过去是，今天仍然是中国革命文学艺术的指导方针。这篇著作的一个重要丰碑，就是使创造了人类历史的劳动人民，真正以主人公的英雄姿态登上文学艺术历史舞台。这是以往任何文学艺术作品所不可比拟的。一九四二年五月以后，解放区的广大文艺工作者，在“讲话”的指引下，长期地不断地深入群众，投身于火热的斗争之中，熟悉人民，转变了自己的思想感情，以深刻、生动、刚健、自然的笔墨，写出了真正的工农兵英雄人物。它反映了灾难深重的中国劳苦大众，在中国共产党的领导下，进行了世界历史罕见的艰苦斗争，直到最后推翻“三座大山”的压迫，建立了中华人民共和国。

---

① 为纪念《在延安文艺座谈会上的讲话》发表40周年，北京市文联、作家协会、社科所举行了学术讨论会。此文是作者在会上的发言，发表于1982年5月22日《北京日报》，编辑改题为《是共产主义思想哺育着当代英雄》。

写工人、农民、士兵，在过去的文学艺术作品中，中国作家写过，外国作家也写过，而且不少出现在不朽的著作里。但是，像现在的中国文学艺术中，占着如此重要的地位，我认为应该归功于《在延安文艺座谈会上的讲话》。在“讲话”指引下写的作品，是很难找到永远甘心处于当牛做马地位的中国劳动人民的。但是在历史上，包括在许多不朽的著作中，无所作为的劳动人民形象却是常见的现象。他们不是作品中的主人，而是作品中的主人的奴仆，统治者、压迫者的顺民，宗教的虔诚的牺牲者。

中国人民从来就是勤劳勇敢、酷爱自由的人民。中国各族人民长期在与外国侵旅者、国内压迫者的斗争中，是非常艰难困苦的，遭受过无数失败的。我国人民的解放斗争，是饥饿者与饱食壮汉的斗争，是徒手者与操刀者的拼搏，是手持原始武器与拥有现代武器的敌人在进行殊死血战。但是，伟大的中华民族儿女，能从挫折中越战越无畏，越战越聪明，在危险时刻，仍然是充满胜利的信心。普通的劳动者为什么能有这种大无畏的英雄气概，而终于取得了最后的胜利呢？因为我们的党，用共产主义的思想不断地教育、鼓舞、武装他们！“讲话”指引下写出的中国革命文学艺术作品，真实地反映了无愧于子孙后代，光照千古的工农兵英雄形象。

诚然，在这些作品中，有些还存在许多不足，但是，只要是冷静的、客观的读者和评论家，都不会否定这个否定不了的历史事实。在这些文学艺术家中，许多就是参加翻天覆地斗争的工农兵。十一届三中全会以后崛起的中青年作家的优秀作品，正是继承了这个光荣的传统。

诚然，在这些作品中，有许多回避了男女之间的爱情问题。但是，这是有当时的历史具体情况的，因为战士和群众，都正在“若为自由故，二者皆可抛”的时刻。假如今天因为当时的作品没有写爱情就加以嘲弄，如果是年轻人，出于对当时情况的无知，是可以理解的。但是，如果是参加过这个光荣历史斗争的人，或者是沾过边的人，是绝对不会说这种话的；如果说这种话，起码是人老糊涂了。在炮火连天的火线上，坑道里，战车中，还在谈情说爱，哪怕这些女子确实十分值得同情，而班长、车长不把她们轰出去，倒是咄咄怪事。因为这种所谓缠绵悱恻的描写，浪漫是浪漫了，可是它不真实，这种情况，完全是靠作家的“丰富想象力”编出来的。

诚然，限制作品反映恋爱、反映悲欢离合，是不对的。战争年代有不止一种模式的爱情生活。我现在倒主张作家要勇敢地写写战火下的爱情，来同今天所谓“二十一世纪式的爱情”“现代化的爱情”，比比纯度和光洁度。现在，值得注意的不是可不可写恋爱问题，而是有一种不良创作倾向。这种倾向正在引进西方世界那种乌烟瘴气的性爱泛滥的生活方式，来腐蚀我们的青少年。近几年来，我不止一次被工人农民诘问：现在的小说戏剧、电影电视，为什么有水必飞，逢草必飘，有戏必跳，每片必搂？写城市知识分子的为什么那么多？一位同志告诉我，说有一位老农民问得更出奇，他问：“为什么这会儿写的东西，男女一搂就用嘴啃啊？”一位特级幼儿教师在一次会议上，呼吁作家艺术家要严肃注意这个问题，她说，她问她们班里一个小女孩儿，为什么老追着要舔一个男孩儿时，这个女孩儿回答说：“电影电视就是这样的，跟他好，就要舔舔他。”这些，难道还不值得我们研究吗？

革命文学确实要满足、丰富人民多方面的文化生活的需要，但不要忘记了教育和鼓舞读者、观众向上，提高他们的欣赏水平，陶冶他们的思想情操，引导他们辨别真假、善恶、美丑。在漫长的革命战争中，在“讲话”指引下产生的作品，很难找到精神低下、彷徨无出路的东西。当时的作品，有力地抵御住了帝国主义、封建地主、资产阶级的腐朽没落思想的进攻。这些作品提倡爱祖国、爱人民、爱党、爱劳动，赞扬一不怕苦、二不怕死的革命英雄主义。我们伟大的祖国之能有今天，就是因为共产主义思想、革命英雄主义和高尚的道德情操。我认为，文学作品的共产主义精神，在艰难的反抗帝国主义侵略的战争中需要；在今天，为实现四个现代化，为建设社会主义精神文明，尤其是需要。不管处理什么题材，革命作家都应该注意这个问题。

是共产主义思想哺育了前一代的英雄。是共产主义思想在哺育当代的英雄。文学艺术家离开了共产主义这盏思想明灯，就发现不了推动历史前进的根本动力，写不出当代精英。要获得这个权利，就必须学习马克思主义，“必须到群众中去，必须长期地无条件地全心全意地到工农兵群众中去，到火热的斗争中去”。

1982年5月4日

写给孩子们的话[①]

《金色的海螺及其他》编成之后，想到要给孩子们写一些话。

一九五五年，共青团中央和全国妇联，要求文学工作者给孩子们多写文学读物。这个号召得到诗人、作家的热烈响应。我能写些什么呢？自然而然勾起我对童年的回忆，想起自己曾经是个“童话迷”来。于是就想把小时候在芭蕉林里、大榕树下、木棉树旁听到的童话，选择一些比较有意义的，富有想象力的，充满童心稚气的，加以整理，给孩子们读。我曾经打算写五六个这样的童话。可是没想到写了两首长的童话诗和一个短的童话诗之后，再挤不出时间写了。这三个作品发表之后，自己感到不满意，有一个需要作大修改的，也没有做。二十七年，就这样过去了，每想起这件事，就感到没有完成计划，欠了孩子们的账，心里很不好受。我常责问自己，为什么不抓紧

① 此文是作者的儿童诗集《金色的海螺及其他》（中国少年儿童出版社1982年7月版）的序言。

时间写呢？总是想明天再写，明天再写，结果一个一个的明天，都悄悄地溜走了！现在人老了，精力也不如从前了。这是我要跟孩子们说的，不管是学习还是做事，凡是今天能做完的，就不要留到明天去做。

旧时代的中国，许许多多的儿童，没有上学读书的权利，工人和农民的孩子更没有读书的权利。就算能读了三几年书，识得一两千字，但也没有什么书给孩子们来读。我小时候在乡下，上了四年多小学，可是得到的知识是不很多的，算术只学到加减，乘除也只是沾了个边。自然常识、史地常识，学校爱教就教，不爱教就不教。那时候，有人能给我讲讲天文地理，我就听得入迷，认为讲的人是个很有学问的人。但是很可惜，这样的人没有几个。拿听故事学儿歌来说吧，我最早的老师，是会唱儿歌、讲童话故事的乡下老祖母和会讲章回小说的老农民。今天，我真羡慕你们，因为除了你们的祖母、父母之外，还有老师、辅导员的帮助指点。

小时候在乡下，我不知道有儿童文学。虽然当时的中国，也出了好几位很好的儿童文学家，但是他们给孩子写的书很难见到。农村儿童，想学习点东西，困难极了。可是在中国，农村的孩子特别多，不知道有多少天才，就像得不到雨露阳光的嫩芽那样，枯萎死了。旧中国，不爱孩子，不保护孩子，在智力开发上，是让孩子们自生自灭而不可惜！你们现在多好，在许多知识方面，比现在的我强多了，我就是希望你们这一代比我们那一代强，越强越好。

我在上面说过，因为没有严格做到今天的事今天做完之外，还有当时大规模的工业建设，吸引着我。在这本小说里有两首诗是这个时候写的，还有一首是抗日战争年代写给孩子们唱的，现在从印给大人看的书里，挑拣出来，编在这本书里。

中国实现四个现代化，需要有知识的人才，需要有千千万万精神高尚、人品纯洁、学习努力、不怕困难的人才能建成。需要有无数个梯队来换岗接班，而这些梯队就是你们。祖国的希望寄托在一代一代的孩子们身上。

祖国望着你们!

1982年6月29日

《阮章竞诗选》序[①]

近四五年来，有几位朋友向我建议出一个选集。这对我来说，是困难的。主要是自己写诗不多，可读的更少。经过十年内乱，有的诗和集子，还得去寻找去借。费了不少工夫，两年的时间过去了，我还是迟迟没编成集。但是，每当自己想起学习写作，已经四十多年，许多作品自己是不满意的，发表或出书之后，有的就没有勇气去读，凡是读了的几乎没有不作过修改。可是修改之后，都放进稿件袋里，塞在箱子里或书橱里，日子一久了，更不想去翻出来了。只有这两三年，每想到自己已进入晚年，想到要对读过自己作品的读者，或将来偶尔读到自己作品的读者负责，感到有必要把发表过的诗作，重读一次，在尊重历史情况（当时的政策和自己的认识）下，再整理一次，了却夙愿，求得解脱。从我的具体情况来说，一个参加革命战争的作

① 《阮章竞诗选》人民文学出版社 1985 年 4 月版。

者，他的作品，不受当时的历史条件和认识的约束，是不可能的。经过时间的检验，大体看来，有的作品，尚勉强可读，有的显然已经过时，或存在着错误，有的则属于知识不足，文学修养浅薄带来的。现在整理一下，目的是在读者面前解剖自己：我并不是一个有真才实学的人。这件整理工作，自己还来得及做了，虽然肯定还会做的不好，但自己也总算尽心了。

从文化、从知识的哪一方面来说，我都是个先天不足的人，我十分清楚自己的弱点。一九六〇年病中自己刻了一方闲章，文曰“无才做诗苦，何似种瓜甜”聊作自我解嘲。自学习写作以来，想求得作品及格，获得报刊采用，不付出比别人多几倍、十倍或者几十倍的气力，根本达不到。即使如此，也往往是失败常八九，可读只一二。我出的次品，是大量的，废品比用过的，那就不知多多少倍。我现在依然感到自己，还是个没毕业的小学四年级学生。对文学，我有兴趣无才能。

我生活的时代，是个急剧变动的历史时期。我们的祖国，是从这个灾难深重的时期中，经过各族无数革命先烈前仆后继的英勇斗争，才获得新生的。我学习写作，除了有爱好的癖性之外，更多的是为民族解放斗争和人民解放战争的需要。

抗日战争，是决定我一生的最重要的历史时期。它决定我对祖国、对人民、对爱好、对工作和对人生的根本态度。祖国的独立与被奴役、生存与灭亡，对祖国的爱与个人爱情，顾国还是顾家，等等，无一不处在迅速做出抉择的严峻现实中。面对当时的祖国现实，想做一个诗人，是不能随心所欲的，不打败日本法西斯侵略者，所有的中国人，都逃脱不了当亡国奴的命运，诗人，也一视同仁，不分厚薄！诗歌，除了选择为民族解放战争服务外，没有第二个选择。不反映这个处在战争中的年代，不反映这些在浴血战斗中的人民、战士和劳动者，而只是抒发个人的情怀、个人的哀愁、离合悲欢、爱好、情趣，这样的世外桃源，在当时的敌后，是根本找不到的。太行山上，有座峻极的高峰叫十字岭，住着一两户人家，战争到来的时候，据说他们还不知道已经不是清朝，可是日本人的军事地图上的十字岭，却画得清清楚楚。他们过着与世无争的生活，终于被山下虹霓关的炮声震破了！在抗日根据地里，诗人当然知道是处在战争环境里，而主张表现自我的，不是完全没有这样的人，可是能阅读欣赏他们作品的，恐怕找不到几个人。因为能直接看书的读者面是很小的，朗诵，群众不习惯，能唱的诗，倒是影响较快较广。对这些广大的、世世代代被剥夺了受教育权利的山区群众，你同情也好，埋怨也好；对这些交通闭塞的山区，你喜欢也好，讨厌也好。可是这些人民和地区，都是日本侵略者想杀服又杀服不了，想占领而又占领不了的人民和地区。哪一个诗人都不能不正视：没有这些被日本人屠杀了八年而无法杀怕的人民，没有这些被日本人焚烧了八年而烧不焦的群山，新中国就没有雏形，就没有今天这样的伟大形象，也没有会旋转的歌剧舞台，没有大交响乐团，也没有几千上万听众的诗歌朗诵会。

抗日战争时期，是我写作最勤、作品最多的时期，但由于日本侵略者疯狂推行“三光”政策，能保存下来的只有三个剧本。一九五八年《漳河水》增订本的两首叙事诗和四首短诗中，只有《牧羊儿》是抗日战争时期写的。一九六三年，我两次回太行山，好不容易才从一些同时代的老同志那里，找到几个残缺不全的油印本子和哼哼回忆起来的小演唱。我根据这些资料，整理出《秋风曲》《民兵队歌》《姜四娘》。《柳叶儿青青》是一九四三年春以诗剧形式试写的一首演唱长诗，随后改编成小歌剧，更名《比赛》演出。这次我找到了一九四四年太行韬奋书店出版的这个小剧本。现在的《柳叶儿青青》就是根据上述的一些资料和参考《比赛》小剧本复原的。一些比较大的，又找不到能追忆起足够段落的，或只有一段两段的，就无法整理了。

在战争年代，人们常在行军路上，在情况许可的时候，用粉笔在石头上、墙上、树上，标上个箭头，指明从什么地方到什么地方；有时还画架飞机、画个乌龟，以激励大家奋勇前进；在情况不许可时，就用石头，摆个暗号，告诉后续队伍，以免走错方向。现在，我把一九六三年搜集到的抗日战争时期的一首长诗和三首短诗，收在这个集子里，就像在行军故道，捡了四块非常粗劣的石头，来说明我是从什么地方，走到现在的地方，并不是这四块石头有什么可看之处。

谁都知道，历史是人们用自己的行动写成的。对它的认识深化是应该的，粉饰是不行的。用白土粉墙，终究会剥落的。建国之后，我国曾经出现过一个欣欣向荣的局面。意气风发的中国，各族人民迫切要求迅速改变经济文化落后状况。这种心情，是很容易理解的。在第一个五年计划的鼓舞下，我放下在太行山之前，早就拟订的长篇计划，到正在初建的包头钢铁基地去工作。到了那里，我感受到的是：任务光荣，场面宏伟，工作艰巨，而自己是知识不足。在三年里，我看到来自四面八方的建设者们，为实现工业化的目标而忘我劳动的崇高的精神风貌，无时无刻不在激励着自己。如果我们能真正按科学办事，从白云鄂博的矿石，提炼出来的何止仅仅是优异的钢啊，而是还有比黄金贵重得多的宝物。提出一号高炉提前一年出铁，建设者们明明知道困难如山，但他们有一片忠于党和社会主义祖国的心，果然提前一年出铁了。他们是无愧于祖国的英雄儿女。我们怎能为了忘却一个不应该由他们承担责任的错误，而把他们忘我劳动、智慧创造，甚至献身而不惜的成果和精神，也一起忘却呢？我每每想起在零下三四十度的雪夜帐篷里，用牙刷敲击茶缸驱散狼群的人们，就肃然起敬。他们比起现在那些争奇斗怪的、穿着外国尿素广告夹克而自以为得劲的人，美丽得多了。请不必猜测，我公开承认，对这些当年的创业者，我有深厚的偏爱。就是他们，为祖国的现代化工业，打下基础。因此，凡是我认为应该留下的诗，特别是一九五八年上半年以前的诗，我都选了一部分留在这个集子里，为的是不要忘却。能登上奖台受奖的人，固然可敬，而甘心做台阶的人，更是可敬。

写到这里，我应当追忆下一个难忘的日子。那就是一九五九年十月十五日。那天是包头钢铁基地第一号高炉，提前一年出铁。早晨，阳光灿烂，周恩来总理乘飞机从北京飞来。据说按事先的安排，总理的住处是在一个不为一般人所能知道的小招待所里。总理似是早有预感，一出机场就吩咐司机直奔包钢第一招待所。司机不但感到惊讶，而且感到为难。总理平静地对司机说：听我的。要他直奔钢铁大街那所既住外国专家，也住国内客人的招待所去。这件事，长期在干部和群众中间，传说称颂，作为身教的模范佳话和芳馨美谈。一号高炉出铁，是总理剪彩。从这个时刻起，多少世代没有生产过一斤铁的内蒙古，一个巨大的钢铁基地诞生了。提前一年出铁，决不是靠发动采风——人人做诗做出来的，而是靠全国人民支援和钢铁基地的建设者们为了党和祖国的荣誉，以赤子之心凝聚的成果。晚上，在庆祝出铁的宴会上，总理向每个国内外专家、技术人员、工人代表，都流露出感激的笑容，走遍每张宴桌，向大家祝酒。总理讲话，简洁亲切。他说："包克图"（包头）蒙古语义是鹿的地方。鹿是善于跳跃的动物。包头建设得很快，包头是个大飞跃的城市。总理非常关怀内蒙古人民的经济文化发展，语重心长地说：内蒙古，汉族要帮助，要多来些女青年，多送些今天的王昭君来。过去写王昭君是悲悲啼啼来塞外；今天的王昭君要欢欢喜喜来塞外。总理殷切期望内蒙古繁荣昌盛。总理的讲话，感人肺腑。二十三年过去了，但当时总理的精神笑貌，现在仍然浮现在我的眼前。为了缅怀周恩来总理，我把聆听总理的亲切教导之后而写的三首诗，做了一些修改，放在这个集子里。

二十世纪六十年代，是被压迫民族解放风暴席卷全球的年代。今天的许多亚非拉美国家，就是在那个年代获得独立的。收在这个集子里的几首诗，目的是想告诉一些不怎么知道这段历史情况的人们：这些曾是被压迫民族的国家的独立，不是由于有人道主义使殖民主义者发善心而恩赐给被压迫民族的。恰恰相反，被压迫民族是用火、用剑，用摇天撼地的怒涛，强迫殖民主义者放下武器，或直接从他们的刀林里夺回来的。如果被压迫民族捧着人道主义去乞求，我敢说：一个也不可能获得独立。马戏团的驯兽师能驯服一些野兽，但从没见过被压迫民族用人道主义去说服过一个半个殖民主义者。

革命和建设，不可能有笔直平坦的道路，更不可能总是风和日丽的景色，总会遇到许许多多意想不到的坎坷路段，或是台风寒潮。有的是可免的，有的是难免的。一个训练有素的乐队，也会出现弹错的音阶，出现指挥错乱的节拍。对这种情况，没完没了地感伤、叹息、埋怨是不必要的。现在的中国，更重要的是奋勇前进，并在前进中克服阴暗面。在发起新进击的战场上，即使是最美的夜曲，也不能振奋士气；在向险峰突击攀登的时候，理所应当需要的是战斗颂。我认为，诗歌应随着时代的脉搏跳动，为时代和人民歌唱。我自己，总是想用最大的力气这样去做。诗歌创作，我在这漫长的道路上，走过平坦的路段，也攀过嶙峋的巉崖；享受过胜利的欢乐，也感受过挫折的痛苦；曾为祖国的成就高歌，也曾因失误而低吟。正因为这样，在这个集子里，我选了党的十一届三中全会以来我写的一些短诗和组诗。这样，也许能看出到今天为止的我从事写作的过程。我是以这个想法，来编选这个集子的。

1982年7月中旬

学习中共十二大文件的发言

党的十二大胜利闭幕了。这个大会是从本世纪最后十八年走向二十一世纪的重要时刻召开的。邓小平同志的开幕词，胡耀邦同志的报告，叶帅、陈云同志的讲话，李先念同志的闭幕词，都是这个重要大历史的战略决策。因此，十二大是伟大历史转捩的里程碑。

我一直怀着兴奋的心情读着每个文件，对大会的文件，有待于深入学习，才能进一步理解和贯彻。但是这个大会太重要了，是一个决定历史方向的决策大会，是很不容易遇到的。在不到半个世纪里，我遇到两次，一是迎接新中国诞生的七大，第二次就是全面开创社会主义现代化建设局面的十二大。人生几何，能遇到两次，感到何等幸福。

我们的党，走过了极不平坦的道路，打败了敌人，建立了社会主义新中国，取得了巨大的成绩。但是，由于“左”的思想、个人迷信、“林江”两个反革命集团的破坏，受到严重的创伤。虽然，党自己起来打倒了“四人帮”，但除了宣告文化革命结束之外，其余的一切都继承下来。所以党员群众和人民，既喜又忧地看着我们的党到底要把人民引向何处去？说实话，十一届三中全会之前的中央，我是不大放心的。我有理由不放心，该出来工作的同志不能出来，连明明白白是怎么回事的天安门事件，就不能改正错误。使党和人民得到复苏是三中全会。事实强于说大话空话。八〇、八一年，我都到过农村，去年走了两个省，一千多里路。生活一年比一年好，用几句话概括是：忙收秋，忙盖房，忙欢笑，忙娶亲，忙学科学种田。从哪条战线都能证明从三中全会起，党的方针政策是正确的，仅三年，它改变了中国的物质生活状况，改变中国的精神面貌，解决几十年的冤假错案，恢复了党的实事求是的光荣传统。从经济上、政治上、思想上，分清是非功过。这一切都振奋了人民群众精神，迅速改变了十亿人民愁眉苦脸的状况。

我们的人民，是伟大的。在历史中兴时刻，多么地需要有个不同于过去、适应新时期的任务。胡耀邦同志的报告，回答了人民的愿望。报告是大得人心，大振民心的。这是社会主义现代化建设的宏伟蓝图，实事求是，又有远大理想的蓝图。

胡耀邦同志总结了粉碎江青反革命集团，特别是十一届三中全会以来的历史性转变和提出新的伟大任务，是完全正确的。在促进社会主义经济全面高涨的同时，提出努力建设高度的社会主义精神文明，我认为非常准确适时，非常重要。中国革命，是在难以想象的艰难情况和困难条件下，终于打倒一个个的强敌，取得了震撼世界的历史胜利，靠的是共产主义。建国以来取得的巨大胜利，也是靠共产主义。共产主义理想，一直是鼓舞我们前进的思想动力，是航行针。十年内乱，江青反革命集团，用无政府主义代替了共产主义，宣传愚昧、迷信、盲从，把人心搞散，方向搞乱，理想搞惨了。这一后遗症是可怕的，不容易在几年内治好。不少人，心里想着利，眼睛看着钱，思想崇洋，嘴脸媚外，一副洋奴德行巴狗相，而恬不知耻。我国今天出现了很多假洋鬼子。究其原因，就是丧失了理想。近年，我们有些人，共产主义讲得很少，偃旗息鼓，高挂免战牌。资本主义，讲多了。有的人出一次外国，把那里说成天堂。耀邦同志批判那些认为：共产主义是渺茫的幻想，共产主义没有经过实践检验的谬论，非常必要，有战斗力。这种人，不能信任，他们是自由化的精神和理论支柱。我认为耀邦同志提出建设高度的社会主义精神文明理直气壮，充满战斗激情的话，是治资本主义自由化的急救药方，这张药方开得好，我们应大张旗鼓地执行！不这样，我们的现代化建设就不能保证社会主义方向，失去精神动力和战斗的意志，就不能抵制各种腐化因素的侵袭，甚至会走上畸形发展和变质的邪路。这段话不是危言耸听，而是针对一个关系到党、国家兴衰成败的问题。

禁止任何方式的个人崇拜，写上党章的职务都不是终身的，是非常重要的大事。这证明我们党确是除了人民利益外，没有自己的利益的严肃党风。这样就能保证党永葆青春，朝气蓬勃。

关于提拔干部的政策，完全合乎时代要求。报告和陈云同志指出的那五种人，提了的也要拉下去，太有远见了。现在许多政策贯彻不下去，问题不能处理，一直在使党降低威信，就是这些人、分子及他们的保护神搞的，必须坚决处理。规定党员在宪法、法律之内活动，都是前所没有的。凡此种种，都说明十二大是伟大历史里程碑。作为党员，我坚决拥护，坚决照办。

有十二大选出的指挥部率领我们前进，中国的社会主义现代化建设，一定能成功。

1982年9月

访意散记

意大利对我来说，了解得很少很少，但是半个世纪以来，又是我总在憧憬的国家。我之所以老了还存在这个希望，主要是我刚进入青年时代，偶尔读到丰子恺先生介绍文艺复兴时期三个伟大艺术家的书，使我一下子产生强烈的念头。后来，又知道有个伟大诗人但丁。再而，又听说意大利是欧洲歌剧的发祥地。有次，在偶然的机会，听到拿波里的民歌《重归苏莲托》《我的太阳》，更加重了对这个艺术之国的美好向往，岁月渐渐流失了，这已经是不可实现的梦。虽然如此但自己偶也哼哼《重归苏莲托》。

今年十月由于极其偶然的机会，我跟随中国文联的一个代表团访问了意大利，从十七八岁时幻想的梦，一下变成用眼看见，用手摸到的真实生活。

罗马

十月，正是秋高气爽的时节。当飞机飞进亚德里亚海上空，我从舷窗外望，机翼下是蓝天白云，机翼上也是蓝天白云。海天一色，透明清澈。当我能辨认出青山绿树，湖翠岭色之后，不多久就到了罗马，离中午还有两个小时。好客热情的意大利人勃兰吉尼博士和加斯帕罗博士提议先去看看市容，这是使人欢喜的建议，是最善于珍惜时间的建议。

汽车沿着绿色的郊区田野奔向藏在绿色林树里的，处处是白色的建筑物，白色石门，白色圆柱，白色桥梁的罗马古城。

罗马，似曾相识又不曾相识，因此，对我来说是神秘的。汽车顺着沿河的大道，进入城里。同行的同志告我，这条河床很深，水不大的河流就是台伯河时，我一下就想起了田汉和冼星海合作的《热血》来，在那首激励中华民族抵抗日本帝国主义的战斗歌曲里就提到“台伯河水奔流”和“古罗马的城头”。我终于来到了罗马。

罗马，这座历史悠久的欧洲文明古城，首先映入眼帘。气魄宏大，造型精美的大理石建筑、教堂、高塔、广场、桥梁、大理石雕像，青铜塑像，古罗马的遗迹的圆柱、拱门、走廊，即使是一方不大的残石，都非常珍惜地保存在原来的地方。这些首先给人一个崇敬的感觉：这是一个悠久历史的文明国家，这是一个有教养的国家。它懂得怎样享受祖先留下的文明财富，它懂得怎样享受民族的自豪感情，这些都给人以美的崇高的享受。在此，我顺便说一句，在访问意大利的日子里，看了那么多的古迹胜地，我还没有看见在古建筑上，在古艺术品或台座上，在树上，在岩石上，刻有某某到此一游的刻字。但在河岸路边的墙上写着口号标语是有的，可能这就是美中不足吧。陪同我们的主人，和曾在意大利工作的同志都这样说，意大利在保护古代文物方面，是非常重视的。如在古代的有名城镇，如罗马、佛罗伦萨、威尼斯，不论是古代建筑物、古代艺术品、古代城镇的街道、房屋、墙壁，都不准随意改变拆毁，遮挡割据。在内部你可以很现代化，但在外部，都要保持着原来面目的完整性。的确是这样，我们一进入罗马，走过的是石块铺砌的大小街道，看到的是葱茏的树木花草，既古色古香，又生气盎然。我听到驻意大利使馆的同志说，意大利的服装工艺是享有世界盛名的。我这几天看到意大利在美化城市，装饰城市，更具匠心。许多窄小的不能植树的街道、角落，人们除了种植攀缘花草之外，还在墙上吊挂着盆栽花草，使人走进这些小巷道，如入花境。

意大利自己没有石油，完全靠进口。经济上存在着许多困难，但意大利的小汽车在这些古老的石砌的大小马路上，像河流一样，川流不息，虽然许多马路已设成单行道，但仍然拥挤不堪，经常堵塞，好几十分钟，都通不过去。开车的司机似乎很耐心，从不按喇叭。但是那些年轻的开着摩托车的人，却不理这一套，他们见缝就插，见空就钻，既不怕碰，也不怕压，拐弯抹角地从很小的缝隙钻了出去，我真佩服他们的勇敢精神。

意大利经济上很困难，我在街道上，常看见到处是废纸和塑料袋，无人打扫。据说是经济困难，雇用不起足够的清洁工。罗马城里的绿地，保护得很好，行人都不会随便践踏，但狗却可以。我每天都看到饭店外的草坪上，一大早人们就牵着爱犬在那里排泄粪便。

虽然车多路窄，纸屑满街，但罗马还是迷人的。人们真会利用空间，在大街两旁的人行道上，到处有咖啡店。在熙熙攘攘的行人气氛中，人们衣冠楚楚、悠然自得地品着咖啡，喝着冷饮，态度是那样从容不迫。

大理石的光辉

大理石，给人类文化，提供巨大的用途，人类也给大理石增添了光彩。但给大理石增添最璀璨光辉的是意大利人。他们把这些没有生命力的顽石变成光辉夺目的神殿、皇宫、教堂、广场，变成栩栩如生、呼之欲出、腾空欲飞的骏马等雕像，怎不令人叹为观止。只从建筑艺术来说吧，这些巨大沉重的石材，即使是用现代的科学技术，把它们砌成斗兽场、万神殿、圣彼得大教堂等等，也是很费事的。要用我国的成语来形容真是鬼斧神工。

在罗马，有许多广场。我在罗马的六七天里，天天都要经过的是威尼斯宫广场，这个全部用大理石建造的建筑，结构严谨，调子柔和端庄，左右均匀对称，协调雄伟的建筑，像安置在巨大的台座上的一个宝座。这座建筑物的每层边角和左右回廊都有大理石雕筑的雕像或铜像。据介绍，这些艺术建筑物是文艺复兴时期的三杰之一米开朗琪罗设计的。第一次世界大战后，高骑战马的军人雕像，确是一件精美无比的艺术杰作。在这座建筑物的第二层中心，加了座无名战士墓，每天都有空军、陆军、海军士兵在墓前守卫，以雄伟的气概矗立在罗马的中心。

在这广场的左面，就是古罗马残迹，右后侧便是名震遐迩的古罗马斗兽场。据同行的袁清华同志说，斯巴达克曾经在那里进行过角斗的竞技场，就在左前的一处地方，但早已完全湮灭了。

西班牙广场，很像中国的“豆”字。它建筑在多层次的阶梯组成的一个山丘的坡上。这是个五色缤纷的地方，是个花市，也是个画市。到了晚上，那里就成了青年男女独霸的世界。在这个由老贝里尼设计“豆”字形的阶梯上，两旁屋宇和上面教堂都呈现在朦朦胧胧的夜色下，独有这些阶梯上，尽是男女青年，怪不得有此处会使人销魂的说法。但是最使人感到神秘奇特的是，晚上去看特莱维喷泉，在夜幕的笼罩下，你会远远听到在哗哗震耳的水声，你会看到半人半鱼的海神特瑞顿乘着两匹海生的骏马，驾着车从飞流争鸣、跳珠闪光的奇异景色中，奔腾出海。

1982年10月

抢救中的《最后的晚餐》[①]

达·芬奇的《最后的晚餐》，我从刚进入青年时期直到昨天，只是从画册上看见过。几十年来，总希望能亲眼看看这幅伟大的名画，但都是梦想。这次有幸到了米兰，虽然只有两天的时间，访问参观节目又很多，但我的最重要的愿望是看达·芬奇的《最后的晚餐》，第二是听一场音乐。对这两项艺术，我都是门外汉，却不知为什么兴趣那么大？好客、热情的意大利主人为我们安排的节目多了一些，几乎错过时机看不上达·芬奇的名作。又因为这幅壁画，正在抢救复原，十二时后，就停止参观，我们能去的时间，不多了。已经快到十一时二十分了，我和同行的同志们一样，心里实在着急。幸好，路不算太远，十分钟就可以赶到。可是很多事，常常是在你最着急的时候，偏偏不顺心，因中途有事，停车等人。我们今天下午，就要离开米兰，

① 发表在《人民日报》1983年1月7日第8版。

真叫人行坐不安啊！好不容易赶到米兰的圣母玛利亚修道院的时候，能参观的时间还有三十分钟，这才松了一口气。

《最后的晚餐》这幅达·芬奇的代表作，是画在通往厨房的那面墙壁上。我们一进门就看见搭有脚手架、正在抢救中的名画时，不禁使人大为吃惊。这幅壁画同我过去多次从画册中得来的印象，不完全一样了，它的画面，已经漫漶不堪了：光暗混乱，线条糊涂，色彩剥落、混浊。如果过去不曾细心阅读画册图像，许多人物的细部，餐桌上的盘子餐具，恐怕很难分辨出来。如画中的第二个主要人物犹大，左手拉回的餐盘，右手紧抱着的钱袋，很难分清是什么东西。耶稣背后窗外的夕阳景物，也模糊不清。整个画面花花斑斑，脱落得非常厉害。主要人物耶稣，只能看到灰白色的块块和黑色的线条，没有曾是有色彩的感觉。在他左边的两组门徒中，最左端的那一个站起来的，下部分全都看不出来了。餐桌右端的两个年老的和一个双手伸向耶稣的门徒，已经被脚手架上的东西，全挡住了。似乎那部分是正在抢救施工中，因而完全看不到画面。根据过去记载，说达·芬奇在创作这幅壁画的时候，颜色和土混合使用，泥土粘不住颜色，画家当时已经察觉。画成以后，又因画中的餐桌下面，是厨房门口，修道士们打门的震动、厨房蒸汽的侵蚀，都潜伏下毁坏这幅画的祸根。后来也进行过修复，但因从事修复工作的人，技术很不高明，在相当程度上，损害、歪曲了原画的面目。在第二次世界大战时，米兰遭受到多次飞机轰炸。在这个食堂左边窗户下，陈设着两张一九四三年飞机轰炸后拍下的放大照片。照片里的这所修道院，是一片坍墙的凄惨景象。但是，绘有《最后的晚餐》的这个食堂，却完好地保存下来。这个奇迹是米兰人民创造的。米兰人民为了保存这幅名画，用大量的沙袋，把这间食堂前后垒成一座沙袋山丘。我们今天还能看到这件世界艺术瑰宝，应该感谢米兰人民。我听了这个介绍，深深感到意大利人民，是个有珍爱自己文化遗产美德的民族，很值得人们学习和尊敬。前几天，参观罗马古迹和画廊的时候，一个同行的同志深有感慨地说，如果在罗马，也搞一两个月“文化大革命”，会怎么样？我说，不用两个月，十天，就什么文化都荡然无存！

圣母玛利亚修道院，在一九四六年修复了。据说一九五四年，专家们曾用新方法，对这幅壁画进行重修，把歪曲了原画的颜色线条全部剔去，恢复了它的本来面貌。但是二十多年之后，这幅壁画，又一次出现脱落褪色的严重景象，再一次面临厄运。现在我看到的就是正在抢救中的《最后的晚餐》。脚手架上，正在进行的是一项全世界注目的重大工程。许多人都在为这项工程的胜利祝福。

允许我们观看这幅伟大杰作的时间，是太短太短了。我一分一秒也不敢用去看别的东西，但是，闭馆时间很快就到了。我匆匆回头去看对面壁上另一幅耶稣被钉在十字架上的壁画时，已经不能再停留了。我急忙地走出这个长方形的古老食堂，心里祝愿这幅世界名画，在高明的专家抢救下，早日恢复原作面目，留之千秋万代，让人们欣赏、学习和研究。

1982年10月

庆祝十二大朗诵音乐会致辞

同志们、朋友们：

正当全国各族人民热烈欢呼党的十二大胜利召开的大喜日子里，首都的诗歌、音乐、歌唱工作者，济济一堂举行盛会，我同大家一样，感到无比的欢欣鼓舞。

党的十二大是在一个新的历史时刻召开的。正如邓小平同志在开幕词中说的，是党的第七次全国代表大会以来的一次最重要的会议。胡耀邦同志的报告总题就开宗明义地指明是：为全面开创社会主义现代化建设的局面而召开的历史性的重大会议。

这个会议将成为率领我国各族人民，满怀信心、朝气蓬勃地去开创新历史的决策会议。十二大，将成为子孙万代永铭在心的光辉名词。

历史征途，人人都在走。但是像这样伟大的历史时刻，只有最幸福的人，才能遇到。在座许多老同志，在庆祝七大之后，还迎来伟大的抗日战争胜利，进而从胜利走向胜利，迎来了中华人民共和国的诞生，我们感到是多么幸福啊！现在，我们又同在座的许多生气勃勃的年轻同志，在一个伟大历史的中兴时刻，欢庆十二大。这个大会是去开创一个更伟大、更辉煌、更新的历史，青年朋友们，这是多么幸福啊！

因此，我们在这里朗诵、歌唱、欢呼，是非常有理由的。为祖国幸福的今天欢呼，为祖国更幸福的明天欢呼。能在二十一世纪的大门坎前，为开创一个伟大时代而歌唱的诗人、歌唱家朋友们，我们是何等幸福、何等自豪啊！我们一起高举共产主义的旗帜，向新纪元高歌猛进。

朋友们，纵情地欢唱起来吧。

谢谢。

观看皮诺乔生日展览[①]

提起《木偶奇遇记》里的皮诺乔，中国的小读者很少有不知道的；同样，提起皮诺乔，世界各国的小读者也很少有不认识的。这个淘气、贪玩、不爱学习、不听话、说话不算数，不想做坏孩子，又做不成好孩子，知道说谎话不好，又非说谎话不成，调皮出奇，大名鼎鼎的皮诺乔，一出生，就使整个世界轰动起来，使孩子们欢乐起来，谁都晓得木偶皮诺乔。

皮诺乔的祖国是意大利。

皮诺乔的出生地是罗马。

创造皮诺乔，并把皮诺乔带到我们的星球——地球上来的，不是上帝，而是意大利的著名童话作家卡洛·科洛迪。

《木偶奇遇记》里的主人公在小读者面前，现在仍然是一个小坏孩子，

① 此文发表在《东方少年》1983 年第 3 期。

一个做了很多错事、蠢事，最后变成好孩子的小孩子。可是他已经一百多岁了。今年，意大利的首都罗马办了两个《木偶奇遇记》问世一百周年的展览会。这两个展览会，在意大利各个城市，在日本，在法国都展览过。我运气很好，正是这个时候，在罗马展览大厦，观看了其中的一个展览会，了解到皮诺乔在意大利活动了一百年的事迹。

其实，如果说的宽一些，科洛迪创作的《木偶奇遇记》，早就翻译成好多好多种文字；这个逗人的皮诺乔，早就被各国的艺术家创造出了数不清的各种各样的、活泼可爱、生动感人的形象。

现在，我说说我看过的那个展会吧。

一进展览厅，迎面就看到像真人一样大的、用木板做的、不上颜色的、戴尖顶帽子、翘着又尖又长的长鼻子的皮诺乔，站在大厅中央的台子上。在木偶皮诺乔的周围，有樱桃师傅，有他的爸爸杰佩托，有劝他要做好孩子的小蟋蟀，有木偶戏班班主吃火人，有欺骗他的狐狸和猫，有他的妈妈蓝色头发的小仙女，有走路慢吞吞、翘着两根触角的漂亮的蜗牛，还有引他到“玩儿国”去，使他变成驴子的小灯芯。总之，一句话，凡是《木偶奇遇记》里的人和动物，差不多都来了，都挤在台子上，做出各种各样的表情，在热烈欢迎它们的小读者和现在已经大了、老了的从前的小读者。木偶们的样子，太逗人了。就在这个大厅里，我们看到一队一队三四岁到七八岁的小姑娘、小男孩，由老师、阿姨带领着进来参观；那些已经参观完的孩子，又一队一队地闪着欢乐的目光，带着欢笑走出展览厅。当然，不管他们是男孩是女孩，都同样闪着好奇的目光，看着我们这几个黄皮肤、黑头发（也有白头发的），现在已经大了，或者老了的来自中国的老小读者。

我们按展览顺序，看到这本书在一百多年里，在意大利出版的一百七十种版本，看到了意大利画家画的二百五十幅插图。过去，第一个插图的作家，我们都不知道是谁。这会儿知道了，他叫马戈·弗莱尔。一个皮诺乔，被意大利的许多画家，创造出了好多好多各有特色的皮诺乔，逗人喜爱。皮诺乔，也不仅是书里的故事、插图的形象，展览厅的后一部分是一百多个木偶戏中的皮诺乔，在这里创作木偶的艺术家又创造了一百几十个有拉线的、有手举的、各有各的脾气、各有各的神态的皮诺乔。我想，如果有人把这些画和木偶都编成一本书，让世界上的孩子们看，不知有多么高兴啊！我正这样想的时候，忽然被一阵孩子们的欢叫声、拍手声打断了。我向那个欢笑的展览室一看，原来是木偶艺术家正要给小读者们表演皮诺乔的一个折子戏。我看见，约莫有三十个小孩子，在两个老师的指挥下，很听话地坐在地板上，高兴地朝着舞台看表演。

戏台上，搭着一个高架子，有三四个牵动木偶表演的艺术家站在架子上。舞台右边是用布围拦着一个半圆圈；有好多小木偶出现在那里。舞台中央，是我们一看就认出的老朋友——会说话的、小蟋蟀生气就说他是“大坏蛋”的皮诺乔；左边幕里，等在那里的是个又大又凶、让人看上一眼就要害怕的、大黑胡子从下巴一直拖到地上、嘴巴像炉口、眼睛像点着火的红玻璃灯的木偶戏班班主吃火人。

我们这些如今已白了头发的老小读者，一看就知道，我们可爱的、曾经发了誓要去上学的皮诺乔，已经把爸爸杰佩托卖了破外套换来的课本，卖给人了，现在正一蹦一跳来看木偶戏了，花衣小丑、驼背小丑热烈欢迎他哩。木偶们纷纷叫喊："皮诺乔到我这儿。""皮诺乔万岁！"皮诺乔管不住自己了，从观众席后跳到前座，再一跳两跳，就跳上戏台了。他受到了男女木偶的狂热欢迎、拥抱、搂脖子、头碰头，那个高兴劲儿，真是没法提了，逗得小观众都哈哈大笑起来。没想到正在狂欢大笑的时候，木偶戏班班主吃火人，挥着用蛇和狼尾巴编成的大鞭子走出来了。男女木偶都吓坏了，个个哆嗦得像树叶子。吃火人瓮声瓮气地吼叫起来了。我们的朋友皮诺乔要倒大霉了，叫吃火人抓起来了！小观众急了，都瞪着眼睛替皮诺乔担心哩。我正想看看木偶戏班班主吃火人，晚上怎么样把皮诺乔当木柴来烤羊腿吃的时候，和我一起来的同志都已经走了。我不认路，只好懊丧地追着大家，结束了参观。当我走到展览大厅，再看看立在中央的大木偶皮诺乔，心里嘟哝着：这会儿，戏台上的皮诺乔一定在大叫"我的爸爸，快救救我，我不要死，我不要死"了！

要是皮诺乔听话，好好地去上学，做个好孩子，怎会落到这步田地呢？唉！可怜的皮诺乔！

《漳河水》第二次增订本自序[1]

在重新编好这本小书之后，想到要交代几句话。

这本小书，是我现在所能搜集到的我在两个革命战争时期的诗和歌词。其中，《秋风曲》《民兵队歌》《姜四娘》《比赛》《四八烈士》是新收进去的。借这个机会，我想向读者交代几句话。

我想学写诗，这样的一个念头，产生是在少年时期。现在依稀记得从那时候起，我曾各写一首古体诗和自由体诗，可是现在都只留下一个模糊的印象了。然而真正开始学诗，是在抗日战争爆发之后。就我来说，是开始于抗日根据地的创建时期。那时的敌后战争环境中，诗与群众见面，能阅读的群众不是太多。朗诵，群众不习惯。那时我主要是写演唱脚本、插曲和歌词，现在新收在这本小书里的，就是这方面的东西。《秋风曲》是我写的第二个

① 作者注：阮选（《阮章竞诗选》）原想用漳诗为书名，故此序如此。

三幕剧《巩固抗日根据地》中插曲的另一个稿子。《咱们的好政府》《民兵队歌》《姜四娘》都是歌词。《比赛》是小歌剧的对白和剧诗。这五个作品，是一九六三年我两次重回太行山时，从群众、干部口头收集到的。有的可能是有一两个不同稿子，有的不大完整，收集到时经过整理，有的经过补充，有的个别文字、词句有修改或加工过，但内容、基调没有变。

在抗日战争时期，因工作需要，我写的东西是很多的。但是，由于日本侵略军对根据地的反复扫荡，剔抉清剿，搜山刨窑洞，我写的作品除了一九四三年用麻纸出版过三个剧本外，什么都没被幸免留下来。现在，收集在这个小本子里，新加进去的诗是费了不少力气才收集到的，并不是因为它们有什么可读之处，主要是想回顾自己走过的路。在战争年代，人们在行军道上，在情况许可时，常常用文字、箭头，标明从什么地到什么地；在情况不许可时，就常常用石头子作标记，告诉后续队伍到什么村庄集镇。那时在没有遥传通信的条件下，我们常用这些方法，从一个地方走到另一个地方。我之所以把这几首诗收在这个本子里，就是回顾一下自己是从什么地方，走到现在的地方的。

解放战争时期，我是一九四七年重新从事文学工作。那年二月继《送别》之后，我写了叙事诗《圈套》。这首诗的写作背景是：日本帝国主义宣布投降，我参加了大反攻。在收复了太行山的广大边沿地区之后，我被派去做豫北新区的群众工作，亲自体验到激烈复杂的、翻天覆地的农村阶级斗争。刚刚获得政治上解放，还未从经济上翻身的农村新干部，出现了极其复杂的新情况。主要是国民党反动派的特务破坏活动，用金钱、女人腐蚀新干部。我有感于问题的严重性，就采用说唱的形式写了叙事诗《圈套》，目的是要农村干部提高警惕。这首叙事诗一发表，得到比较好的反应，得过边区政府的一点点创作奖金，被改编为秧歌剧。但是，很快土改中期的“左”的思想而产生的“搬红石头”运动中，认为《圈套》写了一个不够觉悟、形象不高大的新农民基层干部，而否定了。时隔不久，一九四九年春被编进“中国人民文艺丛书”，重新获救。一九五三年我把这首叙事诗，合编进《漳河水》里去，改由人民文学出版社出书。十年内乱，极左思潮泛滥，江青反革命集团搞了个工农兵审查文学作品，《圈套》因李万开的形象不那么高大而再一次被否定。在粉碎“四人帮”后的一九七七年重新出版《漳河水》时，《圈套》再一次被逐出《漳河水》，就连诗集小序里提到有关《圈套》的一句话都要删去。一个作品用文字形式问世，不管好坏，用镐用斧头都是刨不去，砍不掉的。这次出书，我还是把它恢复到这个本子里去。

《漳河水》写于一九四九年三月，初稿发表在三四月间的《太行文艺》，经过修改加工后，一九五〇年重新发表于《人民文学》。同年九月，以单行本编入“中国人民文艺丛书”出版。一九五三年，我将该丛书的《圈套》《送别》《盼喜报》合进《漳河水》里去，由人民文学出版社出版——一九五三年一月北京第一版，一九七七年十一月又出了没有《圈套》的第二版。此外，一九五八年文字改革出版社出过汉语注音本，通俗读物出版社也出版过。这次重新出版，我把一九七七年第二版删去有关《圈套》的避嫌而改了的文字，完全按原来的样子，重新恢复上去了。

我认为，文学作品的评判，应创造自由讨论的活泼局面，不要以行政方式命令方式为好。应许可别人批评，也允许作者的反批评。曾存在过的“谁地位高，谁就水平高，谁就有理”的不正常做法，希望少一些，最好不再来。[①]

1982年12月

附：

（在另一稿中有些关于历史事实的记录，特附在这里，供参考。）

由于战争的需要，在敌后抗日根据地，是我学习写作最勤、作品最多的时期。我像小孩儿学走路一样，摔摔跌跌，学走了多少次，跌了多少跤，我无法计算。写了好多大小剧本、演唱脚本和歌词。有过想做个画家、诗人的梦。但我从来没有向自己的战斗地区以外的大后方报纸、刊物投过一篇稿子，或托名家帮助、提携。写当地人事，受当地人看，是当时最大的奖赏。由于日本侵略者惨绝人寰的“三光”政策，我很难保存下什么作品。

---

① 20世纪80年代初，人民文学出版社提议为作者出一部自选诗集。起初作者想编成战争年代诗选，故写了这个序言，其中用较大篇幅谈了《圈套》的两次被否定。后来，编辑思路改变，《四八烈士》《咱们的好政府》都没有编入。这个序言也废弃了。最后的自选集改题为《阮章竞诗选》，于1985年4月出版，选诗的时间跨度，一直到1982年。

一九五八年收在《漳河水》集子里的《牧羊儿》是在漫长的抗日战争岁月中，后来所能找到的唯一的一首诗作。

抗日战争是我一生最重要的时期。它决定了我对祖国、对人民、对爱好、对工作、对人生一切的基本态度。生存与死亡，自由与奴役，个人与祖国，爱情与国家命运，牧歌与弹啸，田园风光与战地烟云，无不都在决斗的环境气氛中。要做一个诗人，首先不能随心所欲。道理很简单，打不败日本法西斯，所有的中国人都逃脱不了当亡国奴的命运，诗人也难幸免。诗歌除了一定要为战争服务，一定要为工农兵服务，没有第二个选择。不为这个时代、人民、英雄、模范服务，而只是抒发个人情怀的诗人，在抗日根据地，不是没有过，但能找到读者的，实在举不出什么例子来。

在战争中，除了写什么之外，还有一个群众能不能接受的问题。说实话，当时能直接看书的读者面是很小的。朗诵，群众很不习惯。能唱的诗，倒是影响较快较广。对当时被剥夺了受教育权利的人民群众，不管同情也好，埋怨也好；对当时处在交通闭塞的地区，不管喜欢也罢，不喜欢也罢，但都是日本帝国主义最头痛，最想压服而又不能压服的人民，最想占领而又占领不了的地区。这个情况，哪一个写诗的人，都不能不正视。所以我当时写的东西，除了剧本之外，都是演唱脚本和歌词。也学习写过一些自由体诗，但被当地报刊采用的，数不出一两首，几乎十分之九因不是诗歌被退回来。当然，写不好是主要原因。和现在一样，越写越不像诗，越写越不合时尚。

一九六三年，我两次重回太行山，在同时代的同志中间，从残缺不全的文字和口头记忆里，收集到几件能追忆起来的作品。对这几个作品，当时都作了整理、补充和修改，如这次增收在集子里的几个。《杨柳青青》是一九四三年春写的一个演唱脚本。写成之后，曾改为小歌剧《比赛》演出。现在是根据一九四四年太行韬奋书店出版的小剧本复原的。这是抗日战争时期保存最完全的三个作品中的一个。在一九四四年以前，我还写过好几个活报形式的演唱脚本：如《茂林事变》《民族的光荣》等等，但都找不到任何只言片语了。因演唱脚本较大，没有足够的片段，只靠一段或不完全的段落是无法整理的。如歌词《在红星旗下》《咱们的好政府》只收录到一段，就没法整理。话剧写了很多，虽然多数是自己导演的，也记得一些段落和对话，但连一个折子都无法完整追忆得起来。

……

再说说关于《圈套》。一九四五年八月，日本帝国主义宣布战败投降。在我军举行的大反攻攻克豫北矿业重镇焦作之后，我被派去新解放区做群众工作，亲眼目睹农村阶级斗争的复杂激烈。国民党反动派和地主富农，在打黑枪暗杀的同时，还用金钱、女人腐蚀刚获得政治解放而斗争经验很不足的农村新干部。国民党向解放区反复发动进攻，许多新区得而复失，失而复得，斗争激烈，情况复杂。为了使新区干部提高警惕，我在一九四七年二月，写了俚歌故事《圈套》，登在《太行文艺》杂志上。从汤阴、清化前线得到的反应是：这首长诗是好的，及时的，农村的老农、妇女都听得懂。后又改编成秧歌剧演出，受到群众欢迎。此诗也受到晋冀鲁豫人民政府的奖励[1]，从对一篇作品的评价来说，是很有权威的。但不久，在老解放区的土地改革的中后期，出现了“搬红石头”运动，它的锋芒直指向农村干部。在为一个干部大会演出时，《圈套》中的李万开，被认为：“刚当上村干部就被反动势力腐化，阶级觉悟跑到哪旦去了？他正是应该被搬掉的红石头！”一个在生活上并不怎么样的人看了戏之后说：“还让他跟一个‘破鞋’结了婚，真是岂有此理！”秧歌剧《圈套》出生半年就被否定了。但作为诗歌，它没有被禁止与读者见面。一年之后这个俚歌故事，幸蒙编进“中国人民文艺丛书”，它得救了。在十年内乱中，经过“四人帮”对文艺作品进行所谓工农兵群众审查之后，这首叙事诗的主人公也被认为，一当上村农会主席就这样糟糕，上当受骗，怎能当村干部？就是说：“起点太低！”它再一次被否定。处理方式比“搬红石头”那一次严，连《漳河水》小序的末尾提到《圈套》的一句话也要删掉，集子后记也要重新写过。我很理解，在两个“凡是”的统治下，出版工作是很难做的。（出版社）即使同情，也不可能考虑作者的反复陈述，这就需要谅解了。当时，文艺作品能重新和读者见面，已经是很大的欣慰。我明明知道，却不得不说违心之言，对一个作者来说，是终身去不掉的痛苦。现在，我在这个本子里，又把《圈套》放回上去，我的目的是存真，让读者去评论。

1983年1月

---

① 晋冀鲁豫边区政府在1946—1947年间开展了第一次文教作品评奖。《圈套》获诗歌甲等奖，颁奖金八千元。后来，这批获奖作品整体进入了为第一次文代会准备的“中国人民文艺丛书”的候选范围。

一九八三年春节茶话会致辞

各位同志：

在农历新春佳节的前夕，我代表中国作家协会北京分会向北京的会员同志、业余作者致节日的祝贺！

向光临参加我们这个茶话会的中国文联、中国作家协会的同志和其他同志致节日的祝贺！

向长期领导我们工作，今天参加我们茶话会的市的领导同志表示谢意和欢迎！

我们处在一个开创社会主义建设新局面的伟大历史时期，我们的文学负有反映这个时代，促进社会主义事业发展，提高人民群众共产主义思想觉悟的光荣使命。三中全会以来，北京市的作家，特别是中青年作家，写出发表了为人民群众所需要，受到欢迎的好作品。有的作品是相当成功的，引起全国广泛的反响。

一九八三年春节茶话会致辞

作家们写出的作品，正如前天胡乔木同志指出的，是在艰苦的条件下进行创造性劳动而取得的。无疑，北京市的作家的实际情况确是在这样的情况下进行艰苦创作的。作家协会北京分会热烈地祝贺你们！

党的十二大制定的路线方向已经在全国各族人民中产生了伟大的、意想不到的成就，农业、工业，现在的商业各方面的改革都在锐不可当迅猛前进。我们的任务就是反映这个伟大的新情况、新思想、新风貌，集中各方面推动时代前进的创造性劳动和英雄人物，深入理解，提炼升华，以人民的英雄思想教育人民。同时，一切阻碍社会主义事业前进的思想现象、旧时代残余思想和影响，加以揭露、鞭挞。

全国都在进行改革，作家的体制应该赶上人民的步伐，作家十分赞成改革。在此，我代表一些同志呼吁，出版、广播，作家依赖通过他们的工作才能与读者、听众见面的部门，要赶快解决作家赖以生存的条件问题——钱！热烈盼望创造这个条件，我们就能甩开臂膀，靠自己劳动生活！

同时，尽快改善作家，特别是中青年作家的工作条件，写出更多的能与兄弟省比美的作品。

谢谢分会的全体工作人员的辛勤劳动！谢谢大家参加这个茶话会。再说一句，祝一九八三年的创作繁荣，好上加好。谢谢！

1983年2月

对《诺日朗》的批评[①]

从十一届三中全会以来，文学创作成绩是主要的，这首先要肯定。但资产阶级自由化倾向，对社会主义搞精神污染的作品（包括表演），虽然都说是支流，但不能轻视。从一九八〇年起，我不断地听到幼儿教师，中小学教师，社会舆论，都对这样搞社会污染的作品，提出强烈反对的意见。但是，改变不大，从某些方面来说，现在有些作品，更不注意社会效果了。

在诗歌方向，有人早就明确提出，诗，不要反映时代、人民、英雄模范。诗，只是抒发诗人的自我情怀，主张离社会，离政治越远越好。徐敬亚的《崛起的诗群》，完全否定了中国诗歌的现实主义传统，否定了从“五四”以来的革命诗歌的传统。这篇文章有代表性，是一篇宣言和纲领性文章。

① 这是一篇发言提纲，题目是编者加的。

现在有一些作品，对我们出现过的失误、挫折、黑暗面，不是采取分析革命战斗的态度，而是幸灾乐祸，不把我们说的什么都不是就不过瘾。对一些不好作品，提出意见，却更引起同情，更出名，更神气。

青年作家、诗人，出现一些不良倾向，或有错误的作品，不足怪。老作家，特别是党员老作家、文艺领导、理论家，应对他们进行帮助。虽然这个帮助是很不容易见效的，但起码应敢于提出善意的意见，起码不要廉价捧场。可是，恰恰不是这样，文艺领导表现是涣散软弱，文艺理论是紊乱动摇，助长了自由化商品化倾向。表现在对脱离共产主义思想，脱离社会主义轨道的错误作品，不仅旗帜不鲜明，而是偃旗息鼓。中央明明指出过的问题，反应是态度含糊，执行不坚决，甚至按兵不动。马克思主义，是人类最先进的思想。现在有人说马克思主义不行了，不完全了，公开提出什么“马克思主义的现代主义”“社会主义的现代派”。有人公开宣传社会主义的异化。现在资产阶级自由化、低级的、有害的、社会效果不好的，一切向钱看的东西，在污染我们的社会主义社会，毒害青少年，直接冲击我们的立国支柱——四项基本原则。现在文艺界有一种非常不好的风气，如果有谁对自由化这种错误表示不赞成，表示要坚持革命文艺方向，就会有人问你：“你懂不懂什么叫‘自由化’？”或说你“一贯正确”，又在挥舞“棍子”。资产阶级自由化倾向，在这些理论的支持下，你批评你的，我写我的，几年来得不到解决。从某种程度上说，是愈演愈烈。最近，一个材料促使我看到了一首题名叫《诺日朗》的组诗，感到毛骨悚然。这首组诗，非常朦胧、非常晦涩，也非常明白，非常露骨，大声疾呼：“我的奔放像大群刚成年的牡鹿，欲望像三月，聚集起骚动的力量。”聚集要干什么呢？他要“向流浪的女性，水面闪烁的女性”，高声对她们叫嚣：要“占有你们，我，是真正的男人”。而“笑容荡漾袒露着诱惑的女性，从四面八方，跳舞而来，沐浴而来，超越虚幻，分享我的纯真”。像这样在光天化日之下公开发泄性狂的“诗”，却居然得到大刊物视为重要作品发表，并精心绘制了三组“袒露着诱惑的女性”插图以壮声势，使我大吃一惊。我不禁要问：这难道是社会主义的刊物吗？这样的刊物，到底掌握在什么人的手里？

邓小平同志和陈云同志提出批判这种错误倾向，我认为非常正确，非常及时，不清除这种精神污染不得了。每一个革命文艺工作者，都应挺身而出，旗帜鲜明地站在斗争的最前列，检查自己的言行，同这种倾向作摆事实讲道理的斗争。我是一个党员作家，愿意同所有愿意高举文艺旗帜的同志，一道这样做，一道前进。

学习《邓小平文选》发言提纲

《邓小平文选》，是全面开创社会主义现代化新局面的教科书。它根据我国的情况，全面地为我们全党全国各族人民制定方针政策，它是我们争取胜利的行动指南。

我现在只想从文艺，主要是从文学的角度来谈点粗浅的领会。

回顾一下，打倒“四人帮”，人心大快，但不能谈大解放。“两个凡是”，紧紧地窒息着思想，捆绑住手和脚。是小平同志提出解放思想，实事求是之后，我们才摆脱禁令，走出禁区的。许多有才能和新的青年作家，在此时恢复工作或成为作家，文学取得了很好的成绩。

第四次文代会，小平代表中央和国务院做的祝词，是文学新时期的指导方针，总结了历史的经验，提出为社会主义、为人民服务，百花齐放，百家争鸣的基本原则，要求我们当四个促进派，即解放思想，安定团结，维护祖国统一，实现四化。

要求文艺描写和培养社会主义新人，塑造“四化”的创业者，有理想科学态度，高尚情操和创造能力，宽阔眼界和实事求是精神，来激发人民的积极性。

英雄人物的业绩和普通人们的劳动、斗争和悲欢离合，现代、古代人的生活，都应得到反映。

我们的文艺工作者，要通过自己的创作提高人民的精神境界，同林彪、江青恶劣影响进行坚决的斗争。对于来自“左”的“右”的，总想用各种形式搞动乱，破坏安定团结局面，违背绝大多数人利益和意愿的错误倾向，要保持清醒的头脑……造成社会范围的强大舆论，引导人民提高觉悟，认识这些倾向的危害性，抵制、谴责、反对。

要给人民以营养，必须自己先吸收营养。由谁来给？马列回答是：人民。人民是文艺工作者的母亲，艺术生命，就在于他们与人民的血肉关系，忘记、忽略、割断是艺术生命的枯竭。人民需要艺术，艺术更需要人民。

1983年7月

迈进更广阔的天地

——《幼儿朗诵诗选》序[①]

我在翻看这本《幼儿朗诵诗选》稿子的时候，似乎看到低幼儿童在和摇篮曲、儿歌、小心肝儿、小宝贝儿告别时的表情，他们瞪着黑溜溜的眼珠儿，在观察周围的一切事物，张着什么都想学的小嘴儿，向周围一切呢呢喃喃地学着。这正是低幼儿童需要更多、更宽广、更富有吸引力和魅力的知识，来带引他们迈进更广阔天地的时期，这是儿童可塑性的最重要的时期，这件工作，做得好不好，直接关系到我们祖国的明天。经过十年大动乱的今天，教训是深刻的，代价是惨重的。我对儿童这个重要塑造阶段，充满迫切感和责任感。

① 此文发表在《北京日报》1984年7月27日第3版，《幼儿朗诵诗选》北京少年儿童出版社1984年版。

二十五年前，我曾在一个工厂的晚会上，观看了一次低幼儿童文艺表演，我从他们的诗朗诵节目中，看到他们的那种认真负责、一丝不苟，而又天真烂漫的朗诵表演，感到心旷神怡。我看到他们不仅是在为大人、小观众表演节目而感到快乐，同时也看到他们在向大人、小观众们宣布自己要这样儿不是那样儿，说明哪是好的，哪是不好的，似乎是在非常庄重地宣布自己要做什么，准备好要做什么样的人，表明自己的选择、决心和信心。我深深被他们的这种认真的态度和纯洁的心灵所感动。

从这次低幼儿童诗朗诵，使我发现了低幼儿童对诗朗诵的浓厚兴趣。从比以后，我非常喜欢低幼儿童朗诵诗，每次听到他们的声音和看到他们的姿态，都感到是最愉快的享受，这和大人们朗诵诗是无法比拟的。从此以后，在家庭里，我过去常向小女儿，现在向小孙女，问问又有什么诗可以朗诵给我听听。如果她学会了一首新的诗，一定会愉快地满足我的要求。每次朗诵之后，她都是那么认真，尽她一切所能理解的语言，向我讲解诗中的含义。我常想，这是多么广阔的读者面啊？我现在还不断发现女儿，常常用自己幼年时期学到的古诗或新诗，在传播给她的女儿。我想，一首优美动人的幼儿诗，它的延续性，不是一代两代的。许多优美的童话，大多数是靠朗读背熟传播下来的，它有很长很长的生命力。我认为低幼儿童是诗歌最忠诚的接受者，最积极最热情的传播者。

中华人民共和国成立之后，许许多多儿童文学家，都注意了为低幼儿童写作，全国各地都为低幼儿童开辟了文艺园地。特别党的十一届三中全会之后，儿童文学，出现了万紫千红的新气象，但是有目的地、有计划地为低幼儿童选编一本朗诵诗选，我还是第一次听到，不知道是否如此。但这件工作，我总感到是非常需要的。

我认为：

有了这样的一本书，低幼儿童可以找到他们正要寻找，正要追求，正在找答案，正在寻找抒发幼小情怀的东西。

有了这样的一本书，从事低幼儿童教育的老师和儿童的家长，可以有更多更多的材料，来陶冶、教育儿童。

我们的祖国，地方很大，方言复杂，汉语推广普通话的工作，不能说我们做得很好。有了这样一本书，可以从幼儿时代开始，解决这个问题，克服儿童说话的羞怯心理，训练幼儿的标准语音，开展儿童诗朗诵，用录音磁带推广普通话，我想能起好的作用。

因此，我认为编选出版这本《幼儿朗诵诗选》是孩子、父母、教师都需要的。编者尹世霖同志和北京出版社做了一件非常有意义的、有益的工作。

这样的书，我希望能陆续编选出版，源源不断地满足低幼儿童的要求，帮助他们健康地成长。

1983年7月27日

革命的旗帜要鲜明[1]

能参加中国作家协会学习《邓小平文选》的讨论会，感到很高兴。

《邓小平文选》是全面开创社会主义现代化新局面，建设有中国特色的社会主义国家的理论基础、行动指南。

回忆一下，打倒了“四人帮”，虽然人心大快，但是思想没有解放。“两个凡是”禁锢着我们的思想。真正的文艺复兴，我认为是十一届三中全会路线指引下才出现的。

在全国第四次文代会上，邓小平同志代表中央和国务院所作的祝词，是指引我国文学艺术在新时期向前发展的总纲。它指明方向，阐明了许多根本性的问题。

① 编者注：1983 年第 17 期《新观察》半月刊以《读〈邓小平文选〉谈心得体会》为题，刊登了中国作家协会在京作家学习《邓小平文选》座谈会的发言摘要。阮老发言的后半段在内。以上是根据手稿记录下的全文。

四次文代会以来，我们取得了值得高兴的巨大成绩。但我感到祝词里当时就指出过的问题，至今也没有什么根本性的变化。我说的就是六次人大第一次会议报告中提出的问题。

我现在想问，高举社会主义文艺旗帜，在创作中革命现实主义这面旗帜，还要不要，打不打？

“左”的错误和所谓伟大的无产阶级文化大革命，把什么都搞乱，搞垮了，搞倒了。出现一个求索、思考的时期，这是很自然的。为什么以共产主义为理论核心的社会主义中国，居然出现这样不可思议的大动乱呢？对这个问题应该问，青年要问，老年也要问。但我们知道，出现这些丑恶的、愚蠢蒙昧的、宗教狂热的大动乱，不是从马克思主义来的。恰恰相反，《共产党宣言》要求跟这些旧东西决裂，《国际歌》号召打它个落花流水。“文化大革命”中出现的无法无天的一切暴行罪行，是封建性很浓，极落后的东西。在人类已经能登上月球的时代，在我国出这样可笑的东西，将作为笑话载入史册。问题的教训，我认为过去太迁就，太容忍了，以致酿成大祸。

打倒了“四人帮”，我们应该高举共产主义旗帜，阐明这个问题。却很可惜，共产主义不太讲了，似乎理不直，气不壮了。流传着我们不如香港、台湾和南朝鲜的谬论。当然就更不如发达的资本主义国家了。

祝词明明确确地要求恢复革命传统，但在文学上，我们曾赖以正确反映人民生活斗争，求生存，求解放，用以激励人民，克服无数天灾敌祸，英勇战斗的革命现实主义，不敢提了，悄悄地把“革命”这颗闪闪红星摘了下来！直到近来才逐渐看一些同志出来使用。我想向大家请教，革命现实主义，有革命两字，有何损失，砍掉革命两字，增何光彩？难道我们不是在进行人类最大的革命吗？我们推翻了江青所谓的“十七年文艺黑线专政论”，这个十七年不正是以革命现实主义、革命浪漫主义为方法而进行创作、从事评论的吗？现在不是有人觉得现代化中还要加入“现代派”才够味道吗？代表人类最先进思想的马克思主义，不加个现代主义，不完整了，残缺不全了，起码是不足称为现代思想，因而要有“马克思主义的现代主义”，这真是伟大的创新，把人弄糊涂。幸好有一两位中年作家、青年评论家出来辩论。现在出现的一些情况，可以不可以这样说：这种情况，就是如小平同志说的，要脱离社会主义轨道，脱离党的自由化倾向呢？因为中央说话了，但我们对这些情况的批评，我感到旗帜不鲜明，某些阵地偃旗息鼓。

我认为思想应该活跃，不活跃就僵化；应该大胆创新，不创新就不能发展。我主张广收博采，借鉴是很必要的。但正如小平同志说的：“不能引进资本主义制度丑恶颓废的东西。”

小平同志说，不提文艺为政治服务，并不是文艺可以脱离政治。四次文代会确定文艺为人民服务，为社会主义服务，但现在却有人主张“文艺的核心是自我表现”，不必反映时代、人民、英雄、模范。我曾在前年听到说，在一次什么创作会上，提到写军事题材时，有人说这种题材的人物头上都是有灵光的。对我们军事创作这样反感，这显然是偏见。如说我们的作品写得不好，提出批评，我们当然欢迎。

前几天，电视播了《英雄儿女》，在我周围，青年人说，现在的电影很难看到像这样的解放军形象了。现在电影上的解放军都是一些风流小生。说得挖苦了些，但很准。

有些作品，原来就不是写给自己的人民看的，而是为了求得外国人的青睐。外国人一声赞美，引为极大的光荣。对华裔和解放前后当了外国人，现在怀念祖国的人士，我们应该欢迎，但不能以他们的马首是瞻，一篇好话，如获荣宠。

某个时候，有人写访外文章，说资本主义国家如何如何好。与外国人民讲友好，讲交往，先进的地方也应该说好，怎么连资本主义制度也赞美得如此美妙呢？美化西方生活和制度，把艺术上的现代主义也说得如何美妙，助长青年中的崇洋媚外思想，这是否也是个污染我们社会的污染源之一？据说有人访问过一座水城，就著文甘心老死在那里而不思故国，真是可歌可泣呵！这些话，牵涉个“格”字，人格，国格。故朱子奇问我想不想出国，我说，想，但要去发达的资本主义国家，我要亲眼看看是不是“天堂”。其实，也并不那样美妙，狗屎遍绿地，纸屑满地抛，因为请不起清洁工人。有妓女、乞丐、失业，群众上街，少年吸毒，有黑手党。古典画廊看者很多，现代派陈列馆，宏大非凡，但观众寥寥无几。说它一句好话，外国青年也不尽是香港式，现在有的青年模仿的是香港阿飞，现代派并未完全占领阵地。古典的歌剧、音乐，仍然很严肃；流行歌曲主要在酒吧、夜总会，古希腊的舞蹈变为摇摆舞。我看后，感到中国的艺术，能搞得比他们好。何必那样奴颜婢膝，自惭形秽呢？

有人生气地问：现在有些倾向为什么还会如此厉害？我说因为我们的旗帜不鲜明。

我希望中国作家协会研究一下，对待革命现实主义、革命浪漫主义这两面旗，应该不应该鲜明地重新高举起来？

小平同志要求高举四杆革命旗帜，我觉得在文艺战线也应重新打起或恢复两杆旗帜。

在战场上，帅旗不明，战士迷失方向。思想战线旗帜不鲜明，判断不了是非。我主张革命文艺的旗帜要鲜明。

1983年8月23日

申请离休报告

市文联、作协分会分党组并报市委：

为完成十二大关于改革领导机构和干部制度，实现干部队伍的“四化”之际，我请求免去我的北京市文联副主席、中国作家协会北京分会主席和最近批准，并未公布的市民间文学研究会主席等的所有职务。这些职务，不需我做什么具体工作，但由于年龄已老（六十九岁），身体又不好，仅从创作方面来说已感到吃力，就更不应该身任这些职务了。

本市自十一届三中全会以来，恢复和涌现了一批很有作为，并在国内享有影响的中青年作家，而且就知识和专业成绩来说，都比我们这一代老八路要强。在这些同志中，有的在“左”的思想支配时期经受住严峻考验，正是年富力强，风华正茂。为了北京文学工作的发展，一些同志如王蒙、邓友梅、刘绍棠同志，迟早都要进入文学组织的领导岗位的。如果他们现在负起这方面的工作，可以在本市发挥二十年甚至更长一点时间的作用。作家的出现是有历史背景的，同一时代而又有影响的作家在同代作者中工作，比老年作家更易互相理解。党员作家兼做领导工作，更能从党的方针政策考虑问题，并在同代作家中身体力行，作用好。当然，在使用他们的时候，应充分注意给他们以保证进行创作的时间和条件。

我请求离休，但为党为人民工作的思想是不会离休的。我有许多要写的题材，需要集中精力尽可能写出来。哪怕只写成半制品也好，留之别人参考。这几年虽然凌晨三时即起，以延长最佳工作时间，但年龄和身体已深感力不从心了。如果组织上能考虑在三几年中，配一个较得力的助手，帮助我加快工作，就有可能多留下些东西。这就是我最后也是最大的奢望。

恳请斟酌。

致革命敬礼！

1983年8月19日

在中国作家协会北京分会会员大会上讲话

市委关于学习《邓小平文选》的通知中说："《邓小平文选》是建设有中国特色的社会主义的建国大纲，是制定党的路线、方针、政策的理论基础，是毛泽东思想的继承和发展。学好这个文选，可以加深对党的十二大文件精神的理解，不但有现实指导意义，而且有重大的历史性指导意义。"

这段话提纲挈领地指明了学习的重要目的。

我按照市委通知的精神，谈谈初步体会到的意义。

从一九七五年到一九八二年九月的这四十七篇文章，反映了我们党和国家在一个非常的历史时期的实际状况。特别是十一届三中全会到十二大所制定的路线、方针、政策，是使党和国家迅速摆脱困难，迅速解决由于"左"的思想和十年"文化大革命"造成的问题如山的困境，取得根本好转，重新走向胜利的强大思想武器。

十年内乱中常说的形势大好，一日比一日好，实际上是违心之言。谁不知道是越来越糟。现在是千真万确的形势大好，越来越好。这不能不归功于十一届三中全会，更应归功于邓小平同志恢复了党的实事求是这条马克思主义的基本原理。实践是检验真理的唯一标准，一旦为群众所掌握，将产生翻天覆地的伟大力量。

文选我还未通读，但只要是读过和这次又读了的文章，我认为，小平同志的文章是解决我国今天、将来面临着的问题的钥匙。我常对人说，文选太好了，提出的都是国家极其重要的问题。

坦白地说，当十年内乱我们自己把信念、思想、作风什么都搞乱，都搞垮的时候，虽然打倒了“四人帮”，我不能说一点也没有忧虑彷徨。只一个不大再听到讲共产主义，我就感到痛心。在文学方面，连革命现实主义的“革命”两个字都放弃了。常听到中国不如港台、南朝鲜，更不如资本主义。西单墙实际上已经提出社会主义不行。我说过，对共产主义的偃旗息鼓，先烈鲜血白流，我死不瞑目。

现在全党都要学习文选，我认为作家更要学习文选。

我有个看法，打倒“四人帮”感到大快人心，但并未感到思想解放。“两个凡是”仍在兴妖作怪，禁锢思想，捆着我们的手脚。如果不是邓小平同志提出“解放思想，实事求是，团结一致向前看”，老实说，今天在座的中老年作家，恐怕出席不了这个会。

恢复文联工作，有作用，但没有真正解决问题。真正解决问题是十一届三中全会，为天安门事件平反时起。

我国处在一个新的历史时期，文学艺术工作应该向什么方向走？其说不一。第四次文代会，小平代表中央、国务院所做的《祝词》，为我们制定了一个正确的方针。这是在一个大历史关头为我们文艺工作的繁荣发展阐明了一切根本性问题。

我认为，《延安文艺座谈会上的讲话》是新民主主义革命解决战争时期面临的问题。《祝词》是解决在社会主义新的历史时期面临的问题，提出的方针、路线宽广多了，题材更广阔了。服务对象是人民、社会主义，包括海内外的一切爱国者。许多过去不敢接触的禁区打开了，过去谁都不敢摸的问题，敢摸敢碰了。可以写离合悲欢，创作更自由放手了。

此后小平同志又联系思想工作、文艺工作，讲了许多重要的话。见成绩表扬，见不良倾向及时提出。快四年了，成绩与问题到今天还未超越《祝词》中提到的问题。如就某些倾向来说，有的作品、言论，还违背了《祝词》的原则。这就是六届人大报告中提到的："已有明显表现和恶劣影响的精神产品，不顾社会效果的商品化倾向，资产阶级自由化的倾向。"

这种危险的倾向，小平同志在一九八一年七月就已指出："要脱离社会主义轨道，脱离党的领导的资产阶级自由化，不能轻视。"的确如小平同志说的：没有受到批评时还没有什么，批评一下，欢迎它的人反而更多。

情况不是确实如此吗？在政治上跟中央保持一致，并没有真正做到。

《邓小平文选》，应当成为文艺工作的教科书，行动指南。

作为一个拥护社会主义，拥护党的领导的中国作家，理所当然要在坚持四项原则上来考验。我们应当是最坚定的坚持者。

怀疑社会主义道路，那么中国要走什么道路呢？怀疑无产阶级专政，那要谁来专政呢？怀疑党的领导，那要哪个党来领导呢？怀疑马列毛，那只好退回封建、官僚资本主义、半殖民地去了。这不是要祖国来个大倒退吗？

“左”的错误，十年内乱，不民主，专横，没有法制，怀疑主义到处丛生。我们遇到的不能容忍的现实，不是社会主义、共产主义产生的。这些落后、愚蠢、丑恶的东西，在共产主义内根本找不到妥协因素，是要决裂，要打个落花流水。小平同志的文章，回答了这个产生的原因，大家好好学习，使用，在社会主义民主的原则下，早日把这些丑恶瘟神送走！

在《祝词》中，人民是文艺工作者的母亲。艺术生命就在与人民之间的血肉关系。忘记、忽略或是割断，艺术生命就会枯竭。人民需要艺术，艺术更需要人民。我希望，我们的同志，牢牢记住《祝词》提出的要求。

文学艺术的生活源泉来自人民，作家的营养来自人民，我们应时时刻刻不要脱离人民。反映人民建设的业绩及无数英雄人物的模范事迹，反映人民的要求、希望，无情揭露、批判阻碍前进丑恶现象，这样鼓舞人民同心同德为“四化”，为振兴中华而贡献文学应尽的职责。

党员作家，应先是党员，然后是作家。非党作家，希望是共产主义的忠诚朋友、同志，最坚定的先进分子。四项基本原则，是中国荣衰的命根子，一定要在我们的作品、言行中，体现出来。

要这样，必须学文选。文选应当成为文艺家、作家的教科书，行动指南。在执行中发展，前进。

最后，北京市的会员同志，处在一个非常优越的地位，是祖国的政治中心，文化中心，祖国的心脏、橱窗，理所当然应做学邓选的促进派。在学习中，联系实际，总结经验，发扬成绩，克服不足或缺点错误，创作出能鼓舞人民前进，激励人心的优秀作品来。我愿与同志们一起努力。

谢谢大家，肯硬着头皮，听完我的话！

1983年8月

绿风诗会开幕式致辞

同志们，诗人朋友们!

绿风，是一个美丽的名词。以这个美丽的，充满青春活力的名词，冠在绿色的青春之城——石河子的诗会之上，我感到是非常恰当，名实相符的。石河子的出现，她的成长和壮大，和中国人民解放军这个光照千秋的名字，是分不开的。她，充分说明了我们的军队，是战斗队、工作队，又是生产队的伟大宗旨。世界上很难再找到这样的好军队。我们今天能在这个花团锦簇的绿色之城，舒适的房子里举行盛会，怎能不深深怀念当年在解放了大西北之后，立即投入建设新疆的生产建设兵团指战员们的丰功伟绩和辛勤劳动？他们为了边疆的繁荣和子孙后代的幸福，创造了这座城市，我们应该感谢我们的军队。

石河子的军人、工人、农民、知识分子，各条战线的同志，以物质文明在建设这块绿洲，取得了辉煌的成就，成为建设边疆的样板。我们的诗人、作家、艺术家同志、朋友，同样以精神文明在建设这块绿洲，同样取得了很好的成绩，为这块绿洲增添了璀璨的光彩。作为一个老诗歌工作者，我怎能不为之欢欣鼓舞啊！

石河子的出现，是个伟大的奇迹，她充满神奇、童话般的色彩。她以青春的美丽，吸引着人们向往。新疆是产生史诗的广袤沃土。石河子是一部宏大的史诗，是诗歌创作的一口光明之泉。我盼望绿洲的歌手们，能把开拓古尔班通古特大沙漠的南部成为绿洲的，史诗般的奇迹记录下来，写出诗来，作为榜样，用于鼓舞今天的广大读者、社会主义建设者，为开创社会主义现代化新局面而奋斗。当然，也非常希望外地的歌手，也来写这块充满奇光异彩，广阔无边的祖国边疆绿洲。在这里，有天山雪水一样，取之不尽，用之不竭的诗的源泉。

在这里，我不能忽略感谢石河子市委、兵团和市文联的同志，在瓜果飘香的时节，如此慷慨、如此妥善地把全国各地一百几十位老中青少诗人，邀请到这里来。可以说是“诗人八方会绿洲，一代诗风共探求”。

我祝愿我们这个诗会，将是一个在为振兴中华的诗歌史上，留下值得人们美好回忆的诗歌集会。

这是个良辰美景，我昨天夜里写了几句分行排列的文字，作为对这个诗会的祝贺，也作为向参加诗会的诗友们抛砖，希望引出和田美玉一般的诗出来大放奇光，争放异彩！

现在请允许我，念念我写的分行文字：

《绿风诗会赞》①。

1983年9月1日

① 见诗歌卷《绿风诗会赞》，1983 年 9 月。

诗与时代、人民

——在绿风诗会上的发言

很少有机会同中青年诗人、诗评家，特别是青年诗人、诗评家交换意见。这次应该感谢绿风诗会，使近二十个省市自治区的诗歌界同志欢聚在一起，交换意见。现在我想讲一讲对诗与时代、人民问题的看法。

人，不能离开时代；诗人，不能离开时代。诗，来自人民，人民需要诗。中国、外国诗人都一样，没有一个有成就的诗人，不反映他所生活着的时代的。我同辈的诗人中，没有一个不反映抗日战争和解放战争的，不管他是积极地歌唱战斗，还是消极地彷徨低吟。写什么，抒发什么，都与诗人生活的时代休戚相关。以抗日战争来说，祖国不独立，无自由，人民就要当亡国奴，诗人也没有豁免权。中国的诗歌传统和诗人的活动之所以值得骄傲，就是投入时代的斗争。

我最近回答过意大利《人与书》的提问，问我所写的和处理的是什么题材。我说：我生于忧患，长于忧患，我的创作都与祖国的命运连在一起。当日本侵略者，在赶走杀光我们的羊群、牛群、马群的时候，我怎能优哉游哉地去唱牧歌呢？当侵略者，在焚烧我们的田园庐舍的时候，我怎能在硝烟呛死人的时候去写田园诗呢？我说我当时的诗，是火药味很浓的。当祖国在危急中，需要的是火与剑。人，都有七情六欲，但在当时的战争中，实行的是志愿制，当兵打仗就要打到底，是没有休假日的。在部队中写儿女情长的东西，只能涣散斗志，利于敌人。在坦克中搞恋爱，纯粹是作家的胡思乱想。祖国处在生死存亡关头的漫长年月里，人民做出了难以想象的自我牺牲，才有今日。没有这个自我牺牲，那些主张诗不要反映时代的诗人和诗评家们，很可能不能诞生在此世界。

既然是不能离开时代，当然就不能离开人民。我们衣食住行，无一不依靠人民。没有一个诗人不吃饭而可以生活，可能做诗的。这是常识。人民是文学的母亲，根本的原因就在这里：没有人民这个伟大的母亲，诗人是活不下去的。同战争一样，社会能否前进，取决于人民、英雄和模范的先锋作用。他们是前进中的人民排头兵，人民的脊梁。躺在征途血泊里的，大多数是朱颜青鬓的年轻人。有人不厌烦地说，凡是写军事题材的人物，脑后都要加上个光环。这显然不是无知就是偏见。如果说我们有的作品写得不够好，不丰满，我们是非常乐意接受的。中国，在“左”的错误思想时期和十年大内乱中，受了严重的创伤，但是，这不是马克思主义、社会主义的问题。恰恰相反，这些封建性极浓的个人迷信、专断、不民主，和共产主义是水火不能相容的。《共产党宣言》要求与之决裂，《国际歌》号召对旧世界打个落花流水。中国共产党领导人民解放了被压迫的祖国之后，遇此灾难，应表同情，找出原因。因此，产生思考的一代，是很自然的。在建国后若干历史问题决议里，已经总结出来了。这个文件，我真是想象不到会如此的好，这样实事求是的，尤其邓小平同志的意见，他是受打击最重而幸存的人，他冷静地阐明应该怎样地评价这段历史，方能对祖国前途有利。

文学，特别是诗的职能，既歌颂好的东西，又抨击坏的东西。我们过去，抨击讽刺的只是敌人，而对一些早已存在和早已被人民所不满的丑恶现象，容忍、迁就了。颂歌云层，把高空长期覆盖着，气象预报失灵。这是个痛苦的教训。

现在有人说，“文化大革命”中的事不要写了。行吗？这段宣扬愚昧，培植无知，歌唱野蛮的严重事实，谁都没有这样的一把利斧，能在历史上把它砍去。现在写，比后代写，可能更客观些。因为我们还是看到建国后的伟大成就。如让后人去写，那他就不管你了。当然，到这样的时候，我们早已火化，也管不了啦。如现在的不正之风，经济犯罪行为，严重的刑事犯罪行为，文学和诗歌怎能不触动呢？党内不正之风，是在拆党的台，使我们的党日日脱离人民！

诗，既然有个诗与人民的问题，就有个民族化的问题。什么是民族化呢？有人误解，以为一提民族化，只是民歌、古典诗、少数民族传统诗歌的形式问题。我的看法，不是这样。民族化，是如何准确地反映我们人民、民族的思想感情、生活方式、情绪表现、精神情况、风貌举止、风俗习惯等等，是极其复杂的，表达的工具是语言。要用中国的语言才能表达。音乐有音乐语言，绘画也有绘画语言，那就是中国式的线条、笔墨、韵味。我们在战争中，反掉了洋腔洋调，纯化了人民的精神风貌和民族的语言。这是个巨大的成绩。

现在爱情诗写得不少，但很多却不能确切地表达民族的真实，不少是挪用了外国人的生活方式，强加在中国人头上。中国人讲恋爱有中国人的方式。当然，我也不是说所有的方式，都应称之为"国宝"。但是却有中国的方式，与别的国家民族不尽相同。中国人民，讲爱情，不但有爱而且有恩，讲恩恩爱爱。不像外国人，好就好，不好就拉倒。离异不大容易。外国人十分称赞中国的家庭稳固。外国人接吻，可在大庭广众、光天化日、朗朗乾坤之下公开进行。中国就不行。老百姓对现在一些电影此种镜头，常问为什么一搂抱就啃呀？此种镜头，中国老百姓的生活中有，但当作非常珍贵的东西，不许人看的。不像外国人价值那么浅，故公开看不惯。硬着头皮能听下去。故有听不下去可离开的条约。

我还要回到民歌古典诗的问题上。民歌古典诗，那是一种表现形式，长期历史形成的。但现在的生活复杂多了，时代在变化，生活节奏也在变化。吟诵可作为国粹保存，但不能代替朗诵，朗诵已为大多数人所接受。诗，要重视听觉效果，这很重要。

民歌是在人民长期生活中发展形成的，它通俗易懂，流畅优美，有的反映生活非常准确、生动，非常之美。但它也不是十全十美，内容都是健康的。有许多是不健康的甚至低下、格调不高的。用民歌表现今天的斗争生活，有的仍然很有生命力，但有的已不是太方便了，故需要打破，必须发展。所以不要迷信，但也不要狭隘理解，也不要有偏见。不管什么诗作，企图用人为的方法压制一种，抬高一种，都是做不到。唯一的办法是让读者选择。

有人写文章说：民歌与古典诗词相结合产生新诗的说法，已被二十多年的实践证明没有什么成效。对此种说法，我持不同意见，他否定得过早。二十多年，形成一种诗体是不大可能的，为什么不允许探索呢？新诗早已产生，那就是自由体，以自由名体，就早已经打破了格律。有人企图把从“五四”、延安文艺座谈会上的讲话以及建国以来的诗歌成就，全盘否定，我认为是错误的。

再说点感想：

现在出现了大批中青新秀，写出了大量作品，有的十分优秀，诗的希望就在这里。我读了一些，由衷欣慰，是后来者居上。只有后来者居上，社会才能发展。没有探索，不能前进，不去掉满足，就会死水一潭。朦胧、现代主义都可以探索，百花齐放，百家争鸣，由广大读者去判分。天安门诗歌的出现，邹荻帆同志谈了很好的意思，就是思想而不仅是诗的形式，我赞成他的说法。天安门诗歌的出现，打破了诗坛的沉寂，打破了中国万马齐喑的可悲局面，它向不民主、不自由宣战。像火山一样，从大地的深层，冲向高空，震撼世界。天安门诗歌的出现，摸了大老虎的屁股，在一个历史关头，开了诗歌战斗性的一道先河。

之后，诗出现了个新的面貌。如果说后来小说取得了很大的成绩，我认为天安门诗歌起了披荆斩棘的作用。新秀辈出，十分繁荣，因为它是在斗争中，从火的土地里萌芽成长的。

诗要继续前进，人们要求诗歌、诗人不要光囿于抒发自我的圈子里。诗，要开放眼界，敞开襟怀。哲理，应从生活斗争中提炼，而不是靠苦思冥想。现在哲理句子是否太多了，抒情诗，是否有些越写越长了呢？诗的语言、形象、太重复了？干枯多了？谈情说爱是否太多了？有的描写是否太直截了当，不含蓄呢？如果要说爱情诗，“回手抱郎腰，江断水不流。”这是古代一首诗的两句。在那时候，妇女敢喊出来，是何等勇敢，又是何等含蓄而又生动?

西方腐朽的生活方式，不能引进，自由化倾向，一定要克服。它的核心是摆脱党的领导，放弃以共产主义思想教育人民。要高举革命现实主义旗帜，这就要深入生活，不要靠关在屋子里想，游览参观有必要，但深入了解人民更重要。写叙事诗对诗人有好处无坏处，因为写叙事诗生活浅是不行的。

文学的影响，有时是很大的。《军垦战歌》吸引了不少青年来新疆。现在一些电影，很少考虑社会效果。

由于“读书越多越愚蠢”“读书无用论”的毒化，使许多青年文化素养太低，美学教养太低，只能看、听、读一些较直截了当的东西，想从这些东西中，找寻感官刺激和生理快感。有些现象，如对老歌唱家，拼死要求回场，很不好。有的则为了取得快感，反复要求再唱再来，不唱出最能刺激感官的不能了。这些歌唱者自以为得意，有群众欢迎，诚不知被那些没礼貌、不文明的人在把自己愚弄，视为能给予开心的玩物，多么可怜。我们的诗人，我不希望看到出现此种情况。

诗人，应高尚，像居里夫人那样，使人崇敬。古今中外，很多作家诗人，是受崇敬的。坏书、不好的低级趣味的作品，是不能公开阅读欣赏的，都是在阴暗的地方看的。千万别当这样的作家诗人！我们的作品，应该在舞台上，广播里，电视中是能振奋人心的。人们从这些作品、节目中，想象的作者是高尚的，不是满身珠光宝气，金光闪闪的倾国名花或风流小生。

净化人们的心灵，我们负有严重的任务。诗人有责任伸出手来挽救那些很少数，但已快沉沦的青少年们。

这是我为什么要谈诗与时代、人民问题的原意。有错误请朋友们批评。

1983年9月5日

在绿风诗会上的题词

为金城[①]“诗人百家言”题

时代需要诗人，人民需要诗；诗，应歌唱时代，诗，应歌唱人民。

诗，应该随着时代脉搏而跳动；诗，应该是时代的心音。

1983年9月6日

① 傅金城：兰州《金城》编辑。

题留士杰同志[①]

我主张：诗应是时代脉搏的频率；诗应是时代心音的奏鸣。

在8师122团题句

瓜果飘香，

来到新疆，

一二二团，

永葆荣光。

在8师122团15连题句

军垦战士建奇功，

战败黄沙打败风，

长驱直入下野地，

年年炮台红，

代代“满堂红”[②]。

---

① 刘士杰：中国社科院文学研究所助理研究员。

② “满堂红”是该连培植的西瓜名，个大，有上二十斤的，瓜甜。

北京作协学习总结

看了常委办公室的翻印材料，看了鲁刚同志的报告，根据现有的材料，我觉得情况基本属实的。我没有更多的材料，一个多月来驻会作家不全都在学习中央文件，每星期讨论一次，没有有意提出问题，但很受震动，虽然有错误的同志自己表了态，但未深入接触作品。上星期，办了个会员学习班，也是学习文件，没点人名，有个别自己表态，也有人批评个别作家。我们采取慎重、和风细雨的做法：学习，促进自我认识，提高思想觉悟。北京市跟全国一样，在十一届三中全会之后，文学创作取得很大成绩，写出了不少好的作品，这是主要的。也是市的一些文艺部门所沾沾自喜的，都说本市的作家还好，没出什么有大错误的作品。其实不然，我市还是有几个可列入"高精尖"的作品，从文艺理论、创作思想来说，也很不落后。有的主张，在全国来说是有名的。

因为近来身体不大好，修理房子，东西搬乱。两天前，一直发病，眩晕，没有能把一些材料找出来，写成文字。所以只就记忆，谈点背景情况，供参考。未必都准确，如有不妥请批评和纠正。

一、几年来，文艺工作中的精神污染背景的一些情况。

三中全会后取得了巨大成就，这是基本的，出现了两部分有才华的作家：一是从五十年代在“左”的思想指导下的冤假错案被整的人，改正恢复名誉的，这部分同志，多是不到五十岁，精神旺盛，在放逐中，接触了人民生活和自己有这段遭遇，用来写作。另一部分是十年动乱中长大的青年，未读好书，但有抱负，上山下乡，耽误了，有生活，也有不满，也是创作题材。

这两方面力量，是当前最活跃的主力军，作品颇受青年的欢迎。

老作家，在中央改正冤假错案，多数人为这些挨整的同志说了话，在打倒“四人帮”后，也写了一些好作品。但总是近晚年，有的多病，是竞技状态差了。在社会上，从题材、作品形式不如上述的作家活跃，有青老鸿沟，交往甚少，原因主要是思想、处理题材、创作方法、倾向有不同看法。老作家，对党、对人民、对文艺方向，革命传统，较有感情，比较坚定。当然，也有例外，后面再说。冤假错案得到纠正，一下出现的暴露、激愤、抨击时弊的文学作品，风行一时。写自己的所见所闻、自己遭遇，或明或暗批评我们的不民主、个人迷信，等等。有说得越激烈越过瘾之势，最好把我们说得什么都不是，在政治上不如资本主义，经济上不如台湾、韩国、香港。对人要求个性解放，甚至性解放（在我们的国家中，不可能公开提出，仅能隐诲）。由于过去作品题材的偏、窄，现在写离合悲欢的禁区打开了，爱情、知识分子、华侨、外籍华人、外国人、国民党军政官员，随便编造，什么离奇的情节都出来了。在电影、电视剧上床上戏出来了。老百姓说“一搂住就啃”的接吻镜头也有了，甚至连一些好的作品，也非上跳舞、床上戏不可。对引进外国电影反对有这种镜头的，名之为“少见多怪”。西方世界的腐朽生活，随着科学技术的引进，也挤进了模仿之风，泛滥成灾。

谁支持这些倾向，谁就是祖师爷，就得到拥护；谁反对，谁就是保守派。

在老党员作家中例外的人，出现了。电影有，文学也有。十分奇怪，有些同志在“左”的时期，是打棍打得最起劲的，由于利害关系，得到青年作家的拥护，这些同志都处在文学领导岗位。近两年，一位寻到马克思青年时代说过“异化”二字的老同志，在很多会上总是批评老作家赶不上时代，而大捧青年作家如何会用脑子，会思考问题。

在四次文代会时，有的老同志根据群众、中小幼教师的反映，提出了相声和电影、电视剧、文学作品中的不良倾向未被重视。如有相声说到英雄人物临死前交党费时，就说“到发薪他就又活了”。这个名句以后在《吉鸿昌》等电影中，成了恶少们的起哄依据。政委牺牲时，有人大喊“发薪了，发薪了”！听到有人提到“感谢党的领导，生活越来越好”时，又大笑起哄。

在这次会上的发言，有很多意见是正确的，虽然有偏激，但不能说没有。也有很多是不正确的，或编造的，文学又许可夸张、描写，说得神乎其神。总之，谁越说过去（不全是指十年内乱）不好，越受欢迎。当然不是说没有该批判的事情。

在会上会后，社会主义被批判了，共产主义不灵了，英雄人物不信了，我们赖以参加了解放全中国，建立中华人民共和国的革命现实主义、革命浪漫主义的创作方法，不再提了。只提现实主义，甚至公开提出“马克思的现代主义”“社会主义的现代派”。有人在中央党报上否定“民歌与古典诗结合产生新诗”的论点，说二十多年毫无成效。我曾对此在一两个会上问过：有革命两字对你们有什么不好，去掉革命两字对你们增加了什么光？

文艺领导对青年作家捧得不仅过了头，而且上了天。几次打长途要上××作品进评奖名单。北京是中央所在地，对驻会作家的批准，我这个分会主席根本不知道是谁。出国先通知本人，再通知市。市对作家只是每月发薪，外出报销路费，出国发服装费。有问题，不向市反映。连入党，支部提了意见，也到上面诉说。分会这两个字，是很不正常的，地方对一些名家是管不了的。

不组织学习马列不行，但办的读书会，就完全是游山玩水，根本没有学习。共产主义思想，偃旗息鼓了！

异化论、人道主义、人性论，支持青年作家对社会主义泄私愤、发牢骚，把我们一些失误错误，当作社会主义在政治、经济、文化教育都异化了。按他们的逻辑应退回到美妙不可言的资本主义制度上去，才有个人心情舒畅，行动自由，个性自由，性自由！社会主义的中国，不人道，没人性。而杀了千千万万无辜中国人民的日本帝国主义、美帝，却是讲人道人性的。是这样吗？知识分子在中国没有出路，说挨整是事实，但像《苦恋》中的画家，一到美国就青云直上，真实吗？每年得奖的作品中，也有有问题的作品。

在这种偃旗息鼓的情况下，怪现象不断出来了。音乐，不是聂耳、冼星海的道路在起作用，而是美国的摇滚音乐为指挥。声乐，是邓丽君在当导师。介绍到国外的作品，有批准权的是聂华苓，派遣批准去美国访问的也是聂华苓。可悲的是我们的同志却沾沾自喜，受宠若惊。有人把外国写成天堂，要死葬威尼斯不回故国。一些文学领导机关，现在根本不接近老作家，只接近青年，老作家现在吃不开了（少数除外）。这，怎么不出精神污染呢?

作家不深入生活，我市有很多代表性的言论。

以上就是文艺界的涣散软弱。

我作为参加市文艺方面的工作，应该检讨。对一些作品有不同意见，有的看出问题，但不敢提，只好不看了。

一九八一年讨论《苦恋》情况，是按兵不动。电影比剧本坏，是异化论的产品，社会主义的中国是个大问号，走上反面。首先出来批评的，结果受批判。有的批评打不中要害，要害是抨击了社会主义的中国、共产党。

二、与本市有关的起污染精神的作品，说点补充情况。

遇罗锦的《求索》，昆明、西安出了大广告。

有两部作品，读者名之为“找老头”作品。一个上了电台，一是上了舞台，都是写母亲青年时代的恋人，现在和女儿热恋或结婚，后者还得了奖。有人说基本是有真实依据，有人说不是。但后者的那个女儿也真糟糕，而在戏上美化了，当然文艺是许可的。但问题是对这些为什么如此同情，并加以美化，影响读者观众？巴尔扎克同样写一个少女，要嫁一个有爵位的有钱人而未达到，却嫁给了七十多岁的老舅公，批判非常辛辣。相比之下，我们的“社会主义”作家，远不是这样，仿外国人为师，只是个低能儿。

在诗歌问题上，谢冕原是拥护“讲话”推崇民歌而成名，现是三个“崛起”的头头。不能说投青年之机，起码是改弦更张。他被选为市作协理事，因此身价十倍。

《诺日朗》发表于《上海文学》五月号。作者杨炼，是广播电视剧团编剧。此诗的诺日朗是男神（藏语），组诗，占四面，标题有长画，两边有装饰插图，可见很重视，放在诗页的首位。冗长、晦涩、朦胧，毫不相关的句子拼凑在一起，但是非常疯狂，发泄男神占有所有女人的兽性，什么“被蹂躏后的美，占有你们，我，是男人”。像这样明目张胆地叫喊的，是不可多见的。如果不是作者的真实趣味、思想境界，也是不可能写出的，可以说是作者自我表现。如有人说要学皇帝有三宫六院七十二妃嫔，这位作者也不示弱。

近年，又一个时髦主张是华人外籍知识分子、国民军官，加上个国内公子和回国观光小姐，必须讲几句外语，会跳舞。国民军官都很风雅，会弹钢琴，能书善画高雅得很。过去的革命与反革命的斗争，好像是历史错误造成的误会。阶级的搏斗没有了，资产阶级的人性论代替马克思主义的学说了。全是胡编、胡写、胡演，根本没有生活依据。

一个根本问题，是许多青年作者，不具有马克思主义的世界观。有的常被邀到大使馆去参加宴会。以甘当外国人的俘虏为荣，被称为“持不同政见者”。

文学刊物、出版社的编辑与作家的关系。编辑人员情况，一是许多青年，也有原来的造反派，与青年思想一致。二是里通外应，互相照顾的关系户。革命性作品不易出来，轻飘飘的小花小草很容易发表。这包括全国性的大报。

我在《诗刊》一次会上讲过，编辑部要像有些企业一样，员工能用也能辞退。

出版社太重视钱，抢流行热品，不肯印革命性强的。书店掌握了印数。诗，特别挑剔厉害。北京就不大肯出，一年只出四五本。作为主席，我总受诗人批评。

还有请名家做主编的办法，以广招徕。一边贪名，一边贪财，做法可悲。

三、教育和改善领导。

改正错误应该欢迎。有震动，不像过去一触即跳。因方针正确，没有什么过火之处，我们还未公开点过人名，有的人表了态。

对青年是教育。但作者要认识危险性，不能因不能与刑事犯罪并提而无动于衷。许多作品颇有诱罪作用。

有的领导人讲了、写了很多不符合马克思主义，不与中央保持一致的话和文章。我欢迎他见风转舵，抓了一两个好作品的评论。但他应反省过去的言行。有公开质问我什么叫资产阶级自由化的名人——在协会提倡现代派，现在摇身一变，又是正面人物。

整党，能否克服这些情况，恢复好党风，要努力才行。如这些搞不好，将来什么人接班?

1983年10月

涣散软弱与自由化倾向（备忘提纲）①

宣扬资产阶级腐朽思想，散布西方生活方式，企图脱离社会主义文艺轨道，摆脱党的领导的文学领域中资产阶级自由化倾向，早为广大群众所不满，强烈呼吁要求作家艺术家注意对社会，特别对青少年及幼儿所产生严重的影响。中央三令五申，几年来就是克服不了。从某些实例来说，更为严重了。文艺理论方面，出了那么多错误理论，什么社会主义的异化、共产主义的现代主义、社会主义的现代化、新美学的崛起、崛起的诗群等等，越来越邪，说有人管，实际上是放任不想管。中央指出文艺领导的涣散软弱是完全正确的。

十一届三中全会以来，中央对文学艺术的成就估价是很高的。我们都沾沾自喜，而对所指出的不良倾向，是不大认账的。对一些批评意见，是不大

---

① 此文是作者主持召开北京市文联学习贯彻十二届三中全会精神座谈会的开场发言。

考虑的。批了张三，由李四来辩解，批了李四，由张三来开脱。文艺界的领导部门对批评意见不是认真严肃的，而是捏一个你来捏一个我，打碎一起重和和，再捏一个你来捏一个我，哥哥中有我，妹妹里有哥哥。

这些年来出现一种怪风气，作品被指出有问题，却越得到同情、安抚，越吃得开，声名越大。

我们的文学艺术，就某些情况来说是社会主义的吗？我感到很难说，如果是社会主义的，应该是党在领导，沿着革命的传统发展前进。但情况不是这样，比如说我们的声乐艺术吧，不是沿着聂耳、冼星海的道路发展前进，而是沿着邓丽君的道路发展前进。许多时候，大路歌听不到了，舞台、电台都是小路歌。前进前进听不到了，轻轻地摇啊摇，占领时间，充塞空间。过去，充满朝气蓬勃的声音现在变了不少，大小歌唱家的嗓子伤风咳嗽，肺气肿了，发出的呻吟的鼻音。有的原来是很不错的作曲家，现在的作品上，也加上迪斯科的嘭嚓嘭嚓节奏了。因此，我说社会主义的音乐，声乐艺术，是邓丽君女士在指挥扛着帅旗，领导我们的作曲家、歌唱家在呻吟前进。

我们的文学，有无数种情况，我说我们许多作品，不是我们在评价而是由某位美国华人来定价钱。出国名单，不是由我们来制定审批，而是由某位美籍华人来制定审批。我们却沾沾自喜、引以为荣。由于某种原因，如害怕中国，去当了外国人，现在怀念祖国，回来看看，欢迎。在外国帮助做些有益的工作，感谢，有贡献，也应该记下来。但不能当作马首是瞻，由他来指挥我们。

我们现在派出国，是有倾向性的，而且常常省市分会党组织是后知后觉的。先与本人说好了，再通知地方。过去的出国审查，不尽妥当，但一个作家的情况，地方应该是比较清楚的，为什么不先征求一下意见呢？作家申请入党，首先应是支部来研究、谈话。现在很反常，党组织支部谈不得，谈了缺点会往全国作协反映。现在，地方分会，对一些名作家，主要的工作是发工资，作家到哪里，有时就不知道。这是正常的吗？各地的群众团体，应是当地党领导，工会、妇联，就不叫分会。中国这样大，总会管得了吗？我主张取消分会两个字，让地方党、地方来管理。一点也不妨害总会发号施令，而且名称也太长：中国作协某某分会。常有不明事体的人问：北京有几个分会的总会叫什么？

指导我们思想的是马列主义，像我们这样的人，很久不读马列了。我建议以马克思主义为观察世界、行动指南的作家协会，应当大力组织作家读马列，文联主办的读书会，应提倡学习一点、讨论一些马列根本原则，比如什么社会主义的异化、马克思主义的现代主义、社会主义的现代派、资产阶级的人道主义和革命人道主义，不应该讨论讨论，弄清楚一些不好吗？

克服资产阶级自由化倾向，改变涣散软弱，要靠马列主义，要靠党的领导。

做到有理想、有道德、有文化、守纪律，为伟大壮丽的社会主义现代化而英勇奋斗。大多数人在不同程度上这样做的，但是一些人却同时代和人民对他们的要求背道而驰。用他们的不健康思想、不健康作品、不健康表演，来污染人们的灵魂。“精污”的实质是散布形形色色的资产阶级和其他剥削阶级腐朽没落的思想，散布对社会主义、共产主义事业和对共产党领导的不信任情绪。

异化：意思是说工人的这种劳动是异已的，反对工人自已的，结果总是资本家发财，使自已受穷。

这实际上只会引导人们去批评、怀疑和否定社会主义的前途，失去信心，认为社会主义和资本主义一样地没有希望。不是向前看，而是往后退，退到马克思主义以前去了。

我受北京市文联的委托，请同志们来开个学习贯彻党的十二届三中全会精神的座谈会，讨论文艺家在建设社会主义精神文明的责任和防止、清除精神污染的问题。关于精神污染问题，小平同志、陈云同志都作了重要讲话。

十一届三中全会以来，文学艺术取得了很大的成绩，这是主要的，但也出现了资产阶级自由化、商品化倾向的一些作品。虽然是支流，但不可轻视。

在理论方面，有人提出了社会主义的异化观点，就是说社会主义创造了社会，不断产生异已力量，已异化了。有人公然提出马克思主义不灵了，在文艺创造上，要“马克思主义的现代主义”“社会主义的现代派”。在诗歌方面，提出不要反映时代、人民、英模，诗只是诗人的自我情怀。主张诗完全离开时代和人民，代表性文章就是孙绍振的《新的美学原则在崛起》和徐敬亚的《崛起的诗群》。

精神污染问题，群众反对很强烈，但制止不住。有公开的、有秘密的。现在刑事犯罪这样严重，当然不能说是由于文艺而造成，但绝不能轻视文艺的影响。

现在有的文学艺术家不大尊重自已的人格，没有做灵魂工程师的精神，一方面在毒化别人，另一方面也把自己降低到被作为寻找生理刺激的物件。

这都关系到四项基本原则的问题，什么人来接班的问题。

我们都是思想战线的同志，故请来讨论讨论这个问题。

1983年10月

在天水师专讲话提纲

先说两句闲话：我从来自己认定了的方向，就照方向去做，我行我素。喜欢听交换一些有益的话，但不完全崇拜权威、名家，有时甚至不想看有些人的文章。如果有说好或不好时，我才看。很多作品，也抱此态度，主要思想倾向问题，不想去浪费此时间。

离大城市远的同志，都多少有远来和尚善念经。好是好，但要小心，不全都善念经。这个经就有益于人民、革命的经。现在左道旁门有的是。我可能也是，大家小心点。

搞文学的，不能完全满足组织者的要求，先来个君子协定，故诸君硬着头皮能听下去就听，为了批评，也可以听，如果听不下去，能打瞌睡，最好随便离开，免得浪费时间。现在思想很活跃，“思考的一代”，要有比较，有不少人并不了解现代派，也在讲现代派。我是属于保守的，故有听不下去离开的条约。

八十年代

在天水师专讲话提纲

我没有什么打算要讲什么，原是答应同爱好者商讨创作问题，师专领导把事闹大了，有很大程度是逼上梁山。我更未做什么准备。现在拿着这几页稿子，是上午想的，为了免得尽量不讲乱。我想跟同志交换一些意见，就是我先讲讲“我所遵循的文学道路”问题，故就以此为题。

一、“文学艺术要为人民”这面旗帜，必须鲜明。

新中国的解放独立，革命文学是有伟大功劳的，它对得起子孙万代。从“五四”起，到“四五天安门”这个过程很长，两个革命战争，都起了号角军乐队的作用。

革命文学艺术，是以共产主义为思想基础和武装的，在先烈的可歌可泣的壮烈斗争中，取得了中华民族的解放。这就是革命文学的根本使命。

弱国，怎能打败强敌？靠坚定的信念，靠共产主义，爱国主义，鼓动人民起来斗争。中国很穷，解放区更落后，但坚持了斗争，革命文学一直鼓舞着人民前进。出现了白毛女、王贵与李香香。

新中国的出现，世界为之震惊，中国人民站起来了。

成绩是伟大的，许多科技工作者、在座很多教师是那时培养出来的，工业建设是有成绩的。文学、诗歌，歌颂了这个时代，没有错误。现在有人想抹杀，说是夸大，不完全是事实，难道党不鼓舞人们前进，是好的吗？不能把意气风发当浮夸。但是，我们受到“左”倾思想路线所造成的失误、挫折，这主要是封建性的残余太厉害，没有民主，个人专断，迷信。从这个角度来说，文艺陷在为这些唱颂歌中，不能，也不敢尽到自己的功能——深刻地、尖锐地揭示时代的缺陷。但这不是革命文艺一方面的错误，当时的作家严重碰到敢不敢揭露矛盾这个问题，都不敢碰。如只能厂长、队长犯错误，哪个敢说党书记犯错误？现在，我认为文学，应该敢于歌颂，也敢于揭露矛盾，“左”倾、“文革”，都应写，不民主都应写。但有一点，必须使人向上，相信我们的事业，共产主义一定能胜利。光流泪痛哭，是解决不了问题的，现在能不能这样尽文学的功能？我说可以，但不敢打包票。

现在的问题是脱离人民，不谈政治。现代主义，朦胧诗，小花小草，身边琐事，谈情说爱，崇洋媚外，最可忧的是一些老党员，左右文艺的名人，在助长这种倾向，他们在争选票。

革命旗帜，必须高举，鲜明，这是对人民、子孙后代要负责的问题。

二、提高创作、研究、阅读水平问题，这是关系到一个民族的文化素质问题。

（一）创作，要立大志才能提高，立小志不行。学上乎中，学中乎下，一定要学上，严要求。我承认才能，但不相信天才，而相信勤奋，永不满足。

（二）研究工作者、教师的提高，很重要，要敢于善于发现新见解，提新问题，这样才对作者、读者有帮助，不要人云亦云。现在证明，有的大名人，得奖的作品，并不全都好。作品要有时间风雨的检验。

（三）读者也应提高鉴赏水平，老是流行歌曲不行。对文学艺术的欣赏水平，是表现一个民族有无教养和高低的问题。

现在有相当一部分青年，也包括老年、中年，水平太低，文化教养低，但也要享受文化生活，但趣味很低。如你们的剧场，吃烟嗑瓜子，就表现出个文明问题。

三、联系人民，提高观察社会的能力。

现在的倾向是一部分青年作家，不肯深入人民生活。

崛起和下沉，同时存在，好和平庸也并存。

为了不再有文艺从属政治，现在出现脱离政治，提出不为时代、人民、英模服务，只是抒发个人情怀。提出只反映自己所知道的那部分生活，有的甚至提出要“马克思主义的现代主义”。

现在有些作者不爱读马克思主义，这将是作家的危机，有的作品就分不出两个世界，如有愿死葬威尼斯，把资本主义渲染为天堂。有的青年也不爱谈政治理想，不重共产主义修养，出现很多问题，犯罪，情操低下，人格丧失，禽兽不如。

有的不注意社会效果，不注意人格，不严肃。

人要高尚，不要低劣。古今中外的有为科学家、文学家，光明磊落，提起令人尊敬。写的东西要高尚，不要被低下品质的人看作是为他找心理刺激的东西，偷偷地看的黄色东西。

不要妄自菲薄，天水地区有很多好的东西要继承、发扬。

1983年10月22日

新疆忆旅

在祖国的云天上

我有个痴心妄想，那就是梦想找个机会到祖国各个边疆走走，看看边陲的壮丽山川、人物风情和生活变化。但好多人都去了，我总没有这个福气。近几年，愈来愈感到余日无多，这个念头就愈来愈迫切。我，虽然不怕人说我游山玩水，但总得有个任务，才出师有名。有些人说：作家很有钱。其实除很少的个别人外，绝大多数是穷人，诗人更穷。诗人、作家，无官无职，省去公务缠身，这是最大优越性。但是，如果没人接待帮助而自费旅行，在今天的中国，是根本不可能的：住房住不起，交通工具找不到，即使找到个机会，还要顾虑有人说闲话。所以，我这多年梦想到祖国边疆走走的缠绵痴情，还是个痴心妄想。

阿弥陀佛！今年[1]八月，收到新疆石河子绿风诗会的邀请信。我真是欣喜若狂，立即回信说："去！"新疆，本来就是我倾慕的地方。现在，我所看到听到的一切，都是新鲜的事物。虽然时间很短，但感想很多，所以做了日记，写了一些诗。这个集子里的文字，就是从日记本里整理出来的。

8月30日上午九时，我登上民航班机，离开北京，在一万米的云天上，向西飞行。

新疆，我过去曾从空中来回飞越过。但那次，除了云雾之外，我从舷窗俯瞰到的，是莽莽苍苍的起伏不平的秃山、白皑皑的雪岭和广阔无边的黄色大漠。我留心看着，偶尔也看到一些蓝灰色的小片片、小点点儿。但是我总感觉到绿化祖国西北的迫切性和艰难程度：我们到底在哪一代，才能把这块资源富有、辽阔的边疆，变为绿色的边疆呢？这绝不是一两代人能解决的问题，但问题是要赶快开始，赶快开始！三十多年已经过去，绝不能再等待明天了！天天都有个明天，等待明天，实际是自己哄骗自己。无论如何，必须从我们这一代开始。

那次飞过时，我埋怨机组人员太不周到了，为什么不报告一下，现在的机舱下面，是祖国的什么地方！在回飞的时候，我特别注意，想仔仔细细地看看，到底有多少蓝灰色的片片点点儿，我猜想：那一定是森林，或者是田园村落。我虽然发现了不少，但是比起辽阔无垠、黄云莽莽的大漠，那不过

① 指1983年。

是在黄色的大地毯上，撒了几粒六神丸。真是惊心动魄啊！

我早就知道，在飞过的地方，有好多在那里辛勤垦荒的生产建设兵团，其中有颗众星之星——石河子。那部激动人心的电影《军垦战歌》，我是看过的，可惜的是我没有亲脚踏上这块人造的沙漠绿洲。这次，我真要踏上去了，我是多么高兴。我紧紧地从舷窗往下贪婪地望着望着……

乌鲁木齐

真没想到，过去说万里迢迢的新疆，只用了三个小时，正点到达了她的首府——乌鲁木齐，这座早已植在我心中的西北重镇。一下舷梯看见是座阳光灿烂的城市。主持绿风诗会的石河子文联、自治区文联、中国作家协会新疆分会的同志，都在候机室等待我们这些来自祖国各省、市、自治区的同行。虽然大多是未见过面，但都那样随便、自然、欢乐，人人都像老朋友，笑一笑，握握手，就传导了真挚、深厚的情谊。

沿着绿树夹道，车行半个小时，看见了铁塔山，已经进入自治区首府市中心了。我们在一家招待所里休息到下午三时（北京时间，时差是两小时），便改乘小吉普向石河子行进。与我同车的小说家伊萍同志告我说："我们还得坐三个小时车，才能到石河子。"伊萍，是最早进疆的军队文艺老战士。同车的还有一位作曲家，和一位从包头市赶来的女编辑。

天下闻名的哈密瓜，在内地六十年代，我曾尝过，但新疆西瓜，我一次也没尝过。

我天生有副好牙齿和一个好肚子。我痛痛快快地饱尝了这两种瓜。它的特色，我只能用香、甘、甜、美四个字来形容。我这时才领会了主持绿风诗会的作家杨树和诗人杨牧在通知上附带写着一句话：“欢迎你来。这正是瓜果飘香的季节”的含意。

从乌鲁木齐、吉昌、呼图壁、玛纳斯河到石河子，行车三个小时的路上，我看见衣着鲜艳的维吾尔族姑娘和戴着毛皮帽穿着毛皮袄的卖瓜老人，感到十分新鲜：一面是轻松飘逸，一面稳重沉着的强烈对比。

在秋色的灿烂阳光下，人们正在修筑从乌鲁木齐到石河子的铁路。

在准噶尔这块大戈壁滩上，是看不到水的，但车行到一处地方，有道水流，水还不小哪。司机同志想避开坎坷不平、颠簸得非常猛烈的道路，可是一拐下去，不但不是路，而且前头有一辆卡车，已经深陷在泥水中打空转。前车可鉴，司机不敢冒险了，只好回车绕道走。

以柯尔克孜族一位古代英雄名字命名的玛纳斯河终于到了。伊萍告我说：“这就是解放战争时期北疆的民族军和国民党军对峙的界线。”

玛纳斯河，现在是一条没有水的石头干河。从一片广阔无边的戈壁西北，远远望去，我第一次看见耸立蓝天、头戴银冠的天山。她，真美啊！我正赞叹的时候，横在前方是一片大绿洲，这就是生产建设兵团八师的所在地、新生的戈壁城市——石河子。

我快到了向往已久的石河子了，路旁的杨树，似在向我们招手。我想起杨树、杨牧“瓜果飘香”的那句话，便默吟了几句诗来：

瓜香、果香，

四野飘芳，

广阔无边，

万里阳光。

我终于来到了，

一生向往的祖国边陲——

可爱的新疆。

瓜香、果香，

四野飘芳。

瓜果甜如蜜，

各族友情长。

我终于来到了

一生向往的祖国边陲——

可爱的新疆。

在暮色苍茫里，车子进入绿树夹道的石河子。在第一招待所下车，市委的任友志同志和大会的朱宣同志，已在院子里等我们了。大家紧紧握着手。

“欢迎！”

“谢谢！”

绿城之晨

我仍然按近五六年生活和工作的习惯，早晨三时，起床工作，五时到外面活动。这时新疆的天色，才刚麻麻亮。我因路不熟，就沿着招待所的方块路小跑。随着熹微曙色逐渐明亮，我看清楚了这座耸立戈壁上的年轻城市——石河子。橙红色的天空，灰白色的马路，两边是红色和白色的建筑物。除这之外，这座城市，全是绿色的：路旁是绿色的，庭院是绿色的，近郊的菜畦田野都是绿色的。东面十字路的圆形花坛，百花盛开，万紫千红。每座楼房的阳台上，盆花斗艳，婀娜多姿。横看是绿色的，竖看也是绿色的。我发现，这座没有城楼堞垛的城，是用绿树构筑成的。钻天杨梢在晨风中翻过这边来，翻过那边去，使我看见了这里风的体态，风的面貌，风的衣装，她，全是绿色的石河子，虽然已到了秋天，但她还是那样青绿。石河子，虽然也有工业“三废”，因有广阔无边的大戈壁消解，使人感觉到空气干净风新鲜。还可以说是个没有污染的城市。我衷心祝愿她永远不会被“三废”污染。

石河子值得骄傲自豪，因为她是我国第二大沙漠——古尔班通古特，今代人创造的绿洲，青春之城。

石河子，名字普通，却又神秘。我不是历史学家，也不是观察家，我是慕名而来的。既慕祖国边疆——新疆之名，也慕石河子这个童话般的名字而来的。来前我也看过一些报道和文字介绍。有的说法，虽然不完全，但我都相信，因为我无缘见过石河子。现在，我来迟了，只能说说我亲眼看见的东西和亲自问过的东西。亲眼看见的，以自己的感受说话；问人得来的，以人们的介绍为依据。

看一位大画家作品，对成画的欣赏，和看他从一张素纸起稿、落笔到画成，感受是不完全一样的。画成后再看，看到画家的表现手法，生动的形象，独特的韵味，等等，看出是一幅完美的作品。如果能看到画家作画全过程，你就可以看到画家作画前，如何捉捕主题，如何经营，到全部画成的匠意苦心。我现在看见的石河子，是充分反映开拓者们的经营匠心："她已经是一幅巨大的、完美壮丽的画图。"

当前的诗歌，出现了许多什么绿色的爱、绿色的心、绿色的吻、绿色的遐想、绿色的梦等。这无非是形容青春年华吧，但我都没有见过、感受过。但是今天，我不但确实感觉到，而且看到一座绿色的城市，吹荡着绿色的风。"绿风诗会"的命名，可以说明石河子的诗人和组织者们的匠心经营。光说这个会名，就应该感谢石河子的诗友们。

但是又再一想，我们这些参加会议者，更应感谢创造出"绿风"的人们——中国人民解放军军垦部队和后来的千千万万兵团战士。

地图上的新发现

五十年代在我国的地图集上，从乌鲁木齐到安集海，这条红线上，还没发现"石河子"。大概是地图编辑工作， 还未发现她的分量。

一九五〇年七月二十八日，玛纳斯河以西的戈壁滩上，发生了改变地貌的运动。这一天，新疆军区司令员王震将军，奉西北野战军彭德怀司令的命令，偕同张仲瀚、陶峙岳等二十多位高级指挥员，乘着战马，越过玛纳斯河，立在古尔班通古特大沙漠南缘的戈壁上。王震将军回顾说："我们就在这里开基始业，建一座新城，留给后代。"从这阵闪迸着石火的战马蹄声和红尘里，戈壁震动起来。

黄色的沙漠、褐色的戈壁、嶙峋的怪石，来去无踪的雪水、草洼、朝霞、落日，莽莽苍苍，虽有如此多彩的诗情画意，但人们却在每年的春夏秋天，都得对付蚊子。

"蚊雷震耳，多得会叮死牛，一抓好几个。"人人都要用泥巴厚厚地涂在脸面手脚，个个成了个"泥猴儿"。劳动干活，要穿着棉裤棉袄和毛皮衣服，上厕所要点火烟熏，千方百计来抵御蚊阵的强袭。蚊子可怕，但更可怕的是睡觉后，常有小蛇钻进被窝来同衾共被。有的地方是沼地，引水灌地时，要腰横长杆，以防被暗洞囫囵吞没。三九隆冬，暴雪埋住帐篷，封死地窝子，被冻在大头靴里的双脚常常不借火烤就不能褪出来。经过多年这样的拼搏，绿色的石河子终于展露雏形。

五谷丰登，棉桃欢笑，甜菜含糖量高。军垦战士，每年节余一顶军帽用来建了面粉厂，大家都拿出一千七百元转业费，加上后来由共青团捐款，先后建起了两个糖厂，石河子的工业也腾飞起来了。军垦兵团把早在南泥湾印好的谱表，在戈壁上谱写出一部《军垦战歌》。五十年代的中国青年，是继往开来的一代。他们被这支战歌激动得心潮澎湃，成千上万有志的知识青年，不断地从北京、从上海、从河北、从山东、从河南等内地，奔向天山山下。

经过十几年的流血流汗，像石河子那样的沙漠绿洲，一片一片，遍布在准噶尔、拜城、阿克苏、策勒等天山和昆仑山许多许多地方。一九五八年，朱德委员长来了，视察了石河子和“花园农场”之后，望着曾跟着自己南征北战的老兵时，老帅是多么高兴啊！一九六五年周恩来总理偕同陈毅副总理来了。总理在五排杨树榆树浓荫道上，对兵团干部和上海知青代表讲了话，勉励他们把祖国的边疆，建设得更好。越南胡志明主席来参观时，说军队应该军垦。英国的蒙哥马利将军，参观之后说：英国军队也要搞军垦。也是英国的坎特伯雷大主教参观之后说：一个生产的军队，是个和平的军队。

从此，人们从中国的地图上，发现了一座新城，她的名字叫石河子。可是在那场“史无前例”的大动乱中，军垦兵团战士被叫作“刘少奇的党员，彭德怀的兵”！“逆潮流而动谓之反动”的大帽子，应该套在说这种话的人的脑袋上，没有党的十一届三中全会的拨乱反正，石河子，会长埋在政治沙暴里。没有党的十一届三中全会的正确路线、方针、政策，不会有“绿风诗会”。

早　雨

天刚亮，我走出招待所，看见天色阴沉，似要下雨。我顺着马路，围绕着这一片建筑方块小跑。除了看见一两位清洁工在清扫街道，路上还没有行人。跑了不多远，果然下起雨来。我想不会下大的。仍绕着方块小跑，约半小时雨下得密了，衣服微湿了。当我兴致勃勃地跑回招待所时，看见出来活动的作曲家王洛宾同志。

从季节来说，虽然已进凉秋十月，但日照长的新疆，仍是树色青绿，鲜花盛开，又经这阵晨雨的沐浴，招待所庭院里的树木特别鲜绿，各种花卉，更加妖娆。我回到房间，为这场早雨写了四句诗：

朝逢甘雨涤秋晨，
宾馆庭园百花明，
脉脉含情枝头笑，
多争美景留青城。

洛宾同志看见，立即拿着说："我来谱成曲。"

少雨的新疆，今天秋雨绵绵。任友志同志对我说："农垦兵团开拓戈壁、大力种树造林之后，现在明显发现降雨次数比旧年代多，雨量也大了。"这是句令人充满希望的语言。

下午雨过天晴，空气十分清新。与会诗人们，参观了市容。要看这座棋盘形的石河子的面貌，不可不看老街一间房屋。那就是选定开垦点时，王震将军过夜的，当时仅有的破房。石河子，就是在这样的地方，十年之后，突然崛起了一座万紫千红的花的城市。漫步街头，繁花照眼：万寿菊、夜来香、蜀葵、青秆菊等等。祖籍南国的米兰，也在天山脚下繁衍起来。漫道戈壁天空无飞鸟，而今且听绿荫鸣黄莺。现在这里是树多，鸟也多了：有燕子、山雀、鹰、隼、云雀、夜莺、八哥、灰鹤等等。

随着生产发展和内地大城市知识青年加入农垦兵团，科学文化蓬勃发展起来了。石河子已成了新疆的文化中心之一。据当时的调查统计，这里人均年购书费七八元，据说高于当时的乌鲁木齐一倍以上。我参观了四个新华书店中的一个，购书的人可说是挤得水泄不通。在这里，有两所大专院校，三所中专，一所技校。八师的各团共有一百六十二所中学，三百八十七所小学。教育事业发展的速度，形势喜人。这里，是出诗人、作家的沃土，文学艺术工作十分活跃。著名诗人艾青同志，曾放逐到此，当过牧羊人。我去看过他常在那里放羊的地方。这是历史的不幸造成的，愿它永不再重演。但在这位诗人的踪迹上，诗的新苗，发芽成长了，开出了簇簇绚丽的花丛。

参观一个下午，想认识石河子是很难的。但给我最突出的印象是人。人，能以自己的力量，对戈壁沙漠，进行了一场绿色的革命。维吾尔族把树林象征天堂，我认为是颇有道理的。石河子的一切，都是从夺取绿色革命胜利而来的。因此，我要以衰年气力，好好地利用这次机会，看看沙漠是否可以被人类控制，最后完全被征服？

大泉沟水库

我自己也不相信是行走在曾是荒漠的戈壁滩上。视野所及，我看见的是麦地、棉田、芦苇、草场，小溪潺潺，藓苔娓娓，杨榆夹道，鸟语花香。如果没有远方险峻的白雪皑皑的天山群峰，我还以为是身在江南。为了看看治沙树种沙拐枣树，为了满足我的要求，同行的老兵团战士，好几次停车让我端详端详“抗沙勇士”的英姿。叶面暗绿叶背灰绿的沙拐枣，并没有什么特别出众的地方，树高不过四五米，但根系发达，耐干旱抗风沙。它有股犟劲儿：被沙埋了它又会从沙里长出来，性格非常顽强。我听了它的特性，感到非常敬佩。

我一路寻幽探胜，忘了要去何方。忽然从高粱、玉米的青纱帐里，闪烁着片片飞光，我猛一看，只见一面烟波浩渺的平湖，平袒在右车窗之外。

“那，就是大泉沟水库！”

湖含雪山，水藏白云。湖里，渔船桨光闪闪，浅滩，拉网人声嘈嘈。从湖那面来的摆渡，正在靠岸，我看见一派鸢飞鱼跃，万类生机勃勃景色。下车来到湖畔，看到有处供人休息、观景的亭子和长廊。这里充满诗情画意。诗人们太高兴了，有人在照相，有人在观渔，有人在唱歌，有人在作诗。电视台的记者，正在寻找对象抢镜头。我和闻山，却沉醉在速写中，连长廊、亭子里都在放开胃口忙着尝特产哈密瓜、西瓜，我们还抱着“只恋风景不恋瓜”的决心，不为所动，主要是因为风光太迷人，不知何日我能再来？人们吃瓜赞瓜，在一片这样的赞美声中，我们“只恋风景不恋瓜”的防线，很快冲断了，立刻加入狼吞虎咽，不甘错失机会。

饱览大泉沟湖光水色之后，人们驱车到八师总场。大家满怀敬意，去瞻仰周恩来总理纪念碑。一九五六年周总理从亚非十四国访问的归国途中，七月五日偕副总理兼外交部长陈毅，视察农垦兵团时，曾在这里的一处树林田边，对兵团干部和上海知识青年代表，作了鼓励青年开发大西北的语重心长的著名的杨榆树林讲话。周恩来总理在一九七六年去世之后，为缅怀这次历史性的讲话，兵团战士在原场地建了一座纪念碑。

我们一来到总场，就远远看见一座高高矗立在万绿丛里的纪念碑。这是块宽广的绿树带棉花田，我们看见洁白的棉蕾争开竞放，兴高采烈地拥攒在广阔绿野。兵团的同志告诉我：“当年，周总理就站在这个地方，对干部、知青讲话的。”我看见那里正是一道雪溪潺潺流过的杨榆林树边。

“干部和知青就站棉田里会见总理和听他讲话。”我想见见听过总理讲话的人，他们说：“可惜，听过总理讲话的上海知青，现在都是各方面的骨干，不在这里了。”

我看见棉株枝叶，长得那样茁壮，那样青翠，简直像是用油喷洒过似的闪着绿光。盛开的棉蕾，是那样洁白，那样欢乐，那样情绪饱满，好像都在笑。

“总理去世后，大家提出要建座纪念碑。那些房子，打算搞陈列馆。”

“为什不搞？”可惜没有人回答我。

我看见各种花卉，姹紫嫣红，熙熙攘攘拥簇在纪念碑周围，像是非常欢乐和骄傲地告诉人们：“我们能在这里值班，再没有比这更光荣的了！”我再问兵团的同志能不能找到总理讲话的记录，因为两个问题都没有得到完满的答复，我心里感到惆怅，像缺了许多东西。但我徘徊在总理讲话的地方，忽然听到一个非常平静、安详而又热情，熟悉而且非常亲切的声音：“同志们，青年朋友们，你们辛苦了！……”

他，人去了，但他那感人肺腑的语言，鼓舞人们前进的悦耳音色的韵味，到处都能听到：在珠江能听到，在长江能听到，在黄河能听到，在昆仑、在天山，都能听到，在全世界，不但都能听到，而且永远不会消逝！

紫泥泉

车子朝着天山北坡的黄色沙丘沙岗开去的半道上，车停了，同车的人，都下车去看长在沙石路边的骆驼刺。骆驼刺是沙生植物，长长的齿状的叶片和茎上，长满了像不锈钢做成的针，闪光、锋利，似乎在说："谁敢碰我！"我还来不及问就听到有人"哎哟"地叫了一声，回头看见是一个女同志被扎着脚了。这种植物，我还是第一次见到。伊萍同志告诉我，这种在沙漠中生长的植物，骆驼很喜欢吃，而且不怕刺，一卷就卷在嘴里，既解饥又解渴。骆驼刺不怕沙埋，不怕风打。我听到它如此顽强，从心底肃然起敬。

我们一开进这块地方，天山的雪水真是透明清澈，沙沙地在沙石沟里欢欢流动。车子继续向前开进哈萨克族居住点时，看见雪溪边的沙滩上，零散或集群地长着一片古老榆树。这些榆树，没有一棵是长着完好树冠的。没有一棵是没有古怪疤痕和创伤的，没有一棵的树干不空心而完整的，可以说是每树都伤痕累累。看出这是铭记着在无数岁月里与沙暴顽强恶战的光荣战绩。这些敢与沙暴长年战斗的树，五十年代我曾在内蒙古草原见过，但没有这样的英勇雄姿。我不禁想起《三国演义》中的老黄忠、老年赵子龙和老黄盖来，他们都在耄耋之年而英风不减，征战沙场。这是中华民族的伟大形象。我肃然起敬的心情又油然而生。趁车子停下的几分钟，我迅速地画下它们的群像。

经过一座水泥厂，可惜未安排参观。已经进入天山了，雪峰皑皑，雪溪沙沙，雪杉青翠，怪石嶙峋，心里疑是到了西王母管辖的天地。爬坡好半天之后，忽然前方回报：因昨夜下雨，半山有滑坡塌方，汽车上不去！听了这个消息，真叫人黯然神伤！已到天山不进天山，这无论怎么讲，都是无法弥补的损失！我提议下车步行。阿弥陀佛，探路的同志回报，塌方只一处，车不能过，但人可以步行过去。

抬头一看：滑坡巨石沙砾，正坍塌在险岩道上，这是要考验考验人的，看那生长在深深谷底的雪杉树冠还在塌方的下面。谷底中间便是哗啦啦，熙熙攘攘向外流着的雪溪，如不小心滑下去，可够呛！我虽然不能与年轻的诗人比，但我有拐杖，多了一条腿。我背着画夹，鼓足干劲，在朋友的帮助下，安全攀过松软的沙砾光滑的岩石塌坡，进到一个仙境般去处：雪峰对峙的山头上的蓝天，只不过是蓝色的三角头巾，平分搭在两山顶上。两山雪杉，高高挺在溪边，山道和陡峭的岩石上。在一道欢呼乐叫、跃石穿岩，飞喷着水珠雾霭而下的天山雪溪上面，是一座原木架成的桥。我猛抬头，看见谷里临溪的巨岩大石上为我们准备野餐的几位种羊场主人——哈萨克族兄弟，正围着架在大岩上的一口大锅，烧火煮全羊。

“大家就在这里休息、玩玩，一会尝尝手抓羊肉！”

天山还深着哩，雪溪源头还远着哩，怎能在此歇脚不前进？羊，还在锅里煮，烟还在峡谷飘，抓着这机会满可以独自再前进！我匆匆攀着山道岩石，上山去。伊萍同志紧紧跟着我，多少限制了我的自由。但我却从他的说话中了解了部队进疆时登帕米尔高原的情景。他说：

“我是参加了开上帕米尔高原的第一支部队，亲自看见当时的帕米尔是个广阔无人迹的冰雪世界。苏联的哨兵，在老远老远的地方，还看不见哩。但后来，当他们知道我军到达葱岭后，立即把岗哨向我们这边推进、扩张，实行强行占领。”

“没有冲突磨擦吧？”

“没有，当时还叫他们‘老大哥’哩。可是‘老大哥’紧紧挨着我们从此赖着不肯走了！”

“这都是沙皇后裔，他们身上都有侵略别国领土的遗传基因。”

“十月革命胜利后，不是向全世界宣布了放弃不平等条约？”

“那不但是一纸空文，而且还占领了不属于不平等条约里规定的好几十万平方公里，有七个浙江大的我国领土。”

“是啊，我们早该重新认识我们的‘老大哥’了！”

伊萍同志有招呼会议诗人的任务，我请他下去：“你先下去，我画几张画。”

“你不能再往上走，再往上走就不好找你了！”

当我回到休息的地方，野餐早已开始了。好几处临溪巨石上，人们坐在地毯上，兴高采烈地在吃手抓羊肉。伊萍同志立刻告诉我规矩：主人斟水给你洗手，千万不要甩，用手巾擦手。果然一个美丽的哈萨克族姑娘提着铜壶过来，我洗手后，不敢甩，而是接过她递来的毛巾把手擦干。她觉得是按规矩办事，十分满意地笑了。我才坐下，主人捧过一个煮熟的羊头过来，切下羊颊肉双手递过来。我不知如何是好，幸亏挨坐在旁边的是自治区作协主席阿哈买提江同志。他回身接过，再取刀割了另一块羊颊肉，回敬主人，他为我作了示范。当主人献羊颊肉给我时，我学着回敬主人一块，主人十分快乐。阿哈买提江悄悄地告我：“再切一块去敬刚才提水壶叫你洗手的姑娘！”我照办了。这位黑红黑红、身着民族节日服装，头戴的珠帽上插着黑白相间鹰羽毛的美丽姑娘，快乐地接受了羊肉而且也回敬了我一块。

野餐是丰盛的，配菜很丰富，不完全是全羊、酥油、油茶和馕，还有烧鸡、香肠、炸花生、西红柿、炸虾片。地毯上还铺着白餐布，为了尊重内地人的习惯，主人都准备了筷箸。古代的汉族本来也是有歌舞的，不知从什么时候起没有了，现在能看到的只是秧歌舞、龙舞、狮舞之类的东西，男女伴舞，早被当作阴森森的禁区。哈族姑娘们跳舞助兴了，连欢喜迪斯科的青年诗人，也感到代表八十年代的进口品在这里施展不开，扭不起来！感谢林子和林希，他们会跳民族舞。于是，临溪巨石坪上，立即舞姿翩翩，欢腾起来。

姑娘追、叼羊

野餐后，去看姑娘追、叼羊。这是哈萨克族充满勇敢精神和爱情欢乐的节目，又是汉人神往的节目。表演场地，是在两山对峙的一道比较平坦的沙路上。一道小河沿着这条路，流淌下来。虽然已进入深秋，可是牧草还很丰美。我们看到一座帐篷已支起在河滩，十几匹乌孙天马的后裔，矫健非凡，立在帐前，嘶鸣，踏蹄，似乎早已跃跃欲试，等得不耐烦了。骑手们，都是青年男女，英姿飒爽，或站或行在斜阳光下，金秋风中。女骑手的珠冠鹰羽，更增添了小春十月的宜人景色。男骑手们，有的明显地表现出八十年代的开放潮流，穿着时新的运动衫，也有的仍是民族的传统打扮：黑毡帽、黑袍、黑长筒靴，粗犷豪迈。

来观看表演的人很多，有男有女，有老有少，青年占大多数。左边较缓的草坡，都站满了人。

表演开始了。第一个节目，是赛马。表演是很不错的，但观众比较平静。人们一看见男女青年骑手上马了，情绪立即高涨起来：姑娘追开始了！这是我从来无缘看过的，一切都是新鲜的。常言看戏，会看的看门道，不会看的看热闹。我看见哈萨克族观众情绪的高昂程度，要比我们高得多。出场的共四对男女青年，当马初向前走去时，男骑手还向女骑手嬉戏说笑，观众情绪还不过分高昂。但当四马回头飞跑时，山坡上沸腾起来了：“追呀，打啊！”喊个不停。大概是因为表演的女骑手，只是在男骑手马后抡动着鞭子，太不过瘾了！于是观众用手围成筒状，用人所能达到的最高分贝，发出：“鞭啊，打啊……”欢乐叫喊声，乱成一片。

我心想：“皮马鞭子真打了还了得！”

站在我身边的兵团老兵任友志同志说：“看，真打了！好！打啊！”

我看去，果然一姑娘骑手向追上的男骑手头上身上打了两下，这才满足了观众的要求，叫好声，鼓掌声，震荡山野。

“照规矩是开头出马时，男的可以向女的开各种玩笑，等开始追时，可得挨打！”

“真打？”

“姑娘喜欢的，追上，只是抡鞭吓唬吓唬。不喜欢的，可得挨打！”

我高兴地听到这句话，心想：爱真是伟大的，也是宽大的。所以，为了报答爱，应该忠贞。

跳哈萨克舞之后，最后的压轴儿节目是叼羊！

一腔宰杀后的白绵羊，放置沙地上。据说古时候，由两个部落来叼来抢，谁叼着不被对方抢走，或谁能抢到不被夺走，就算英难。胜利并不容易，因为双方总得经过反复争夺的。

叼羊是勇敢、敏捷、力量、灵巧、智慧、顽强而又需要娴熟骑技的综合艺术。

叼羊开始了，先出场的两方，各出一个骑手，各骑着毛光似油黑褐色马慢慢走到争夺的绵羊前，策马绕行，寻找机会。曾被汉武帝刘彻赞为天马的哈萨克马，头小颈长，体形很美，毛光如油，四肢细长，动态矫健敏捷，充满青春活力，使人一见就觉得与凡马不同。我看见这对骑手转动几圈，忽然一个从高高的马背上一弯腰，一手把地上的羊，叼起抱在怀里，夹马飞奔。另一个立即追赶，堵截、拦挡、抢夺。顿时，沙地赛场上，你跑我追，这个死抱紧，那个拼命抢，展开了激烈的争夺。忽然，抢夺的抓住羊腿了，撕抢半天，终于把羊夺了过来，连撞马腹，急急奔驰。被夺去羊的，又是紧追、堵截、拦挡、抢夺，两马紧缠不舍。

争夺战，眼看成了黏糊战了，一方阵上两骑飞上赛场，另一方同时也出动了两骑战将。六马六骑手，追赶反追赶，包抄反包抄起来。争夺虽然有一两次易手，但夺得羊的那一方，都没法冲出重围。增援人马又出阵了，两方又出动四五人。这样五六百米长的沙草滩上，马嘶人叫，山鸣谷应，红尘万丈，黄土飞扬。山坡上观众，叫好、助威的呐喊声，此起彼伏，嚷成一片。忽然看见一骑，夺过羊来，人敏马捷，一转马冲出包围，不理对方众马的紧追，冲过浅溪，奔向西南方半山斜坡上去。但很快又被对方追上，没法摆脱，在无路的斜坡上争夺，一不小心，就会马滚人翻的。漂亮！这个骑手摆脱对方了，从南山坡奔上了正西的、更陡的山坡上。看他抱羊立马在陡坡上，好威风！

对方又增援三骑，把西山坡围成个上弦月形的半圆圈。因为西山坡比西南坡更陡，把一坡羊群放牧时，千辛万苦在草上用蹄绣成的，一层一层，一道一道草山珠状带子，那些羊肠小道，被这十多匹天山马蹄，完全踏坏了，搅得土崩沙落，爆出黄黄的朵朵尘灰。

因为山坡更陡，使人更替这些马背艺术家，捏着一把汗！我正为他们操心之际，忽见那个夺得羊的骑手，忽的一下冲下山坡来，顺着雪水浅溪，向南奔去，欢蹦乱跳的水珠，在马肚下，闪闪发光。他，夺得了最后胜利！

“好！”

“好啊！”

天山在晚霞里也回喊着：“好！　好啊！”

就这样，我头一次认识了哈萨克族人。

沼泽·沙漠·诗

我得到的信息：今天去122团的大野地观看沙漠。

内蒙古河西走廊，我在五十年代去过，而且遇上六七级大风，三五米外就看不见任何东西。能看见的，以为还远，却一闪就到，是些巨石，令人发怵。吉普车的挡风玻璃上，黄沙像暴雨往下流淌。沙暴，我总算领略过，但那里还不叫沙漠。今天要去看沙漠，好奇心在猜在想："浩浩乎，平沙无垠"，多神秘的地方？但先要到团部，那里过去是一片沼泽地带。

我们的车子开进122团团部的时候，我发现这个团部，整个处在万绿丛中，有小学、中学、儿童乐园和敬老院，有招待所，有球场。当我看见兵团的青年们，用诗海的欢腾浪花来欢迎我们，立刻使我想起的是他们的父辈——第一代兵团战士和五十年代支边的知识青年。农垦122一团的前身，是最早进疆的中国人民解放军×军25师73团。在和平解放新疆之后的一九五〇年三月，全团奉命由乌鲁木齐老满城开进沙湾炮台，在天山北麓准噶尔盆地西南沙漠地带垦荒戍边。第一代农垦兵团战士在风沙弥漫、沙丘连绵、千沟纵横、荆棘丛生、野兽出没、蚊阵如烟、荒无人迹的土地上，开荒播种，引水植树，苦战了一年就出现了当年受益的奇迹，成了以农林牧为主的雏形的国营农场。从一九五〇年到一九六五年的十五年中，这里已成为国家粮、油、棉、肉、羊毛的一个充满希望的生产基地。他们有什么对不起人呢？没有。他们是无愧于生为炎黄子孙的。就这样，把一块无边荒野变成美丽绿洲。如果我光听人说而不来亲眼看看，还以为是说童话呢。

“多好的绿洲！”

“是呀，你说他们妨害着谁不能伸开腿呀？可是中国就有这样的怪事：有人常常偏要跟自己过不去！”这位老兵团战士痛心说：“在那个所谓史无前例的伟大的无产阶级文化大革命里，连垦荒戍边都有罪了。这个农场被破坏了，光一九七六年就亏损了三百一十二万元。”这是多么愚蠢？可是当时还老说形势大好，越来越好，从来没有这样好过哩！

过去的事就让它过去吧。人类总是要向往幸福、创造幸福的。在党的十一届三中全会之后，122团在天山北麓重新崛起。今天他们到处用诗来欢迎各地诗人！看：林道、庭院、球场，甚至连午休的床头，都是诗。征服戈壁沙漠的兵团战士，带着他们的后代，在阳光摇曳满地抛金的杨树林，同我们举行联欢会。幼儿园的孩子，像彩蝶在翩翩起舞，年轻姑娘，像春莺在呖呖唱歌。他们端着在父辈开出的沃土上种出来的硕果：葡萄、苹果、西瓜、哈密瓜、香瓜来款待我们。他们要诗人留字，理由是十足的，这里到处生机勃勃，充满浪漫主义的馥郁氤氲。诗人不动情怎能成为诗人？邹荻帆动情了，闻山动情了，都留了字。我、辛笛和王洛宾，已年逾古稀的三个老人，也动情了，我写了字。他们应各族女青年的反复邀请，加入了“麦西莱甫”的欢乐旋涡中去了。奇缘出现了：十九岁的维吾尔族姑娘、灵气飘飘、能歌善舞的阿曼古丽，认林子为母亲，一路跟着，形影不离。直到第二天才在石河子依依难舍、泪花花地相别。此情此景，缱绻缠绵，大家都祝贺林子，收了个美丽的女儿，都说不知她哪世修来的福气！

下午要去的下野地，是人与沙漠斗争的前哨阵地。122团在一九五五年，为开拓大野地，动员两千余兵团战士和支边青年，开挖了一条大渠，引来了天山雪水。一九五六年全团以天为罗帐地为毯的豪迈气概，在方圆一百平方公里的沙漠前沿，用沙拐枣、梭梭、红柳、骆驼刺等沙生植物，进行的拦风固沙实验，成功了。我看见一座有二三十米高的沙山，被遏止拦挡在这些“沙漠勇士”的阵前。与会的朋友们，都争先恐后奋力登攀沙山，观看前头广阔无垠的沙漠。大概不少人没有想到这座黄色的、由风沙喷吐、吹卷出来的杰作——沙山，攀登是很不容易的。脚和手不能再分工了，许多人，干脆脱下鞋子爬上去。不上沙山观沙漠，怎说来过下野地？我鼓足干劲，在朋友的帮助下，登上沙山的一半——很长的沙梁，终于看见了沙丘起伏，黄莽莽的沙海。站得高，看得远。我看见沙山顶和沙梁上，有人开怀欢呼叫嚷呢。不少人把很陡的沙坡当作滑梯，从沙山顶上滑下山去，搅得黄沙发出沙沙的金属响声，好像在叫“痒痒”！

这沙山为什么停在这里不敢进下野地呢？我留恋不舍地四顾寻找答案。映入眼帘的就是上面提到过的沙拐枣林、红柳林等抗沙植物所筑成的一道城墙，横在下野地与沙山沙漠之间，似乎立着一块无字禁牌，上面刻着：沙山注意，禁止前进！

别以为我在说梦话，这是真的。我暗中许愿：如果我能在十年之后来这里，看见沙山已经又后退了多少里，那我是多么幸福！

回到下野地连部，朋友们都大吃著名的下野地“炮台红”西瓜。我一坐下，两位已到中年的女同志各抱了一个沉甸甸的西瓜，放在我面前。我一看，有古老酒店的酒坛子大。我惊奇地笑问多重。

“你猜！”

“十公斤？”

“你少猜几公斤！

我从没见过这样大的西瓜，也从未尝过这样甜的著名西瓜——炮台红。

“太感谢了！”我同她们握手告别时，才知道这硕大的西瓜，就是从那些像这两双长满硬茧子的手，栽种出来的！

许多朋友都坐车走了。我出门看见闻山仍在题字。这个连队的几位同志，要我留几个字。盛情难却，我根据自己的感受，题了五句话：

军垦战士建奇功，
战败黄沙打败风，
长驱直入下野地，
年年炮台红，代代炮台红。

我离开122团的时候，已是月上柳梢头了。

准噶尔道上

早晨八时，我同晏明、高缨同志和军区的萨拉提同志，乘吉普车，奔伊宁方向前进。

时间是宝贵的，因为限定到北疆是七天回到乌鲁木齐。多少年梦寐以求涉足其间的准噶尔戈壁，只能在吉普车上领略了。所以，我分秒必争地观看在我视野之内的、粗犷辽阔而又奇异的戈壁风光。在右面，凡是有茂密树林的，都是农垦兵团创造的绿洲。左面是耸入蓝天的白雪山峰。

九月的新疆，秋高气爽，正是牧人迁场季节。我不断地看见牧民一家一家地抱着小孩，骑着伊犁马、骆驼，驮着帐篷、生活用具，赶着羊群、马群，往冬季牧场迁移。骆驼，慢条斯理地迈着宽大的脚掌，驼铃，不急不忙地发出叮当叮当的声音。一切都显出空旷悠闲，唯有牧犬，与主人拉开一定距离，便随意乱奔乱跑，把羊群惊动，卷起阵阵沙尘。特别是在太阳上升和落下的时候，看见是一组组诗意盎然的美丽镜头，令人心旷神怡。同时，我也不断看见有的骆驼驮着连根拔的沙拐枣树、红柳等抗沙树木时，心里就发疼：新疆有煤呀，怎么忍心把这些“抗沙勇士”当柴薪烧掉呢？长一株这样大的沙拐枣，得多少年啊？广阔的准噶尔戈壁，我正走着，但对我更有吸引力的古尔班通古特大沙漠，它在哪里呢？司机安世祥同志告我在东北方向的山后面，山挡住了。那是无缘看见了，多可惜。

头一天，住宿精河兵站。安排停妥之后，我们还是出去看了看精河县的市容。可惜，已是黄昏时候，商店摊子都收了，只能见到几处卖西瓜、哈密瓜的小摊子，我们惆怅地回到住处。边疆县镇，夜静寂寥，窗外杨叶沙沙，虽然一天的颠簸，我还是安静不下来，起来到门外，在夜风吹拂沙沙直响的白杨林里，仰望满天的灿烂星光。忽然，白天看见的那一家一家的牧民迁场镜头，又在脑子里反复闪动。于是，我回到屋里，点起带着的白蜡烛，写了

《迁场》。

车子左沿着雪山，前迎着大漠，直往西北行进。如果说四日在紫泥泉是一进天山，今天应说是二进天山了。

从昨天到今天，只要车子在戈壁上行进，总会听到一串有一定旋律、优美悦耳的音乐。像是笛子，又似木管，悠悠扬扬，从远方钻进车来。

我正惊异时，晏明问我："你听到音乐没有？"

"听到。从哪里来的？"

"这是仙乐。"

是的，的确像从天外穿透挡风玻璃进来的。

"像仙乐，太有意思了！"他这一说，我的确萌发了从天外来的这个遐想。

我一直以为车子是在往上往北奔驰，其实是在向西向山谷里行进。忽然看见西北方向，出现一抹湛蓝湛蓝的微光。忽而被山峦挡住，忽而又重新出现。戈壁沙漠真是神奇莫测的：刚才是天外的音乐，现在又是飘拂的蓝光。还有，我看见一大片一大片的焦黄色的山坡，我总以为是沙漠，其实近前一看，是已发黄的草坡。我又常常看见一大片一大片深蓝色的半山山间，铺着藏青地毯，可走近一看，却是雪杉森林。现在扑面而来的忽隐忽现的蓝光是什么呢？我正想问问司机安世祥同志时，车子已拐进谷口，啊！原来是个很大很大的蓝色的湖！

安世祥同志说："赛里木湖。"

"赛里木湖？"我们三人都惊呆了！

“太美了！太美了！”高缨不绝口地赞叹起来。

我们什么都顾不上了，湖边的木屋也未去看，有人也未去问，急急开到湖边，跳下车来。

怎么会这样蓝呢？我看见过好多湖，但从没有见过这样蓝的，层次又是那么多，从脚前看，清澈见底，大小卵石，像浸在一个透明的柔软塑料袋里，浅红淡绿，清清楚楚；再往前看，水是浅绿色的，晶莹柔和；再往前看湖心深处，全是翠蓝色的。白浪永不休停地，欢快地从湖心扬起，一层一层地推涌过来，吵吵嚷嚷奔向湖边，淘洗戏弄着沙砾卵石。

我一下被这般景色迷住了。过了这个村就没有这个店，我匆匆忙忙打开画夹，立刻进行速写。晏明、高缨乘车到木屋作调查去了。

靠近湖南岸不远的湖中，有两个小岛。开头，我画头一幅时，什么生物都没有看见。当我变换一个较大的角度，画完第二幅时，忽然从小岛上，飞起一群天鹅，无数个白色的倒写“人”字，浮沉飞掠湖空上，一下雪山蓝水，生意盎然。太美了。于是我又立刻在画里加上刚发现的居民——天鹅。我仍感到意犹未足，又用圆珠笔画了三幅单色速写。

赛里木湖，处在古丝绸北路的天山山口最高的三台上，人们也叫它“三台海子”，海拔两千零七十三米，方圆四百五十七平方公里，水深九十米，是新疆的最高最大的高山湖。冬天冰封六米至十二米。由于水温太低，又不与任何河流水系相通连，从来没有鱼类生物，也就从来没有水鸟。世世代代，谁都没有办法了解这个造山运动留下的、神秘的地堑湖。

对大自然认识蒙昧，只好由老祖母们来创作了。于是在这湖上，产生了两个神话，流传至今。一个说湖里的两个小岛，是坚贞不屈的切妲和斯得克，杀死了魔王之后，变成的；另一个说湖里有条可怕的神龙，不时兴风作浪，谁都不敢进到湖心。后来牧民为了寻求安宁，就在湖的西岸，建了座靖海寺，来镇住神龙。神话虽然美丽，但解不开为什么没有鱼虾水族？现在，由在这里生活了二十多年、北京来的女科学家解开，并赋予它更为动人的声色。赛里木湖，主要由于水温太低，只宜生活在北冰洋那样的鱼类生活，于是她和她的同事们想方设法引进了惯于寒冷水中生活的鱼类，在湖里试养。试养成功了，现在已有十多种。这些鱼类，不但在湖里安家落户，而且繁殖了四五十万后代。由于有了鱼类，天鹅水鸟来这里栖息了。

赛里木湖，从“长在深谷人未识”的年月，揭开面纱，风姿婀娜地出现在古丝绸北路天山口。她，还需要置装打扮，开展旅游业。我庆贺她的繁荣，但希望她保持淡妆素裹，长留住天山牧女特色，可不要浓妆艳抹，出现一身尘市俗气。

访问旅行，十分需要从容，可惜我们的时间太短了。我看见靖海寺门前和湖边上，熙熙攘攘，热闹极了，是人们为过古尔邦节，在那里宰羊。可惜我们没有时间去看看，就匆匆西下奔向二台。二台，是个宁静的幽谷，四望雪峰嵯峨，雪杉茂密，溪水叮叮咚咚，从峥嵘的巉岩欢欢地奔流下来。同伴们去搞东西吃的时候，我被一群维吾尔族、哈萨克族小姑娘们包围了。她们都在打量我这个拄杖的老头儿，来这里干什么呢？她们会说几句汉语，听到我是从北京来的，她们的大眼睛一下睁得更大更水灵了，好像赛里木湖的轻波。

人都说人老了，孤僻，但有时又像老小孩儿。我两者兼有，但今天，更象是还童了。这群小姑娘，简直像一群黄莺咿咿呀呀争着向我问这问那。给我这么多快乐，使我忘了疲劳，忘了饥饿。这时过来两位曾在民族学院毕业的青年教师。他们告诉我：过去这里没有学校，现在有了，孩子们都上学了，都会说普通话了。

顺着山溪向西走，就是远近闻名的果子沟。山上是挺拔的原始森林，半山是陡峭不一的草坡，峡谷两边深处，野果树林很多。但看不见人，只看见牛群羊群，无忧无虑地散放在坡上吃草，在溪边喝水。晏明对果子沟有兴趣，有感情；我却对幽谷清溪有兴趣，有感情。于是各取所需，晏明和高缨为了证实这些远古遗民后裔，爬到难攀难登的岩上，穷原竟委，探求果子沟的真实价值。不久，果然采摘一些野苹果回来。味虽有些酸涩，但挺好吃。大家总算了了此生心愿：找到了远古果子群落。但它的价值，只好留给植物学家去判分了。时间不多了，于是开车到清水河转东直奔霍城。在夕阳斜晖照射下，我们来到伊宁。

伊　宁

伊宁，过去叫伊犁，当地居民也称翁扎，据说蒙古语义是羊角。我从知道伊犁河和伊宁这两个边疆的河名和城名起，不知为什么，对她充满向往和神秘感。绿色这两个字，本来是表示一种色彩，但在新疆，却有特殊的魅力了。不少地方都被人称为“绿色的明珠”，但这名称虽好，总感到太多太滥了。可是当我在斜阳照射下走进的伊宁，却毫无俗气感。马路两旁，白杨荫翳，绿枝掩映，花坛芳径，虽然已是中秋，还是一座绿色的边城。许多场所，都以绿色命名，如绿洲电影院、绿洲饭店、绿洲商店等等。可见对被戈壁沙漠占去大部分面积的新疆来说，绿色就是幸福、希望、生命和生机勃勃使人向往的人间天堂基调、特征和主色。

我对初到的新地方，总是喜欢看看当地的清晨。所以第二天我很早就起来，沿着林荫大道，呼吸着清新的空气，慢慢小跑细细看着。我看见女清洁工，在蓝色的晴岚中，清除路面的落叶。如果会写朦胧诗，这不是特好的情境？我很快看到一些穿着讲究、色彩多样的姑娘、小伙子，在晨霞灿烂、秋色斑斓的景色中，去上学，或去上班。早晨的边城，安详平静。

伊宁，得天独厚，天山早就为她建造了一座硕大无比、永不枯竭的固体水库，所以水资源丰富。只要留心中央电视台的天气预报，就能看出：雨雪稀少的新疆，凡是下雪降雨的天气无不在伊宁地区。由于老天爷的偏爱，发源天山的巩乃斯河、特克斯河、喀什河，集合了千支万道天山雪水，汇成名闻世界的伊犁河。她拥着明净清澈的欢波笑漪，向西流进巴尔喀什湖，湖的南岸就是我国唐代的伟大诗人李白的出生地——碎叶。巴尔喀什湖原属我国，这块原属我国的广阔的土地，被贪婪无厌的沙皇俄国强占去了，他们把强占的那段河也叫伊犁河，而不像强占我国东北乌苏里江以东的那块广阔的国土那样，在眼看我国革命马上要胜利的时刻，把那里所有中国居民赶走，把所有原来是中国名字的城市、村镇，急急忙忙改成俄罗斯名字。中国革命是要废除帝国主义强加于我们的一切不平等条约的。用换标签销赃的盗贼手段，也不能掩盖贼的身份，而伊犁河为什么不换名呢？我猜想有两个可能。

一是把抢来的金子改名叫“铜”，哪个贼都不会这样做，二是“东土耳其斯坦”的沙皇美梦，做了二三百年，还没圆梦呢。贪婪无厌的沙俄在第二次鸦片战争中，趁火打劫，强迫清政府签订《北京条约》和《中俄勘分西北界约记》强行割占以南以东的大片地区。

关于沙俄侵略我国西部边疆的历史，最了解情况的莫过于锡伯族了。恰巧我们于第二天，访问了察布查尔锡伯族自治县。中共县委的同志讲他们的祖先奉命西迁的故事，就可以证明沙俄侵略新疆的丑恶历史。他们对我们说：我们锡伯族，原居住在我国的呼伦贝尔、松花江、嫩江一带，是个以善于骑射、善于狩猎，勇敢剽悍著称的民族。这个民族的祖先，曾在战争中一箭射落努尔哈赤的头盔。努尔哈赤对这一箭非常欣赏，就把锡伯族纳入八旗，成为清朝的一支能征善战的精锐军队。从清朝康熙二十九年（一六九〇年）间起，在沙俄支持下的准噶尔上层贵族发动的叛乱，从未停止过。乾隆二十九年（一七六四年）下诏调一千锡伯族兵丁，从盛京（沈阳）西迁伊犁，抵御沙俄、平定准噶尔叛乱。

察布查尔锡伯族自治县县委同志说：我们的祖先，连同家属三千七百余人，骑马，乘骆驼，坐牛车，经过蒙古草原、戈壁沙漠，长途跋涉一万多公里，历时一年多的时间，来到伊犁，参加了平定叛乱、赶走沙俄侵略者的战争。此后在十九世纪初英殖民主义者煽动南疆的张格尔叛乱时，锡伯族派出八百兵丁参加平叛，击溃敌军两万人，两个士兵在喀尔铁盖山上生擒了叛匪头子张格尔。锡伯族营为保卫祖国西北边陲立下了不朽的战功。这支西迁的锡伯族，定居伊犁河两岸后，兴修水利，屯垦戍边。一八七〇年沙皇俄国强占伊犁时，锡伯族和各民族共同进行了英勇抗击。一八八一年签订的《伊犁条约》，沙俄虽然撤出伊犁，却强占了霍尔果斯河以西、巴尔喀什湖以东以南的我国大片土地。锡伯族自治县县委同志说：原驻屯西边的四个锡伯族“牛录”（旗），现在还居住在那里。抢的就是抢的，人证山证河证，永远赖不掉。

曾破全国射箭纪录的射手郭梅珍和汝光，就是这里的锡伯族人。我们参观了国家为他们建设的射箭厅。张富生和金忠教练热情地介绍了情况，并请四位英姿飒爽的男女青年射手，为我们做了精彩的表演。我们还到了两户锡伯族居民家里访问，又访问了锡伯族歌舞团。虽然这天是星期日，但好客的锡伯族同志，却集中了能集中到的男女演员，为我们做了精彩的表演。锡伯族的青年，许多既会讲维语、哈萨克语、汉语，还有不少会讲俄语。访问虽然时间很短，但给我留下难忘的欢乐。

第二天一早，出生伊宁的乌孜别克族的萨拉提同志，领我们去参观了阿哈买提江等五烈士纪念公园。这是解放战争时期新疆民族军的领导人。他们坚决维护祖国统一、各族团结，立下了不朽的功绩。他们的爱国主义精神，值得千秋万代受人缅怀和尊敬。这座公园，雪杉参天，满园青翠，晨鸟啁啾，典雅幽静。熟悉当地情况的萨拉提还带我们去访问了他的老师、五十年代从苏联的伊犁回到祖国怀抱的乌孜别克老诗人帕拉哈提。七十六岁，须眉皆白的老诗人回到新生的祖国，十分激动，写了一首歌颂祖国而得过奖的长诗《我们的人民》。那天，虽然老诗人家里，正在忙于粉刷房子迎接古尔邦节，但十分高兴地弹着独特的二弦琴，唱了这首诗的一段，给我们听。我盘膝坐在地毯上，聆听吟唱的时候，老诗人的儿子回来了，也拿起器乐伴奏起来。诗，我们听不懂，但从老诗人的面部表情，就可以感到他对祖国、对民族大家庭的爱，是多么强烈啊！

我和同行的同志，访问了好几家维吾尔族、哈萨克族、锡伯族家庭，每到一处，我们都是不速之客。但没有一家表示犹疑的，他们都诚挚地欢迎我们。他们的生活，都大大改善了。内地走上富裕道路的农村有的东西，如收音机、自行车、缝纫机等等他们都有了，而且有一个内地所少有的，或难以创造的，那就是他们都有宽广的庭院和宅旁园林，凡我所进去过的家家都有一个果香扑鼻的小果园。我对我的同伴说，我能有这样的一所住宅，就是到了天堂了。

北疆，太美丽、太富有了，多么需要有志气、有作为的人，到那里大显才华啊！

巩乃斯河谷

世界大同，是人类的美好愿望。但今天的共产主义者，首先必须是爱国主义者。“白天看兵（指对方守军），夜里看星”。说明边防战士的生活严肃、单调，不完全是怪话。

昨天，我怀着一种严肃、悲愤而又好奇，对边防战士充满崇敬的心情去访问祖国的西北国门——霍尔果斯。白石嶙峋，红柳瑟缩的宽广河心，就是中苏边界线。我立在很长很长的水泥桥上，心中油然想起“关河梦断何处，尘暗旧貂裘”的悲凉感。在听边防同志解说的时候，我看见两个年轻的战士去河中心换岗。我多想跟他们一齐到前哨去看看啊，因为从霍尔果斯河中心，西到巴尔喀什湖，南到帕米尔高原，有被沙俄强占去数十万平方公里的土地！可是领我们去观看国门的边防站干部，没有理解我们的心情，连桥中央都没有让我们去，只在桥头指着说了说，就领我们去观看建筑漂亮的边防会晤厅，又去看刚建成的百货商店，倒是看得从容而又细致！我们还以为会领我们去瞭望楼或什么地方了解边界情况，谁料到却是到此停步。这样我们要看的边界线，是在这位同志的手指上看到的。客随主便，虽然不好再提要求，但在我心中，总感到塞满了疙里疙瘩。

原安排好的时间，已经无法追回来了，好罢，那就赶快去看伊犁九城的惠远和将军府吧。明亮的阳光，飘拂的柳枝，都没有融化、拂掉心中的惆怅。到了惠远只找到城中心经过整修一新的高耸的钟楼。哪里是将军府呢？司机不知道，陪同没去过，好不容易找到一位从河南来的居民，抬手指说就在前头。这个前头，司机却奔出野外，在经过颠簸难行的小路，终于看到半泡在河水苇泽里的败壁秃垣。这就是一八六二年沙俄侵略者为了实现强盗目的而彻底夷平了的“伊犁九城”之一——惠远古城。再去寻找将军府，夕阳西下了，时间已不够了。我惆怅看着向西流去的伊犁河暗想：惠远，就这样算看到你了吗？我还能再来吗？我在暮色苍茫的车行中，似乎听到在哪本书上写到的两句话：

“终为中国患者，其俄罗斯乎”的呐喊声，在旷野响着响着。

“这是谁说的？”我茫然地问我的同行人。

“鸦片战争后被贬谪来伊犁管钱粮的林则徐说的。”

今天，我们沿着伊犁河源之一的巩乃斯河进入天山深处，去访问开筑天山公路的部队。风光绮丽，银白的雪峰，绿色的草坡，青翠的雪杉林，像白薄纱飘动的河水，叮叮咚咚，潺潺悠悠，迴环曲折，在微红、浅黄、淡青、深紫、粉白的一川卵石间，欢欢流着，轻轻叫嚷着。“天马”的子孙后代，戎群在吃草。沿途不断看到哈萨克族少年骑在无鞍的马背上，或行或走或奔驰，神极了。在征途骋驰的青年岁月爱好骑马，我，又突然做起梦来；岁月蹉跎，人生易老，那样情景，是永远追不回来了。

“哎呀，饿了！得找个地方吃点东西呀。”

我的同行朋友这一声“饿了”，把我从迟暮的感叹中，惊醒了。是呀，从离开伊宁到现在，我们还没有吃过东西哩。

“到前头，看看能不能找个地方弄点吃的。”

我一直望着前头，看见的都不是饭铺小店，而是一幅奇特的风景。山很奇异，全是深青紫色的，参差嵯峨，形状古怪，和周围的山林、草地都不一样。这山完全没有草木，好像全是铁铸成的。但有蓝天远山，远远地衬托着，周围秋树一片黛绿，草坡一片金黄，加上土泥的牧房、羊圈、曲折的山道，显出一种粗犷峻拔铁骨铮铮的力之美。我一下被这种景色迷住了。

“这是巩乃斯种羊场。”停车时，萨拉提同志说。

车停了。善于抓紧时间作调查研究的高缨，去牧民家问这问那了。我却立刻抓紧时间速写，把肚饥都忘了。

搞饭吃吗？萨拉提找了半天才找到一家不算太小的饭馆，但都下班了，萨拉提左说右说，饭馆才答应为我们做五碗面条。当我们去取筷箸拿碗时，看见一位女服务员在一个大盆里为我们取出碗筷，我发现这盆洗碗筷的水，是深黑色的，上面凝浮着厚厚的一层羊油。碗，腻滑得抓不住，筷箸，黏糊糊的。在这盆洗碗水的墙上，端端正正贴着国务院关于饮食卫生的条例。刚才那种肚饥的感觉一下子消失了。我想：如果早点看见，可以节约五碗面条钱。

天山深处

纵横新疆西北部和中部的天山，雪峰如剑，直指高天。天山深处，由于从来没有一条可走的道路，对发展生产、繁荣经济，改善人民生活，巩固国防，都是极不方便的。“搞活天山！”周恩来总理指示人民解放军驻疆部队，从天山北麓的独山子沿雪线云间，穿过绝壁深谷到南麓的库车，筑一条天山公路。担负打开天山深处的开路先锋之一的部队是这支在十年动乱中新组建的部队。

这支新组建的部队，是用当时的“拉练”方式开进天山的。于一九七一年初进入天山深处。我们来到的师部，是在巩乃斯河源一处树木扶疏，鸣禽啁啾，流泉潺潺的深幽山谷园林里。白色的楼房，一幢一幢藏在斑斓的秋林中，我们一见，顿觉出尘脱俗。

“这是神仙居住的仙境！”

沿着林荫花径到了师部招待所，还没放好手提包，有人进门打听我。我以为在这高山深处遇见熟人老战友，回头一看不认识。师宣传科侯庆轩同志介绍说："这是我们师政委张志明同志。"寻根问底，应该说是老相识。

师政委张志明，副政委赵承业，副师长刘玉棋、乔俊卿同志，像接待老朋友一样，留我们多住两天，看了师部之后再去××团。

赵承业副政委陪我们参观了从草莽中建成的第二代营房、练兵场和生活设施。

赵副政委说："第一代营房是干打垒、土坯房。这是自己修建的第二代营房。"

这是一座小桥流水、花径车道庭园式的军营。金色的杨叶，在白树干绿枝组成的网子里，随风飞舞，沙沙直响。

穿过一座长满葡萄的柴扉，走进战士营房。战士正在学习，不敢打扰，就去看武器室、阅览室，处处整齐清洁。院内墙壁，登满着战士的文章和诗。当我们走进士兵食堂，我疑是走进北京一座什么高级宾馆的仿古餐厅：窗台上是盆花，长长的木头餐桌上摆着瓶花，齐整、干净。厨房、库房十分清洁，战士们自己泡腌的许多咸菜、酱菜，醇香四溢，令人发馋。

"战士绝大多数是内地来的，四川泡菜，山西酱菜，各献本领，花样不少。"

提起四川泡菜，我就想起朱德总司令，在戎马倥偬的战争生活中，他还泡点四川泡菜哩。我不禁笑说："这是总司令的遗风。"

天山深处的戍边部队，它不仅仅在保卫边疆的和平安宁，还在开拓一个新世界。这座军营，就是一个什么都要有的社会：有商店、幼儿园、学校、日用品、柴米油盐的售货部，生活需要的一切，大体都具备。这些工作的从业人员，就是随军家属来担当。我们特别看了他们的小地毯厂，都是从内地来的年轻家属，在维吾尔族技师的指导下，编出了精美好看的地毯。主管人员说，这些产品，已远销内地大城市和出口。

一位同行的同志赞道："这是世界上唯一的最伟大的军队！"

我自豪地说："当之无愧！"

雪线下的筑路大兵

我们沿着河源直往上行，黄昏时候，走进天山的更深处。

雪峰高耸，溪水潺潺，草滩仍是绿色的，未加修整的用原木架的木桥，粗大倔强地立在卵石峥嵘的叠流上。这座美丽又陌生的深山幽谷，热情好客的团政委、团政治部主任已经在桥头等我们了。他们说上午才接到电话，说下午到，结果是快黄昏才听到车声。我们是些只会说长道短的文化人，不是什么大人物，见人家在桥边等候，委实过意不去，他们却说：

"不出来等，你们开进山去，就麻烦了。"

我向四周围一看，好不容易才发现藏在树林里的营房。他们带我们开车过桥，穿过河滩上的树林，拐进深幽的浓荫覆盖的山道，到了一片红白相间的营房。

"这个地方，太美了！"这是多情善感的高缨说的。

"这是第二代营房，开始进来时，这里全是野林草莽地带。现在你们看不到了。”

作为一个老八路，我很了解我军的好客传统。只要是革命同志、朋友，没有不热情相待的，有时到了“舍命陪君子”的程度，只要有什么好吃的，都会想方设法弄来招待你。这种好客传统，在师部是这样，在团部也是这样。

他们了解了我们访问的目的之后，就立刻作了安排，并叫宣传干事问准明天天气，如果无雨雪，就带我们去看这个团开筑的天山公路路段。

我们的访问日期、吉普车，都是受严格的时间限制的，所以每到一个地方，晚上不安排任何活动，抓紧时间问长问短，做日记。北疆访问七天时间快完了，于是立刻提出晚上是否可以了解筑路情况。团长和政委，欣然答应：“好啊，我们的政治部主任柳玉德同志，是当时四连的指导员，一来这里就带着连队参加修路。晚上请他跟同志们说说。”

柳玉德同志，河北人，三十二岁，一九七一年带着刚入伍的新兵，背着背包“拉练”进入巩乃斯河源。这位瘦长个子、长方脸的政治部主任，仍保留我军连级干部特有的那种旺盛的飒爽风采。晚饭后，这位当年的指导员，把我们带回到一九七一年初的天山深谷来：

现在我们住着的地方，海拔一三九八米。我们初到时，还是块没有人居住的地方。

当毛主席、周总理提出“搞活天山”的号召，从独山子到库车全长五百二十公里，这条独库公路，地方叫它天山公路。

我们团担任施工的路段，是公路南段的北端，叫0704工线，有两处雪山大坂都处在海拔三千米以上。我们是步兵，没有懂筑路工程技术的人和施工器械。测量，是请西安测量学院胡工程师来指导帮助的。柳玉德在讲到这位很瘦的五十多的老工程师，每天都跟战士们爬山越岭，不辞辛苦的工作精神时，带着深深的敬意。因为当时连队干部连风镐都不会使，何况筑路的科学技术知识。

这深山里，能施工的时间是三月到十月，其余五个月大雪封山，坚冰锁谷，无法进入。即便是在能施工的二百多天日子里，上面下雪，山下下雨，每天都要过春夏秋冬四个季节。中午干活穿衬衣，到了晚上还得生起大火炉取暖。所以不能离开棉衣。净跟岩石冰碴打仗，军服破得很快。我们的工作服就是旧军棉衣，补了又补，扣子掉光了，系一根草绳。

工程非常艰巨。深谷峭壁，得先修上山便道。但汽车还是开不上去。开头是连长喊号子，一米一米往上拉。因为估计不到中途会有想不到的事情，未做好准备，头一天，正工作时，忽然刮起大风雪，不但汽车开不上去了，而且被雪埋了一半。每个战士只带着一天的干粮，都冻成了石头，只好砸开分着吃。要说厉害的不全是雪而是大风！雪，我们还能推开铲掉。大风一阵一阵地从山上把雪蒙头盖脑地刮下来推下来。人们无法忍受了！先遣连连长，冻得小便失禁，尿一下就成了冰条！柳玉德同志讲到这里，我想起儿童时代听说过北方冬天尿尿成冰条，可是我从战争年代起，在北方生活快半个世纪了，只有这一次听到确有尿尿成冰条的地方！

柳玉德同志告诉我们：拉着帐篷、食物等物资的汽车，一点都不能动弹了。风拼命把山上的雪推在我们头上！晚上，眼看要冻死人了。担任先遣队总指挥的团长张富庆和副政委阮光国，下令拆下汽车厢板烤火御冷，把汽车水箱放干，把每人的军壶藏在大衣里，留给汽车需要时用。一百一十公里，走了六天五夜，先遣队才算到达安营扎寨点。这对每个人来说，都是生死考验！

开这一段艰苦地带，好几年我们都是在啃岩石，斗风雪，从没有过稍为宽松的日子。就是这样，一九七五年一整年，全团才修出九公里。太艰难了！

是啊，这些十几二十岁从内地来的年轻孩子，一批一批从入伍到复员上，穿着补了又补的军装，一直在与天山战斗与风雪战斗！谁曾评说过他们的灿烂年华？可是当时内地那些被“左”的狂犬病毒浸透灵魂的、不上班、不劳动、不工作的造反派，跳着所谓“忠字舞”进行打砸抢！不幸的年代就是这样：有人在庄严献身，有人在无耻掠夺！

工程越修，施工面越短越恶劣。

我当时是四连指导员，带一百五十名战士上山去凿开最危险的悬岩绝壁。勘探人员无法上去测量画线竖觇标，只能在施工地图上飞线绘图。我们从山顶吊下半山，悬空飞荡进行作业，先打出立脚点，再打出人行道，让人拉着绳子以便能行走活动，再打炮眼。山上下雪，山下下雨的空中劳动，每个人的虎口，没有不震裂的，血就滴落在下面的雪上。雪山的积雪，四五米厚，比帐篷高出一二米，不生火，非常冷，但晴天又热得难受。塌方、雪崩、泥石流，时时盘踞在我们的头顶上，最多发生在春天。就这样，我们用了八吨炸药，把三座山的一半，削掉了！可是下面的雪杉也活埋了！这应该是重大收获吧？可我们干了一年，才修出三百三十七米路！三百多米的路面，你说能有多长？太短太短了！

柳玉德继续说：每年到了十月后，留身强力壮的战士，住在山上地窝子里，留下食物看守工地。无医无药，有病很难得到及时医治。一九七八年春节，我同几个战士带着贺年物品食物去慰问他们，又遇到暴雪。巴音布鲁克路段降到零下五十一摄氏度，那里的艾肯大坂就是大雪山，口罩得摘下来，不然就成了冰疙瘩，胡子眉毛都是冰。有人到了那里就病倒了。

修到一百四十公里，离团部远了，菜运到山上都冻烂了。不少人得了雪盲夜盲病，非战斗减员很多，以后才发了黑眼镜。因为常出现雪崩塌方，汽车去不了时，无法供应食物，我们只好拔野葱、野韭菜、野芹菜，煮土豆吃。只好靠打黄羊、野狼、旱獭，来改善生活，增加营养。

搬离每个宿营点，帐篷、器械等等东西都靠人背肩扛。迁移或上山时，战士踩着连长的脚印走，下山时，连长踩着战士的脚印走。修3号桥时，二百多吨水泥，全是人背上去的。有时下山看电影，都得背水泥回山上去。这样重的劳动，战士都是薛仁贵的饭量，十四个大包子捏起来吃！

大家都坚决按保证质量的要求，口号是："宁愿多流血和汗，不给工程留后患。""困难前面有我们，我们前面无困难。"伤亡多是违反安全规程，各级领导都狠抓安全。政治思想工作，只能在晚上做。我初中毕业参军，当指导员是二十五岁。开这段天山公路，我从来没有睡足过，一天顶多睡五六个小时。这样五年才修了一百四十三公里！连同后来的工程，十年的兵六千人，都参加了。负伤四十八人，牺牲四人。这四位同志的坟茔，就留在天山云岫下面。

电影《天山的大兵》外景，就是在这条公路上拍的。这部电影，我看过，很动人，很罗曼蒂克，充满青春的诗情画意。近年，有些作家和理论家说：“性本能，才能表现人物深层。”“本我”“自我”“超我”，越接近动物本能的东西，越能表现深层本质。那天山的筑路战士，又是什么深层力量推动的呢？我说除了共产主义理想爱国主义，什么都像是胡说八道。

我虽然老眼昏花，但拼命做着笔记而不敢打断他的回忆。现在五百二十公里的公路，已交付运行，畅通无阻。行人们，有多少会知道今日的通途，乃是当年只有鼪鼬才敢攀缘的天山绝壁呢？修筑此路是谁？最准确的回答是天山雪线下的筑路大兵。

登上天山望天山

今天真运气好，报道天气还可以。我们沿着雪溪，顺着崎岖山道，登上天山雪线，看公路。在半山路口，天气是挺好的。可是车子一往上行走不久，天气突变了，灰云漫天，随风卷来， 一下子大雪纷飞，刚才还清清楚楚看见的深谷险岬，全部叫蒙蒙云雾填满了。刚才还能看到的雪峰云岫，突然被雾涛云海吞没了。还能看见的是，忽而潜游，忽而奔走，变化多端的山岭峰峦。能见度很低，我们只能看见公路右边的峭岩。

在前头领路的柳玉德同志乘坐的小吉普，停下来了。

“不巧，今天碰上风雪。”他遗憾地对我们说。

云升腾，雾弥漫，除了能看清的几米路面之外，深谷之上，峭岭之间，上下左右，一片灰蒙蒙。连接一起的、像白羽翎般的大雪片，纷纷扬扬。真可以说是“战罢玉龙三百万，败鳞残甲满天飞”了。大风阵阵，刮得吉普车嘭嘭直响。

柳玉德同志看了一会儿又说：“这雪还不算大哩。”

可见这风雪在筑路部队的眼里，还挂不上号哩。但以我来看，这风雪是够大的了。我们都生怕掉头回去！我暗中寻思：我已七十了，还能再有机会上天山吗？我忙下车去，以充满希望的口气说：“不要紧吧，大概一会儿就会雪停。”是我有眼力吗？不，我是在向老天爷呼吁停止攻击！风呜呜，雪霏霏。多亏部队同志想得周到，上山前就为我们都带了棉大衣，要不，够受了！

风雪不肯停，吉普车嘭嘭直响。鞋子差不多全湿了，凉气从脚冷到心来。

“怎么办？回去？”

“不，不能回去！再等一等，会小的！”我鼓足信心说。

“雪小了，路不一定能走啊！”

“天还早嘛……”

车子慢慢地往前开着，挡风板外仍是雪花飞舞。

柳玉德同志的车又停了，他再下车观察天气。我很理解：他是在想满足我们的好奇心情，但又在考虑出现的万一，怎么办？

我不能轻易放弃这个千载难逢的机会，我下车来，看着鞋子说：“雪化得很快，这路还是可以走的。”

车慢吞吞地爬上了更高的路段，老天爷谅解了：雪小了！隐去的山，显形了！忽然听到前头传来汽车声！

从南来的一部军用吉普车司机告诉柳玉德：过了前头的大坂，巴音布鲁克，已经雪晴。

调皮捣蛋的天山气候，总算给我们开绿灯了！我到处发现，我国的少数民族，都是豪爽热情、好客的民族。巴音布鲁克蒙古族自治州的共青团副书记—— 一位年轻的美丽姑娘，愿当我们的向导去看天鹅湖。

太感谢她了！我们的两部车子在辽阔宽广的高山草原上，涉河流，越沼地，跑了好半天，终于看见了一座小山。我们下车爬上去，看见了美丽多姿的天鹅湖！这个有河流、有沼泽、有涌泉，面积约一千平方公里的高山湖泊，像嵌在天山深处的一颗巨大的猫眼石。湖水虽然不多，但小河流，弯弯曲曲，沼泽一片一片，像许多缀着宝珠的银绸带子，在大大小小焦绿色的小洲里蜿蜒漂动，闪烁发光。加上刚刚下的这场雪，把周围的参差拥攒的山头，浇上了一层带着浅青色的银。

一九八〇年，巴音布鲁克这块地区，已经划作自然保护区。因为在路上，美丽的区团委副书记曾说过，我们来晚了，水小了，天气冷了，很可能看不见天鹅了，它们都往南飞去了，所以看天鹅的念头，只留下惋惜情绪。

既然天鹅看不上，时间又太紧，唯一的任务，是赶快打开画夹用油棒速写下雪后的天鹅湖。忽然听到朋友们欢叫起来：“哎，有，有天鹅！那不是！”

我接过柳玉德同志的望远镜，一看，果然是几小片多少不等，无法数清的白天鹅群！

“赶快把天鹅画上去！”朋友们的建议，太有道理了，我照办了。

天鹅，没有飞去南方过冬天，同行的同志都感到又惊奇又高兴。有人说天鹅知道我们要来，所以留下没有走！这显然是享受到意外幸福欢乐的自我欣慰语。

从一九八〇年这里已划为自然保护区，不准打猎了，这才是天鹅留下安居越冬的根本理由。

巴音布鲁克草原，美丽富饶。它生长着一种酥油草，牛羊吃了，特别肥壮。我听了年轻的团委副书记介绍的牛羊群情况之后，问道：“那么好的草场，羊群能不能再多发展？”

她说：“不能了，因为人口增长太快，牧业已比过去有很大的发展，现在的草场已不能满足了。”

草场退化，已是个严重问题。慷慨的大自然，也受不了光取不给、杀鸡取蛋的折腾。人人都应该清醒，而不要再以人多好办事和地大物博的蠢话来自我陶醉了！

晏明和高缨同志告我：他们去过的巴里坤的牧民家，一个毡包（家）十几个孩子，连数都数不过来。

怎么办呢？各兄弟民族都来想一想。

前头说过，在准噶尔盆地，看到牧民迁场，骆驼、马背都驮着很多很多刚砍下作柴薪的沙拐枣。这是抵抗沙害的神树！我每次看见，就感到心痛：

中国的沙漠，还在前进！应该设法解决牧民的生活燃料问题，新疆有石油、有煤，这个开拓天山公路的团，自己就找到了一处煤矿。为子孙后代计：抗沙植物，我国应该立法，加速种植，迅速保护。

回路登上艾音大坂，正是夕阳西下的时刻。雪后的天山，像是用象牙雕出、白玉琢成、水晶磨就的神话世界。我看见山上的远近峰峦，全是白色的，白云和雪，混叠在一起，使人无法分清哪是山哪是云。从云缝里射出的阳光，像舞台照明的彩色幻灯那样，不停地移动，不停地变换，红橙黄绿青蓝紫，把云嶂雪岫、岭肩山脊，照得斑斓夺目。雪杉，像肩背披着白纱的万千仙女，一个挨一个，似要翩翩起舞。

我要求停车看看如此多姿的景色。走下车来，流连四顾好半天，忽然看见一条大黄狼，不知什么时候，立在背后的西山梁上，狼视眈眈地偷看着我们。我笑着轻轻地对柳玉德同志说：

“柳玉德同志，看！这家伙真是狼胆包天，在解放军的后面，还想觊觎点什么？”

柳玉德笑说：“好，那就让我们打断它的爪子！”

黄狼好像深知天山深处大兵的厉害，还没等柳玉德掏出手枪，便跑得无影无踪了。

“便宜了这家伙了！”柳玉德放回手枪，又说，“天山西边的狼，太多了，常想过来，偷点什么，现在有我们，它莫想再从今天的天山得到点什么！”

是的，我看见今天的天山，是不同于昨日的天山，她坚强，五彩缤纷。

山，五彩缤纷，树，五彩缤纷，云，五彩缤纷，雪晴后的天山，更是五彩缤纷！人生能见她几回？是谁给我创造了能享受到如此动人的人间景色条件呢？我久久地望着柳玉德，又从柳玉德身上，转望那耸立在雪线下的几座坟碑，似听到风在回答：“是他们——这些年轻的天山大兵和长眠在天山的年轻死者！诗人，应该歌唱这些年轻的兵和年轻的死者！”

是的，诗人没有理由不歌唱他们。可是现在的诗歌，主张越远离人民，越远离社会生活，越远离政治，越没有思想主题越是诗；没完没了地叫喊：诗，只能反映诗人自我，诗应脱离“东方传统”，逃脱战斗；诗越表现自我疯狂，越表现孤独哀愁和无缘无故的愤懑咒骂，越古怪，越朦胧，等等才是诗的论调，不可按捺地指望得到某一国际文学奖金的单相思病，已经病入膏肓的今天，如果真有诗人写天山深处大兵的功绩，有哪几家报纸刊物肯发表？我想总是会有的，但不知道是哪一家！

飞向南疆

看过天山而不看昆仑，访问过北疆而不访问南疆，对像我这样年纪的人来说，是再没有机会的了。但要去南疆，太不容易了。我衷心感谢丁朗同志，他发挥了他的聪明智慧和不辞千辛万苦地为我创造条件，使我如愿以偿。

国际航班，对订了票的乘客来迟，是肯稍等一下的。在国内，虽然“大锅饭”喂得人们可以迟到早退，但地方的短程航班，是很准点的，只要机组人员高兴，甚至可以提前或推迟起飞。因为送我的汽车出动过迟，我赶到登机入口，还有十分钟，可是飞机就要起飞，我连手提包都来不及挂上小圆牌，仓皇登机，可真险啊！早早起来急着等车没吃早餐，指望在飞机上总会有几片饼干吧？谁知地方民航真会算经济账，只给了两块质量很低的水果糖。饿极了，把希望寄托在阿克苏机场，买点食品充饥。我看机舱旅客这样多，如果他们有食品卖，一定生意兴隆。谁知他们风格高，不往钱看，瓜果飘香的季节，偌大的休息室，连个水果也没有！机场服务人员，人人眼困神顿，个个懒洋洋，他们的存在只有一个任务，就是不准旅客半步走出窄小的进出口。饥渴而又无聊的旅客，最大的希望是赶快起飞，离开阿克苏。

机组人员，在另一个地方吃饱喝足之后，起飞了。我终于到了南疆重镇喀什。驻军的团副政委周耀明同志，正在机场出口等我。太感谢他了！我乘着他的车，很快到了疏勒的团部驻地。我生怕耽误团政委李振明、团政治部副主任冯志铎和团副参谋长阎怀信等同志的工作，便开门见山，说我来是想寻找进军西藏阿里时的英雄先遣连，要求有个干事同我联系就可以。他们表示欢迎之后，又表示非常抱歉的样子，说进藏先遣连就在这里，但当时的干部和战士，都早已经复员了。为了满足我的要求，立刻派了宣传报道干事何正良同志帮助我。

先遣连的干部和战士，一个都没法寻访到，这是我意想不到的。是呀，三十二年了，我只能通过简单谈话、参观连的展览室和从一份孤本材料中，来寻找当年的踪迹。到南疆，很不容易，安排的时间跟去北疆一样，也是一星期，我心又多，什么都想看看，只好马不停蹄似的了解情况，连夜翻阅材料、做记录了。

夜静月明，窗外杨叶沙沙直响。我在灯下，终于从字里行间寻见了险峻的喀喇昆仑山上一溜时隐时现的脚踪。

这，仅是一道模糊的、不显眼的脚踪，也许除了这个部队的军史展览室之外，即使是现在日夜奔跑在新藏公路的车队，也很少有人发现过。大概知道的人，是不多了。是呀，我要寻找的连队，它既没有神话中的公主王子那样的罗曼蒂克，也没有人神之恋那样缠绵悱恻的情节；它既没有炮火连天、硝烟弥漫的壮烈场面，也没有与狡诈强敌斗智斗勇那种神出鬼没的惊险镜头。它只是为中华民族大家庭的和平统一，在千里冰封，万里雪飘的喀喇昆仑山上，寻找一道进藏的通道而已。

冰山上的脚踪

一九五〇年七月，中国人民解放军西北野战军独立骑兵师，奉命进军西藏。师部命令十八团建组一个先遣连，为大部队寻找道路。

一个有汉、维吾尔、蒙古、回、藏、哈萨克、锡伯七个民族一百三十五人的先遣连，组成了，他们绝大部分是新兵。为了加强领导力量，调特等战斗英难彭青云为副连长，派团保卫股长李荻三为总指挥。

一九五〇年七月三十日，先遣连从普鲁山村出发了。

南疆到阿里，隔着高耸入云、终年积雪不消、平均海拔六千米的喀喇昆仑山。除了离奇传说之外，没有任何可信的资料、可走的道路。空气稀薄，战士、军马，呼吸困难。深长险峻的峡沟，张牙舞爪的怪石，陡峭的大坡，没膝的深雪，没完没了地消耗掉战士的体力。很快便有人呕吐了，预先发的大蒜含在嘴里，再吐出来时，已变黑色。穿越大坂，驮马走不动了，辎重从马上翻跌了下来，战士们不得不把马驮的东西卸下，自己背着走了。

喀喇昆仑山的天气，反复无常。不但忽然下雪，还忽然下起冰雹。战士很容易脱离队列，迷失方向而找不到宿营地，万分可怕。

第七天，部队向海拔五千五百七十米的葛克牙大坂前进时，只能在石头空隙中穿行攀登。部队正要踏着溪石过河时，忽然轰轰隆隆，峡谷怒吼，一下山洪暴发，冲下山谷，山石乱滚，险象惊人！战士、军马登上葛克牙大坂时，看见地面全是冰，人们如同在玻璃上行走。强烈的冰雪反光，像辣椒粉揉进眼睛里一样，流泪不止，使人无法睁开眼睛。保卫股长李荻三突然发现：在自己面前的战士、军马、骆驼都成了绿色的。人们感到头疼、胸闷、心疼，无法寻觅可行的道路，有些人拉着马尾才能行走。足足用了一天时间，部队才翻过了葛克牙大坂。

经过艰难的连日行军，马已累得拉不起来了，人们也看不见周围的东西，人疲马乏，已经到极点，连鞍子都搭不上马背了。在这样的时刻，就需要现在有人故意说“我不相信”的英雄主义时代的意志力了。在筋疲力尽的危险时刻，特等战斗英雄、副连长彭青云上前振臂一呼：“同志们，前进啊！”果然起作用了：佩带上肩，困难奔走！全连又前进了。当然困难是没有完，浮着冰块的河流，又横在脚前，乏马不肯过河，患难的“哑战士”（军马），怎舍得抽打呢？勇气，是夺得胜利的最基本因素。战士们脱下棉裤，为军马示范，牵引过河。上岸之后，马尾、马腿，都挂满了冰凌，可战士们的头上身上，却冒着略带淡蓝色的热气。

八月十一日，部队登上海拔五千一百七十米、水草丰美的野牛野马的“夏季乐园”。可是，马已开始倒毙！部队只好在这个野牛野马夏季乐园，进行休整。

八月十五日，部队通过新疆界山，终于进入世界屋脊——藏北高原。

两水泉

这里与喀喇昆仑山的色彩，迥然不同，开满金黄色野花的草原上，镶着宝石般的、湛蓝湛蓝的一块海子。草滩上野马嬉戏追逐，野牛悠然自得。这个地方叫什么呢？无人知晓。先遣连便按青海战士的叫法，称之为“圈窝子”。

冰雪的喀喇昆仑山，总算越过，到了一个美丽的但是不见人烟的天地。眼前的首要任务是找到当地的居民。派出人马，在这块寥廓的苍天下，四路侦察，终于发现了几处安过帐篷的痕迹，牛马蹄印，还捡到了有英文的小铜勺、古老战刀和洋马掌。但是，还不能高兴，虽然找见这些踪迹什物，可是还找不到人！先遣连决定以这个“圈窝子”作为第一宿营地，继续分头寻找藏民的工作。但是几天过去，连个人影也未发现，却发现自己携带的干粮，快吃完了。怎么办？只好打野牛野马吃了。彭青云带几个战士出去，鞋底磨穿，赤脚行走，走了十二天，藏民还是没有找到。他再一次领着十五个战士出去，几天之后，在一块戈壁上，发现两股日夜长流的泉水。彭青云给它取了“两水泉”的名字，又从这个“两水泉”为出发点向各个方向去寻找。

一天下午，他们发现戈壁上有狗爪子印儿，接着发现人的脚踪。彭青云判断是刚刚过去的。他们把队伍拉成一字横排，跟着脚印一直跟踪到一个小山梁上，果然看见山沟里有两顶帐篷，还冒着淡蓝色炊烟。他们不敢贸然惊动，便隐蔽在山上观察，发现有两个老头儿，两个老年妇女，四个小孩和两百多只羊。他们太高兴了，也太疲倦了，天也晚了，怕一惊动，没法寻找了。于是便隐蔽在小山上，准备天亮去拜访他们。

第二天一大早，彭青云睁眼一看，藏民已经转移了。好不容易才找到的藏民走了，大家好着急啊！彭青云决定立即追踪。藏民发现了他们，便丢下羊群向山上跑了，并架起叉子枪向彭青云和战士们瞄准。情况相当紧急了。

由于彭青云没有藏语翻译，用汉、维吾尔、蒙古、哈萨克族四种语言向他们喊话，他们都不懂，打手势也不懂，但也没有开枪射击。

彭青云于是捧着哈达，恭恭敬敬地向藏民们走去。但彭青云向前，藏民便向山上退。彭青云停下来，他们也停下来，成了你进我退，你停我停的相持僵局。显然他们是舍不得丢掉羊群。于是彭青云下令，让战士把羊拢在一起，准备向藏民赶去。此时，三次得到报告的李荻三，带着藏语翻译飞马赶到了，经过翻译的喊话解释，李荻三和彭青云赶着羊群，手捧哈达，慢步上前，藏民才敢慢慢走下山来，接了哈达，迎着羊群，又是笑，又是抱，又是亲。部队又向他们赠送了手巾、衬衣等礼品，这才第一次知道了这里的情况。

这个地方叫多木，是改则大人索南班依管辖的地区，有一小河，潺潺流淌在宽阔的草滩上。这里有很多野牛、野马和野羊，也有狼、熊等等野兽出没。部队高兴了，支起帐篷，取出猎取到的野牛野羊鲜肉，包水饺吃。从出发到现在，战士们头一次吃到美味水饺时，都说他们找到了一个“活动肉库”。

又是高兴太早了，由于藏民心存疑虑，半夜又悄悄走了。

没有藏民的帮助，先遣连成了“睁眼瞎子”，只好又四处侦察，搞得蒙头转向，夜晚只能凭借北斗星确定方向了。但这几天天气不好，他们好几次迷失方向。有次走了好几天，当他们感到空气稀薄，呼吸困难，看见白雪皑皑的雪山时，才知道已走了回头路。多亏有野生动物这个“活动肉库”，使他们没有陷入饿死的绝境。

驮东西的骆驼掌子磨破了，流血不止，倒在地上拉不起来。战士就用野马皮给它们做了鞋。在大坂的冰上，骆驼站不住，又为它砍出台阶，拉着，经过十三天才翻过大雪山回到多木。

最后，彭青云终于碰到了两个藏民，真是喜从天降。可是一个在半夜，又逃跑了；另一个，做了很多工作，他才答应带队伍去见班保。彭青云准备了八天的干粮跟他去了。走到第八天，这个藏民蹲下不走了，他要彭青云等放下武器。彭青云便叫大家把枪背在大衣里面。可是走不多远，他又蹲下不走了，要求队伍不要跟着他走。彭青云只好依他了。第二天早上，他果然带着三个穿清朝服装的官员来了。他们的腰间，各挎着盒子枪，在离队伍五十米处下马，捧着哈达给彭青云。彭青云也回赠了哈达，并高兴地接受了他们的邀请，随着到了呇宫做客。在接待时，战士们看见周围，都有带枪的人在活动，似是在示威，逼我退出藏北地区。退出是不可能的，彭青云决定回驻地多木，继续联系会谈事宜。

七八天过去了，阿里当局没有派出谈判代表。他们的企图是盼我军干粮吃尽，自然退去。我军果然粮尽，只能打兔子了，但又怕藏民误会，近处不敢打。有次派鄂鲁新出去远处打猎，骆驼被藏民开枪打断了前肢。鄂鲁新火了，正要开枪时，想起民族政策，没有还击。这样的事发生过多起。先遣连利用这段时间，为藏族牧民劳动，弄柴火，不但消除了上层的欺骗宣传，而且建立良好的军民关系。

谈判·比武

经过反复地做工作，阿里官员答应在十一月二十日在咨宫会谈。

阿里的上层代表是增措、才旦彭杰、杜义、扎西才仁和道尔吉。他们没有谈判诚意，而是想借此机会看看先遣连的本领虚实。因此，一见面就提出先要与我军比武。先遣连代表李荻三接受了，并按藏方提出的办法进行比武，吸引了百多藏民来观看。第一项是比枪法。连长曹海林第一个出马，三枪命中目标。对方是一头人出马，也命中了，但弹着点不如曹海林好。三比三，平手。第二项是重机枪点射。先遣连是甘玉兆出马。藏方以为我军是挑最好的射手和他们比。这时一个头人见王兴才满脸胡子，动作迟钝，立刻指着他说："我要他来打！"王兴才被对方如此抬举，十分高兴，大摇大摆地笑着向前，扣机点射，所有目标，全部命中。所有观看比武的藏方官员和藏民，个个目瞪口呆。有三两个头人不肯认输，挤眉弄眼，推出一个人想露一手，但他看见刚才气氛，太紧张了，枪响了，子弹却不知飞向何方。最后是比六〇炮，我军发发命中目标。

经过比武，先遣连为我们的军队打出军威，阿里的官员们终于坐到会谈桌前来。但是对方看见先遣连只不过一百多人的深入孤军，而且是被终年积雪的昆仑山所隔断，只要命令藏民不卖给牛羊，便可以达到困死的目的，于是对谈判，采取了磨洋工的政策。果然，驻在扎麻芒保过冬的先遣连，粮草完全断绝，完全靠打猎生活了。不久野兽也很快总结出教训："要远远躲避人！"打猎要到更远的地方去打了。一百七十八匹军马，已经死了一百一十六匹，骆驼也一峰一峰地倒毙了。这时又出现了一种怪病，发病都是先从脚肿起，再往上全身肿胀，皮肤破裂，流黄水，眼睛绯红，手指如擀面棍粗，全身针扎般疼痛，年轻的小伙子一动就出虚汗。坚持就是胜利。先遣连与这种病战斗到一九五一年五月上旬，当接到师部从南疆发出的进军电报，全连欢呼雀跃，都在准备迎接大部队的到来。患水肿病的团保卫股长李荻三，枕边忙着要亲自向独立骑兵师和团首长们汇报。当一团团长和军医赶到扎麻芒保，握着李荻三的手的时候，他闭上了含着胜利欢乐的眼睛。

喀什

多蒙喀什文化局和《喀什噶尔》编辑部的热情帮助，我到喀什住了两天。古尔邦节虽然已经过去，但余兴未减，这座南疆古城，仍然沉浸在节日气氛中；市区人来人往，熙熙攘攘，热闹非常。朋友们带我去参观地毯厂、工艺品厂，看见维吾尔族制作美丽的珠帽，好看的编织和刀鞘镶嵌精美、刀刃锋利的腰刀等等手工艺品，真是琳琅满目，美不胜收。但看不见有几个人上班。每个城市，不管新的老的，似乎总有个中心场所。喀什，当然不能例外。所以人们来喀什，若不到遐迩闻名的大巴札——艾提尕清真寺，等于白来了。

艾提尕清真寺，坐落在一个圆形广场一侧，广场中心是个百卉仍在争妍斗艳的大花坛。花坛四周，都是卖东西的摊贩坐商。高高的艾提尕清真寺门墙，是用黄琉璃砖镶嵌成的，砖缝勾着白纹，形成非常好看的花纹图案，在阳光下，金光闪闪，富丽堂皇。在白杨烘托的两边塔楼中间，是白色的顶。这座建筑给人以庄严肃穆的感觉。大清真寺院里，树木荫翳，花卉多姿，加上清池曲径，刚从广阔无边、黄沙莽莽的戈壁进入寺院的人，确有到了天堂的幻觉。这天正好是星期五，要做五次祈祷。我到时，正快要进行第四次，晚上还有一次。因为是礼拜时间，我看见几十上百的教徒，早就虔诚地跪在大门内外和礼拜堂的柱廊下，等候真主的召唤。我什么宗教仪式都不懂，因此不敢久留，转了一圈，便随带我去的朋友退了出来。一到门口就听到用最现代化的扬声器，发出最古老的召唤声，我从这里看见最古老的宗教也进入现代化了。

喀什，这座古疏勒国都城，是古丝绸之路的重要枢纽。从内地经过塔克拉玛干沙漠、戈壁西去的商旅，需要在这里休息准备之后，再攀登世界屋脊帕米尔高原；从大秦、波斯翻过葱岭的商贾，也须在这里休整，再东去长安。仅从这一点来说，就可以看到这座疏勒国都城的重要性。因此，这里的商业手工业十分发达。朋友们带我走近一条小街时，便立刻就听到叮叮当当的金属响声。我们走进一家光线不太明亮的首饰作坊，看见十来个席地而坐，有老有少的金银匠，正聚精会神地在制作首饰，有的用脚踏动羊皮风囊，给小金块小银块在吹风加热，有的叮叮当当在刻凿花纹。制成的首饰，都很精美。我见一位老师傅拿着一件儿童帽饰，正在镶嵌一块冻脂般的黄玉，随便问黄玉的意义，他笑着回答说是“避邪”。

小街的另一边，有几家小店，摆满了各种各样古色古香，充满维吾尔族风格的陶器。我很喜欢那些有黑色土红色的、淳朴粗犷花纹的陶罐。我想，用它做笔筒比名贵瓷制品会更有特色。可惜我没法带回北京去。

香妃墓听辩

谁到喀什，特别是做文化工作的人，大概没有不去看香妃墓的。我当然也不例外，因为过了这个村就没有这个店，只要能去看的，我都去。但我对这个并不算很古老，不见经传，而又传说纷纭的维吾尔族女子的坟墓，只是抱着看一看的意思，却未料到我刚坐定，就听到守墓人艾山先生的申辩。他对现在一些人，提出香妃是否真有其人，此墓是否真香妃墓的问题而鸣不平。他说这座香妃墓，埋着的是千真万确的真香妃。说到这里，他根本不承认容妃就是香妃的说法。我历史知识非常浅薄，又没有任何研究此问题的想法，也未主动提出过任何问题，所以只好跟着这位热情好客的守墓人，一边看着植满杨树的墓院景色，一边静静地听他的解说和申辩。

他指着墓门告诉我：这叫帕斯达克，维语是高高的门。墓名阿巴霍加墓。香妃的外祖父是伊斯兰教一个好斗教派首领。守墓人领我走进蓝琉璃砖镶嵌的墓宫。他说这里葬着阿巴霍家族的五代七十二人，五十八穴墓。按维吾尔族的风俗习惯，香妃葬在她母亲旁边，“那就是香妃墓”。我很注意地看了半天，看不出有什么特别之处。可这位好客热情的守墓人滔滔不绝地谈了香妃和她在北京做官的哥哥，兄妹在北京相继去世之后，香妃的满族嫂子苏黛香，把她兄妹棺材运回喀什噶尔安葬的过程。他指着旁边的一顶轿子说：“看，我们维吾尔族人没有轿子，这就是香妃的嫂子苏黛香运香妃时用的。这是原物。”他又指着供台上一块枕头般大的，长形的，被人摸得光滑铠亮的卵石对我说：“这块石头，是香妃的嫂子苏黛香在半路捡着带回来的。妇女不生育，摸摸这块石头就能有孩子。看，摸得多光滑啊！”

我读过一本书，书里说前些年，文物工作者在清东陵裕妃园寝发现的香妃墓中，除头骨、骨骸、牙齿、指甲、发辫和衣物等等之外，还发现了棺木上有手写“以真主的名义”等阿拉伯文金字。就是说香妃就是容妃，证实清代妃嫔中香妃确有其人，但是葬在东陵而不是在喀什。这些我都没有说，因为我看到守墓人申辩的目的，就是要说明喀什噶尔的香妃墓，才是真的香妃墓。

史学家求真，旅游者求奇。在我看来，两个香妃墓可以共存，说明文字，东西共用，这样一定会使多情的文人墨客和旅游者，萌发更奇异的遐想，写出震撼人心弦的诗篇或故事来。

盘橐城遗址

为了满足我的好奇要求，《喀什噶尔》的陈青同志，特意请了研究喀什历史的李恺同志带我去看盘橐城遗址，说那里有东汉班超的敌楼。他的话引起我浓厚的怀古情趣。但当他又说这座敌楼已被破坏了时，又引起我极大的惋惜、气愤。班超投笔从戎，从儿时起，就是我所敬仰的古人。他率领三十六人出使西域，攻杀了匈奴贵族派驻鄯善、于田的人员，废了亲匈奴的疏勒王，巩固了汉在西域的统治，坚守疏勒，平定前车、龟兹、焉耆贵族叛乱，保护了“丝绸之路”的畅通。在西域的三十一年中，为祖国各族团结和统一，立下了不朽的功勋。所以喀什流传着不少有关班超的遗址和传说。李恺同志说东汉明帝先以班超为假司马出使西域时，曾常驻盘橐城。原来的古盘橐城紧挨土曼河，面积约有两平方公里。河以匈奴王土曼的名字为名。新疆解放时，还能看到古城的秃墙和敌楼遗址。后来因建在此的预制件厂，挖土烧砖，城墙被彻底破坏了。土越挖越深，现在有的地方，都成了鱼塘。开筑马路，又偏要冲着敌楼左侧穿过，结果把班超敌楼遗址差不多全铲掉了。我绕工厂围墙一看，只留下一个高高的、已劈削得支离破碎、什么也看不出来的土丘，凄凄惨惨地立在那里，但土丘下的石头楼基，似乎还在向人诉说：“我曾托着敌楼，让定远侯在上头观察敌情，指挥作战哩。”我惋惜地问为什么不提意见改线？李恺同志回答说提过意见，但没人理会。现在我们只好从本世纪初，来此探险的一个法国汉学家的书上，找到古盘橐城和这个敌楼的草图。

我感到实在痛心了。我环顾这座已经消失的古城遗址，空地多着哩，为什么偏要在古城的城墙旁边建厂，为什么偏要在古城墙挖土烧砖？为什么偏要削掉大半个“班超敌楼”修筑马路？让开几米不好吗？这里的土地是根本不缺的呀！那么缺什么呢？我望着土曼河畔的芦苇，鱼塘水边的草丛，寻求解答。我忽然想起曾经听过的一个议论：缺什么？缺知识，缺文化，缺管理中国的高瞻远瞩的起码素质。但不要忽略，中国不缺的是无知和蛮干。从管理一个现代国家的知识来说，有些人应该重进幼儿园。话不大好听，可似乎有点道理。

疏勒古城

从盘橐遗址下来，陈青同志和李恺同志就带我去看古疏勒国古城。我们行走的喀什环城马路，就是填平土曼河筑成的。这座古代土城，建筑在高高的土原上。居民房屋，都依着古城形势修建在陡峭的城垣上，使人看起来像重叠的黄色的高楼群。晾衣服，晒被褥，青绿瓜果、玉米和红辣椒，五颜六色，像幅点彩派油画，花花搭搭，斑驳离奇，显出壮观中的杂乱，杂乱中的雄伟，令人叹为观止。

我随着李恺同志走进一个不太大的城门，就拐进窄窄的胡同。胡同道不宽，只能挨紧并行二三人，两边是土墙，上头是用椽子木板平平架托着，使人感到不是胡同小街，而是古老的楼房小通廊甬道了。民居的门口，都开在甬道两边。从这个甬道拐进另一个甬道，扑朔迷离，走了半天，也不知道拐了几个弯，使我感到是走进地下迷宫。太神奇了。如果没有李恺带领着，陈青也说他能走进来，却走不出去。李恺同志说，你别看这些古老陋巷，维吾尔族人家里，陈设非常富丽堂皇。特别是十一届三中全会后，对外开放，对内搞活的政策，使很多维吾尔族人民都富裕了。在这胡同里头，就有一家专搞汽车运输，而发了大财的大富裕户。李恺遗憾地说："可惜，今天没有维吾尔族同志同来，不然就带你去几家维吾尔族人家里做客，看看他们的生活。"我怅惘地说："这的确是个天大的遗憾。"

能拐进去的甬道，不知有多少，也不知有多长，因为不敢随便敲门进去看看，只好回头了。又是从一个甬道，拐进另一甬道，七弯八拐才走了出来。我心想，游玩溶洞是一种景色，游玩这个两千年的古国街衢，又是一种景色。如果这个古城，按照古代的生活情景，穿着古代人的服装进行导游，配以引人入胜的解说介绍，把这古城开发为旅游点，一定能吸引不少旅游者来探古寻奇。我正这样想着时，陈青、李恺已经带我走出了古城，漫行在环城土曼路一段有打铁、木匠、陶器、石灰等等小店的市街。这里比昨天在大巴扎旁边看到的手工生活制品，更是丰富多彩，更加古色古香，更加呈现着边塞民族的淳朴风情。我们又很快走到一处有座清真寺的瓜果市场，商贩很多，还有车马牛骡，特别是南疆人民喜欢使用的毛驴，来来去去，尘土飞扬，一派边塞集市的热闹情景。李恺同志告诉我：这里是原古疏勒国都的东瓮城。

班公泉

李恺同志领我出了东瓮城，顺着城廓，走进一处树木荫翳，芦苇茂密的水沼地。维吾尔族居民的房屋，三三两两，修建在林中道旁。维吾尔族妇女，三三两两，在池边、树荫下，洗衣做针线。我们沿着城廓，走不多远，便走进洒满阳光的垂柳林中。

我首先看见用原木圈成的，一大一小的两个水池。有木栏杆的小池上，被一架葡萄覆盖着。果浆欲滴的葡萄，一嘟噜一嘟噜地悬在池上，闪闪发光，而小池水中，一串一串的水泡，欢快地争着往上冒。这便是有名的珍珠泉，也是名传遐迩的班公泉。泉水通过一个木槽，流进右边的大池里去，那里有三两个妇女在洗衣衫。因为周围垂柳茂密，泉水似乎深得黑不见底。我向在这个珍珠泉旁卖东西的维吾尔族老人问这泉水有多深时，他说珍珠泉有十多米深，大池也有四米多深。是不是这样深？我无法判断。

我看见这片地方虽然不大，但是非常清幽，使人有超尘脱俗的感觉。

李恺同志说：“这个珍珠泉，当地人都称它‘班公泉’。你再往城上看，那个有点像敌台一样的地方，当地人称‘班公台’。跟刚才看过的班超敌楼一样，都说是班超守护疏勒时，经常登楼观察敌情，指挥作战的地方。”

我顺着他指点的土城望去，高高的古老城头上，有个似是平台一样的城角。这一下使我油然萌发一个假设：如果能在这珍珠泉旁立一石碑，镌刻上“班公泉”，在此古城墙上镶嵌一块石板，镌刻上“班公台”，那一定会使更多的旅游者，产生更多的遐想。

克孜勒河的两个女儿

陈青、李恺见我如此好奇，便领我到克孜勒河（也称红河），去看帕米尔高原。我立在克孜勒桥上，向西张望时，李恺说：“很可惜，今天有云，要不就可以看见帕米尔了，那就在这个方向。”

我顺着他们指向的高天望去，云中蓝灰色重峦上还是云，我心中也是云，因为看不见帕米尔！

李恺同志说：“红河，发源于帕米尔。古时候，顺此河谷到大宛国。”

陈青同志说：“古时候人们认为这是黄河的上河源，分成塔里木河和叶尔羌河，向东流入罗布泊，钻进地里，从青海又钻出地面，成了黄河。这里，流传着一个神话，说红河生了两个女儿，一叫塔里木河，一叫叶尔羌河，姐妹俩同嫁罗布泊为妻，生了黄河，养育了中国。”炎黄子孙，血肉相连，这是形象化的比喻，是多么合尺合寸啊！

多丰富的想象力啊！太美了！我由于看不到帕米尔高原而心上产生的愁云，一下消失了：

我看见了帕米尔！

阿卡子大坂

来喀什接我去莎车的驻军军务股长艾依提同志，是中央音乐学院作曲系毕业的维吾尔族同志。他看见我对昆仑山那样着迷，就沿路指着告诉我，那是公格尔峰，那是慕士塔格峰。虽然是从戈壁上远望，但我总算看见了这两座有名的世界高峰。到了英吉沙，当汽车在加油时，艾依提买了两个哈密瓜，他用一把小刀，在瓜体上一道一道拉成个篮球纹形，动作娴熟，刀法精湛，可以说是滴水不漏。一反内地开西瓜，先是一分为二，再分为月牙儿小块的方法，使我奇异地受到启发。

离开英吉沙，车子开进戈壁。有几段沙砾石路，很不好走，车子颠簸非常厉害，把带着的东西，抛上抛下。中午，我们到了莎车。这是座有两千多年历史的边塞古城，我看到的却是一座绿树茂密，现代色彩很浓的新的城市。

我们的部队，天生好客，早就为我第二天去和田的路上，准备了干粮和代替水的西瓜、哈密瓜。但当部队的领导同志，见我打听能不能上喀喇昆仑山所表露的强烈心情时，同情地告诉我从叶城山口，可以上到海拔三千四百公尺的阿卡子大坂，推翻了我在乌鲁木齐听人们说的即使在叶城也上不了喀喇昆仑的说法，我太高兴了。第二天上午，临时决定推迟一天到和田，先到叶城×团，下午，上阿卡子大坂，领略喀喇昆仑山的壮丽风光。我一点也不敢迟延，立即出发，直奔南疆另一个绿洲——叶城。

吉普车沿着塔克拉玛干大沙漠边沿行进，我看到许多令人起敬的、新疆特有的胡杨（新疆杨）。人们告诉我，这种树幼时叶子像柳叶的胡杨，只要种时浇次水，就很容易成活。它遇着伤害时，会分泌出一种液体，保护伤口，很快就愈合，顽强成长，所以人们都叫这种树液为“胡杨泪”。这种树太可爱了，它能抗风抗沙暴，耐干旱，它是戈壁上的勇士。另一种也使我起敬的树，就是我在前头说过的沙拐枣。人们说南疆特别多，而且有大小沙拐枣的分别。大沙拐枣果实清芬可口，所以我一见树林就留心寻找南疆的大沙拐枣。果然车行到二十里桥时，大小两种沙拐枣树，都看到了。小沙拐枣树枝有刺，果实小，有些像内地的酸枣，嫩果呈青色，熟果呈褐红色。大沙拐枣，叶片较宽较长，果实如小红枣，我看到的都是黄色的，据说有的是白色的。这种树能防风固沙，能压碱，又能做柴薪。今天看见的沙拐枣树，多得很，仅次于杨树，林间也有一些刺槐。

在二十里桥看到的喀喇昆仑山，高耸蓝天，非常壮丽。我停车几分钟，画了一幅山口速写。虽然风光雄伟奇异，但怕耽误，我不敢再中途停留，下午一点半钟，我到了×团。只有政治主任刘学忠同志在。午饭后，略作休息，便与刘学忠主任同车出发。车行不久，看见戈壁前面一侧，耸立着几座油井铁塔和整齐的楼房。刘学忠告诉我，这就是柯克立油田。在莽莽苍苍的紫黑色的戈壁上，看见一幢一幢白色、乳白色楼房，银光闪闪的储油罐，萧索气氛，一下荡涤精光。像一件精美的牙雕艺术品，陈放在喀喇昆仑北坡的山口，使人看了，满目生辉。

喀喇昆仑山，古时突厥语是“黑石群”，维吾尔语是“紫黑色的昆仑山”。我认为这个名称，是十分准确的。山下沿西南往北走向的大戈壁上长着星星点点骆驼刺等沙尘植物，像中国画中的石绿点苔，点在到处是紫黑色的沙砾碎石和大石头左右。这些石头，形状不一，但都是没有一点棱角的光秃怪石。可见这些石群，不知经历多少岁月的磨炼，才形成如此圆圆浑浑与世无争的仪态。进入山口，看见山势，有的好像蒙着黄牛皮，有的则像沙堆，表层都很光滑，没什么褶皱，一律都是紫黑土黄色的。能看出有草的山，许多都呈现一道一道、一层一层的带状斑点，好像一顶顶珠子编的帽子，非常奇特。如此奇特的图案，是谁绣成的？我无法找到答案。

车行戈壁川内，看见凡是有水的地方，就有大小不一的绿洲和居民点。我们经过一个叫“菩萨”的小村，杨树夹道，葱葱郁郁，溪水潺潺，十分幽静。从昨天起，我看到这里的群众，载人载物、拉车，都靠毛驴，虽然也看到骆驼，但很少使用，马更少。到处都能看到毛驴的功劳。

车子开进峡谷，便行走在从新疆到西藏的新藏公路上。修这条公路，是非常艰苦的。除了部队、民工之外，还用了许多罪犯。据说这些犯人，基本上没有再出去。在这些犯人当中，不少是能编、能写、能弹、能唱的人。

我一下想起那个“左”的年月，心中顿然泛起一阵迷惘的云雾。这时，我猛然看见在戈壁口不远的山上，有幢高高的墓碑，刘学忠同志告诉我，那是修筑新藏公路而牺牲的人的墓碑。我来不及上去看看了，但我暗想：不管埋葬的是什么人，在修筑这条公路上，好人和误伤者，总算是为今天的车队行人，立了功。犯人呢？也用自己的血汗赎了罪。我愿这些早已长眠山上的筑路者，都能得到慰藉而安息。

我们的车子，爬上一层山地，又爬上一层山地，看见每隔一段路，就有护路道班小屋或帐篷。不断遇到装载物资运往西藏的大篷车，司机都是年轻的士兵。刘学忠同志告诉我，这些车队，每次来往乌鲁木齐，需要一个多月，风餐露宿，生活非常艰苦。

守卫喀喇昆仑山国门的部队哨所，一到十一月就被大雪封锁了，要到第二年三四月，才能铲雪开冰上山，所以山上战士的生活艰苦单调。蔬菜水果等食品全是罐头，洗澡很困难，只有一处温泉，但要走好几十公里才能洗个澡。刘学忠同志说他一入伍，就在山上驻了一年多才下山。

我来莎车之前，听人说过这个团，是一九六二年保卫祖国边境，曾经给一心要继承老殖民主义衣钵、无端侵犯我国领土的侵犯者以严厉惩罚的英雄部队。我是一个老兵，很容易理解战士的心：在遭受到潜入国境的侵犯者伏击的时候，理所当然给以无情的还击，这是每个战士的神圣职责。刘学忠主任在车上回答我的提问之后，要求我为那次还击中牺牲的司马义买买提、罗哲根、潘发枝、郝四勇等烈士写几句话时，我毫不犹豫地立即答应回到团部就写。

车越往高山开上去，除了有草的山下有零零星星的，都是用泥夯成的、方形的小羊圈、土屋、简陋帐篷和偶尔看见有人放羊放骆驼之外，树木是看不见了。公路是沿着雪山河谷峭壁修凿成的，所以回头一看，好像是抖开在半山的一条黄麻绳。河沟有的段落流水淙淙，流量不小但有的段落却又滴水全无，完全潜入地下。（我回路理解了：溪水潜入地下后过一段又会从地里再钻出来。）

车越往上走，山路越陡，雪峰，却完全看不见了。不几步就要开上阿卡子大坂的时候，车子停了。我下车一看脚下的深沟大壑，脚下立着的岩石，如悬在空中，使人发怵。青年司机阮春年，说他开了好几年车，也只来过一次，是在夜里接病人，黑夜上过这山，光顺着路走，不知道山道这样险。他不肯再往上走了，说来时没加够油，怕上了大坂油不够回不去。但他还是依我的要求，送我上到大坂口，就不敢再往西开了。刘学忠主任说，一上大坂，就能看到西边下山的山口。我不好意思勉强司机了，只好到此为止了。

喀喇昆仑山平均高度是六千公尺，阿卡子大坂，只有三千四百公尺。我只算走到一半的高度，心里无限怅惘，但也没有条件再上去了。地质学家们说喀喇昆仑山，是古代海底。我一路留心观察，确是见到许多山岩峭壁间，夹裹着很大的和很小的卵石。在前面说过的圆头秃山，到了阿卡子大坂不见了，在这里看到的是参差不齐的山峰，都呈锯齿状，而且大多都向东倾斜，积雪在齿尖上，闪闪发光，锐利无比，使人感到这座世界高山，对自己已经达到高度，并不满足，它还在悄悄地拱动，悄悄地上升。

没有时间细看了，也无法选择角度，便坐在险岩大石上，连忙画下一幅油棒速写和两幅铅笔速写。司机见我还没有赶快下山的意思，便说天不早了，晚了就看不清路，催我赶快上车。我抬头一看，夕阳只能照在最高的朝西雪峰尖上，其余的山峦都照不到了，峡谷显得更加幽深冥寂。

回程，车是一路滑行，我觉得不用费多少汽油。到了半山那个道班站，看见停着三几部大篷车，大概都是在这里过夜了。我要求停车，司机无奈何地把车停下我急忙地又速写了一张油棒画，天色确是不早了，路也不像山上那段那样陡了，司机小阮加大油门奔跑。刘学忠同志满足了我的要求，车到柯克立油田时，开了进去。这时，天虽然已经黑了，但油田内灯光辉煌，平坦的马路两边，已经植上一些树木和花草，生活区的设施也已初具规模，似乎学校、商店都有了。油田虽小，可十分整齐清净，像株空谷幽兰，悄悄地在这戈壁滩上，喷吐芬芳。

回到团部，天，早已经完全漆黑了。

从叶城向和田

小吉普在一处山口加足了汽油之后，经过叶城，我已经离开了喀喇昆仑山。车子沿着右边逶迤东去的昆仑山，左边沿着浩瀚无边的塔克拉玛干沙漠、戈壁，奔向定山、墨玉去和田。开头，还能看到红柳、骆驼刺等沙生植物，可是不久，便完全进入了塔克拉玛干沙漠的西沿。这天多云，右边的昆仑雪峰，完全看不见了，能见到的只是黄莽莽的沙漠，连着无边无际的蓝灰色远天，好像是一顶灰蓝色的，巨大无比的防蝇纱罩，扣在一个黄色的，也是巨大无比的黄沙世界上。在这块黄色的天地里，除了大小不一的沙丘之外，就是长短不一的沙梁。左边远处，一直有道比黄沙略浅一些的沙带，很像条河，没完没了地在流动着，可是没有水的光泽，我知道它不是河，可是它又很像河。

这块有三个浙江省大的沙漠，我知道，我只不过是在它的边沿行走，但我确是看见了这世界第二大沙漠的部分面貌了。叶城到定山，我们的小吉普，开头是在喷洒过柏油的戈壁公路上奔跑，但很快看见路面已经完全变了形：有的坍塌了，有的倾斜了，有的扭曲了，有的被掏空了。不多见的一二处混凝土桥梁，桥面板没有了，只剩一个半个露出沙面，孤独凄凉的桥墩。塔克拉玛干，既不下雨，根本没有山洪。不用问，这些景象，都记录着风的暴行。在这里，如果说黄沙暴虐，不如说风更暴虐。应该说沙漠上的沙暴，都是风煽动，风组织，风领导，风指挥的。风，把碎石磨成沙砾；风，把大石磨得圆秃；风，把黄沙胡吹上天；风，随心所欲地把地貌随意调动，随意涂抹，随意篡改。它随意煽动黄沙，到处串联，随意把一座座古国王城，一下囫囵吞掉。几百年或千年之后，如果风一旦高兴，又驱使黄沙，把古国王城，重新吐出地面来，让人们凄楚凭吊。

公路被风破坏得不成样子了。我们的小吉普，只好走戈壁沙漠，跳着迪斯科前进。

水箱水开锅了，人颠累了，口也渴了，我们停在一道碎石沙砾的丘梁一侧。我向四周一看，空旷无边，一点风都没有。随行的小战士匡磊，切开了前天部队为我们准备的哈密瓜、西瓜来吃，真解渴啊！可吃第二块时，一嚼沙沙直响，不知道什么时候，沙子已经吹到瓜块上去了，我们只好扔掉，开车向墨玉。

车子，仍然在沙漠和戈壁上，疯狂地跳着迪斯科前进。经过几个小时之后，我看见东边天际，逐渐现出树林影子。不久，又看见骆驼刺、红柳，不久看见树木，看见水，看见溪流，我们终于看见了南疆沙漠包围着的另一块绿洲——墨玉。

墨玉，稻田苇泽，闪闪发光。这时，正是收割晚稻时节，公路上，曝晒的谷粒，遍地铺金。车子一过，鸡飞鸭鸣，一片丰收景色。考虑这天是星期天，如果天黑才到和田，找人困难，我们先停车城外路边，在沙拐枣林下，切瓜吃干粮。太累了，没有怎么吃干粮，只吃了几块哈密瓜。这几个前天准备的西瓜、哈密瓜，经过了两天的长途颠簸，迪斯科舞的折腾，高温的烘烤，我吃第二块，便感到瓜味不对，就没有再吃，谁知我的警觉太迟了。不久，便发觉腹部微痛起来。

我们在墨玉城内问路的时候，一个姓曾的汉族女青年，要求搭我们的车去策勒，司机问我，我当然同意了。她是刚从地区卫生学校毕业分配到墨玉来的，回策勒家去。当时全国正开展严厉打击刑事犯罪活动，北疆南疆，沿途所见所闻，都使人要提高警觉。因为我们只到和田，不到策勒，劝她今天已经很晚了，无论如何不能单独回策勒。她说，在快到和田的地方，有家纱厂，可去那里，到同学家住一宿，第二天再到策勒。我放心了，便让司机阮春年，先送她到那家工厂。我们停车厂前，等她找到同学之后，我们正要开车时，又有一个三十岁左右的女同志，要求坐我们的车去和田办事，我们也同意了。这位姓陈的女同志，四川人，在地质勘测所工作。别看她个子小，但话很多，一上车，就天南地北，谈起她所知道的新疆风物来。语言频率快得像开着的鼓风机，一秒钟也没让空过去。进入和田了，我问她中共和田地委机关在哪里，她说不用找了，她领我们去。好极了，由她指挥车子，一直开到地委机关大院里去，而且到处询问我们要找的蒲玉玲。她有负责到底的高尚精神，一直找到了，才向我们告辞。我说让车送她去。她说了“不用了”三个字之后，一笑就走了，简直像一团风吹的烟。

借句现成话说，真是马不停蹄。我们立即跟着蒲玉玲同志去第一招待所，因为再迟了就吃不上晚饭。小干事匡磊和司机阮春年，帮我把手提包拎进一个单人房间，就立刻去换菜票饭票。当我吃完饭回来的时候，服务员已经把我的手提包搬了出来，要我住进包括有大卫生间的三间房子里去。我不需要这么多的房子，问为什么不叫住那个单间。服务员说，单间给别人了。我要求换小房间，回答说都住满人了。我问多少钱一天。回答是二十五元！把我吓坏了，我嫌太贵。服务员回答说："不贵，如果是外国人住，要好几十块钱。""正因为我是中国人，住不起啊！"他什么都不管，开水也不打就走了。天也已经黑了。

太疲倦了，肚子老作痛，我知道坏事了。我怕一会儿没有热水，就叫司机和小战士，赶快先洗澡去休息。当轮到我去洗澡时，热水中断了。此时，蒲玉玲领着几位地区的同志来了。在愉快的谈话中，确定明天早饭后，坐车经策勒上努日尔牧场，在那里住一个晚上，再上牙门大坂，可以上到雪山山坡。蒲玉玲同志并告诉我，和田一乌鲁木齐班机，每周两次。已经为我订了星期三（十月一日）回去的飞机票。这样，我可以在和田多住两天，进行参观访问。地区同志向我提出与爱好文学的青年，开座谈会等等安排，我都答应了。

热情的主人走后，我的肚子"造反"了，一夜泻了三四次。我生怕上不了昆仑山，第二天一早，把剩下的几片黄连素片吃了，依依难舍地送走两位回莎车的战士之后，等地区同志来车上昆仑。

努日尔牧场

我们的机关工作，从来是以迟到早退而著称于世。车子来到时，已经是十一点了。

和田，这座历史悠久，以出玉而古今闻名的昆仑山下绿洲，平坦安详，沐浴在阳光下。红瓦绿窗，乳墙牙柱的楼房，掩映在半绿半红的秋树和不甘凋谢的夏卉之中。老人们，沉重的毛皮大帽子、长筒靴，坚定保存在古老边塞；姑娘们，轻松的连衣裙、高跟鞋，飘然飞进现代激流。车子在飞驰，景物在变换，意识，毫不恋旧地在换新。车子很快地开出绿洲，进入莽莽苍苍大戈壁。和田—策勒公路，质量标准高，维护得好，车子长驱直进，任你随心所欲地放胆驰骋。

对沙漠景色，经过好几天旅行，耳闻目睹，有了较有把握的了解，但对昆仑，心里仍是茫茫然。有了蒲玉玲、潘寿川和程万里三位作用不同，而又都非常热心的同行者，使我大开眼界。头一位应该是蒲玉玲，她为我上昆仑创造了一切条件。这位来自山东尽心尽力的女同志，她纠正我错叫她“普玉林”时说：“我不叫‘普玉林’，叫‘蒲玉玲’，‘蒲松龄’的‘蒲’。”我十分抱歉地告诉她“这个错叫名字的过失，是自治区文联党组副书记宋谚明同志造成的。他对我说‘你到和田地委宣传部，找一位名叫普玉林的女同志’。结果错了，实在不好意思了！”潘寿川同志插话问道：“你老家山东，是不是跟《聊斋》作者蒲松龄一个地方啊？”蒲玉玲腼腆地说：“是，就是那个村的。”我惊讶地问道：“同一族？”“是同族。”大家都惊奇了，我比谁都惊奇，差一点说出“怪不得你也蕴含着那种狐仙灵气呢”。真可说是钟灵毓秀了。

潘寿川，是位满身豪气的文艺工作者。为了开拓大西北，中学毕业，他就自动来到以产玉闻名的南疆和田。在五十年代后期帮助党整风时，一次放炮失手，把自己轰进右派陷阱。他不是下放改造，而是上山放羊。放到农垦一师努日尔牧场回炉重烧。十年后，换回个“摘帽右派”雅称。由于党的十一届三中全会迎来的春风旭日，大地解冻了，他得到彻底平反，调回和田，担任了地区剧团政治指导员。由于他有这番不寻常的经历，作为领我上昆仑的“首席导游”，是再适当不过的了。他讲了许许多多奇谈逸事，使我更多地了解努日尔牧场的昨日今天。他话多，语言有声有色。我问沙漠上空，并非无云，多少总要下点雨吧。他说从不下雨。即使下，雨落到半空，就被干涸空气全喝掉了。我看见黄色的旋风，老是不断地从左向右，边旋边走，拉长扶摇上天，问是什么缘故。他说这是沙漠在叹气，说干得太厉害，要上天找朵云彩舔一舔。他告诉我，他在牧场改造时，常看南飞雁群，飞不过昆仑高峰时，都要往回飞，再提升高度，才飞过昆仑，他解不开是什么原因。

下午一点多钟，我们到了策勒县，在县招待所吃饭时，看见的是羊油很重的汤面，我只吃了小半碗，就不敢再吃。结果，还是坏了，我上车不久，腹部一直绞动。我咬紧牙关告诫自己：无论如何，都要忍着！在过黑龙河时，潘寿川告诉我，这里是从前拾玉石的地方。我叫停车下去看看。看见这道河槽很宽、乱石峥嵘的河床，虽然河水不大，也能想得到：如果昆仑山上积雪，稍许消融，这河一定是无法无天的凶龙的世界。和田宝玉，是随着山洪冲下来的。潘寿川等同志说，出玉的地方，都在山上。过去，人们就在黑龙河、白龙河拾玉。“和田拾玉”四字，含满神秘魅力。于是大家都想寻找一块原玉。我更是想能捡到一小块。可大伙寻了半天，一丁点儿玉，也没寻到。潘寿川说最近山上采玉工，采了一块非常大的“玉王”，说等下山回到和田，一定领我去参观。

在越过这道怪石嶙峋的桀骜河床时，吉普已经不是跳迪斯科，而是打橄榄球了。除了司机、我之外，那坐在后座的三位同行者，都翻过来又翻过去，互相倒压成一堆了。艰难地过了黑龙河，我们就进入了郁郁葱葱的昆仑北麓林莽台地。车子随着弯曲的山道，向上爬行。五时左右，爬上一层又一层的乱石台地。在茂密的杨树林中，听到有犬吠声。潘寿川说：“这是一个维吾尔族的小村。我们马上就到努日尔牧场。”

努日尔牧场，是在昆仑北坡的高山深谷中，靠近刚才经过的小村庄。牧场经过将近三十年的辛苦经营，杨树夹道，大小车辆都可以通到场部。房屋错落有致，生活设施都很完备，想见几年之前，这里曾经住着很有作为的人们。但现在不知为什么，只闻犬吠，不见人影。潘寿川去找牧场主人们的时候，我的肚子早就绞痛得难忍，所以什么都来不及问，第一个紧急任务是找厕所！

潘寿川重归努日尔，为我创造了许多方便。激发起在招待所担任服务工作的老兵团女战士——已经都是中年母亲们——的热烈欢迎，到处听到“老潘，老潘”的呼叫声。她们把最好的苹果、葡萄、梨枣、花生、糖块等等，凡是能拿得出来的好东西，一盘一盘放在我们面前，又去抱来洗得干干净净的棉被、棉褥子，盼望我们休息好。这三位来自山东、河北、河南的中年妇女，忙罢安排住，又忙去做饭。我看见她们那样欢天喜地，太感激了。

新疆日照时间特别长，与北京时差两个小时，六点钟的时候，晚阳正从高高的白雪群峰顶上，斜照着东南诸岭，辉煌灿烂。我们漫步到屋后面，西望昆仑，天清如洗，晚云如金，山峰如靛，牧草如茵，羊群如云，令人心胸开朗，气爽神清。风景太美了，我立刻画了一小幅速写。

为我们做饭的三位女主人说，没有什么好东西招待我们。但我一看盘中的羊肉，只要你的肚子能容纳，尽管吃好了。我是个馋人，又喜欢吃羊肉，但这次，一点也不敢吃，可又怕三位女主人误解，我只好直说肚子不大好，只能吃半碗白米饭。她们都瞪着惊异的眼光看着我，我实在是有苦说不出来啊！

当年女兵话当年

垦荒戍边，是个非常艰苦的事业，没有忠于共产主义理想，没有忠于伟大祖国的赤胆忠心，任何神灵上帝，都不可能有这个强大的凝聚力。改革、完善兵团制是应该的，但实事求是这条原则不能丢掉。

牧场党委书记，向我们介绍情况之后，愁容满面地说：自从撤销兵团改为集体牧场，移交地区领导之后，现在汉人干部，只有我一人了。农业没有出路，工资每人只发百分之六十。今年牧业可收入二十万元，但十万元要贴进农业。今年也实行了分地到人，可是什么帮助也没有，比如农具、化肥，没法解决，所以人人情绪忧郁。

这个老兵团的基本队伍，是进疆部队留下屯垦戍边的，直属阿克苏农垦师。过去虽然是工资制，也只发一定的补贴费，其余都用来办农田水利建设。当时情绪很好，功劳很大。现在这些老兵团，都退休回老家了。剩下不走的，许多都是有成人儿女的母亲们。

这位党委书记的话虽然不多，但给我的感觉是低沉忧郁。

“铁饭碗”“大锅饭”，推行三十年的“一贯制”，虽然谁都不满意，但要打破这种根深蒂固的思想观念，也很不容易。何况那场蔓延全国的十年大内乱，把五十年代充满浪漫色彩的英雄主义，都冲得无影无踪了。在这个昆仑高山深谷中的牧场，发生过什么事，他没有说，我也没敢问。反正像狂犬病毒般的“造反有理”，大概这个牧场不会幸免。

开拓这个地方，只有真的猛士才肯来。没有为伟大理想而献身的人，是不会来的。已经把洪荒世界，改变成芳风飘逸、牧歌悠扬的天地，是多么来之不易呀！所以，我听了党委书记的介绍之后，深深替他着难。我对当年同他一样满怀革命激情、幻想、带着开拓边疆美丽的梦，而不辞万里迢迢来到昆仑山上的男人女人，是充满崇敬心情的。我想他现在遇到的困难，总会妥善解决，会比当年发展得更快更好。我转向为我们忙到饭后的那位欢乐的中年妇女问道：

“你老家是什么地方？”

“山东。”

“哪年来的？”

“五〇年。”她还那样快活开朗。

“怎么来的？中学毕业分配来的？”

“不，是有人去我老家招兵，招女兵。当女兵，多好，我们那里好几个姑娘都报名了。”

当过女战士，再留在边疆当兵团战士，我更崇敬了。“在部队干过什么工作？话务、电报、护士……”

“那就好了。我们，可当什么兵呵，只发了一身军装就来这里……”说到这里，她那满眼欢乐的光辉，突然消失了。

“开拓边疆很需要人，你们很有志气呀！”

“如果是那样，也好。不，一来就把我们分配给人……”

我不禁大吃一惊，还以为听错了。我慢慢地问道：“分配给人？学什么饲养羊、饲养牛？……”

“都不是，是分配给人做老婆！”

她说得清清楚楚：“是分配给人做老婆”，而且声音很大，好像要让我知道她们失掉了人生什么极其珍贵的东西那样。我太吃惊了。我说：“保卫边疆，建设边疆，需要人来，而且需要来了就要安居乐业，兵团战士都是部队，都是从内地来的，介绍个朋友、对象，那也好嘛，共同在这里劳动、生活，慢慢建立感情……”

谁想到，我这短短的几句思想政治工作套话，却招来她的长篇申辩。她说不是这样。她说，她们一到，就有几个识字的女同志，向她们动员：分配

“对象”。所说的“对象”，根本没见过面，也不了解，而且她们都年轻，只想出来革命，都不肯答应。

“这是自己终身大事，自己不愿意，总不能强迫吧？”

“不愿意就天天说服动员，不让你出门，非答应不可！我们又年小，到了这个地方，自己又哪能回去啊！……”说到这里，她既像是为少女时代在羞哭，也像对造成事实的历史，因自己曾经点过头而自我嘲笑。

“唉！到了有了小孩了，慢慢就认了。”说到这里，她忽然痛苦地说，“到了现在，还有好多人，夫妻感情都不好。有什么法呀？人都四十好几五十了！”她说得那样悲凉，那样凄婉。

我们的农垦战士，兵团人员，当时大多数是青壮年，到这里戍边垦荒，祖国也需要他们在此安家落户，祖国也应该义不容辞，解决他们为人应有的要求，帮助组织家庭，这都是无可非议的。但是采取如此荒唐的办法，妇女付出的代价，太惨重了。我不敢再问下去了，便转过话题问道：“你爱人好吗？”

“他前年退休了，回四川了。”

“那你怎么不去？”

“我有两个孩子，一个已在这里参加劳动生产，一个还在读书。如果让我带个孩子，我就去，可孩子都大了，不叫带，我只好不去了。生分就生分呗，反正我们也……”

昆仑山的风，摇晃着屋外的杨林，凄凄切切，如泣如诉。

我但愿上面的一切都是幻梦。

姐妹俩

晚上放电影，没有什么文化生活的山谷，谁都不会放弃这个机会而不去看的。我又一次腹泻回来的时候，看见两个姑娘在房子里，等那位拉货的大车司机，请求明天搭他的“顺风车”去策勒。

“我们在这里等那位师傅，可以吗？”

“当然可以。”我请她们坐下。

“爸爸妈妈都在这里工作吗？”

“爸爸退休回内地去了，只有妈妈在这里。”姐姐回答。

“明天到策勒做什么？买东西？”

“不，我姐姐去一个建筑队做临时工。”妹妹回答。

“那还很远啊。”

“远还不算，路很不好走。所以想搭‘顺风车’去。”

“还在读书吧？”

“我前两年高中毕业了，没有考上大学，等到现在还找不到工作，我们没人管。我二十岁了，妹妹今年十八岁了，也没考上大学，想补习一年，明年再考。”

当我提到考不上大学，可以自己努力自学时，她们回答说：“这里广播教育，收不到，更没有电视……”

我说：“那就先就业，一边工作一边自学。”我随便提出一些就业门路。

姐姐回答说："不容易。这里就是这么一个小地方，根本无法就业。你说的缝纫、售货、当个体户，用不了几个人。这样高这样深的高山深谷，能找到多少门路？这里的青年唯一的出路是考上大学。可是录取分数要比当地民族考生高得很多很多，才能有丁点希望。因为录取名额那么少，光要照顾民族考生，真难啊，我妹妹的考分不算低，可就因为是汉族，被刷下来了！"

关于边疆高考录取分数问题，我不懂，没办法向这对姐妹解释，但我一路听到许多牢骚。我是同情这些青年的，他们的父母，大多数是五十年代热情支边的有文化有技术的青年知识分子。他们在边疆落地生根，开花结果，可是他们的子女的教育待遇，没有得到应有的关注。我认为照顾少数民族是应该的，但录取数字不应该从他们身上去解决。这对巩固支边、培养人才都是不利的。有什么办法解决呢？我不知道，因为我们的国家，现在还很穷！

姐妹俩噘着嘴巴深沉地说："现在和田的刑事案犯里头，不少就是这些人……"

我听了心里十分沉重。我说："暂时找不到工作，也不应该走上犯罪道路，我希望在边疆的年轻人，一定要自爱。要学习自己的父母那样，既是边疆的物质文明开拓者，也是边疆的精神文明的开拓者。"我作为一个老人，除了说这样的话之外，我再说不出任何话了。

大车司机看完电影回来了，爽快地答应了姐妹俩坐"顺风车"的要求。她们走时，深情地微微欠身向我鞠了个躬，说了声"再会"。

我望着这对姐妹的身影，老实说，对她们我是无限同情的，可我帮不了她们的忙。但我希望人们能理解这些在父母支边中诞生和长大的青年，向他们伸出的不是写在诗中的手，画在宣传画上的手，而是有血有肉热乎乎的有力的手！

昆仑山的云，是透明的，好像是飘着的白天鹅的羽绒。昆仑山的秋月，也是透明的，月中的山影，好像是能透出月背那面的太空。昆仑山的秋夜，牧犬在睡觉，牛羊在反刍，宁静、深沉，绵绵渺渺。只有杨树叶儿，叫风儿播弄得“沙沙”“沙沙”嚷个不停。这一夜，我能够通宵饱看了昆仑山的秋夜，完全不是出于留心观察，也不是出于心中有什么忧郁，而是由于泻肚子，开门外出七八次。

我生怕上不了牙门大坂，早饭只吃了半碗什么卤汁都不敢添加的面条，便请潘寿川为我找了两片“痢特灵”。

牙门大坂

上牙门大坂的山道，随着兵团体制的变化，人说的当年盛况完全看不到了。现在我所看到的是陡岩对峙寂静的乱石山沟。小吉普一直跳着扭着，艰苦地向山上冲击前行，每遇到一处乱石，都要大发一阵脾气，才能猛冲上去。虽然如此，但从山上消融流下的雪水，却是透明清澈的。这时，正是迁场时节，一两次遇着牧人赶着羊群，往山下迁移。斜坡台地，开头，偶尔也看到一两处用岩石垒成或泥土夯筑的房子和羊圈。我望着正面的雪峰，左右的巉崖，而蓝得像海水一样的天空，却只有一巴掌大。山势是一层一层的，有的地方，还相当广阔。展现在那里的山，你细看一下，就会觉得有的像虎，有的似熊，都弓着腰，欲向前爬行奔走。杨树，像大书画家的如椽之笔，已饱蘸石青，远远近近，聚合或零星地倒插在溪边或平坦的沙砾地上，等待大师来挥笔涂抹。我发现树木是昆仑山气候的标志：凡是有树的地方，有石垒房子，有羊圈，有居民；树越少的地方，只有羊圈；当上到完全没有树木的地方，就只有草坡草山了，而且草都很短。我在喀喇昆仑山看到斑斑点点的带状花纹的草山，在这里做出判断：那是羊的杰作，是羊群用蹄子绣出来的。我赶快抓紧时间，画了几幅油棒速写，有几处风光雄伟奇丽，但怕耽误上山，就不敢画，想回来再画。

在招待所服务的那位母亲，曾告诉我，说前一段从和田来的一位局长，还没到牙门大坂，由于高山反应强烈，半途而废折回来了，在努日尔病了好几天才下山去。因为我也有心脏病，她要我注意，千万不要勉强。我感谢她，但我不相信，因为阿卡子大坂，比牙门大坂只高一百多公尺。可是当车子爬到看不见树木的地段不久，蒲玉玲精神蔫了，头昏恶心起来。但她很坚强，决心坚持上到大坂去。我曾担心越往高处越颠簸得厉害，会越受不了，可是她胜利了；平安无事，不但上到了牙门大坂，而且喜气洋洋。

我们停车在大坂上，是一块较平缓的斜坡台地。我抬眼仰望，一座高峰，白云蒸腾，耸立面前。左右的山峦，宛如张开的银色翅膀，要穿越云层，飞上太空，遨游宇宙。我虽然一夜闹肚子，折腾得四肢无力，但望着如此雄伟的雪山，立刻萌生一个幻梦：如果我年轻十岁，我一定顺着山坡，爬上峰顶，看个究竟。可惜，我来迟了！我看见砾石坡地，草长得都很短小，但仍然是绿色的，还有叶片红得像血那样的植物，潘寿川告诉我那是野党参。大坂前面左右的圆秃草山上，仍然有一两个人在放羊。

这时，我已经是立在雪峰之下。同在喀喇昆仑山看见的一模一样的东西，那就是古海的大小卵石，挤在插在或裹夹在陡峭的山岩上。在西北较低的斜谷里，远远地看见有几座土房。潘寿川告诉我，那就是牙门铁矿。说矿石品位很高含铁量是百分之七十，可惜的是蕴藏量不大。我心想，不必忙着做总结，对我国的众山之祖，人们对它的了解，太少了。因为居高临下，一目了然，铁矿规模是很小的，所以没有去看，便抓紧时间，画了两张速写。蒲玉玲用从别人处借来的照相机，大家合照了几张照片，也为我单独拍了一张万金难买的照片。（可惜，路太远了，这两张照片，一直没有得到）。时间不多了，人们催我往回走时，蒲玉玲发现照相机掉了镜头护盖。他们又下车去找。我此时，已经筋疲力尽，一点气力都没有了。我原来看中的，留在下山时要画的几处风光，没有气力去画了。不管怎么样，两片“痢特灵”起了不可估量的作用——保证我上到牙门大坂。

经过来回五六个小时的颠簸，下午三四点钟才回到努日尔，休息了一会儿之后吃饭，准备下山。一进食堂，就闻到肉香扑鼻，我一看是手抓羊肉饭！我的确是饿极了，可是肠胃不肯接受啊！我看见昨天晚上向我诉说当年的那位母亲，是那样热情欢乐盛上一碗给我时，我怎么好说不吃呢？我只好等她又去端饭时，拨了一大半给潘寿川等同志。她从厨房回来了，惊讶地问我：“怎么，不爱吃羊肉？”我说：“我很喜欢吃，今天肚子刚好，我饭量不大。”我感到实在对不起她们，直到我整理游记到这个地方，仍感到不安：她们是多么好啊，千万别以为是我嫌饭做得不好啊！

吉普车离开努日尔不久，好了一个上午的肚子又造反了：肠子一阵一阵，吱吱咕咕在腹内反复游行示威提抗议。我真是被泻怕了，暗中祷告小吉普，赶快到策勒。一停车，我便直奔厕所。

塔克拉玛干的沙漠落日，红如血。广阔无边的戈壁沙海，很快就暗了下来，蒲玉玲、潘寿川说，到招待所最快也要九时了，我的晚饭怎么办呢？都叫我跟他们到家去。我，是急于赶快到招待所，因为最紧急的任务是泻空肚子而不是饥饿。

第一招待所，依然把我当作“富翁”，不肯为我换个单间房。但来不及跟他们交涉，因为第二天一上班，我就得赶快去和田人民医院找医生，还要去市内参观，晚上要与爱好文学的青年开座谈会。亲不亲故乡人，为我看病的医生，一说话，便知道是同乡——广东鹤山县人，原来是河北驻军某部的军医。因为他的父亲是归国华侨，有海外关系，被迢迢万里“放逐”和田。只来了两个月，那个像狂犬病毒那样的“史无前例”运动来了，便又把他作为挨整对象，揪上批斗台，关进牛棚，一直关到党的十一届三中全会之后，才平了反，摘掉牛鬼面具，蜕下蛇神鳞皮，重新回到人里来。在被关的十年里，在这个人生地不熟的沙漠边城，爱人和小孩，每人每月发八块钱生活费。我同这位医生从来不认识，但因为都是曾饮珠江水长大，所以他恨不得把半生痛苦，向我这个同乡倾倒得干干净净。虽然蒲玉玲同志已经为我取好了药，这位医生还不想让我走。分别的时候，这位曾被挨整和关了十年的华侨子弟虔诚地说：“就是在挨整坐牢的十年里，我对党也没有失掉信心，我相信党总会理解知识分子的……”

我被他的信念感动得无言以对。但我知道，这是违心的套话。应该说在“左”的思想统治年代，被相信的知识分子，有，但是太少了，而更多的是不信任，否则不会出现如此多的悲剧。

我同一位爱好文学的青年，正在谈诗和等潘寿川同志带我去看农贸市场、玉器厂和那块“和田玉王”的时候，蒲玉玲同志匆匆来告我：因为明天是国庆日，乌鲁木齐—和田星期三的班机，临时灵活了：改在今天提前飞行，而且无视下午三点起飞的明文规定，改成上午十一点，要我立刻结账去飞机场。如果今天不走，就要等到十月三日以后。这个权大无比的“临时灵活”决定，把我搞得手忙脚乱。我赶快把两位青年要我看的诗稿，交给蒲玉玲，退饭票，结账，立刻上车奔飞机场。我又一次领略了管理无能，用权专横的中国民航的威力了。中国不少人，只要他的姓氏后面，带有个哪怕是小得十分可怜的“官”字气味的字眼，比如什么“长”、什么“主任”、什么“员”等等，从坐专车到骑自行车的，从列车长到售票员，从存车处的看车员到柜台从业员，在他、她能主宰的范围里，做官的意识是非常强烈的，使用权力，发挥到无以复加的强度。在我赶到机场时，看见匆匆忙忙赶来的旅客，都在嘟嘟囔囔：说三点起飞怎么又改在十一点，现在又改在十二点了？！我连午饭都不敢去买吃，可是我等了一个多钟头之后，才看见机组人员大摇大摆地走向停机坪。

中途，班机降落在阿克苏，我又被赶进那个凛若冰霜、死气沉沉的候机休息室。幸亏机组要提前回乌鲁木齐，只休息二三十分钟，不然会使人窒息得换不上气来。今天有幸，我的座位靠近舷窗，俯瞰中的天山，和在地上看的，完全不同。只见万峰如海，湛蓝深邃，山头积雪，像浪峰的浪花，向东偏北，汹涌而去，广阔绵远，使人产生“知向谁边”的博大感觉。我那和田提前起飞的狼狈样子和惆怅心态，过阿克苏机场留下的萧索灰影，一下都被天山的磅礴气势，冲掉抹去了。我很高兴，因为我四次越过天山，两次上了昆仑，畅游饱览祖国壮丽的西北边陲的目的，以我的活动能量来说，能达到这个程度，应该满足了。

吐鲁番

在乌鲁木齐住了四五天，最后得到自治区文联的帮助，我同闻山同志一起去访问吐鲁番。

小吉普是租用兵团的，租金以每天计算。和出租单位说好是十时三十分动身，但实际是十二时二十分，我们才坐上车。到了吐鲁番，已经是下午三点了。为珍惜时间，我和闻山找到巴扎吃了点东西之后，中共吐鲁番地委宣传部的席德芳同志，便领我们去葡萄沟参观。这里是火洲吐鲁番得天独厚的地方，因为有泉水，沿山沟居住的维吾尔族农民，都种葡萄，到处都看到晾葡萄的房子。这种房子都是泥砖垒成的，每面墙都留有一行行整齐的“十”字透风孔，使人觉得它不是砌的，而是镂空雕刻成的，非常奇特，非常好看。

游览胜地葡萄沟，依山靠崖修建在水声潺潺的溪水上。要过一座别致的桥，才能进到绿叶覆盖、葡萄缀满、回环曲折的长廊。我们转了一圈，欣赏了这块火洲仙境之后，便坐在绿色的葡萄廊下。此时有服务人员，从架上剪下遐迩闻名的吐鲁番葡萄，招待客人。葡萄品种很多，有“红葡萄”“黑葡萄”“马奶子”“无核白”等等，都是名贵珍果。我把葡萄，捏在拇指食指间，觉得饱满有抗力，一吃非常甜美。每人只花五角钱，便可以大饱口福。席德芳同志告诉我们：吃不了的，可以带走，但不能买。我们就这样一面吃着葡萄，一面听着滴滴答答的泉水声，火洲的炎暑热气，一下都被美景荡涤得无影无踪了。

这处幽静所在，是属吐鲁番宾馆的，桥门深锁，没有宾馆开的证明，是不许进入的。种植葡萄和管理这处旅游点的，有九位维吾尔族青年，每人每月工资七十元。我对闻山说：在这里工作，一定长寿。

我们在回来路上，天色虽然已临近黄昏，但还是进了一维吾尔族家庭访问。开头，主人夫妇有些惊愕，经席德芳那熟练的维吾尔语说明来意，便热情地欢迎我们进家，让上炕坐，并端上馓子、馕和茶招待我们。这个家庭的主人，二十五岁，高中毕业后，已当了六年中学教师。女主人二十三岁，在家里务农。他们有三个孩子。拉了一段家常之后，我们便告辞出来。闻山对晾葡萄的房屋非常感兴趣，又要求进了第二家。主人表示欢迎，闻山爬上房顶去看有许多风孔的晾葡萄房。闻山到底比我年轻好几岁，兴冲冲地爬上房顶，看了好半天才下来。我们和主人握手告别时，天色已是临黑了。

吐鲁番的夜晚，很寂静。我想到这里一无舞厅，二无夜总会，喜欢夜生活的外国游客，一定会感到百无聊赖。我正这样想的时候，忽然听说宾馆歌舞队表演歌舞，说这种每晚一小时的晚会，天天都有。有时女服务员们也参加表演。以能歌善舞而著称的新疆少数民族，我相信一定技艺精彩。于是我也去看了。

表演场所是在宾馆中院的葡萄架下。整个院子都被葡萄叶片，浓密地覆盖着。以维吾尔族为主的几位各族姑娘和乐队，在右侧的葡萄歌舞场上，翩翩起舞，引吭高歌。她们的表演，他们的弹奏，都是当地的民间节目，比正规歌舞团的表演，更富有浓郁的火洲色彩和沙漠气息。她们的演唱，有的是更随意、更自由，少的是人工过分地雕琢，故意地修饰。更有意思的是舞台和观众都在一块地平面上，许多会唱会舞的游客和当地观众，也随着演员的歌声和音乐的节拍，一边拍着掌，随着和唱起来。我看见许多外国游客，虽然不会唱，也和着节奏拍响巴掌，轻轻地扭动起来。表演者和观众，融合在一起，连同葡萄架上的枝叶果实，一起散发出和谐甘美的芬芳。我和闻山都认为：这是一个难得的好晚会，值得向边远地方的旅游点宣传推广。

高昌·交河遗址

一说起高昌和交河，便油然产生怀古幽思。下午四点，我和闻山乘车向吐鲁番东南奔行二十余公里，见到一圈方形的残墙。因为有席德芳这位权威的导游，我们一下便长驱直进，深入到这个全国重点文物保护单位之一的高昌遗址内部。这座周约五公里，分有外城、内城和宫城，仿照古长安格局而建筑的古国王都，由于城墙残缺而四通八达，所以进出十分方便。遗址内，没有任何说明标志，像我这样读书甚少，又不求甚解而又喜听人说古的人，进入如此有名的遗址，真如堕五里雾中，想了解而又无法了解。因此，我只能靠眼之所见，记下印象。

我向周围四望，全是高矮不一、错落不齐、黏土夯筑的败垣秃壁。由此可以看出昌盛的当年，曾是市肆通衢，井然有序的。细看左侧的城墙，虽然经过无数的战争摧残，千年的风牙啃噬，不少还相当高哩，有的估量可能有三十多米高。宽厚的城墙根基，压着一层芦柴苇秆，我在华北农村的古老房屋的土坯砖墙，曾见到过，但从未打听过它的作用。这座古城不少地方，都用土坯修补过。我们看到一座残存的佛塔。佛塔的旁边是一片相当巨大的寺庙残墙，也可以想到当年，曾经是十分辉煌的。据书记载，唐玄奘去天竺取经，路过高昌时，曾受到高昌国王隆重的特殊款待。

高昌自公元前四十八年至公元三百二十七年，前汉后汉魏晋的戊己校尉屯驻这里。这里是三条通往中亚细亚的丝绸之路的中路。在从晋至唐代的古墓群中，出土的文物，有染织品、木器、陶器、钱币、铜银饰品、墓志、文书、书籍、木刻印刷，都可以看出高昌是西域一带的政治教育文化中心。中国的印刷技术，是经过这里而传进欧洲的，值得炎黄子孙自豪。但同时也应自惭：后来被西方世界甩得太远太远了。我们现在，正在奋起直追。

站在高昌遗址，使人想起多少往事？在漫长的岁月里，这里曾经是中国古代许多民族的头领们，争雄角逐的流血舞台。匈奴日逐王归服汉朝后，天山南北，葱岭和巴尔喀什湖及其以东以南的大片土地，都属祖国版图。统一、分裂、和亲、入侍，都是华夏民族自己的家庭纠纷。这些，俱往矣！今天，各族儿女，都在为加快新疆的现代化，一起在沙漠、戈壁、雪岭、冰川，流汗流血，献出一切聪明才智。

由于遗址没有任何标志，没有说明，我只好将站在古寺残塔前望着古城残壁时的遐想，写在这里。

车子转向西北，到了一个叫雅尔湖的村庄，看见在两条小河环抱着的中间，有一处陡峭的土崖，崛起车前。车驶过潺潺河水，爬上一道砖砌斜坡，买了门票，穿过城洞，我们便进入交河古城遗址。吉普车继续爬上一道较宽阔的斜道，便停在古宫殿门前。

交河古城，说是座城，可是根本看不见城墙遗迹。它全是靠两条前后交叉的河水冲刷出来的、三十多米高小岛，所以不但不需城墙，而且宫殿房宇的一半都修筑在地下。《辞海》写道："自西汉至后魏，车师前国皆都于此。"公元四百五十年以后为高昌所并，唐改置交河县。八世纪末属吐蕃，九世纪中叶又属回鹘，元代并入吐鲁番。可以说资格极老，而且历尽沧桑。

我们站在这个一千五百多米长、三百多米宽，呈柳叶形的遗址当中，背后是宫殿，前面和左右，都是像沙漠"雅丹"那样的黄泥秃垣，一行一行，很整齐，可以依稀辨认出当年的胡同巷道。我们上来走过的斜道，可以想见是古城的大街，两边是商贾市肆。在宫殿和街衢的中央，有一座二三十米高的两层楼台，台上重新修建的垛堞女墙，重现了当时的雄姿。凭想象，它是古国观察情况的瞭望楼。我怀着好奇的心情，借手杖的帮助，上了第一层，而第二层也是最高的一层，为了方便游人攀登，架设了一架铁梯，脚一踏上，颤颤悠悠。欲穷千里目，更上一层楼。我登上去了，举目四顾，清楚了：河两岸的高坡台地的后面，都是高山、隘口，为了观察敌情的需要，所以这座瞭望楼，必须要修筑得很高。在这楼台上，我正画油棒速写时，不知什么时候，上来几位日本朋友。两位中年女士，还以为我也是日本来的。看见我摇头，大家都笑了。

此时，手脚利落的闻山，已经深入到古宫殿里面去了。他回来告诉我说："里面有很多碎瓦、陶片。"

观看了高昌和交河古国遗址之后，我深深感到这两座边陲古城，记录着中华民族的凝聚过程。两千多年，经历多少风暴沙暴，这股凝聚力，却越来越坚固。我这次在北疆南疆和吐鲁番的访问中，每到一个地方，都洋溢着兄弟姐妹的骨肉情谊。这是个吉祥的象征。因此，我觉得高昌和交河遗址的开放，不仅仅是使它们成为旅游点，更重要的是教育人们：中国要现代化，西北要现代化，只要各族人民凝聚在一起，一定能达到这个目的的。由此想到两处遗址的宫殿庙宇、街衢通道、建筑形式、文物等等，都应该有几种文字的标志介绍说明，应该有陈列场所，使游览者从残壁秃垣中，受到书本所不能看到的实际教育，也使外国游人，了解我们的历史，从中得到无穷乐趣。另外，我有一种担心：吐鲁番地区，虽然气候干燥，但不要忘记它素有"风库'之称。风，是有牙有爪的。在这两处珍贵的遗址土墙上，风蚀痕迹，到处可见，应该采取科学方法，进行经常的保护。

火焰山

在中国孩子的心中，即使没读过吴承恩的名著《西游记》，也会知道有座“火焰山”，因为这座山，说是孙大圣大闹天宫时，闯了大乱子而造成的。我从小就想看看这座火焰山。一想到我七十岁才能去看，谁都能理解我的快乐心情。

莽莽的戈壁，炎炎的火洲，一路放眼，都望不到尽头。当从左边望见远远的山形时，席德芳同志说：“那就是火焰山。”随着车子的飞奔，看到山的颜色，渐渐从灰紫到紫红，又从紫红到赭红。同时看到庄稼地上的土色，越近火焰山越红。山，很长，车行好半天，还未跑到尽头。至于人都说“八百里火焰山”，恐怕是个带着表扬色彩的褒词。实际上没有这么长，多少？我没有勘测过，回答不出来。我们在一处靠近山的地方，下车观看。

山形确像火焰，不仅因为它的颜色像，也不仅因为它不长树木不长草，而且是它的每层岩石，每个峰头山脊，都像火焰一样，头尖肩圆，像在摇曳的火舌。更奇的是所有的像火舌般的山头，都是向东倾斜，像西风在助燃吹动。颜色有深有浅，有橘红、紫红，有赭红、深红，非常奇特，壮丽多姿。中国有多少云涛雾海，多少石林笋峰，神瀑飞泉，丰姿婀娜，各有各的性格脾气，但多少都有其相似处。而火焰山却与众家姐妹，迥然不同，她以神奇的色彩，耸立在火洲之上，使人浮想联翩：它是怎么生成的呢？照吴承恩的说法，它是孙大圣踢下太上老君的炼丹炉砖转化出来的。这是作家的想象。按科学家的说法，它是侏罗纪地层中的煤层，发生过自燃，燃到近地表煤层精光了而留下的紫红色烧结层。这是科学家的结论。我赞赏前者那永不衰老的美学魅力，也赞赏后者的科学证明。倘若叫我判分，都打一百分，而且各授一枚金牌。我取出油画棒，画了一幅画。若问我为什么要画这座无树无草的山，我会回答是受了《西游记》的感染。

千佛洞

驱车向左深入火焰山，去看千佛洞。佛洞凿在火焰山中的陡峭河沟壁上。四周都是赭红色的山，唯独这条沟里，溪水潺潺，十分清幽。看管这处古迹的是一对维吾尔族中年夫妇，每人月工资七十元。这对夫妇因工作清闲，就充分发挥山沟有泉水的优势，种了不少葡萄、西瓜，收入是很可观的。他们告诉我，一家生活都很快乐，只是五个小孩在这里都无法上学，是唯一的难题。看管人拿着钥匙，领着我们穿过回廊般的阶梯石磴，去观看壁画。

他和席德芳同志，做我们的讲解员。首先告诉我们这千佛洞的资格，比敦煌还要老。但因伊斯兰教的灭佛运动，把所有洞的壁画，都用黄泥涂盖了，后来再加上帝国主义分子的盗窃破坏，余留下来的东西，没有多少了。我看佛洞不少，但看管人，只开了五六个洞让我们看，确是东西不多，而且都很模糊不清。我看了这种千疮百痍的情况，便问外宾来参观有些什么反应。

看管人和席德芳同志告诉我，在外国人旅游者中，曾发现有人指着壁画炫耀说："我们的博物馆里，也有这里的壁画。"还有的人甚至说："如果我们的人不来，你们还不知道这个'千佛洞'哩。"我想：说这种话的外国人，总是个别人，不会太多，但总叫人听了生气。这就使我联想起一九七九年在云岗所见。被帝国主义分子盗去的佛头佛手的洞前，说明牌上写有"现藏某国博物馆"这样委婉含蓄的文字，令人难以忍受。我曾向大同的同志建议过：有说明比那些没有说明的好，但为什么不敢干脆写明是被哪个帝国主义盗走，现藏在哪个国家的哪个博物馆呢？写明了，能让友好的外国朋友，引起反思，让不友好的外国人知道：伟大的中国人民，并没有健忘，他们的博物馆里陈列是极不光彩的强盗赃物！对这类的被掠夺案件，绝不能温良恭俭让。中国被外国盗去的文明瑰宝太多太多，我们应当支持并参与第三世界国家向盗窃者索还历史文物的运动。可惜，现在我看见这满目疮痍的千佛洞，连个说明牌都没有。这不是宽宏大度，而是脊梁骨太软！我们的国宝，多的，可以赠送，像熊猫那样。但从我国掠夺盗窃去的，必须归还。

在回路半道，观看了阿斯塔那古墓群。这些古墓，是在块广阔平坦的灰褐色的戈壁地下。从地面，看不见什么可以引人注目的东西，但在一些有沙砾丘和沟槽的地方，就是古墓。席德芳同志领我看了三处古墓，进入头一处墓穴，先要通过一道七八十米长的斜坡墓道，里面有土台，壁上有四幅壁画。从左到右，并列四幅单人人物画，依序写着“玉人”“金人”“西人”，最末尾一幅无字。壁画技法全是中国民间绘画的传统线条和色彩，同中原无异。第二处墓穴，是四幅花鸟，有两幅画是鸳鸯，一幅是鸡，一幅是兰草和一束丝。第三个墓穴是两具古尸，一男一女，毛发皮肉、骨头，都干成像枯树根一样。女尸牙齿白而整齐。这些古尸，为什么能完整地保存到今天，这完全由于吐鲁番地区的干燥高温条件自然完成的，不需任何防腐药物技术。由于阿斯塔那古尸的富有，使得内地许多博物馆，都陈列着新疆出土的古尸，我就看过好几处。看古墓群，我们是无目的来的。只是顺便看看，所以只看了三处。

真巧，我们正要走的时候，碰到了“八一”电影制片厂的编辑鲍梦梅同志。她看见在此碰见我，快乐得很，便请与她同来的新疆歌舞团女同伴，为我们合照了一张照片，还专为我一人拍了一张作为纪念。确是十分难得，很希望收到这两张照片，能否如愿，不敢保证。

沙疗地·苏公塔

匆匆参观交河遗址之后，到了一个地名叫“朝迪”的地方，去看沙疗诊所。这处有名的沙疗所，其实就是一片西瓜、玉米等农作物包围着的两座一大一小的大沙山，沙细松软，呈铁灰色。病人或跪或坐，或平躺或侧卧，或将身体埋在六七十摄氏度的沙里，露出头部接受沙温的治疗。

这种奇特的沙疗，能治各种关节炎、腰腿痛、神经痛、脉管炎等慢性疾病，都有较好的疗效。故一到夏天，各地都有人来此接受沙疗。此地用热沙治病，已有一百多年历史，现国家拨专款在这里建了诊所、病房，接待全国各地患者。席德芳同志告我：日本人对此处沙疗，非常感兴趣，取样进行了化验，沙能热疗，主要是沙中含有大量磁铁矿沙。热沙治病，我在内地也曾见过，但像这样暴露在日光下进行治疗，只能是日照充足的地方才有可能。可惜，当我们来时，沙疗季节，已经过去，患者都走光了，沙疗所，也关了门了，不免产生了来晚之感。但当我们看见沙包下右边，有几个维吾尔族农民在抹屋顶。为弥补来晚的损失，我和闻山都想跟他们聊聊天，便请席德芳同志问他可否卖两个西瓜，让我们解渴。好客的主人，立刻到瓜田里挑选了两个又大又熟的大西瓜，摘抱回来。这时又来了三四个人和一个十四岁的小男孩儿，还有主人的妻子和小孩儿，搬凳开瓜，把我们视作来自北京的稀客。

主人叫乌波·阿卜杜勒·阿乌祖，三十岁，三口人，承包了四亩半地。去年，在沙包下开荒种西瓜，供应来此的求医患者。大受患者感激，同时收益一千余元。今年已收了一千六百余元，现在田里还有很多瓜。

今年来接受沙疗的人比往年多，估计有两千人，从南方来的也不少。沙疗院住不下就住附近居民家。因此，阿乌祖在沙包旁边修了几间房子，收住了一些患者。他估计明年会有更多的人来。他指着新修的房子说，明年准备接待五十人。每人一天收一元。他是一位有开拓精神的青年，想得很周到，为了解决生活用水，还挖了个八九米宽的水池。他引我们去看，果然看见是半池泓泓清水了。阿乌祖说，开头，人都笑他不种粮食种西瓜、收病人的做法愚蠢，可现在看见他挣了钱，都来种瓜了。

阿乌祖告诉我们：沙包在风的吹刮推动下，每年都要向东南移动，今年就移动了五米。

我们走的时候，留下瓜钱。阿乌祖和他的妻子，怎么也不肯收，说我们从那么远的地方来，能到他家做客，品尝了他种的瓜，比多少钱都重要。

三日游的规定，已用去两天了，司机突然又想出点子了：提出明天车去加油，要用整个上午。在吐鲁番加油要用一个上午？这都是“大锅饭”营养出来的丰富想象力。为了珍惜时间，我们抓紧余下的短短时间，去看了苏公塔。这是一七七九年建的一座伊斯兰墓塔。塔是用黄色砖砌的，呈圆锥形，中部形成花纹，在残霞余晖的照映下，非常壮丽雄伟。这塔花去七千两白银，够叫人咋舌了。塔高七十三米，内有螺旋形梯阶七十级，因为太陡，后改修成九十一级。看管人早已下班了。由于有席德芳同志去请，请来了一位二十岁的看塔人开了门。塔里的旋梯非常陡，我鼓足干劲，加上拐杖的支撑，登上去了。临窗远望，只见照野残晖，笼罩暮霭，顿然产生觉广宇之无边，知自身之有限，岁月将零，登临恨晚之感。在我后面，一个来自澳大利亚的女青年和瑞典的一个男青年，也跟着我们上去了。我下来时，有两个来自香港的青年，也上去了。他们向我和闻山，都投来友好的目光，可是他们不知道这是席德芳同志的功劳。

塔院内还有做礼拜的廊子等等应看的东西，但天快黑了，只好作罢。

司机明天加油要到十二点的想象力，被席德芳同志抹掉了，说他认识加油站的经理，明天他亲自陪司机去。司机知道他的打算被人看破时，不表态度，只是板着脸，憋着火，一言不发，开动马达向回路走。

吐鲁番治沙站

每当报道“沙漠向北京前进”时，跟“长江要变成第二条黄河”一样，我就担心害怕。每当看见治沙的文章，我必然要看。幻想沙漠被人类征服变为绿洲，不管花多少代的气力，我深信会成为事实。听说吐鲁番有个治沙站，对我的吸引力太大了，岂能不去看？

治沙站离吐鲁番十几公里。沿路两旁的树木，枝干相攀，像一道拱形的由黄色、绿色、赭色组成的层次斑斓的秋色长廊，可就是怎么也看不到红叶，如有的话，我一定要画一张吐鲁番秋光。过了这一段宜人的风景之后，渐渐进入沙的地带了。夹道的树木，全是榆树、沙拐枣树。林木都不很高，越近治沙站越低矮。

席德芳同志曾陪同记者来过，所以很熟悉。到治沙站办公处找不到人时，他就到站长沙飞家里，很快把他请来了。

治沙站长沙飞，江苏邳县人，四十九岁，一九五九年初中毕业，自告奋勇来新疆支边，已来二十有六年了。他在这里安家落户了，已有四个子女，大儿子已同一军队干部的姑娘结婚了。

沙飞，是个很有事业精神的人。因为我的理解力想象力都很差，不喜欢坐在办公室里听介绍，便请他带我们到他经营的世界里去，边看边问边听。因此，下面的话，都是在沙梁沙丘和苗圃记下的。

沙飞说，一九七二年开始治沙时，这块沙地，一根草都不长，沙在这里受风的煽动，滚来滚去。这里无雨，缺水，干旱，气温常高到八十多度。过去治沙种过一万多株树，都因高温无雨，只活了一株胡杨！为了治沙，他日夜不眠地思考：怎样去找到不喝水、能抗旱、能抗风的植物呢？当红星公社成立了治沙站，他便和中国科学院新疆分院生物土壤沙漠研究所和吐鲁番县林业站合作，从新疆精河、塔城找到沙拐枣，从甘肃民勤、内蒙古搞到了防沙植物种子。一九七三年育苗，一九七四年种了七亩地，试种成功了：沙拐枣，只要在播种时浇些水，它就可以发芽生长，以后就不需要浇水。一九七五年，大量种植了一千五百亩，一九七六年，又种了一千五百亩，都成功了，经受了大风沙的考验：沙子即使把第一道沙拐枣林带埋没了，但它仍然能从沙里长出来，而且在埋没的沙面上，像在原种的地上一样，向应有的新高度成长，开出红、黄、蓝、绿、紫、白各种颜色、针球状的花朵，很好看。五月二十日左右，是最繁盛的开花时期，招引来许多蜜蜂。他摘下花籽给我看，是红赭色的小针球。沙飞告我，试种成功后，每年都要栽种三百亩到五百亩。从初栽的沙拐枣到现在，都没有再浇过水。大株已长到二十公分粗细，砍了能再生长，根部更大，会从根部多株发展成丛。这种树一年长三米，活二十年左右，每亩可生薪炭三吨，此地缺煤，解决了烧柴困难。而现在，只烧断枝则可满足薪炭需要。沙飞说：沙拐枣木材加工做成压缩板非常好。

这位治沙的实践家又说：沙拐枣的家族很多，现知道的有二十多个亲族，这里种的有七家。怪不得我一见这些沙拐枣，曾产生为什么跟在南疆看见的不一样的疑问，一下解开了。他带我看了一种叫“老鼠瓜”的蔓生植物。这种蔓生植物，沙把它盖了，它仍能往上长，把沙地又覆盖着。最宜当尖兵，种在沙拐枣的前沿“风蚀地”和戈壁硬地上。

沙拐枣，说它是沙漠勇士，是当之无愧的。我对此树，产生了崇敬的心情。我和闻山一直坐在靠近沙漠、被黄沙堆成三四米高、三四米宽的沙拐枣林的长岗上，听主人介绍。

我初看这道沙岗，以为是人工筑成的，不是的，是沙拐枣使风沙屈服，停止在这里而形成的。这道沙岗之内，全是沙拐枣林。

我走下“沙漠勇士”组成的第一道防线，看见沙拐枣林内，种着各种各样的固沙植物，有叶片圆厚，叶形似燕尾掌的“胖姑娘”，还有花棒、柠条、猪毛菜、臭麻子、鹿角草、沙米、骆驼刺等等，我们都来不及一一问名问姓。

说了治沙的成功，也应提提这里的坎儿井。坎儿井，闻名天下。种植防沙植物时，要有一定的水，种植谷物，也要有足够的水量。他们修筑了“地下溪流”，引来天山的雪水。培植治沙植物，利用冬季农田不需水时，把要植治沙树木的地方，浇透灌足水，到了农田需水时，水就可以满足农田需要，做到了治沙不与农田争水。他们现在仍然在搞苗圃，培植沙拐枣苗和其他的固沙植物。

现在已固沙的六千五百亩土地的收益，是显著的。这里原有五个大队，一九六一年，每个工值只有三角钱，年年要吃救济粮。一九七三年开始治沙，一九七四年粮产二十六万公斤，工值提高到一元钱，粮自给了。一九八一年，产粮四十三万公斤，工值由一元提高到三元五角。

一九八一年，各生产队人均收入八百元左右，一九八二年人均收入一千零四十元。人均存款五百元，有俩万元户，电视机都买好了。一九八三年可收入一千元以上。

这个治沙站九十人，原来在试验时，吃的是由各大队生产队供应，国家提供款十二万元左右，连各生产队支持的，共用了四十五万元。

沙飞沉痛地说，沙拐枣林惨遭砍伐过，现保存着六千五百亩。但他未说明原委，但我可以想到是那场“伟大的无产阶级文化大革命”造成的。

他们固沙后，建了风墙林带，有杨、榆、沙枣、胡杨等等树种一百五十亩，九万多株。我看见的都已有十几二三十公分直径，有八米多高了。在我所见到的这一千三百亩沙漠包围的田园里，处处可以看见沙梨、葡萄、棉花、麦子、高粱等农作物，自由欢乐地繁衍生息。

参观治沙现场之后，沙飞同志邀请我们到他家里休息。

他大儿子的年轻新媳妇，开了个大哈密瓜招待我们。我们建议他写本治沙的书时，他取出林业部发给他和一个维吾尔族同志的治沙三等奖证书给我们看。

下午，三日吐鲁番之游就要结束了。原先答应我们的请求，午后去看出土文物展览的女青年失信回家了，席德芳同志亲自去请，也不肯来开门，我们把去火车站前的三个小时，白白在展览馆的铁锁前，全浪费了！

我们离开宾馆的时候，很少有雨的吐鲁番，下起今年头一次小雨来。在宾馆院内，看见两个日本的女游客，却打着伞进门。我和闻山都佩服她们的预见性，在无雨的火洲，雨伞居然派上用场。我更为惊奇的是在街上，席德芳刚说吐鲁番人不用伞的时候，两个维吾尔族人，乘坐着驴车，却打着一把伞，在细雨中轻轻吆喝着毛驴，慢条斯理，真是逍遥自在！

小吉普向吐鲁番车站疾驶的时候，小雨如纱，罩着灰蒙蒙的火焰山和大戈壁，风声在广阔的旷野中呼呼吼着。

图书在版编目 (CIP) 数据

阮章竞文存 . 散文卷 . 上 / 阮章竞著 . -- 北京 :
北京十月文艺出版社，2022.1
ISBN 978-7-5302-2210-2

Ⅰ . ①阮… Ⅱ . ①阮… Ⅲ . ①散文集—中国—当代
Ⅳ . ① I217.2

中国版本图书馆 CIP 数据核字 (2021) 第 246964 号

阮章竞文存　散文卷（上）
RUANZHANGJING WENCUN　SANWEN JUAN（SHANG）
阮章竞　著

出　版　北 京 出 版 集 团
　　　　北京十月文艺出版社
地　址　北京北三环中路 6 号
邮　编　100120
网　址　www.bph.com.cn
发　行　新经典发行有限公司
　　　　电话（010）68423599
经　销　新华书店
印　刷　北京盛通印刷股份有限公司
版　次　2022 年 1 月第 1 版
　　　　2022 年 1 月第 1 次印刷
开　本　880 毫米 ×1230 毫米　1/32
印　张　17.25
字　数　250 千字
书　号　ISBN 978-7-5302-2210-2
定　价　130.00 元（全 2 册）
质量监督电话　010-58572393
如有印装质量问题，由本社负责调换。

阮章竞文存

散文卷（下）

阮章竞 著

北 京 出 版 集 团
北京十月文艺出版社

目录

八十年代

九十年代

八十年代

女售票员心灵不美

本月三日早上八点二十分，10路公共汽车4504从北京站发车，一个解放军带着两个大人和两个小孩乘车，只买了三个大人的票，女售票员问他买几个人的票，回答是三个人。女售票员问："那两个小孩不是人？"军人夫妇显然不高兴，但又不愿买小孩车票，就这样：

"几个人？"

"三个人。"

"那不是人？"

一直大大争吵到东单时，那个解放军夫妇加了一句话："有这样问人的吗？"

女售票员仍说："怎么不能？那不是人？"越吵越厉害了。

一位七十岁左右的老人劝他们不要吵，并对解放军夫妇说："这两个小孩都那么大，是要买票的，不买是不对的。"

解放军说：“你问问她，有这样问人的吗？”

女售票员立刻改口变为：“我问，那是不是你的人？”

但那个军人是问她开头是怎么说的。

女售票员矢口否认说过“那不是人”。

老人说：“刚才你说话不合适，你说了。”

由于这样，女售票员就向老人破口大骂起来：“你听到我说啦？谁叫你管了，你管什么闲事？”有的话就太不像一个女青年说的话了。

从离开东单站一直骂到王府井站，老人下了车，她仍朝着车外不停地骂。解放军给小孩买了票。

解放军不给小孩买票是错误的，女售票员的问话“那不是人”不能说是和气的说话，坚持要小孩买票也是正确的，否认说过不恰当的话就是不诚实。

大骂老人，她应该知道自己的灵魂并不美。

1984年春

刺痛灵魂的对话①

三月份的前几天，两位鬓发斑白的同志，在谈论交通秩序混乱时，男的说：“骑自行车的人，把人行横道都占了，怎么也穿不过去。我说：‘同志呀，这是人行横道，你过线了。’她横极了，说：‘谁请你出来溜达，待在家里抱着孙子玩玩多好！’”

女的说：“我也碰上一个穿得漂漂亮亮的姑娘，车子把我撞得几乎站不住。我说：‘你怎么骑车往人身上撞啊？’你没法猜她怎么回答。她说：‘我还没说你碰歪了我的车轱辘，就算照顾你啦！你风格跑哪里去了，老太太？！’我说：‘姑娘，你不能不讲文明礼貌呀！’她说：‘好吧，咱们三月一日以后再讲文明礼貌吧！’”

“交通民警也太不负责了，上头不管一管。就该狠狠罚罚他们！”

---

① 发表在《北京日报》1984年3月31日，笔名“杨皎璁”。

我感到他们讲到点子上了：政府公布了交通法规，就是没有认真执行！没有切肤之痛的人，是讲不出这样深刻的叫人气愤的话的。我头脑清醒了，交通混乱，主要是管理不力。

三月第一个星期刚过完，这两位同志又在议论交通管理问题了。男的说："我老大前天骑车过了停车线，民警上来先敬了个礼，说违章罚款一块钱。老大说，你们这个月奖金不会少了。这可坏了，开这个玩笑，又加罚了一块钱。这样随便罚，像话吗？！"

女的说："我家儿子、儿媳妇、孙子，男男女女，都挨罚了。制定这规章的人，就不想想每月四十多块钱收入，经得起罚吗？这些头儿啊，太不了解下情了！"

这回我听糊涂了，怎么在十来天之间，他们突然变成另外两个人了呢？但是，他们反映问题，迅速、敏捷、生动、尖锐，这不仅是切肤之痛，而是狠狠刺痛灵魂了。

男的说："咱北京啊，谁都管不好，没法治！"

旁边有个同志说："有法治，如果你当了市长，她当公安局长，保险全市市民，要山呼万岁了！"

那女的说："那可不行，要是咱俩当了市长、公安局长，北京就更糟了。"

我感到这最后两句话，思想水平很高，有自知之明。要是这样的同志真当了市长、公安局长，北京的马路上，二十四小时，可能会不断出现救护车，幸亏没人选他们。阿弥陀佛！

1984年3月30日

缅怀舒舍予先生

每当我想起舒舍予先生的时候，就想起霞公府。我是在这里认识舒先生的。一九四九年新中国成立之初，舒先生立刻就在十一月从美国回来，投身于新中国的文学艺术事业。舒先生热爱祖国，热爱劳动人民，热爱党的高尚品质，我是非常敬佩的。我虽然早已是这位久负盛名的作家的读者，虽然在抗日战争的敌后根据地里，也早就知道老舍先生提倡通俗文学，运用劳动人民喜闻乐见的民间形式，宣传、教育、团结、鼓舞人民起来抗日。虽然也听到对“旧瓶装新酒”的言论有异议，但这个主张，我认为是正确的 。因为在战争中，离开了人民大众所喜爱的形式，宣传教育人民的作用要差多了。因此，从斗争实践中，我赞成老舍先生的主张，十分敬佩老舍先生重视和热爱人民群众的可贵思想。

老舍先生回到北京，虽然多次在会议上见过面，但真正认识是一九五〇年五月在北京市第一次文学艺术界代表大会上，会场设在霞公府。在这次会议上，我进一步认识了舒先生，他是那样熟悉北京的社会、北京的人民，是那样理解表演艺术家和说唱艺术家。这个有史以来，北京市集中了那么多文学艺术家、表演家的会议，是老舍先生主持的。会议从头到底，无拘无束，畅所欲言，生动活泼，风趣横生，真是一个艺术家的会议。在会议中，他所安排的每一个表演节目、说唱节目，都是最好的，富有古都特色的节目。我记得有我们敬佩的周总理也参加了，侯宝林同志的相声，总理乐得前仰后合。在这次会议上和这次会议以后，我不断在霞公府的活动中，领略到北京市各种艺术形式和流派精湛的表演。同时，也不断受到老舍先生的教诲。我记得有次会后，去北海仿膳吃饭，他把各种食品，都向我们几个不了解北京社会的人，一一作了介绍。说到慈禧吃饭的时候，宫女都要排成长队等候上菜，许多佳肴美馔，慈禧只是瞅一瞅，就过去。他拿起栗子面小窝头，就说到栗子小窝头的来历，说那是八国联军侵略中国，慈禧逃跑饿的时候吃了棒子面窝头，觉得好吃。回宫之后，再尝玉米面窝头不如农民的好吃了，御膳房就用栗子面做出小窝头来代替。每一道菜，他都揭露清朝皇室和慈禧的昏庸腐败、穷奢极欲。他又介绍了许多胡同的原来名称的来历和今天的谐音。这些历史情况和北京风俗，对当时进城不久的我来说，就像在听老师讲北京史话。所以，我从来都称老舍同志为先生。

五十年代末，他对我的一些诗的语言感到不好，他对葛洛同志严肃批评了我，举出“花的原野缤芳”和“乌兰察布风吹吹”的“原野缤芳”和“风吹吹”这两个造句的生硬。我深深感到批评十分中肯。因此，我一直到今天，每在写作的时候，都想起先生的批评，问自己克服了没有。老舍先生是位伟大的语言大师，我不仅从他巨大的著作里学习，还从他平常说话中学习。他的语言形象、生动、准确、严谨，而又充满风趣，个性鲜明。在我国第一个被授以人民艺术家称号的人，是老舍先生，他是当之无愧的。过去是，今天是，将来仍然是人民艺术家。老舍先生确实像总理称赞的，他是文艺界的劳动模范。只说在新中国成立之后，他是个最勤奋的作家之一，只要是人民需要的，他就努力去满足人民的需要。反映解放前旧北京劳动人民悲苦生活的，是老舍先生。反映解放后北京劳动人民生活的，也是老舍先生。他写了许多的话剧、说唱、曲艺，创造了北京的新剧种——曲剧。他也写诗、诗论和其他各式各样的文章。在创作繁忙之中，还和赵树理同志、王亚平同志创办了全国第一个说唱杂志《说说唱唱》。他是全心全意为人民服务的，人民需要什么，他就写什么，老舍是人民的，是北京的，是全中国的，也是世界的。老舍是中华民族的骄傲。

老舍的作品是不朽的，《骆驼祥子》是不朽的，《茶馆》是不朽的。我说过，只有老舍才能写出《骆驼祥子》《茶馆》这样的作品。我跟曹禺同志说过：也只有北京人民艺术剧院这样的剧院，这样的演员，才能最好地演出《茶馆》。这恐怕同老舍先生的艺术创作思想是分不开的。

老舍是真正的人类灵魂工程师。大概是一九五七年，康生和江青召开的“紫光阁”座谈会议之后，一批数量相当大的伤风败俗的戏目，像残渣一样，又浮上新中国的舞台。老舍先生很愤怒。有一次他对我说：“演出这种坏戏，即使在旧中国，也为老百姓所骂的。现在演这样的戏，演员都说感到害臊。我告诉演员，死也不要演。”这才是一个真正的人类灵魂工程师的话！现在仍然是很有现实意义的。写这样的作品，唱这样的歌，演这样的戏，作家、演唱家、演员要知道害羞！

一个为人民所需要的、年近古稀还在为满足人民需要兢兢业业地劳动的人民艺术家，在极不正常的历史情况下消失了。

在那段可怕的日子里，一个中国的艺术大师，也是世界的艺术大师——老舍居然就这样被舍掉了！这是我们无法理解的损失，更感到是无法理解的内疚，无法理解的惭愧！

历史上，产生过很多伟大的作家，将来还会产生很多很多，但再生一个老舍，永不可能了！

我近年来常常想到老舍先生对我国文学事业的巨大贡献。大概是前年，我在北京文联的一次会议上，曾建议把老舍先生居住过的房子，以“老舍故居”的名称，向群众开放，并举行纪念活动。这个愿望，今天终于实现了，作为晚辈，我感到的是无比的慰藉。

今年是老舍先生诞辰八十五周年并举行纪念活动的消息，我只是前几天才知道。赶写这篇文章是为了缅怀我所敬爱的前辈，他留给我们的是巨大的文明财富，如果他今天仍然健在，我无法估计还会增添多么巨大的文明财富。但，这已经不可能了。所以，在感到慰藉的同时，可惜两字，仍然深深地缠绕着我的心！

写在《纪念老舍同志85诞辰座谈会》后三日

我与祖国共命运[①]

——答米兰《人与书》编者问

意大利，我虽然是匆匆去过，又匆匆离开，但给我留下的是永不褪色的美好记忆。因此，我十分高兴地写这篇文章，回答《人与书》负责人米契奈西先生和文琴蒂先生向中国作家提出的问题中的一个问题。

将近半个世纪了，我写的诗、话剧、歌剧、散文和小说，探讨和处理的，无一不是和我的祖国命运、人民的命运休戚相关的问题，这就不能不先说说我一生是在一道怎么样的历史长河中生活。

我生于忧患，长于忧患。从我能开始认识我生存的周围事物时起，我的祖国是处在军阀混战、盗贼猖狂、灾连祸结、民不聊生的没完没了的悲惨年月之中。从儿童到少年，我时常看见的是官杀人，贼也杀人。乡下的无赖，

① 此文发表在《文学报》1984年5月10日第4版。

忽然是官，忽然是贼。那时，官和贼，老百姓是无法分清楚的。那时，谁有枪谁就有权，谁有枪谁的日子就好过得很。我从小就是在地主催租、债主逼债的吆喝声中长大的。我在乡下念了四年多的小学，就去当油漆学徒。大了，从农村小镇走进大城市，我看到我的祖国怎样也摆脱不了这个坏到极点的悲惨命运。我从小爱画画，爱读书，爱看小说，因此，刚进入青年时代，我就最喜欢读爱国的、反抗压迫的作品，不管中国的、外国的、古代的、现代的，我从这些作品中吸取思想力量。这些作品，都激励着我，鼓舞着我：要为我的祖国的独立解放、人民自由民主而战斗，而呐喊，而歌唱。我是面对着在中国横行霸道的世界列强，特别是日本帝国主义的刺刀，面对蒋介石国民党反动政府的皮鞭、镣铐，思考如何写作的。理所当然，我要探讨的主题是打倒帝国主义，首先是打倒日本法西斯这样的关系到祖国生死存亡最最紧急的命题。在长达十几年的抗日战争和人民解放战争中，我一直在火与血的斗争最前线上当普通一兵。我除了步枪之外，又多了一杆枪，那就是笔。我们的敌人，在用炮弹、炸弹、毒气来消灭我们的时候，朋友们可以想象到，我的作品，理所当然是很有火药味的；当看着羊群、牛群都被敌人赶走，宰杀殆尽了，我怎能慢条斯理地唱起牧歌呢？正是由于有这类的作品，鼓舞亿万人民走上战场。所以，我不管那些忘却了或根本没有经过，没有见过帝国主义欺凌，封建主义和官僚资本主义压迫和没有经过腥风血雨战争的人，用什么样的眼光来看待我的同代人所写的作品，但是我说：没有这股火药味呛人的诗歌、小说、剧本，就没有中国的今天，我也不可能用这篇文章来同意大利朋友做这样的一次远隔重洋的答问。

我的祖国解放了，人民共和国建立了。但这只是万里长征走完第一步。人口众多、灾难深重，经过漫长的帝国主义掠夺和战争破坏的中国，要建成一个富强繁荣的文明的现代化国家，谈何容易！我们面对着虎视眈眈的敌人，在战争的废墟、荒漠的山野上搞建设。为了尽快解决经济文化科学的落后状态，靠谁？当时，帝国主义封锁我们，只能靠自己的两只手向贫穷开战！因此，在战后，我的诗歌，是面向贫穷进军，歌颂向贫穷苦难开战的战士，歌颂他们的业绩；同时，也批判害怕困难，逃避艰苦的懦夫弱者。原来陷于极为贫穷落后的我的祖国，很快就取得伟大的成就。但我也不回避我们犯过的严重错误，特别是十年的“文化大革命”。正如你们罗马省副省长先生在接见我们时所说的：“我很喜欢中国，但不喜欢你们的‘文化大革命’。”我完全同意这句话。在这个大动乱的十年中，我虽然迷惘、彷徨、痛苦，但我坚信我们中国共产党人会自己来解决这场灾难。果真如此，我们又走上了正确的道路。我不相信文学可以完全离开历史，脱离政治。现在中国的作家，不管倡导诗只应抒发个人情怀，而不应反映时代、人民；也不管他们用现代主义或现实主义的创作方法，他们创作的主题，没有不在接触、探讨“文化大革命”的问题及其后果的。我不主张掩饰这段可悲的愚昧的历史，相反，我主张要无情地揭露批判，把产生的原因告诉人们。但我反对那些一下来了个一百八十度大转弯，对社会主义、共产主义事业丧失信心，而转向崇拜西方的自由化倾向。坚信我们能找到建设具有中国特色的社会主义现代化国家的方法，实际上已经找到了。在我国，现在已经像出海晨阳那样，看见绮丽霞光了。我主张写这些创造霞光的人们，鞭挞那些妄想摁住大海不让霞光上升的蠢人！从我的一生的观察、实践，得出只有共产主义才能救中国，事实正是这样，别的主义都不成。我坚信以共产主义为思想指导核心的中国，一定能走进世界先进民族之林。我是以这样的世界观来观察我国的现实生活的。我遵循革命现实主义的创作原则，因为从我的生活实践中，证明这个原则最能反映人民的真实生活，反映他们的痛苦、战斗、欢乐和希望。单纯的暴露、批判，是不够的，人民都有光明的憧憬，美丽的幻想，即使是梦也比怆天哭地，无能为力好；当然，更其重要的，是告诉人们：打倒了皇上，千万别再来个皇上。

我在前面说过，古今中外的文学作品，都对我有影响。我一进入青年时代，就如饥似渴地吸吮着这些世界人类最珍贵成果的果汁。在抗日战争时期的敌后环境中，没有什么比书更珍贵了。凡听说谁有名著，我常常是不惜走几十里路去借阅。有好几位外国诗人的长诗短诗，我都手抄在本子里。这些诗也在我身上同敌人周旋。在我来说，我所阅读的外国文学艺术作品中，最先的是你们的国家。我十八岁就读到文艺复兴三杰的名字。我所能借阅到的达·芬奇、米开朗基罗、拉菲尔的大小影印品，使我惊叹他们的创造力。从这些作品中，我看到智慧，看到真正的美；从此，成了癖，凡是他们的作品，我没有不反复看的，一直到今日的暮年，也是如此。前些日子，意大利画展在北京展出，虽然天气火一样热，但我又去看了。但丁，是我最敬佩的外国古代诗人之一，他的巨著《神曲》，对黑暗、丑恶势力的鞭挞，真是大快人心。在我国空前的十年浩劫中，我还常引用《神曲》的警句，来对照江青、林彪两个反革命集团的丑恶罪行。他们的所作所为，同但丁在《神曲》中说的“打着上帝的旗帜在做买卖”是何其相似啊！我多希望能把他们打下地狱！我感到我从古代意大利的思想武库中，借出了一件武器，来帮助中国，打击丑恶。

“能去意大利看看，那是多好啊！”这是我从青年时代起就一直在做的一个梦。中国有句俗话叫“老天不负有心人”。果然，在我六十八岁的去年，在中国的中秋佳节，我飞落在风光如画、充满神奇色彩、魅力常青的古老的伟大国家——意大利。虽然只有短短的十二天，却凝缩着半个世纪的希望。我是争分夺秒地在进行参观访问。意大利人民的创造力使我惊奇，叹为观止。你们的先人，在没有载重车辆、没有起重机的老远的几千年前的古代，是用什么神力，把如此巨大的石头，变成雕梁画栋，竖立起来成为光彩夺目的神殿呢？只有鬼斧神工，才能把这些山中顽石，变成会笑、会看人、又像会说话，充满人情的天使、海神、魔女、英雄和哲人？使我深深感到大理石在意大利人手中，能变为有生命、有感情的灵物。

观看西斯廷画廊，时间总共不到三个小时，我只能把半个世纪想看的，尽可能看到。结果，我还是没能全找到就已经快到闭馆的时间了。当我拖着沉重的双脚，追着最后离馆的人群时，我的同行朋友，一个都不见了。在这个充满艺术魅力的曲折回廊里，如果不是我们的精通意语的袁华清同志回来找到我，我很可能成了迷途的老羊。在佛罗伦萨，怎么样也挤不出时间去看米开朗基罗的《晨》《暮》《昼》《夜》了。但我崇敬的但丁故居，怎样也得看看，结果是在半夜的雨中赶去看到的。在淅沥的雨声和幽暗的街灯中，在但丁头像的栏栅前，袁华清为我摄了一张意想不到的十分清晰的彩色照片，这是多珍贵的一张照片啊！在米兰，仅剩下三四十分钟，圣母玛利亚教堂里的达·芬奇的《最后的晚餐》壁画就要闭馆了。中途，又要等陪去的主人，多怕丧失这个千金难买的机会啊！当我们赶到教堂的时候，仅剩下二十分钟了！我连转眸的时间都不敢转了，目不旁视地，全神贯注地，仔细地看了这幅意大利的国宝、世界的伟大名作。

观看西斯廷画廊之后，我对同来的同志说：光这个画廊，粗看要三个月，细看要三年。在这里，我还不能不提到皮诺乔，他是我家祖孙三代最受欢迎的外国朋友。

说也奇怪，为什么意大利的绘画、雕刻、歌剧、音乐、拿波里民歌，会使我产生如此长久而又深远的眷恋呢？我现在也不明白。但是，在我的创作方法、表现形式和韵味上，我自己认为是地地道道中国的。

编书秘诀[①]

编辑甲：A老，我们出版社考虑到全国人民，都在为实现四个现代化，忘我地学习、钻研科学技术，没有更多的时间广泛阅读、欣赏各个作家的名作。为了这个缘故，我们想编一本当代作家名著选编，让广大读者能以最经济、最佳的方法，广泛读到各家的代表作品。

A老：这个想法很好哟，是很有群众观点的哟。什么时候能出书啊？

编辑乙：出书好说，现在需要一位有影响的知名老作家，出来当主编。我们考虑A老您最合适了。所以特意来请A老出来挂这个帅。

A老：不行哟，我没有时间看书选作品啊！

编辑甲：我们考虑到A老很忙，不敢麻烦A老看书选作品。

A老：那我当这个主编岂不太轻松，你们几位编辑就未免太辛苦了吗？

① 此文发表在《北京日报》1984 年 5 月 22 日，笔名“杨皎璁”。

编辑乙：（笑着说）哈哈！A老，我们也不辛苦，也用不着我们去看去选。我们印张征集作品信，上款填个作家名字，下款盖个公章，写个信封，邮寄出去，请作者按字数要求，选一到三篇有代表性的佳作。有您老挂帅当主编，这封信，不会白搭的。

A老：要想到，有的怪脾气的作家会不理的哟。

编辑甲：想到了，不理是会有的。但不少作者好名，一想到像A老这样久负盛名的大作家主编的名家选集里头，有别人的作品，而没有自己的作品，他就一定睡不好觉了，不会不理的。

A老：你说说这是什么原因？

编辑乙：这叫条件反射，这本书有没有自己的名字，这就是个最使人发馋的诱饵。

A老：嗯，这的确是件十分轻松的工作。那你们最后的工作是……

编辑甲：是一把剪刀，一瓶浆糊，一支红笔，编个目录、页码，就万事大吉，大功告成。

A老：（沉吟）这不太……

编辑乙：这样比较稳妥，有的书是我们选的，有的作家不大满意。由他自己推荐，工作又快又好。

A老：那你们对每个作家都附上三五百字的简介，也不费事，现在不是已经出了好几部作家传记吗？从中摘二三百字就可以了。

编辑乙：计划中有这个安排。我们早想好了，这个简介，我们也不动手，怕摘不好，作家不满意。

A老：那怎么办，不搞简介吧？

编辑甲：搞还是要搞的，但是叫作家自己搞，写个三百字的简介一齐寄来。

A老：作家听你们左摆弄右摆弄，这样来回摆弄吗？

编辑乙：A老，会听的。

A老：会听的？我不信。你有什么法宝？

编辑甲：有，叫心理战术。因为有的作家很怕编辑说得不够。

A老：嗯，心理战术…… 那我，白挂了个主编去唬人？

编辑乙：不，不，最后要麻烦A老写篇序。

A老：那我还是要看作家送来的作品啊！

编辑甲：我们不看，您老也不看，随便借题发挥，您老说点什么，读者都会听的。

A老：一篇作品都不看就写序，不脸红？……

编辑乙：A老，我知道现在有一些书的序，写序人是一篇作品都不看就写的。

A老：这叫什么话哟？

编辑甲：这叫“编书秘诀”。

A老：“编书秘诀”？谁发明的？

编辑乙：谁发明的，有一些书就是这样搞出来的。

编辑甲：A老，不会影响您老的任何工作的。到时候请您写篇序，就这一个要求。

A老：（沉吟）唔……

我的声明[①]

——《歌剧〈赤叶河〉创作前后》一文不是我写的

《戏友》编辑部：

今天从友人手里借阅了贵刊一九八四年九月二期中的《歌剧〈赤叶河〉创作前后》一文，使我万分惊讶。这篇文章不是我写或授意写的。

此文中提到的时间、地点、剧团名称、人们的关系等等，有的是错乱的，不符合历史情况的；对我的一些工作和作品的作用、估价，更有许多是言过其实的，有些话我都不敢看下去。今年四月上旬，李娜同志作为战争年代的老朋友来访问过我，想了解我在太行山时期的一些创作活动。李娜同志是当年扮演过《赤叶河》剧中人物的演员，对该剧的演变有些了解，她想写

① 此信以《关于〈歌剧《赤叶河》创作前后〉一文署名失真的问题——阮章竞同志给本刊的批评信》的长标题，刊登在《戏友》1985年第1期。

一篇回忆性的文章。因此，我们共同回忆了《赤叶河》从第一次演出以及后来各次修改、各次演出的过程。我没有授意，她也没有提出代我写的意念。但今天使我感到非常吃惊的是：为什么文章提到的许多情况，不经认真查对核实、认真思考就发表出来呢？为什么会在我毫无所知的情况下，出现是我的文章呢？怎么会未经我过目和同意就署我的名字发表呢？这些都是很不严肃的，不许可的。

因此，我要声明：《歌剧〈赤叶河〉创作前后》一文，不是我写或授意代写的，我不能对该文负任何责任。

阮章竞

1984年12月9日

《戏友》编者的话：

我们诚恳接受阮章竞同志的批评。我刊李娜同志曾访问过阮章竞同志，并整理过一篇访问记。后来考虑还是以阮章竞同志署名发表为好，但当时因阮章竞同志已病重住进医院①，记录未经本人审阅，致使该文在整理时出现一些错误、紊乱的地方都不能得到改正。该文未经阮章竞同志同意，便以他的名义仓促刊出，这是很不慎重的，谨向阮章竞同志道歉，并在今后工作中引以为戒。

---

① 作者 1984 年 4 月 17 日突发心肌梗塞入院抢救，6 月出院。故有此说。

附：

另一个手稿中的部分具体意见（未用这一稿寄出）

一、太行山剧团和太行剧团，不是一个剧团。前者全称“国民革命军第十八集团军第八路军晋冀豫边区太行山剧团”，成立于一九三八年四月。后者是武乡县剧团（后合并进襄垣县剧团），转归太行行署领导后改称“太行剧团”，成立于一九四六年冬或一九四七年春。演《赤叶河》的是后者。

二、关于《赤叶河》的作曲问题。最初记录武乡盲人宣传队的曲调工作的，是高介云同志。武乡县剧团原是秧歌剧团，他和该团的张万一、李海水同志对当地曲调是较熟悉的。提供《赤叶河》剧的音乐素材，不仅是盲人宣传队，这些同志都作出努力。配曲是高介云同志作的，当然我和这些同志都有参加。在一个很短的时间配曲，我们都缺乏音乐创作的思想和理论准备，基本上是择曲套词。据观众反映，音乐气氛不太连贯，曾请张晋德同志帮助过。

一九四八年人民艺术剧院在石家庄演出的《赤叶河》，是作曲家梁寒冰同志按太行剧团原曲本改编，有的重新创作的。北平解放上演的《赤叶河》

是这个本子。该院一九五八年在北京重演《赤叶河》前，剧院请高介云同志来京重新修改曲谱。

三、关于“音乐问题可以说始终没有得到很好的解决”“音乐上没有为剧本插上翅膀，没有飞起来”这些话，《创作前后》引话不完全或走了样。事情是这样：五十年代初有位文艺评论家说过“《赤叶河》的词还可以，可惜没有三两支曲子能流传开，没有插上翅膀”。对这个意见我是接受的。但文中没有正确使用。

四、在两个革命战争中我写过一些作品，只知道在某一个时期起过一些宣传作用，但不知道“起了很大的宣传作用”“厚实的生活基础”“在歌剧创作上较好地解决了民族化问题，解决了歌剧如何使民歌体与新诗结合的问题”等等。文中还有不少说法有问题，不能一一说明。

1985年新年题词两则

祝《华夏诗报》创刊

《华夏诗报》华夏诗之舟，领着华夏风骨，航向四海五大洲。

1985年1月

酬《北京文学》诗歌专号索语

诗歌，一味向外国临摹，许能称奇于今天；
诗歌，敢于开拓新国风，一定能走进未来。

1985年1月

它应另取个标题

——电视迎春晚会《打靶归来》听后感

常听人说，一些表演艺术家，为了对一个作品进行再创造，不辞千辛万苦地去观察、体验作品的生活依据，把握作品的主题思想，正确表达作品感情，从而把纸上的音符、舞谱、文字，变为立体的，比原作更生动、更感人。提炼出质更纯，味更正的艺术，把观众听众引入更高的境界，享受真正的美。但艺术现象，往往会出现时有高低，时有突破，时有失误，时有出现不能完满地达到观众听众的希望，这是应该谅解的。对表演者要求每次都达到天衣无缝的境地，倒是无理，甚至是无礼的。

古人说好的歌唱，绕梁三匝，我颇有此种体会。而不绕梁三匝的歌唱，很多的也是很优美的。但唱歪了的歌声，又何止不绕梁三匝呢？如中央电视台今年的电视迎春晚会上，一位歌唱家唱的《打靶归来》，直到今天，还缠绕得人很不舒服。

《打靶归来》这支愉快雄美的队列兵歌一问世，就从军营飞遍全国，陶冶了一代两代青少年思想身心。人们只要听到它的两句引子，就能看见手挽步枪皮带，迎着晴空晚霞，迈着雄健步伐高歌归营的快乐队列。即使到今天，我相信我们的战士决不会摇晃身腰，扭摆屁股，掺上拾人牙慧而来的迪斯科（虽然有人把它的音响节奏几乎誉为八十年代的《欢乐颂》）。假如行进中的队列，果真掺进迪斯科那种抖颤扭摆的步伐动作，我真担心会不会出现枪碰击枪，刺刀撞击刺刀，乱了套的队列，会不会出现非战斗枪伤事故。即使我的假想完全脱离时代，思想落伍，我想我们正从靶场回来的战士，也不大可能把高昂歌声变为窃窃私语、吞吞吐吐的梦中呓语。

可是我从电视迎春晚会所见到的、来自我军队列的斜抱吉他的歌唱家，晃颤身腰（不是指演奏时应有的动态），时而有声，时而无气，时而低吟，时而颤唱，真可谓左右顾盼痴笑百媚生。但看完听完之后，总觉得报幕员与其说是《打靶归来》，倒不如加个说明，介绍清楚这支歌，是在艺术仿羊热的高温下，腐熟了发过酵的另一支什么《归来》。比如《大海那边归来》《酒吧中间归来》《摇滚舞厅归来》等等。这样另取一个标题，思想、感情的内容与艺术表演形式，那就都达到“高度”的和谐与“完美”的统一了。

以上，也许完全错误，仅供参考。

罪过！罪过！

1985年3月6日

八十年代

它应另取个标题

附：

给《北京日报》文艺部赖林嵩的信

林嵩同志：

春节早过，我只能祝春暖好！

虽在休息，但仍是凡心太重，看了电视迎春晚会，至今仍感到不舒服。故多管闲事，准备挨骂，写了这篇小文，向你请教！

阮章竞

3月6日

这个冬天，天气特寒，煤球供应不上，只好到复兴门外的白云路23楼307号躲寒。春雨二巷十七号常无人，我等停暖气后回去。

故乡行之一

车子穿过珠江桥，因天气特别炎热，我们大开车窗，让故乡的野风，任意吹拂。

我离开故乡五十一年了。小时候，从家乡来去广州，都是乘拖渡，走水路，没有走过陆路。当时从船面上能见到的风光，都是平视的，所见不远。这次是乘高底盘的小面包车在公路上行进，那两旁的田园山野，当然看得更广、更深和更远了。

珠江，是生我养我的母亲。在这里，我憧憬人间美景，度过了艰难的童年少年。现在，居然在耄耋之年，能回来看看生我的故乡，我的的确确是个幸运者。

珠江三角洲，太美了。青山隐隐，绿水悠悠，车行在一个绿色的世界里。春天，早已经交班回去，让给这个无处不青、无处不翠、生机勃勃的华南之夏。那独夺万树朱颜、兴高采烈的凤凰花（家乡又称映树），像节日焰火，忽显忽隐，飞洒在林荫大道上，万绿丛中。“三月红”荔枝，像幼儿园的孩子，腼腆地躲在浓密的绿叶里。我老惦记着远古森林移民——水松，不但没有减少，而是以更美的青春，繁茂地迎接故乡的夏日。美洲的远客——柠檬桉，以多姿的体形，斑斓的枝干，安居繁衍在老家的公路两侧。桑基，摇荡起绿色的风；蕉园，绽开着赭红色的蓓蕾。久违几十年、四季常青的榕树，每一株都大胆地、自由地创造各自的复杂形象、多层次个性，立在桥头、道边、河畔、冷饮棚边，张开缀着无数赭黄色小珠的绿伞，无比慷慨地为行人遮荫歇凉。

广州到中山是八十多公里，在这条水泥公路两旁，远远近近的乡村，出现许多新建的二层楼房，有白色的、浅黄的、浅蓝的、浅鸢灰色的，许多还有阳台。千世万代，农家靠以抵御烈日风雨的茅寮，已不多见了。这块河网像树根似的珠江三角洲，过去交通运输主要是靠船、拖渡，现在主要河道上是汽轮拖着成排成串的运输驳船。过去靠摆渡的诸多渡口，在广中公路上，完全以桥梁代替了。

珠江流域，是著名的侨乡，历来广大的华侨，都有强烈的爱国思想。“海外关系”这顶紧箍帽一砸碎，大门开了，路子活了，帮助家乡搞好社会主义建设，已经成了港澳和海外赤子自觉的光荣责任。我沿途看见村镇都有各种形式的工厂。故乡人多地少，在“以粮为纲”的年代，听说一个最好的劳动力工分值顶多是六角钱。劳动力没有出路，生活困难，现在有工可做了，生活大大改善了。过去劳动人民戴的竹笠、铜鼓帽，路上没有怎么看见了；沿路看见人们衣着讲究，尤其是妇女们的穿着，时兴鲜艳。

许多地方，过去我曾坐船经过，但现在都认不得了，在快穿过一座大桥的中央时，司机同志告诉我："你已经回到中山了！"

故乡，我终于回来了。我看见的天，比过去更蓝，池塘也比从前清，遍地的树木、禾苗，都比过去绿。我感到空气也比过去清芬。我目不暇接的是新的、更可爱的故乡。

天黑了，车子穿过一座灯火辉煌、十分繁荣的镇子。

"这是小榄！"

菊花之城——小榄，是个有七百多年历史的中山古老名镇。这里的人，素以爱菊而名震遐迩。往时，十年、六十年举办一次菊花会。三十年代前后的故乡，是个兵匪难分的乱世。这些虽然已经是历史陈迹，更使我想到今天的太平盛世，可是来之不易啊！

由于公路堵塞耽搁，只能在中途吃饭了。路边有三四家个体户饭店。他们看到车来，都在门前招呼客人。司机同志是这些饭店的常客。他领我们走进一家他认为最好的饭店里去。店主人是位年轻少妇，讲一口地道的广东话。她快乐热情，向接我的同志，介绍她拿手的好菜时，讲得使人已经闻到芬芳四溢。上来的菜，确实色、香、味都很好。我对她的热情周到的服务表示感谢时，她欢乐地说："欢迎下次再来'帮衬'（即光临、照顾）啰！"

我们重新上路了，远远就看见一座像缀满宝石夜光珠的宝塔，高高矗立在左方山上。

那就是我小时候，常爬上象山远眺的"阜峰文笔"！它虽然经受过日本侵略者的鞭挞，也经受了多少风风雨雨，它不但安然无恙地熬到今天，而且焕发出更灿烂的光华。

一城华灯倒影，在岐江水里娓娓摆动的时候，我到了家乡重镇——石岐！

故乡行之二　孙中山先生故居

听从市委同志的安排，休息一天后，去访问孙中山先生故居。这是相隔五十二年之后我的第二次访问。对这位中国民主革命的先行者孙中山先生，家乡人民是非常崇敬的。所以我在一九三三年从澳门回家时，为了参观孙中山故居，特意出拱北海关乘长途汽车到翠亨。当时在翠亨中山实验农场当小职员的艾炎（文誉扬）同志，领我去参观。故居是一座中西结合、赭红色的二层楼房，小庭院内右边是孙中山手植的酸子树，左边是一口水井。这就是中华民国第一任大总统的家。孙中山在他的家乡没置任何产业，所以留给我一个清廉简朴的难忘印象，我曾将这个印象告诉过别人。当时翠亨很出名，但很不出色。尽管当时的国民党政府，大肆宣传建设中山模范县，但是这位被国民党尊称为“国父”之人的故乡，除了一个与翠亨无关的，属于岭南大学搞科研的中山实验农场，可以聊作点缀外，再没有其他的色彩了。当年我离开翠亨的时候，向心头袭来的是悲凉和寂寞的感觉。

中华人民共和国建立后，孙中山故居被列为中山县重点保护单位。一九六六年，国家又在故居一侧建立起规模很大的孙中山故居陈列馆。一九七八年，故居又提升列为省级重点文物保护单位。随着四化建设和对外开放的进程，现在，展现在我面前的孙中山故居，除了赭红色楼房、酸子树和水井之外，同我一九三三年所见到的，什么都不能辨认了。现在所见的整个翠亨，是一处树林葱茏、夏花烂漫、庄严美丽的园林，有宽敞明亮的接待室、洋灰大道，有清幽花径花坛，有停车场，有能烹调各种佳肴的饭店，有各式各样的小卖部，有直达石岐、长江乐园、温泉、珠海等地方的长途汽车。这里已经不是个悲凉寂寞的荒村，而成为海外侨胞、国际朋友的参观胜地，故居周边尽是游人。

宽敞明亮的接待室里正忙碌地接待华侨和外国朋友，并播放孙中山一九二四年的一段演讲录音。市孙中山研究会副会长李伯新同志跟我介绍说，这段讲演是从一张噪声很厉害的唱片中，经过科学技术的处理，重新录制的，是一件极为难得的珍贵的文物。他把此段演讲单独给我播放了一次，孙中山的声音确是很清晰。这个演讲是用普通话讲的，孙中山说：中国几千年来一直是世界上头等强国，文明进步与各国相比都是领先的。现在的中国是世界上顶弱、顶贫的国家，世界上没有人能看得起中国的。为什么走到这个地步呢？孙中山先生说：“近几百年来，我们的国民睡着了，不知道世界他国进步的地方，所以文明退步，政治堕落，变成了不得了的局面。”孙中山沉重而又紧迫地说：“要赶快想想法子，不然中国就要走到亡国灭种的地位。”因此，他在最后连声呼喊：“大家要警醒！警醒！”

孙中山先生做这个二百来字演讲的时候，正是第一次国共合作的时期，中国大革命以山呼海啸的气概迅速发展，可惜大好局面没有得到珍惜。这个连呼“警醒”的讲演，未能使自诩是孙中山先生忠实信徒的人警醒，屠杀、独裁、军阀混战，结果导致日本帝国主义发动了疯狂的侵华战争。第二次国共合作的达成，组成了举国上下，军民一致抗日的局面。

中国的革命成就，大大超过了孙中山的理想。现在，中国人民已经站立起来了，看不起中国的人没有了。举个例子说吧，中山先生曾有过要在附近前后环的地方建设个海港的设想，今天已经实现。为了缅怀孙中山先生，就命名为中山港。

听了中山先生演讲，不禁又想起先生说过的另一句话：“凡是爱国的中国人，都应该为祖国的和平统一而努力奋斗。”这是很值得再深省的。香港回归祖国的日期已经定了下来。澳门，也不需要费很大功夫。一国两制的设想，台湾比香港容许有更多的想象力。

先生当年的遗言是：“革命尚未成功，同志仍需努力。”中国革命的道路是多么漫长，先生的建国理想经过了多少狂风暴雨。五十二年前第一次瞻仰故居的时代，同今天的中国根本不能比拟，五十二年前的翠亨同今天的翠亨也不能比拟。李伯新馆长要我留字时，我写下了这样四句诗：

击鼓催天晓，阴云压海暾。

成功何漫漫，重访万林春。

写到这里，我想起周恩来总理常对不了解中国的人说：百闻不如一见，不妨到中国各地走走。如果有人对一国两制构想还有疑虑，翠亨的大门是常开的，大陆的哪个角落都可看见万林春的大好山河。

可惜时间太短了，中山纪念中学没有来得及去看，现在想起来真是憾事。

祝《北京诗苑》创刊

首都诗坛，奇峰竞秀。但是，现在很需要出来几支敢于攀登高峰的突击队。

我希望《北京诗苑》能成为突击队的突击营地。

1985年7月30日

应该对《命运》展开评论①

在纪念世界反法西斯战争和抗日战争胜利四十周年的时候，日本内阁部分成员，以公职身份，参拜有甲级战犯东条灵位在内的靖国神社。同时，日本军国主义分子到我国驻日使领馆狂呼乱叫，而警察不闻不问。前几天，播放好几个月的日本电视连续剧《命运》，播出个结果了：像河野这类顽固推行军国主义国策的反动分子，在现在的日本，不但存在，还能豢养打手，设立拘留机关，并得到像吉野之类的“好心人”保护起来。这部片子洋洋大观、拖泥带水，得到不少人聚集争看。溢美的介绍、访问，连篇累牍。公正的评述寥寥无几，一刊出，几乎每篇都迅速出现反驳的奇文，真是奇哉怪也！

奇就奇在一些青年，也包括一些中老年人汗流浃背，争看赞好；奇就奇

---

① 发表在《北京晚报》1985年8月28日。原题为《文艺批评必须加强》，发表时编辑改为现题。

在一些观众，一见公正评论就说“多余”“鸡蛋里找骨头”；奇就奇在主办、赞助者们为了谋利，什么后果都不顾。怪就怪在那些可爱的赞美文章作者、公正评论文章反驳者的麻木不仁。怪还怪在同时播放的《四世同堂》这部威武不屈，反抗日寇，长中国人志气，抨击少数民族败类的杰作，直到今天才看见正式召开座谈会，发表文章。除一家电视台，其余各家的思想政治敏锐性何其迟钝!

对外开放，引播祖国大陆以外的影片、电视片，对打破鸵鸟思想，是十分必要的。即使有些不适合国情的情节，也无须惊慌。但是，如果对只许说好、不能说坏的状况不敢碰的话，倒使我想起小时听到的一个故事。说有一个从外国回来的留学生，什么都说外国比中国好。中秋赏月，他对月感叹道：“唉！中国月亮，不如外国月亮圆！”他的老子大怒，踢他一脚说：“滚开！”这个留洋的学生摸着屁股说：“你看，中国人踢屁股，也不如洋人踢得好！”

我希望看过《命运》的人中，千万不要有人说，解脱日本军国主义分子罪行的信人，是个值得称赞的“大好人”！

公正的文艺批评，不要怕被骂成“打棍子”，而是必须加强。

1985年8月22日

在中国作家协会纪念抗战胜利40周年座谈会上的发言提纲

八年抗日战争，作为一个战士，我在华北敌后太行山参战。

七七事变，敌很快向平绥、平汉、津浦进犯，如入无人之境，山西危急。

一九三七年十月八路军继平型关大捷不久，我一二九师先头部队，为再一次打击敌人气焰，刘伯承将军的先头部队，火烧阳明堡机场，毁敌机二十四架，使进攻太原的敌人几天得不到空中支援，援助了友军忻口会战。

日寇，疯狂到了极点。为了打击、迟滞钳击太原的敌人，刘师急进娘子关。在长生口、测鱼镇、七亘等地，急袭伏击猛攻娘子关的二十师团一〇九师，支援了处在危险中的国民党友军。特别是黄崖底战斗，把敌主力一个联队打残废了，歼敌三百余人，使娘子关友军能够撤退。

敌发现刘师在太行山成为心腹之患，发动第一次六路围攻，不但立刻被我粉碎，而且我军迅速向冀西、太南发展，创建根据地。

三八年二月，敌为配合津浦线作战，企图进攻潼关、西安、陕北。以十四、十六、二十、一〇八、一〇九五个师团分别向平汉、同蒲、道清线，向晋南晋西进攻，占领了同蒲路之敌，猛击黄河各个渡口，邯长大道、临长公路是敌重要交通线。为了打破敌之凶焰，刘邓所部设伏神头，攻黎城吸敌打援，歼属于敌十六、一〇八两师团的部队，一千五百余人，创造了新奇的战法范例。后又设伏响堂铺，毁敌军车一百八十辆，毙敌官兵四百余人。这样，黄河北岸，从中条到鲁西，筑起一道钢铁长城，敌向西安等进攻的决策，全被粉碎。我写过“一师南下太行山，日寇八年，不敢望西安”。

日寇暴行，罄竹难书，疯狂推行“三光”政策，奸淫掳掠，还逼我人民子奸其母、兄奸其妹以取乐。敌进黎城，一口井填满我同胞尸体，血水溢出，遍地流淌。一农民逃难见三个日军，在挖窑洞，戴狮子帽，做儿童游戏，他想起暴行，用一颗手雷炸死了这三个敌人。敌军所过之城镇乡村，无不放火焚烧。日寇以最野蛮的手段屠村，西峪惨案[①]，除逃离少数，全被杀光。多少这样的村庄和万人坑？太行山被激恼了，母送子，妻送郎的人民战争局面出现了。

“三月亡华”破产了，敌人陷入泥沼。相持的艰苦局面来了：“抗战一年大米白面，抗战二年小米干饭，抗战三年露屁股掉蛋。”虽是怪话，但很

---

① 西峪村位于山西省昔阳县三都乡。1940 年 11 月 18 日，日寇在村东面积约 100 平方米的三角粪坑内残杀西峪群众 386 人，造成震惊华北的大惨案。1977 年 9 月在此建立纪念碑。

生动，也是很真实的。

所谓的“大日本皇军”是很顽固的。受伤日俘不肯让抬，背着就咬耳朵；关在一处，夺战士手榴弹，炸死我押送他们的士兵。

敌祸天灾（水、旱、蝗），四〇年敌企图逼国民党政府投降，发动向西安、重庆、昆明的进攻。为了巩固联合抗战，我军发动了百团大战。

一九四〇年七月二十三日下令组织，八月十四日向正太集结，十六日大战开始。日驻山西第一军长梅津指挥的第十、二十、三十五、三十六、三十七、一〇八师团第四第五混成旅，被我一百零八个团打傻了。阳泉片山旅被刘邓所部打得无法，武装日侨上阵。正太路瘫痪了，敌伤亡两万多人，俘敌数百。全华北振奋，全国振奋，延安开大会发贺电，希望再有一个这样的战斗。当然，我军也付出沉重代价。

我们参加过战斗的人，后来听说此是彭总之大罪，过早暴露了我军的力量。怎么打通思想，我还是越打越不通，四十多年都不通。只有十一届三中全会后的今天，肯定百团大战，我才通了。

敌发现八路军强大，回师华北。

我军三个师进入华北抗战八年，抗击日兵百分之六十和全部伪军。敌华北总司令官香月清司换成寺内寿一，又换成多田骏，后换成冈村宁次。

这个法西斯大将发明好多什么“铁壁合围”“囚笼政策”“梳篦战法”，亲统兵马，反复残酷“扫荡”太行山，反复地奸淫烧杀，无一村幸免！

被抓引路老农，推敌落崖，与敌同归于尽。武乡姜四娘，不食日军食品而饿死。太行山人宁死不屈，回答的是更大规模的人民战争的汪洋大海，出现许多男女民兵杀敌英雄，王小旦、贾毛猴、冯凤英等等，开展捉敌活动。

冈村最后发明“铁滚式三重战法”，亲统几万大军示范，组织旅团以下将佐乘铁甲车观战。该观战团被陈赓将军一个团发现，将其全部歼灭[①]！冈村宁次所有战法都破产，一九四四年八月离开华北。从此以后敌人一蹶不振，军无斗志，将无信心。抗战初期不肯当俘虏的皇军出现了逃亡、投降，败局已定。赵亨德侦察队奉军区命令活捉了铃木川三郎及子女四人，其妻幼子死在火车上。我见过铃木的回忆文章，承认我军的人道主义。

虽然如此，军国主义还是军国主义。投降时，抵抗我军受降。

日本侵华战争给我国的损失无法计算，死亡有说七千万、五千万，有说一千三四百万，相当于一个不小的国家。日本应该赔款五百个亿美元，甚至七百亿美元、两千亿、七千亿。我国竟宽宏大量，不要。可我见到的日本武器、军需品，都是三菱、住友、日铁等株式会社制造的。五百亿美元，如我们清醒，搞得好说不定现在我国是输出收录机、电视机、电脑的国家。我为什么这样小气？因为日本人在几十年、一百年的军国主义毒化下，疯狂地支持了侵华战争！

日本军国主义分子大有人在，课本写成“进入”，南京大屠杀想赖掉，

① 1943年10月24日，八路军太岳第二军分区386旅第16团，在洪洞县韩略村打的一场伏击战，全歼日军“战地观战团”。

细菌战也想不承认，今年内阁成员公开以公职身份参拜靖国神社。法西斯分子到我使馆前捣乱，警察当作看不见。

中日世世代代友好下去，再不打仗，这是中国人民的希望，世界人民的希望。

可以“相逢一笑泯恩仇”，钱可以不要，恨可以消，但南京大屠杀、西峪、潘家峪①的万人坑不能忘！

小心日本政要参拜靖国神社时，在“要和平”的话掩盖下，军国主义在发芽滋长。不能不提防！

“前事不忘，后事之师。”这句古训，不可忘了。

1985年8月30日

附：

请柬写要我发言，我知这是陪绑，因文联、特别作协召开会迟了，交不

① 潘家峪是河北省丰润县腰带山中的一个山村。1941年1月25日（旧历腊月二十八），日寇将全村1700口人中的1230人杀掉，23户被杀绝，96人受伤。财物被抢劫一空，1235间房屋被烧毁。

了账。因是抗战内容，故费了一天多准备此稿，却去到还是陪绑。夏衍前后长篇大论，其余的头面人物只有一二人念稿，其余都是海阔天空。此稿未念成，以后少上当，去为他们壮门面。

1985年9月2日

忆星海先生[①]

当我拿起笔来要写这篇回忆文字的时候，一张南国人特有的敦厚、欢乐的笑脸出现在我眼前。今年是冼星海先生的八十诞辰，今天是先生的四十周年忌辰。因为在参加抗日救亡歌咏运动时，我受过他的教诲，他是我的启蒙老师之一。我按往昔称呼他星海先生，心里感到更亲切。

一九三五至一九三六年间，在上海，我参加抗日救亡歌咏活动，在培训指挥的歌咏学习班里，认识冼星海先生。他在那里讲授指挥。一次课后，星海先生对我说："你的声音很好。"我受到很大鼓舞，很希望能常到他家里接受教诲。当我鼓起勇气，提出要求时，星海先生欣然答应了，说每天早晨六时去，他都在家，并立即把地址给了我。我年轻时，对有名，特别对有革

① 本文连载于《北京音乐报》1986 年 4 月 25 日、5 月 10 日第 3 版，《新文化史料》1987 年第 1 期。均有删节。这里根据手稿恢复的原文，用楷体字排印。

命思想的艺术家，不但崇敬而且还有一种神秘感。我一要求先生就答应，太高兴了！

第二天一大早，我在他家门口徘徊到六时，才去敲门。星海先生早已经起来工作了。先生平易近人，非常随便地问我家在哪里，过去在哪里读书，现在做什么。我对哪一门艺术，都有兴趣，也请教过人，但是像这样热忱而使我感激的，是星海先生。从此，我经常去，却都不敢待的时间太长，怕耽误先生的工作。但他从没有说过忙。

当时，我学习歌咏指挥，主要为了到群众中去教唱普及救亡歌曲。来歌咏学习班里教指挥的有好几位音乐家。他们的指挥艺术，各有各的特点，我都深受影响。据当时听到的，星海先生在法国是学习音乐指挥的。因此，在我心中，产生种种神秘感，认为一定是很难学到的。但当聆听观看到他的教学，感到他的表现手法，朴素无华，轻重高低，强弱急缓，节拍交代清清楚楚。这样的教学方法，对像我这样毫无音乐基础，又要马上到工人学生群众中去开展工作的人来说，是很合适的。先生说，我们教唱的是抗日歌曲，要表现出人民抗日救亡的强烈要求，要表现出战斗意志、坚强决心和必胜信念。要悲壮，要粗犷，要豪迈，要有力量。他告诉我，不要有矫揉造作的东西，要朴素，不要花花哨哨。他说，你教唱的对象是工人、店员和学生，就要善于把整个歌咏队，都紧紧地拥抱在怀里，形成一股冲刺的力量。把所有唱歌人的感情、呼声，都在你的指挥中完全表达出来，激动听众。

星海先生，十分重视民族传统、重视民间音乐。他对我说过：做一个音乐家，了解民族音乐是很重要的。有次又谈到这个问题，先生就找出了好几张唱片，放给我听：有广东、河南、山东、河北、山西等地方的曲牌和民间音乐。他说他到过很多地方，去采集民间音乐。我很喜欢民族艺术传统，但一直只是一种朴素的感情，像先生这样提到理论性的高度来阐述，我还是第一次听到。他的名曲《黄河之恋》《热血》，我特别喜欢唱。我有次问他《热血》的音乐语言，人们说是按中国传统的五音创作的，是否准确？他的回答是肯定的，说就是运用中国常说的五音来创作的。

星海先生，事母至孝。冼老太太是位慈祥、热情的老人。我每次到先生家里去，如果先生不在，她总要留坐，问寒问暖。当她知道我是个失业的人，仅靠画些广告画维持生活，就十分关心，经常留我吃饭。我们都是广东人，胃口的地方主义，是很难改的。有一次，冼老太太对我说："你一个人在这里，想吃家乡菜饭吧？我已经告诉阿姨明天炖猪蹄汤，你一定要来。"她那慈母般的语言，一直到现在，还深深印在我的心里。

解放后，听个别人议论道：先生当时只是个民族主义者。我知道先生当时不是共产党员，但他常给我讲一些中国工农红军情况，和日本帝国主义侵略中国的动态。他对蒋介石国民党对日妥协的不抵抗的政策，是痛恨的。先生告诉我，他正在创作一部以中华民族为主题的交响曲。我看见过他在钢琴前作曲。有一两次还看见有一位青年，在为他抄誊乐谱。当然，当时我所看见的星海先生，更多的时间是用在写抗日救亡歌曲。像我这样的人，当时就是拿像先生这样的音乐家锻打出来的投枪、匕首和冲锋军号——救亡歌曲——教给人民大众，投刺日寇的。当时的中国，我不知道哪里有配器完备的交响乐团。但先生对创作民族交响曲那颗赤子之心，我理解而且为之感动。先生和诗人光未然同志合作，曾写出过《我们唱着歌，赞美新中国》这首人民希望之歌。如果先生能活到这个新中国崛起在世界东方之后，我相信，他会有几部第几第几交响曲了。每想到这些，我感到深沉的惋惜！

一九三七年，在纪念柴门霍夫创作世界语五十周年时，世界语者协会，要写纪念歌曲。光未然同志写了《在绿星旗下》歌词，我也写了《纪念柴门霍夫先生》的歌词。纪念会的组织者要我把这两首歌词，请星海先生谱曲。当时，我还不认识光未然同志，但他的名作《五月的鲜花》，是我喜爱唱而又常教别人唱的歌曲。我读了他的词，觉得很好，就不想把自己写的词给先生，但先生一定要看，看后问我，有一处是不是受了一首追悼歌的影响。我说是的，受了追悼鲁迅先生的歌词的影响。我说那就不要用了。谁知先生却说：《在绿星旗下》我去请张曙先生谱，你的我来谱。我真不好意思了。但先生却很认真，坐到钢琴前哼哼，弹弹，谱写起来。谱好了，边哼边弹奏了几遍，问我怎么样。我既高兴也惭愧，还能说怎么样嘛。先生用大谱为我抄好，加上简谱，签上词曲作者的名交给我，说拿去歌咏班唱唱，看看怎么样。

在纪念会前，这两首歌，我都教唱了，但是对我写的词的那首歌，我感到这是先生为了鼓励我而谱的。我不好意思和先生的名字排在一起，所以没有写上节目单。星海先生到会了，看了节目单就找我，问为什么没有我写的那首。我如实地把我的思想告诉他。先生却笑着说："怕什么？还是唱！"唱过之后，先生过来对我说，"不错嘛，效果很好嘛。"我知道，这又是先生在为我树立信心！

七七事变爆发了，上海的救亡歌咏活动，更加蓬蓬勃勃地开展起来，压倒了十里洋场的一切靡靡之音。当时，抗日救亡的歌曲，在群众中开展得很广泛。麦新同志跟我讲，他有个朋友要找人教唱救亡歌曲，让我去教，我很高兴。他还要我想办法在广东同乡多的学校开展歌咏活动。我当时住在四川北路，就利用同乡关系，找到了一所中学、几所小学去教唱救亡歌曲。

当时，影片《夜半歌声》的主题歌对青年的影响很大，反映了青年对民族危亡的愤懑心情，我也很喜欢唱。我向星海先生说，这首歌曲做得真好，唱得也真好，在影片里是演员唱的吗？先生给我讲了创作的过程，还告诉我唱的不是演员，而是盛家伦。我从此才知道盛家伦先生不但是作曲家，而且是很好的演唱艺术家。

国民党的上海教育局长潘公展派袁克定来，说同我们合作，企图通过合作，控制救亡歌咏活动。在党的领导下，麦新、孙慎、孟波等同志出面与袁克定接谈，同意联合起来开展抗日救亡歌咏活动。联合的那天，在上海文庙召开了一次盛大的救亡歌咏集会。冼星海、张曙等作曲家都来了。潘公展讲话时，不知好歹，大放厥词，攻击我们唱《保卫马德里》，胡说中国人为什么要去保卫西班牙的马德里！台下多数是上海业余合唱团和所有我们教唱的歌咏队，人多势众，又都是血气方刚的青年人，用嘘声来回答了他，使他狼狈地下了台。到正式大唱救亡歌曲的时候，我们唱了《救国军歌》《救亡进行曲》《大刀进行曲》等抗日救亡歌曲。我记得最后全场齐唱的《打回老家去》，是星海先生指挥的，雄浑、悲壮、激烈、昂扬，真是气壮河山。整个歌咏集会，取得了极大的成功。

“八一三”前夕，上海非常紧张，我每三两天，都要去先生家一次。打起来的前一天（八月十二日）晚上，先生和我谈话谈得很长。我住的北四川路，从来是日本侵略军横冲直闯的地方。星海先生和冼老太太，都不放心，怎么也不肯让我回去，留我住在他家。第二天，我寄住的菱花照相馆迁到英租界九江路。果然，晚上打起来，闸北方向，火光闪闪，炮声隆隆。国民党蒋介石不打也得打了！十四日一早，我就跑到业余合唱团活动的地方，看看怎么开展工作，一直忙到晚上才抽出工夫到星海先生家去。我一进门就受到先生的责怪。先生说给照相馆和好几个地方，打过电话，都没有找到我，问我为什么不给他打个电话！冼老太太也说他们都急坏了。

战争在激烈地进行。在中国空军出击轰炸日本“出云舰”的那天，我一进先生的家门，就看见星海先生站在钢琴前，沉着脸在思索。他突然弹响一个复合音问我：“像不像大炮声？”我回答说很像。他又弹响了一个更大更沉重的复合音问我像什么。我说像飞机投弹的爆炸声。我这时才看出先生正在捕捉、模拟当天飞机出击的战斗气氛和爆炸声响。

中日战争是持久战争。星海先生很快就随一个演剧队离开上海。临走时跟我说：我先走，你还不离开上海时，多去我家看看我母亲。先生走后，我每三两天都去看冼老太一次。先生第一封来信，是写给七个同志的，我记得有麦新、孙慎、孟波和我，其他三位同志记不起了。信中很关心上海的歌咏运动，谈了他到后方的情况和在那里演剧、宣传的艰苦。

不久，我也随上海文化界救亡协会流动宣传团，到太湖周围活动了三个月，国民党地方当局使用了各种手段逼我们离开。十二月中我到了南京，决定到武汉找星海先生，为我设法到延安去。

我是在南京东（中）华门火光冲天的时候在浦口渡江的。日本飞机在江面上空低飞扫射争离南岸的难民船，许多难民被打中，掉进急流。我想尽各种办法从浦口转到郑州，终于到了汉口。但打听不出星海先生的住处。我想到在书店最容易碰到熟人。果然见到乌析零，同去田冲家，终于找到了星海先生。

星海先生看见我时非常高兴，说打听好多人，都不知道我到了哪里。我记不得他带我去的剧院叫什么了。这天晚上，先生和我在剧院后台，一直谈到深夜。他希望我到武汉大学，开展歌咏工作。我告诉先生，我不想在国民党统治地区工作，请他帮助我到前方八路军去。他毫不犹豫地立即表示赞成，说我的决心很好，说他将来也要去。没有被褥，他拿了好几幅幕布叠起来给我当被子。我俩就躺在后台地板上，过了一宵。

过了几天，先生告诉我读书生活出版社，有人要到太行山前方八路军去，要找一个会教唱歌会画画的人，先生推荐我去。我当然高兴了。

在武汉，我亲眼看见苏联援助中国的飞机第一次凌空迎战，击落日寇飞机多架后，我看见先生高兴得像个小孩子。他告诉我苏联飞机性能如何好，飞机员如何英勇，说得有声有色。先生和我，在那家戏院的后台，像享受了一次丰富的会餐似的，当然只能是精神会餐。

在那几天里，先生和张曙、盛家伦、刘雪庵、夏之秋等音乐家筹备中华歌咏协会。先生说用这个名词能团结更多的音乐家。我参加了这个筹备会的成立。多谢田冲同志为我保存了一张极为珍贵的筹备会成立合影照片。

我上太行山前夕，先生见我穿得单薄，就脱下他的呢大衣让我穿上，我问先生穿什么，先生说他还有一件棉大衣，非让我穿上不可。第二天，先生起得很早，坚持送我上火车。到了江岸站，先生拉我到街边早点小摊儿，坐在一条矮长凳上，一边吃锅贴，一边跟我说了很多话。桂涛声等三人来了，先生拉着我对桂涛声说：“桂先生，洪荒（我当时的化名）是我的好朋友和学生，我现在拜托你，你一定要帮我把他带到八路军去！”汽笛响，车轮动了。在车门口，先生握着我的手说：“我们将在延安见面！”车开了，先生还在扬着手，直到我看不见他。他，多像长兄送弟弟上征途啊！我脸上挂满感激和依依难舍的泪花。我怎能想到这一别，我再未见到先生了！

在太行山上，我还不断收到先生的新作。名作《在太行山上》，像晨光旭日，照耀着太行山，温暖着每个战斗中的军民的心，引起的共鸣，像群山回声，长期在烽火中回荡着。事实上到现在仍然在回荡着。再一部就是同光未然同志合作的《黄河大合唱》，这部震撼历史的中华民族战斗颂歌，传到太行时，人们不是倾倒陶醉，而是战马腾飞，搴旗破阵，变为了强大的战斗力量。这部长盛不衰的《黄河大合唱》直到今天，我还从未听过一部如此震撼人心的声唱音乐。只有为祖国的自由而战的战斗者，才能懂得它的价值。艺术除了使人享受到美的作用之外，还有一个更伟大的东西，就是使人真正认识自己！如果说哲理名言，可以随心所欲地解释，那么艺术的感染力，是不需理论家去多作解释的。

抗战进入最艰苦的时候，日寇疯狂地推行“三光”政策，敌后根据地受到的破坏和人力财力损失，是无法计算和难以形容的。需要自力更生、亲自动手、丰衣足食，坚持抗战。把日本鬼子打出中国去，就既需要战斗颂，也需要欢乐颂。人民真正需要的时候，先生的《生产大合唱》传到前方了。在硝烟弥漫的炮声中，唱起“二月里来好春光”，感到多豪情，多浪漫？！

我从在战争中教唱冼星海先生作品的过程中，深刻认识到一个音乐家之所以受到人民的尊敬和怀念，绝不是靠上帝的恩宠，更不是随风向的变化，而一定是与时代与人民的心声同步。聂耳、冼星海就是这样的伟大的人民音乐家。

在抗战中期，很久得不到先生的作品。在与外界隔绝一年多的整风学习之后，才听到先生去了苏联。我还是盼着“在延安见面”或者在先生所赞美的新中国时见面这一天的来临。

一九四二年五月“大扫荡”中我负了伤，党组织曾经要我到延安去。但我那个时候说，两年就打败日本帝国主义了，我不想离开太行山。宣传部长彭涛同志问我，为什么大家都想去你不去啊？我说我去了，就看不见我们太行山怎么样把日本人赶下山去，所以我不去。彭涛同志哈哈大笑地说，你这个人真怪呀，好好好，大家都想去就你不想去，好。我说我想去，但是胜利就不能亲眼看见了。延安等打完仗再去。星海先生送我上太行山，我从未忘记他对我的关怀教诲。主要是我对抗日战争充满了恋战思想，想打走了日本鬼子才下太行山去见先生。我总想在胜利的时候见到先生，要向先生汇报他送我到华北去的征途的作用，向他汇报我在太行山如何参加战十锻炼成长。[1]

谁料在抗日胜利的时候，听到的却是星海先生已在莫斯科病逝！听到这个噩耗，我是多么的难受啊！这样，不论在延安在新中国，都永远不能见面了！

我很早就想把我跟星海先生的这段认识过程写一写。此时此刻我特别想到的是先生教我指挥，唱救亡歌曲的时候，要我把合唱队拥抱在两手之间的怀抱里。我感到先生就是这样，把整个听众、我们的人民、我们的民族拥抱在怀里，代表他们，把他们的心声和愿望，变为音乐还给人民。所以他的歌由有那么大的魅力，能够把亿万群众拥抱在他这个指挥的手里头，拥抱到怀里头。

我是在中华民族最紧急的、最危险的时候，认识先生的。他对我的关怀和教诲，海枯石烂，我永远不会忘怀！

1985年10月30日

[1] 编者注：这一个自然段是为保留下来一些史料，从另一个草稿中摘过来的。

与田间最后谈诗[①]

一九八二年八月，田间约我同他一起上庐山，参加中国文联组办的读书会。在路上、山上、长江的船上，我们对当时的诗风、诗论交换了意见。当时有人对反映革命战争、歌颂英雄模范的诗表示某种程度的厌烦，主张诗应该抒发个人的情怀，不应该谈什么时代、社会和人民的要求和愿望；认为诗写得越朦胧越美，越看不懂越好。在当时，这样的论点颇为热闹。

我们认为，在今天的中国，对外开放，引进科学技术，搞活经济，对我国的发展，对建设一个有中国特色的社会主义国家，是非常必要的。学习外国优秀文化、优秀文学作品，都是应该的；闭关自守、固步自封，对我们不利，我们是吃过亏的。但中国是个文明古国，也是一个有丰富诗歌传统的国度，这些极其美丽动人的诗歌财富，不仅对我们现在有深刻的影响，就是在

① 此文发表在《北京日报》1985 年 10 月 15 日第 3 版。

国外，也使众多的人士感到惊奇。我们要珍惜这个传统。当时我们看到有些论点，有些作品，是在捡外国人的垃圾，而有一些用共产主义理想，用革命传统教育我们的人民的诗，却很难发表。即使是现在，恐怕也不大容易发表。当然这些诗有些写得不够好，但为什么那种崇拜外国的，宣扬资产阶级自由化的，宣扬资本主义生活方式的诗、诗论就能够发表，充塞许多报刊？我们感到忧虑。

田间和我都知道自己已经老了，但我们还有余热，像煤炭烧到最后那样，还存有星星火火，就想以这点余热，为党、为人民做一点事情，为中国诗歌，尽我们一点微薄的力量。于是我们商量想办一个短诗刊物，宗旨是坚持为社会主义、为人民服务，用共产主义理想教育人民，发扬中国诗歌光荣、战斗的传统。我们不主张标语口号，反对公式化、概念化，风格形式百花齐放，美学观点百家争鸣。

我们两人商量，发刊词由我来写，并公开声明，办这个刊物就是与某些主张、论点、作品唱对台戏。还商定在发刊词上声明：如果我们的宗旨不受人民大众欢迎，如果我们的诗刊办不下去，没人买，我们自己就公开宣布失败，收拾东西，关门大吉。

两年过去了，今年四月，我接到田间的一封信，说高占祥同志知道这事，可能争取到他支持。我说好啊，有这么一个对诗歌那么热情、那么有勇气、敢来支持我们的领导同志，我万分感谢！田间提出，我们办这个刊物，是为在诗歌上真正做一点有益于人民的事，我们的诗刊不打算发稿费。我知道，不发稿费，要争取到稿件，就是很同意我们这个宗旨的，也不一定能接受。但是我赞成、佩服田间同志的这个主张。我们的工作就是为了人民，为了社会主义事业，我们不是为了钱。

六月我参加黄鹤楼笔会和访问故乡回来，忙于了结以前的一部二十多万字的稿子，没来得及去问田间事情办得怎么样。不久，丁力同志来看我，说田间病重。我大吃一惊。丁力告诉我，他每次到医院教田间做气功，田间就跟他滔滔不绝地说起这个诗刊；他还托丁力告诉我，要我去谈这个刊物。很不凑巧，我那个阶段，腰部疼痛，不便行走。我就请丁力转告田间，等我好一些去看他，并望他安心治病，不要着急，刊物要办，病好了再商量。

等了一些日子，我打过电话要去看田间。葛文同志说，田间的情况不好，待好些时再告诉我。谁知我正要再打电话时，八月三十日夜里，葛文同志打来电话，说田间去了！我一接到这个电话，简直不敢相信这是真的！怎么可能，他在等我，要跟我商量出诗刊的事还没有商量啊！

我到葛文家里，对她说：田间是我们的鼓手，他为社会主义、共产主义理想，为人民、为人的灵魂的健康纯洁，一直在不停地战斗。诗歌的道路是坎坷的，但田间对诗歌的热爱，对共产主义理想的信念，对战斗传统的重视，我始终是敬佩的！

对《诗刊》明年的希望

一、《诗刊》应该是为社会主义、为人民服务的诗歌创作和理论刊物；广泛团结诗人与理论工作者的刊物。《诗刊》不应该是传播资产阶级自由化的刊物；不应该是只有某种或几种思想倾向的刊物。

二、《诗刊》应该重视编委会的作用，编委应该帮助《诗刊》，积极提供和订制刊物的总的方针及积极提供办好的意见和批评；而不要连编委自己都不知道经过什么程序就成为编委；更不应该是提名几年从未开过一次会，这样罕见的情况。

三、《诗刊》应该少登或尽量不登高深莫测、许多人读不懂的诗和论文。

1985年12月

与青年朋友讨论儿童文学[①]

《中国少年报》和《新少年报》要我和一些中青年儿童文学作家、编辑，谈谈我对当前七岁到十岁、十岁到十七岁的儿童少年文学作品的想法和要求。我讲了以下的意见：

一、二十一世纪的灵魂工程

我国实行对内搞活，对外开放的政策以来，取得了世界瞩目的成就。全国人民，正意气风发地迈向世界先进民族之林。人们思想十分活跃。文学思

① 本文第一部分载上海《儿童文学研究》第25辑（1987年8月），第二、第三部分载《文艺报》1986年1月18日第2版。作者注：“这两篇文章都出在1985年12月在中山中少报召开的会上发言，后改成文章。但《文艺报》和另一家刊物上发的，都相同而又不全。如将来使用，还是回到北京作协稿纸写的原稿为好。1996.5.18”

潮汹涌澎湃。教条主义、闭关自守、夜郎自大的鸵鸟精神，受到前所未见的冲击。这种泼头盖脑的冲击，使人们的头脑从迷迷糊糊的半睡眠状态中，清醒起来。这是多么好啊！在人类已经登上其他星球的时代，如果没有这个冲击，说不定我们还被压在两个“凡是”的金钟罩底下，做类似“早请示，晚汇报”的新宗教蠢事哩！

用共产主义理想武装起来，经过无数革命先烈艰苦奋斗，流血牺牲而铸造出来的新中国，产生了不少反映这个伟大时代的优秀作品，而儿童文学则是它的重要部分，但还远远不能满足广大读者的要求。我常听到这样的议论：这样伟大的时代，理应产生更多、更感人、经得起时间考验、震惊世界，包括儿童文学在内的好作品。我们有这样的能进入世界文学宝库的作品。但我们也有以“伟大的谦虚”自诩妄自菲薄，而评价过低，不轻易做主动的、有意识的介绍。中国文字独特，如果没有我们少数翻译家的辛勤努力，没有外籍华人和懂得中国文学的外国学者帮忙，恐怕中国的儿童文学作品传入世界的会更少。再加上我们努力不够等等，这些可能都是原因。之外，是不是还有另外一个原因：创作上的清规戒律太多，使作家不敢解放思想，创作不大自由，而无法展开想象翅膀，产生更多的好作品呢？我想：老天爷并没有给古人、外国人以特别的聪明智慧。那为什么古人、外国人就能写出久经时间考验的好作品，而我们就不能呢？我想绝对不是。因为科技进步已经证明：现代人比古人强得多，中国人并不比外国人智弱。我们见到不少外籍华人，一点也不比白皮肤人无能！依我看，不管古代作家、外国作家，在创作上都没有我们那么多清规戒律、紧箍咒，他们敢想敢说敢写。创作上的思想束缚，作家只能按上帝旨意、《圣经》条文去创造作品人物，它的结果，只能个个都是约瑟、马可、圣婴、圣女，而反面人物都是犹大。

今天好了，作家有了创作自由。这真是来之不易啊！

但是有了创作自由，并不等于作家可以随心所欲，爱写什么就写什么。作家是负有神圣时代责任的。说创作是“作家创造自己的心灵世界”，“创作不需要主题思想”，而我却从来没有发现过这样不食人间烟火的作者和作品。相反，每篇作品都反映了作者的人生观、情趣、理想和信念。作品会告诉读者，不管作家本人承认不承认。

今天的中国作家承担着建设具有中国特色的社会主义国家的任务，有理由希望通过他们的作品，去影响、帮助读者树立坚定的共产主义信念。外国作品中，多少“上帝”“主啊”“阿门”等等词句？多少祈祷、画十字的描述？在我国现代的作品中，完全不出现共产主义、社会主义、爱国主义等等的词，是不可能的。近年维纳斯、丘比特那么多，而对我们军事题材中的英雄人物，一见就那么反感，是什么思想感情？靠用政治概念、宣传标语来进行创作，恰恰证明作家本钱不多，缺乏扎实的生活基础，缺乏丰富的群众语言库存，因此，也不可能写出感人的作品。

当前文学思潮十分活跃，不少理论主张很发人深思，值得探索研究。但是也应该结合中国实际，文章起码要言之有物，中国人能看懂。我的文学基础先天不足，老实说当前有些高超的理论文章我就越读越糊涂。提倡者光暴跳如雷，拿着“不懂”两字回掷像我这样的读者，是打不开头脑的。我读文章、看戏、听唱歌，不管什么主义、流派、体系，主要通过作品给我的感受、引起的共鸣来判断它的思想价值和艺术价值。理论能启发读者对作品的认识或加深认识，也能促进作者自觉地去探索、追求，产生更完美的作品。但是，虚玄、朦胧的理论，也会使读者、作者越读越糊涂。都说我们正处在开拓时代，生活节奏越来越快，做文章的人就更要珍惜读者的时间。那么写得明白易懂一些，让青年更多点工夫去跳“迪斯科——八十年代不可缺少的精神补品”嘛。

负有宣传共产主义思想任务的思想领域，包括文学领域在内，在很长的时间里，不大讲这个理想了。它好像已经过时了，吃不开了。如果作家只是追求“美”，诗人只是“创造自己的心灵世界”，那么，写出的作品为什么又千方百计地创造“关系”在报刊发表和出书呢？我认为这是假话！没有一个作家、诗人的作品不想得到更多人读，更多的人说好的。这种“自我心灵论”，在儿童文学上，除了专横之外，还能说什么呢？

这是思想的倒退。为什么会这样，原因可能是多方面的。所谓“史无前例的无产阶级文化大革命”，对我国经济破坏的严重性自不待说，我看更严重的破坏是摧毁了理想、信念、道德观念和人生价值。

我真想不到取得了人类历史性胜利，各方面都迅速取得了伟大成就的中国，却出现了僵死的教条，古怪的迷信，一个人为的蒙昧时期。有几个人敢坚持真理？在那时候，曾受过的错误批判打击，是很难忘记的。多少人上山下乡，远发边疆，现实生活疑问重重。拨乱反正，他们重新获得自由，理所当然地要从他们的遭遇中去寻求答案，理所当然地要对这段历史提出思考、求索。因为“文革”中发生的问题，根本和马克思主义、《共产党宣言》要与旧世界决裂的原理是相违背的。

“左”的思想所造成的结果是思想搞乱了。在一些人的脑子里产生了对理想、信念的怀疑和动摇。在近代中国文学史上，曾经为民族和人民解放起过巨大作用的创作方法——革命现实主义和革命浪漫主义，接受这个创作方法产生的作品，现在似乎是最讨厌不过的东西了。一位曾经极其热烈地赞扬民族风格、革命现实主义的作品而登上理论讲坛的副教授，忽地一下转向了，变为否定使他成名的历史。前两年看到一篇关于诗歌的理论文章，引用这位理论家抨击革命现实主义作品的“名言”，仅用“我们不信”四个字，就判处以往全部诗歌的“死刑”。那激昂慷慨的气概真是“可歌可泣”！可是，现在高唱入云的现代主义，我还没见到有个什么权威，能清楚地使有中等文化程度的国人得到一个明白易懂的定义和解释。我总觉得现代主义是个主张复杂，流派众多，概念纷繁的大拼盘，其中是有一些东西值得学习探讨。但是，好像唯有现代主义的文学才能配得上中国的现代化，是生拉硬扯！

作为创作方法、美学原则，任何一种创作体系、主义、流派，都相互影响、相互渗透。每一个成功的作品，总要有作家的想象力、心灵寄托。通过想象达到艺术的美，进而也反映了作家内心追求的世界的实质。写给孩子们看的文学作品，更是寄托这种艺术美和心灵追求。没有想象、没有心灵追求的作品，至少不是可读的作品。

二、儿童文学的社会责任

我认为：当前在各种文艺思潮、主张、体系、各种创作自由的情况下，儿童文学，许是块比较干净的领域，但它绝不是真空地带。由于“文革”的破坏，信念动摇，应当注意那些无批判地模仿西方生活方式、财神万岁的思想，对儿童少年的严重影响和腐蚀。我多次听到过教师们的呼吁，也去过劳教所同失足少年座谈。在我面前，都是些十几岁的孩子，其中特别严重的，抢劫、斗殴、强奸、杀人、碎尸什么案犯都有。只要稍微回想一下，他们中的多数在“文革”时还是儿童，有的刚出生，甚至有的还未出生。我痛心地问道：五十年代的少年儿童是多好的啊！他们却为什么会如此呢？

在思潮竞涌的情况下，有人利用创作自由，制出了一些思想低下、格调庸俗，甚至以低级趣味迎合不健康心理的东西。我说儿童文学阵地，虽然是块比较干净的土地，可是我们都知道，仅仅靠儿童文学作品，是不能满足，也不可能完全占领儿童少年视野的。这些睁着一双双好奇的眼睛，窥探世界的亿万儿童，传奇、武打、斗殴、恐怖、色情的小说、电影、电视、小报、刊物等等，都在影响他们。

还有社会、家庭的影响。党内的特权、拉关系等不正之风，严重地影响青少年们对党、对新社会的信任。他们所见到听到的一些现象，你还很难用主流与支流、本质与非本质的道理来说服、教育他们。还有“劳动皆下品，唯有做官高”，好逸恶劳，不愿过艰苦生活，财神万岁观念，对独生子女的溺爱，等等，无不在影响少年儿童的身心健康。对后代人生观的教育，不能不注意到家庭里或多或少存在着一个或半个非共产主义的自由王国。中越边境英模报告团生动地告诉我们，为什么参军后的青年中能出现那么多英雄模范，就是因为我军是革命思想熔炉，炼铸出的是共产主义战士。

我为什么谈这些问题，因为今天的七岁到十岁、十岁到十七岁的儿童少年，就是明天二十一世纪各条战线的主力军。他们是国家未来命运的主宰者。儿童少年时期是可塑性很强的阶段，可以是这个样子，也可以再捏成另一个样子，这团塑质马上就会自然风干，再难改变。从整个教育来说，灵魂工程很大部分落在儿童文学作家的肩上。要倾注全部慈母心！我发现，后代到了十八九岁、二十岁以后，说服教育更费力气。从人生过程来说，二十五岁左右是异光闪烁的时期，很多科学家、发明家的成就都在这个年龄段出现。

现在有些青年儿童文学作者，不承认或者干脆反对儿童文学作品负有教育任务，认为文学作品，不是思想政治工作手册，反对作品要有主题思想，认为作品只是作家个人的心灵反映，反对熟悉儿童生活、儿童心理，甚至反对从文学中人为地分出儿童文学品种。世界在发展，文化科学一日千里在发展，没有创新就没有未来。创新理论，解决新问题，发展新事物，这是人类的希望。我就很希望在今天，写出比孙悟空更受儿童少年欢迎的神通广大的人物形象。新的科学理论，靠成果来证明；新的创作方法，用作品来证明。在学科上、文学上，不靠力竭声嘶的叫嚷，靠成果，靠作品，靠对人类世界的贡献。

三、我对儿童文学的要求和希望

我认为，儿童文学是要考虑小读者年龄、心理、兴趣的。儿童从认得母亲的眼睛开始，就一直以纯真、好奇的眼光在观察世界。因此，对文学家创作的要求，不同于成人读物。

人老了，常常会想起儿童岁月的幻梦，还可能会起来，回到妈妈身边去。齐白石晚年作品，不少是回到童年，甚至画风都充满天真，稚气。尹一之同志看过齐白石作画。他说：“我看见他作画，简直像是小孩画画。”我说，可贵就贵在这个天真的地方。许多儿童文学作家、画家都有这样的例子，我也有此体会。不少事，感到十分可笑，但是，就在这些可笑的幻梦中，认识人生。我每为儿童写东西，一定会回到孩子年月里去。这时，我返老还童了。就是说，是把自己成人后的阅历，经过理性的思考，写出来教给现在的儿童，处处是用孩子的目光和心理在观察、分析现实世界。我常说这种情况是“返童”现象。

用孩子的心理、孩子的感情、孩子的语言，不用或少用大人话，不用、少用书面语。政治词语可用，但最好通过形象化。要考虑孩子的年龄使用文字。根据儿童的接受能力，从而逐步提高，使他们随着你的笔锋开拓视野，看到更远的远方。

儿童文学家是要把自己的心灵世界袒露给儿童，影响儿童的。所以是件非常严肃的工作，不能掉以轻心。

如此说法，我认为儿童文学创作有个要告诉小读者什么的问题，要他们了解到什么，用作画术语就是“立意”。

儿童文学，要有稚气，要生动，要有感染力，更要有风趣。反面就是死板，呆板。我写给孩子看的东西，虽然不多，但我每个东西都要先读给孩子听，从而观察他们的接受程度和反应。凡是孩子听了不笑，也不动情（如喜欢、同情或害怕），就是感到这个东西没有味道。孩子是最坦率的文学批评家。如果这样，你最好是重新写。让孩子先听听你的作品是很重要的。

儿童是希望人生美满，希望有结果。有结果是对孩子希望、信心的回答和支持。特别对幼儿，我写东西没有不考虑这个问题的。

孩子热爱生活，爱看好看的东西，作品一定要写得美。既要单纯，也要色彩斑斓，但不要庞杂，像调色板那样，乱七八糟。作品既要像幅好看的图画，也要像一支好听的歌。儿童诗的音乐性很重要，儿童小说故事的回环性似乎也很必要。我写《金色的海螺》时充分考虑了这些因素。

儿童短诗，明朗、清丽，不拖泥带水。有画，有音乐，都是不可少的。

人都常以为儿童文学比大人看的作品容易写，简单，浅显。我说不然。儿童文学难写，责任更重。深入浅出的东西本来就难写。没有童心的人，不要写儿童读物。儿童文学家，本身就是个大孩子或老孩子。

今天的儿童少年，比哪一代的儿童少年，都要聪明，接受能力更强。从地球到太空，从古代到现代，儿童文学创作都有无限宽广的天地。我就希望见到一位中国儿童文学家，把英国李约瑟博士写的中国古代科学发明，拍一部动画电视系列片。不但儿童会看，我这个老年观众，也会爱看的。古代的吴承恩创造了儿童喜欢的孙悟空，我早就希望有谁来创造一个为儿童孩子喜欢的，神通广大的现代孙悟空。今天从事儿童文学的作家文化素质，比一些老作家好得多，这希望是可以实现的。

中国古往今来，出现过多少英雄俊杰。写革命战争，我们不如苏联，远远未写够。现在中越边境前线出现了多少英雄，四个现代化建设出了多少劳动模范？儿童都是敬仰这些人物的。儿童文学创作材料仓库取之不竭，用之不尽。需要有今天的叶绍钧、谢冰心、张天翼，我们的格林、安徒生那样的儿童文学家。我满怀信心，他们，会出来的。

1985年12月7日

补知贫堂书简——与青年朋友讨论儿童文学①

朱伟同志：

来信收到。你向我提出的关于文学，特别是儿童文学中的问题，我也说不清楚。现在只能把我的想法、主张，同你交换意见。你问现在儿童文学是否还要承担教育任务，我的回答是肯定的。我认为当前我国的儿童文学，承担着二十一世纪灵魂工程的任务。

① 编者注：作者手稿中的首页，是另一个开篇的草稿。其中提到了具体约稿人名，特保留此篇。

在北京市青年文学创作会议上的发言

市委对这个会很关心，很重视，一定让我们分会今年把这个会开了。市委的关心是有远见的，意义很大，对我们的希望也很大。因为我们北京需要不断地有新力量涌进文学队伍。欢迎同志们参加我们这个队伍。

北京是我们的首都，出现过很多作家和不朽的作品，这诸多的成绩是使人高兴的，但是我们还不能满足，我们这支队伍需要不断地壮大。我常希望同志们当中能产生新的梯队，写出新的好作品。

作家的成长是像庄稼一样一茬一茬的，是自然形成的。因为历史时期不同，作家可反映、描写的情况也不完全一样。就是写古代的，作家也是按照他那个时代的思想感情来看历史问题的，也带着时代的烙印，带着时代的需要、时代的责任感。我们应该有更多的能代表一个时代的惊世之作。……现在我们需要反映一个更伟大的时代，这个责任就落在同志们的身上了。无论从哪一方面来说，同志们确是处在一个黄金时代。我们很快就进入二十一世纪了，所以写那么一个伟大时代就需要同志们来写。如果说是反映过去战争年代的东西，我们这些人曾经尽过力量，但是反映今天这个伟大时代就靠同志们了。

我希望同志们立大志，当个大作家。要有雄心壮志，我反对自高自大，但是我赞成有大志。像战士一样，战士如果没有一个大勇，碉堡是打不下来的。只有有大志才能刻苦地严格要求自己，能够把自己的才华智慧发挥出来，表达出来。

作家的成功，主要是从人民中来，注视人民，知道人民在想什么，要求什么。另一方面，作家的成功是从艰苦的苦干、学习里得来的。所以我主张同志们在马克思主义人生观很坚定地树立的基础上，就需要标新立异，满足于死守成规是不能前进的。要建立勇气，要敢于突破，要有开拓的精神。我承认有天才，但是我不相信天才。“不信天才信苦功”，有天才的人如果不下苦功也是不行的。要立异标新，就是要写前人或过去一些人所不敢写的，或是没有这样表现手法的也敢写。要拼搏才能写得好文章……我感到不管是灵感也好，天才也好，都是从艰苦的努力当中得来的。

我作为北京市一个老作家，对你们希望的，就这么几句话。

1985年12月

在北京市青年业余文学作者会上的讲话稿

一九八五年即将结束，一九八六年即将来临。在这个时候，召开我市各行各业业余青年文学作者会议意义是很多的，集中一点说：这个会议是个迎新的会议。自党中央制定实行对内搞活、对外开放的经济政策以来，我国所取得的成就，是全世界惊奇的。北京有过很美的笑容，但是从来没有过像今天这样，笑得这样美，这样动人，这样甜。同样，北京的文学虽取得过很大成就，但也是从来没有过像今天这样的繁荣壮丽，丰富多姿。特别应该提出的是文学队伍壮大了，成熟了。新的后备力量不断在涌现，出现了一个朝气蓬勃、舒畅自由的局面。在座的同志，就是新的后备力量的代表。我代表中国作家协会北京分会，也以一个老年作家的身份，在这个迎新会上，欢迎你们！并祝你们迅速地健康成长！

北京是祖国的首都，是党中央、中央政府的所在地，所以我说北京得天独厚！

北京，居住着、来往着全国文学家、学者、外国同行、朋友。建国后的北京以第一任文联主席老舍先生为首，做出了很多成绩。他自己就创作了许多反映北京人民生活的不朽作品，他是文学家的劳动模范，是我们学习的榜样。

拨乱反正后，北京又涌现了前所没有过的一大批中青年作家，如刘绍棠、李陀、刘心武、谌容、从维熙、邓友梅、张洁、陈建功、陈祖芬、理由等同志。他们的作品得到全国和世界读者的欢迎和注意，多次得到文学奖。今年我市有两位作家的作品——张洁同志的《沉重的翅膀》，刘心武同志的《钟鼓楼》荣获了茅盾文学奖。我们有一批中年作家，如张志民、汪曾祺等同志，写出了很好的作品，多次受到人民的赞扬和奖励。还有一批老作家，不顾年事已高，仍孜孜不倦地辛勤耕耘。我还要特别提到在年轻的业余作者中，已有人被北京大学中文系破格录取。我们的梯队，像春芽时时破土而出，真是目不暇接。

以上提到的同志，是顺口列举的，不可能一一提到。总之，我感到北京的文学队伍，包括老中青作家，业余作者在内，是一支兢兢业业地在辛勤工作着的健康的好队伍。作为北京的一个作家，我由衷地感谢同志们做出的贡献，我为沾了你们的光而深感荣幸，高兴快乐！

春花年年开，秋实才能年年收。作家队伍需要不断地涌现新人，要有好多好梯队。

我曾多次说过作家是有时代阶梯的。它按着不同时期，自然而生，出现一拨一拨的作家群体。如二十年代、三十年代，战争年代，建国后，都能看见一道道明显的分水线。因此，作家总是要反映他所处的时代、时期的生活思想和人生价值。

你们正处在一个伟大改革的时代。这个时代是决定中华民族千秋万代命运的时期。你们正在参加建设一个具有中国特色的社会主义伟大的中国。

北京文学队伍需要不断壮大，更需要有一支永葆光荣传统，不断创新，能以作品帮助历史前进，扫除社会障碍，肩负起两个文明的时代责任，为社会主义服务，为人民服务的文学大军。

北京市委早就决定要召开这样的会议，一定要在今年召开这样的会议。这是何等有远见的指示啊！

今天的会议有市委同志参加，还要讲话。有中国作家协会书记处书记唐达成同志和《人民文学》编辑部的同志参加和讲话。可见对这个会是非常重视的。我代表会议感谢这些同志对北京青年作者的关怀。我们任重道远！希望大家集中精力把这会开好！

作协分会秘书长江山同志和一些专管业余作者的同志，研究了一些问题，要提供给同志们讨论，现在请江山同志代表分会向同志们报告。

1985年12月22日下午

在张洁、刘心武荣获茅盾文学奖祝贺会上的发言提纲

今天在这里开会，庆贺张洁同志和刘心武同志荣获茅盾文学奖。从十九部长篇小说中（有评委看了二十部）北京市有两部，表明北京市的文学创作情况和水平。我代表分会向这两位同志表示祝贺！

也祝贺作家生活工作在一个前所没有过的创作自由时代！

过去的创作也号召作家深入生活，但创作是要按《圣经》的教规教律进行的，只能按《圣经》来安排：人是上帝创造的，超越一步就是大逆不道。所以惊世的作品不大多。

像《沉重的翅膀》那样，敢碰这样敏感的问题，敢写中央部长级人物及他们的可赞扬和可抨击的灵魂，而不翘胡子蹦起来，我们过去从未享有过这种自由。现在是否就已经消灭？一个作家，应该敢于正视，敢于碰撞这些封建的顽固堡垒。

作家的另一个职责，就是要启发人，净化人的精神，提高人的思想境界。我读了两篇得奖作品，从美的当中享受到人应该怎样生活的意义。

生活要深、要宽，也要扬长避短。不分情况，一味赶下去是不行的。《沉重的翅膀》不熟悉工业不行，《钟鼓楼》不熟悉市民不行，当然也号召作家去写写得少的题材。

马上是春节。春来了，但作家创作的春天不可能永葆不衰！二十六七岁体育健将要退役，创作的最佳时代在青年、中年。望珍惜，要再接再厉，要付出艰苦努力。希望两位同志再写出多部惊世、经得起风雨磨刷的好作品！对其他的同志们也是如此要求：立大志，深入生活，辛勤写作，永不满足。

对自己满足、低要求、“糠菜代”，都成不了个好作家。只有高要求，敢突破，不怕碰得焦头烂额，才能成为一个好的作家。

作为你们的一个读者、退役老兵，向你们做这样的要求和希望！我企足而待！

1986年1月

与中学生谈写作[1]

我没有上过中学。我太羡慕你们了，因为你们生在曙光灿烂的春天早晨。

在我的儿童年代，乡下的小学，是很不正规的。上课，老师只是讲解点意义，以后便是自己死背书。老师从来不讲什么文法，什么是词等等语文常识。由于革命的需要和自己的爱好，我才学起写文章的。我爱读书，读多了，才逐渐领会点儿写作的门道。我今年七十二岁了，我还在贪婪地学习语言文字，只要遇见这方面的论述、文章，总是要抽工夫读一读，吸取营养。人是会得病的，作文也是这样。所以，我喜欢常常找杂志里的“文章病院”翻病例，看别人患了什么病，自己患过或正犯着什么病。

① 1985 年 12 月，《作家生活报》和《中国妇女》杂志的两名编辑联名向作者组稿，并附北京师范大学出版社编辑部公函。最终在《中学生》1986 年 12 期摘发了 700 字。此文根据手稿。

中学生毕业的语文考试，得到优秀和及格，就可以毕业。但写作是无法毕业的，一辈子，都是处在学习中。所以，要谈怎么写作，是不大好谈的。我只能把自己写作的经历，向同学们谈一谈。

一、做饭要有米

成语说“巧妇难为无米之炊”。是说很能干的妇女，要是没有米也做不出饭来。写作也一样，很能干的作家没有素材，也写不出作品。这个素材，就是社会生活现象。就是说没有深刻的生活体验，没有广泛的社会知识，不了解社会的人和事，就写不出东西。

那么，生活——写作的素材，是从哪里来的呢？从劳动，从家庭，从社会，从学校，从亲友等等各方面得来；从一切事物，一切矛盾和斗争中得来；从亲身体验，看见或者从别人说的事情中得来；也要从书刊、报纸、广播中得来。关心社会发生的事，关心国家和人民的事，关心世界上发生的事，是非常重要的。我非常赞成电台给中学生广播的时事节目。

古今中外的历史情况、祖国地理、世界地理、山水江河、海洋陆地、气候节令、花草树木、飞禽走兽、鱼虫小草，特别是今天的科学技术知识，还有文化艺术，起码都要知道一些，当然是越多越好。

同学们会说：要知道那么多东西才能写作，太难了！不要怕难，是怕对我以上说的社会生活抱无所谓、漠不关心的态度。写作是要掌握各方面知识的。但不可能在几年的中学里都能得到。我是说你们得要处处留心，留心观察，思考原因和答案。有的东西好多年都找不出答案，这没关系。生活知识，跟小孩吃饭一样，不能一天把一年的饭都吃了，吃多会生病。饭要天天吃，才能慢慢从儿童长成少年、青年，再长成大人。生活素材的积累，就像从前小孩储钱的扑满那样，一天放进一分、几分钱，慢慢变成好多钱，就可买本书。时时体验、观察、积累生活现象，遇到促使你要写作的时候，就会写出好多文章，或一本几本书。

我小时候家穷，供不起我多读两年书，十三岁去当学徒，十七岁就当工人，二十一岁参加革命活动，二十三岁参加八路军。从儿童、少年到青年，亲身体会到祖国的苦难和人民的不幸。我是从这条漫长的路上，体验到一个真理：只有参加革命，才能救中国！当时，我虽然喜欢艺术，但我不是有意识要当个作家的。我之所以成为一个作家，是时代让我做的：用笔写东西，告诉人民，起来打倒日本帝国主义，赶走列强，打倒压迫人民的国内反动派，解放全中国。我写的东西，全是靠在这条路上的生活积累、观察分析，成为写作素材。

不管文章、作品大小，我没体验过，没见过，没听说过而又没从自己生活中证明的东西，我尽量不写。但因工作的需要，也写过一些，但常常失败。

写诗、写文章，要有真情实感。我当学徒一年之后，感到生活太痛苦了，思想很暗淡。有次，在每天都去打水的小河边上，看到桃花开，燕子来了。我画了一幅桃花燕子，题上一首诗。在抗日战争中，画是毁了，但诗还依稀记得个大意，说晚上到杏溪畔上，看见桃花静悄悄地开了，燕子得意地回来了，可是这个春天不是为我来的。

诗，是模仿古体诗，写得不好。但我是要告诉同学，人们常常说写诗，往往是借一件事物，抒发感情。我当学徒时要担水、劈柴、做饭，做完老板家的全部家务劳动之后，赶紧挑起油漆担子去做工。所以我看见的桃花燕子那样得意，产生了春天与我是不相干的悲哀情绪。可我当时，不懂抒发感情这个道理。

对要作为素材的生活现象，作者都有个态度：是喜欢、快乐、赞赏，感到美，还是忧愁、讨厌、憎恶、愤怒，觉得丑呢？作家通过他的作品反映出来。有了这种实感真情，才能感动读者。如果看了什么事物都麻木不仁，无动于衷，而硬写出来的东西，是不会动人的。

感情，当然是作者个人的。但这是不够的。感情常常伴随着作者对祖国，对人民，对人生价值的态度产生的。人们读了你的作品，觉得也是他们想说的话，或者他们有什么话现在被你替他们说出来。这样的诗、小说、文章就是成功的，否则就是不成功的。当然读文章，和听唱歌看戏一样是许可各有所好的。一篇文章不一定人人都爱读，但起码要有一些人爱读才好。人的阅读理解能力，存在着差异，但文章是写给别人看的，不管人家懂不懂，我就这样写。如果不要求发表，是给自己和几个知心朋友看的，那倒没什么，要发表那就不能马虎了。现在有这样的说法：文学作品的美是在于抒发作家自己的情怀，反映作家自己的心灵世界。发表之后产生什么社会效果，我不管！那是不负责任。写文章是件很严肃的工作，不能随随便便愚弄读者寻开心。

文学作品，不是教科书，也不是政治图解，但它起潜移默化影响读者的作用。好文章，使人学好，提高读者的认识能力，培植高尚情操，使人向上，为国为人民的事业不怕艰难困苦而勇往直前；坏的文章，使人学坏，降低人们对坏人坏事的警惕，散布低级趣味，从而腐蚀青少年，使他们丧失免疫能力，把人生价值看作只是为金钱，为享乐。不是不少青少年看了黄色坏书而堕落，成为罪犯吗？

所以我说文章，有的能有益于人，有的则有害于人。有的能使人当爱国英雄，有的则会引人做坏事，甚至杀人！

二、为什么种瓜

常说“种瓜得瓜，种豆得豆”。就是说种什么就是想收获什么。为什么写文章？就是写一件什么事，告诉读者什么，了解什么，或振奋起来，或快乐舒畅，享受到美感的快乐。写什么，作者都是有想法的。不会像流水一样，下意识地流到什么地方就写到什么地方。这样的写作方法，是不好的。中国对作文，早就提出切忌“流水账”。作家没有糊涂人，写作都是有意识有目的的。

种瓜是要得瓜。写作一定要想到写什么，达到什么目的。古今中外，都无例外。当民族在受苦难的时候，岳飞写出了《满江红》，陆游写出了《诉衷情》，文天祥战败被俘过零丁洋时，写出“人生自古谁无死，留取丹心照汗青”这样震撼民族心弦的诗句。当杜甫看到平定了安史之乱，写出了“两个黄鹂鸣翠柳，一行白鹭上青天”的俏丽诗章。当中国处在内忧外患生死存亡的关头，鲁迅写出“横眉冷对千夫指，俯首甘为孺子牛”这等不畏强暴，甘为人民之牛的硬骨头精神和高尚品德情操。

我生于祖国正处在水深火热的时代，所以我写东西，都有个明确的主题思想：要反映什么事情，告诉人什么。

我今年七十二岁了。从学写第一篇文章起到现在，祖国忧伤我忧伤，祖国欢笑我欢笑，障碍祖国前进的事物，我憎恨！

我喜欢真，喜欢善，喜欢美；我憎恶假，憎恶丑，憎恶恶。我对祖国壮丽的山河，常当母亲来赞颂；看到不好的人和事，我痛恨、发怒、抨击；看见花好月圆的情景，我现在还常唱小夜曲哩。

写文章，要时时有新意。没有新意，没有特点，每篇都像旧戏脸谱那样，唱戏可以，写文章就不会动人。但是我看到有创造性的演员，也随着不同人物的性格，创造出不同脸谱。我赞成郑板桥写的这副对联：“删繁就简三秋树　领异标新二月花”。在这副诗中有画，画中有诗的十四个字的对联中，包含着严肃的创作态度和绝不死守成规的创新精神。文章，我主张精练；艺术表现，我主张标新立异。要学习前人，但绝不受清规戒律的约束；要学习外国，绝不匍匐爬行。不要啃人家啃过的窝头。青年人受一些古代、当代、中国、外国人的影响，无可厚非。我崇拜过不少古今中外的诗人、小说家、画家、音乐家，也接受过他们的创作手法，临摹过大师们的绘画作品，但我是为了打好基础，突破它。学习、继承，是为了突破。

能突破吗？首先要敢说能，要有不获胜利不收兵的胆子。不立大志，不敢攀登高峰，不敢想我跟别人不一样，就写不出好文章、好作品，就不能充分地发挥出你的潜力，你的聪明才智。不敢打胜仗的将军，一定打败仗。再补充一句：突破，不是把前人压倒。那是历史，不能更改。突破是希望在当代另起奇峰。

在构思好要写什么之后，要闭上眼睛，自己就能听到看见要写的人物言语动态，环境场所，物候时节。我写过的东西，不管好坏，都要进入要写的情景。为了反映抗日战争、解放战争，我除了访问当年许许多多的党政军领导人，各方面的各级干部、战士、民工、目击者之外，我还沿着八路军过河出征路线，刘邓大军征战的故道、故战场，在三年中，走遍了三分之一的山西，又从黄河南岸到大别山，直到长江以南。为了真正认识天山、昆仑山的面目，七十岁那年，我曾四越天山，二上昆仑。做了笔记，画了一些速写，目的是求得真实感。

三、从矿石到钢

有了高品位的铁矿石，还不能说是钢。矿石是要经过烈焰熔化成铁水再经过冶炼才能成为钢的。自己虽然积累下丰富的生活体验和搜集到很多材料，还不是文章、作品。文章、作品是要经过熔解和再冶炼才能完成的。作者的头脑就是炼铁的高炉和炼钢的转炉。钢铁是黑色金属，但作家的熔炉，却很神奇，他炼出来的铁和钢，不都是黑色的，而是带有各种色彩，各种倾向、感情的。他能写出向上、明快、欢乐的文章，也能写出消沉、暗淡、悲观的作品。这完全取决于作者的世界观、人生的态度和思想感情。从我的经验来说，关心国家大事，关心人民的欢乐和疾苦，决定文章作品基本思想倾向。十一岁到十七岁，是个最关键的时期，一定要下定决心，要向上，要学好，要忠诚老实，关心祖国，关心人民，关心瞬息万变的世界形势。这样才能写出符合人民利益，反映了时代精神的文章和作品。

写作是件极其严肃的劳动。要严肃、认真，要学会使用材料，学会剪裁。除了必要的前后呼应、回旋共鸣的形式结构之外，切忌堆砌、重复，切忌长句子。古人作画有“惜墨如金”之说，写作也应这样。现在有些文章作品，高谈阔论，空谈哲理，太多太滥，拖沓拉杂；写诗是越写越长，萋萋芳草，绵绵柔枝，太多太腻。皇后的凤冠，虽然珠光宝气，金碧辉煌，可谁也看不清她头上哪个是最珍贵的东西。眼花缭乱太厉害，人会晕倒的！

少量、正确使用方言土语。我不赞成搞什么“京味”“晋味”。为了突出人物特征、性格，点缀一下，讲一两句是可以的。但不能在正文上求“味儿”。中国地方大，民族多，虽然汉族都使用汉字，但方言土语多而复杂。北京是祖国首都，是十亿人的。以北京语音为基础的普通话，是为了统一纯洁祖国的语言，克服障碍，利于交流，推广普通话不是要用北京土语覆盖全国。如果北京出生的人写文章都陶醉在“京味儿”中，那江浙、福建，特别是广东（方言最多的省），都陶醉在什么“味儿”中，将是语言的大倒退！现在在一些青年中，常出现“哥儿们”话，更不宜用之在正文。在这个问题上，我们应该学习已故的赵树理同志。

要学会写好字。字很重要，它能反映出人的精神风貌。

我认为学写作，不是要人人都当作家，但我认为人人都应学会写好文章；作家也不是每篇文章都能写好。所以作文一定要认真对待。

要勤于读书。现在书很多，谁都读不过来，可以有重点地来读。读书，可以先浏览，或抽读几章，觉得有味道，再细读、重读。好文章、好诗重读多读，很有好处。我常把一些好的古文古诗边读边录音，休息时放着听。也爱听电台的阅读欣赏节目。人都说那本书好，或不好，要找来读读。但对书的判分，一定要有自己的见解。千万别人云亦云，特别是对待名家的意见，既要认真学习，也要敢于大胆怀疑。

最后，承认天才。但我的格言是“不信天才信苦功”。从我的经验说写作，最强大的敌人是自己，那就是惰性。你不把自己身上的强敌——惰性打败，什么都完了。

1986年2月17日

读性描写随感[①]

最近听几位朋友谈起：一些不懂世事、天真的少男少女，互相打听《金瓶梅》，争读《男人的一半是女人》和同类小说。又说这类性描写作品，登头版首篇，能挽救刊物销路下跌。友人们批评我连当前迎面而来的性描写是“展示了我们民族人格进化与心理成熟的风貌”这样的重大问题都不闻不问，真够麻木不仁了！两位各执己见的青年劝我读一读。赞成者说：这是抢手货，一家出版社刚出了多少个十万册，另一家也在抢着出版。还介绍我读一些评论，避免僵化；不赞成者说：这是社会效果极其不好的书。两者都劝我读一读，说会得到启示，会有所震惊。

性描写已发生如此重大影响，我还能再麻木不仁？于是立即找来一本拜读，既有启示又颇为震惊。一惊是它通过性问题，使我清醒地重新看到

① 发表在1986年10月18日《文艺报》第2版。

“左”的思想对知识分子的伤害，太悲惨了，我觉得还应该有更深刻更尖锐的作品出现。二惊是这些反反复复、不厌其烦的性心理、性要求、性动态、性声响和肉欲气味的描写，生动、细腻、逼真、大胆。这枚“禁果”应该说是惊世之作。读后，当赞成者们说“这是本非常严肃之作”时，我又麻木不仁了。当劝读者问我得到什么启示时，我讲了以下感想：

性爱是繁衍人类的必要的、快乐的生理行为。它早已进入文学，不应回避。人类进入有道德观念的文明时代是进步。内衣外服，不仅御寒拒热，还是使人更美的文明物质。在游泳池，身穿游泳衣的男男女女，显出力量、强健、青春、向上等美感。但是，倘若只穿游泳衣在王府井大街上走，恐怕只能得到“七丑八怪”的评价。性爱在文学中不应是性的说明。如果把它变为绘画作品，那怎么画呢？

有人说看了《金瓶梅》去干坏事的，是文化素质太低。可我确是见过颇有文化素养的人，拿《金瓶梅》去做坏事。理论家说恩格斯讲过：“……最终有一天，至少德国工人们会习惯于从容地谈论他们自己白天或夜间所做的事情，谈论那些自然的、必需的和非常惬意的事情。”以此来作理论支柱，可别忽略了有“最终”两个字。我理解那个“最终有一天”，是指有了高度物质文明和精神文明、人类最美好的将来。如果现在照此办理，宣传推行，那我们就不必建立社会主义法制，劳教场所都可以改为“回到自然”去的山野森林了。其实这种“公开扔掉市侩偏见、小市民羞怯心”的情景，我在少年学徒年代，就经常听见过了。那时的工人在做工时，就公开地绘声绘色地谈论性交、到妓院临时缓和性饥饿而毫不羞怯！我也看过很有教养的名流谈论如何偷情、通奸、狎妓，说这是文士们的“风流韵事”。当前青少年犯罪率是上升而不是下降，是越来越低龄化。无知的少女们以极大的好奇心去寻找《金瓶梅》，抢看性描写作品，难道作家不应当替自己的子孙后代想想吗？

开放、引进，是有利于现代化，有利于建设两个文明的东西。十三四岁女孩生私生子、艾滋病等“自由”的生活方式，决不能引进！

说青少年犯罪都是文学作品诱发的，那是极大的不公平。但作家、理论家，对这问题也不能熟视无睹。彻底打碎中国封建伦理道德的严酷束缚，这个任务并未完成。但说剔除了爱情基础——性欲就会使文学作品失真、肤浅，是不是有点故意吓唬读书不多的老百姓呀？

我认为热爱祖国人民和青少年的当代作家、理论家，应当严肃认真地思考作品的社会效果和自己的时代责任！

1986年3月19日

昭示于历史面前[①]

六十年代，我曾经拟订了一个计划：沿着抗日战争和解放战争的征战路线、著名战场和老根据地分期进行访问，以便了结一个写作夙愿。从一九六三年春天起，花了半年多时间，两次访问了晋东南、冀西和豫北。当时正是经历了“大跃进”后的三年困难才开始好转的时候。我沿途听到一些县级干部和区村基层干部的意见，其中最大的意见是把主观能动性，夸大到荒谬的程度，说大话，说假话，到处比赛“大刮共产风”。当然，现在听起来是可笑的。可是当时，我也以为是早日摆脱贫困落后面貌的一种鼓干劲、长志气、敢想敢说敢干的革命思想表现。当到了说假话成风，说真话挨批的时候，我开始怀疑，但仍然认为这只是个别工作中的失误。我在访问中，绕行七十多里路，去看一位房东老大娘时，才深深感到老百姓对我们说的话，

① 此文是诗集《夏雨秋风录》的序言。曾发表在1994年11月26日《文艺报》第2版。

不怎么信任了。起初，大娘看见是我，高兴得发愣半天，立即拿出柿饼、核桃招待我，还取出一个铁制的破洗脸盆，说："老洪你看，你泥的火盆，我还给你留着哩，砸锅炼钢那会儿，我舍不得把它砸了！"这个火盆，确是我当时泥来烧木炭取暖用的，她还保存着，我太感动了。大娘说罢，严肃地看着我说："老洪，跟大娘说实话，这几年挨饿了没有？"我被这个突然提出的严肃问题，问住了。我这个老兵、共产党员该怎么回答呢？说挨饿了不能，说没有挨饿也不能！大娘见我不说话，失望地叹了口气："唉！从前你们不是这样的。打日本那会儿，有几年先旱后涝，第二年又遇上铺天盖地的蝗虫，大家都挨饿了，吃树叶野菜。八路军不愿加重老百姓负担，自己开荒种菜，号召人民搞生产自救。谁都没有低过头，最后把日本鬼子兵、蒋介石的军队，全打出去了！你们那时，是说真话的，怎么如今不敢说真话呀？大娘知道，你挨饿了，你想对大娘说的，可是又不敢说……"我感激，惭愧，一直使我抬不起头来。

人民大众是爱我们的，但要求我们说真话。可是要说真话，在当时，谈何容易！多少人吞吞吐吐地讲了几句真话，结果是：不堪设想。

正在进行访问的时候，"四清运动"发明出来了。一年左右，如火如荼地开展起来。我到了一个说是被地主、富农、反革命和坏分子篡了权的"三类村"蹲点。发现基层干部多吃多占、强迫命令、工作作风不民主等等问题是普遍存在的，有的地方还相当严重。但蹲了差不多半年，怎么也找不到可以定成"走资本主义道路"的证据。我又增加了新的怀疑，但也只是对信得过的同志嘀咕几句。等到来了"史无前例"，连怀疑都不敢，哪还敢悄悄嘀咕呀！我是在很不理解、很不得力、战战栗栗的痛苦中，度过了十年。

党的十一届三中全会，恢复了“实践是检验真理的唯一标准”这条马克思主义基本原则。中断了十六年的访问计划，终于在一九七九年九月间重新开始了。沿途所见所闻，耳目为之一新：农村经济，活了；农民生活，好了；愁容少了，笑貌多了。那些靠吃“大锅饭”生活的人，满腹牢骚，甚至骂娘。由他去骂吧。中国对内要搞活，对外要开放，千世万代都将感谢这一历史决策。

在愉快的旅行访问同时，到处可以看到“打砸抢”们留下的创伤；到处听到派性的辩解和呶呶不休的吵闹笑料；到处看到听到对“三支两军”的“功德”而不了了之的嗟叹。如果我所听到的有百分之几是真实的，都令人发指！我深深感到“文化大革命”给我国的伤害，从政治、经济、思想，从哪个方面说，都是毁灭性的，代价是严重的。要想用“不要说也不要写它了”就可以使这块烙在我国历史上的大面积伤疤消失，现在不会有，也永远不会有如此高明的美容师。只有正视它，深刻地、刨根问底地揭露、昭示于历史面前，才能使我们的后代警惕，不再像我们这样无条件去盲从。

从我重新执行原定计划起，每年我都有两三个月是在旅行访问中。远路坐车，近路策杖，步行山间，踯躅河畔，履霜踏月，常随着自己的欢愁喜怒，草写了一些诗。一九八二年曾动手分编一二个集子，没想到一九八四年来了次大面积心肌梗塞，中断了两年多。人老了，越来越深地感到岁月蹉跎，光阴虚掷而无法解脱。近年常看见运动员到了一定年龄就举行告别赛。这是实事求是的思想，自然法则。诗人、作家无此说，但同样遇着这个不可回避的法则。说两句豁达的话自我解嘲未尝不可，可是对我来说，它已经在敲门了。因此，在编这个集子时，把原想分开编的，变成采用一锅煮的办法而不再分集了。

收在这个集子里的诗，除很少的几首外，都是在这十年里写的。因为大多数是在多雨多风的夏秋季节旅行，故名之《夏雨秋风录》。

1986年6月19日

中国严肃文学作品，尤其是写诗歌，出一本书真是难于上青天！这个集子交给出版社一年多之后，说赔不起钱，不出了。桑榆晚霞行将消失，有徒呼奈何之感。

1989年5月重阅记[①]

---

① 这本诗集曾于1986年10月寄四川文艺出版社。并请老友画家丁聪（两人1949年同团参加中国青年代表团赴匈牙利世界青年联欢节相识）为此集设计了封面。该社毁约并声称丢失了丁聪设计的封面，后诗集延宕7年，于1993年10月由重庆出版社出版。2001年此诗集收入《晚号集》（人民文学出版社2001年1月版）。

余年赢得苦噪楼[①]

小时候，看见有钱人家都有书房，但大多数没有什么书。我的小学老师的书房，是打麻将赌钱用的。长大了，我看到很多学者、著作家，都有书斋，太羡慕了。我知道书斋是读书、研究学问和写作的地方，所以我一直妄想有个书斋 。

战争年代，我做了个木板箱子，既可放书，又可当桌子，行动时靠的是一个挂包。当时的创作构思，几乎都是在行军途上完成的。除寒冷季节，我的写作场所，多是在核桃树下、松林里和杨柳岸。

建国后，想搞个书斋的奢望更强烈了。中国的作家，大多都没有书斋，书斋是以职位定的。这就出现了需要书斋的没有书斋，而不需要书斋的反有

① 发表在《光明日报》1986 年 7 月 26 日第 2 版。选入《我的书斋》科学普及出版社 1998 年 3 月版。

书斋。我见到很多明窗净几，有沙发、红木书橱、大写字台的书房，可惜，好多是没有什么书的。有的幽静的书房小院，被从乡下接来的老太太用来喂鸡，下蛋孵小鸡。

解放后，五十年代我的住房就是办公室。我爱书和画，但供给制使我没有更多的余钱买书。我早就想请齐白石大师刻方图章，画幅画。阿英同志为我弄到一幅谷穗蚂蚱，二十元钱，买不起，只能请他刻了个三字姓名章，十八元钱。这是我头一次请名家制印的壮举。

五十年代后期，小孩上学住校，我挤出个书斋了，也有了些稿费，买书买画，很舍得花钱。朋友见我买画着迷，举一位不小人物劝一位不小人物的话告诫我："'玩物丧志'，不要再买画了。"我太感激他了，可我改不了。有次我到画店，看见一位为了完成外汇任务而伤透脑筋的同志，挑了一大堆古画，出口换外汇，好多是明清画家的作品，其中有几幅是我早看中的沈石田、蓝瑛的山水，就因无钱未买成。看见它们横七竖八地堆在桌椅脚下，要卖身异国，我太痛心了！

我有了一些画和好多橱书，还有大小十来方砚台和古墨了。到了那个"隔几年还要搞一次"的"文化大革命"，却成了"四旧"最多的罪证。我去看过一位领导同志的"四旧"罪证展览。他哪里比得上我的水平啊！好心的同志劝我赶快处理，我舍不得。后又听到有人为了一尊石膏像的鼻子被小孩弄坏了一点，跪着挨斗四五个小时。家里的人害怕了，趁我不在时，当废纸处理了好多公斤。抄老伴"窝藏黑材料"，抄我"黑文稿、黑作品"等等，我的书斋已经成了"犯罪场所"了。我不敢不在乎了，我那些研究参考用的“禁书”，一些文件、资料，都会成为该“红烧”“油炸”的罪证。我晚上悄悄地处理了不少，惹得别个邻居，悄悄地窥探我在“毁灭罪证”。文化悠久的伟大祖国，却出现一个有书有罪的蒙昧时期！

深挖洞，广积粮，备战空气紧张了，书橱什么都可不要，但书不能再受损失，家人替我收拾运出北京，许多书弄乱了，不成套了，在这十几年中也不知去向了。

我的一生像个陀螺，没有政治运动这根绳子抽动，就会倒下。果然如此，得了心脏病，回京医治。孩子都上山下乡了，我清闲了。回顾此生，岁月蹉跎，光阴虚掷，读书不多，何不借有病这个难得的机会，安安静静地读点书，补救补救知识贫乏？一时心血来潮，冒充风雅一番，给看书的房子取名“补知贫室”，并自刻一方室名章。未料想得美，烫了嘴：后街两户邻居强行各开一后窗，我住的十户的大杂院内，各家掀起了抢占地盘扩大房子搞厨房热。西邻院子有电锯，南面小学兼营旅馆的锅炉装了鼓风机，这样我便经常处在收音机、电锯、鼓风机、打孩子、骂街等等的烦人交响噪音中。

噪音苦啊！年老病后思安静，去年总算换进楼房。书房不用生火炉子，临窗远眺，大有“极目燕天舒”的气概，以为从此可以较安静地读点书，把多年未了的工作尽快做完。谁知又是奢望过头了：

当今电子技术日新月异；消费社会人尚时髦，生活求高，公德求低。后街车如狂浪，前街人声喧闹，收音机电视机声响，尤其是八十年代男士的皮鞋铁马，女士的高跟响鞋，不断地在头上游行示威，使人深感噪音之苦，是无法解脱了。我常想：电子设备，差不多家家都有，为什么喇叭声响一定要这么高？皮鞋高跟鞋回家换软底鞋，不更舒服吗？安静的地方是很难有的，要知足。余年赢得这个住所已经不错了，硬着头皮听下去吧。故又名书斋曰：苦噪楼。并请老战友、画家罗工柳用他自制的棕榈皮大笔为我写了这三个字。

1986年7月

为《淮风》题词两则

题寄《淮风》诗报创刊

对自己，凡是美的都应讴歌；对世界，凡是美的都应学习。但不应忘记：凡是丑的、恶的、落后的，诗都不应放弃批判的功能。

1986年8月

答《淮风》诗报索字

诗，绝不是个人享乐的工具，更不是与人民、时代不相干的个人感情游戏。如果诗的职能就是这样，那么为什么要发表，要出诗集，要人花钱去买来读呢？

如果生养我们的母亲语言，不如外国的好，那么诗干脆用外国文字来写，岂不更能表现一个思想叛逆者的真情实感？凡有能做到这样的诗人，我是十分敬佩的。

1986年9月

教师节题字二则

一

教师是智慧之海的领航员。题赠高阳海同志。

二

良师，直到暮年，我仍充满学子的怀念和崇敬。

1986年9月10日

冬天跌进鱼塘真好玩[①]

我的家乡在广东中山。因为家里很穷，在我很小的时候，就要参加各种各样的劳动。

我曾经采过桑叶，拾过田螺，也捉过蟛蜞，钓过活虾。但干得最多的，是捞浮萍回家喂猪。浮萍冬天长得特别好，所以这活一般在冬天干。

有一次，天很冷，我和远房哥哥日仔一起，到远远的狮子山下的一个大鱼塘捞浮萍。因为刮了几天西北风，浮萍都被刮到鱼塘中心去了。鱼塘的四边是陡直的，我们的竹耙无法够到那些长得又密又大的浮萍。幸而鱼塘边的土堤上都种了荔枝树，看到这些树，我有了好办法。

我选了一棵高大的、枝杈伸向鱼塘中心的荔枝树，三下两下就爬上去了。爬树，我有好本领。我高兴地叫日仔哥把竹耙递给了我。

---

① 发表在《中国儿童报》1987 年 2 月 23 日第 4 版。

我缘着横枝向塘心爬去，越爬，横枝就越向下垂，越爬越远，横枝就越接近了水面，浮萍就在我脚下了。我真高兴，左手攀着一根树枝，右手使劲，把红红绿绿的浮萍向日仔哥拨去。横枝随着我的动作，一会儿贴近水面，一会儿又向上弹，像打秋千一样。我一直在跟西北风作斗争，用力把被风吹到塘心的浮萍，反反复复拨向塘边。我和日仔哥又嚷又笑，把这危险的事，当成了好玩的游戏。

正当我得意忘形，使劲把横枝压向水面时，树枝咔啦咔啦叫喊起来，说它受不了啦！只听咔嚓一声，扑通一响，我和折断的横枝一起，掉进深深的鱼塘里。广东虽然冬天不结冰，可是，西北风下的鱼塘水，也是冰冷冰冷的！我倒霉了，刚才忘乎所以的得意劲儿，受到了严厉的惩罚！日仔吓得大叫大喊，可四周都没有人。幸亏我会游泳。我钻出水面，拖着竹耙，游近塘边，日仔拽着我的竹耙，好几次都没能把我拉上岸。原来我的棉背心湿透了，增加了体重，加上堤陡泥滑，所以费了半天劲，我才被拉上来。

日仔见我冻得瑟瑟直抖，嘴唇发青，忙帮我脱下水淋淋的衣服，又脱下他自己的一件衣服让我穿上。尽管如此，我们还是捞满了四箩浮萍才跑回家去。

母亲见我这个样子，好害怕啊！可我还是觉得挺好玩的。直到现在，我都七十三岁了，回想起来，还觉得有意思。虽然我会游泳，可要碰到这样好玩的事，还是不容易的啊！

1987年1月

珍惜时光，好好学习，做有为一代①

自从上海大学生闹事，我就开始注意到了我们的首都。读了市人大常委会通过的十条，我认为很及时，很必要。前两天，三个北大学生到我家，我跟他们说，要珍惜今天的大好时光，好好学习，你们是有前途、有希望的一代。他们说，北大的学生这次不会闹事。听了他们的话，我还感到很欣慰。没想到，一日中午，有少数学生就到天安门去闹起来，而且还公然提出反对市人大通过的有关决议。有人甚至还喊出矛头指向四项原则的口号。这使我感到不能不讲话了。宪法明文规定取消“四大”，市人大已通过决议，游行要经过申请批准。我非常拥护。有什么意见可以通过正常渠道反映。打倒“四人帮”和十一届三中全会后，我们党和国家恢复了被“四人帮”破坏了的一些好传统，我们能够畅所欲言。当然，我们在工作中也存在问题，这有

① 发表在《北京日报》1987年1月9日第1版。

政治、体制、管理等许多方面的原因，欲速则不达，更不能采取非法行为。

我是经历过旧社会的人。三十年代，我们搞游行示威，是为了反帝反封建，希望出现一个独立自主的国家。经过中国共产党领导全国人民浴血奋战，流血牺牲，建立了新中国，人民当家做主，生活得到了极大改善。而现在这些学生闹事，到底是为了什么？是把国家搞好，还是搞乱？

现在大学闹事的学生，基本上是“文革”中出生的二十来岁的人。从感情上讲，我们总是想他们年轻幼稚，想原谅他们。但从理智上讲，他们已到了法定年龄，如果出现违法行为，就要绳之以法，不能姑息迁就。这是我的主要意见。

我还有一个意见，文化、文艺、理论界近几年有的朋友、专家的言行，实质上是贩卖资本主义、贩卖资产阶级自由化。这些人对青年的影响负有不可推卸的责任。个别人甚至是希望把我们党搞垮得越快越好。

我们多年来，对共产主义理想宣传得很不够，对共产主义教育抓得很不够。我感到这种情况不能再继续下去了。我认为对共产主义理想的教育，对法制、爱国主义教育一定要进行，毕业分配时，要作为参考。现在我感到，中国有许多好青年渴望学习，只是因为这样那样的原因，没能进入大学。现在进了大学的，有少数学生却不好好学习，违纪违法。不应该照顾那些不好好学习的人。我们需要好的有为的青年做接班人。

我希望，首都的报纸能够把我这个七十多岁老人的意见反映出来。

1987年1月2日

中宣部座谈会的发言提纲[1]

发言有提纲，主要是想走火少一点。

6日才听说小平同志有个讲话，10日才听了传达。我认为是我国在四化建设关键时刻，重要的历史时刻的一次重要讲话。旗帜鲜明地重新提出要反对资产阶级自由化。抓住了学生闹事的实质，抓住当前意识形态领域的实质问题，使几乎酿成一场全国性动乱迅速平息下来。讲话理论性很强，针对性很强，具体的方针、政策、处理方法，都作了明确的指示，我完全赞成，坚决拥护。

一、谈谈从第四次文代会以后，在文艺界掀起一股现代主义、资产阶级自由化思潮，调子越唱越高。一九八四年到一九八五年的跨年度召开的四次作家代表大会后，制造了更宜于资产阶级自由化发展的气候。听了默涵、白羽两

① 1987 年 1 月 21—28 日中宣部文艺局召开的座谈会。
作者注：一个使资自化推行者不高兴的发言稿。留下被打倒时表明，什么时候都反对资自化，决不忏悔。

位同志的发言，我真是感到大吃一惊，根子就是胡耀邦同志。这几年来，坚持马克思主义的言论、文章、作品，很难找到发言场所，发表园地。有些党员作家，以赞成谈自由化为荣，并自诩时髦、开放；把坚持马克思主义的视为落后保守，极左了，又在挥舞棍子，“反对”开放。在对内、对外交往中，完全偃旗息鼓。总之，谈马克思、共产主义理想理亏，见不得人了，甚至以为耻。

大小言论场所，大小文化阵地，挖苦点说，不少都拱手让给资产阶级自由化。在文艺上说，他们想达到使中国成为不设防的国家。在蒋介石统治下，允许的是不好的、颓废黄色的东西，但左翼文化尚得到发展。现在相反，在社会主义的中国，革命的不许发展。

一些会议、接待外宾的活动，坚持理想、马列主义的同志，只有像这一次中央旗帜鲜明地提出要反自由化的时候，才获得邀请。一些文艺家访问外国，写的文章，说那里都是“天堂”。吴祖光就愿死在威尼斯。他根本就不是共产主义者，说入党是动员他才入的。外事只有东欧一些国家，才是坚持马克思主义的同志去的地方。

去年三月全国政协时，《光明日报》发了冯骥才的发言，好像他们又受到什么批评了。谁敢批评?

周扬同志捧王蒙，我们并不嫉妒，却同时大批老作家一通，说赶不上时代（在人大小礼堂）。反右有扩大化错误，但十一届三中全会后，我们是为受委屈的同志说过话的。我说即使有错，也不应该二十多年不让写东西。平反应当归功于中央。但有些人摇身一变，又成了青年作家的爱护者。但请不要忘记：在建国十七年中，挥舞棍子的大师正是现在自由化的后台祖师爷！

二、“双百”方针本来是党结合国情提出的繁荣科学文化艺术的方针，指导思想是马克思主义。有的同志说是平起平坐的一家，我说不是。从现实看，马克思主义在其中是最吃不开的一家。他们引马列是为否定马列。为什么作为中国革命理论基础的马克思主义，会变成如此呢？

好多年了，很少见到文艺领导部门旗帜鲜明地开一次以马克思主义思想为指导，来研究文艺理论、文艺思潮的会议。革命现实、浪漫两个主义不提了，我不指名多次批评过冯牧。在《诗刊》一次会上，我批评了对“讲话”的放弃，说了句“死不瞑目”，接几封来信赞同。可见读者对此状况是不满的。又有一次冯牧主持的会上[①]，我唱了对台戏。多谢《新观察》登了要点，但不给我刊物。冯在《人民日报》有篇文章说，诗歌的双革二十多年无成效。我批过，并说年老了，否则要把中国作协一些人的文章重读，是否背叛了马列原则。他十分恼火，在北京出版社长篇提稿会上，遭到报复。

全盘否定三个革命战争的成绩。对战争作品有种反感，说都是加了“光圈”的。新诗是四个字：“我们不信”。

三、自由化、性解放成了最时髦的、最帅的、最开放的理论！妄图把人引到动物一样的性爱上去。这些文章被我们的理论刊物大登特登，把性描写吹捧为“我国民族的成熟的标志”！弗洛伊德的理论成了中国当前的最响亮的文艺指导思想。一个大学，一下就销了七千本，学生狂喜，出版商大发其财！为自由化开绿灯的，我认为胡耀邦同志应深省。

---

① 1983年8月23日中国作协召开的学习邓选座谈会。

这些极不正常的情况，领导文学的部门和领导人，有倡导者，有煽风者。有的人，就站在领导岗位上大开绿灯。到处是性感的东西。这与描写爱情和雕塑人体是两码事。西斯廷陈列品[①]足以说明。

性描写风行一时，争相效尤。《金瓶梅》越搞越神秘，还不如写篇公开文章分析，搞得少男少女到处寻找。《男人的一半是女人》争着出版。我准备挨骂写了一千几百字，在《文艺报》关了七个月禁闭。

“一国两制”是为了大业，和蒋介石的斗争只是一场历史误会了。现在日本侵略中国都不想说了，胡邀请三千人，回邀请几百人，上岸就示威。

八五年反法西斯胜利四十周年，北京电视台在放日本系列片！没有新闻纪录片厂和《四世同堂》，就没有抗战声音了。谁之罪？文艺领导。8月，中国文联、作协匆匆通知抗战座谈。请柬上写叫我准备发言，但不给时间，几乎全是夏衍在讲。我憋不住，打断了夏的话。9月3日见报，主要全是夏的，我上当了。在去田间家时问过光年，他不回答。我说胡态度不明，我们不如新加坡。彭真讲得好。

八二年小平同志讲话要清除精神污染。北京电视台要我讲话，说小平同志的讲话一两天要发表，突然停止了。因靖国神社事，学生上街。市委宣传部找作家开会。我提出此问题。他们无法回答，也永远不可能回答。

全国性的一级文学组织这几年的言行，值得大家回顾。

1987年1月

① 罗马西斯廷教堂内，有米开朗基罗的穹顶画《创世》和壁画《最后的审判》等艺术品。

对改变人民代表制度的建议[①]

一、我国现在的人民代表产生办法，是党与民主党派、人民团体协商推荐选举产生的，成分基本是党政领导人、群众团体负责人、知名人士、劳动模范等。就其实质说，是荣誉和政治待遇。选民根本不知道他们为什么是候选人，不知道能否代表选民意见和要求，也根本见不到他是什么样子的。光靠极简单的简历介绍，是非常不够的，可以说选民对许多候选人的投票是盲目的。

二、不少人民代表，不了解人民的生活、工作、意见和要求，因选民看不到他，他也不接近选民。一些真正能议政，也敢于对国事提出批评、质询、建议和办法的代表，是押宝押对了，十分感激。但这样的代表不能说太多。

有的代表，不但不能代表选民，连自己这一界别的情况也很不了解。

---

① 这是作者任北京市第八届人民代表大会代表时（1983—1988 年），所写的提案。

三、代表视察制度，不但少，而且很不健全。有些代表没有时间或不愿去视察，代表的代表性没有约束。

各级人大组织代表视察，存在着形式主义：一大群代表，去视察半天，走马看花，看看听听被视察单位领导的汇报，座谈座谈，根本不能与群众接触，怎能了解群众情况?

甚至不少被视察单位、地方，都是事先通知，做了接待准备的。越高一级的所谓视察，接待越高级，有的可以说是旅游观光。

四、只要当上了人民代表，就几乎享有终身制，这不是现代民主的产物，而是深深带着封建性的胎记。社会主义的人民代表，不应、不能连任两期。因为科学文化发展很快，应不断迅速吸收新生成分为人民代表。

五、人民代表应实行竞选制度，宣布如何代表人民，为人民解决什么问题。

六、政府官员、负责官员，是代表大会选出的，应受人民代表监督其工作，不应为人民代表，而应该向人民代表大会及其常委会汇报施政成绩和问题。

1987年4月

纪念《在延安文艺座谈会上的讲话》四十五周年发言

今天是《在延安文艺座谈会上的讲话》问世四十五周年。从这篇马克思主义文艺光辉论著的发表到一九六六年“文革”之前，我国的文艺家，都曾受这篇著作的哺育，成绩铭刻在中国的艺术史上。但是在打倒江林两个反革命集团之后，有一种论调认为《讲话》已经过时了。西方世界的文艺理论，特别是弗洛伊德的理论，已成为最流行的兴奋剂。有些声称共产主义者的理论家、文艺领导，看风使舵，迅猛加入航道，成为“理论明星”、名利兼得的“暴发户”。由于过去“左”的思想和“文革”的政治思想灾害，一些年轻的同志，产生彷徨，这没有什么可怪的。但是一些号称马克思主义的文艺领导和理论家的所作所为就令人难以理解了。

以妄称为“文学遵义会议”的作协四次大会，资产阶级自由化思潮泛滥成灾。如果不是中央及时察觉而且采取了果断措施、稳妥做法，恐怕今天的文学艺术，不沉沦也可能发展到不可扼制的危险边沿。有人曾公开预言，一九八七年是性文学年、张贤亮时代。因此，在纪念《讲话》回顾四十五年时，不由感慨万千!

不管作家怎么辩解，没见过有一篇作品、一首诗不或明或暗带着作者的世界观、思想倾向的。它都在告诉读者我主张什么。即使是小花小草，也都会给人以或希望、活力、积极，或孤寂、慵懒、消沉，不是净化心灵就是污染心灵。

《讲话》问世前，敌后根据地也产生过争论。有要求“创作自由”——可以不为战争服务，不为推翻半殖民地半封建的政治经济统治解放生产力服务。当时可能吗？日本人并不宽容作家、诗人。日本人说你不当亡国奴，我就杀！五月扫荡中，好几位这样的同志被杀了。诗人高咏就是一个。他大声疾呼，高级的文学是不管当时群众能否接受的作品。受包围时，日本人见他是国际新闻通讯社的记者，要他跟他们走。高咏同志不走，被刺死了。他牺牲是英勇的。

主张大众化的，以赵树理同志为代表的作家，虽然在这样从事工作，但在根本理论问题上，未解决。一九四三年春《讲话》传到太行了，赵树理看到毛泽东同志的文艺思想，在指导下，他写出了现在仍魅力不衰的《小二黑结婚》。彭老总是最早的发现者、支持者，写下了“像这样从群众调查研究中，写出来的通俗故事，还不多见”的批语。

赵树理的路子是正确的，从群众中来，到群众中去。他反映的是农民的呼声。“大跃进”的时候，他很快发现问题，他甘愿挨批评也不写“假大空”，刮“共产风”。正因为他是人民作家，他对人，也对我流露过，他不敢看关于彭德怀的材料，越看越想彭总。

在新的历史时期，国情发生大变化，理论在发展，但《讲话》的根本原理原则，仍在指导我们。

什么时候都有为什么人的问题，为大多数人还是为少数人？建设有中国特色的社会主义还是要在中国为资本主义制度补课？为中国人所喜闻乐见，还是使我们第三代蜕变到为资本主义的外国所喜欢呢？为谁的问题，仍是我们要时刻注意的问题。

二是深入生活问题，真心地、全心全意地深入到群众中去。现在是很少谈了。最好的情况是短期的走马看花。

写身边的琐事，写给少数人看，不是今天发明的。但有出息的作家，应尽早重视此问题。

创作源泉——生活。

民族化，中国是有几千年文化的国家，又是五十六个民族的大家庭。全世界五个人中有一个是中国人。汉字汉语是读者最多的文字语言。写东西首先要考虑这个问题。

《讲话》指出的团结问题，是方向的一致。

现在老实说，正因为方向的不一致，宗派主义十分明显。扶持、发表、出版、赞扬，无不存在着宗派。

四十五年前，《讲话》曾解决了这个问题。

1987年5月

纪念《中国诗坛》创刊五十周年、《华夏诗报》创刊两周年

用诗用歌告诉人们：只有把侵略者打出去，把恶政府摧毁，中国才能看到晨阳。《中国诗坛》这样做了。因此，长留在华南人们心中：她，是个好样！

用诗用歌告诉人们：只有改革，中国才能精神抖擞，阔步前进。《华夏诗报》肩负诗的希望，立在南国大门。我，祝愿她像木棉那样：风高枝红。

1987年7月13日

大力电池力小命短

今年连用国营哈尔滨电池厂“大力”牌超高容量五号电池，每次合起来共用四小时左右，则电力耗尽，还漏液损坏弹簧。用于收音机，常常因中途断电，影响收听广播而着急。像这样电量超低又高价的电池，怎能符合装潢上印的“电流大，寿命长，不漏液”的自我吹嘘呢？倒是又名“玩具”电池，颇有讽刺意味。

真用之于玩具，只能使用四到五小时，怕会使儿童懊丧，包装上画的小熊猫也会为之惭愧。

当前劣质产品，不能说是个别现象、少数厂家。该牌电池充塞市场，我住地附近商店其他厂家同号电池缺货，还非买它不可。

为了求得与装潢印着的“电流大，寿命长，不漏液”的自我评价名实相符，我希望这家国营电池厂找找原因。

1988年2月

三位作家对话[1]

人物：甲——海外作家

乙、丙——大陆“精英”

吧女

地点：香港某酒吧间

时间：好像一年前

甲：先生，不知您能否回答我？

乙：十分荣幸，我愿意回答所有问题。

甲：谢谢！我想请先生回答：您为什么要当作家呢？

乙：为什么要当作家？很对不起，我当作家是没有任何目的的。

---

① 此文以笔名“杨皎璁”发表在《中流》1990年4期。

甲：那先生，您总知道大陆作家要为什么人吧？

乙：（非常坦率、自然）我？为了女人！

甲：噢！（非常激动）先生的坦率，实在使人敬佩！实在使人敬佩！可歌可泣，妙人妙语啊！（转向作家丙）那么，先生您，是否也可以告诉我，您之所以要当作家，是为了什么呢？

丙：我？

甲：是的，先生。

丙：（从容、自然、痛快、清脆）三个字，为了钱！

甲：（极度惊讶，长长倒吸了一口气，双手朝天）噢！先生使我太激动，太激动了！

（吧女送饮料上，放下，惊奇地悄立座后）

吧女：两位先生如此坦率，可以说是……

乙、丙：（极度高兴，立起）可以说是惊天地，动鬼神吧？（两手不停地抖动着）

甲：对，对，真是惊天地，动鬼神啊！

吧女：（感动地长呼一声）噢！上帝……（差点晕倒）

甲、乙、丙：（惊回头，问）小姐，您怎么啦？！

吧女：（双手捂胸）……我快激动死了！快激动死了……

1988年2月18日

附：

给《北京日报》文艺部赖林嵩的信

林嵩同志：

祝新春快乐！

《三位作家对话》，真事假说。当前有些事已经不是认识问题了，而是灵魂自白。这几行字，能，敢登吗？不能退我。

阮章竞

在北京市民间文艺家协会二代会上的开幕词[①]

各位代表、各位来宾、各位领导：

北京市民间文艺家协会第二次代表大会现在开幕了。

这次大会的开幕是在深化改革开放、建设有中国特色的社会主义的新形势下，在全体会员的热情支持和热心关怀下召开的。它标志着北京地区的民间文艺工作踏上了一个新的里程。

我们这次大会主要有三项任务：一、审查过去五年来的工作。二、通过新的协会章程。三、选出新的领导机构。

北京民间文艺家协会从一九八三年三月成立至今，已经历了五个春秋了。这五年中，协会在民间文学、民间艺术和三套集成这三个方面都作了大量工作，取得了很大的成绩。五年中，我们组织了二十余次采风活动。在此

---

① 此文的前半部分是会议组织者写的，后面申请辞职部分是作者写的。

基础上陆续编辑出版了“北京民间文学丛书”，其中有《香山传说》《颐和园传说》《颐和园景物传说》《八达岭景物传说》《中国长城故事集》《天坛景物传说》等书，取得了较好的社会效益和一定的经济效益。同时，我们也组织了大量的民间故事稿件在《北国风》和其他报刊上发表。还组织了多次“民间故事”及“新故事”理论研讨会，这对研究和繁荣发展民间文学创作起到了一定的促进作用。在民间文学三套集成方面，与全国其他省市相比，我们也处于先进的行列。至今，全市的十八个区县的普查工作已全部完成，其中的十二个区县已出版了资料本，其余区县也正在筹备出版之中。北京市卷的筛选工作也已经开始，我们的北京民间文学三套集成编委会荣获了北京市十套集成办公室授予的“先进集体”称号。

这五年来，我们对民间艺术领域进行了开拓工作。将具有悠久历史传统的北京民间艺术瑰宝挖掘出来。我们先后吸收了从事专业和业余的民间艺术会员八十余人。其中包括了许多艺术世家及其弟子，以及近年来涌现出的新秀。组织了十次大型的民间艺术展览活动，几十次小型表演活动。这些活动在国内外影响都很大，许多会员及其作品曾到国内外进行了表演和展出，扩大了北京民间艺术品的影响，促进了中外文化交流。

随着民间文艺工作者地位的提高和影响的扩大，一九八七年中宣部批准，中国民间文艺研究会正式改名为中国民间文艺家协会。我会也于一九八七年十月正式更名为中国民间文艺家协会北京分会。随着名称的改变，我会性质也有了一定的变化，对会员的要求提高了。经理事会研究决定，我们对现有会员进行了一次全面的了解，并准备在此基础上进行换证工作。这样做的目的是为了确保会员的标准，提高会员的素质。我们热烈地期望全体会员同志，积极经常地钻研业务，努力提高自身素养和水平，成为合乎要求的会员。

我们这次代表大会还要根据新的情况，讨论和通过新的会章。

随着我国改革开放的新形势，我会工作也在改革的道路上起步。我们今后的工作，要进一步适应改革开放搞活的大气候，深入收集、整理研究民间文学，出版民间文学丛书，为精神文明和旅游事业服务，举办多种多样的展览和表演活动，丰富群众的文化生活，并取得较好的经济效益。我们要高质量地按时完成三套集成北京卷本的编审工作。

在这次大会上，我们还要充分发扬民主，选出符合大家心愿的新的一届领导机构。

总之，这次代表大会继往开来，我们的工作领域十分宽广，许多民间文学艺术需要我们去开拓发展。北京——伟大祖国的首都，是民间文艺家们得天独厚的广阔天地。我相信，在党的十三大路线的指引下，在新一届理事会的领导下，在全体会员的热情支持下，北京民间文艺事业一定会开创出新局面，让我们为繁荣北京民间文艺事业做出更大的贡献而努力。

最后，我个人要趁此机会，向代表们说几句话：

一九八三年我参与筹组民协的工作。三月召开大会时，我因心脏病住进医院，因病情不稳定，医生怎么也不让我出席会议，对此，我深感遗憾。而在会上大家又推选我为民研会主席，对代表们的信任深为感谢！

一九八四年春，又因患大面积心肌梗塞，以后不断住院，不能正常工作。民协的工作，一直由李克、张紫晨等副主席和理事同志在主持，三年来所取得的成绩，都应归功这些同志。为此，我对他们表示非常感激！对会友们的谅解表示感激！

我喜爱民间文学艺术。北京过去是五朝古都，现在又是首都，我本人也非常希望和同志一起研究学习，把民间文艺开展得更好。但我年龄不小了，七十四了，深感力不从心。加上病的经常困扰，跑不动，也做不了协会的工作了。因此，我请求退出下届理事会，不再担任任何具体职务。希望同志们谅解。

我愿在新理事会的领导下，和同志们一起，在开展北京市的民间文学艺术活动中，献出我微不足道的余热。

祝大会取得成功！

1987年5月26日

在北京诗词学会成立会上的讲话

北京诗词学会经过几位同志辛苦的十个月的努力筹备，终于今天在这里开成立大会，真不容易。北京市文联、中国作家协会北京分会为此感到高兴。我向大家表示祝贺。

中国诗词，源远流长，对中华民族的发展，兴衰成败，人民的生产战斗生活，精神生活，祖国和个人的命运，都做了深刻的反映。

所以不管历史变迁多大，诗词仍然是反映民族心声独特的重要形式。她对世界影响之大，是广阔深远的。

近代，崛起了不少诗歌改革家，最后许多都落叶归根，都不放弃这个民族独特的形式，作起中国诗词来。鲁迅、郭沫若、茅盾都是代表。可见，炎黄子孙就是炎黄子孙，不管冷落排挤多少年。现在在建设具有中国特色的社会主义，深化改革开放的革命历史关头，中国诗词，突然比任何一个阶段势头更大地波澜壮阔地重新兴起。所以我说中国诗词没有老，也不会老。

老年喜欢，中年也喜欢，许多青年也在努力学习。许多写新诗的诗人，作诗填词也时见佳作。可见，中国诗词跟国画一样，她的基因不会消失，而且还要传下去。可见，一个伟大民族的文化，不是叫喊、不承认，就会消灭掉的。

全国各地都有诗词组织。北京是新中国的首都，又是几个朝代的国都，诗词在北京更是源远流长，应该也有一个诗词学会。北京文联、中国作家协会北京分会之所以支持这个学会的成立，理由就在此。希望热爱诗词的朋友，为民族诗歌的发展积极地作出贡献。

我们这个学会，不是协会，是地地道道的有志于诗词的老百姓联谊性组织形式。无钱、无产业、无房子、无车子等等，困难很多，是地地道道的无产者。如何生存？要靠自己艰辛奋斗，无衙门习气，有点改革家精神，我看甚好，甚好！

中国诗词是中华民族的独特形式，但它不是出土文物、古老文化遗址，只许保留，不能修改。相反，中国诗词几千年是不断在发展的。继承，发展，突破，使之更好地为社会主义现代化服务，为人民服务，是诗词爱好者的历史使命。

如要这样，就要大胆创新，大胆突破，从创作上说是如此，从理论上说也是如此。

最后，愿我们大家努力，与全国各地的诗词爱好者，齐为中国的诗词，开一代新诗风。

1988年3月6日

北京诗词学会学术研讨会开幕词（提纲）

格律诗词仍有很大影响，不仅老年人喜欢，也有不少中青年喜欢。海外华人喜爱这个古老的艺术形式的人很不少。这证明格律诗词有非常强大的生命力。有不少中青年写作的格律诗词作品和学术研究十分出色。

理论建设很重要，对繁荣、发展诗词是很有帮助的。

传统诗词最大的问题是继承和发展问题。要发展，就要敢于突破。应在百花齐放，百家争鸣的方针下，自由探讨。

我认为探讨、继承、发展格律诗词最基本的问题是平仄和韵的问题。是严格遵守《佩文韵府》《平水韵》《十三辙》等宋、元、明、清、清末的韵书，或是用戏曲的《十三辙》，还是运用现代汉语四声声韵？这些问题都需要从理论上进行探讨。

古代汉语和现代汉语在四声上都有变化。现代北方话已没有入声，而南方仍有入声。有些古诗词用现代北方声韵来读，全不押韵，而用南方一些现代方音来读，就完全押韵。

根据古韵书创作诗词好，还是用现代汉语拼音好？这都是我们要探讨的继承和发展的问题。

现代人写诗，是给现代人读的。中国方言很复杂，我赞成推广普通话，使用现代汉语声韵。我主张大胆使用现代汉语词汇写诗词。

我希望有一本现代汉语的诗词韵书，希望有通俗易懂的诗词理论著作。

今天是诗词学会的第一次学术讨论会，我提出个人的不成熟的看法，用以达到抛砖引玉的目的。

1988年6月11日于市文联礼堂

北京诗词学会圆明园诗会开幕词

各位诗友、同志：

今天是我国的诗人节。许多诗友写诗缅怀我国伟大诗人屈原。我们的诗会又是在圆明园开的。这座遗址公园是帝国主义侵略中国的铁证，许多诗友写来的诗都表达了我国人民的义愤。这座遗址公园将在本月二十八日正式开放，让全世界人民都能看到英法帝国主义的罪证。

今天的诗会上，诗友们送来了很多诗。我希望这样的诗会能常开，希望诗友常送诗来，平时也能相互交流酬唱。

我们是个穷学会，这次多得海淀区委、香山诗社和遗址公园管理处的大力支持和照顾，否则我们是不能在这里开诗会的。我们衷心地感谢海淀区和遗址公园管理处的同志们，谢谢你们，还希望今后能继续得到你们的支持和帮助！

1988年6月21日

中国作协第四届文学奖在北京颁奖会上发言

中国作家协会第四届文学奖已经公布，北京市有十六位作家和三位编辑获奖。我代表北京作协向获奖的同志致以热烈的祝贺！对来参加北京发奖会的中国作协、中国文联的同志表示热烈的欢迎和感谢！

获得一九八五到一九八六年度作协文学奖的十六位获奖作家，都是切近生活，反映改革开放进程的最活跃的代表，也是最辛勤创作的代表，其中有些作家是多次获奖的。我们高兴地看到这些同志的作品得到社会的公认，得到中国作协的重视。这不仅是对得奖同志的鼓舞，也是对北京作家极大的鼓舞。

这次作协文学奖，对文学期刊编辑设置了首届优秀编辑和荣誉奖。太好了，太应该了。编辑们是文学活动中最辛苦的人，甘为孺子牛的精神受人尊敬，但很少在全国范围内授过奖。这是个好开头，希望中国作协把这个奖一直举办下去。

十年来，我们的文学之所以能不断前进，不断创新，不断揭示出我们时代生活的欢愁喜怒、成就失误、历史反思，允许作家艺术探索等等，都应归功于改革路线的正确。

我也是从事创作的，深深感到创作最坏的障碍，是对作家思想的禁锢。作家思想不开放，即便时时生活在时代激流中，也未必能，或者未必敢去写出最使作家激动的东西。我听说报告文学作家看到、听到很多为大众所不满的社会阴暗面和腐败现象，只是不敢写。其他的文学如小说、散文、诗歌有无此现象？有！我认为，改革到了关键时刻，不进则退。敢于揭发阻碍改革前进的东西，必须排除的东西，应让作家敢说敢写！

中国读者要看好作品，少年儿童要看好作品。这次获奖的儿童文学中有十位北京作家，应该说是北京儿童文学中的大年景象。我个人对儿童文学作家从来是很崇敬的。少年儿童很需要有益于他们身心、开拓智慧的作品。因为最近常看到、听到不少青少年中令人担忧的事，自然会想到儿童文学作家。有损青少年身心健康、社会效果不好的作品，我认为作家为了后代也要反思。

中国作协连续四届文学奖起了巨大作用。通过文学奖，培养发现一大批有作为的作家。作协把公认的好作品通过评奖，进一步地介绍给读者，从而获得更广阔的承认。介绍了作家，也大大地鼓舞了作家的创作热情。北京很感谢中国作协！全国各地也会说这个话。

中国作协以分别到各地发奖的形式，向更广大的读者推荐好作品，那就会发生更大的作用，对地方是个支持。今天，北京作协是借花敬佛，我们未做任何工作，这都是获奖的作家、编辑的功劳，也是中国作协的功劳。

为此，我再一次谢谢你们！

1988年6月14日

北京作家协会第二次会员代表大会开幕词①

各位代表、各位同志：

北京作家协会会员第二次代表大会，现在开幕。

首先我对中共北京市委、市政府、中国作家协会、我市各部门和团体领导同志的光临，表示热烈欢迎和衷心感谢！

北京作家协会会员第一次代表大会是一九八〇年召开的，已经八年又五个月了。这届理事会是大大超龄了。

八年以来，北京作协根据党的十一届三中全会以来的改革开放方针，在中共北京市委的领导下进行工作。我们的工作一直受市委的领导、关怀，我说没有市委的领导，作协是无法工作的。

北京是祖国的首都，也是祖国的古都，是党中央、国务院工作的地方，

① 会议于1988年11月30日至12月3日在京召开。

是现代世界政治、经济、文化、科学的交流中心。北京作家及其协会，在得天独厚的条件下工作，深感自豪，深知自己的责任。

回顾历史，北京作家和全国各地同行一样，对社会主义革命建设，都曾作出过积极的贡献，同样走过平坦的道路，也同样经历多次风风雨雨，走过坎坷的途程。但她是一支经得起考验的坚强队伍，是不断壮大的可以依赖的队伍。从拨乱反正以来，北京的老作家重新激发起创作激情，辛苦耕耘，焕发出艺术青春；一些中年作家、一些重返文坛的中年作家，更以崭新的姿态写出了许多不同以往的壮丽诗篇；从胸怀抱负而被耽误的青年一代中，崛起了一大批青年作家，头角峥嵘，写出了许多扣人心弦的好作品，他们像雨后的蘑菇一样，从北京温湿的泥土里，咿呀摇曳，争妍斗艳，破土而出。这些中年作家、青年作家，是我市文艺大厦的坚强楼柱和承重墙、希望和未来。

近十年来全国的得奖作品，包括长篇、中篇、短篇和报告文学，北京作家的作品，都占有相当比重，成为我国文坛的一支最活跃的生力军之一。

这些作品，与过去相比，形式多样，风格迥异，富有探索和开拓精神，揭示了时代生活更宽广更深的风貌和心态。我之所以说同以往不同，是他们敢于直面生活，敢于闯进一些“神圣”禁区，敢于探索曾被层层封锁的领域，敢于打破一统天下的僵化模式。这许多受读者欢迎的作品，充分证明了邓小平同志在第四次全国文代会祝词里的论断。

横加干涉，窒息艺术；打碎精神枷锁，繁荣艺术。由此可见：我们的作家绝大多数是可信赖的，有艺术良心的，对社会主义事业的繁荣昌盛充满美好憧憬。我可以代表理事会说一句感谢话：北京市的领导是很相信自己的作家的，从没有对一个作品进行这样那样的干涉。这是使北京作家不断取得成就的保证。

同志们，朋友们，我们的第二次代表大会是在党的十三届三中全会以后，深化改革的重大时刻召开的。我们国家有目共睹的成就，也有不容隐讳的诸多困难。前不久，胡启立同志在五次全国文代会祝词中指出："社会主义现代化建设和全面改革十分需要艺术家的理解和支持，它的社会效果应该只有一个，那就是唤起人民对于民族振兴和社会进步的历史责任感，弘扬勤劳勇敢，团结奋斗，提高民族自尊心和自信心。以崭新的风貌屹立于世界民族之林。"这道出了作家的心声。我感到这应该作为我们大会的主题进行认真讨论。

回顾历史，中国文学的光荣传统是以祖国的命运、人民的命运，作为自己的命运，从来是跟着党站在历史的风浪口上。在今天，讴歌时代精神，讴歌英雄壮举的同时，对那许多顽固地盘根错节地盘踞在改革开放大道上的，丑恶的封建的腐败现象，作家有责任用笔和墨把它揭露在光天化日之下，最最重要的是把隐藏在最深处的更有分量的老根、后台揭发出来，并绳之以法，以振奋人民的斗志。作家要写出好作品，应该是反映一个时代人民所最关切、最关心的矛盾和斗争，否则是不能打动人的。党和政府现在正大力治理和整顿这些现象，作家是能有所作为的。

我们都知道：一个腐败分子，往往使党的形象受到难以估量的损伤。我们的作家过去曾对这种事情进行过揭露、批评，但是也曾经受到打击。四十年来的文字狱，人人心存余悸，所以我们要求社会对我们的作家也要理解，也要支持。

繁荣创作，当前一个最迫切的问题是发表难、出书难的问题，应列入今后作协的议事日程。但作协又是无力解决的，近年我们时常呼吁，但是连年呼吁三山震，依旧无人问。挫伤了创作的积极性，加上稿酬太低，作家体制改革，只能是在梦魂中。但另有一个与此相反的现实：色情的、下流的，对儿童少年青年腐蚀危害极大的文艺垃圾，高价收买，高速出书，充塞市场，禁而不绝。我希望作家的劳动应该得到鼓励。

说到这里，北京作家协会的工作取得不少成绩，我们不能遗漏在作协做具体工作的同志。作协是个比较穷的群众团体，长年从事日常工作的同志，除了一份微薄的工资之外，没有任何收入，如果说文化机关是“清水衙门”的话，作协可以说是“清水团体”。我们的同志勤勤恳恳，兢兢业业，任劳任怨地为作家、为我们北京市的文学事业进行工作，为此，我代表理事会向这些同志，包括司机班在内的所有工作和勤杂同志，表示深深的感谢！

长江后浪推前浪，一代新人胜旧人。我相信第二次代表大会后，一定能促进我市的文学繁荣，会不断地有更多更好的作品问世。

代表同志们，请允许我提出个人请求：近年多病，年老力衰、行动迟钝、常因耽误协会工作而惭愧不安。我早发现许多中青年作家茁壮成长，因此，请求不再参加作协的领导工作，也不担任职务，请求不要再把我列上理事候选人参考名单，让年富力强的同志组成一个团结的、民主的、朝气蓬勃的第二届协会核心。这个请求是我个人的请求，千万不要影响其他热心工作的老同志。我对北京作协有深厚的感情，今后我会一如既往关心协会的工作。希望这个请求能获得大家的理解和支持。

祝大会圆满成功！谢谢！

妄谈“嘭嚓嚓”

讨论音乐，我不懂。说听音乐，我倒很喜欢。音乐的流派、术语、形式、名称都不懂，而我是按自己的直觉和感受来划分喜欢不喜欢。现在从外国引进的“嘭嚓嚓”给我的直觉感受，是狂乱、粗暴、发泄、刺激、原始，甚至是疯狂的扭腰翘臀，本能宣泄。不宜于表现庄重、严肃、雄伟、悲壮、悲愤的思想内涵。

今天的“嘭嚓嚓”覆盖一切角落：商店、发厅、马路、街道、工地、学校、舞台、广播、电视，简直是泛滥成灾，使人烦躁，无法找到一小块净土。除了铺天盖地从港台引进、移植的之外，还移花接木，乱篡胡改了许多音乐、歌曲。更有甚者不惜践踏战斗感情、民族感情。《流亡三部曲·在松花江上》，是一首民族血泪悲愤之歌，她震撼过祖国苦难时代的炎黄子孙，现在居然乱编胡改成发泄疯狂的“嘭嚓嚓”摇摆舞曲。《雨打芭蕉》是一支恬静幽美、深邃绵延的古曲，如今也被加入“嘭嚓嚓”成了迪斯科舞厅中耸肩摆臀的伴奏曲。

早在抗日战争前夕，大城市的舞厅、夜总会，对飞蹿出来的《妹妹我爱你》《桃花江》等还感到不过瘾，便把《开路先锋》《毕业歌》，加上“嘭嚓嚓”变成醉生梦死的舞曲。前几年在一次春节联欢会上，居然有人把《我是一个兵》这首充满豪情的我军列队歌，也加上“嘭嚓嚓”，变男儿豪情为卖弄风情，更是令人愤怒。什么叫资产阶级自由化，在文艺领域，仅是个口号，它是没有清晰内容的。

不许可有爱好，不许可有娱乐性的东西，是不好的。但不能没有陶冶高尚情操，净洁意识，培植真善美的作品。现在该警惕了，覆盖全国的电视、广播的“嘭嚓嚓”流行性感冒，已经进入小学校园。要知道空中传播的音响常患感冒，不少少年儿童就会咳嗽！“嘭嚓嚓”是否可以少一些?

1988年

闲话“官僚主义”

世界上，不少人有官瘾，当然其中有想为人民做好事的。但是，如果闲话某人工作不负责，是“官僚”，听到会勃然大怒。如果你闲话臃肿、办事拖拉的某机构是“官僚机构”，很可能招来顶“诬蔑”“攻击”革命机构的帽子。可话又说回来，如果发生了重大问题、严重事故，又不能推诿的时候，领导人、机构，不管真心或者假意，就用“官僚主义”来逃避失职、渎职的责任，轻描淡写说几句话，写个检查，大事化小，小事化了，仍能稳坐交椅，或换个地方，继续当官。君不信，稍为注意一下报纸广播，当信吾言之不谬也！

森林的大规模连年盗伐、火灾；江河、天空、地面，接连发生的重大交通事故；厂矿火烧，产品物资被窃被盗，假药劣货充斥市场，结伙联群地盗窃古墓，文物走私，等等等等，不胜罗列。但许多主管部门及其领导人，已经不是或不完全是督促不力，疏于检查，失误失职，用“官僚主义”四字所能谢罪作罢。如连年砍伐森林，挖古墓成风，有法不罚，禁而不止，部、省、地、县有关领导，岂仅仅是，或都是“官僚主义”吗?

1988年

杂感四则

一、大自然里无禁区

大自然里从来没有禁区，
没有清规也没有戒律，
只需人们去觅路，
去寻求，去探索，
一程一程去建立
通向顶峰的营地。

大自然里没有禁区，
它无边无际
它不论成分，不论资历，不论名气

只要你有胆略、计谋
它永远都在张开两臂，
拥抱你到它无边的境界里去！

二、最高和最低

最高的那块砖，
最高的那铲灰浆，
都是压在最低的那块砖和那铲灰浆上头，
逐块逐锹登上去的。
最高的那块立得越挺拔神气，
就需要最低那块更坚更硬更韧。
世界上不管达到什么高度，
都必靠最能承受一切险恶压力的材料作基础。

最高的那尊雕刻，
是压在最底的那一层升上去的。
最高的显出越挺拔、越神气、越长久，
就需要最底层越坚硬和越有韧性。
世界上不管达到什么高度，

都必有能承受所有压力的东西做基础。

1988年

三

宇航工具，必须有为它升空的能作出消耗。升得越高，能的消耗越大，希望换来是人民大小幸福，不要换来是灾难。

1988年

四、中国人最美！

先生们，不要把某些外国人当作丑八怪欣赏的东西，
当作丑陋的中国人！
不！那是旧时代剥削者留在中国人身上和大地上的鞭痕！

中国人最美了！
先生们，不要把某些外国当作丑八怪而欣赏的东西，
当作丑陋的中国人！
不是，那是外国侵略者留在中国大地上的罪迹。

最丑陋的是这些人！

中国人，最美了！

年轻人，不要把我们付出了代价而尚未除去的东西，

当作中国的丑八怪。

不！这些美的黏土、大理石，需要你们去塑造，去雕刻。

回忆赵鼎新[①]

我跟鼎新同志是在一九四九年认识的，一九五一年我们一同调到华北局宣传部工作。当时华北局的领导是彭真、薄一波、刘澜涛等，宣传部的部长是张磐石。我们宣传部有四个处长，鼎新是宣传处的处长，我是文艺处的处长，葛震是理论处的处长，袁靳是报刊处的处长，我们几个处长相处得非常愉快。当时天津来的黎砂同志是鼎新的助手；鼎新的爱人庄进辉同志在我这个处。我们的部长磐石同志是相当厉害的，在他手下工作比较不容易。葛震比较顺畅，我也还可以，鼎新就有些不顺。但是他很少说自己的不快，这一点我非常佩服。

① 此为作者在赵鼎新追思会上的发言，根据录音整理，未经作者审阅。追思会参加者还有：河北省委书记赵一民、二机部部长刘杰、文化部长周巍峙、总政文化部长李伟、《农民日报》总编辑胡清波、北京市政协主席高戈、北京市委前后两任文教书记张大中、李志坚等共十二位老同志。

鼎新的组织能力很强，把他那个处管理得井井有条（张大中：鼎新同志的头脑清楚，做事情有章法，条理性很强）。张磐石部长常跟我们说，赵鼎新在组织工作上很有办法。所以在华北行政委员会成立的时候，把他调去当华北大区的文化局长。鼎新喜欢文艺，学生时期参加过“左翼作家联盟”。在调动工作的时候，他跟我谈了一次话，问我，到了华北行政委员会该怎么办？我说，学习《在延安文艺座谈会上的讲话》吧。

鼎新到了华北大区文化局，局面更大了，那么多文化人、演员，情况复杂多了。他做事非常严谨细致，遇到问题总是和我商量，现在的“人民剧场”就是他找我共同商量拍板建立的。一九五四年底，华北话剧团正在排演我的话剧《在时代列车上》，传来消息五个大区都要撤销！消息来得突然，艺术院团那么多人怎么办，怎么安排？非常棘手。鼎新同志费了很大心思，哪个演员分到北京军区，哪个演员分到青年艺术剧院，他都想得非常仔细，安排得妥妥帖帖。在华北文化局长任上，鼎新发现了很多人才，现在大区撤销，这些人都要安排好。他把唱歌的金嗓子马玉涛安排到了华北军区文工团，把名演员杜鹏安排到青年艺术剧院，后来他们都得到了很好的发展。如果安排不当，他们就很难有后来那么高的成绩。

一九五四年底鼎新调到了文化部工作，我们之间的联系就少了。

“文革”中他的处境比任何人都难得多，他是由江青代表毛主席发表了批判意见的。一九六六年十一月在人民大会堂，江青以毛主席的名义，点名北京市委破坏京剧革命，点了彭真、李琪一大串人名，最后把文化局长赵鼎新的名字也点了。这顶帽子可是真正的紧箍咒。有一次华北局（六十年代成立的新华北局）的造反派到北京饭店去找他了解我的情况，他把情况透露给我，保护了我。

鼎新的爱人庄进辉同志“文革”中去世了。一九七三年他从被关押的山西回到北京，和司润敏同志结婚，许多老同志来祝贺，聊天喝茶，又被说成是“借着结婚反攻倒算”！他受的那个罪啊……但是在党内受的这些委屈，他从来不谈。

我是一九七五年到北京市文联的，鼎新一九七八年恢复工作。组织上决定让他回文化局。北京文艺界当时那个乱哄哄的局面，没有他出来主持工作不行。可是经过“文革”他老多了，身体很不好（李筠：鼎新同志接手文化局工作的时候，情况很复杂，他身体不好，每天只能上半天班），他问我接不接这个任务。他说，一个单位的一把手应当能够全天工作，可是我目前的身体情况恐怕只适合上半天班。但是市委还是想让他去文化局，征求他意见：能不能正常工作？他回答：我能。就去文化局上班了。没有鼎新同志出来主持工作，就没有北京文艺界今天这样的局面。

鼎新回到文化局工作后，我们又在一起了。那时候“文革”刚刚结束，党内斗争搞得人们相互之间你不信任我，我不信任你，非常不团结。鼎新说：“遇到这种情况，我们只有求得同志间的相互谅解。”我同意他的观点，但是没有他那样的胸怀。他是想通过努力达到党内的安定团结。我很欣赏鼎新的这种胸怀和作风，但是我做不到。

到了一九八〇年，要恢复北京市文联的工作，商量领导班子的名单。名单一提出来就有人反对，鼎新的处境相当困难。他和我商量，既然这件事需要北京市委决定，那么先把党内同志的意见统一一下吧。

在我担任北京作家协会主席的时候，为了说清楚“8·23事件”中，究竟是谁指认出的老舍，作家之间争论不休。有人点名说是××，但是也有不同意见，争论得不可开交。这个期间开文代会，我和鼎新住在一起。我就问鼎新，究竟老舍的事（指被红卫兵揪出来，以致受到殴打、导致自杀）跟××有没有关系？他说，当时我是跟××几个人关在一起的，先把我们拉到文化局、文联的院子里批斗，然后用大卡车拉到孔庙去批斗。在当时情况下，说××没有说过这话，也很难讲。就是××说了错话，我们现在也不能说，因为这样一来，（老舍之死）就是××说话的结果。鼎新这么一说，我就明白了，心里就有底了。在当时的情况下，作为市文联的负责人，有些话是不是应该说，应该怎么说。当时如果大家都不说话，都不表态，拨乱反正的工作就很难办。

鼎新同志恢复工作后，帮助许多人解决了右派平反、安排工作问题。比如王蒙的问题，鼎新都是一直在加班，要赶在当年的春节前完成，好让这些被冤屈多年的同志能够踏踏实实地过年。他还帮助许多老同志解决了夫妻两地分居的老大难问题。卢肃（北京市文联副主席、音乐家）、李清泉的夫妻分居问题都是鼎新帮助解决的。李清泉同志是很有水平的文学家，一九五七年被打成右派，下放劳动，弄得很惨。右派问题平反以后，照顾夫妻分居问题回到北京，但是工作岗位一直解决不了。因为他原来不是北京的干部，北京也没有安排他工作的义务。清泉同志很老实，苦于找不到门路，雷加就帮助他出主意让他找我，通过我找老赵。我不相信自己有那么大本事，就写了一封信给老赵。他收到信后，立刻通过市委宣传部给解决了：可以在北京给清泉同志安排工作。鼎新马上就安排李清泉同志到北京文联的北京文学杂志社当主编。正是清泉同志担任主编的时候，《北京文学》发现了张洁这样的一批文学新人，刊登了许多很有影响力的好作品，成为当时最有影响力的文学刊物中的一份。

高戈发言时插话：写出《人到中年》的谌容要从中学调出来专心写作，可是脱离了原单位没有人给发工资，很是苦恼。鼎新知道了，说，文联给她发工资。这样就解决了问题，为北京留下了一个作家。

我很欣赏鼎新的为人和工作作风。他正直正派、坦诚大度，总是与人为善，这些跟他一生的遭遇是分不开的。他参加党组织的时间很长，那么坎坷，从来没有为自己表功。过去就听说一九四二年他在太行山整风期间的遭遇，平时也能够感觉出一些蛛丝马迹，但是他从来不跟我细说，一句也不肯说。他只是说，整风中极左的那一套（逼供信、无线上纲、残酷斗争），都是从延安×××那里传来的。我在前方整风期间虽然沾了出身好的光，可是也被整得够呛，气得不行。鼎新总是劝我，你的情况还算好呢，没有挨打。我说：“要是挨打我就跟他们拼了！”（杜民：当时整风整人太厉害了，跳河的人不少。）我们在一起那么长时间，关系很好，他在党内政治运动中的遭遇从来都没有跟我讲过。

1989年2月

刘大年之声　铮铮中国魂

读了刘大年先生二十日在人大常委会上谴责日本当局推脱侵略战争罪责的报道，振聋发聩，像这样铮铮中国魂之声，似乎很久未听到了。

日本侵华战败已四十四年，但日本军国主义分子不但从未认罪，还动辄寻机报复泄愤。而日本当局一而再，再而三地歪曲侵华历史，推脱战争罪责的言行，在国际政治上达到了罕见的、言而无信的地步。从教科书开始，亚洲所有遭受日本侵略的国家人民，每次对日本当局推脱罪责、反复无常的态度，都进行了严正谴责。而我们这个礼仪之邦，却很少听到直接发自人民的声音，真是温良恭俭让！

日本裕仁天皇是向全世界宣布对华战争的最高下令者，也是每次关于战争决策的御前会议的主持者。现在日本当局行将举行裕仁葬礼前夕，三番两次由日本内阁法务长官味村，否定裕仁天皇“有战争责任”。而日本首相竹下登在回答质询时，反复说“上次大战不是侵略”。这种歪曲历史，无视中日友好，伤害中国人民感情的言行，我国人民理所当然义愤填膺。

日本富有了，约有一百四十个国家元首、政府首脑到东京参加日皇葬礼。我这个参加过抗日战争的老兵，对日军的暴行记忆犹新。在二月二十四日东京隆重举行葬礼的时候，会想起两千多万的死难同胞，数千万计的寡妇孤儿。不知参加葬礼的人，怎么向这个发动战争的日本国元首默哀行礼！

中日人民要世世代代友好下去，但对日本当局否认裕仁天皇的战争责任，出尔反尔否认侵略罪行，就应该像刘大年那样发出铮铮中国魂之声。

1989年2月21日

跋一：

此文于二月二十二日寄《光明日报》，但早知道不会登的，外交部长一定要去参加葬礼的。我曾和几个朋友说过，去大了怕人民怒，去小了怕日本人怒，外长最适宜。二十三日晚间，未听到已去东京，今天早晨听到了。早料到不会过早声张，到日本才报道，奈我何耶。其实早报道，我奈何耶。

听中央电台宣布后，无能之人，小小百姓，只好磨朱墨，大书一“耻”字以惹风险。

跋二：

二月二十五日收到《光明日报》理论组退稿，并信“因不合用，原璧奉还”。这是完全料到的。同日晚，中央电视台播出葬礼报道。我国外长身穿黑礼服，匆匆走向灵堂的镜头使人愤怒。这两天《参考消息》有日皇侍卫长的关于邓小平访日与日皇谈话时，裕仁说：给中国曾添过麻烦，但未见邓的回答。日本来访时也说添了麻烦这句话。但周恩来那时说：你说得太轻了吧。周的话是当时日本记者报道的。

为革命暴力辩[①]

近年，国内国外以武打、抢劫、凶杀、强奸等等为情节的文学作品、电视片，虽然套路雷同，却越来越多，而且越来越鲜血淋漓，使人深感忧虑。如果说这就是“人的本能与冲动得到暂时的宣泄”“缓和人生的痛苦”，不如说是人性的悲哀。由于自已有这种心理状态，当看到标题为《暴力是反人性的——专家呼吁重视对暴力文学的研究》（《文艺报》1989年第2期）时，便急不可待地读了几遍。专家们提供了不少过去没有注意到的情况和见解，读后颇有启发，获益不浅。同时也感到对革命暴力的评述，似乎也有值得一辩的地方。

战争是暴力行动。暴力本身就有正义与非正义、革命与反革命的区分。有专家谦虚地问：“暴力这个词中文原意是否有贬义，我不知道。”不难，

① 发表在《文艺理论与批评》1989年第5期。

打开《辞海》找到“暴力”条便可清楚。一位专家说：“所谓暴力，就是一个阶级、集团或个人用强制的手段迫使对方服从自己的意志。”就词义来说，这么解释并没有错。但几位专家认为：“这种暴力从本质上讲是反人性的或者说是人性中的恶。如果说人们在文学作品中尚能容忍的话，那么在现实中暴力无论如何是不能接受的。”照这样说，反抗侵略的革命战争也是人性中的恶了。暂且撇开革命战争，就以现实生活中常见的歹徒抢劫、强奸、杀人，向人施暴等而言，假如被施暴者是专家中的一位，又例如有干警或路人，挺身制止反遭攻击而被迫自卫击毙歹徒，能说这种行为跟歹徒行凶一样是反人性或人性中的恶吗？难道那些被吓得连喊一声都不敢的胆小鬼，才是不反人性而且具有人性中的善吗？

有的专家进而认为：“文艺复兴以后，西方文学中的暴力革命便不再是‘正面形象’而多遭到调侃和反省，施暴者也开始以忏悔者的形象出现。”她举了《麦克白》《双城记》《九三年》《战争与和平》为例之后说：“相比之下，中国人民对暴力革命的认识一直处于单纯和较盲目的状态，作品中的战争描写与其说是文学，不如说是‘史记’。”只要细想一下，日本军国主义发动的侵华战争，发生在二十世纪三十年代，它所强施于中国的暴行，是惨无人道、罄竹难书的。中国的文学作品反映了这个悲惨时代日军非人性暴行，怎能和十九世纪和以前的西方作品比较呢？就是到快进入二十一世纪的今天，日本军国主义还不肯承认对中国进行过侵略，他们在东北搞细菌战实验，在华北搞“三光”政策、无数万人坑，用被俘的中国士兵练习劈刺，用军犬撕咬中国人取乐等等等等，丝毫没有真正反省之意。可是专家们反说中国人民对革命暴力一直处于单纯和较盲目的状态。难道还要“正面形象”的抗日军民来反省来忏悔吗？这样毫无正义感的调侃、揶揄，只能说明有些专家的思想极为紊乱。

诚然，“呼吁”中关于“如何描写暴力是辨别作品格调高低”的说法，我是赞成的。解放初期，话剧《刘胡兰》曾把铡刀搬上前台，这本是敌人的骇人听闻的暴行，在讨论中大家认为这种刺激感觉器官的手法，无助于激发对英雄的崇敬，便删去了这个场面。如何进行对血淋淋暴行的揭露，中国作家也不完全是盲目的。这位专家更痛心疾首地说：“处于水深火热的战争中，老百姓只表现出拥护战争的热情和斗志，仅有的一点反战情绪还常常被当作‘落后思想’批判掉，这不能不令人惋惜。”大概是这位年轻的专家，不太知道中华民族处于水深火热时的情景，以为革命战争年代是颇有文艺沙龙色彩的。那就请读读《国歌》的句子：“中华民族到了最危险的时候，每个人被迫着发出最后的吼声。”就知道是处于饥寒交迫，极其衰弱的年代，我们是靠小米加步枪把日寇打出中国去的。当时，只能鼓起全民族的大无畏精神，不怕牺牲去争取最后胜利。如果不克服（不论批评也罢，教育也罢，斗争也罢）失败主义、厌战情绪，更不用说是“反战情绪”了，能迫使下令发动战争的同一个天皇下令投降吗？士兵是穿起军装的老百姓，如果允许专家无限“惋惜”的反战情绪得以随意宣泄，这个老百姓的军队能打败敌人吗？感谢上帝，我们的专家都不是当时的指挥官！

反战，有没有被允许的？有，那就是被我俘虏的，后来觉悟过来的日本士兵，组织了一个“日本士兵反战大同盟”。如果中国老百姓也来个“反战大同盟”，不打日本了，那日本军国主义者一定会竖起大拇指说：“支那老百姓大大的好！”这样就是体现了人性吗？补充一句，我在十多年的战争生活中，还没有见过老百姓因为仅有一点反战情绪被批判的。这是需要很丰富想象力才能想象出来的。

有位专家认为儿童“在接受革命传统教育的同时，也接受了暴力教育”，“《董存瑞》最吸引孩子们的是炸碉堡。他们并不分正义与非正义，只是在潜意识中崇拜英雄，崇拜强者，崇拜暴力”。以此来证明革命传统教育的过错，同时也淡化了为人民献身的革命英雄。太玄妙了。不过人们要问：崇拜革命英雄，崇拜革命强者，有什么不好呢？难道要儿童去崇拜不顾国家民族存亡的懦夫、败类吗？难道要今天的人们来谴责为了减少战友伤亡托起梯恩梯炸药包去炸毁敌人碉堡的烈士是反人性和人性中的恶不成？当前有些所谓新思潮，引进者糊涂，引用者也糊涂。这位专家继而呼吁：“中国不仅仅足球、游泳得从娃娃抓起，我认为反暴力也得从娃娃抓起，这是关系到国民素质的问题。”从娃娃抓起，确是个非常迫切的问题。正是因为这些年来，丢掉传统、信念、共产主义理想、爱国主义等教育，致使在青少年身上，面临着许多令人枕席不安的问题。那些误人子弟，把人引入歧途的理论，和一味强调宣泄、缓解（实际是诱发激发）生理本能的所谓作品，难道才是合乎人性的吗？现在有许多有害于青少年身心健康的作品，正是这种资产阶级自由化思潮泛滥的一个十分突出的表现。

我们的同胞，似乎爱偏激，当处在闭关锁国时，夜郎自大，老子天下第一；当敞开大门走向世界，又自惭形秽，丑得不敢见人。中国有很少数的文化人，只要是外国人说的写的，就视为《圣经》。“呼吁”中有位专家似乎很激动地说：“尊重人性、讲人道是西方人永远不能释怀的一种理想，因而在暴力问题上表现得比我们敏感。”全是这样吗？我们有座北京圆明园遗址，有个南京大屠杀展览馆，专家们去参观一下，马上可以得到有力的回答。

为建立中华人民共和国，我们的确采用了革命暴力，把帝国主义赶出中国去，把国内反动派打倒。但这是我们付出了昂贵无比的血的代价，才从帝国主义和反动派那里学过来的。我们只不过是以其人之道，还治其人之身，如此而已，岂有他哉。让世界充满爱，好是好，但是直到今天，还只是理想中的理想。反对反人性的暴力，非常应该，但不能把正义的、革命的暴力和非正义的、反革命的暴力，胡子眉毛一把抓混在一起。为中国人民解放事业而献身的数千万烈士，正在泥土里瞪着眼睛看着我们。

现在抄“呼吁”的结束语作为这篇短文的结束语吧：“认识和探索只是刚刚开始……我们的责任重大，摆在我们面前的将是一个相当艰巨的任务。”

写于龙年除夕（1989年2月4日）

1989年5月获得发表机会时作了修改

学习十三届四中全会公报提要

四月中旬开始的学潮，发展到动乱到反革命暴乱，我和不少人一样，对许多纠缠在一起的问题，无法解开。

小平同志六月九日讲话，许多问题得到解答。许多问题是不以人的意志为转移的，果然出现的是反革命暴乱。反复听了看了十三届四中全会的公报，深深感到以小平为首的老一辈无产阶级革命家在这极为危险的时刻，果断地力挽狂澜，恢复了正常秩序。这一丰功伟绩，将永存青史。解放军，武警和公安干警经受了重大考验，为社会主义事业作出重大牺牲和巨大贡献。从心里感谢他们。

公报正确指出，这场暴乱是两个月极少数人，利用学潮掀起的有计划有组织有预谋的政治暴乱，目的是推翻共产党的领导，颠覆社会主义共和国，变中国为资本主义共和国。

完全拥护四中全会公报阐明的继续坚持十一届三中全会的路线、方针和政策，坚决执行十三大确定的“一个中心两个基本点”的基本路线，和所有问题的决定。

从个人感受、领会说，小平同志对于反对资产阶级自由化，从一九七九年三月就反复讲，但从未听见赵紫阳表示过明确的立场和贯彻措施。这是文学界一部分老同志常议论的问题。对这个严重的问题，曾希望赵抓一下，但全失望了。大家说他只抓钱。

十一届三中全会以来，文学艺术界取得的很大成绩，是由于作家、艺术家有了创作的广阔天地，这是有目共睹的，谁都无法否认。但同时，这些年来，学术界、理论界、文学艺术界进口了那么多体系、主义、思想，他不但都容许而且支持。革命的严肃的作品，理论上差不多都专政了。讲共产主义理论、道德、马克思主义，都被专政。在这些领域中，实际上只有资产阶级自由化的自由。

那些所谓“学者”“理论家”“编辑”“出版家”“作家”等等都有自由，唯独讲马克思主义的没有自由。这些地方和组织基本上是这些人统治。只要查查这些年内有些得奖作者，捧得红的发紫，接见外国人，出国访问，参加学术会议。其中不少是所谓中国的持不同政见者，西方最喜欢最宠爱的人。有的人在国外被长期豢养起来，作外国人枪使，很卖力气，很自鸣得意。

我深感失望和奇怪，只要是诋毁革命，嘲笑中国落后的东西都吃得开。文艺刊物已经堕落为刊登堕落文艺的宣泄场所。这些人还都碰不得。

现在相当一部分学生，对中国被侮辱被压迫的历史，贫穷落后的原因等等都很无知或知之甚少，只想按西方的价值观来自我完成。把现在十一亿人口发展还不充分，中国现在还达不到较高的生活水平，都认为是党是国家造成的。赵对推行资产阶级自由化有不可推卸的责任。加强爱国主义，我认为应有国耻历史教育，否则都说外国人是最有人道主义的了。

我认为小平一直提起要反对资产阶级自由化的话，赵是熟视无睹的。实际上，我们的一些报纸刊物，不是马克思主义者在办。在思想领域，我很担心有第五纵队。这次暴乱不全说明了吗？正在紧急的时候，对戈尔巴乔夫说，大事都由小平决定。这话值得追问，不是分裂吗？

赵不提艰苦奋斗，放弃传统教育，放弃思想政治教育。小平说教育失误，都以为是学校教育，其实清清楚楚包括思想政治工作薄弱。很重要一句是“人民生活水平得到改善的情况下，没有告诉人民，包括共产党员在内，保持艰苦奋斗的传统。有了这个传统，就能抵抗腐败现象。老干部就能管好他们的子弟”，太深刻了。有些现象是令人不安的，有的干部，特别是高干子弟，形象非常不好。作为老党员，应看到以身作则的重要。不是大家从电视上常见的，年轻人疯了几年的迪斯科，现在又有最新的进口舞——霹雳舞，把迪斯科扔给老年人，居然有人拎了起来大跳特跳。我并不反对中老年也需要多种文化生活，但如此重视加以反复宣传，值得忧虑。高消费，就是不顾国情，一百几十元理一次头发，值得吗？

现在的商店、街头，都是流行音乐，这是民族文化的悲哀。

西方世界有人希望我们的第三代变，这是国际大气候。我们自己也多少在使第三代变，这是中国小气候。迟早会来，不出动乱、暴乱才是怪事。是该冷静考虑过去，也该考虑一下未来了。这是何等深刻的启示。

四中全会公报、小平讲话，受教太多，太深了，就讲到这里。

1989年6月

值得反思的……[1]

——致《黎巴嫩散记》的作者

彭龄、章谊[2]同志：

惠赠的《黎巴嫩散记》，早已收到。原想赶快读完给你们写信，但这个月太忙，又常感心脏不好，直到昨夜才读完，回信迟，深感不安。

由于年老多病，加上总想追回失去的时间，朋友们送我的书，常不能快读，贻误了许多送到手边的学习机会，深感为憾。但是，唯独《黎巴嫩散记》，一到手就读，这是事出有因。

黎巴嫩，我对她了解甚少，只知道这是濒临蓝海，背倚青山，水净沙明，天青云白，雪松橄榄，柑果飘香的文明古国，又是一个同我国过去那

① 此信正文发表在《文艺报》1989年8月12日。

② 曹彭龄：曹靖华先生之子，作者的忘年交，时任中国驻黎巴嫩使馆武官。卢章谊：曹彭龄夫人，时任新华社驻黎巴嫩首席记者。

样，受尽外国侵略，异族蹂躏的土地。但从七十年代起，从新闻，从电视，长期使我感觉这是个无法理解的战乱国家。从一个民族二百八十万人赖以生存繁衍的“弹丸小国”，怎么会弄成无日无夜，战火障天，硝烟蔽日，鲜血横流，尸骸塞路，枪击、爆炸、暗杀、绑架、劫持没完没了的恐怖世界？怎么不分男女老幼，本国外国，凡是行走在这块国土上的人，全靠“偶然性”而不致被死神攫去的阴阳界？我常在荧光屏前同情而悲叹不解地发问：这个国家的人是怎么生活的？

教派的互相残杀，邻国特种部队占领，巴勒斯坦难民营的火光，以色列为所欲为的屠杀，这一切显现在电视机上，强迫全世界的善良观众，像被驱赶到古罗马腥风呛鼻的观众台上，眼睁睁地看着这个人与人互相厮杀的现代斗兽场——黎巴嫩！对她，阿拉伯国家没办法，世界人民干着急，联合国说空话，美、英、法、意的维持和平部队，冷眼旁观看热闹！在我国，像我这样的观众，恐怕不会少。现在从你们写的《黎巴嫩散记》里，终于找到更明确的答案了：黎巴嫩的悲剧是托管的殖民主义者和现代的两个霸权主义大国及外国势力，为了自身的利益，拼命把这个虽被誉为“东方瑞士”的国家，变为他们军火的销售地和火箭、重磅炸弹的试爆场。

黎巴嫩，从来不是封闭式国家，她总是面向蔚蓝色的世界。近几年来，中国出现一些自吹为“精英”的人物，以肆无忌惮的嘲讽，辱骂哺育了伟大的中华民族、对世界文明做出了无可估量的伟大贡献的黄河文明及其流域广袤的黄色土地；他们怀着深仇大恨，诅咒、丑化炎黄祖先和她的一代又一代英雄子女，以此来换取外国人的一瞥青睐。他们常恨自己的出身之不是洋人而遗恨不可终日。这次在北京，差点遍及全国的反革命暴乱，就是由外国人操绳的傀儡煽风点火演出的丑剧，不正是企图达到如现在的黎巴嫩那样的局面吗？他们不是正想把像青岛这样的海滨孩子，像你们书中的黎巴嫩孩子那样，只能在澡盆中游泳而不能游向大海吗？这些人，不属于你们书中引用黎巴嫩女作家依姆莉·纳斯尔娜写的“我们”；他们也不如甘杜尔先生送给我国大使馆的那条看门狗。在祖国正在解决遇到的困难，惩处“官倒”，整治腐败，继续前进的时候，他们像书中的杀手那样，向祖国的后心背开枪。

作为“亲历者、目击者，有义务、有责任把那里发生的事情写出来”，没有真正的正义感，崇高的责任感和不怕死的精神，是写不出这三十七篇散记的。我感谢上苍赐给你们夫妇三年多的“偶然性”。如果我能获得机会，我想向已忘记了受外国人侵略蹂躏我国历史、在这次学潮发展到反革命动乱被人蒙蔽的年轻人建议，他们不妨抽点空，读读这本《黎巴嫩散记》，或许可以反思一下：如果中国没有共产党，没有这个能把灾难深重的曾被称为散沙的人民，凝聚成坚不可摧的力量，建立了社会主义的中国，那黎巴嫩的悲剧，谁敢保证不会在中国重演。当然，我们有个久经考验的中国共产党，从来不管外国人怎么谴责、制裁，她总是岿然不动的。我有绝对的信心。不知道我说的对不对？

夏日炎炎，愿你们消夏有方。

阮章竞

1989年7月18日

又：我对黎（巴嫩）所知甚浅，又未亲临，更不懂外语，不对之处望指出。我有将此信发表之意，最好“人民”或“光明”。特别是前者，过去对我这样的人，都可能列入保守、僵化、顽固之中，现在似有宽恕的可能。不知你们意见如何？如有此共同点，可否抄录回一份给我？或复印，我无此条件。如有发表门路，由你们去办。如不同意发，则不用抄复了。

门外话画

一、造化常与画家闹着玩

许多名画家，都可能不止一幅地画过同样题材的作品。在同样题材的诸多作品中，常常各有千秋，各有各的韵味。但造化也常跟画家闹着玩。有的画家某一幅画，画得特别好，而想再画一张也一样好的同一题材的画时，却画得很不令人满意。这是常有的事。

齐白石老人谢世之后，开过一次书画遗展，中有老舍先生所藏的一幅寒树归鸦，画得太好了：似乎漫不经心，点画随意，然而笔墨苍劲，布局严谨，韵味隽永。看了这幅画，像印在脑子里一样。因为我太喜欢这幅了，所以念念不忘。于是我也经多次寻找，找到一幅同样题材的寒树归鸦，可比老舍先生收藏的差得太远了。有次开会之后，老舍先生要我和李季跟他去到东安市场北口一家有名的古老饭庄吃饭，谈起这幅我非常喜欢的画来。

老舍先生说："你喜欢的这幅画，夏公（衍）也喜欢，便去请齐白石先生给他也画一幅。"

"那一定画得很好啰？"

老舍先生像闹玩似的笑着说："一塌糊涂。怎么画也不能同我的那幅一样好。"

老舍先生的话，使我悟出一个道理：常常头一幅画好，第二幅画不用说超过它，同样好有时也是十分难的！当然，我谈的是同一题材的画，也有偶然因素在内，画得更好的并不鲜见。

二、严观察，贵大胆

据说齐白石为了要画和平鸽时（他没画过鸽子），就从鸽子市场买回几只鸽子细细观察，然后作画。可见画家跟作家一样，自己未亲自观察、仔细了解所描写的对象，是不能画不能写的。齐白石的墨蟹和墨虾，观察透彻，理解深刻，掌握着中国特有的墨、纸、笔和水的特性，纵横运筹，产生一种淋漓尽致，富有生命的独特艺术效果和永不消退的魅力。用音乐语言来说，真是千古绝唱。

齐白石再现的螃蟹，不求细节，但力追动态。从总体来说，横点斜抹，大小三四十笔，一只毛茸茸的螃蟹，欲横行走出纸来。齐白石的独特创造所产生的艺术效果，使用所有评赞艺术的词语来评说，都不必了；我看用刘海粟大师对黄山的四字赞叹"岂有此理"，最为适宜。

产生这样效果，依我看，最要紧的有三：一是观察深刻，二是技法熟练，三是大胆。

大师之墨虾，使读画者如立玻璃水池边观虾游动，笔、墨、水、纸的效果，是其他画种（如油画、水粉等）所不可能产生的。

齐白石的墨虾与墨蟹完全不同，写法精细简练，惜墨如金，丝毫不苟，却又力透纸背。我每看齐之墨虾，为之陶醉。

齐之虾，基本取形于长臂虾，但体长取形于对虾，是合成的艺术形象。所以我名老人之虾为“齐虾”。

虾是节肢类，甲壳类动物。除头部外，虾身应为六节，五节有桡脚，最后一节较长，桡脚已变为尾片。齐白石的虾，大多以五节为常见。故常见人们介绍齐虾画法时说虾身是五节，而学画齐虾的人，也常见到的是五节，偶尔也见有多到七八节的，那就更是思想解放，敢想敢创造了。

宋朝的苏东坡就说过：“论画以形似，见与儿童邻”，不必过于追求一定是几节了。白石大师的虾，形神兼备之高，是前无古人的。要论形似，是无懈可击的。但虾身五节，到底是大师的有意略笔还是大师有误？中国画重理不重形，但齐虾形理并重，为什么是五节呢？只好求高明指点了。

三、我与画无缘

我有一丁点儿爱画癖，到外旅行，常冒充风雅，带个画夹速写本，看到大好河山的壮丽风光，或是故战地战场，兴趣一来就画它一二张，仓仓促促，潦潦草草，常是在似与不似之间。可是一回到住地或回到家里，每每从速写稿移放到画纸上，多是不如意，怎么也回不到速写稿的样子。这类情况太多了。当然，根底浅是主要原因。一九八〇年深秋，去中条山访问，中途避雨解县关帝庙，秋雨绵连，独坐檐下，见雨中古柏，如虬如蛟，似欲腾空飞去。于是取出本子，草草画了四株。不知怎的，回住处翻看，似乎有点意思，于是移放到纸上。连画多幅怎么画也不如速写本里的柏树，令人懊恼，只好自叹一生爱画，却与画无缘！

四、漫画应可登艺术殿堂

听说在西方国家，漫画家和造型艺术家，有严格的区分，只能称漫画家，不能称画家，是谁定的家规，没听人说过。我看齐白石的《不倒翁》，艺术性思想性都非常高的，算什么？讽刺漫画还是艺术大作？中国可不管这种分类法，却算艺术精品，进入中国艺术殿堂。

五十年代，华君武同志画了一幅以人们想戒烟又戒不了为主题的《决心》。三十多年了，那个从楼上窗口下了最大决心扔掉烟斗，以表示下了和吸烟做最后决裂的画中人，又以闪电般之势奔下楼来，从半空接回烟斗的讽刺画，它构思的巧妙，捉捕抽烟人们心理之深刻，艺术的永久幽默感，仍然时时出现在我的脑子里。为什么？这就是艺术的隽永魅力。

讽刺文学（诗、散文、小说），特别讽刺剧作，如果戈里的《钦差大臣》等都高登文艺殿堂，称大作家而不叫其他什么家，那为什么漫画家却不能称画家？只能说岂有此理。

中国的等级传统，不能说不森严根深蒂固，但在绘画上，从来没有这种分类法。可见我们这个国度，宽宏博大。

1989年9月

在北京作协党支部生活会上的发言提纲[①]

在这场斗争中，有几种思想，我是同情的。

一、民主与法制。我感到党内存在不民主，许多关系到党与国家前途的问题，只是领导人说了算。许多问题没有透明度，当然比过去好了不少，但你可以说，我有权不听。如关于官倒、腐败，喊了多少年，人民那么不满，是否都是谣言。既不说是，也不说不是。赵紫阳在五届政协的报告说，中央领导教育子女亲属不够，但直至今天，一个有问题也没。又说高干子女也是公民，又说谣言要追，追到最后一人，你说不出是谁，就是你造的。

二、不坚持四项基本原则，支持资自化。两个总书记（胡有不一样）

① 作者1989年9月27日收到北京作协党支部10月6日召开支部生活会的通知，就在通知的下方空白处和背面，按要求写了这个发言提纲。

都如此。结果是马（克思主义）不准讲，不准发，可以说，太多是资自化的在反马克思主义的。金钱万能，不讲理想，“要想有东西不排队，就得贵”（记者会）等等。

我都对赵有意见，我一直在文艺上对这个班子的负责人有意见（胡、芮）

开始时：因别无他法，学生闹一闹，有必要，但不能乱。一乱祖国的前途不堪设想。

反官倒、腐败、民主透明度，我与青年有共同处。但我知道，反资自化，坚持社会主义无共同点。

学潮，正开人代会，对追悼胡，只是个借口，李其炎、陈希同介绍情况后，我感到不能让学生这样闹，特别压死女学生。

制止社会动乱，我赞成。而且在有人怀疑时，我还找报纸让他看。开始复课，我抱着希望。

赵在亚行讲话，未重视，我不信任他。但学生如此热才看。感到未解决任何问题。我最大的问题是未看出他的野心。

绝食，我不赞成。但赵不与学生对话，我仍以为赵顽固，使党在最面前受到这样的损失。我认为他激怒了学生和群众。

当时，我以为赵李出来对话，看到学生还是很有秩序的。（15日）

邓与戈（尔巴乔夫），赵与戈，我看出赵把邓抛出来。

17日去看病，学生募捐。头次给了二十元，表示欢迎他们的爱国，反官倒腐败，打倒专断不民主，但不主张绝食，要他们劝同学停止绝食，起码要喝水。赵李对话则回校复课，你们是祖国的希望和未来，无权糟蹋健康。第二次是北京的学生。（16日）说同样的。

邓大姐讲话，妇联募捐。我感到应劝学生进食。我曾主张报上登文章，要求对话，停止绝食。

看新闻，文化界上街，中央部门上街，渐看出些问题。我反对继续鼓励绝食，已成了无政府状态。

别的办法没有，跟《北京日报》打电话，要求舆论理智。常委去医院，我相信学生大多数是好的。

李鹏接见，我看出问题。吾尔开希、柴玲等已不是对话能解决的。我拥护戒严。

到广场，听到喊“打倒李鹏”，大出意外，怎么不是赵了？有问题。又见飞虎队。性质变了。

态度明确，只有戒严，而且要坚决。

对孩子，我说，乱，对谁都不利！

部队，不许打！六里桥应坚决，戒严。就是只准你这样而不准那样。

东京的东西不信，有一个北大传单，令我生疑。

“民主女神”不能让立在那里，广场已是藏污纳垢之地。

3日六部口、复外暴乱事，我告诉孩子，决不许任何人打部队。

4日清晨，不必说了。我见到的都是歹徒。说血洗天安门，谁说我都不信。

痛：党有过错。官倒、腐败而不能以法惩办。

痛：戒严一开头就要硬，结果损失之大。

应：对一切反革命不能手软。对帝国主义，要鲜明。不帮助，拉倒，自力更生。看最后谁靠谁。

1989年9月27日

为《河北文学》创刊40周年题词

最值得纪念的应该是我们时时牢记给以人民的是什么。

——《河北文学》创刊四十年

1989年10月

发生动乱的原因在党内的政治氛围[①]

讲几句。我一直在想：

一、为什么资产阶级自由化，一直反不下去？在精神文明建设指导方针讨论时，反自由化只有五十四个字。如果不是小平说了话，差点就写不进去呢。

二、赵是因前任总书记不反自由化导致学生闹事才接任，为什么结果不但不反（自由化），倒是愈演愈烈，而且导致学潮——动乱——反革命暴乱？

三、为什么从反官僚主义、不正之风、以权谋私发展到官倒、腐败现象？大概除“官倒”这个新词外，十三大决议都写了。党内外也人人叫喊了这么多年，还是愈演愈烈。而导致不满我们这些问题的学生被别有用心的大小野心家利用，引爆成这场惊震世界的反革命暴乱。

① 此文没有提到所参加会议的名称。标题是编者加的。

四、为什么党员、人民的呼声这么难使中央采纳？为什么像我们这样的党员，根本无法知道中央的决策，而别有用心的人立即就知道，广大党员却蒙在五里雾中呢？

五、为什么从“五四”传入的马克思主义，指导革命胜利，建国已四十年，而恰恰在胜利后出生的一代，在“文革”已过去十几年之后才进入大学的大学生，他们都是吃马列大米，建国白面养大的，而大反特反马、毛呢？所谓代沟，实际是这个年代的人。

我认为很值得冷静地反思过去，冷静地考虑未来。我们这代还活着的党员，想想怎样才对得起牺牲的两千多万在地下的长眠者，还为时不晚。

归根结底是自己对四项基本原则的不重视，动摇。要想坚定别人不动摇，首先要自己坚定不动摇。领导班子的不动摇，首先要班长不动摇。两个基本点，赵只抓一个基本点，连他自己在十三大的报告，也仅是个不准备执行的登场白。赵很快就被人吓坏了，他在八七年春节讲话不搞运动，只是在党内搞。其实在党内也没有搞，领导权都掌握在资产阶级自由化人物的手里。很快他就倒向资产阶级自由化的一边了，“宽松宽容”又响亮起来。

立国之本一动摇，动荡随之发生。以什么去凝聚十一亿人？

艰苦奋斗是革命胜利的保证，首先要领导者为人表率。光要下面，被领导者、党员群众艰苦奋斗，而越往上越厉害的奢侈、排场。住更好的房子、开汽车，子女上大学、出国、找份好工作，都不是老百姓、无权人所能办到的。就这次学潮一开始，打算把豪华进口车给大学教授坐，这些车本来就不必进口。

关于高干子女（经商），赵两次都是抵抗的。一是说到现在为止中央一个也没发现，只承认有管教不严。第二次说高干子女也是公民，太低了。对他儿子的传说就更多了。

这些年许多解决不了的重大事件，为什么刹不住，都与领导有关系，不是昏庸就是手脚不干净。

我拥护做几件取信于民的事情，做到党纪法律面前人人平等。

高级干部到下面，尽可能减少前呼后拥的场面，不要再看到下雨有专人打伞，除年老不要有搀扶镜头。做官者注意，这些打伞者是在给你投反对票。

现在只要在某一地方当政，没有不想住好房子的。来不及的，在离休前，也得到解决。那些应解决的反倒没人管。

现在到下面看见，都有好酒好烟招待。哪来的？禁而不止，上梁一定要正，下梁才不歪。周总理、彭总都是模范。

现在我们培养的不是革命接班人，而是掘墓人。共产主义人生观、理想、信念等等不能忘。艰苦奋斗，为人民服务不能忘。中国好传统不能丢。近代革命史教育，帝国主义侵华史教育不能忘！

现在不少人对我们的抗战都怀疑了。对末代王朝要正确，要公平，不能美化。作家以有外国人青睐为荣，运动员的外流，公派留学生的不回国。只讲本事、钱，不行。

必须大力改善我国的文化气氛。

1989年11月

在中华诗词学会发言

平定反革命暴乱后，有些情况好多了，有些问题敢说了。今天的会是中华诗词学会召开的，那就谈点诗的问题。

中国传统诗词，有个很长时期，被人想把她忘却也忘却不了。因为她是我们民族的伟大遗产。跟我们的肤色一样，有些人怎么诋毁黄河，恨不得自己摇身一变成蓝色文明的白种人，可是他的肤色、体型、五官、头发，总变不成白皮肤、深眼窝、蓝眼睛，只好变成一条黄皮肤黑头发的外国狗，还老汪汪。大家看跑到国外去的民主斗士，会同意我的看法，很像。

传统诗词，现在是排挤不了啦，有些名刊大报也登一些了。不过，都挤在最后几页和小旮旯儿，小角落。为了争生存、发展，出了不少诗词小刊物，虽然穿着（装帧）土气，但很朴素。虽不发稿酬，但写的人众多。是好现象。

诗词主题内容涉及方面，如别离、闺怨、咏物、感怀等，举不胜举，但是流传广大，影响深远的。我看还是反映人民生活、国家社会、时代局势的居多。这是个伟大的传统。

现在有个可喜的现象，不少诗词作者，从山水诗、咏物诗、感怀诗等等拓广推进到我国当前的现实生活，如“神州满眼艰难事”“子弟皆成洋学士”“儿孙已是陶朱公”。有的诗，颇有新意，值得庆幸。

这些诗词作品虽座位靠边，但是应该感谢大报名刊的大慈大悲了。另外是队伍壮大了，不少老作家也写传统诗了。我说过，在中国，诗词的生命未衰老，倒有“野火烧不尽，春风吹又生”的重获青春的态势。爱国爱民，忧国忧民，包括新诗在内，是诗歌最可贵的传统任务。

诗人应该看见别人还未看见的，关系到人民、时代的问题，应该敢说别人还未敢说的，关系到人民、时代的问题。诗人不但敢在暴雨中飞翔，而且要敢于预报暴风雨的行将到来。

今年四月到六月，从学潮到动乱，再到反革命暴乱，分清性质虽有困难，但不能说没有预兆。资产阶级自由化思潮，早已不是暗流，而是一道汹涌好几年的狂涛逆流。而整治官倒、腐败的不力，致使受国外反共势力支持的暴乱，乘机而起，差点把很有前途的中国变为没有前途的中国。要是没小平同志力挽狂澜，我们今天开不了这个会。

这样的危急形势，到今天，诗歌界（传统诗词和新诗）对此，不能说完全缄默无声。但恕我直言，基本上是偃旗息鼓。不信请看全国性的大报名刊，发表过几首诗？

关系到祖国安危，民族兴衰，四化成败，诗歌界未免太超然了。请看

八十年代

在中华诗词学会发言

吾尔开希、严家其这些叛国丑类，在外国人的拨弄下何等顽强，与我做殊死战。

我觉得诗人词人，动起笔来，在今天是战斗，在明天是向后代做交代。我要声明一下，我绝对没有反对写其他题材的意思。

以上说错了，请大家批评。

春节应朋友索字，写了首赠友人的古风①，动乱写了两三首，现念一首，也请诗友们指正！

1989年11月

---

① 即：《蛇年书怀赠余谦同志》。

九十年代

绵亘时空的战斗颂[①]

——重读《冬云》

臧克家同志要我为《毛泽东诗词鉴赏》里《冬云》写篇文章。毛泽东同志的诗词作品，诗思深邃，宏伟博大，完美超群。《冬云》的写作年代，世界背景，又是那样复杂曲折，变化急速，深感力不从心。但由于克家同志一再鼓励，只好接受下来。

鉴赏文章，通常不是像我这样写的。所以，我写的只能是历史回想、历史联想[②]。

毛泽东是位伟大的马克思主义者，伟大的无产阶级革命家，又是当代最

---

① 此文编入臧克家主编的《毛泽东诗词鉴赏》，河北人民出版社，1990 年 8 月版，1995 年增订版。河南文艺出版社 2003 年 10 月增订 2 版。

② 以上两个自然段，在编入时由编辑删去。

卓越的诗人。他留下的几十首诗词，像宏大的编钟系列，铸录着一段艰难曲折而又灿烂辉煌的历史。他的每一组壮丽的声音，都激励着我们为祖国美好希望而战斗，而奋进。我每读毛泽东的诗词，都深深感受到：不能像鉴赏古往今来诗词那样去鉴赏，因为毛泽东的作品，都记录着他引导祖国所走过的道路上的雷霆风雨、春风旭日的伟大途程。毛泽东前期的诗词，多是吟哦在征途的战马背上，中期多是口占于阳光熹微的海上江上，晚年多草就于风云变幻无常的旗舰舵盘上。因此，鉴赏毛泽东的诗词，很有必要弄清楚当时的国际国内形势、历史背景和诗人在当时的思想情怀，才能求得较深刻的理解。我无意说自己对毛泽东诗词有什么理解，相反，我仍有许多是未理解和理解错的。我只能够说：我们这一代，是在毛泽东思想教育下成长的一代，对这位历史伟人，总是略近一些，直接一些。对他的思想、著作、战略战术暂且放在一边，单就他的诗词来说，也是指引我们认识世界、认识社会、认识美丑、认识时代赋予我们历史使命的照明灯光和激励前进的战斗欢乐颂。《冬云》在诗人的诗作中，虽然不是代表作，但我在开头说过，它是写复杂曲折、变化急速的一个历史时期。抚今追昔，记忆犹新。我现在从这个切身体验的角度，来试谈《冬云》。

《冬云》写于一九六二年十二月二十六日，距现在已经二十八年了。但是每当我想起首联“雪压冬云白絮飞，万花纷谢一时稀”时，五十年代末六十年代初的历史风云便历历在目。以美国帝国主义为首的资本主义世界，对第二次大战后社会主义国家的出现是死不甘心的；对社会主义新中国的出现，更是咬牙切齿心不死却又无可奈何！他们在军事恐吓、政治讹诈、经济封锁均不奏效，认为“处于守势是不够的，自由必须成为能渗透进去的力量”，要“逐步地、谨慎地、和平地”推动“和平变革、和平演变”。这从已经死了的艾奇逊、杜勒斯到今天的“艾奇逊”“杜勒斯”和顽固不化的帝国主义分子，都无一例外。他们时时刻刻、处心积虑地要把这个一枕黄粱变为人间事实。黄粱美梦虽然是梦，但是，“一从大地起风雷，便有精生白骨堆”。在当时国际上，忽然掀起了一股离奇的怪浪潮；什么“和平过渡”“和平长入社会主义”的噪声，甚嚣尘上。这股浪潮的实质是：取消被压迫阶级的阶级斗争，取消被压迫民族的解放斗争，取消反对帝国主义政策和战争政策，以适应美帝国主义“不战而胜”的战略要求，从而达到超级大国主宰世界的霸权目的。

以高举反对帝国主义旗帜、高举革命旗帜、高举无产阶级国际主义旗帜、高举维护世界和平旗帜为己任的新中国，受到了来自几个方面的夹击。

一方面是边境屡遭侵犯，策划颠覆叛乱；一方面是U-2侦察飞机继续窜入大陆高空，美帝国主义大力支持蒋军窜犯大陆，大量军火军用物资不断运到台湾，美国军政要员频繁赴台活动；另一个方面在各种政治舞台上，反复指挥掀起此起彼伏的反华大轮唱。社会主义中国，颇似“万花纷谢”，处在孤军奋战的困境。

当时，正如诗人在第二联写的，真是“高天滚滚寒流急”啊！处在少年时代的新中国，正面临“大跃进”的失误挫折、三年自然灾害和国外援助协定的突然撕毁等原因所造成的十分严峻的形势。中国颤栗了吗？不！我们在短短的时间里，不但迈过了上述的种种难关，而且使经济复苏并取得了发裹，诗人句中的“大地微微暖气吹”，就是中国人民不畏强暴而且能战胜一切困难的真实反映。

诗人是在严冬十二月写作《冬云》的，也正是强冷空气的肆虐季节。强冷空气入侵我国的方位、来向，同当时的国际形势，都能使读者产生许多联想。中国革命的胜利，既不是上帝突然清醒、开恩赐予，更不是帝国主义一时打盹儿，偶尔迷糊，叫我们占了便宜。而是经过漫长、曲折、严酷的浴血战斗，才把几千年来的封建压迫枷锁，从人民手上脚上整套打碎，彻底砸烂；才把自鸦片战争以来一百多年，各国列强强加于我们民族身上的耻辱全部清除、洗刷干净。怎能在今天低首下心，听任摆布？毛泽东顶住了原子讹诈、强权压力，顶住了各种场合的围攻和各种语言文字的咒骂。在第三联里，他以如椽之笔，写出“独有英雄驱虎豹，更无豪杰怕熊罴”的气壮山河的诗句。诗人用十四个字，塑造出一个伟大的、坚强不屈的中华民族形象。

中华民族是个伟大的民族。我们靠几亿人民的两只手，在尸骨绊脚、血泊没膝、断砖碎瓦、蓬蒿丛生的废墟上，把一个崭新的中国树立在世界东方。封锁、孤立、讹诈、制裁、战争，对共产党领导的新中国来说根本无效，使无可奈何的杜勒斯，只好把希望寄托在中国的第二代、第三代，从内部将社会主义制度“和平演变”为资本主义制度。对此一方面的“和平过渡”“和平长入”，同彼一方面的“和平渗透”“和平演变”，毛泽东是早有警惕的。这位曾领导人民战胜了所有国内外敌人的伟大诗人，坚信自己的人民，坚信自己的党像在满天飞雪中的梅花那样，凌寒盛开。所以，对这些嗡嗡喊叫的苍蝇，只能是“冻死苍蝇未足奇！”

中国传统古典诗，凡是好的或较好的，都讲究抒情写景。律、绝诗的出现，更讲究押韵，讲究声调（平仄），讲究对偶，充分运用汉字汉语独特的、奇妙的品格，创造出多姿多彩、神态生动、音韵和谐、声调铿锵、旋律回环的形象美和音乐美。它能把深远广阔的景物，深厚丰富的思想内涵，用二十或几十个字，在四行八行（不算长律）之间，组成能表现各种思想情怀的作品。《冬云》和诗人其他作品，都是严格遵守这些要求的。

一九六〇年春夏之间，徐迟同志和我去看郭老，说话间谈到毛主席的诗词。曾经有一位专门研究诗词的著名学者，说毛主席有些词作不合律。郭老说毛主席对诗词的平仄和韵是非常熟练精通、运用非常严谨的，而这位学者的意见是错误的。有郭老这段精辟见解，我可以省去很多话了，现在先谈谈押韵和平仄。这首七律是仄起调式，严格遵守韵书四支五微相通的韵，完全合律。再说对仗，“大地”对“高天”，“微微”对“滚滚”，“更无”对“独有”，“豪杰”对“英雄”，“熊罴”对“虎豹”，工整鲜明，形象生动。尤其是动词，很能反映诗人的博大情怀：速动的“急”，用缓动的“吹”来对，使读者可以想见诗人对滚滚而来的寒流沉着、坦然。“熊罴”更有深意，那是野兽中的庞然大物。当时，我们还没有原子弹，霸权主义大国常以此进行核讹诈，诗人在这里平静地使用“更无”两字，显出不急不躁，从容不迫的风度。毛泽东常以“一切反动派都是纸老虎”来教导我们，在战略上要有敢于藐视敌人，敢于和敌人血战到底的无畏气概。

毛泽东在创作方法上，向作家、艺术家提出革命现实主义和革命浪漫主义相结合的口号。他的诗词作品就是这个口号的体现。近些年来，这个口号的头——“革命”被人砍掉了，却大开绿灯，让资产阶级自由化的各种主义在我国文坛泛滥成灾，令人心痛。

现在，我再试谈一下尾联。先从梅花说起。中国人民喜爱梅花，把它比喻成威武不屈、高风亮节的形象。毛泽东喜欢梅花，在写这首七律前一年的十二月，已写了《卜算子·咏梅》。这首词，意境高远，风姿俏丽，可说是千古绝唱。表现出中国共产党相信真理、坚持真理、谦虚谨慎的晶莹形象。陆游是我国古代著名爱国诗人，我非常喜欢他的诗词。但以他的《咏梅》和毛泽东的《咏梅》相比，前者流露的是晚景沉沉，后者是朝气勃勃。我国已故著名诗人周钢鸣同志看见这首才问世几天的《卜算子·咏梅》，便对我说：“陆游的《咏梅》，和主席的《咏梅》不能比。”他特别对“待到山花烂漫时，她在丛中笑”和“零落成泥碾作尘，只有香如故”做了这样的评论：“毛主席对共产主义事业充满必胜的信心，在胜利之时也只求‘她在丛中笑’。陆游只求得个‘只有香如故’，太消沉了！”周钢鸣同志的评语，非常准确深刻。

毛泽东在诗中将“梅花”与“苍蝇”做了鲜明的对比。前者喻示了坚定的马列主义者，后者喻示危害革命的机会主义者。“冻死苍蝇未足奇”，表明了作者对敌对势力的无比憎恨。在世界风云急剧变幻的今天，毛泽东的革命预见性和爱憎分明的思想感情，永远值得我们记取。

毛泽东的文学素养广博高深，他的创作态度认真严肃，遣词用字准确严谨。建国后他在发表土地革命时期写的诗词时，都非常认真地做了校正和修改。据在他身边的工作人员说，毛主席每首诗词写成后，都经过多遍反复吟哦推敲，才最后定稿。可见他的诗作并不仅仗着他的天才、对格律的精通、诗思的敏捷，而且加上认真严格的炼意炼字，从而达到思想内容与艺术形式的完美统一。他的创作态度永远是我们的学习楷模。

[①]毛泽东说过："金无足赤，人无完人。"他本人也不例外。在风雷激荡、变幻莫测的历史中，他有过失误错误。但那终究是一个伟大无产阶级革命家犯的错误，而他的真知灼见，少有能比。我在写这篇鉴赏的过程里，无时不从这组绵亘时空的战斗节奏中，得到启示：帝国主义为了达到"和平演变"的目的，是舍得花钱的。如果听任、纵容资产阶级自由化泛滥，如果不用共产主义理想、爱国主义，不用帝国主义侵华史去教育年轻的一代，很有可能像美国一个很有身份的人说过的那样："给共产主义提供一笔合乎礼仪的安葬费！"如果我们看看近两年国际上出现的"雪压冬云""万花纷谢"的急速变化，就足以证明毛泽东时时要人们警惕"和平演变"的教导，是何等深刻！

对社会主义中国的胜利，帝国主义是永远不甘心的。捣乱，失败，再捣乱，再失败，直至灭亡，才能罢休。

"梅花欢喜漫天雪，冻死苍蝇未足奇。"

1990年2月

① 作者说明："从这段文字到最后的引句，编者同志反复要我同意删去。在付排时，为了不耽误出书，我才弃权，由编者处理。"发表的文字中没有这后三个自然段。

附：

这篇文字从今年二月直到七月，经过出版家、编者、主编代理和两个报纸主编，这许多人的审阅，都害怕诗人当时对国内外形势（看法）在本文中曝光，都主（张）淡化回避。可是一淡化回避，就无法说清毛泽东当时为何要写这首诗。诗人不是在吟风弄月，而是在抒发胸怀，哪怕是有偏激的，但是真实的。他操心着共产主义运动、社会主义前途、帝国主义的“和平演变”。可是都不幸在今天被言中了。

在读过的毛诗中，这首是我最不喜欢的一首。艺术性、魅力都很差，只能当作政治应景诗。

毛泽东思想早已被遗忘，“六四事件”之后，不提是不行了。在重新学习马列毛之时，出版家抓此时机赶紧出书，是有政治和经济目的的。

克家把鉴赏《冬云》给我，深感为难，提出另给个题目，他又不肯，故为难地接受下来，后悔莫及。这小文花了一两个月，反复查资料，修改。毛此作不太成功，晚年的事我是有意见的。但此文不是评价他的功过，而是在重新学习他的革命思想的情况下，说他不好，难以说得明白。故抓住革命的观点、预见来著文，就难免有摆好之嫌。但现在的问题是与苏关系[①]。

历来文学总得服从政治的需要，作家是没有什么权力的。

本文没有想美化毛，更不想丑化毛。因为《冬云》不是理想之作，故好长一段我引用《卜算子》。

可是有权决定者恰恰把谈毛的真知灼见的预见性，连六四天安门那百十个字反复要砍掉。我十分后悔把要写的东西全放下，花了这样大力气写这篇文章。也更后悔知道难写，而没有坚决推掉。

以后，不是自己（想写），不是能表达自己意见的文章，不管谁叫写的，都不写！

1990年7月20日记

① 作者手稿中夹有一杨姓编辑意见的纸片："这篇论文讲好处似乎不留余地，要用，也最好做些修改。此外这里牵涉到当时中苏关系的问题。虽然作者也注意到说得含泯一些，但现在应如何看待当时这段历史，似亦应加考虑。对这点我没有什么把握。"

我写《值得反思》的原因[①]

《值得反思》（《文艺报》1989年第32期）是我写给《黎巴嫩散记》作者彭龄、章谊两位同志的信，这个标题是《文艺报》编者加的。对这本“散记”读得快，写信快的原因，我在信中说了。现在应《作家谈中学语文课文》编者吕桂申同志的要求，我再把写作的原因，写在这里，供作参考。

我国人民和黎巴嫩人民，在历史上同样遭受过帝国主义的压迫，有相同的命运，深知国家独立、民族自由之可贵。所以两国人民都能相互关怀、理解，有着深厚的友谊。由于这样，我们对黎巴嫩那没完没了的战乱，既同情、着急，但又无法理解。谁都知道，一个经过长期艰苦斗争、求得解放的国家，多么需要一个安定和平的环境，进行经济、科学文化建设，以改变帝国主义长期强加于我们的不发达状态。这个道理，难道黎巴嫩不知道吗？知

① 此文发表在 1990 年 3 月 29 日《文学报》。

道。“散记”里有一篇叫《发人深思的壁画》，黎巴嫩一群十二三岁的孩子在这两米高、二十八米长的大壁画上题着“什么时候结束战争”。这是黎巴嫩孩子对战乱的抗议，对和平的呼喊！

黎巴嫩本来就面对着一个凶恶、贪婪无厌的敌人——以色列，这个有美国支持的、侵占了自己南部国土的敌人。为什么只见青年少年各自零星的战斗，而看不见拥有现代化武器的基督教军队民兵、穆斯林什叶派、阿迈勒运动、真主党、德鲁兹派等兄弟阋墙，外御其侮，联合对敌呢？对这种长期沉湎于“窝里斗”的错综复杂情况，很难理解。

“散记”从各个侧面反映的这出高潮迭起、连演十几年还不能闭幕的民族自杀大悲剧，都是外国人编剧、导演，不断补充、不断延长搞成的。美、英、法、意、梵蒂冈支持基督教军队、民兵；叙利亚、利比亚、伊朗支持穆斯林民兵；还有叙利亚的进驻部队，联合国的多国部队。美苏两霸纵横捭阖，各操纵着傀儡的绳索，狞笑着看黎巴嫩人杀黎巴嫩人，把这个濒临地中海的文明古国，搅成沸沸扬扬的一锅人肉粥！

这多像我国解放前，二十年代三十年代，由各国列强操纵的军阀混战啊？

我收到这本《黎巴嫩散记》的时候，正是去年五六月的政治动乱和反动革命暴乱刚平息不几天。从“散记”中，我看清一个基本实质，那就是在外国势力支持下的无休无止的动乱、战乱，这同刚在北京发生的暴乱，有个十分相似的地方，就是有大洋彼岸和我国大陆以外的势力在插手。这种外来势力的插手使我国的这次动乱，一下变为高潮迭起的反革命暴乱。从大陆外发表的反革命声讨，捐赠美钞港币，送帐篷，派遣特务潜入，给学生鼓劲、打气，游行于首都大街，绝食于天安门广场，秘密串联，煽动外地学生汹涌进京，纠结流氓歹徒、社会渣滓、劳改释放犯，沆瀣一气，进行打、砸、抢、烧、杀。这种情况，在各地城市也连连发生。肆无忌惮的反革命气焰，到了疯狂状态，什么反革命口号，都能公然喊出来。唯独对支持、纵容资产阶级自由化的，却大唱赞美诗，岂非咄咄怪事？

这就是我认为值得反思的问题。

社会主义人民共和国建立四十年来，虽然有过错误失误，但成就是空前的，也是主要的。近年出现的“官倒”、贪污受贿、腐败现象等旧世界遗留的毒瘤，本来就是共产主义者的革命对象，为共产主义道德所不能容许。我们是正在整治，但这些为广大人民深恶痛绝的丑恶现象，由于查处、惩治、消除不利，能见度低，而被国内少数敌对分子、反动势力和亡我之心未死的帝国主义所利用，这是令人痛心的。我们这个人口十一亿出头的大国，要做的实事太多，除反革命分子外，凡是爱国的，都不能采用暴乱来自己毁灭自己。

我认为，这也是值得反思的问题。

在我国，有那样少数的知识分子，生在中国，长在中国，却认为中国人太丑陋了，时时咒骂，天天哭泣，恨不得生为外国人。这些人是资产阶级自由化的引进者、推销者。在动乱暴乱中，他们推波助澜，煽风点火，要学生死守阵地，绝食到底，拿学生做人质，以达到颠覆社会主义、复辟资本主义的目的。生来就没有见过帝国主义、封建主义和官僚资本主义剥削压迫，思想单纯的青年学生，不知自己已经上当，反以为自己真是“民主斗士”，使祖国首都秩序、人民生活、生产建设受到了严重的干扰，国家机关、国际交往无法正常运转，首都处在人为的无政府状态之中。作为一个对人民负责的政府来说，这是不能允许的。但党和政府，仍然与学生对话。只要我们回想一下国务院领导同志在与学生代表对话时的电视直播，吾尔开希、王丹、柴玲等的蛮横无理，谁不感到这对话是无法进行的？正是在这种情况下，国务院批准首都部分地区实行戒严。置人民生活，国家荣誉于不顾的所谓爱国是真的吗？不值得反思吗？

奉命实施戒严的人民解放军，坚决执行了骂不还口、打不还手的纪律。但是在大陆以外势力的支持下，反革命分子、叛徒、流氓、劳改释放犯、社会渣滓，以为政府的容忍、等待是软弱可欺，更加肆无忌惮，从阻拦部队、抢夺枪支弹药、烧军车发展到打死、烧死解放军战士，再开膛破腹，吊尸路旁桥上，骇然听闻的反革命暴行，令人发指！

我是参加过抗日战争、解放战争全程的老兵，我军代代相承的优良传统中，有一条就是军民一家鱼水情。我绝对相信进城执行戒严的战士，会忠于这个光荣传统，绝不会去打老百姓的。

从五月二十日宣布戒严开始，我就多次听到，在六里桥部队被学生、市民阻拦、围攻。谁都知道军令如山，时间是不允许打折扣的，但我军对学生、市民做出了极大的等待。然而事态并没有停止，相反是步步逼近。发展到六月三日的大规模打砸抢烧杀的严重地步。有人几次打电话告诉我，说复兴门外、公主坟、军事博物馆等地军队开枪打老百姓。我说我不相信，战士是穿起军装的老百姓子弟，绝对不会打老百姓。又有人说："学生、市民怒了，缴获了装甲车、机关枪，并得意地开车开机枪。"我说这就证明战士没有开枪。抢夺军车、武器，是不允许的！没穿军装的老百姓夺过武器来打穿军装的老百姓，这就不是老百姓了，是反革命，是暴徒！戒严就是戒严，战士自卫，理所当然！我们部队，容忍过分了！

六月三日夜，焦躁难睡。二十三时，听到楼外嘈吵不止。我开窗往下看，路灯光下，约有一千战士被暴徒拦挡在崇文门东大街二环路上，要部队停止前进，退出城去。延误约一个小时后，部队继续前进，暴徒就揭起人行道上的水泥方砖、花池牙砖、石头，发疯似的跑进队列，乱砸解放军，有的扛起自行车砸战士，有人围打被冲散的战士。一时间喊叫声、钢盔被砸声，震上十四层楼。我军官兵并无一人还手，许多战士还是小孩。天下有这样的军队吗？在这里，除反革命暴徒外，我想问问那些后来说是看热闹，却打了解放军的男女公民，你们想过没有，你们已经站在反革命那边去了，难道不值得反思吗？

四日早晨，我看到东单、崇文门，被焚烧的军车烈火浓烟仍在升腾。平日繁忙上班的人群、交通车辆都没有了，宽阔的二环路成了死去的路。但有反革命暴徒在造谣，明明被烧死又吊在过街桥上的崔国政烈士，被说成是打死一个老太太后，被"群众"打死的；明明进驻天安门广场的部队没有打死一个人，暴徒说成"血洗天安门广场"。听暴徒睁着眼睛说瞎话而又当宣传员的人，不值得反思吗？

中国革命胜利，使帝国主义丧失了在中国的全部特权，怎么会甘心呢？

当年美国国务卿杜勒斯无可奈何地把希望寄托在中国的第三代、第四代，来搞垮中国共产党。在北京发生反革命暴乱的时候，他的预言似乎有指望了。曾经屠杀了无数中国人民，蹂躏、杀害了无数中国妇女儿童的强盗子孙们是多么得意啊！但当他们的“希望”“政治精英”们——中华民族的叛徒、汉奸，被人民民主专政铁拳打得头破血流，纷纷潜逃外国时，他们当然五脏俱裂，只好掀起阵阵“制裁”哀号。就在我写这篇文字时，美国国务院继国会通过“制裁”中国修正案后，又将发表以谣言为依据的中国人权报告。帝国主义总是阴魂不散，这是为什么，难道就不值得反思吗？

我们这个国家再经不起折腾了，需要一个安定环境。如果让帝国主义的“希望”“政治精英”得逞，中国将是个什么样子？请看看黎巴嫩，看看最近世界一些地方出现的动乱、暴乱，就能找到回答了。

中国不能退回到二十、三十年代的历史里去，不能倒退去搞资本主义。只有走有中国特色社会主义道路，才有出路，才能自立于世界民族之林。

这就是我所以写《值得反思》的原因。

1990年2月

在《解放区文学书系》编委会[①]上的发言

非常高兴参加这个会。感谢重庆出版社担负起这个很重要，特别是今天尤其重要的工作。今天，有乔木同志、力群同志来参加这个会，可见这个会是非常需要的，是符合人民要求的。

两个总主编也选得好，林默涵同志和魏巍同志。

我很同意乔木同志、力群同志，还有子野同志和荒煤同志的意见。抗日战争的时候，我从一九三七年开始就一直在解放区，到一九四九年第一次文代会我才离开太行山（晋冀鲁豫），我一天没有离开过解放区。所以我感到

① 1990年3月21日，在北京中纪委招待所，召开“《中国解放区文学书系》编委扩大会”。胡乔木、邓力群、新闻出版署宋木文、重庆市肖秧、重庆出版社沈世鸣以及在京的编委出席。作者被指定为诗歌编的主编。

《文艺报》在1991年5月18日以纪念“讲话”为引子，加编者按刊登了当天上午的发言纪要。

这部书非常重要。

晋冀鲁豫的战争是非常残酷的，日本人的“三光”政策（当然各个解放区都一样）在太行是特别残酷的。那时没有出版条件，大多数戏剧、美术都不能出版。木刻还在印，都是用油印的。有的诗歌就写在街头墙壁上边。一直到了1942年才有了点出版，但文学上还很困难。到了一九四三年才开始有几个书店（新华书店、太行书店，还有个群众书店）出来。从我自己说，那个时候写的剧本最多，但一本也没有留下来。就是在一九四三年给我出了两三个，留下孤本。太行山牺牲了很多人，光是文化方面的人就牺牲了不少。比如大家都知道的高咏同志，是个诗人，很能写，牺牲的时候非常英勇。我认为有些同志在战争中牺牲了，留下了一些作品，那时不具备出版条件。现在哪怕粗糙一点，我们都应该把牺牲同志的遗作选进去。这对牺牲了的同志是个安慰，对后代我们有个交代。战争中牺牲的同志很多，没有一个孬种，我现在立刻能想起来的就不少。后来他们的家人来信了解他们的情况，我们都很抱歉。因为过去都很熟悉，很好的同志，但不了解他们的生活工作细节。接到这样的信，心里感到难受。所以书系中应该选他们的作品。这是一。

二是抗日战争的大战略区我们好选，小战略区应该照顾一下。比如华南纵队很小，还有其他小的，应该尽可能广泛地收集一下。例如海南可以问问当地有没有资料，提供给我们一些。

前些日子我碰到一件很高兴的事：山西的一位还不到六十岁的同志，把晋冀鲁豫的木刻，包括所有活着的和一些牺牲了的同志的木刻稿都统统收集起来。我看了非常感动，很多人就是在我面前牺牲的。吃饭的时候我们把他的碗筷放在那里，谁都吃不下。战友身影历历在目。作为未死者我们有责任告诉后代，没有这些同志的流血牺牲，没有共产党，没有人民解放军，新中国是不能建立的。

做这些事需要人帮助，找一两位同志帮忙我们收集资料，有些地方还需要跑跑，要尽可能全面些。我愿意尽自己的点滴余力做些工作。

1990年3月21日上午

解放区的一些作品，如康濯的《我的两家房东》、赵树理的作品等，都是大后方的一些前辈介绍给读者的。由于战争的关系，有些年纪大的文化人就留在了大后方，而青年，很多到了战争前线，在前方工作。比如周扬、周立波，还有很多同志，都是很知名的，差不多年轻一点的同志都进了解放区，当然大后方也留下了一部分。但是有一点得肯定，就是新中国的雏形是在这个地方，由延安领导，在各个解放区完成的。解放区是我们新中国的雏形，这是历史事实，谁也不能改变。所谓的“精英”们就想改变，但改变不了，因为这是事实。我们无意说解放区比起大后方就搞得怎样不得了，从来不争这个东西，而且历来我们对茅公、郭老、巴金、老舍都很尊敬，在文学上我们是晚辈。但是，把解放区完全贬低到一无是处，认为从“五四”运动以来犯了个大错误，认为所有反映战争的，鼓励人民群众同仇敌忾对付敌人的作品，在政治上有什么问题，这是我们不能接受的。我们要把这个倾向纠正过来，还历史以真实。

所以，编这个书系我认为非常重要。而且我们确实觉得，解放区文学并不是封闭的。魏巍同志今天也说，日本人从三面来打我们，天天“扫荡”，我们是深受其苦的。我们又没有马其诺防线，日本人随时都可以进来，进到很深的山区里头去。太行山有个狮子岭，据当地老百姓说，什么人都没有上去过，就住了两户人，他们也不下来。而日本人的地图里就有狮子岭。你看他多厉害。所以，我认为，我们解放区无愧于中华民族。你看我们，冼星海进来了，李季进来了，柯老柯仲平，一大批作家都进来了。这期间做出了很好的成绩。很多同志都参加了共产党。我们不应该自卑，不要妄自菲薄。在战争当中，解放区对中国文学的贡献，那是了不起的。对世界文学的影响，也是很大的。

我同意乔木同志跟邓力群同志所说的，解放区文学首先是联系人民，这是中国作家从来没有解决过的，世界作家恐怕也没有解决过的问题。这是非常重要的问题。另外就是语言的群众化。这个群众化不仅仅是使得群众听懂，而且对中国文学起了很大的作用，推动我们文学前进。现在我们又反过来了，把这种群众的语言贬低了。我就说一个例子，赵树理同志开头写《孟祥英翻身》，是用山西的土话，山西的老百姓听来很亲切。但这个作品不如他后来的《小二黑结婚》《李有才板话》影响大，因为他是把农民的情感变成普通人的语言，五湖四海都能听懂，这个作用更大。所以，后来有一次文代会把老舍和他评价为语言大师，我同意这个评价。现在有些人在提倡“京味”，我就告诉他，“京味”你提倡得不怎么样，人都有个权利，你如果光提倡“京味”，我说我老家广东就提倡“广味”，上海提倡“上海味”，那不就有障碍了吗？跟看戏一样，非要打字幕不行，不打字幕就听不懂。解放区在这点上，一个是人民性，一个是吸收群众语言，我觉得都是很重要的。编这套书很重要的意义就在这里。

关于选作品，我有些想法，不成熟。学新同志跟我讲了以后，我已经考虑好几天了。书系选小说，是只选中短篇吧。因为解放区那个时候主要靠中、短篇。但我记得茅公说过，文学没有长篇就看不到文学的时代意义。解放区的长篇主要是在解放战争的时候产生的，抗日战争的时候很少。晋冀鲁豫赵树理是一个，但他的作品都不长，《李家庄的变迁》是最长的了。解放战争时产生的几部长篇，我觉得不选很可惜。（康濯：目录还是有的。）目录不够。你是个文学书系嘛，是个系列的东西嘛。虽然都出版经济上有困难，但我总觉得可惜。就那么几部长篇：《新儿女英雄传》《高干大》《吕梁英雄传》……就这么几部。我负责的这一编，诗歌，解放区的主要是街头诗、短诗，这些作品起了作用。所以，田间同志的诗，闻一多称之为“鼓声”。在延安文艺座谈会以后就产生了叙事诗。产生叙事诗有几个原因，因为写其他诗，太抒情，老百姓不喜欢，没有故事性不行。所以，在解放区朗诵抒情诗不如朗诵叙事诗，因为老百姓大多数不认识字。就那几部长诗，怎么选？我心里就一直嘀咕。这几部长诗都有一定的代表性。所以，我就考虑了几个方案：短的，两千行内的，都收。两千行以上的，怎么办？过去也有人摘几段，有几段不要。但作为书系，不完整，好像脱了外套光穿个衬衣，不太礼貌一样。所以我就感到有点可惜。另外，上午发言中我已讲过了，主要靠质量，所选的作品要有代表性。但我考虑到很多同志已经牺牲了，有的很年轻。他们的作品有的当时油印过，早期根本没有铅印，连麻纸本都没有，很多就是手稿，而且找起来非常困难。连我自己的东西，1943年以前的都没有，日本人搞得太厉害了。我现在一看到日本军国主义这些东西我就气。我想，烈士的东西就不要太讲究所谓水平的问题，只要起过作用，无论多少都要收一点。比如高咏同志，上午我说过，他发表过东西，但现在都不容易找到。又比如蒋弼同志，我的好朋友。（张学新：他的文章在太行的那个资料里还不少。）我看选作品的问题，一个是长篇的问题，长诗的问题，我们今天就要能够拿一下主意。（张学新：《王贵与李香香》肯定要收。你的《漳河水》算长诗，还是算短诗？）《漳河水》一千行都不到，只有八百多行。（张学新：田间的长诗要选一首吧，就是《赶车传》吧。）

另外，解放区的作品，有些是主席讲话以后，有些是我们党提倡“中国风格、中国气派”后产生的。要有“中国气派”，为老百姓“喜闻乐见”那句话，影响了不少作家，我就是深受影响的一个。从那个时期开始就想从老百姓的民歌、群众的语言当中找出路。为什么呢？因为从城市到延安的都是知识分子，开头农民凑热闹，时间长了以后就不行。幸亏毛主席有这几句话，要写老百姓喜闻乐见的东西，于是作家们就找“喜闻乐见”去了。这对我们起了很大的作用。后来就是座谈会上的讲话，很多作家就牵涉到这个问题了，就是到底他用民歌体写作的作品，究竟作为什么体裁，我认为应该作为诗。如果是这样，就定了，把说唱、民歌交给民间文学，诗人、作家写的民歌体的东西就算诗。我想这样分分比较好。

另外一个问题就是我们精力不足。虽然各个战略区都有一些现成的材料，但我翻了一翻，感到不足。我想编辑工作还要搞一点调查啊、访问呀，活着的同志还要给他发个信呀，问问他，你认为哪几篇能够代表你。我们也老老实实告诉他，你提个意见，但由我们决定。我们有我们的主张，就是说，我们编选有编选的主张。这个有什么好处呢？现在不是时兴对话嘛，我们先对话，先交流一下。这样比较好一点。

我手头还有一大堆事情，必须有几个得力同志帮忙一下。所以，我认为将来主编也好，副主编也好，都要求有一个强有力的编选组。这样一些同志假使负了这本书的责任，那就把这些同志都列明进书里去。（张学新：对，叫编选者。）因为大量地要靠这些同志去跑，去干，我们只能出出主意，最后点个头。我看，这些人应该定一定，要不然将来不大好办。

（张学新：诗歌里面还有旧体诗词。）对。

1990年3月21日下午

少年读书忆语[①]

少年时期读书，对培养一个人的文化素质来说，是很重要的。这时候，像初春从苗圃里移植的幼苗，种好种坏，是个关键时刻。对此问题，我有较深的体会。

我十三岁中途辍学去当学徒。七十年前的中国乡村小学，本来就不正规，我只读了四年半书，太少了。可是文盲占绝大多数的旧时代农村，没有任何文化条件可以帮助我。我多么想读书啊。所以，晚上如果有人讲章回小说、民间传说和演戏，对我这个失学少年，就太有吸引力了。除了听讲看戏，我还向人借读章回小说、戏曲唱本、南音以及《唐诗三百首》等等。由于从小喜欢画画，就积蓄下零花的钱，去买《点石斋画谱》《芥子园画谱》——这些能在县城乡镇找得到的书。

① 此文之一部分发表在《中国语文教学》1990年第8期。

旧章回小说对我影响最深的是古代爱国的、好打不平的英雄好汉；画谱是祖国山川、花鸟鱼虫、人物仕女。我的脑子像一团脱脂棉，什么文人骚客、才子佳人、隐士僧尼，都一股脑地吸收进去。庙宇祠堂壁画、泥塑石刻，县城有什么画展，我都不止一次地去观看。民间画工、爱看闲书的人，都是我的老师，对我很有影响。画工的话、画谱中的解说、同朋友的交流，使我多少有了点朦胧的选择能力和审美意识。家乡并不算偏僻，但乡村环境局面有限，我总迈不进较为广阔一点的天地。

三年半学徒生活结束了，我正进入青年时代，“九一八”“一·二八”事件接连发生了。日本帝国主义的枪炮声，把一些大城市的知识青年，震回到县城来。这些穿西装的人中，有大学生、画家。从他们那里，我借读到丰子恺的《西洋画巡礼》、黄宾虹的《古画微》等论说绘画的书，也知道了高奇峰、高剑父、林风眠、梅雨天、司徒乔等不少现代画家的名字。使我从吴道子、李公麟、荆浩、关仝这些中国古代画家，看到文艺复兴三杰达·芬奇、米开朗基罗、拉菲尔和罗丹、高更、梵高等许多外国画家的插图了。在文学方面也从《三国演义》《水浒传》读到鲁迅、郭沫若、胡适、朱自清等现代作家的作品了。

这样的图画和书虽然不多，但使我打开眼界。这是些和过去看过的迥然不同的书，无形中就有了比较。中国画与西洋画，中国古典文学与五四以后的新文学各有千秋，头脑中有个比较，觉得现代作品贴近人生。总的来说，思想开放了，倾向性有较大的倾斜，从都喜爱走向有所爱了。

由于在思想上有了倾向，艺术审美观也发生变化，为艺术而艺术似乎转入应为人生而艺术。从抵拒外族进犯、见义勇为的忠勇侠义，渐渐转移到人间贫富、国家危难上来。少年时期所喜读的东西，除了较高水平的，我就不怎么读了。从电影《火烧红莲寺》转到喜看《故都春梦》《一剪梅》等接触反映当时社会的作品，由神怪连环画转到木刻画，转到德国女木刻家的画册上了。

二十岁后，我接触到一些愿意借给我书的进步青年，这些朋友对我的影响最大。从他们那里借到的严肃文学中，我进一步发现社会的不公。这时，我正从农村县镇走进大城市，目睹外国人横行的租界，看到日本帝国主义的侵略，自身体验到阶级压迫、民族压迫的现实。这样，我耻听像《毛毛雨》《桃花江》之类无聊的靡靡之音，从《天涯歌女》《扬子江风暴》《新女性》《义勇军进行曲》中找到向苦难战斗的欢乐。我不但爱听爱唱，而且喜欢到处教人唱。

少年时期，心理、生理都在迅速变化。近朱者赤，近墨者黑。那时也有个别人借给我看过一些对少年身心健康成长有害的坏书，也产生过迷惘。但由于好书的影响深，使我能分辨是非，有一定的自控能力、抗毒能力。

少年是萌芽长根的时期。芽发好，根扎好，就既能在春风春雨中萌发，也能在狂风暴雨中成长。除害重要，抗害能力更重要。人的少年时代更像一团无色的胶泥，坯形塑坏了，回炉重烧非常困难。欣赏格调的低下，即使是丰衣足食，也只能产生饱暖思淫逸。

回忆自己从青少年时期读书、欣赏文学艺术，是个逐步提高的过程。少年时期培养读好书，欣赏严肃艺术的习惯，提高审美格调和思想情操，在人生道路上非常重要。自己的欣赏水平、审美观念、人生向往、思想情趣会随着读书而提高，也加深了对社会现实的认识，帮助青少年选定人生的方向。

为此，我建议中学老师，要注意初中生的课外读书，要善于引导初中学生读好书。从打好根基来说，小学生、初中生的老师家长负有庄严的责任。因此，我主张老师、家长帮助少年适当地超前阅读些严肃的、高水平的文学艺术作品，逐步提高他们的审美观念、分析能力。这是大有好处的。

1990年4月24日

为《中学语文教学》题话

少年时代是打好语文基础的重要时期。这个时期记忆力好，像一张白纸印上的东西，几十年都不褪色。凡是少年所读过的文章诗词，好多至今我都还能背得出来，许多成语是这个时候学到的。我虽然只有四年半乡下不正规小学的学历，但对我太重要了。我现在仍常后悔：为什么那时候不多苦读一些书呢？！

1990年4月19日

专业技术职务评审材料三种

申报表

单位名称：北京市文学艺术界联合会

北京市作家协会

姓名：阮章竞

曾用名：洪荒

本人成分：工人

申请、推荐职务：一级作家

现任行政职务：市文联顾问、市作协名誉主席

最高学历：从1922年2月至1927年5月止，在家乡共读四年半书。

外语：不懂

有何特长：诗歌、剧作、小说、散文、绘画

主要工作经历

自何年何月至何年何月　　在何地和单位工作　　任何职

1935年秋 参加上海抗日救亡歌咏活动，同时参加上海业余合唱团。

1936年6月 参加上海职业界救国会。并从这年起，在工人、店员、学生中教唱救亡歌曲，直到1937年9月。

1937年9月至12月 参加上海文化界救亡协会流动宣传团，在太湖一带的苏州、无锡、常熟地区做抗日宣传工作。

1937年12月底 上太行山。

1938年2月 山西陵川县第二战区独立游击第一支队第一大队政治指导员。

1938年4、5月之交 到国民革命军第十八集团军第八路军晋冀豫边区太行山剧团，历任指导员、艺术指导员、团长等职务，直至1943年10月。

1939年春 兼任山西长治民族革命艺术学校导演课教官。

1939年11月 任中华全国文化抗敌协会晋东南分会常务理事。

1940年5月至8月 兼任前方鲁迅艺术学校戏剧教员。

1943年秋 到太行文联，作家。

1944年1月至1945年4月 太行区党委党校，整风学习。

1945年5月至1946年12月 中共太行区第八地委，从事农村调查研究工作。

1947年1月至1949年10月 太行文联戏剧部部长，1948年起兼任太行区党委文委委员。

1949年11月至1954年9月 中共中央华北局宣传部文艺处处长。

1954年9月 中国作家协会驻会作家。

1955年4月至1956年夏 中共中国作家协会总支书记，同年兼任中国作家协会青年作家工作委员会主任。

1956年11月至1959年12月 中共包头钢铁公司党委委员、宣传部部长，第一号高炉工地指挥部成员。

1960年2月至1962年春 中国作家协会党组成员、《诗刊》第一副主编。

1962年4月至1968年1月 中共中央华北局宣传部副秘书长。

1968年2月至1975年5月 河北省革委会政治部文教组，初期当干事，中间任副组长，后期自动请求无职，主管《河北文艺》工作。

1975年5月 北京市文化局创评组，专业创作。

1980年7月至1989年3月 北京文联副主席、北京作协主席。

1983年3月至1988年9月 北京民间文艺家协会主席，1989年会员代表大会聘为顾问。

1988年12月起 北京作协名誉主席。

1989年3月起 北京文联顾问。

何时参加何种社会团体任何职

1939年 任中华全国文化界抗敌协会晋东南分会常务理事。

1949年10月 中华文学工作者协会全国委员会候补委员。同期为《剧本》月刊编委。

中国作家协会第二届（1953年）、第三届（1979年）、第四届（1985年）理事。

从1987年11月起，受聘为《诗刊》历届编委。

中拉友协委员、中柬友协委员。

全国政协第五届委员。

北京市第七届（1979年）、第八届（1984年）、第九届（1988年）人民代表；第七届、第八届人大常委会委员（七十岁退出）。

《东方少年》编委。

北京诗词学会会长。

中华诗词学会顾问。

自传

1921年2月，在家乡上私塾读书，下半年因老师病逝，中途辍学。1922年2月至1926年，上乡立作新小学，对绘画、诗、刻印发生浓厚兴趣，无故被老师毒打辍学。1927年又改上私立树人学校，因家贫无力供我上学，5月又辍学去当油漆学徒。

三年半期满后当工人。因从小爱画画，1932年7月进中山县石岐一个私人办的美术暑期班学习三四十天。当工人，有时兼半份画工。

1934年7月，失业到上海，靠画零星广告画生活。1934年冬写了短篇小说

《割稻的故事》，朋友拿去发表在南京《大道日报》的副刊上，1935年夏写了《林肯小时候的故事》发表在上海《中华日报》春光副刊上。在当学徒、工人时，做过几首古体诗，题在自己的画上，战争中全遗失。1935年夏写第一首自由体诗《故乡》发表在上海《青春》（或《春光》）上。

1935年秋，参加上海救亡歌咏活动。1936年6月参加上海职业界救国会，从此全身投入在店员、工人、学生中指挥教唱救亡歌曲和画宣传画活动。1937年夏写了《纪念柴门霍夫先生》歌词，由冼星海谱曲在纪念会上演出。在上海从事教唱救亡歌咏活动一直到“七七事变”和“八一三事变”之后，均无间断。同年9月末参加上海文化界救亡协会流动宣传团，到太湖一带做抗日宣传，我主管歌唱指挥和画宣传画的工作。

1937年12月，我参加了冼星海、张曙等音乐家发起的“中华歌咏协会筹备会成立”会议之后，便上太行山区开展抗日歌咏宣传。1938年4月末成立第18集团军第8路军太行山剧团时起，我便负起该团的创作、导演、指挥等全部艺术工作，直至1943年秋止。在该团开始的四五个月中，我写了三个话剧剧本：有独幕剧《周年》、二幕剧《太阳出来了》、三幕剧《保卫抗日根据地》。此剧中的插曲、词曲都是我自己写的。学写剧本我是毫无思想准备的，但它是我走上戏剧、文学创作的重要的坚实的一步。

在太行山剧团的五年多烽火连天的岁月中，我写了好多话剧剧本、活报剧剧本和歌词歌曲。但因敌人的“三光”政策，除了话剧《未熟的庄稼》，歌剧《比赛》《糠菜夫妻》外，都在残酷的战争中未能留下来。还记得起作品名称的有：

独幕剧：《最后的一个》《关大爷的路子》《公粮》《参军》；

多幕剧：《和尚岭》、《红巾》、《囚徒歌》（自己谱曲）、《人间地狱》；

音乐活报剧：《茂林事变》《民族的光荣》；

歌曲有：《太行山》（朱杰民谱曲）、《牧羊儿》（常苏民谱曲）、《在红星旗下》（自己谱曲）、《太行山剧团组歌》（周沛然谱曲）、《打到鸭绿江边》（自己谱曲）、《祝太行、太岳冀南行政办事处成立歌》（赵子岳谱曲）；

短篇小说《大地》；

报告文学《关家垴战斗》等。

1943年1月至1945年4月，在整风中写了个《红军过草地》剧本。

一年四个月的整风之后，做农村调查研究工作。参加率领民兵配合主力的大反攻，参加了解放清化、东西大井和焦作市的战斗。并参加豫北地区的群众运动和土改运动，写了《南王翻身谣》（歌剧，未演出过）和纪念四八烈士的散文诗（发表在《太行文艺》上）。

1946年9月至12月，在第二届太行山群英大会上，我画了两幅差不多七八米高，十多米宽的宣传油画。一题为《我军必胜》，一题为《蒋军必败》。另设计了群英赴会大道上的大牌楼，名为“英雄门”，街道名“英雄大街”，从当时看颇为壮观。

1947年1月，我到了太行文联任戏剧部部长。2月写出长诗《圈套》，获晋冀鲁豫边区奖。紧接着按照民间曲调写了大型歌剧《赤叶河》，越受称赞越要修改，越改越乱。获得了一生用不完的教训。

1949年3月写了《漳河水》，发表在《太行文艺》。同年夏写了《妇女自由歌》。

《漳河水》修改稿发表于1950年春《人民文学》。

1954年出版了四幕话剧《在时代的列车上》。

1955年4月写了童话长诗《金色的海螺》获第一次全国少年儿童诗歌一等奖。1956年连续出版发表了童话诗《马猴祖先的故事》《牛仔王》。

从1956年至1958年出版了诗集《虹霓集》、《迎春橘颂》、《白云鄂博交响诗》、《勘探者之歌》、《阮章竞诗选》（1985年）。

1981年写了《大军之路》组诗，收在《刘邓大军征战记文学编》中。

1982年写了童话诗《小姑娘与乌猿婆》，发表于上海《巨人》，新世纪出版社出版。

1987年编好十年诗集《夏雨秋风录》（已交出版社）。同年编好散文集《新疆忆旅》（已交出版社）。

1987至1988年写的两部长诗《边关明月胡杨泪》《漫漫幽林路》（均已交出版社）。

战争长篇小说正在修改和续写中。

三部回忆录《故乡》《大上海》《太行山》已有很粗的记录稿。自己总是年纪大了，长篇与回忆录都篇幅很大，一下不能完成，尚需付出很大力量才可完成。

工作成就

抗日战争、解放战争时期的作品，主要体现了为人民大众，为工农兵服务。直到今天，虽然情况因时代不同而有变化，但为人民，为社会主义，我自认是坚定的。

我的作品素材，都是源于人民大众的火热斗争，反映人民大众的要求。

根据党的文艺方针的长期教育，我在作品中，很注意吸取群众语言，搜集研究民歌、传说和民族传统风格。

我的作品能得到人民大众一定的喜爱，大概与上述三点有很深的关系。战争中没有过什么文学作品奖。（《金色的海螺》是中国儿童文学的第一次颁奖），只能从读者、观众、听众的感情共鸣来获得奖励。成功失败，都能一目了然。

真正得到几块钱奖金的作品是《圈套》[①]，买了一个蚊帐，我很心满意足了。

《赤叶河》歌剧是有感于土地改革运动的需要，和能帮助农民解放而写

① 1946年7月15日，晋冀鲁豫边区政府教育厅在《人民日报》发布通告。设奖50万元征集文教作品。同年12月10日再次通告，奖金提高到80万元。1947年8月20日公布了获奖作品名单。《圈套》评为诗歌甲等，获奖金8000元。这批作品在颁奖前冠名《晋冀鲁豫边区文艺创作小丛书》共25种，由华北新华书店在1947年5—7月陆续出版。其中很多收入第一次文代会上推出的《中国人民文艺丛书》。

的作品。所以每次演出的反应，我都能知道获得满意和不足的程度。

每遇到今天有人说起《漳河水》，比得过多少奖金贵重得多。

《金色的海螺》再版八次，翻译成英、法等文本、画册和动画片得国际儿童奖，这是最好的奖赏。

近十年来，我的作品常涉及“文化大革命”和党风、当前为人民所深恶痛绝的官僚主义、脱离群众和腐败现象。我认为时不我待，应当把该说的都说出来，心里淌着血写了几篇东西。但对反党反社会主义，反对坚持四项基本原则、纵容支持资产阶级自由化的作品，我是敢于说话的。一个诗人作家对民族的盛衰、国家安危、共产主义的前途都无动于衷，那就不是革命诗人、作家了。

我一生的创作活动，都反映了我的根本态度，也是我的根本成就。

从1936年6月正式参加革命工作算起，我全部文学艺术活动，经历了抗日战争、解放战争、社会主义革命和建设五十三年的历程，始终没有放弃过为人民服务，为革命、为社会主义服务的宗旨。同时，我很长时期都在兼任文学艺术的组织领导的实际工作。在创作和组织工作上，虽然成绩与不足相等，但我认为有理由，有根据，在这次专业技术职务评审中为自己提出为一级作家的申请。

请予以评审。

1990年4月

在中国文联、作协纪念《在延安文艺座谈会上的讲话》发表48周年研讨会上的发言①

我原来已准备了稿子，昨天在北京发言后被扣留了，随便说吧。

我们的目的是要重新展开学习《在延安文艺座谈会上的讲话》的热潮，重新武装我们的头脑，我感到非常必要。毛主席做这个报告时，抗日战争已进入第五个年头。“讲话”发表后，武装了我们这些经历了两个革命战争时期的作家，也武装了建国十七年以来的作家，所以主席《讲话》意义非常深远。他不仅管抗战和解放战争两个时期，我认为是管很长的时间，是超越空间、时间的。“讲话”的原则到今天仍然适用。

接到文联、作协的通知，又重读了“讲话”和小平同志的《论文艺》，仍然像在战争年代读起来那么亲切，那么振奋，那么感动。

---

① 此文会后根据录音整理。曾摘要发表在《文艺界通讯》1990 年第 7 期。

由于我们这几年，特别是第四次作代会后，资产阶级自由化思潮的影响，由于两个总书记的放松纵容，毛主席的“讲话”，近些年来基本上不宣传，也不重视，就是非常不感兴趣。对于“讲话”，不但是我们学，中年作家和青年作家尤其不能放松，要接着学下去。

今年是“讲话”发表四十八周年，再过两年是五十周年，这可是个大纪念日。能不能在五十周年前，展开一个好好的学习毛主席“讲话”的活动，用哪种形式都可以。

现在有些人在彻底否定五四以来的新文化、左翼文化，甚至连延安文艺座谈会也全部否定。所以我感到重新学习不但有必要，而且有战略意义。

我认为很多同志一定会拥护我们继续发扬“讲话”精神。我今年七十六岁了，马烽同志那时是个小青年，现在也六十八岁了。如果我们这个环节不抓住，那是不行的。能够重新学习“讲话”，就能使革命文艺的传统继承下去。

昨天在北京的座谈会上，有个同志插话说，现在有些作家的书架上找不到《在延安文艺座谈会上的讲话》，也找不到马列主义文艺书籍。我感到大吃一惊。一个中国作家，特别是党员作家，书架上没有“讲话”，没有马列主义书籍，这个问题值得考虑。

我重读“讲话”，仍然很受教育，毛主席在“讲话”中已经用马克思主义的观点做了充分的、光辉的阐述。历史是不依人们的意志为转移的，今天很多问题和那时很相似。四十八年后我们来看，很多问题都相似。比如文艺为什么人的问题，作家怎么接近人民，人民需要艺术，艺术更需要人民。这些问题跟过去比，我感到有过之而无不及。过去提到都说是跟小资产阶级思想较量，现在不是了。我感到现在已经不是小资产阶级了，是跟资本主义思想、帝国主义思想在作斗争。准确不准确，不敢说，我不是搞理论的。

昨天，原广播事业局某个负责任的同志谈到：我们党内有些地位挺高的领导同志曾经谈到电视片、电影创作“要淡化政治”，说中国人讲政治讲得太多，不要再讲了。这个同志吃了一惊。我感到这样的领导首先就已经解除了武装。在第四次文代会的时候，小平同志的祝辞就是考虑了新时期的时代特点，不提“文艺要为政治服务”，但小平同志紧接着好几处提到，不等于要文艺脱离政治。就是毛泽东同志在当时说的文艺要为无产阶级政治服务，后头也有很多话谈到这个问题。

列宁说过，战争是政治的继续。既然战争是政治的继续，抗日是个战争，中国人民解放战争是个战争，你作家、艺术家为不为这个战争服务？打日本，不打出去我们就当亡国奴；人民解放战争不打胜利，我们就没有今天，就没有中华人民共和国。这算不算政治？

我认为，为某一个时期特定的、具体的政治服务，过去有过这种现象，那是个错误，我们改正就是了。我所看过的文学作品当中，我感到甚少不谈政治。不管它谈不谈“政治”这两个字，谈不谈共产党、社会主义，或者是无产阶级领导，或者是共产主义理想，它里头终归是不谈对这些问题的看法，就是谈资产阶级的人权、自由这些东西。所以我没有，也很难找到一个作品根本不谈政治的。他们说“淡化政治”，自己倒相当重视政治。我们倒是很“淡化”，因为我们一谈就被骂成“极左”“僵化”，我们就尽量避免刺激人家，就少用一点。我们不如他们，他们大谈资产阶级的人性、人权，资产阶级的价值观，资产阶级的政治、社会制度。去年的暴乱，充分暴露了他们的政治观点，是个大展览。

淡化政治这个东西是虚伪的、是不可能的。一个作家写作品，终归要把自己的主张拿出来宣扬，没有超然的。很多事情是毛主席早就批判过。

现在有几种东西不正常。比如在文艺作品中，写爱情问题、性的问题，不是不可以写，而是为什么写。是为了宣泄性要求，还是什么？我认为已经产生了一些堕落的文学，有作品讲看女人的阴户；说郭沫若在航天器上撒尿；说手淫是什么声音；等等，还有性苦闷的疯狂叫喊。恶劣透顶，我感到不能容忍。

有个问题我还要提，请《文艺报》的同志原谅。前几年我写过一篇随感，压了七个月未发。如果不是中央召开精神文明建设会，还发表不了。后来负责编辑的同志给我写信，说这篇文章一登出来，有很多人来信，说这篇文章指××，有所指。我说我本来就想指××，没有所指我写它干什么。

大家知道，《人民文学》发表的《亮出你的舌苔或空空荡荡》影响很大。我感到很有必要转变这种倾向。

有同志说看过我的两个小品。我说压了多少年，哪家报纸都不肯登。《北京日报》比较正统一些吧，《北京日报》也不敢登。那两篇东西有什么了不起呀，一个是海外作家跟大陆作家的对话；一个是诗歌的幽默。我们已经丧失了活动的权利，写没法写，约稿看着不合适也不敢登。

李瑞环同志说要繁荣我们的文艺。可问题是现在虽然“扫黄”，但还没有清理透。严肃的作品不出来，用什么代替。现在光空喊繁荣，出版问题不解决，将来要发生大失误。

现在纸张贵，税也高，出版社没有积极性，怎么办？要解决这个问题。如果没有更好的严肃作品来代替是不行的，因为人民群众需要文化，他会找别的东西来看。作协能不能往上反映一下这个问题。

我这个人落伍了，一些东西接受不了。很多民歌无缘无故加上了“嘭嚓嚓”，为什么呢？我们老家的《雨打芭蕉》，很优美，为什么一定要加“嘭嚓嚓”，那么难受。一些严肃的电视片和影片，也避免不了迎合这个心理，也得加上港台流行的东西。

近几年来，我感到一个严重问题，就是文艺方向不是共产党在领导，是港台跟外国人在领导！我们投降了，解除武装了。

美术也是，横三条，竖三条，也算一幅作品。我看了一个很老的同志的画，半天看不懂。问别人，也不懂。你们这些画家让我们看懂好不好，连我们都看不懂那还行啊！起码要说服我们嘛。像这种东西在整个文学艺术界里是一个严重问题。

潘金莲本来是个古代文学创作中的人物，为她翻什么案？很多翻案内容，非常不正常。对一些老同志不坚守毛泽东同志“讲话”精神，我很有意见，我耿耿于怀，我不能理解！

重新学习毛泽东同志的这个“讲话”，不光是我们这一代人，包括青年一代都要学习。因为我们共产党领导的社会主义制度，起码要有个共同理想，有爱国主义思想。我们不要求每个作家都是共产党人，但要拥护社会主义，拥护共产党领导。老跟我们党唱对台戏那还行？所以我的意见将来在吸收会员时要考虑这个问题。

我们事业在发展，为了我们的事业不断代。我相信共产主义只要在中国坚持了，不管世界如何变化，我们都能胜利前进，我很有这个信心。

1990年5月

在《解放区文学书系》编纂会上的发言

今天主要讨论总序。我先谈一点选作品问题。解放战争时期的作品比较容易收全，因为解放战争时期，南方可能差一点，北方的根据地的情况已经好转。当然，有的作品也散失了，我自己就有很多找不到，但比较来说，要好找一些。抗日战争时期的作品难找，日本人扫荡得很厉害，印的纸又是麻纸，到现在又过半个世纪了。所以，我的意见，对抗日战争时期的作品要花点力气去找，因为抗日战争时期是解放区最艰苦的阶段。现在机会难得，如果我们这些人走掉以后，再找人了解就更难了。抗日战争时期，很多同志写的东西都没有留下，要想办法。文学艺术家牺牲最多的时期是抗日战争时期。那天我就同康濯同志说过，高咏虽然在太行文化人座谈会上跟赵树理干起来了，可是牺牲得非常英勇。高咏面对敌人破口大骂，被捅死了。蒋弼虽然也在会上和我们干得很激烈，但他是被日本人用狼狗啃死的。所以，我的意见，这些同志的作品只要能找到，哪怕很少，条件降低一点，再找不到也要留个名，就是作为纪念性的。我们这些幸存者对这些老战友还是很怀念的，最好做一些艰苦的工作，搞一个什么名录。解放区也应搞个简略的地图。

现在我说说总序。总序，我有这么几个想法，一个就是各个编（如戏剧、小说、报告文学）的主编要想办法根据所编的东西搞一个序言。小说写小说的，诗歌讲诗歌的。总序更概括，要有科学性、群众性、战斗性，具有文学史的性质。从作品的角度来说明解放区文学的发展、战斗的过程，群众化的过程都要能反映出来。去年“暴乱”前后，我接触了一两位大学讲师，这些同志能够跟我说得起话。他们听到的是，八路军在抗日战争当中没有打过什么大仗，没有什么贡献。所以，我们有责任从文学这个角度反映中国共产党领导的八路军是不是“游而不击”，这很重要。我们这套书还负有这么个责任，把这些谬论驳斥得干干净净。

我同意刚才谈的意见，就是毛主席的《在延安文艺座谈会上的讲话》，是总结了“五四”以来和抗战以后的文学。我是一九三八年五月份由党调出游击队搞剧团的。记得刚做文化工作的时候，党就反复交代要群众化，要熟悉群众语言。因为知识分子从大城市进山以后，确实碰了很多钉子。开始老百姓是热热闹闹地听，后来就不行了，听不懂了。戏剧、歌曲（包括一些朗诵诗）、说唱文学起了作用。党告诉我要注意群众性，要创作老百姓“喜闻乐见”的作品。“喜闻乐见”是毛主席在《中国共产党在民族战争中的地位》中说的。这句话我的印象非常深刻，“中国气派中国作风”一直装在我的脑子里，永远走不了。在一九三九年，不是我们自己有什么聪明才智，而是跟着党的方针组织农村剧团、搜集民歌。后来我们的语言（特别是我这个南方人）逐渐地转换，这是一个痛苦的过程。所以我认为毛泽东《在延安文艺座谈会上的讲话》是一个总结，在那个时候产生了作用。这点，在总序里头要反映。纪念毛主席的“讲话”发表48周年时，我感到了很多问题。历史在重演，有的是有过之而无不及。比如，当时是无产阶级思想跟小资产阶级思想的较量，现在是既有小资产阶级思想，也有资产阶级思想、帝国主义思想，甚至有些汉奸思想。有的人已经谈不上爱国主义了，连普通的爱国主义都谈不上。抗日战争时期，大批知识分子不管他背着小资产阶级的包袱如何，但逃兵没有几个，很多人都跟我们党走到底了。所以，我们这个总序也要有战斗性。我们共产党领导的文艺工作者、文艺战士，进行了艰苦的工作。我历来都这样想，我们是半路出家，过去也没读过什么书，连高小都没有念上，我们是靠党、靠人民哺育起来的。我们这个书系是回驳，不是故意针对他们而出这套书，而是正好我们出了这套书来回答这个问题。

关于改造问题，我认为克家写的没有错。他作为党外人士给总书记写了一封信，谈不要抹掉思想改造的问题。谁不需要改造？周总理都说过，学到老，改造到老。毛主席也说过，谁说工人阶级不需要改造，都需要改造。我们的改造过程确实是一个艰难的过程。当时提倡深入工农兵，深入群众，投入火热的斗争。那个时候，我们在前方不参加几次战斗就感到对不起这个时代，拼命找机会去参加战斗。这恰恰是一个我们非常好的作风，现在被精英们扫得一塌糊涂。我们自己应该把这个东西亮出来。

当时的文艺家和群众发生血肉联系，这在历史上是很少的。很多知识分子是地主、富农、资产阶级家庭出身的，能够这样做，很不容易。解放区是艰苦的地方，有几年到了吃糠咽菜，连屎都拉不出来的地步。像这样的艰苦生活，现在的精英能不能过？我看我们无愧于中国人民的历史，我们和人民群众一起战斗。现在，我每一次到太行山必须要去看一下我的老房东。要把与人民的血肉联系写出来。

1990年6月1日

思想总结[1]

一、关于去年春夏之交发生的学潮、动乱到反革命暴乱的思想状态

去年四月中下旬的学潮动乱，我当时思想是有矛盾的。学生对胡耀邦同志的逝世悼念如此强烈，我不能同意学生对胡耀邦作出这样高的评价。我认为胡是个老革命，好同志，做过很多工作，对人民有贡献。但在拨乱反正之后，他对文学艺术上的指导思想，是摇摆不定的，特别在八三、八四年他对反对精神污染，反对资产阶级自由化，由于缺乏应有的认识，警惕性是不高的，最后助长了自由化思潮的发展。所以我认为学生对胡的估价是过头的，可能含有某种问题在其中。对追悼会外的情景，我认为是不正常的。

① 此文是在 1990 年上半年党员重新登记工作中，为填写“个人总结”一栏所撰。

这是总的方面。

学生提出反官倒、反腐败。对党政部门的此种现象，我是有同感的，而且深恶痛绝。虽然学生有过激言行，我认为是可以理解的。但发展到在新华门闹事，喊反动口号、造谣，我认为是被个别坏人利用、煽动。我坚决反对，主张事后对坏人要采取法律措施。

中国要安定，不能乱，我是明确的，认为党政最高领导应与学生对话。

四月二十六日人民日报社论，我是拥护的。在几次场合我都阐明社论的中心意思是：这样搞下去有可能导向动乱。没有错，社论也没说学生完全是动乱。我认为中央、国务院领导，应该快点直接与学生对话。因为“亚行”会议和戈尔巴乔夫访华，都在五月初和中旬举行。直接对话，可以缓和局势，使国家形象少受损伤。

五月中旬，仍未见领导人与学生对话，我对局势十分忧心，感到中央有个别领导人，是因传说中涉及他的子弟问题，不敢见学生。在电视中见赵紫阳与戈尔巴乔夫的会谈，说凡是国家的重要问题，都是要征求邓小平同志意见的。我深感吃惊。这不但暴露中央有不同意见，而且有把造成当时局势的原因，都推给了小平同志。

赵紫阳同志的子女问题，一直是小道流传中最大的焦点。但他从五届人大报告起，多次为高干子女，主要是对自己子女辩护、开脱，曾说中央高干对家庭和子女教育不够，是存在，但到今天为止，一个有问题的也没有。又再一次报告中说，高干子女也是公民，意思是没有利用特权做违法的事，看来他对谣传非常恼火。有次又说要追查谣言，办法是：如追到，最后一个说不出别人的就是他（以上都是大意）。我认为引起群众不满，损伤党的威信的，官倒、腐败、党风不正是最严重的原因。我认为这个总书记没有决心把我们的党整顿好，恢复光荣传统，而且自己是独断专制。因此，对几年来的“查清待结”，我是不满意的。反官倒、反腐败，在这个问题上，我是同情学生的。有过“中央不解决，让学生冲一冲也好”的思想。

五月十四、十五日学生占据天安门广场绝食，各地学生进京，我有以下的思想：

占领天安门我不赞成，不复课不同意，绝食更不同意。学生进京，会重现文化革命的大串联的恶果，不同意。在去看病路上学生募捐时，一次捐过十元、一次捐过二十元，但每次我都对学生说：绝食不能解决问题，只能损伤自己的身体，十几二十年后的任务，都落在你们身上，爱国就要赶快进食。考试已临近，赶快回校复课。要解决分配不公、官倒、腐败问题，不可能靠这一下全解决，采用正式渠道提意见。不能反对共产党、社会主义。在中国，只有共产党领导才能完成社会主义任务，哪个政党都没有这个凝聚力。听我说话的学生，都很单纯，都表示同意。

但形势不以人的良好愿望发展。在全国性的某些群众组织、中央国家机关、新闻界、文艺界等等组织的所谓声援下，使绝食学生骑虎难下。这时我着急的是，中央最高党政领导人迟迟不与学生对话，这是不应该的。学生中肯定有坏人，如袁木等同志与学生第一次对话，有个学生举起印有赵紫阳打高尔夫球的杂志就是个例子。

支援天安门绝食，要求人大开紧急会议的上述的单位，推波助澜，起了严重的错误导向。我向《北京日报》打电话，要他们向舆论界提出不要鼓励学生坚持绝食，如要绝食，那他们自己去绝食好了。我说这些人把学生作人质。

许多知名人士都在表态。我曾打电话给宋汎同志，要表态：中央主要领导人快与学生对话，劝学生进食复课。

电视播出李鹏同志与绝食学生代表对话，使我以为对话就可以缓和的想法，破灭了。看到吾尔开希、王丹等的横蛮无理，是无法对话的。也想到中央在解决这个事件中，赵紫阳的不露面，很明显意见是不一致的。

五月二十日宣布北京部分地区戒严，我完全拥护。当我听到孩子说部队在六里桥受围堵，我即告诉孩子：不能赞成。长期这样乱下去，北京的一切就会瘫痪。当孩子告我军博、公主坟、复兴门部队遭拦击，我说劝说无效，攻击部队就不能不还手。抢夺、焚烧军械军车就是暴徒，不能作老百姓看待。不穿军装的老百姓打穿军装的老百姓，那是什么老百姓？

“六一”出现的“女神”，紧接的大规模攻击军队，我感到性质全变了，“爱国”意义已经甚少了。我主张还击。我感到中央太宽容，会演变成全面暴乱。

六月三日夜，彻夜注意戒严指挥部的通知执行情况。十一时，有团部队被暴徒拦阻在崇东大街，相持很长时间。大概是十二时，部队西进，遭到暴徒用一切可使用的石块、砖头、水泥砖块等，甚至举起自行车砸徒手的一团战士。钢盔被砸的声响一路不断。暴徒还围打被拉出队列的战士，令人发指。我怒不可遏地写了两首诗，有一首发在《北京文学》上。

五日，我连接几个电话，都说天安门部队开了机枪等等，我当即表示不信，并把崇东大街所见，告诉他们：事实是暴徒打部队。如部队真开了机枪，暴徒没有几个能留下来。

我几次打电话给《北京日报》，要快搜查被夺的武器，要立即搜捕暴徒，以防其外逃。

当我听到汉奸方励之同其老婆进了美驻华使馆，我即写了封不署姓名的信，给《北京晚报》，要捉拿方归案。

我接受《光明日报》记者采访，拥护邓小平同志对戒严部队的讲话。

二、对学潮、动乱、反革命暴乱的再认识

去年春夏之交的学潮、动乱、反革命暴乱，是国际大气候和国内小气候引起的。国际原因是：帝国主义亡我之心，根本未死，无时无刻不在寻找埋葬共产主义、社会主义的掘墓人，利用开放改革进行渗透，达到“和平演变”。国内原因是：我们党的一些领导人，放弃了四项基本原则，放弃思想政治教育，放弃思想改造，过分强调高消费等等所引起。近些年，放弃艰苦奋斗，为人民服务等我党的光荣传统。特别是砍杀了一九八三年清除精神污染，砍杀了八六、八七年的反对资产阶级自由化，而提倡宽容、宽厚、宽松，以致自由化思潮统治了一切，使所有革命的思想，都被视为僵化、“极左”，公然践踏了马克思主义、毛泽东思想，崇洋媚外，一切向“钱”看。在青年中，尤其是在学生中造成极大的思想混乱，造成信仰危机，追求美国生活方式和价值观。

这种情况根本违背了邓小平同志多次反复强调要反对资产阶级自由化的指示。我认为胡耀邦同志要负责，尤其是赵紫阳同志更要负责。

这两位总书记在党政机关中的清除腐败、提倡廉政建设都很不得力。赵紫阳甚至有容忍、放纵资产阶级自由化的公开表露。

这种种情况，恰好为外国反动势力所利用，为国内反革命分子和党内动摇分子、背叛分子所利用，煽动青年学生闹事，使我国陷进一个十分危险的境地。

我认为，党内的贪污腐败现象，必须认真地不断地清除。做不好，随时都会被坏人利用，蛊惑煽动不安因素。

我在学潮动乱初期、中期，认为与学生对话就可以解决问题的想法是天真的。人家是要打倒我们，使中国变为资本主义强国的附庸。

我认为这次反革命暴乱，造成的损失太大了。但我们对资本主义强国的制裁造成的经济困难，要宣传我国的开放改革不变，而且很快已处在安定团结的大好形势中。但不要对那些仇恨我国的政府的人过于软弱。

我认为以江泽民同志为核心的党中央的路线、方针、政策都是正确的，成绩显著，令人充满信心。

三、关于文艺思想

自一九七九年冬的全国第四次文代会，邓小平同志《祝词》中提出的正确文艺方针，很快就逐步为文艺界的领导机构所放弃。“伤痕文学”“性文学”迅速蔓延，我深感忧虑。

批《苦恋》（电影《太阳和人》）胡耀邦同志草草收兵，中了文艺界领导的怠工罢战之计。近些年来，作家普遍脱离政治，不提马列主义、毛泽东思想，脱离火热斗争，作品中淡化政治，越淡化越受称赞，产生了一批精神贵族。

一九八三年的反对精神污染，中途夭折，给资产阶级自由化思潮以极大的鼓舞。

中国作家第四次代表大会，胡耀邦同志批准的中国作协的“报告”，公然放弃了反对资产阶级自由化，只提没有前提的“创作自由”。此次会上会后，自由化泛滥成灾。

一九八六年冬、一九八七年初的学生闹事，邓小平同志提的要反对资产阶级自由化的指示，只有七十天，就被新任总书记赵紫阳同志砍杀了。学术、理论界中的反社会主义、反共产主义的所谓著作、理论铺天盖地，占领了一切阵地。反共分子提出各种的资产阶级没落思想和人生观价值观，都针对着共产主义和毛泽东思想。“五四”运动、左翼文学运动、延安文艺座谈会上讲话，建国后十七年，全部否定。

最令人痛心的是，高层的全国性文艺组织、刊物、报纸，在很大程度上都为资产阶级自由化思潮、反共反社会主义、复仇主义、弗洛依德主义所占领。为什么共产党领导的新中国文坛，如此乌烟瘴气而无人管，岂不是咄咄怪事？

近十年来，我不甘心看见此种情况，任其泛滥而无所作为。故今年纪念延安文艺座谈会上讲话发表四十八年的活动，我讲到《讲话》在文艺上，使我获得第二次生命。这就是我的文艺观。

1990年6月10日

关于《高唱〈国际歌〉挺进》的写作背景[①]

第二次世界大战后，世界东方出现了一系列人民民主国家，形成从东欧到亚洲的伟大的社会主义阵营。与此同时，亚洲、非洲和拉丁美洲的民族解放独立运动，风起云涌，出现一个四海翻腾云水怒，五洲震荡风雷激的革命形势。殖民主义统治土崩瓦解，帝国主义者惊恐万状。

从中国革命胜利之时起，无可奈何的美帝国主义，一直无时不在用“和平渗透”“和平演变”的政策，企图颠覆社会主义国家，对社会主义新中国尤为仇恨。以美国为首的帝国主义和世界反动势力，对民族解放运动采取的镇压屠杀政策和战争政策，更激起了从亚洲、非洲到拉丁美洲的民族反抗，掀起了震撼全球的六十年代世界反帝大风暴。

但是，在这样大好的革命浪潮中，却出现了一股反动逆流。这股逆流的

① 此文是为长春时代文艺出版社把《高唱》一诗编入《共产党员自白诗》(1991年5月版)而写。

炮制者为与美帝国主义争霸、主宰世界，抛出“和平过渡”“和平长入社会主义”的口号，同美帝国主义的“和平渗透”“和平演变”一唱一和。在国际政治舞台上它挥舞指挥棒，掀起反华大合唱。

在这样的历史背景下，为《国际歌》词作者欧仁·鲍狄埃逝世七十五周年和曲作者比尔·德盖特逝世三十周年纪念活动，诗人写了这首《高唱〈国际歌〉挺进》。这首诗在纪念会上朗诵，引起强烈共鸣。后来在武汉，在广播电台朗诵，都收到良好共鸣和反映。从今天的世界风云变幻看，这首诗仍不失其深刻的现实性。

要告此集编者：

此诗第五段的第九句：“以铁托集团为代表的啦啦队”改为“那和平长入社会主义的合唱队”，是根据南斯拉夫、苏联与中国的关系变化做的修改。

1990年12月27日

我的写作道路[1]

人们说写作道路是越走越熟，驾轻就熟嘛，越写越容易。但我却恰恰相反，在这条道路上，感到越写越沉重，越走越艰难，可又毫无知难而退的意思。现在，我应《北京文学》要求写这篇谈写作的文章时，像坐在半山道岩上，望着前头的远山，回顾后头的崎岖来途，感慨万千。

从会读点书时开始，我深深热爱那些爱国、爱正义的人物故事，也就喜欢、敬仰写这些书的作家。等我进入少年时代，我就一直被要做一个画家、诗人、作家的幻梦纠缠着。母亲曾说：你读书那么少，又没有人教你，怎成呢？难啊！开头，我被这个事实吓住了，但又不甘心，回答母亲说：从古到今做成什么事，第一个是没有老师的人。话是这样说，可我知道我的支撑点只有两个：一是知道些社会底层生活，二是努力。其实说到努力，回想一

① 此文发表在《北京文学》1991 年第 2 期。

生，不努力的时候多得不能原谅自己。

二十一岁前后，写过一个《割稻的故事》、《林肯少年时代的故事》和一首怀乡的诗，两家报纸和一家刊物采用了。我像小学生作文得到陈列那样，当然很高兴，但说到底只是一次碰巧罢了。

中华民族所受的百年耻辱，尤其是日本帝国主义得寸进尺的侵略，实在不能忍受了。在抗日救亡运动中，我像一片小小叶子，卷进了抗日救亡歌咏运动的洪流，使自己真正投入革命艺术的巨浪狂澜里去。

一九三八年四月，在华北抗日根据地，我离开游击队去见朱瑞将军。朱将军要我到正组建的八路军晋冀豫边区太行山剧团工作。正是在太行山剧团，使我迈上创作的第一级台阶。演戏，首先要有剧本。朱瑞将军鼓励我学写剧本。这是诸艺术门类里，从未沾过边的。从夏到秋，我写了一个独幕、一个二幕和一个三幕的话剧本，得到人们的点头。从这级台阶起步，在八年抗日战争中，我主要是写剧本（自编自导）。日本侵略者的抢光、烧光、杀光政策，除了一九四三年前后出版的话剧《未熟的庄稼》、《糠菜夫妻》和小歌剧《比赛》外，使我所有创作的剧本、诗和歌词，都没有了。但不管怎样，既要为人民演出，就必须学习人民群众的语言、当地的风俗、人民的生活斗争。毛泽东同志《在延安文艺座谈会上的讲话》，像航灯一样，一直指引着自己的文艺方向。

像我这样一个说话南腔北调的人，要写出为根据地农民能听懂的戏，应该感谢同我一起工作的北方和当地的同志，使我生活在一个北方语系的环境中。更应感谢当地农民群众的丰富语汇、民歌民谣。我受伤之后，有好长一段时间养伤在农民之中。

整风运动，我是被批判被审查对象。在一年多里，在不许与亲人朋友通信息的自我教育中，我的所谓要反省交代的主要原因，是做文化工作。因此，我下定决心：在敌人未打走之前，不再做文艺工作！于是下乡做调查研究，搞减租减息，搞生产、民兵、反恶霸等等群众运动。在这些工作中，体验到许多闻所未闻、见所未见的残酷的阶级剥削压迫。说实话，“死也不再做文艺工作”是赌气话。从这时间起，我搜集了不少群众语汇、民间风俗和民歌材料。尤应感谢的是武乡盲人宣传队，我从他们的演唱中，深深受到民间艺人的启发。由于有以上的生活实践，使我在四七年重新写作时，在两年多的时间里，一连写出长诗《圈套》、歌剧《赤叶河》、长诗《漳河水》。

建国之后，当了几年宣传部的文艺助手工作，虽然是个小小芝麻官，却使我的长篇计划，搁置下来。接二连三的霎时风霎时雨，不管理解不理解，我都积极参加了。对这些事，不少应该说：回头都是梦。

不能再这样下去了，我到内蒙古参加钢铁基地建设。改变一穷二白的历史面貌，对我的吸引力太大了。我像游进江海的小鱼，看到波澜壮阔的社会主义建设，我要为之唱赞歌，怎么也坐不下来写战争了。这是我写抒情诗最多的时期。用事后诸葛亮这句话来看，也有歌唱过了头、冒进。但就改变一穷二白来说，我永不后悔！

五六十年代之交，十日九风雨，小风小雨，阵风阵雨，急转直下一下变为连延十年的狂风暴雨。我从惶惑不安、很不理解到无法理解了。在风雨快来时，有位好心的读者写信为我操心：你的《金色的海螺》不是写阶级斗争，而是写阶级调和，爱情至上，我为你捏着一把汗！在疾风急雨里，一位天生站在无产阶级革命路线的军代表，从抄别人单位得来的文艺作品目录资料里，看见我写的两首长诗题目时，即对我说：你知道吗？你的作品都是毒草，从题目就能嗅出都是毒草。对这些由于穿军装便自然而然的嗅觉灵敏者，有什么话好说呢？

如果十年动乱真像有些人说是场噩梦，仅仅吓出一身冷汗，那倒好了。可它不是梦而是真实！拨乱反正了，为写革命战争，我在夏雨秋风中，走了好几千里路，访问许多老革命根据地的故战场。沿路所见，造反派留下无法平复、伤心愁目的蹄印爪痕，哪里是噩梦，而是毁灭文化，罄竹难书的罪行！颂歌唱不起来了，我只有愤怒！

改革开放，大地复苏了，下中条，进吕梁，登五台，我正在夏日旅行。一路看到老农笑开了眼角鱼尾，少妇重现笑靥。老农妇说：从前共产党给了我们土地，现在共产党给了我们富裕。集镇热闹，庙会红火。初秋，我在大禹渡山上，西望白日依山，银粉铺天，黄河东流，想着祖国的今天和未来，我不禁念起王之涣的诗来："欲穷千里目，更上一层楼。"

一九八三年秋天，四进天山，二上昆仑，我看到了绿化戈壁，征服沙漠的可能。但是，必须有多少世代人的艰辛努力。我的写作道路，几乎都是在走过的旅途上所采撷的片叶小草，所拾取的石块碎岩。凡所写的都是走过见过的，经历过触摸过的，曾为之笑，为之哭，为之愤恨，为之握过拳头的。在一次朗诵诗会上，有位老诗友说："你的诗，还是那样。"是的，我不会易旗，也不会改线，骂我不听，笑我不理，虽然越走越沉重艰辛，但为社会主义，为人民的道路，我愿为之战斗到底，绝不忏悔。

我生于忧患。文学能正确反映、鼓舞、启迪人民；文学也能歪曲涂抹、丑化、麻醉人民。作家是不应该不考虑的。

人民给了我那么多，我回报是那么少，我更不肯退却。希望能把未做完的事做完。那就是最好的奖赏了。

1990年12月

中国作家的使命[①]

我们仍然处在世界风云变幻莫测的时代。侵略与反侵略，颠覆与反颠覆，渗透与反渗透，此起彼伏。帝国主义所企求的和平演变，已经不是幻梦。

在这个瞬息万变的世界中，中国处在一个重要的位置上。凡是有爱国思想的中国作家，从来都把自己的命运和祖国的命运结合在一起。在长夜难明的岁月里，他们知道要救中国，只有跟着中国共产党走。灾难深重的祖国，牺牲两千多万英雄儿女，才换取得人民共和国的诞生。

四十年来，我们曾有过不少失误，但成就是了不起的，是世界公认的，是无愧于祖先，也无愧于子孙后代的。

中国要做的事太多、太大，也太难了。没有见过列强对中国领土的践

① 作者原注：阮章竞发言稿。

踏，没有见过封建地主、官僚和买办资产阶级剥削压迫的少数青年学生，由于教育的失误，导向的欺骗，做了亲痛仇快的事，还是情有可原的。但对那些吃共产主义饭生存，现在又享受相当高待遇的二心者，资本主义的狂爱者，我就不知道怎么说才好了。这些人早就在社会主义五色土坛台上，向他们的上帝——西方资本主义下跪、忏悔。虽说人数不多，但能量很大。其中不少人是在他们所煽动起来的资产阶级自由化黑风中，被推上文学艺术组织职位，占据重要的文艺阵地的。这些人指挥着大小分支、大小报刊、研究院所、大学校园，推销与共产主义水火不相容的资本主义世界的各种主义，各种货色。开始还披着褪色的红外衣，在上司的支持、鼓励、纵容下，赤裸裸的公开抛弃毛泽东同志《在延安文艺座谈会上的讲话》和邓小平同志《在四次文代会上的祝辞》方针。在作家四代会上，公然放弃中央多次提出的要反对资产阶级自由化、反对精神污染的思想路线。他们谬称作家四代会是“遵义会议”“春天”“黄金时代”。他们搭上改革开放这辆顺风车，大开门窗引进西方腐朽文化思想、生活方式。一时间，现代主义的各种思想理论，成了他们的《圣经》；弗洛伊德等人，成了他们的教皇。

作为创作方法论的革命现实主义、革命浪漫主义，被他们把革命两个字砍掉了。在理论术语中，左字本来是表示思想进步、革命。它同带引号的极“左”是完全不同的。但近年来左字成了嘲笑攻击的对象。为工农兵服务、为社会主义服务、为人民服务的方针，被变为为金钱服务的方针，为勾搭洋人的方针，为向洋人讨赏的方针。近年，在我国的文学领域中出现了一种怪病叫“诺贝尔奖单相思症”。在一个记者招待会上，连外国记者也感到吃惊，便问一位文化高级官员：中国为什么那样看重诺贝尔奖？这位高级官员答道：诺贝尔奖奖金多。真是丢尽了中国人的脸！

百花齐放，百家争鸣，已变为一花独放，一家乱鸣。严肃文学，反映时代与人民战斗生活的作品，普遍受到排斥和歧视。一九八九年第二期《文艺报》，态度鲜明地登出一批专家的呼吁：《暴力是反人性的》。他们把反映中国人民反抗帝国主义侵略的作品，认为“从本质上讲是反人性的或者说人性中的‘恶’”“尊重人性，讲人道，是西方人永远不能释怀的一种理想，因而在暴力问题上表现得比我们敏感”。也是这家中国作协机关报，在一九八九年二月的一篇《迎面而来的文化现象》文章中，把性描写热，称道是“展示了我们民族人格进化与心理成熟的风貌”。这篇文章登在《理论与争鸣》。可是一篇持不同意见的千把字短文，多次信催口催，压了七个月。

近年的文艺作品中，出现了一股专写中国人，特别是农民怎么落后，怎么愚昧，怎么丑陋，来取乐和宣泄怨恨为主要目的的什么西风北风之类大大小小的作品比比皆是。不堪入耳，不堪入目的流行歌曲、扭屁股舞，无选择地在商店街头摇滚，在公园绿带霹雳，通过广播银屏飞入寻常百姓家。做爱镜头、床上特写、手淫诗歌、偷窥女阴小说等等等等怵目惊心，下流堕落到如此程度！受害最惨的是我们的青少年和儿童。请问这些爱资病狂者，良知何在？请问全国性的大报名刊，为何不但熟视无睹，反而大开绿灯？有的实际上已成为资产阶级自由化引进批发商，刑事犯罪的诱发者。

对此种情况，有人还要求人民对他们要满怀“三宽”：宽松、宽容、宽厚。可他们对革命同志是“五严”：严禁说话，严禁发表，严禁批评，严禁出书，严禁参与国际交往活动。他们可以拿着工人农民用血汗换来的外汇，到资本主义世界去大骂社会主义中国，乞求帝国主义提供一切来颠覆中国社会主义制度。有些文学组织，已变为爱资病狂者的文艺沙龙和独立王国。当今的中国，出现了一小批说不得，碰不得，批评不得的精神贵族。在去年动乱中，这些人不少是煽风点火者。

凡是热爱祖国，热爱社会主义的中国作家，不能再存着太平观念了。要认真认识时代，认识历史赋予我们的使命。虽然世界风云变幻无常，只要中国坚持四项基本原则，搞好改革开放，就能岿然不动。我们这个人类赖以生存的星球，就有希望。我们中国就会“待到山花烂漫时，她在丛中笑”。

1990年

《漳河水》几次修改的原因[①]

重校《解放区文学书系》诗歌篇中的《漳河水》，顺手记下时在1950年重新在《人民文学》发表时几处修改的原因：

一、苓苓“夜训班”降服二老怪时，有几句写他们争吵后睡觉，二老怪想和好的念头，把手放在她脸上，产生像触电似的夫妻感情。周扬同志阅修改稿后说如此写法会产生不好影响。《太行文艺》第一期（1949年5月）发表时没有触电，但有手放脸上的描写。

二、周扬同志看阅《太行文艺》第一期“漳”诗对我说：这首长诗似乎太强调妇女，好像没有男人也可以似的。结果使我把“不知俺们是占一半，没咱天下尽和尚”删去，改成“盖房要靠柱和梁”。

---

① 《漳河水》在收入《解放区文学书系》时，作者决定使用1949年在《太行文艺》发表的初稿，故写了此文。题目是编者加的。

三、我再做修改送周扬同志阅，回信说此诗有独特风格，写得好，已请艾青（当时《人民文学》主编之一）刊登。就是后来中国人民文艺丛书版的《漳河水》。

以后再版时都有某些字句的改动。

四、“文革”后，人民文学出版社决定重新出版，但诗歌组编辑要我，一要遵守工农兵审查原则，二是要把“大总统妇女也能做”改掉。我说是列宁说的，但没有取得同意。为了能重新出版，只好改了。（见1977年第2版）故编者在“内容说明”写道：“这次出版，由作者做了必要的修改。”

1991年1月7日

他永远活跃在人间[1]

——痛忆康濯同志

康濯同志去世了！

在我们这一代朋友中，能亲眼看到推翻三座大山，看到中国人民站立起来，参加社会主义革命社会主义建设，又看到改革开放所发生的巨大变化的，是够幸福的了。但我仍悲康濯早逝，因为他有很多东西没有写完，他积极热情参加编辑的《中国解放区文学书系》尚未出版。所以，我悲其早逝！

我与康濯同志说不上深交，在两个革命战争时期，不在一个地区工作、战斗。在解放战争行将全面胜利的时候，我读《我的两家房东》才知道他。与康濯的相识似在第一次全国文代会上，在一起工作却是在一九五五年。虽然晚了，但却是在一个使人感奋、激动，又使人茫然，有时思想怎么也赶不

[1] 此文发表在《理论与创作》1991年第3期。

上的复杂日子里。

相别三年之后，在一次会议上，我和康濯同编在一个小组里，在维护《在延安文艺座谈会上的讲话》精神上，我见康濯依然是忠心耿耿，斗志昂昂。

中国革命文艺同中国革命旅程一样，经历过许多风风雨雨。我和康濯同志除了在全国性的会议上，能见到面的机会少了。有一次借会议空余时间，我对康濯说：湖南我没去过，虽然几次路过长沙，都没有出过站台。能否为我创造个机会，让我到张家界看看，也到别的地方看看。他非常爽快地说：你什么时候去，就先告诉我，我陪你去。这太好了，我们可以畅谈往事，也可以畅谈今情。一九八二年六月，中国文联办庐山读书会，我写信给康濯，从庐山下来便去长沙找他。可惜，他已经跟刘知侠同志约好，去青岛，说湖南八月天气也太热。

康濯同志从长沙迁回北京后，偶尔见面时，也谈一些互相关心的问题，但多是三言两语。从去年春天起，我们都参加了《中国解放区文学书系》编委会的工作。由于近年来资产阶级自由化思潮泛滥，对抗日战争解放战争文学，特别是对《在延安文艺座谈会上的讲话》，肆无忌惮地否定攻击而无人问，令人痛心。现在要出版解放区文学书系来迎接一九九二年《在延安文艺座谈会上的讲话》发表五十周年，当然使参加过两个革命战争的老兵，都认为是义不容辞的最后的应尽责任。情绪昂扬颇似五十年前在太行山上唱“红日照遍了东方”。康濯就是其中的一个。由于有这个机会，我与康濯见面的机会，稍多些了。我见他很瘦，知道他身体不好，便问起看病、工作、生活、住房。他告诉我，出了一笔不小的钱，房子解决了，但也听到一些意见；又沉沉地说到家里有个生病的孩子。看样子，他十分忧心。

虽然这样，他对文学书系的编选工作，十分热情。在病床对小说编的编辑同志，提出了许多当时有影响的作品和编选意见。书系已经基本上编选好了，各编的序，均由主编来写。因为各编主编都是全程参加了抗日战争和解放战争的作家，对解放区文学活动，熟谙而有感情。所以参加书系工作的中青年朋友，都希望各编能有个较好的序，这是共同的愿望。但对我来说，能否做到，忐忑不安，希望能早日看到各编的序文稿，当然包括康濯的小说编序稿。我正给张学新同志打电话，学新不在。他夫人告诉我：康濯同志不幸于一月十五日病逝。

太突然了，我简直承受不了！后来听说他这次发病，如果医院有床位，是可能得到及时治疗的。如果此说不假，太使人伤情。因没有床位而耽误抢救的病例，我多次听到见到，因此感慨极深。

康濯深入群众生活，辛勤严肃地创作，爱党爱社会主义和保卫党的文艺方针路线，他是敢于战斗的忠诚战士。康濯在我们这一代人中，算是比较年轻的一拨，以他的才华、干劲和坚毅精神，是能够写完他所要写的东西，留给人们的。当然更能够同我们一起编成《中国解放区文学书系》，来纪念他终生维护的毛主席《在延安文艺座谈会上的讲话》发表五十周年。然而他却在这个时刻停下笔了，永远停下了！作为一个战友，我哀痛不已。

康濯同志是一位活跃的文艺战士。他虽然走了，但他的思想和希望，都活跃在他的作品中，因而也就永远活跃在人间。

1991年2月

忆李季[1]

因为常忆李季，早就想写几句话，直到今天才找到这个机会。我十分感谢《诗刊》在李季七十诞辰召开这个座谈会。

我跟李季同志认识，是一九四一年在太行山上。当时，我在中共北方局党校学习，有天到图书室借书，遇到李季，颇像有缘分，一见如故人，相谈很开心。我发现他非常喜欢文学。当时战斗频繁，在几次反扫荡后，我还不知道他已经回延安，再没有见面。我们再次相逢，是在一九四九年的全国文代会上。因当时有文章介绍说他是广东人，可我没有同乡这个印象，故一见面问他时，他笑着说："弄错了，我是河南唐河人。"

李季是我国当代采集民歌创作有突出成就的诗人。说起采诗，汉代就提倡，并设置采诗官。许多产生自民间的抒情诗、叙事诗，对各个时代的诗

① 此文发表在《人民日报》1991 年 4 月26 日第 8 版。

人，都产生了深刻的影响。近代、现代的许多学者、研究家，都做过采诗、搜集民歌民谣的工作，论著不少，有的很有特色。但对这些搜集来的民歌民谣，进行再创造，赋予革命内容的则甚少。在革命战争年代，也经常见到些小调填新词和运用其形式创作的新诗歌，但多是小诗短歌，而叙事诗，也甚少。李季采集“信天游”创作的《王贵与李香香》，开了民歌体叙事诗的先河。

在战争年代，像《王贵与李香香》那样为广大人民大众所欢迎的诗歌，确是引起了诗人们的注意。不少自由体诗人有意识地、自觉地向民歌靠拢，创作了不少好诗，特别是叙事诗。中华人民共和国建立之后，社会生活发生了巨大变化，创作题材，非常多样宽广，诗歌更是百花奋开，万卉竞放。李季和其他诗人一样，诗风都有变化，引起关心民歌体新诗的同志的关注。有的同志针对《王贵与李香香》与李季当时的创作情况发出“难以为继”的感叹。直到今天，也还有不少同志有同样的感叹。民歌体，是不是任何生活都适于表现呢？我是有怀疑的。时代在迅猛前进，生活在飞快变化，恬静的田园风光与奔雷闪电般的现代生活，是很不相同的。李季的诗风变化，也在追求适应这种情况。至于诗歌的民族化问题，毛泽东同志曾提出过在民歌与古典诗的基础上产生新诗，虽然引起一些诗人注意，但没有总结。这个问题，还有待于诗人们去研究去实践。

李季是毛泽东《在延安文艺座谈会上的讲话》发表之后成长起来的诗人。作为一个革命诗人，他与时代与人民是紧紧地联系在一起的，与他的创作成就和他的生活方式，都是不可分的。

人们曾有过这样的看法，诗人的深入人民群众生活，可以不同于以写人叙事为主的创作家（指小说、戏剧等）。此说颇受一些诗人的欣赏。李季则不以为然。他一直不愿浮在空中漫游，而苦恋着使他成长的大地。战争年代回到延安之后，就到三边基层工作，打下了坚实的生活基础。建国后五十年代，他深入大西北，开始他的石油诗人生活。在石油被人卡脖子的时候，他像战士听从祖国召唤那样，立刻投身到准备以巨大代价摘掉“贫油国家”帽子的北大荒石油大会战。现在去大庆采访所见到的一切，就像坐在北京电影院看童话片，呈现在眼前是一座熠熠生辉的石油城。但在三十年前，那里是水沼荒野，那种艰难困苦，是现在到那里的人无法体会到的。大庆这一炮打响后，李季并没有满足，紧接着参加华北石油会战。他以黄钟大吕般的声音，为改变“贫油国家”面貌的英雄们礼赞讴歌。人们称他为“石油诗人”，成为从西北戈壁唱到北大荒、东海、平原石油战线的歌手。

一九七五年《诗刊》重新出刊他任主编时，反复无常的政治气候，使我很为他担忧。当他来访，我送他出家门时，说了我的忧虑。他对我说：“石油部领导同志跟我说了，如果出什么问题，你就回到石油部。所以我的工作关系，留在石油部门。”想想看，这是多么令人感动的乡土感情，多么深厚的阶级感情！因为李季在我国石油大军团中，是个战斗者、司号员、鼓手，而不是个旁观者。

总之，李季的生活，都牢牢地联系着时代，联系着人民。他的诗作，深刻地反映了时代，反映了人民。这是很值得今天爱好诗歌的青年作者重视的。

1991年3月7日

在民族解放战争中成长

——创作生活的回顾[①]

青年朋友们：

林默涵同志约我跟青年业余作者谈谈个人的创作生活回顾，与青年朋友交交心。既然是交心，说话可以随便些，说错了，欢迎朋友们提意见。

从我的创作生活回顾，我认为诗人、作家，没有一个能离开时代，能离开人民的。不管怎么说，诗人、作家总是生活在一定的历史年代，总得靠人民才能生活。世界上从来没有超然于时代，超然于人民的诗人作家。我们这些比年轻朋友早生好几十年的人，总喜欢讲人们已经听得耳朵长茧的过去。这不是评功摆好，而是出于对历史的责任感。

我所见到的同代诗人作家，不少同志是工人、农民、牧民、士兵，或者

① 此文是作者1991年3月10日在全国青年业余文艺创作者会议上的讲话。发表于《文学报》1991年5月23日第三版。

是他们的子弟。在旧中国，不管他们怎么使劲，总跳不出那个长夜难明，魔怪蹁跹的苦境。做奴隶，当亡国奴的命运，无时无刻不笼罩在他们的头上。这个命运，是绝对平均主义的，不管哪个诗人、作家、艺术家，都一视同仁，平分共享。

我就出生在这个无比严峻，无比冷酷的年代。想读书没钱读书，想种地没有一寸土地，为了生活，十三岁去当油漆学徒，也就是个小火头。早上五时起床，夜十时以后才是自己的时间。生活痛苦，但使我逐步认识了人间世界。我热爱绘画，热爱诗，从画和诗里，我所接触的神仙逸士，田园风光，逐步感觉到和现实的距离是如此的遥远。日本帝国主义得寸进尺的侵略，实在是无法忍受了。我从左翼文学中得到启迪：文学艺术应该为中华民族的生存解放而斗争。我努力向着这方向靠拢，参加救国救亡歌咏活动。“七七事变”“八一三事变”之后，我走到华北抗日前线——太行山。不久从游击队调去组建剧团，这是我从未想到的。但这个机遇在我的文学道路上，是很重要的。

毛泽东同志说过“在中国只要一提到武装斗争，实质上就是农民战争”，在无产阶级领导之下进行的农民战争。为了战争胜利，一切都要依靠农民。我们的戏剧活动对象，就是广大的农民群众及其穿起军装的子弟。这个我们要为之服务的对象，百分之七八十是文盲半文盲。如果我演的戏，唱的歌，为群众所看不懂听不懂，怎么努力也是白干了。开头我们演的戏，都是用从大城市来的剧本，热闹一阵之后，群众逐渐不满足了。议论最多的一是内容，二是形式。领导同志鼓励我写剧本。因为有以上的议论，我感到南方人写北方生活，难于上青天。首先遇到的是生活风俗关和语言关。这两大关，我过得非常艰苦。我就从士兵、炊事员，特别是和我一起工作的北方同志，还有房东找帮助。房东常开玩笑说我是“南蛮子”，说话像鸟叫。对一个做文化宣传工作的人来说，是痛苦也是鞭策。我想无论如何难，也得闯过这两关，尽可能学会和选择运用当地群众的口语。有一件工作，对我最起作用，就是开展农村戏剧运动。整个剧团分散到农村去。这才真正接触到什么是具有新鲜活泼、为中国老百姓所喜闻乐见、中国作风、中国气派的艺术。我看见老百姓喜欢的是：民歌、小花戏、秧歌戏和当地流行更广的宫调梆子。我从这些当地的艺术形式特别是从民歌中，发现了农村青年特别是妇女的心灵状态和希望寄托，虽然有了些收获，但我只是觉得奇特，别有风味，还不能自觉地主动去研究运用。

当时，诗歌活动，大多是以自由体、楼梯式为主。诗人们都非常努力，办诗刊，写街头诗、墙头诗，都有诗人尝试，也举办诗歌朗诵会。但由于语言不能群众化，除知识分子、干部，群众只觉得好笑，掀不起轰动效应。音乐（当时主要是声乐）也受到群众化民族化的限制困扰。是不是所有新的艺术形式都这样呢？也不尽然，像当时贺绿汀的《游击队歌》，桂涛声、冼星海的《在太行山上》，光未然、冼星海的《黄河大合唱》，则以雷霆万钧之势震撼太行山。我记得当我一收到《在太行山上》，头一次在太行山指挥演唱时，几千人的军民晚会，全场震动，这个情景使人一生难忘。因为这支歌，反映了时代的心声，反映了太行山人民的心声。这是一个超然于时代和人民的作曲家永不可能获得的殊荣。

日本帝国主义的反复扫荡，反复推行抢光、杀光、烧光的“三光”政策，加上旱灾、涝灾、蝗灾和国民党政府断绝我军的军费军饷的供应，再加上国民党军队反共军事摩擦，抗日根据地军民生活更加困难了。当时有个顺口溜说道：“抗战一年，大米白面；抗战二年，小米干饭；抗战三年，掉屁股露蛋。”是怪话，但又是真实的怪话。在如此严酷的局面里，很需要文学艺术去鼓舞人民、激励人民。我记得当时晋冀豫边区政府主席杨秀峰同志在一次会上问我：前几年到处都听到抗日歌曲，那么多那么好，那样激励、鼓舞人民群众，为什么近年就听不到呢？ 我深感惭愧，无话可说。因为当时，有少数同志在争论：是以大众化民族化为中国文学的正统，还是以“五四”为正统。在文化座谈会上，展开了激昂慷慨的论争，好几位党政军领导同志讲话，都不能解决。因为要做到群众化民族化，诗人作家都有个与人民关系的问题。我还是引用杨秀峰同志在一次会议上的话，他说：边区有个干部下乡，拿着介绍信到专署，专署介绍到县，县介绍到区，区介绍到村，这个村就是边府的所在地，这个干部住在机关，就算下乡了。这种情况虽然很个别，但在作家中也不是少见的。当时大家都住在农村，下乡却是那样不容易，为什么？我说是“同床异梦”。和农民同睡在一盘炕上，但和老百姓做的不是一个梦。

文艺上的问题虽然没能解决，但参加敌后抗日的绝大多数作家、诗人、木刻家、音乐家、艺术家，在残酷的战争中，是英勇的，不少同志牺牲了。他们都紧紧跟着共产党，为中华民族的解放事业，在日本帝国主义的枪口、刺刀下，流尽了最后一滴血，他们都是民族的脊梁，真正的民族精英！

一九四二年《在延安文艺座谈会上的讲话》发表了。毛泽东同志以马克思主义结合中国的实际，从根本上解决了为什么人和如何为法的问题。中国革命文学艺术，从此走上新的历史时期。

一九四二年，我在边沿区群众中养伤，交朋友，认亲戚，为他们画宣传画，参加民兵反扫荡战，听到许多闻所未闻，见所未见的人民生活状况、国难家仇及他们的悲欢离合。同时，我所接触到的作家中，有不少问题，还未解决。然而，有一个作品，像一石激起千层浪，使晋冀豫作家群，震动了，那就是赵树理《小二黑结婚》问世。发现和肯定这个作品的，不是文艺评论家、作家，而是在前线指挥千军万马与敌人浴血战斗的彭德怀副总司令。如果不是彭老总亲手写的评语[①]，在作家中评头论足肯定会有的。这个短篇的问世，立刻受到广大工农兵和基层干部的热烈欢迎，使许多作家不得不服了，坐不住了。我背着铺盖卷到兵工厂，到农村，到火热的斗争中去。我耕过田，抡过镢头，干起活，像个干过活的人；我会教唱歌，会画两笔画，会排个戏，会化妆；当时要求很不高，山中无老虎，猴子称大王，只要有人不嫌丑，我都可以凑合一两下。一九四三年、一九四四年，在当时极困难的条件下，三个书店为我出版了三个剧本。因为参加整风，我被禁止与外面通信联系一年多，使所有未被日本人焚毁的手稿、材料，在这个时候， 全部丧失了，真叫我伤脑筋。有什么办法呢？只能说俱往矣，看今朝。我离开文艺工作，单独到深山里，发动群众减租减息。听到日本投降，我从未有过如此兴

① 彭德怀的题词是“像这种从群众调查研究中写出来的通俗故事还不多见”。

奋和喜悦。我便立刻加进大反攻行列，和武装部同志领着两个县民兵，配合主力，参加解放焦作矿区和解放焦作市的战斗。紧接着又参加开辟新解放地区发动群众反敌特反恶霸斗争。这时，伪军国民党特务，全转入地下，用暗杀对付我们，遭到特务打黑枪、刀砍而牺牲的基层干部，时有所闻。我和一个同志蹲点的两个村，特务把打我两人黑枪的恐吓信，夜里插在住房的门缝上。我们没有退却，反使我们想尽办法，把特务埋藏在麦地一口棺材里的武器挖出来，有机枪、冲锋枪和很多子弹。我把刚刚从这棺材得到手的手枪，晚间推上膛火，塞在枕头下睡觉。这次我真体会到什么叫枕戈待旦了。

一九四七年我回到文艺战线，有意识地运用群众语言、民歌、俚语，结合中国传统诗歌技法，把在黄河北岸的斗争生活，写成叙事诗《圈套》，接着又把土改斗争生活写成歌剧《赤叶河》。一九四九年春，进一步使用民歌风格、曲调，把我在祖国南北生活见到听到感到的人间的爱和恨，倾泻到《漳河水》里。我为三个主人公的痛苦，流着眼泪写，为三个主人公的新生欢乐，笑着写，为春光明媚的我的第二个故乡——太行山，倾尽我对她的依恋和爱。

我遵循到火热斗争中去和想知道梨子滋味要先吃一口的教导，为了改变祖国一穷二白的面貌，改变没有工业就要挨打的苦境，我放下正在写的战争长篇，到内蒙古包头钢铁基地，参加开辟建设工作。面对这个过去穷无一斤铁的兄弟民族地区，行将年产几千万吨钢的迷人情景，怎能坐得住呢？放下的长篇可以拿起来写，而开辟的人的精神气概和开拓场面，是不能追回来的。朋友说建成之后，你还可以去体验嘛。但那是先行人给你创造的。果然，我亲眼看见在晨光中响起的第一阵开山礼炮，亲眼看见在半夜焦化炉第一次放出朝霞，我能亲手拿起一块砖，和千万建设者一起把第一号高炉立起来，点火之后，又看见周恩来总理剪彩放出第一炉光芒四射的钢花的时候，我多有福气啊！

我坚持：没有见过的人和事，我不写。没有直接参加过的斗争，我不写。不是发自内心真实感情的，我不写。有时也无可奈何写了，但没有一个能写得好的。为了想反映战争，我按我军抗日出征，和刘邓大军千里跃进大别山的时间、路线，走了好几千里路去访问考察。七十岁访问新疆时，拄杖四次进天山，两次上昆仑。虽然只让我登了三千四五百米处，但这座我一生想去的祖国众山之祖——昆仑山，我终于真的登上半山了。我感谢当地的驻军和地方派车帮助，得以如愿以偿。照这样获得真实感才敢写东西，虽然多数未能写好，但我的心，总感到踏实些。

我遵循毛泽东同志的教导，坚持革命现实主义和革命浪漫主义相结合的创作方法；我拥护邓小平同志提出写“英雄人物的业绩和普通人的劳动斗争和悲欢离合”的博大教导。我认为诗人、作家要敢笑敢怒，对真善美，要敢于赞颂、讴歌，对假恶丑，敢于批评、鞭笞。

青年朋友们，中国社会主义文学，是伴随着中华民族的解放斗争道路走过来的。它对新中国的诞生，是立过功的。我和我的同代人一样，是沿着这条崎岖道路，走到今天的。我亲眼看见灾难深重的旧中国的结束，亲眼看见光辉灿烂的社会主义的新中国的诞生和成长，谁有过我和我的同代人这样的幸福呢？我是很自豪的。

当前，在急剧变幻的国际风云中，我们的祖国岿然不动地矗立在世界东方。你们生活、工作在这样的美好时辰，这是你们的幸福。当然也是我们的幸福。

这样伟大的时代，应该有无愧于她的、光照千秋的鸿篇巨著。写这些鸿篇巨著的大手笔，是走在时代前列，生活在人民之中的你们——在座的和不在座的青年朋友们。

谢谢大会，谢谢你们给我这个交心的机会！

1991年3月10日

能说是全力解救吗？[①]

昨天读了《杨晓丽姐妹被拐卖饱受摧残，公安人员全力解救始脱苦难》（见八月二十三日《法制日报》），两天不能平静。若说宁城县和遵化县公检法、县委两次努力解救，可以说得过去；但说全力解救，则说不过去。

一九八八年十二月三十一日，内蒙古自治区宁城县农村少女，十六岁的杨晓丽和十四岁的杨秀丽姐妹被人拐卖到河北遵化县。一九八九年一月十日，姐姐晓丽被强迫与王北海“结婚”。杨秀丽被强迫与大十几岁的李万朋为妻。

一九八九年二月三十日，杨晓丽母亲和大姐赶到王北海家。得知因秀丽不从，被李万朋扒光衣服扔在冰冷地窖，再扔枣树枝扎刺。回到宁城将两个女儿被拐卖的情况报了警。

① 编者未查到此文的发表线索。

一九八九年四月初，宁城县公安局李局长带领十八名干警到遵化，在当地公安局协助下，到王、李两家宣讲法律政策，实施解救。村里一百多名群众把李局长等二十几人团团包围，宁城警方只好暂时撤退。四月十七日，宁城再次派解救组赴遵化，王家动武，打断了一位老民警的两个手指。因逮了两个凶手，此村群众把连县委副书记、公检法三长在内四十多名干警围住殴打，最后县领导出面调停，杨晓丽才被解救。

以上说全力解救尚可说得过去。

但十四岁的杨秀丽被李万朋藏在姥姥家中，仍然饱受摧残而致怀孕，一九九〇年农历七月生下男婴。党员村干部代笔替秀丽写了“同意结婚”的文书。一九九一年春节前（二月十五日）唐山市公安局再次派人到李万朋家了解情况，秀丽坚决表示要走。公安人员作了笔录，许诺解救，但再无下文。到了三月初，秀丽凭着小心与机智，自己逃脱回家。整个过程经历了三年三个月。

对姐姐杨晓丽，宁城县和遵化县有关部门确是全力解救，值得称赞。但对妹妹杨秀丽，此后的一段时间里却没人过问了。

到杨秀丽成功逃脱前，只有在一九九一年春节，唐山市公安局派人去了解过杨秀丽的意愿。就是说在两年十个月中，两县特别是遵化县，对此案无所作为。遵化县领导、公安司法领导都知道杨秀丽就困在李万朋家，即使侦查不出藏匿的具体地方，总知李的家庭住址吧？李万朋也没有离开过村子。两年十个月解救不出来，太说不过去了。如果不是秀丽被强奸受孕生小孩，李家放松了监视，那就不晓得秀丽何年何月才能逃出火坑了。

显然，我们有些同志是不是由于某些群众的藐视法律，众犯难治，就手软而置法律于不顾？生了小孩，就放纵了这许多罪犯的多罪行为呢？不然为什么还要去征求杨秀丽愿不愿走呢？如果这样，岂不是只要使受害者生了小孩，就可以什么罪都免了，买卖婚姻、强奸就都合法了吗？

这恐怕不能说是全力解救吧！

1991年8月25日

诗向何处去

我为什么学写诗?

小时，对诗很喜欢，特别对古诗，虽然不完全看得懂。转向新诗，是由于祖国、人民、阶级的命运。

诗是为时代说话，为人民说话，还是时代由诗来摆布？有人说“诗是诗人心灵的历史”，诗是“诗人创造自己的世界”，诗仅仅是写诗人自己的内心感情。

艺术只能是反映生活。诗人从对生活的反映中，表现出自己的看法。是生活创造诗，不能由诗人任意去创造历史。“五四”新文化运动，是历史的产物。有一个新的时代在中国大地母腹中跳动，诗人为之呐喊。但新时代很难产，在马克思主义的指引下，经过艰难困苦才把三座大山推倒，建立了新中国。这些诗人的诗，仅是“个人心灵历史”吗？不是反映了中国历史，是中国历史创造了这时期的诗人。比如，在日本帝国主义正在屠杀中国人民的时候，诗人不写抗战，能去“创造自己的世界”吗?

可以有意识，也可以有潜意识。但不管如何，写诗总是在醒时写的，绝不是在做梦时写的。因此，做诗的人，总有所感，总是想说什么，不可能意识流到哪里写到哪里。天安门诗海的出现，正是对反革命“四人帮”的冲击，而不是诗人在创造自己的世界。把天安门诗拉作“珍珠网络面纱”，是徒劳的。“四人帮”被打倒之前那些能发表出来的诗，诗人也是有意识地在写，不管出于何种原因。

中国的革命诗人，用革命现实主义、革命浪漫主义的创作思想写的作品不能抹杀。

什么是美？能使中华民族自由解放，奔向新世界是美；没有人吃人的社会是美；包括每个人的物质和精神生活的充实是美；战胜邪恶是美；战不胜而牺牲，也能产生美；爱包含美；憎恨也包含着美；古有《梁山伯与祝英台》，现有《高山下的花环》使人回肠荡气，都是人在沉痛中找到美。怎能说写革命、战争就不产生美呢？

人是有心理活动的，诗人反映生活，是有选择的。金无足赤，人无完人，二十四小时中的生活，不可能都能随心所欲地写成文学写成诗。诗人总要把最美的东西，告诉读者，让读者感受从而产生作用。不管是古典诗也好，自由体也好，朦胧体也好，对人民看不懂生气，对“不懂”表示抗议，加好几个惊叹号，又有什么用呢？

都说现代化生活节奏快，而诗越写越长（该长的应长），这不是在浪费青春、浪费时间、折磨人吗？有诗人写荷花在春天盛开，谁见过？如此的“诗人创造的自己世界”，只能使人哭笑不得。

把中国古代、近代，特别是四十年代以后到七十年代的诗都否定掉，而又说现在崛起的诗是中国的，多么虚伪！要说必须有这种现代派的诗才配得上现代化中国的急速步伐，简直是笑话。作为文学流派，现代主义作品中，有值得我们研究吸取的方面。但现代主义作为创作方法，并不是个新升起的太阳，早已有之。为什么在革命年代，现代主义吃不开，许多现代派诗人也走上抗日道路呢？应该好好想一想。

值得再说一句是，企图否定四十年代诗歌的大理论家们，你们的话的确“高明”。在今天的中国，有人提出否定那么多打倒日本帝国主义的诗，难道说日本侵略是应该的？我看法西斯分子、日本军国主义分子，一定会很高兴这些否定。日本军国主义找到辩护人了。

共产主义理想是诗人必须具备的诗魂，不是叫诗人每诗必共，而是诗人必须有，并且通过这个坚定信念，去影响读者。现在有的诗人，生怕在诗中读到理想，硬说“创造诗人自己的世界”就是坚持理想，是“大我”，怎能说得过去呢？现在诗的危机，恰恰是因为与十亿人民的理想相悖。

诗中的“我”，本是不必费力气讨论的问题，是有诗以来就有的，并不是现代派的发明。过去有人反对诗中的“我”，康生就挑起过。只准某人有“我”，而不许诗人有“我”是不对的，但这不是革命现实主义的过错。正如独断专行、不正之风、山头主义、封建主义残余的根深蒂固，不是共产主义的过错，恰恰相反，是应该与之决裂的。不用回避，在社会主义的中国，公开说反对四项基本原则，不大可能。但企图用艺术中的现代主义代替社会主义、共产主义灵魂不能说没有。

1991年3月

说说高楼公德综合征[①]

近十年来，北京修建了许多高楼住宅，像雨后春笋，成群成片耸立在祖国首都的蓝天下。从当前国家还不富裕的情况说，修建了如此多的，雄伟壮丽的高楼住宅，谁不由衷地感谢伟大的社会主义祖国？在拥有一千多万人口的首都，能住进这样的高楼，没有一定的条件、关系、托福、缘分、世袭享用权或是落实政策，一般工作人员和普通市民（拆迁除外），只能望楼垂涎。我很有福气，以换房方式挤进煤气暖气两全，行将住满的高楼，真是寒士开颜。高楼环境与平房不同，不少住户因生活习惯一时改变，稍不注意就会影响邻居和楼外环境，如使用垃圾道、阳台浇花、装修房间等等都会出些过失，在所难免。

---

① 编者注：此文以笔名“杨皎璁”投稿《北京晚报》后，被删节为600字并加编者按刊登于1991年4月9日《北京晚报》第2版。由此文引发讨论3个月，至当年6月底，约12期。阮老在报样上注：“已告编辑：压缩得太多，已不动人。但开展讨论很好。”现根据作者手稿恢复原貌。

但稍加注意，克服是容易的。可时间一住久，同我一样住进高楼的朋友，都逐渐发现了一系列程度不同，但十分顽强、十分难治的病症——“高楼公德综合征”。因为难治，所以列举一些病例向社会求会诊求医治。

一、垃圾道“直肠梗阻”

五年前，朋友们众目望乔迁，我住进这幢十二层的高楼，垃圾道已患严重的“直肠梗阻”了。病因是上层芳邻改装房间，砖头渣土、钢筋铁丝等把垃圾道严严堵死，不几天堵塞状况直薄顶层。一幢才启用的基本达到现代化水平的新楼，立即发生垃圾道直肠梗阻症，致使垃圾散放楼道。房管人员费了九牛二虎之力也捅不通，最后只好大动手术：拔掉垃圾口的钢框，才终于捅开。但当重新安回钢框时，不知何故没把里面的活动封板挂上，留下的是时有恶臭，直冲楼道。

头一次开膛清除之后，直肠梗阻症仍然是反复发作，有一次复发在盛夏酷暑时节，因顽病难治，房管人员生气，却使苍蝇得意，不几天，苍蝇子孙发达，乘着恶风臭气，嗡嗡飞舞，成群成阵。只要人一出房门，就立刻遭苍蝇母女将士父子兵的包围攻击。

从去年十二月再一次发生严重的垃圾道直肠梗阻，在跨年度的一个多月里，房管段两次打开三个楼层的垃圾道口，怎么也捅不通，使几层楼道日夜空气恶臭。房管部门只好从外面雇人来捅了。按照房管开发公司的规定：谁堵谁负责清除。

这次从三个垃圾道口掏出的东西有：完整的破旧女用手提包、水泥碎块、水泥袋、砖块、木头、席子、过去多次掏出过的钢筋、苫布等等，都是一尺见方的垃圾道口吞不下去，消化不了的废弃物。在高楼住宅里，头上脚步声日夜相闻而老死不相往来，这些废物的丢弃者，天知地知，谁丢谁知，房门深锁，奈我何之！丢弃者风格低，陪罚者不服气，收钱的通知贴出十几天，愿出五元钱的不到一半。春节快到了，房管段解决不了，住户就向上一层的房管处反映。房管处对此的回答是："不知道是谁堵的，要不你找人来捅！"意思是他们不管！

眼看日夜从三个打开的垃圾道口喷涌出来弥漫楼道的恶臭要裹着住户度过羊年春节，求治无门，只好向市长求救了。感谢市长的群众呼声电话，当天下午就为我们治好了垃圾道直肠梗阻症。

这幢高楼的垃圾道直肠梗阻症根治了吗？谁都没有这个信心。恕我直言，这幢高楼的住户身份、地位、文化素质都是不低的，可为何"肠梗阻"却变为多发、常发病症呢？原因在于极个别住户的公德上。在我国，小儿麻痹症都能医治，难道个别首都公民的公德麻痹症，真的不可救药了吗？

二、公共楼道"咽喉癌"

刚一住进高楼，一踏上楼梯就看见壁书"请不要存放杂物"一行警语，同时也看到已进住的住户，将许多不用的东西放在楼道里。开始，我还以为是临时放置的，日子长了，看见不但没有搬走，反而不少住户陆续加入抢占，开辟永久性的势力范围，使只有一米多宽的公共楼道，成了长期存放已经没用，又舍不得处理，但绝不愿意放在自家室内和阳台的杂物、废物的存放场。有煤球炉子、破桌子、藤椅、旧床、门板门框、花盆、金鱼缸、墩布等等。许多楼层的拐弯处，晾着被单、衣服、尿布屎片，人们上下楼都要侧身通过，头上还要小心地从屎尿布片缝中穿过去。

这幢楼房设有存放自行车的地下存车处，每月收取一点存车费。但大多数住户不愿意花钱存放，就塞满在楼门口和楼外甬道上，常使车辆不便通行。住在低层的一些住户，不辞辛苦把自行车扛上楼，锁在公共楼梯旁边。加上每年好几个月的冬贮大白菜，使留给人们行走的公共楼道空间只有半米不到了。

有意思的是存放东西的位置，大多是这些放置者自己不走，而上层住户必须走的楼道拐弯处。有些人安装的窗户防盗栅栏，突出占用几乎三分之一的公共楼道上层空间。如遇突发事件，十几层楼的三十几户人家，一下汹涌抢跑下楼，这些乱堆放的大小物件，加上楼道没有紧急照明，会发生什么样的情景，不难想象。

有鉴于此，不断有住户提出过意见，房管人员也多次进行过清除处理。虽有好转，但仍有个别住户就是置之不理。有趣的是，职位越高，来头越大的住户，口气越冲，声音越粗，反问房管人员：“不放这里叫我放哪里？”“你给我找个地方！”

己所不欲，勿施于人。这句古老成语想必说这些话的人心里是知道的。

高层住宅公共楼道已经患了严重的咽喉癌！

三、高楼疑难杂症

首都不少高层住宅，不是每个单元门、每层楼都有电梯，因而为每台电梯设计了通往其他单元门和楼层的走廊。廊顶上的顶板平面和每个单元门的门楣顶板平面——这些为遮风避雨而设计的地方，也成了个别住户的“近水楼台”，开辟成另一处废杂物的露天存放场。这些物件，一遇大风雨，常常被刮落人行道，成为危险之物。一次大风天气，当我快走到楼门口时，从头顶刮下一个大柳条筐，啪的一声落在脚前，好几个人看见，都为我没被砸中而称幸。

窗户本为通风采光所置，阳台是宜于种植盆景花木，美化环境的。但却成了一些住户抛扔废弃物，甚至抖墩布的出口。有些住户还用来养小鸡、小狗。我所住高楼的向阳面下方，是一条花木扶疏的绿化带，初建时还设有石桌石凳，但没有多久就被人推倒或搬走了！美好的绿地，变成满地垃圾的污染带。楼高难见影，废物一抛人即逝，很难知道是谁干的。有时较坚硬较肮脏的东西，飞过绿地，打到过路人的身上，怒斥几声者时时有之。不断地抛掷也不断地激怒下面的住户，有人便摆开架势，丑话、脏话骂他个淋漓尽致。居民多次向环卫部门投诉，五年了，也无法解决。去年为了亚运会，居委会只好雇人专门日日清理，但五花八门的月饼盒、塑料袋，你收拾你的，我丢弃我的。假若不信，请到崇文门东大街高楼南侧的东河沿绿地看看，你会惊问：个别首都公民的公德心，得了什么难治之疾?

上面说过有些楼道没有照明。电灯本来是有的，但常常被人摘去了。房管段不肯再安，住户也不愿再安了。一个灯泡能值几个钱？有人就喜欢摘去归为己用；这幢高楼楼道窗户上的蝶形螺栓，也往往成了个别住户的备用品，每逢刮风下雨，窗门撞击声，震撼全楼。

这一带的楼群，除了几幢塔楼外，全是统建高楼，外装新潮，内饰陈旧。因为便器全是蹲坑，住户毫无例外首先一项改装工程是拔蹲坑，安坐便器。手头宽裕的要装浴室、装地板、贴壁纸、钉画线，电钻电锯声此起彼伏，日夜轰鸣。这种钢筋水泥的高楼，起码应该是百年大计，如果在卫生间早设计上便民设施，多收点房费是不成问题的。开头省了一点投资，接下来造成极大的浪费，增加了工作量，生活也不得安宁。

像这种高楼住宅，因设施简陋，小修小改，五年来循环不停。所受的干扰，也循环不已。如果大修大改，扰民程度几成公害。高楼结构很像一大提琴共鸣箱，只要一户开钻，起码上百户震动。只举年前一例，有家富裕户两室套房进行改造，大装修两个多月，全楼雷霆风暴也两个多月。搞得工作不能做，病人不得休息，日夜不宁。如此扰民，户主是知道的，许多人多次提意见，房管段就是不敢管。理由是：已经这样，我能怎样？

以上写的就是五年来我所见到的高楼疑难杂症。近十年来，北京高层住宅如雨后春笋，这是一件了不起的德政。但很可惜，个别住户的公德心未能树立起来，加上管理工作、规章制度也未能跟上，已有的执行也相当软弱无力，因而变成难医难治的“高楼公德综合征”。我认为管理高楼的工作，应同住房改革一道抓，政府和房管部门应赶快立法。有了法才能医治好首都“高楼公德综合征”。

附：

《北京晚报》编者按语

读者杨皎璁的来信，提出了一个与广大居民日常生活密切相关而又普遍存在的问题，即楼房住户如何做文明居民，怎样才能使楼房住户有个文明、整洁、方便的居住环境。解决好这个问题，也是加强首都精神文明建设的一项重要内容。目前一些住宅楼存在诸多病态，原因是多方面的，有设施不完善的问题，有管理问题，更多的则是居民的公德问题。因此，首都精神文明建设领导小组办公室与本报决定联合发起开展“话说高楼公德”的笔谈，请广大读者特别是住楼房的读者摆病态的表现、危害，剖析产生这些病态的原因，提供治愈方法，介绍好的管理经验。通过讨论，使“首都意识”和“公德意识”，在全市更加深入人心，邻里互助，多方协作，共同创造优美的居住环境。笔谈设好稿奖、好建议奖。来信请寄《北京晚报》群众工作部。邮政编码100734。

《故乡山水总是诗》序

诗，可以叙事，更可抒情。叙事也好，抒情也好，而抒情是诗的灵魂。因此，诗可抒怡悦，可发忧伤，可写爱，可写恨，可以说真善美，可以暴露假恶丑；可写欢乐的追求，更可以大鸣人间的一切不公平，无情鞭笞剥削者、压迫者的一切罪恶。衡量一个诗人给时代、人民做了什么，我常常从这许许多多的可以中，寻找共同点，决定态度。

大概是由于自己一生所走过的道路、经过的风雨，使我从马来西亚诗人吴天才先生的诗中，找到共同点，驱使我读了之后，想说几句话。

我跟吴天才先生，现在还未见过面。是在我的祖国十年动乱平静之后，收到过他的一封信，好像是要求我向他提供作品，以做中国诗歌的研究。可惜在过去和那场史无前例的十年中，很少出什么诗集，这时当然是一本也找不到了。这件事如果是有过的话，我现在已是十分模糊了。

未想到去年秋后冬初，收到他一封迟迟才转到的信，旧事重提。前几年正出了一本诗选，我算小小地满足了他的要求。不久，收到他的《故乡山水总是诗》和一些零星的诗稿。因为人老了，多一点事，就手忙脚乱，读了一些放下之后，就再记不起来了，又得从头再读。故以后采用边读边记的方法，理出了他的诗作。

诗人的诗大多是写于五六十年代，写于七八十年代的比较少。许多都反映在异国他乡的游子的怀乡、乡愁。也许因为我也是个少小离家久不回的游子，读了他的诗便常常勾起乡怀之情。故乡，是很难忘怀的，虽然半个世纪的风霜雨雪，不但未能漂淡我心中的底影，反而是越老越多思乡病。因此之故，《故乡组曲》中故乡的树，故乡的路，故乡的雨夜，故乡的朗月疏星，土地庙前大榕树下听人讲《三国演义》《水浒传》《西游记》，一页一页都再现了早已逝去的童年影像。这就怪了，一定在这些诗中藏着什么魅力，才能把一个阅尽沧桑的老人引回到童年。

“长夜难明赤县天，百年魔怪舞蹁跹。”这是五十年前我的祖国，也是诗人先人的祖国。人民愤怒呐喊：要把自己的血肉，去筑成我们新的长城。风云滚滚之际，正是诗人诞生之时。诗人还没有全换牙的时候，日本法西斯发动了太平洋战争。日本投降，世界反法西斯战争终于宣告完全胜利了，但世界人民并未赢得真正的和平。超级大国争霸，愈演愈烈，我所看到的吴天才的诗，多是写于这个四海翻腾云水怒，五洲震荡风雷激的年代。处处反映着爱祖国、爱故乡、爱长城、爱橡胶园，爱连着海洋半岛的文化脐带。

“一棵棵橡胶树，挺拔地屹立/把根深深地盘扎在泥土的底层。……

橡胶树/一旦离开泥土/便断绝蔓延的根。

一个民族/有朝失去文化的根/便切断了历史的脐带。”

由此可见诗人的一片赤子心，所以诗人在明志的《自白》中写道：“这些岁月来，/我老爱在浊雾中期待太阳的出现。/一颗纯贞的心灵啊！/含着一个钢铁般坚强信念，/驮着血腥的苦难包袱，/我毅然跋涉过时代的大风暴。”

“假如生命里还有磷光，/我仍要尝试烧红历史的道路。/他对着叱叻河呐喊，/停止你的呜咽，/我要见到你奔腾的热血，/我要听见你惊天的呼啸。”在《沙捞越河》他请求：“沙捞越河啊，/把你的悲哀与不幸，/化为惊天的惊涛骇浪，/把大地面儿来一次翻天覆地的改造。”诗人为生养奶大他的土地、河流的痛苦，发出多么愤怒的呼喊和赤诚的希望啊！

作为一个广东人来说，我从儿童时代就痛苦地知道，香港是外国强盗从祖国母亲身上割走的一块肉。我一生都信守着这句誓言“香港一定要拿回来”。吴天才路过香港写的诗，几乎每一首，都道出了我的心情。

诗人立在罗湖桥上，望着那“桥下肮脏发臭的黑水，/冲洗不掉民族的耻辱”。他强烈地希望：“新中国，伟大人民的巨人/将重新治愈历史的创伤”。今天这不仅是希望，而是指日可待的现实。

日本帝国主义发动的太平洋侵略战争，屠杀了多少东南亚地区的人民？结下的深仇大恨，深于太平洋海沟。但日本军国主义分子不但根本不甘认罪，而且无时无刻不在想把这件滔天罪行，洗尽推翻。诗人义愤填膺，在抗议诗中写道：“侵略者的滔天罪恶，/如一把沾满血腥的/武士刀，/早已烙印在/全世界人类的/心坎上。”诗人连续写了三四首诗，每首都强烈地说出了受害国家人民要喷吐的火焰。当日本每年有不少的政府官员、军国主义者，一而再，再而三地进进出出靖国神社，去参拜战犯的时候，人们多么盼望诗人发出愤怒的吼声啊！我现在看到了，有个诗人吴天才。

诗人是研究鲁迅的学者，他的诗作，敢于直面人生，敢于直面淋漓的鲜血。他对资本主义世界的人吃人的实质，怒气冲冲，单刀直入。在《尖沙咀》的一条街，诗人用了七句广东话，使读者听到、看到贩卖女人肉体的残酷的叫卖声。在《北投之夜》里，你可以从“法国帽/消毒剂/一切/齐/备”这十个字里，看到一个可怕的鲜血淋淋的世界。透过这一个《曼谷的后窗》看见一座人间地狱：“酒吧林立，/卖色不卖酒。/路灯下站立的蝴蝶，/还痴痴地望穿游魂的陌影。/酒店门帘笑口常开，/要不要梦中的女仙陪伴。”诗人用“这满眼丑恶的世界后窗，/又何尝不是一样肮脏。”揭露那个所谓的民主世界的文明和自由。

因为是华裔，更是马来西亚诗人，他好多诗，都怀念、眷恋着华族土壤里的根和生养他的土地。在《橡胶树的呼唤》里，我生怕领会错而又被这深沉的内涵吸引着，你听：“自从我在马来西亚落了根，/我就深深地爱上了这土地。/我从土地吸取了养料，/又用我洁白的乳汁去养活土地上的人民。/雪白的刀子割伤了我的皮肉，/我忍受着无限的痛苦。/……我从不唱悲哀的调子，/我从不哭诉不幸的身世。/为了马来西亚的繁荣，/我愿流尽最后一滴乳汁。”这确是海外成千成万侨胞的坚强性格，又是侨胞为建业的土地之繁荣，流尽血汗的真实倾诉。这首诗感情真挚，形象生动，语言朴素，使人像看见一个佝偻的老年华人，轻轻唱着旅程之歌。我有亲属[1]生活在这个半岛，也长眠在这块半岛。所以我很容易闯进诗人的那种苦恋着这块沃土的心态之中。

吴天才许多诗，荡漾着人生哲理。一九五八年，他以天真无邪的口吻说自己“少年时，/我很天真。/相信大人们口中所说的/真话。/壮年时，/我很愚蠢。/信服伟人口中所散播的/真理。/这些所谓真话真理，/很多竟是胡言乱语的垃圾”。想想看，你有没有这样的经历。又如：“在白天，/有人不准我爱太阳，/因为太阳是红色的象征。/在黑夜，/有人不准我爱星星，/因为星星是某种主义的标志。”又如“说谎话的人，/像饱胀的气球，/最害怕/锋利的刺针。”你想想看世界上有没有这样的地方这样的事？你再想想看，不要去找坏人盗贼，去找那些做官的大人物、正人君子，是不是这样？诗人这些诗，不少描绘可以说是惟妙惟肖。

请看，诗人写汽车是：“疯狂黑煞星的/黑哄哄的臭烟/是我们的。/冷气是大人先生们的。/太阳的炙热是我们的。”写死在路旁的乞丐：“从此不再受鄙视，/受吆喝和奚落。”之后又说：“花草无香，/鸟儿无语，/只有苍蝇/哼着祭奠的哀歌。”这含着泪水的陈诉。人总是要死的，可是人都怕说死。诗人却豁达地写道：“死是从这个世界/移居/到另外一个世界。”不是很有辩证法吗？

在前头说过：诗人出生在第二次世界大战这场人类空前灾难之后。可战

---

① 作者的长兄阮文伟，1932年离开家乡到马来西亚谋生。

争并未停止过，世界仍然是在动荡之中。我要在这里说，动荡年代矛盾尖锐，冲突尖锐，最能出诗人。能出悲观失望的诗人，能出颓废的诗人，能出醉生梦死的诗人，能出七丑八怪的诗人，能出像蜜蜂那样向人间酿蜜的诗人，也能出像苍蝇那样向人间生殖虫蛆的诗人。但我希望更多地出敢于直面人生，敢于揭露丑恶，敢于说真话，敢于反抗奴役压迫的诗人。对各式各样的诗人，我只喜欢敢于直面人生的诗人。我从不管各种诗歌理论主张、各种诗歌标准、作诗方法、各种诗歌经幢法典、各种使学诗青年解脱凡尘，飘渺入云的神父的指引。而是按我这个凡人的憎爱，去读诗谈诗的。这就是我读了吴天才诗人寄来的诗稿之后，主要想说的话。

1991年5月末写于北京

中国解放区诗歌回顾[①]

四十六年前，曾在抗日战争中，四十二年前，曾在人民解放战争中，被誉为号兵鼓手的革命诗歌队伍中，有一个纵队，先后分头活跃在大河上下、扬子南北、长城内外、白山黑水、草原沙塞、天涯海角。他们用笔和血，写下了星罗棋布于半个中国的解放区诗歌长卷。后来这些诗歌作者，有的捐躯沙场，有的灰撒江海，幸存到今天的，都已垂暮桑榆。在将近半个世纪的今天，中国解放区文学书系总编委会要将这轴带有史诗性的文学长卷，赶在毛泽东《在延安文艺座谈会上的讲话》发表五十周年之际，展献于读者面前。就诗歌编说，我们这样做主要是保存历史真实。

自古以来的中国诗歌，许多感人之作，无不表现反压迫、反邪恶、爱祖国、爱和平、爱自由等高尚情操。鸦片战争以来，反对帝国主义侵略奴役

① 此文是作者为《中国解放区文学书系·诗歌编》（重庆出版社 1992 年 3 月版）所写的序言。

的爱国主义思想，像炽热的熔岩那样，无法在诗人心中冷却凝住。在长夜难明，魔怪舞翩跹的年月里，我们的诗人喊出了“把我们的血肉，筑成我们新的长城”这首气壮山河的大时代战歌。

一百年来，多少中华儿女，不惜抛头颅洒热血，经历了多少艰难曲折，奋斗求索，终于把民族复兴的希望，寄托于中国共产党。中国共产党人，没有辜负民族的希望。“七七事变”“八一三事变”爆发，中国工农红军改编为八路军、新四军，开过黄河，挺进大江南北，在敌人后方，建立了各个抗日根据地，这就是后来人民热情称呼的解放区。许多爱国诗人，离开大城市，加入八路军新四军行列，或从事其他革命工作。不少诗人还自己刻蜡版，自己油印，编诗刊诗报，出诗传单，自己张贴于街头、墙头、井栏、路旁树上、山道岩头，自己散发到工人、农民和士兵手中。由于是在敌人后方的战争环境里，这些大量的诗作，能在当时的报刊发表的，为数甚少，主要是靠油印散发。八路军的津贴，每月一元钱。诗人的诗作，是得不到稿费的，后来有的报刊发一些稿费，也是象征性的。但诗人们都以自己的作品，能为战争服务，能被广大人民大众所接受、所喜欢，视为最高的奖赏。这就是布衣草鞋的解放区诗人所追求的最高待遇。战争频繁，敌人烧杀残酷，封锁严密，能寄到大后方发表的诗作，数目也不多。故使解放区的诗作，当时难以保存下来。现在搜集在本编里的不少诗，可以说是从当年战火余烬中，拨拣出来的，有的小诗，是通过群众默诵记录下来的。

中国各个解放区，既被日寇分切封锁，又被国民党反动派层层包围，诗人们在各自的地区各自为战，诗歌作品、情况交流，都非常困难。因此，在相隔将近半个世纪的今天，我接受写这篇诗序，重读了曾经读过和更多当时未读过的诗作，想起今天诗坛上的一些诗风，抚今追昔，感慨万千。当时诗人的精神风貌，人生价值，许许多多都是现在以我为主体的诗人，无法理解也不想理解的。

开展于敌人后方的中国解放区诗歌，当然是以团结人民、教育人民、同心同德、打击敌人、消灭敌人为创作的最神圣任务。因此，战争是诗歌的最重要主题，也是诗歌的主旋律。

日本帝国主义侵略军，是极其野蛮的法西斯魔鬼。这支魔鬼军队，疯狂推行抢光、杀光、烧光的“三光”政策。所到之处，如魔鬼吃人，所过之处，火光冲天，滥杀之后，还强迫中国老百姓，挖掘活埋自己的“万人坑”，饿极相吃的“留置场”。刀剖孕妇取乐，枪挑婴儿寻欢。日本兵所干的坏事，比魔鬼还坏。一九三八年农历除夕，日军杀进太行山黎城，疯狂发泄兽性后，把妇女、儿童、老人和青年、壮年，活活填进一口古老深井，其中有一对是来不及进洞房的新婚夫妇。在国民党军望风逃遁，敌人如入无人之境之际，正是八路军新四军开进敌后之时，处在水深火热中的中国老百姓，抢地呼天“怎么办”的节骨眼儿里，随军进入敌后的诗人，还能用朦胧轻纱般的诗，去罩着这个严酷的现实吗？不，我们的田间用再明白不过的诗回答道：“假使我们不去打仗，／敌人用刺刀，／杀死了我们，／还要用手指着我们的骨头说：／‘看，／这是奴隶！’”当我们民族命运的紧急关头，杨靖宇将军喊出：“黑暗、光明，／生死线上斗争来决定。”林山以火山喷火似的语言答道：“若要不死，／只有把鬼子杀死！”这是何等瑰丽的悲壮美啊！到今天，这仍然铿锵作响的诗句，使一切矫揉造作的摆弄，一切装腔作势的哲理，暗淡无光。

为中华民族求生存、求解放的解放区诗歌，理所当然要不断激励军民，同仇敌忾，藐视敌人，描述正义战争的雄威，讴歌“炮火连天军号响”，赞颂“刺刀开路”，礼赞“母亲叫儿打东洋，妻子送郎上战场”，歌唱不怕牺牲，排除万难，去争取最后胜利。一句话，理所当然要强调战争主题，歌颂革命英雄主义。不如此，就不可能战胜武装到牙齿的强大敌人。这就是人民所想的，也就是诗人所想的，这就是中华民族要表现的“我”，也是诗人要表现的“我”。这就是解放区诗人所追求的可能，而且一定要实现，一定要拿到手的可能——一个独立富强的新中国。这是解放区的诗人所追求的诗的雄风，美的境界。请看诗人公木和作曲家郑律成的一曲战斗颂，使解放区亿万军民高声齐唱“向前！向前！向前！我们的队伍向太阳”所表现出的美和威力，直到今天，这曲壮丽军歌，仍然激励着一代又一代的子弟兵。

中国解放区诗歌，在另一个广阔的创作领域，反映了反对封建制度的民主主义要求。中国抗日战争的主要战场，是在广阔的农村，士兵的绝大多数是农民，不削弱封建土地剥削，就不能动员饥寒交迫的农民阶级，支持战争，参军杀敌。反映减租减息运动、土地改革运动，当然是解放区文学艺术创作的另一重大主题。解放区的诗人，差不多都投入了这场伟大的群众运动，真实地反映讴歌了一个石破天惊的伟大时代的开始。

几千年来，压在农民身上的封建剥削制度，被彻底打倒推翻。被钉在锁在土地上的锁链，砸碎了，手脚自由，头脑解放了，开天辟地第一次大声喊出“土地是我们的”，山鸣谷应。欢呼：“土地回家了！”“我们是国家的主人！”怎能不激发诗人灵感呢？“豆选参议员”“豆选女县长”，这就是解放区诗人所摄下的空前的伟大历史镜头。

战争与土地的群众运动，使一切封建思想、伦理道德、世俗恶习、夫权神权，统统受到冲击、打倒、推翻。尤其是几千年被压在中国社会最底层的妇女，创造了一个向旧世界挑战的口号：“我们是半边天！”她们从悲苦控诉到大唱翻身颂，像郭小川写的那样，要“享乐一个绚烂的春天！”。

在蒋介石国民党的限共反共政策下，国民党政府不仅很早就断绝对我军的军费军需供应，而且与日寇配合形成对解放区的包围封锁，所有国内国际的援助，都被截走，无法送进解放区。解放区军民生活，更加困难了。中国共产党向解放区军民发出大生产号召。解放区诗人，不仅参加开荒种地，纺花织布，而且即时唱出“二月里来好春光，家家户户种田忙”，歌唱南泥湾等等大生产赞歌。所以生产运动在解放区的诗作中，便成了第三个重要主题。

在抗日战争中，中国共产党的军队，抗击了百分之六十以上的侵华日军和百分之九十以上的伪军。革命根据地发展了经济，发展了文化教育，战胜了一切敌祸天灾，水旱蝗螟。除了进行战斗战役和反扫荡战的日子外，根据地的中心地区，集市繁荣，社会安定。丁玲同志初到延安曾惊叹写的“没有乞丐，／也没有卖笑女郎，／不见烟馆，／找不到赌场”的景象，在各个解放区都能见到。中国老百姓多少世代祈求的“夜不闭户，路不拾遗”的社会，在中国解放区出现了。人民由衷地感激中国共产党。民间歌手首先唱出："东方红，太阳升，中国出了个毛泽东。""共产党，像太阳，照到哪里哪里亮。"老百姓唱出带虔诚色彩的颂歌，完全是出于感激，出于至诚。

中国的解放区诗人，都是革命战士。他们的诗作都能与时代同步，与人民同心，都能深深反映出全民族的团结，生死与共的爱。在百团大战胜利结束的烈士公祭公葬大会上，诗人冈夫的悼歌唱道："八路军，决死队，老百姓，生活在一起，劳动在一起，公祭在一起，公葬在一起……"时，秋风萧瑟，漳水萦回，会场笼罩在生离不可改，死别难吞声的哽咽氛围里。我敢说当前某些新潮家们的诗，摇滚哥儿们吼的歌，绿色、蓝色的爱，特别的爱，死去的爱，等等等等，不管怎样的抓心跺地，撕肝裂肺，怎能比得上如此使人回肠荡气的生死恋歌！（可惜这首悼诗，毁于战火，连诗人自己也记不全了，我只记得这几句。）

中国解放区的诗人，在改造客观世界的同时，也在改造主观世界。自由体新诗，初到农村，的确遇到过不少困难，读者对象已不是学生、知识分子，而是广大农民群众及其穿起军装的子弟兵——八路军新四军和其他抗日武装部队。农村群众百分之七八十是文盲或半文盲。从大城市到农村的诗人，从外国引进到农村的新诗形式，有个口味问题，有个用什么语言反映农民生活、风俗和思想感情问题。由于存在着这些问题，自由体新诗曾经招来了不少议论，包括明显的偏见。不少诗人也在努力寻求解决办法，也更努力为自由体新诗的生存发展，进行顽强斗争。

一九四二年五月，毛泽东同志《在延安文艺座谈会上的讲话》发表了。"讲话"为中国解放区的文学艺术，指明了方向，提出了解决办法。

在抗战开始，就不断有人尝试运用民歌形式，但多是用在小诗短诗、填词或作戏剧插曲，或点缀小说。延安文艺整风之后，许多诗人深入生活的同时，开展了采风活动。无比丰富多姿的民歌，头一次被发现。民歌体新诗，展开音乐翅膀，迅速飞上诗坛歌台，万紫千红，盛开怒放，咿唷嗬嘿，临风摇曳，一下成为解放区的嫩卉娇花。农民得到翻身，思想得到解放，唱着自己创作的赞颂斗争，讴歌劳动，欢唱胜利的民歌山歌，涌上前台。出现了一个专业诗坛与群众歌台相辉映的时代。能唱的诗，能舞的诗，诗与舞蹈、音乐，联翩飞舞在各个解放区。今天仍然永葆着青春的民间歌舞民族歌舞，为她掸掉历史封尘，重新赋予新的生命和魅力的，是中国解放区的诗人和艺术家。尤其不能忘记延安诗人从采风中，发现了《信天游》，触发诗人的灵感。李季《王贵与李香香》的成功，为民歌体叙事诗开了先河，出现了一个中国气派、中国作风，为中国老百姓所喜闻乐见的民歌叙事诗的繁荣时节。

在这之前，革命诗歌的民族化大众化，一直停留在口头上、理论上，一直未能较好地解决。在国民党统治下，不可能找到一块哪怕像巴掌大的场地，任诗人思想翩跹飞舞的实验园地。这样的园地终于在共产党领导下的土地上找到了，不是一巴掌，而是拥有一亿人口的中国解放区。

自由体新诗向大众化民族化发展和民歌体新诗的出现，展示了一个与以往不同的中国新诗风。

中国是个古老的诗国。中国古典诗词，是世界诗歌星海中的非常耀眼的巨星。中国解放区诗人中，运用传统古典诗词形式，广阔地深刻地记录了中华民族的伟大斗争，留下不少名篇佳作，毛泽东便是伟大代表。他的诗词作品，以空古的磅礴气概，独领风骚于近代。

当然，中国传统诗词，因其文字深奥，因其格律严格，在解放区里，大多是在诗人、干部和爱好者中传抄，发表不很多，能到广大群众中去的，仍然是民歌体和自由体新诗。爱好创作古典诗词的诗人，多数主张以新诗为主。

我在前头说过，解放区的诗歌，战争是诗歌创作的主旋律。咏怀、述古、书怀、伤别、悼亡之类的诗歌，有一些，但抒发爱情、个人生活、情趣之类的诗作，则甚少。解放区人，诗人，和普通人一样，都是人，都是有个人感情，有私人生活的人。在战斗的人生路上，时时存在生离死别，无处不有离合悲欢，月下花荫，也唱恋歌、小夜曲，但为求民族的解放，都以丈夫有泪不轻弹约束感情，把一切个人幸福憧憬，私情痛苦，强制冻结在深深的心底。解放区里，不知有多少"孔雀东南飞"。请别苛责吧，想想看，如果像现在醉心于赤裸裸地描述性爱的作品那样，像现在流行歌曲那样，日日吼着爱，夜夜呻吟谁来同居，试问这个仗你怎么打？这两场无比残酷、关系到子孙万代的解放战争，怎么坚持打下去？解放区诗人，也恋爱，也结婚，也生孩子，就是不能不负责任写私情，刺激性发泄。即使如此，我们编辑组在搜集诗稿中，也难能可贵地发现了几首山盟海誓的定情诗。

战争变化急骤，动员工作、中心工作既多又急，要求文学艺术配合宣传，便出现了写中心、唱中心、演中心。因存在着这种简单化要求，于是在创作上，常常出现公式化、概念化，政治图解和说教现象。这多是出自指导者不懂艺术特性，瞎指挥的产物。

长期坚持留在解放区的诗人，和在解放区成长的诗人，随着抗日战争胜利，和人民解放战争的胜利发展，许多诗人，紧跟着人民解放军，从白山黑水，越黄河，跨长江，打到天涯海角、天山昆仑、喜马拉雅，走完了解放中国大陆的全部路程。

中国解放区诗歌，深深镌刻着时代的使命。他们不是清唱家、演唱家、旁观者，而是在血与火中搏斗的直接参战战士。中国解放区的诗作，多是写于战地，草于露营，创作于农家院子，难以做到一字捻断三根须，比较仓促。诗人自己也是知道的。因此，解放区的诗歌，和历代诗歌一样，不能说每篇都有新声，每首都是佳作。解放区的诗人，是通过战火的熔炼才自我完成为诗人的。我亲眼看见这些当年正处在朱颜青鬓、风华正茂的诗人、文学家、艺术家，直面一切艰难困苦，坚持斗争，毫无怨尤；我亲眼看见不少英才，直面日寇的枪口、刺刀、皮鞭、军犬的牙齿，毫无惧色，为民族为人民流尽最后一滴血。在为诗歌编写这篇拙文中，我无时不在深深地缅怀这许多认识和不认识的战友、烈士。作为炎黄子孙，他们生得幸福，死得壮丽。作为同代人中的走运者，我为所有能为共产主义奋斗到底的解放区诗人——死者和生者，深感骄傲、自豪。

1991年5月19日

祝贺·坚持·希望

——庆《文艺理论与批评》创刊5周年

在资产阶级自由化思潮泛滥成灾的时候，人们多希望出一个能坚持社会主义文艺方向的刊物；在国际风云变幻无常的时候，人们更希望出一个能坚持马克思主义、毛泽东思想的文艺理论刊物。为什么呢？因为历史需要。

当我知道《文艺理论与批评》迎着困难，终于创刊时，我想，办这个刊物的同志，无非是适应这个需要，尽一份应尽的微力吧。这种精神我是非常钦佩的。

这些年来，顽固推崇西方腐朽思潮的文章铺天盖地、无孔不入地占据了我们许多的舆论阵地。一时间，模仿、移植西方现代主义文学艺术流派、模式、派头、趣味的作品，充斥全国性的、地方性的大小刊物、报纸、舞台、银幕、荧屏、音乐厅、广播电台。这种像瘟疫流行似的情况，居然受到“不要干涉”、“不要乱提意见”和“不要管”的“三不方针”的纵容。在

“宽容、宽厚、宽松”的“三宽风”的鼓动下，不健康的、低级下流的、侮辱祖国和各族人民的作品，居然受到竞价出版、捧场叫好的待遇，吹着走向世界的喇叭，向外国大老板献媚乞宠。而表示不赞成的文章，却很难发表。此时，《文艺理论与批评》敢于坚持共产主义旗帜，敢于碰“名流”“学者”，有的文章敢于指名道姓批评而不理头上之雷霆。这些年来，在我国的文艺理论刊物中，除了《文艺理论与批评》和后来的《中流》等外，恕我孤陋寡闻，我不知道还有哪几家这样旗帜鲜明的刊物。

四十多年来，帝国主义没有一天不在挖空心思地要埋葬共产主义，他们发过誓，愿出一笔巨大的安葬费。现在，似乎有点“收获了”。但是在中国，他们却碰得头破血流。当然，他们是不会善罢甘休的。不久前，七届人大四次会议通过的十年规划和“八五”计划明确提出要加强对马克思主义基本理论的研究和宣传，继续清除资产阶级自由化思潮的不良影响，澄清思想和理论是非。我们仅就被搞乱的文艺理论战线来说，这确实是一个首要的艰巨任务，是一个关系到下一个世纪带有战略性的任务。

叫嚣了多年，现在仍在叫嚣的“多元化”，我认为仍然有揭露它的真实目的的必要。因为这个“多元化”实质，是要摆脱四项基本原则，变社会主义制度为资本主义制度，这完全不是个学术问题，而是心怀叵测。只要我们“冷眼向洋看世界”，便能够看见一些惊心动魄的悲惨实例。帝国主义手拿着金元说：如果不先把社会主义变为资本主义，叫我老子，也不给你钱！这是何等的残酷啊。

这些年来，不少推崇资产阶级自由化的文章，随心所欲地从正面或侧面诋毁、嘲讽、攻击马克思主义、毛泽东思想，有哪几家刊物肯登不同意见的文章？至于点名批评争鸣，更是寥若晨星。本来，这些资产阶级自由化狂热者，是想一下子名扬四海，成为理论明星的。对他们的观点和作品，特别是那些有身份的头面人物，既不准批评，更不准点名，只能造成只许州官放火，不许百姓点灯的局面。《商讨与争鸣》这一栏，对某些文章敢于指名道姓，我十分赞成。有些狂热者的文章，刀子磨得非常锋利，如果我们却是钝刀割肉，这样的温良恭俭让，是不符合毛泽东思想原则的。

在被搞乱了的文艺战线，培养下个世纪社会主义接班人的任务，迫在眉睫。我希望理论刊物能团结更多愿为建设中国特色的社会主义中国而努力的同志和朋友，一起来完成这个任务。

1991年6月30日

流行音乐与流行性感冒[①]

流行音乐也称通俗歌曲（似乎还应包括流行轻音乐、舞曲等等，恕我外行人说不准），常常反映着一个时期或一个时代的要求和历史的心声。抗日战争前流行的救亡歌曲，则反映了中华民族反侵略、求自由、求解放、求独立的人民心声，为广大工农大众、青年学生所欢迎，演唱、传播成为伟大的历史主旋律、最强音，也使当时反动统治阶级惊恐畏惧，加以限制和迫害。当时，也有另一种流行的宣传颓废没落、悲观厌世、失望纵欲的靡靡之音，为当时军阀官僚、富豪贵妇、哥儿小姐寻欢作乐的兴奋剂，也为一些彷徨苦闷、失意迷惘、自甘沉沦者麻痹神经的迷幻药。界限十分分明。抗日救亡大众音乐，排除音乐贵族的蔑视和反动统治者的干扰，以悲壮的鼓点、激越的

① 此文 1991 年冬曾寄给林默涵看，投给《中流》潘仁山，未有回音。1992 年 2 月 3 日写信请林默涵索回。

旋律，伴随漫长的征战，驱逐了帝国主义，迎来中华人民共和国。

这就是人民的心声，中国音乐的个性。中国大众音乐，在社会主义建设中，一直永葆着她的革命青春。

大众通俗歌曲，在音乐领域中，有她的独特魅力。她方便、自由，不一定要有伴奏，不一定要有舞台，只要有人，就能尽情地发挥作用。中国音乐，从来不排斥世界各民族的音乐。建国以来单从声乐来说，都吸取了世界音乐精华，不少歌唱家以民族唱法、美声唱法，蜚声世界音乐赛场。

改革开放，我们加强了与世界文化交流。海外港台的流行音乐，蜂拥引进大陆，演员走穴、歌星发财、争娇斗媚，风靡全国，大有使大陆歌台粉黛无颜色的样子。仁者见仁，智者见智，说长道短，褒贬不一。大陆作曲家、演奏家、歌星纷纷乘此西风，冲向新潮，模其声腔，仿其节奏，也创作了不少很受歌迷欢迎的作品。但是从这些震耳欲聋的“嘭嚓嚓”“嚓嚓嘭”声中，占相当数量是海外港台产品。从海外港台产品和大陆仿制品的“嘭嚓嚓”中，研其曲调，究其旋律，伴奏、演唱、声腔、舞台风度，都带着极浓的咸水味儿。从其题材内涵说，给人的感觉，多是女人男人、性爱恋情、思念忧伤、迷惘彷徨、荒凉寂寞，太多的哀愁，过多的失落，没完没了的伶仃孤苦。从其曲调旋律千篇一律的两字一喘气，三字一沙腔，千篇一律的“嘭嚓嚓”，突然爆炸的“啾啾啾”，配器配曲无个性，鼓声点点必雷同。歌星是流行音乐的直接体现者、传播者，他（她）的感情音色、动作台风，都直接影响观众听众的心灵，审美观念。健康的激扬向上，婉约抒情的心旷神怡，病态则导向消沉。使人很难理解的是：为什么众多歌星，都以声嘶力竭的吼叫，沙哑干瘪的长号，颤抖呻吟，忧郁、痛苦、绝望的声音，来排泄感情呢？为什么有那么多的无可奈何的呼天抢地手势，那么多无可奈何的摇头闭目，到底是在宣泄什么呢？

现在有些流行歌曲，明明是为早已死去的岁月悼亡，而我们的赞美家却说是怀恋故乡、怀恋祖国。明明是对新时代的诅咒、控诉，反说是充满对未来的光明信念的美好憧憬。不说从乐曲语言品不出这样的潜歌词，也找不出这样的音乐思想，简直是巫婆神棍圆梦，一派胡言。还不如歌者认为我们的生活有缺陷，而直言其过，直斥其失。中华民族百年浴血驱逐帝国主义，打倒了封建官僚资本主义，连放卫星上天，解决了十一亿人的温饱等等，总不能老是没完没了地学帝国主义的声腔来发泄吧？帝国主义的“和平演变”，四十多年，一直阴魂不散，一直把希望寄托在自己沉沦的哀歌中，寄希望于“嘭嚓嚓”的喧闹上。二十八年前为看尖端文化娱乐，我曾在今天“帝旗换了菜篮空，生活不堪回首明月中”国家的地下歌舞场中，看见使年轻观众、军人如痴如醉的脱衣舞，狂呼击掌的摇滚音乐时，十分担忧地对同行者说：“如果帝国主义发动突然袭击，他们怎么能打仗？”美国早就有人提出发一笔可观的“共产主义安葬费”，今天不是取得可观的成果了吗？今天，处在世界风云变幻急骤中的中国，严肃地思考一下这个情况，不全是杞人忧天吧？写到这里，我想起前些天偶然收听到一个流行音乐节目导语，说欣赏流行音乐要有入虎穴，得虎子（原话）的决心，才能领略那种只可神会，不可言传（原话）的美妙乐趣。这个导语似乎有点故弄玄虚，其实不须有这个敢死于虎口的可歌可泣的决心，流行音乐其实早已流行全国。君不见干瘪吼叫，沙哑颤音，不仅早已淹没它滋生的乐土，会聚渊薮歌厅舞厅、发廊酒吧，而且泛滥于大街小巷、马路车道、公园绿带、工厂矿山、大中小学。广播电视为之覆盖全国，播音站室为之填满各个旮旯，占据了生产工作用餐休息所有时间，而且为所欲为地占领了儿童的晚间作业。晨昏昼夜，此起彼伏，在中国已经很难找到一块不受流行音乐侵占干扰的净土。

因为流行音乐流动成风，使中国出现了“墙头草，随风倒”的现象。一曲反映西北地区生活的电影插曲，到处刮起西北风。中国东北西南的流行音乐全乱套了，东北风套西北风，西南风套东北风，其实西北风刮的是西洋风，此风的老祖宗，远在大西洋彼岸。艺术切忌模仿，东施效颦，结果是越效越丑，越丑越要仿效。请看现在许多电视中，远至几百年、几千年的历史题材，近至近代现代历史的重要的、严肃的、悲壮的、深沉的、苦痛的题材都能看到这个现代怪影。同时也能在一些庄严的庆典上，看到这个与历史、与革命斗争格格不入、不伦不类、水火不相容的怪影。爱我祖国的颂歌，不喘不号不够味儿。缅怀革命的声情，不瘪不沙哑不过瘾。一些素以严肃著称的“吃皇粮”艺术团体亦步亦趋，奋力紧跟，刹车转向。一曲饱浸民族血泪的《在松花江上》塞进狂欢狂舞的“嘭嚓嚓”，一支优雅明丽富有民族特色的古曲《雨打芭蕉》每节每拍都点滴摇滚溶液，雄风洒洒的队列歌《我是一个兵》，被摇臀摆腰的歌星，挟持滚进疯狂的迪斯科旋涡中。唯恐不够新潮，唯恐不够港味台腔，吐音咬字，装腔作势脱离汉语规范。庄严歌声哈喇了，祖国语言变味儿了！写到这里，使我想起抗日战争前上海滩的舞厅夜总会老板，他们看到抗日救亡音乐的巨大影响，便将《渔光曲》《大路歌》等革命歌曲，抢拉劫进舞厅夜总会，软化旋律，涂黄音符，配上“嘭嚓嚓”，与《桃花江》《妹妹我爱你》等靡靡之音鱼龙混杂在一起，为吸引更多的舞迷大发其财。当时是抢劫，现在是让路，看上去更有其相似处。我们有些艺术同胞，缺乏锻炼，弱不禁风，海外港台歌星打喷嚏，大陆歌台就咳嗽。你看流行音乐多么像流行性感冒。

文化生活，不同时代有不同要求，不同层次有不同爱好，应该许可有偏爱，许可有选择。纯娱乐性、纯欣赏性的文化生活应该容许，也是不可少的，但应是无害的。每个国家、每个民族都要求有代表时代生活的主旋律。建设有中国特色的社会主义新中国，流行音乐，应有中国音乐语言、中国个性、中国风度。流行音乐应有创造意识，有自尊心。有出息的音乐才能走进世界音乐之林。

我也很爱听欢快一些的世界名曲、歌星的歌，像希腊的纳纳穆斯古丽的歌，觉得内容形式都很好，很爱听。因为她的歌有特色，有个性，有自己的风格。

我赞美那些有中国作风，中国气派，为中国老百姓所喜闻乐见的流行音乐。

1991年10月23日

三访翠亨[1]

秋夜觅翠亨

秋夜行车似风腾，

沧桑岂必赖天成？

少年寂寞荒村树，

老大温馨落英风。

六载倏忽旧游地，

千林怎认酸子庭。

凭窗猜问明灭处，

树笼光晕可翠亨？

---

① 发表在《中国化工报》1993年10月13日第4版。

这首诗，是我于一九九一年十一月八日在翠亨别墅写成的。

中国国民革命的伟大先驱孙中山先生的翠亨故居，我青年时期，曾访问过。那是一九三三年夏天，我从澳门失业回乡，特意走旱路到翠亨参观孙中山故居。这幢七拱门面的赭色楼房，是当时常见的所谓中西合璧建筑，倒也很别致。然而内部却十分简朴，还不如当时许多有钱人家的住宅。故居院里右侧，有一株孙先生手植的酸子树，左侧有眼水井，除此之外，记不得有什么了。但故居楼上，我仍记着有孙中山、陈少白和陆皓东等革命先驱，讨论国事的房间楼角。这些印象，直到现在仍留在脑子里。当时在翠亨，办有一个中山实验农场。我记得室内，挂有画家司徒乔的几幅风景画。村头有座刻有“翠亨”二字的村门。当时的翠亨，和故乡的其他乡村一样，寂寥零落。我在参观时，没有见到别的参观者，就更感寂寞了。

一别五十二年。一九八五年五月，我重访孙中山故居，下车四顾，绿树葱茏，繁花似锦，海内外游人如鲫，熙熙攘攘，络绎不绝，茶楼饭店，生意兴隆。五十二年前的荒村景象，消失得无影无踪了。然故居不但仍保留着原来本色，而且更明丽。故居内部陈设，仍然如故，但文物却更加丰富了，如孙中山的演说唱片的发现，使后代能聆听到这位伟人的声音，太宝贵了。孙中山先生在他的《总理遗嘱》里所嘱的救国任务，中国共产党人为之完成，才有今日故居的辉煌巨变，使人感慨万千。我应纪念馆长李伯新先生的要求，题了《重谒孙中山故居》四句诗留给他。诗中的第四句诗题后改过的，原为“功高千古在”。

击鼓催天晓，

阴云压海瞰。

狂飙清玉宇，

重谒万林春。

一九九一年十一月，应中山市的邀请，我和在北京工作的中山籍画家古元、方成、江有生和雷楚汉等同志，参加孙中山一百二十五年诞辰纪念活动，有幸安排住在翠亨别墅。

因为六年前我曾访问过翠亨，心里想：即使翠亨有变化，即使是深夜，我总是能认出一些景物的。所以一离开石岐，我便凭窗捉捕印在心中的翠亨景象。我留心窗外婆娑摇曳的绿色长廊，可是除了夜风习习和有时透过林树，闪闪烁烁、明明灭灭的灯光之外，怎么也捉捕不到留在记忆里的景象。车行好半天，猜着问着，回答都不是。忽然看见黑黑林树丛中，泛起玫瑰色的红晕，才听开车的同志说：前头才是翠亨。

车子停在灯光掩映的别墅庭院，这当然不是我来过的翠亨。好吧，夜里认不出，那就第二天早上去认吧。

第二天清早，在小鸟啁啾的争鸣声中，我拄着手杖去认翠亨。下台阶抬眼望去，只见林树苍郁，碧空如洗，绿草如茵，菊花含露开放，三叶红临风弄姿。这里是秋天还是春天，叫人一下辨别不出来。我曾见过的翠亨在哪里呢？我似乎有些糊涂了。于是，我走过小桥，拐过一处林坡，又回头走上水泥林道，步行半天，还是走不出园林去，也寻找不到我两次到过的翠亨，认出我见过的翠亨。

累了，我小憩道旁，四顾张望：翠亨变化太大了。不管秋天也罢，春天也罢，糊涂也罢，不糊涂也罢，反正这里就是翠亨。但不是昨天的翠亨，更不是前天的翠亨，而是改革开放后的新翠亨。

1991年11月8日

1992年春追记于苦噪楼

宝弓不老神弦劲[①]

——祝贺杜埃[②]同志文学创作60周年

小时候在家乡，常听人说：姜是老的辣。意思是说，姜越老，质量越高，越有劲，越好。

自古以来，凡是为人民不会忘记的作家，总是为民族、为人民而思想，而战斗，而写作的。外国作家也是这样。

当祖国、人民处在水深火热之中时，中国作家多数是越经风雨越坚强。近些年来，各种思潮搞乱了文艺界思想，我们的老前辈欧阳山同志写出掷地有声的名句："革命到底，坚持到底"以明志。我一生敬佩这样为祖国、人

① 收入《风雨六十年——杜埃作品研讨论文集》花城出版社 1993 年 9 月版。

② 杜埃（1914-1993）广东大埔人。1933 年参加"左联"，1936 年加入中国共产党。1955 年成为中国作协会员。曾任广东省委宣传部副部长、省作协副主席、省文联副主席等职。

民进行不屈不挠斗争，始终如一的作家，即使在风云乱滚，变幻无常的时刻里，都毫不转向、毫不忏悔的作家。杜埃同志便是一株风中劲草。

杜埃同志所走过的道路，是二十年代少年追求光明，追求真理，并终生为之战斗的道路。从他参加办《火花》起步，坚定地走过了阴晴雨雪的六十年。不管是他的小说、杂文、评论，都清晰地录下了为祖国解放，为太平洋人民自由呐喊的战斗心音和搏击声响。在新中国诞生之后，他以火般的热情，积极投身于最后消灭封建剥削制度的土改运动中，坚决遵循毛泽东同志指引的文艺方向，到农村、到老区、到海岛的火热斗争中去。在文艺战线上，始终坚持共产主义理想。在不堪回首的十年内乱里，他靠边站，挨过整，坐过牢。不应有恨，谁能无恨？即使如此，也丝毫动摇不了他对社会主义事业和共产主义理想的信念。

当资产阶级自由化行将泛滥成灾，某些人对共产主义理想动摇、幻灭之际，杜埃同志以一个战斗兵、实践者的姿态，历指是共产主义理想把受尽凌辱的旧中国，变为伟大的社会主义强国的事实之后说：“这一切不正好说明我们国家数十年来以共产主义思想指导的结果？不正是共产主义理想远大目标一步一步长征的初步结果？”（见《杜埃自选集代序》）。

作为同时代的战斗兵，我十分欣赏杜埃这一段话。共产主义长征，对我们来说仅仅走上第一站。风雨连绵，道路艰辛，曙色虽远，熹微在望。真的共产主义者一定会以愚公移山的精神，一步一步，一代一代地走到头，把晨曦捧给人类。

杜埃说他是个“业余作家”，虽然有自谦的成分，但也是一个共产党人对位置的摆法。

因为杜埃同志风晴雨雪都是在岗的战斗兵，趁他文学创作六十周年，我以一个同龄战友之心，在严寒北国，向南遥寄一支歌：

百年苦雨没了完，
三角洲头风腥膻；
枕边多少惺忪眼，
启明星照步履难。

黎明雷电乱珠江，
毛毛细佬[①]学投枪；
军阀洋鬼我必反，
刀斧岂伏少年郎？

淬剑催开珠江水，
风雨奔腾太平洋；
椰林踏月捉野鬼，
榕下击鼓审东乡！

① 细佬：音 sei lou，广东方言小孩子。

惊风骇浪乌鸦噪，
姓共到底不改腔！
宝弓不老神弦劲，
杜埃尚可射天狼。

1991年12月3—5日

书赠《春蚕颂》[①]

默默吐丝，密密织锦，辛辛绣出光辉灿烂的华夏文明。

1992年1月

① 《春蚕颂》山东友谊出版社 1994 年 5 月版。是中国当代著名文学家手迹的合集。

在《诗刊》的发言稿[①]

很惭愧，这几年读诗甚少。一是在写长篇。主要是不忍把自己参加的历史，叫后人忘却。二是对新诗有不同看法，年老了，算了。

另一个不想当编委，不是不关心《诗刊》，是出于不怎么一致。这次来参加，想听听同志们的意见。

我的主见很简单，现在有的诗没法读下去，不知道在说什么。内容离生活、社会越远，形式越来越奇。诗是很讲究语言的完整的，虽许可倒装。

非《诗刊》的诗很少读，读了也记不住。只把去年十二月号和三月号读《诗刊》的感想谈几句：

我们还不能总是吟风弄月，责任很大，精神文明虽然在抓，有成绩，但仍有许多问题。

---

① 此发言的时间不详。

有人写文章说，新诗没有几篇几句能记得住，主要是不接触社会，不接触时代。但有几首诗是好的。凌冰的诗，应赞扬，写了人民的愤怒。

小字排的一些打工仔、小学教师的作品是好诗。即使艺术稍差，但能读懂。这一阶层是怎样在生活、工作的。为什么不能放前头，用大字？相反女诗人诗，是谈什么？“主妇手记”可以写一万行。

为旧体诗说几句，要求《诗刊》松绑！

现人民最恨是什么？诗人应表态。去年十二期有赵延伟的文章，接触社会问题，好。

试谈民歌[1]

在毛泽东的著作中，我们可以经常读到关于民族化、民族形式问题。他早在《中国共产党在民族战争中的地位》中就提出“新鲜活泼的、为中国老百姓所喜闻乐见的中国作风中国气派”的民族化思想。在《新民主主义的文化》中写道：“中国文化应有自己的形式，这就是民族形式。”在《在延安文艺座谈会上的讲话》中，对我们这个创造了灿烂古代文化的民族，着重提出“继承一切优秀文学遗产，批判地吸收其中一切有益的东西”，作为创造作品的借鉴。作为一位伟大的诗人，毛泽东非常关心中国诗歌的建设发展。过去也曾多次听到过毛泽东有关诗歌民族化的讲话，而一九六五年《致陈毅》信，是他专门谈诗，也是现在能见诸文字的一篇诗论。他在这封八百字

① 作者注：《试谈民歌》是以讲毛泽东的诗歌主张，1992年4月在同仁医院住院写的，准备“讲话”50周年用，已寄《文艺报》。反复考虑不理想，要回。1993年6月改为毛泽东百年诞辰用，已面目全非。——1993年7月3日

左右的信里，精辟地阐明了诗歌创作的许多问题，既论述了古典诗词的创作方法，也谈了对白话新诗的建设发展和希望。

毛泽东在信中写道："诗要用形象思维，不能如散文那样直说。"这不仅仅是创作古典诗词应遵守的创作方法，更是今天新诗所应重视的创作方法。今天的新诗，"敷陈其事而直言之"的散文化，是比比皆是的。毛泽东紧接着写道："所以比、兴两法是不可能不用的。"比、兴法，是唯中国诗歌独享的独特手法。创作古典诗词违反了形象思维规律，便"味同嚼蜡"。新诗中的许多无形象、无比喻的"敷陈其事而直言之"的直截了当写法，同样是无法调动读者感情，引起共鸣。毛泽东又说"要作今诗，则要用形象思维方法，反映阶级斗争与生产斗争，古典绝不能要"。可见他指的是"作今诗"也不能用直说的方法。

对艺术，是许可有偏爱的。从毛泽东的诗作来说，他喜欢古典诗词，他娴熟运用中国传统诗词形式和手法，反映现代中国革命斗争艰苦卓绝与胜利的历程。他的诗作，是现代史诗。主题之深刻，视野之广阔，意境之深邃，气魄之宏大，形式之完美，是前无古人的，许多作品可称古今绝唱。对古典诗词虽然如此，但他在一九五七年《致臧克家等》信中写道："诗当然应以新诗为主体，旧诗可以写一些，但是不宜在青年中提倡，因为这种体裁束缚思想，又不易学。"可见毛泽东非常关心新诗的发展，寄托着深切的希望，然而他对新诗是有意见的。对于新诗过于散文化、西方化的情况，仁者见仁，智者见智，长期褒贬不一。但新诗对中国诗歌的解放，对革命斗争的贡献，也不能随意否定。毛泽东在信里提到新诗时说："用白话写诗，几十年来，迄无成功。民歌中倒是有一些好的，将来趋势，很可能从民歌中吸收养料和形式，发展成为一套吸引广大读者的新体诗歌。[①]”读到这里，我曾听人说过毛泽东自己说他搜集过民歌，说过中国诗的出路，第一条民歌，第二条古典，并在这个基础上产生新诗来。形式是民族的，内容应当是现实主义和浪漫主义对立统一。太现实了就不能写诗了。这段论诗的话，未见于公开文字，但《致陈毅》的信是“文化大革命”之后在《诗刊》发表的，似未引起较大的注意研究讨论。

近些年来，中国自由体新诗，蓬蓬勃勃，发展迅猛。作者之多，诗作之多，诗报诗刊之多，搬运西方流派、模拟西方形式之多，都是前所未见的。不少青年诗人，显露出非常可喜的才华。与此同时，对中国革命诗歌的斥责，对“讲话”的贬损，也是前所未闻的。由于新潮诗使“中国诗坛立即失去了平静”，新潮诗评家幸庆地说：“曾经造成诗的沃野后来又严重沙化的诗的荒原上……引起一部分人的惶惑甚至恐惧……危机感……。引起更多人的惊喜。”于是“淡化政治”“远离政治”“脱离时代”“写自我”喧嚣一时，争奇创怪。不少诗作欲脱朦胧又陷混沌，读者读不懂！一位著名的老诗人对我说：“现在青年诗人的诗，我不知道是在说什么，我也看不懂呀！”[②]在大陆诗歌有了点好转的近两年，仍有些人一听到民族化，诗要有中国特色时，便怒冲冲吼道这是要诗“回到老区去！”其实在毛泽东

---

① 作者批注：似乎过于苛求，也非事实。

② 作者批注：此是海内外都不提的，不写。

“讲话”发表之后，在共产党领导下的中国解放区，当时的诗歌创作，仍是新诗占主要地位，不过诗风确有很大变化，大众化了，人民喜欢了。至于民歌体，当时只是个有意识的采集尝试，但确是呱呱落地即受到人民大众的欢迎。若有不信者，请翻翻今年重庆出版社才出版的《中国解放区文学书系·诗歌编》便可以找到答复，很无必要如此激动。

中国诗的发展史，从四言、五言、七言、古风、律绝、词曲、小令等等，经历了两千多年的漫长道路，形成一套独特的民族诗风，独特的形式，独特的方法，尚形象思维，比兴方法。民歌中，总的是五、七言居多，但决不拘泥，可加可减，可添加虚字垫字衬字，可插进无字有声的感叹声，摆脱平仄束缚，不须严格遵守押韵的戒律，节拍短，旋律明，语言活泼生动易懂。毛泽东希望“发展成为一套吸引广大读者的新体诗歌”时，提出是“一套”。因为中国之大，民族之多，民歌极为丰富，多姿多彩，决不是“顺天游”“开花”一二种民歌所能包含，而是要“成为一套”。同时似应注意此句结语是“新体诗歌”的“歌”字。诗也常称“诗歌”，但在这里是谈民歌出新体诗时说的，似要从民歌内涵去理解。歌者，能唱之诗也。能唱的诗通常叫做“词”，词是配有曲调的歌。古代的曲牌，大概是由于记谱手段有缺陷，乐谱不见了，只留下调名和词了。民歌因为能唱，传播方便，在革命战争中，我们曾采用了许多民歌曲谱填词或改编了不少新民歌，作用甚大。“成为一套吸引广大读者的新体诗歌[1]”，是否包括能唱这个意思呢？

---

① 作者注：着重点是我加的。

描写田园风光，小桥流水，牧野蓝天，儿女话情，是民歌的特色。要写现代工业，矿山、坑道、城市、工区，可运大型火箭的超级公路和放羊上山坡的羊肠小道，是无法比拟的。采用民歌形式写得好的，似尚未多见。反映现代化、改革开放，必须有海沸山摇的震天响声、风驰电掣的强劲、凝重雄伟的音响节奏，民歌就有改革开放的重任。毛泽东是位运用古典诗词创作的巨匠。前面提到，他曾说过在民歌与古典基础上产生的新诗，形式是民族的，内容是现实主义和浪漫主义的对立统一的，我认为是独具慧眼的。古典诗词规矩严格，语言艰深，浓缩太甚，不少是不易读懂的。所以“不宜提倡”，但它能多方面反映社会生活斗争，语言凝重宽舒、豪放婉约都能充分表现。吸取它的优良成分，运用其独特手法，不是不可尝试的。说实在的，现常见在许多自由诗中，都吸取了古代成语、古典词汇、书面语言。今天读者的文化程度，已有普遍提高，大不同于战争年代。现在的任务是提高欣赏审美素质问题。何况中国古典诗词，现在仍存在着不宜忽视的伟大生命力。诗词学会、诗社遍布全国，参加者有老年、中年、青年，还有遍布世界的华侨华人[①]。如果它是一种死去的文化，何以喜爱者如此之众？护花复壮者如此之广？蓝色的海洋，绝不可能把她淹没，相反，世界不少国家正掀起一股唐诗热。

我们这个古老的伟大民族，从不拒绝学习别国别民族的优良文化，而非常有意思的是，最善于把别国别民族的好东西，融化在自己的民族文化和民

① 作者注：中国诗的因子仍在活跃。

族形式之中。诗歌艺术更是如此。

毛泽东多次讲过写诗难。我说写新诗也不易。现在不少的新民歌中，标语口号不少。旧民歌中，也有不少糟粕。可是在新诗中同样的情况，也不少见。发展创造民族诗歌，是创造发展、开拓前进，而不是要新诗走回头路，都去写古典诗词和民歌体。诗当然以新诗为主体，问题是民族化，创造新的民族形式。

在纪念“讲话”发表五十周年和建设有中国特色的社会主义的今天，重新研究毛泽东提出向民歌和古典学习问题，我看是有必要的。写这篇文章纯是向有兴趣的同志抛砖引玉。

1992年4月末写于同仁医院

劫余留铁笔　白首写苍生[1]

——忆黄药眠同志

大概是一九三四年，从朋友处借到一大网篮二十年代末三十年代初的文学刊物，其中有早已停刊的《创造月刊》。从这些报刊中，我第一次知道有位诗人名叫黄药眠。诗人当时正在国民党的南京中央军人监狱里坐牢。抗日战争期间，我在华北敌后，虽然被日寇和国民党前后层层封锁，大后方的书刊报纸很难见到，但我仍知道中国革命诗人中，有一位写出名诗《桂林底撤退》的黄药眠。我和他虽然无缘见面，但诗人之间常常是以诗认友的。

一九四九年建国前夕，第一次中国文学艺术工作者代表大会在当时的北平召开，我俩都出席了大会。从此，在以后的各种文学会议和集会中，我们时常见面。

---

① 此文发表在《文艺报》1992 年 8 月 8 日第 8 版。

相见恨晚，也相谈恨少，但药眠同志给我的印象，非常深刻。我所以说非常深刻，是他随便的态度，平淡的谈话，话语虽不多，但我们每次见面都有话，我感到亲切易近。我读书太少，生来有点怕教授，但对药眠同志，我无此感觉。多数是他先开口说话，不太用力的握手，没有过分的笑声，总是那样平常、安详、恬适。对于学者长者前辈的这种风度，我最适应而不惊。

药眠同志是位革命诗人，爱国家、爱民族、爱底层人民。青年时代参加革命活动，因此不常写诗了。但他心中从来没有放下写诗之笔，在艰苦的斗争时如此，在逆境中也如此。他的一身洋溢着为人民的诗人气质。新中国建立之际，他正处在诗情激荡的创作盛期，歌唱人民的胜利、祖国的新生，赞美静悄悄地吐丝的春蚕，静悄悄地观天测地的科学家，静悄悄地守卫边陲的哨兵，歌唱无缝钢管，歌唱渔家女儿变为现代机器的指挥。他和人民一样，欢呼过去所无，今天初见的一切新生事物和成就。他的诗感情真挚，富涵人生哲理，语言易懂而无矫揉造作。如果不是两次人为的灾祸，我相信他会写出更多更好的文章和更多更动人的如《给母亲》《微雨》等等的抒情诗和与《桂林底撤退》《悼念》内容不同、主题新鲜、感情浓郁的歌颂祖国新生活的长诗。

我初读《悼念——为悼念周恩来总理逝世三周年而作》这首长诗，是由香港印行的。这首长诗，是诗人呕心沥血之作，反映了中国人民和全世界人民的感情，因此赢得了国内不少诗人和国外朋友的赞誉。对周恩来总理表示真挚感情的成功之作很多，可以树成千里诗林，但似《悼念》之长，构思之苦，费时之艰，还比较少见。只从这一点来说，我深为感动。同时，我感到这首长诗为什么是在香港出版而不是在大陆？作为读者，我难以理解。关于此事，在作者新的自选集的前言中已谈到，虽然未见作者有一字说明，但是在我心中，总是难忘。中国严肃文学出书之难，时间太长了。陕西人民出版社敢于出版这首长诗，应该感谢他们的慷慨！

“一般说，诗是青年人的事业。”但我说为人民的诗人之心是永不会老的。《山中情歌》是诗人连遭两劫，幸出苦海之后写的。我惊奇地发现这首富有民歌风味的十一段情歌，竟出在八十高龄的老翁笔下，我不能不为之惊叹。所以我说为人民的诗人之心是永不会老的。

黄药眠同志，是精通中国诗歌，又精通外国诗歌的诗人和学者，但他的诗充满中国人民的思想感情和对民族命运的深切关注。他的诗和文章，忠实地写了他所走过的道路，毫无掩饰地倾泻在他的著作里，倾泻在读者面前，这是很可贵的。

中国有许许多多学者、诗人挺立在狂风暴雨中与敌人拼搏终生而永不折腰。战阵上被自己队伍中的人误伤者，不能说太多，但也不能说没有。许多被误伤者，能擦干血泪，裹好伤痕，毫无怨尤，继续战斗，像戈壁的胡杨，虽然被沙暴摧折，但能用自己的泪治愈自己的创伤。诗人黄药眠，便是大漠中的一株胡杨。

“唉，歌者哟，请为我再唱一首歌吧”，可是，“日光已逝”！

我与黄药眠同志，只是认识，不是深交。他的诗文作品，我读得不多，所知甚少。但他淡泊一生，耿直胸怀，正气凛然，虽然已作古，而风神语气，依然活跃在我心中。

“劫余留铁笔，白首写苍生”，这是何等悲壮呵！

1992年6月写于苦噪楼

画游絮语[①]

画家、美术理论家谈画，他们是专门家，都有渊博的知识，高深的学问，谈论绘画风格，主义流派，有根有据，条条是道，句句是理，能给人以启迪。作家谈画，深谙此道的人也很不少，有的还是丹青书法能手，梅兰竹菊风雅客。说到爱好者，那就更多了。而我，只能算是“冒充风雅”。我诚恐诚惶地答应人民大学出版社编辑王爱玲同志的要求，拿出几张作为工间操的戏作和写这篇文章，就因为我不是画家、美术理论家，只是一个爱好者，或者是半个画迷，可以随便些？ 画门外人谈画，是很不容易的，况且艺术欣赏，难免无偏爱，又许可有偏爱，从来是仁者见仁，智者见智。要求人人看法都一致，那就无法写文章，无法说话了。绘画艺术，是个五彩缤纷的世

① 此文收入《作家的画梦》中国人民大学出版社 1995 年 4 月版。部分发表在《北京日报》1992 年 10 月 1 日第 3 版。

界，门外人无法做到究源竟委，我只能把自己从小到老，断断续续，在极其有限的游览画境中，随时见到，随时感到和还能想得起来的、絮絮叨叨的自言自语，写在这篇文章里，故名之曰《画游絮语》。

儿童喜欢窥测的世界

因为是画游絮语，首先说的是六七十年前的旧事。

儿童时代，童心有翼，想飞去哪里就飞去哪里。喜欢去藕塘挖软泥，做小人儿、小狗儿、小猫儿、小桃子、小李子；也喜去沙滩上，捡根小树枝、苇秆画鱼画船。

要是村里来了位捏面师，往往最热情欣赏的观众，必定是儿童。瞅着那小鸟蛋似的面团，用手轻轻一捏出来个鼻子，竹簪一按便生出眼睛，将一小点点儿红面安在鼻子下方，便是会笑的嘴巴，真是太神了！村里建一座娘娘庙，旁边封闭严严的竹棚里，造像师傅在打泥坯造神。人们说造菩萨是不许人看的，谁去看就会被造像师傅把去看人的长相，捏进神像，被捏进去的人，不久就会死！常说蝼蚁尚且贪生，何况人？这种说法，的确吓唬住不少人，所以造神工棚是没人敢去的。但是总有几个不怕死的小勇士，他们千方百计，悄悄扒开个竹席缝儿，钻进去，偷窥造像师傅怎样塑神像、造菩萨。他们被驱逐出去，悄悄地又从另一角落钻进来，防不胜防。

画工在寺庙、祠堂的檐前和廊上作画，儿童可以说是从画线、打草稿，到最后完成的不知疲倦的监制人，更是忠诚的读者观众。

直到现在，我仍认为：评论绘画，是美术理论家美学家的任务，外行人是不能随便多嘴多舌的。可乡下人就不理这一套，他们常常三三两两，敢悄悄地发表宏论。比如他们看见一幅画中的猫，卧了好几道瓦沟时，便说如果这是只真猫，恐怕有一头小牛大小了！我细看看，很有道理。又如，我们邻村有一位专画墨荷的画家，很有名气，到处都有他的作品。说有一次一位种藕农人对他说："胡先生，你画的荷花荷叶都非常好，但有一点，你没有仔细观察荷茎，你画荷茎的刺儿，都是朝上长的，你画错了，荷刺儿是朝下长的。"这位著名的胡画家果然仔细地去看了荷茎的刺儿，的确是朝下长的，便改正过来了。我到有钱人或光景好的人家里做油漆活时，便留心观察这位画家的墨荷作品，荷刺儿已经都是朝下的，但有一次，看到画家早年的着色荷花，荷刺儿果然是朝上的。大概这就是种藕人批评他的早年作品的一幅吧？我小时听过好多这样十分有趣的老农评画故事。

儿童最喜欢看连环画。看书一定先挑有绣像的插图小说；喜欢看木雕师傅雕花；喜欢看刻图章的师傅刻图章。看见他们手里的刀，像一把神刀，把坚硬的樟木梨木，像削泥一样，木屑一片片削下来之后，便出现的是人物、龙、狮子、花和叶子；刻印师傅在涂了黑墨的小方石上，横推竖铲，一会出现的是字儿。我羡慕极了，自己也用时辰钟发条和破雨伞钢条，磨成斜刀平刀，但怎样努力也刻不出个满意的印章来，当时曾想：唉，如果我也有一把像他们那样的神刀，多好呀，一刻就成个印了！

废寝忘餐地窥视美术世界的小人儿、小画迷，太多太多了。但六七十年前的中国农村，没能见到有几个成为画家的！

美术世界，是儿童最喜欢窥视的世界。直到古稀之年，这个世界，依然无时无刻不在吸引着我，可惜的是，由于历史的偶然安排，使我早已没有时间去逛游了。

中国画·西洋画

六七十年前，我老家常见到的绘画，基本都是中国画风格。民间画工里，寺庙祠堂的泥塑画工，用灰水调和颜料作画；油漆画工，则用油和桐油调和颜料作画。师承不同，风格均有差异。但棚匠画工也是用油和桐油调和颜料作画，也是中国画法，但是画出的画，风格差异十分明显，接近于神像画、年画。

那时也常看到一些中国书画家到乡间巡回展览卖画，并即席挥毫，使乡间群众大开眼界。当学徒时，我知道当地有两个画家——梁氏叔侄，很出名，专作水墨花卉、螃蟹。他们所画的牡丹、螃蟹，墨色浓淡，痛快淋漓。他们画的螃蟹，我佩服极了。但这两位画家，当时早已去世，无缘看他们作画，便在生宣纸上临摹默仿，怎么也出不来那浓淡自然的质感和韵味。后来有一次加牛皮胶水，一下产生了同样效果。我以为这是一个重大突破，特意向一位老画工求教：梁氏叔侄是否这样用胶水画蟹、画牡丹？老画工说不是，只用清水和墨就可产生那种效果。这对我这个花了不少时间、以为摸出门道的少年学徒来说，深深感到白费了气力，把自己坚持的无师自晓劲头，受到挫折了，承认没有老师是不可能成为画家的，但又很不甘心。我想不管学什么，第一个人，总是没有师傅的。

故乡是侨乡，有些华侨从国外带回一些西洋风景油画，水上月亮有倒影，如一匹白锦垂入水中；渔船有灯影，像火蛇在舟边水中蠕蠕晃动。人有影子，景物有光暗，十分逼真。这是中国山水画所没有的，为什么不画，我不理解，但我总感到这是中国画的不足。那时城里，有玻璃画店，产品多是供人作礼品用的，物有光暗，水有倒影，就是太俗气，我不喜欢。因我很喜欢国画，故在收工后，担着油漆颜料筐桶，在月下往回走时，常常胡思乱想起来：中国画为什么不画物影倒影？为何光暗不明显？为何房屋什物结构是倾斜的（当时我不知道是透视学问题）？因此，我曾想：加上光暗、加上倒影为什么不行，人家好的东西就要学嘛，如果要是我画的画，我就添加上去。

这个少年时代的愿望，终于为今天的画家实现了。而且在山水画上，比西洋画画得更好。如画家们画的漓江，江外有山，江里有影，更显出漓江的透明清澈、婀娜娇娆。所以每在观看当代画家的作品时，觉得如人在山中，身在江上，心旷神怡。

从主义到不主义

中国画有勾勒画法，有没骨画法，有泼墨画法；画人物衣褶，则有柳叶描，有铁丝描，有行云流描；画山有披麻皴，斧劈皴，荷叶皴；米家父子又创造了米点法，等等等等，源远流长，千姿百态，独具风采。但就是没有这个“主义”，那个“主义”。

当我走入县城，从朋友手里借到丰子恺先生著的《西洋画巡礼》等书时，才知道西洋画有好多“主义”。在一个没见过大世面的少年画迷心中，“主义”是新奇的发现。丰先生这几本向世界画廊导游的书还给朋友之后，再无缘见到这几本书，已经六十多年了，具体内容记不得了，只记得几个“主义”，大概有：古典主义、浪漫主义、写实主义、印象主义、未来主义、达达主义等等。这时我才知道世界画廊有那么多“主义”！在这么多的主义和代表这些主义的画作中，我喜欢的是古典主义、浪漫主义、写实主义，其他我都感到是不知所云。有些主义的作品，是很难看懂的，不知画的是什么。不过，我倒很喜欢印象主义，因它的光与色迷着我。对其他主义，我还是饶有兴趣浏览浏览，就像看猴子戏那样，见识见识，寻个开心，也是乐事。

现在改革开放，文艺领域大开牖户，各种主义，使画册读者、画廊观众眼花缭乱，高低冥迷，不知西东。

西洋画作品，拿油画笔蘸上各色颜料，画些方块三角，圆形半圆形，横竖歪斜的各种块块条条，便是一幅作品，人物是肢解身体五官，然后拼凑，组装成类似什么牵着狗的女人，什么抽烟的男子，或者是无法理解的抽象标题。人物鼻子是歪的，眼睛一只高一只低，把什么都歪曲了。可怜观众眼睛，一下患了重视症！这些奇形怪状和靠刺激感官、宣泄情欲的作品，不用在画廊打枪，这已经够可歌可泣的了！

现代主义画家及他们的理论家，认为现代画派是走在时代的最前头，是最有创造精神的。你看不懂现代派艺术，是欣赏水平低下、保守，是不理解绘画艺术的画盲。类似这样的说法，是有点吓唬老百姓。怪不得许多人花好几块钱买入场票，去领略裸体画的神奇的性感境界哩。

八十年代初，天公错爱，我有了一次难得的出国恩惠，在罗马观看了两处画廊。第一个是现代主义绘画展览馆。这座高大的艺术建筑，宽广明亮，每件陈列的作品，都有充足的空间，给参观者一个宁静安谧的美的享受场所，能很好地去理解作品的内涵。但是没有几幅画作使人能照着标题，再通过冥思苦想便可以理解画家的高超深邃道行的。比如在一个庭院里，几件金属构件和不规则的铁架钢管，散放在三几十平方米的绿茵上，到底是什么意思呢？我们好几位同志怎么也琢磨不出来。有的展室，陈列几束稻草，通廊陈列着两个麻包之类的东西，也算是画作。最有意思的是一两个陈列电子绘画的黑黑的展室，画面闪烁着光线条、光点，斑斓驳杂，扑朔迷离，叫人横瞧竖看，猜不出画家的寄意是什么。开始，我还以为这是在搞什么电光试验，但我错了，这些都是有标题、有署名的现代派杰作。在全展馆的观画过程中，我只看懂一件作品：有一个展馆里，陈列着几排粗糙木板锯成的全身侧面人物群像，表现的是曾令全世界瞠目结舌的中国“文化大革命”，标题是：《中国红卫兵》。这是唯一的一件不费思索，一看就懂的反映二十世纪六七十年代的现实生活的真正杰作！我感谢这位现代派画家，能把我国的“史无前例”陈列在这座艺术殿堂上，是应该叫全世界的人不要忘记而任人评说的。

从我们走进现代主义绘画展览馆，到最后走出来，全程凄凄惨惨、冷冷清清，没看见有几个观众。但我们走进西斯廷画廊时，一下便感到这边风景独好。参观者很多，在闭馆铃声长鸣几次之后，仍有一些观众不肯离去。我因脚力不足，是最后出来的一个，所以十分有幸，看见此情此景。

跟服装爱说“流行色”一样，今天最流行的一个词儿就是“理解”，可以消除误会增进友谊，能让世界充满爱，这是多好的一个词儿啊！人们交际求得理解就得使用语言。文学是语言艺术，当然要使用语言。其他艺术，也有艺术语言。如音乐，有音乐语言，绘画恐怕也有绘画语言，否则观众就不能理解。现代派绘画语言，除了作者之外，是谁也理解不了的，就是说他们的作品，与观众没有共同语言。他们所要求的理解是单方面的：你理解要理解，你不理解也要理解！这多像“文化大革命”中流行的一句话：“理解的要执行，不理解的也要执行，在执行的过程中加深理解。”

流行色，流行音乐，流行绘画；而流行文学，则更是五花八门。但都有一个不加选择的共同点：西化。只要是外国流行的，不加选择，都要模仿。中国画，有没有这种情况？恐怕不能说六根清净。你未看见过有的画家用扁笔，横七竖八便成了一幅画？你未见过用水和墨向宣纸上一泼，加上几点破笔焦墨，便成一张什么“曲”？反正我见过一幅用横斜直竖、半圆不圆的线条组成的画，我立在这幅画前看了十多分钟，暗中自言自语求解脱：到底这位画家要表现的是什么呢？怎么也找不出答案！幸好当今文学艺术流行什么“遐想”“咽”“梦幻”“情结”之类的充满流行色彩的标题。我根据这类标题便遐想、梦幻起来，半天之后，恍然大悟大彻：这幅画可能是广东人捉猪用的猪笼？暗示着猪在哭“咽”，母猪公猪难以解脱的“情结”。走出展览馆，我碰到一位老战友、著名油画家，我说画家的大作，是否应该叫像我们这样的人，起码能看懂？这幅画我看了十多分钟看不出表现的是什么，白当了一辈子画迷了！他说我们这一界不少人也有意见。

文学领域近年贩运进来的主义，太多太多，把人腻烦死了。我常想，当今生活节奏如此之快，各种任务如此之紧张，每天连看首都几份大报都看不过来，却看这些使人折寿的这个主义那个主义的作品干什么，还不如打两个哈欠，闭目养养神，再做工作哩。

因此之故，把我从小颇愿意听的各种主义的兴趣，完全淡漠了，变为除了现实主义浪漫主义之外，完全不听不看其他主义了！故曰从主义到不主义。

花卉虫鱼·鸟禽静物

中国画中的翎毛花卉，好的作品，无不充满灵性，似可闻鸟语，似可嗅花香，在这一领域，首开世界之先河，独领环宇之风骚。从介绍西洋画进入中国，我非常孤陋寡闻，因为我还未见过有能和中国翎毛花卉画并驾齐驱的画作。

西洋画的花卉，从形似说，画得真是像得很；西洋画的禽鸟，也是画得非常逼真，但是像是像，逼真是逼真，可惜都是标本，是动物教科书插图。而中国画中的鸣禽啼鸟，像是会飞会唱的。

西洋画中的静物，也是很逼真的，光色强烈，明暗清楚。但十分可惜，也是标本居多。猿猴虎豹像当今的彩色照片，怎么也找不到一件像北宋易元吉创作的猿猴画作。

蜂蝶秋虫，鱼蛙虾蟹，在西洋画中没有产生名家。不说古人，只说现代，西洋画家还缺少一个能和中国的齐白石上台角逐的人。请看齐白石的墨虾，通明透亮，虽不画水，但观者见水。墨蟹则是捉住大形，放弃小节，水墨酣畅，痛快淋漓。齐白石的草虫，捉之会飞，齐白石的蜜蜂，画家用水点浑，蜂翅的快速之势，活灵活现于纸上，油彩怎么也画不出此种韵味的。

西洋画中的静物画，无论怎么说都输给中国的清供画。

中国画中的想象力，既写实，也浪漫，常常不受物候环境所限，却充满对光明幸福的憧憬。如常见的松鹤延年，鹤本是涉禽，巢居芦苇草泽，从未见过巢居乔松之上，但因松耐寒常青，鹤被视为仙禽神鸟，故常把这两种比喻幸福长寿的东西，组合在一起，给人以一种美好的向往。有人批评不科学，我看比西洋画的祈祷画要更科学些。

人物画古不如今

中国古画，是中华民族文化的宝贵遗产，反映着古代社会的生产斗争阶级斗争，记录着古代风俗与文化生活水平、人生情趣和精神向往。

历代的收藏家鉴赏家，为保存这些宝贵遗产，是立了功的。今天对古画有浓厚兴趣的收藏家鉴赏家，那就更多了。有的鉴赏家分辨古画真伪的学问，令人敬佩。同时也常常听到有些人说，古画越古越有价值，那是当然的，因为越古的文物能反映更早的古代生活。但说古人画的东西，现代人都不如，那就不一定了。比如说人物画吧，有画得好的，但从总的说，我看是后代比前代好，一代比一代好。现代的人物画，比哪一代都好，因此，不是今不如古，而是古不如今。大概是封建思想束缚太长、太顽固，人们把大自然最美的东西——人体，当作不许看不许画的禁区，中国画就缺了最基本一课——人体结构学，人体写生。在古画中，飞禽走兽，都画得很好，为什么？因为飞禽走兽不穿衣服，赤裸裸地任画家观察写生，人物画则不然，特别女性，因为有衣服，有的画表现不准确，有的虽然头部手足，都画得惟肖惟妙，衣褶如行云流水，飘逸流畅。可是，如果把人物的衣装剔去，头部手足与躯干，就很难合成一个完整的人。

七十多年，凡我所游览过的中国画域中，唯一见到的一尊露体塑像，是真定大佛寺的那尊被人称为“风流观音”的佛教神像。这尊裸身赤脚的大慈大悲观世音菩萨，脉脉含情，真有普度芸芸众生的情怀。塑造这尊菩萨的古代大师的浪漫大胆，真使人惊魂震魄。同时也看到因缺乏结构学的训练，或者是还有什么顾虑，人体存在一些不足之处。说到观世音，我有一个长期未解的问题，那就是观音菩萨到底是男是女？我母亲很迷信，信奉观世音菩萨，因此，从小告我：观音是女菩萨。可后来见到不少观音塑像画像，都长了黑胡子，叫人一点都不喜欢。

什么艺术，都是在不断地继往开来，承前启后，不断前进，发展完善，我说人物画是一代比一代好，越晚越画得好，如《红楼梦》的不少版本插图，有的画得很好。又如永乐宫的壁画，仙伯、真人、神王、力士、金童、玉女，神情肃穆，仪态万千，形象优美。群仙的仙体比例，都很颀长，显出令人肃然起敬、不敢怠慢的神威慑服力。

现代画家，都汲取了西洋画的优良成分，都有人体解剖学、人体素描的基础。我毫无薄待古人的意思，但在人物画上，现代画家比以往的哪一代都好，所以我说人物画是古不如今。

人物画既要重神韵，也要重形似，更要表现出人物的内心世界。人物，小时读书，记不得是什么书了，书中说有个画家专门画鬼，人问他为什么，他说：鬼，谁都没有见过，所以容易。人时时都见到，所以难。所以人在绘画雕塑艺术中，是最要见真本事的。画什么都可碰碰运气，风雅风雅。唯独画人，不是靠碰运气，就能风雅起来。

中国山水画的新时代

萧绎有“心师造化”，苦瓜和尚有“搜尽奇峰打草稿”，刘海粟则有“黄山是我师”。中国山水画大师，都受祖国雄伟秀丽山川的启迪，观察岩质结构，山形地貌，水势走向，江河源流，创造出许多画山皴法，画树体裁，流水行云，等等，都留给我们一笔非常宝贵的绘画财富。可惜后来的山水画，重师承，重模仿，死在什么“南宗”“北宗”，什么“四大家”、几大家等等墓碑之下，神主牌前。千篇一律的春夏秋冬，其中一定要有一幅表示夏山风雨的米家一法；毫无出息的梅兰竹菊，死守古人观察得来的画题画意，长期窒息了唯中国独有山水画前途，而清代尤其为甚。旧中国，关山阻隔，交通极不便利，画家能到偏远高山险境、原始森林去体验，去作画，对文弱的穷画士来说，确是难以办到的。富贵的王子王孙，风雅自诩的达官贵人，名士名流，谁肯去吃这份苦头？

中华人民共和国的诞生，为中国山水画家，创造了许多古代人不可能有的优越条件。凡古人所难以走到的险境绝域，我们的画家都可以到了。上不去的雪岭云峰，还可以坐飞机鸟瞰。我非画士，但非常有幸，六十九岁时，四进天山二上昆仑，没有解放军的帮助，怎么也走不到。后来又还有一次从飞机上，俯瞰天山，看见雪里天山，似群山飞舞，直到现在，仍萦绕脑际。我在前头说过，当代许多山水画家，有很多新突破，出现了许多各有个性的新流派，我说现在的中国山水画，超越了古人。古人说“行万里路，读万卷书”，现在许多画家，何止行万里路？从黄河源到入海口，从长江头到长江尾，从蒙古包、牦牛帐篷一直到竹寨桥楼，都踏满了画家的踪迹。至于说到读万卷书，古代的书，都是木刻板，字都很大，一部集子就有好几卷、几十上百卷。同时自称天朝的各代中国皇帝，推行的是闭关锁国政策，与西洋各国的交流是很不够的。古人读书是辛勤的，也不像今天的知识分子，有这个会那个会，读万卷书，我想是比较容易做到的。今天读万卷书的，则大有人在。至于说到当今古今中外图书之多，何止万卷？应该把读万卷改为读十万百万卷了。

中国画中的“画中有诗，诗中有画”，从唐代王维就有了。这个要求有诗有画又和书法艺术结合在一起的诗书画境界，中国独领风骚上千年。

在画作中，我很喜欢山水画。中国的山水画是世界的风景画无法比拟的。西方好的风景画，当然是不少的，居多的不是神庙教堂，便是王宫城堡，田园风光，农舍牧野，山川林树，层次不多，境域不深。风景画都实得很，空间四角，涂得满满当当，多多少少缺空灵感，画幅多重黄金律式的长方形。中国山水画则不一样，有横披长卷，有寻丈巨轴，也有斗方小品，可任画家随意经营。长卷，可容犁开南北咆哮千里的黄河，可纳奔腾入海的万里长江。巨轴，可从岳庙写到千层峰峦，万派云海的玉皇顶，可从众山之祖的昆仑画到碣石沧海。要画平远、高远、深远多层次层峦叠嶂，非中国画莫能！中国山水画不受空间的限制，使观者从画前五尺之地，观看到山外之山，水外之水，天外之天，有主有次，有实有虚。中国画家，笔挥云霞岚气，写尽祖国山川壮丽的神韵，多彩的风姿。由于有这样广袤无边的雄伟山河，钟灵毓秀，孕育出中国画家的美学灵魂。

虚实结合，掌握空灵，避免填塞，运用中国水墨与纸的灵性，创造出唯中国所独有的山水画来。

中国民间油工画师，在画作上是有题诗的，题得都很得体。如果要求西洋油画作品上题诗，那是强人所难，不会协调的。再来个如果：如果要求水彩画、静物画上题诗，那就不属西洋画体系了。除了个别人外，西洋画家不会学中国画的。因此，在诗、书、画能浑然一体的，还要由炎黄子孙独领风骚下去。

习画＝工间操

对画画，虽然一生向往，但与我无缘，我是早已知道的，故早已心灰意懒了。

一九六〇年初春，我从内蒙古包钢调回北京。当时正遇上三年困难。要改变我国一穷二白的面貌，在短时间，是不可能做到的，但我仍然赞成“气可鼓而不可泄”这句当时的名言，并认为诗人的任务，应多创作激扬斗志、鼓舞干劲的诗作。当然在困难尚未度过，硬说丰衣足食，也不是实事求是。自己深感作诗不易，选登诗人作品也很难。为了减轻食品匮乏，便在院子里种植几种蔬菜茄薯，当紫茄绿菜成熟之时，偶然画了几幅瓜茄斗方、蓖麻立轴，缓解愁怀；岂料却顿时大彻大悟起来，深感作诗选诗苦，种瓜得瓜甜。便刻了一方闲章，文曰“无才做诗苦，何似种瓜甜”，盖在画上。却被一位好朋友看见了，他笑对诗人冈夫说：“好啊，阮章竞做反诗了！”当然，朋友是在开玩笑，可是我，还真有惧怕哩。当时正在反右倾呀！君不见“清风不识字，何必乱翻书”而成冤狱的故事吗？君不见在“文化革命”中，黄永玉画的猫头鹰，因一只眼开一只眼闭而罹祸吗？世界太复杂了，莘莘学子临摹前人的画，是为了学习；有些人模仿前人的画，是制作赝品卖钱，是骗子；抓住别人的一句话、两句话、一只猫头鹰的眼睛去告发，是为了领赏升官。在“文化革命”中，这类的事，太多了！虽然如此，但我发现画画有解愁的功效。于是在审稿编刊、工作开会之余，挤出点时间（多是在晚间），学学画画，学学写字，以此当作“工间操”。虽然一曝十寒，但我还是刻了一方石章，文曰“工间操耳”，盖在画上，自娱自乐。

我觉得学画能净化心灵，制怒戒躁。至于有人说还能长寿，我却很怀疑，认为如果能把自己该做的工作做完，再挥袖告别人间，就是老天爷的格外照顾了。于是开始买画书，买画读画。可怜的些微稿费，绝不至于陷入玩物丧志的泥淖。如徐悲鸿的马，羡慕极了，当时只五六百元，就买不起！但买得两幅齐白石墨蟹，觉得都好，墨色溶溶，三十几笔，两点焦墨，两钳八足，横行纸上，沙沙闻声，叹为观止。观之不足，又去买了一盆活螃蟹，与画中之蟹，对照观察，发现大师，略去细节，紧紧捉捕住蟹的动态，落墨恣肆，自成一家。

齐白石的墨虾，形似对虾，但对虾无长钳，而似长臂虾。也许是大师把对虾、斑节虾加上长臂虾之臂和钳合成的，我称之为“齐虾”。现有学画“齐虾”的人，虽非入室弟子，仍可以说是桃李满天下了。我曾读过一篇介绍“齐虾”画法的文章，用水用墨、用笔干湿顺序都讲得明白易懂，是学“齐虾”者引路的绝好文章。该文说到“齐虾”的第五节后便是两片虾尾，我便和齐白石墨虾对了一下，虾身甲壳确是五节之后，是两片虾尾，便照此习画，但没有实物对照，心不踏实。因当时对虾之贵，绝非寻常百姓家的盘中之物，只好去求教动物大词典了。数遍斑节虾沼虾，均非五节，而第六节是变为稍细长的尾节，跷足变为尾片。到底谁对呢？有次在一盛会上吃对虾时，顺便数了一下，五节甲壳之后，不是虾尾而是一节略为细长的甲壳之后才是两片虾尾。但在齐白石画虾作品中，也发现有六节之后是尾片的。这在绘画作品中，或因位置不同，或其他原因，多一笔少一笔是常有的，从不计较。但“齐虾”不是意笔画而是很工细的，而且虾体，绝大多数是全侧面，所以这篇文章说第五节之后便是尾片就不对了。现在有“齐虾”爱好者画“齐虾”，有不少画得很不错，是下了功夫的，但也有个别人很敢想敢做，把虾甲壳画成七八节或更多的。画蛇添足，多此一举，画虾加节，也无必要。解决不难，买两只对虾看看，便可自然改正。所以学画，决不能光临摹，还要观察实物。

我十分欣赏苦瓜和尚“搜尽奇峰打草稿”这句名言。因喜欢奇树怪树，古柏老松，觉得这些古树奇松，示人以饱经风霜雨雪，而又具有顽强抗争的品格。出外工作和访问，每遇到奇山怪石，古柏奇松，就随便画几株。在内蒙古草原，在天山戈壁，都曾见到过几群秃榆胡杨，树冠早被狂风沙暴打秃，树干也已空心，树身伤痕斑斑，瘿瘤累累。而皮弯树拐，新枝青葱，迎风摇曳，像是身经百战的戍边老将，坚守着岗位，令人肃然起敬。对这种奇树，我有非常的兴趣，觉得内地蕙兰，虽然清幽芬芳，但与这些边陲老树是无法比拟的。一九八〇年进中条山，避雨解州关帝庙，闷坐廊前，听雨欲眠，朦胧忽见庭院古柏，淅沥流青，滴答滴翠，似蓝蛟竞舞，翠虬争腾，便随意速写四株，自我感觉尚良好；游孔林东岳庙，也速写了几株古之又怪的柏树。特别是岱庙那株古柏，饱经几千年风雨，通体鳞伤，却仍然铁干峥嵘，翠冠青葱，实在令人敬佩。我非画家，没有包袱，写生工具，铅笔、钢笔、油画棒、粉笔，随心所欲，用中国皴法画山画水，好坏由之，而自得其乐。

我写生时，从不敢在行人面前露怯，只有在庐山画《三宝树》时，无法偷偷干活，只好低头快画，以求解脱，我正最后画铁栅栏时，犹疑难下手：端端的两株古树，被强逼坐铁牢，多冤啊！手正动一笔时，忽听后面有人呼叫：“千万别画铁栏杆！把那笔刮去！”这一声吆喝，使我住手了，回头对他说了句：“多谢！”我现在仍然感谢这位不相识朋友：人爱自由，鸟爱自由，古树有丰功伟绩，更应重视，更应保护。把古树用铁栅栏囚起来，实在不应该!

难与不难

在文学创作中，有的作家，第一篇作品首次发表就一鸣惊人；此后逐渐发现要像第一篇第二篇第三篇都一样写得好，实在是不容易的事。

文学创作，基本上不能重复使用同一题材、同一内容情节的。但在某些绘画艺术中，是允许的，如郑板桥画竹，齐白石画虾画蟹，可以画很多很多。画画同文学创作也一样难。比如第一幅作品还觉得满意，再画同样题材，能比第一幅好，是常有的，但幅幅都一样满意就难了。当然，好和差，有时是读画者的个人感觉。有次在和平画店，我见李苦禅大师为萧劲光将军画鹰，我就请许麟庐先生向李苦禅大师为我求画一幅。大师立即同意，先后画成的两幅鹰并列欣赏。萧将军问我怎么样，我说两幅都画得好。萧将军说：你那幅画得更好。可见读画者感觉是很难相同的。我喜欢山水，古树奇树，越奇越喜欢。随兴之所至，有时顺便也速写几张，有的画不好，有的还觉得有点意思，但常常回家把自己还感觉良好的速写移之纸上，往往灰心丧气，画十张没有一张像速写那样的，更不用说比它稍好一点了。

我看见过三四幅齐白石的松鼠，十分喜欢，“文革”前悬挂在东总布胡同中国作家协会会客室的那幅松鼠，是最好的。（“文化大革命”中，据说中国作协的什么都被私分了，不知此画归谁占有。我现在还常祝此画平安无事！）齐白石老人有一幅松鼠题跋写道“此为余平生画鼠第八幅”，可见老人是很满意的。但此幅松鼠，不像松鼠，而像一只大尾巴的家鼠。可见每幅作品都画得一样好，很不容易。有一次老舍先生请我同李季同志去饭馆吃饭，我问老舍先生说：“我在齐白石遗展会上，见到你珍藏的《枯木寒鸦》，太好了。”老舍先生说：“你喜欢？”我说了很喜欢之后，老舍先生说：“你喜欢，夏公看了也喜欢，要我请齐白石为他画一幅。”我问：“那一定画得很好了。”老舍先生幽默而又自豪，带着玩笑地说：“一塌糊涂，怎么看也比不上我藏的那一幅！”由此可见每幅都画得好，即使是大师，也不容易。因喜爱白石老人的《枯木寒鸦》，十分有幸，后来我也找到一幅，拿它跟老舍先生珍藏的那幅图画对比，真是无法比。恢复文联工作时，我问老舍先生夫人胡絜青老人：《枯木寒鸦》是否平安无事，并说了以上经过和对此画的喜爱。胡老好像说在“文革”中，此画不在了。胡老是齐白石大师的高足，见我喜欢此画，为我画了一幅。后来，我在参观老舍先生创作展览上，见到一些尚存的老舍藏画，就是看不见《枯木寒鸦》，但愿此画不是有人趁火打劫了！因“文化大革命”中，这样的贼太多了。

自己有的也罢，胡絜青老人送我的也罢，我念念不忘的还是老舍珍藏的齐白石《枯木寒鸦》。因为我有了一幅齐白石的《枯木寒鸦》，又有胡老的寒鸦，我也感到十分欣慰：我说过嘛，每幅都一样好，实在不容易。思念此画的心怀，也找到自我解脱的钥匙了。

中国人喜欢把风景名胜，分封好多景，但多数是八景、十八景，常常冠以一个雅致的名称。而黄山的人封奇景，有雅有俗，如“梦笔生花”很雅，“仙人指路”很俗，“天狗望月”有想象力。这些景物，有的确是很像，但大都不是孤立于天下，便是藏在密密麻麻的荒草杂木之中，观之令人惊叹，画之却不能入画。所以，画家都不太喜欢画这些雅称俗谓的景物。我曾画过一些，但多数失败，只有很少几张，尚可看一下。如黄山的“鳌鱼驮金龟”，颇具灵性，使你看见鳌与龟，浮沉在苍茫云涛之中。更有意思的是前头还有两块圆石，很像螺蛳为之带路，鳌龟螺蛳，形神毕肖，生趣盎然。所以大自然自己的创作，还必须具备有这两个条件：一是形似，二是灵性，才能给人以美的享受。

征战路·故战场

我和我同代的人，都是在民族生死存亡的危急关头出生长大的。多少美术学校的学生，投笔从戎，改拿木刻刀，与敌人战斗到最后胜利。我有好多这样的战友。这代人对老根据地、故战场，特别有感情。我没有照相机，也不会照相，故每去访问，总要在征战路、故战场、宿营地，画几张速写。《黄烟洞》，就是抗日战争时期闻名遐迩的故战场，彭德怀元帅、左权将军都指挥过保卫黄烟洞的战斗。而刘伯承、邓小平将军的部队及朱德警卫团，屡次在此地与日本侵略军展开激战。《赤峪故战场》，就是黄烟洞口的赤峪民兵为配合主力军作战，在洞口河谷布下的十里石雷阵所在。不知日本侵略战史里，敢不敢记录这几次人仰马翻的悲惨故事？我十分有幸在这里参加了一次战斗。一九六三年，我重访这处故战场。二十年过去，洞里的兵工厂，一沟碎石瓦碴，洞外鹰嘴岩底下的烈士墓地，门亭残缺，菅草萧瑟，缘何如此？我黯然神伤，为之震颤！一九八二年，到皖南泾县参观原新四军军部，我想起一九四一年“茂林事件”，悲愤填膺。虽然参观时天已黄昏了，但还是把它速写下来。油画棒速写《骆驼道》的背景是：抗日战争初期，在日寇疯狂进攻娘子关的紧急关头，刚渡过黄河开到五台山区的刘伯承将军率领所部，火烧阳明堡日军飞机场之后，又奉命开赴娘子关侧翼打击日寇，建立太行抗日根据地的进军之路。当时的战争形势，是多么危难紧急啊！我愿后人，能知道这条名叫骆驼道的进军之路。

我对革命的征战路、故战场、宿营地到现在仍一往情深，在山水速写中，占了不少分量。

临摹—观察—写生

临摹古人、前人和前辈的作品，能从他们的创作中得到锻炼和启示。临摹和借鉴古人、前人的创造成果，中国的书法与绘画，从不拒绝的，有这个临摹借鉴和没有这个临摹借鉴，是不一样的。但要有这一条：书法不要死于碑下，绘画不要死在轴前。北宋画家易元吉，曾养了许多禽鸟猿獐，细心观察，成了动物画的巨匠。齐白石没有画过鸽子，当请他画一幅和平鸽时，特意叫人去买了几只鸽子回来观察，然后画出那幅反映人类愿望的和平鸽。

我从来尊敬这些古今大师巨匠，对待艺术创作的认真、严肃态度。

既然临摹，就会或多或少受其影响，即使是大师也免不了。吴昌硕的篆书，离不了石鼓文的一家风貌。齐白石的篆字篆刻，离不开《天发神谶碑》《三公山碑》两三家的家规。如他的“受雨石肤响/流云山气灵”篆书联，字字都与《三公山碑》中的同样字，一模一样。拿两者对照着看了之后，只能说齐书是用毛笔书写在纸上的，山碑是用刀刻在石头上的。

篆书、隶书，从已发现的古碑来说，不能说是太多的。如果只死守这些碑的字体风格，太束缚创作思想了。在篆书、隶书上，清代的一批书法家，既临摹借鉴古人，又打破常规，做了创造性的发展，写出许多很有个性和独具风格的好作品，很值得重视。当然清代书法家中，有不少是跪着趴在地上写的，临摹得一点生气都没有了。故宫里不少楹联匾额的字，都是跪着趴着写的。

观察、写生，有的在书斋内外就可以做到。听说不少人画竹，既临摹前人，也在庭院植一丛竹，借日光月光灯光，于玻璃窗内，观姿写态，得益甚多，有的成了大家。但有的画作，足不出门，就不可能达到。到大自然，到人类社会去沐风雨，踏冰雪，搜尽千姿万态的奇峰激流，充实画境，触发创作激情，似是畏途，却是最好的成功之路。清代不少画家的作品，常常题着拟××山人笔意，仿××和尚、道人画法，他们之所以少有作为，就因甘心死在轴下卷前。

绘画，跟文学创作一样，来自生活，高于生活，既有中国脾气风格，又更要有时代创造精神。我主张没有直接参与过、接触过的，没有亲自见过或根据生活证实了的东西，不要写。即使做到这样，还有时常常写不准，写不像哩。

油画民族化及另外的絮语

像油画民族化这样的大问题，不应该由画门外人来说三道四的，因我也喜爱油画，恕我冒昧说几句。

中国名画家中，不少原来是专攻油画的，但他们国画作品，功力非凡，富有创造性，影响深远。就油画来说，我说我们的油画，早已走进世界民族绘画之林。如《开国大典》《井冈山会师》《地道战》等，连同人民英雄纪念碑的浮雕，都记录铭刻着震撼世界的历史。

更可喜的是当今中国的油画，吸取了中国的传统绘画风格，创造出许多具有中国的独特神韵的作品，这是世界油画中所找不到的。单举罗工柳的巨幅油画《井冈山》，我以为是油画与中国山水画法相结合的成功作品之一。

中国油画，应是表现中国，反映我国革命和翻天动地的改革开放，应具有中国特色。一味步西方油画的后尘，是不可取的，同样，模仿西方现代派的手法，是没有出息的表现。拾人牙慧，是叫人恶心不已的。现在有些人，什么都想全盘西化，什么艺术，如文学、绘画、音乐、歌舞等等，都唯西方马首是瞻。好像不模仿西方的流行文化，就谈不上现代的精神文明。从舞台、舞厅、电台、电视、戏剧、电影、文学、诗歌等等，特别是流行音乐，大陆之内，相当一部分都染上港台、海外的流行病。前些时候，偶然读到一位香港流行音乐行家的一篇小文章，说大陆歌星模仿港台、海外歌星的可怜相。他说大陆歌星模仿港台的流行音乐，只模仿了外形而不理解歌的内涵，原因是大陆歌星文化素质低，既不会作词也不会作曲，更不会怀抱乐器，自弹自唱，离不开词人作曲家和乐手。这位先生的话，是不大客气，颇有挑战意味儿，是否都如此？我没研究，故不敢判断。但大陆歌星如此之多，歌迷如此之众，推销推广面如此之广，表扬的文章高手并不缺乏，不知是否有人出过头，为大陆歌星，敢于伸张正义，著文反批评？一般来说，中国著作家艺术家，有港台、海外人士模仿垂青，是高兴得几天睡不着的。可是这位批评家例外，你模仿得不够味儿，他还不买账哩。从这点说来，我倒是热切希望大陆所有画家、作家、歌唱家，都多点炎黄子孙的自尊心，少点叫人恶心劲儿。

近几年，宣传媒体不断报道外国不少富翁掀起争买名画热，使买名画（连同赝品）成为比有钱、斗富有的大战。如梵高的《向日葵》《蓝色鸢尾花》分别以三千二百万美元和五千三百九十万美元卖出。依我说，此公不一定是个懂艺术的人，我看主要是显露“我非常有钱”。大富翁们之所以出大价钱争买名画，不是为了欣赏，你看，歪嘴歪鼻的人物画他都肯花大价钱去买，可见欣赏素质的低下到了何等地步？他们主要是独占，把名画买下藏在银行保险柜里，把人类的智慧创造，关进铁牢，也是为了将来还可以发大财。

我也听到有些画家因中国画在世界上价钱太低而长叹，这是可以理解的。这何止是画家，中国的作家，不仅是稿费低，你要出一本书，更是千难万难。近年来，不少书都是作家自己上千上万元的出保本补贴费用，才能印个一两千册，而且还得自销若干千百本；更有甚者，作家筋疲力尽自筹上千上万元出书之后，只给作者三五十本书，就连一张小小的黄色货车一分纸币，也得不到！从这点说，有的作家辛苦著书所得，还不如北京小保姆的价值高呢！可话要说回来，我国就有那么多的严肃作家，仍在辛苦笔耕，甚至有的死在写作桌椅上。在我国，各种浪费，不能说少，而泱泱大国出本书却如此之难，夫复何言？！所喜者我们都能坦然处之。

至于说到中国画的真正价值，许多外国人根本不懂，他们的审美水平，还处在儿童穿破裆裤时代。有些人喜欢中国画，主要是猎奇者而不是伯乐。但我相信将来，世界人士，是会知道中国画是人类最高成就的无价之宝。最近，听人说中国画之所以价钱低，是因中国大陆没有文化拍卖行业，让香港的走私分子到大陆贱价收买，走私到香港就发大财。此文正写完时，据报道中国大陆文物的一家拍卖行，前两天已经择吉开张，大展鸿图，国画多卖钱，使画家寒士笑开颜。是否就可喜可贺呢？我不晓得。因为没有追续权，走私者盗贩出去，商人发了大财，画家只能徒呼奈何！

1992年9月

建议在北京上海建立中国画廊[①]

我国是个文明古国。我国的科学技术、文化艺术，都对人类文明作出过伟大的贡献。在文艺领域中的绘画雕刻艺术，是东方文化的伟大代表。今天，全国各族人民，已处在为开创社会主义建设新局面的新的历史时期，运用造型艺术这份珍贵的遗产，激励今人，教育后代，提高民族自豪感，振兴中华，是很有必要的。因此，我们建议在北京、上海建立中国绘画雕塑博物馆——画廊。专门陈列历代绘画雕塑作品，常年开放。

我国的绘画、雕塑，虽然屡遭帝国主义的洗劫、盗窃、破坏和摧残，但留在国内的仍然非常丰富。特别是建国以来，因党和政府的关怀保护，许多珍贵作品，得以重见天日。但是，我们在使用这份珍贵文化遗产上，存在着许多缺点，不能集中地、系统地、经常地发挥作用。即使有一些博物馆陈列

① 此建议书手稿上有画家黄胄手迹："应包括民间美术馆（已通过）。我拥护。黄胄"

室也陈列一些历代作品，但多数是作为文物陈列，而不能反映出中华民族绘画、雕塑艺术的发展过程、流派的创立、风格的变迁、思想演变等等。许多珍贵的作品，藏之深库，很难蒙赐一睹。即使偶尔展出，也是时间很短，使这份珍贵遗产，不能为人民所利用，为专门家所借鉴、学习，为世界各方人士所了解。这是非常可惜的！为此，我们建议在北京、上海，建立中国绘画雕塑博物馆——画廊。它不同于现在的中国美术馆和各地的展览馆，因为这些馆是以短期展览为职能的。它应该是永久性的，是按我国美术史的发展变迁，分部分室，常年陈列，常年开放。

其他有条件的大中城市也应考虑建立这种画廊，或在现有的博物馆中，另辟专室，常年开放。有的可以利用古代建筑，作为画廊。

我们认为在北京、上海，应该有世界第一流的中国画廊。

1992年

和平门街头迪斯科扰民太甚![1]

北京地铁和平门站西口，近年出现的街头迪斯科，使周围住户，苦不堪言。每天晚上七时三十分至九时三十分，金鼓雷鸣，震天撼地！人们工作一天，都要在这段宝贵的黄金时间，收看中央电视台《新闻联播》或《焦点访谈》等重要节目，或收听广播电台，或读书看报，学生做作业的时候，整片街区都笼罩在肆无忌惮的噪声里。我有次到近在咫尺的急救中心监护室，看到危急病人，被每天准时而来的噪声，搞得心惊肉跳，焦灼不安。我一出急救中心大门，就像被狂风怒浪卷进汪洋大海。周边高楼林立，构成个巨大无比的共鸣箱，使噪声回旋怒卷，发挥到几倍几十倍的音量。

人们不禁要问：少数人狂欢，全街区受扰，能说是在过高尚、文明的文化生活吗？

---

① 以笔名“胡华”发表。

街区不少人都在期求：和平门街头迪斯科，行行好，饶了我们吧！

我建议：北京是祖国首都，不宜在中心地区街头搞迪斯科活动，应移到公园、近郊或较空旷的地点。如不可能，也应禁止使用音量暴烈的打击乐器，改放优美音乐、舞曲。

街头迪斯科，还我首都安静！

1993年4月

灵魂翱翔云端[①]

——为《中国作家·丹青引》写

中国山水画家创作，灵魂翱翔云端，不受层峦叠嶂的限制，把平远高远深远的多层次境界，捉捕定在纸上，使人产生一种目极千里、心驰远天的美的感受。我每次看到好的山水画，都享受到这种宁静深邃的赐予。所以常想在余暇，涉足其中，求个宁静。可惜常常是好多年都难以涉足一次。即使涉足，每次都狼狈而回。此画可证[②]。

1993年5月

① 发表在《中国作家》1993年第4期封二。

② 指与此画论同页发表的油画棒速写《秋天的王屋山》（1980年11月作）。

为“追星族”说几句话①

最近，人们对“追星族”真关心起来。有忧心的，有叹息的，有痛心疾首的，也有说是对大潮的反抗，不用大惊小怪。但这个新生幼嫩的“追星族”现象，是怎样迅速繁衍起来的呢？似还没有听到有人说过。

试想这些年来，海外港台流行的摇滚音乐歌曲，顿使大陆严肃音乐、大众歌曲喑哑失声。影剧场、音乐厅、电台、电视台、发廊、餐厅，无不是港台歌星所笼罩。健康、高雅、鼓人奋进的歌曲，很难找到一叶之地。港台歌星，以强台风登陆之势，大举北征，控制大陆歌坛，侵入到中小学校。报纸刊物上，很多是卖弄风情的影星歌星照片。电台开发了热线节目，白天不足，深夜继之。“发烧友”的点歌问答，庸俗无聊，而且很多是少男少女

① 作者手稿中夹有6月5日、7日的两份《北京日报》。作者批注：“《通俗与娱乐》《由青少年偶像说开去》。前者提倡流行音乐，后者反青少年的追崇。”

的幼嫩声音。这些随意的“胡侃”，污染着电声传播媒体。为争睹靓星的奶油仪表，争求一吻，签个名而摔折腿者有之，闻歌星撞车而晕厥者有之，接二连三的怪现象，都发生了。我看见一位初三女生的房门，贴着她所崇拜的“四大天王”之一的巨幅彩照；问邓丽君她知道，问邓稼先，她反问唱过什么歌。这就是我们所希望的二十一世纪的接班人！

北京市教育局发出通知，不让港台歌曲进入中小学，立即在热线节目中，遭严重的斥责和抗议！

千篇一律的爱、孤独、伤感的歌词，千篇一律的“嘭嚓嚓”配器。这些“嘭嚓嚓”噪声，像流感似的，漫灌到严肃电影、传统音乐，甚至长驱直入古老的京剧。现在，没有“嘭嚓嚓”就不成为音乐！

前一两年，有人写文章提出意见，但报纸刊物不敢登。在这样的情况下，这个已经危及下一代成长的港台音乐，如入无人敢管的境地。最近好多了，报纸电台不断发表、播放评说“追星族”和港台歌星的意见了。在这个慈悲举措的同时，还常常可以听到刊载、播放港台星歌，点歌，怎不叫人仰天长叹呢？

“追星族”是怎么萌生、繁衍到如此令人忧心的地步？是孩子们跑到港台引进大陆，高价贩卖成灾的吗？我说孩子们是没有责任的。但是直到现在，有哪一家哪一位出来表示点内疚呢？人人都知道，谁是始作俑者。倒卖港台音乐的倒爷们，是哪些人！

1993年6月

毛泽东对新诗的希望

——纪念毛泽东同志一百周年诞辰[1]

毛泽东同志不论是在艰难的战争岁月，还是在百废待举繁忙的社会主义建设时期，他都写下了感人至深的诗篇。毛泽东是有一颗炽热诗心的伟大政治家、革命家、军事家。正因他是有颗无时不在跳动诗心的诗人，所以无时不在关怀着中国诗歌的情况发展和寄托着深厚长远的希望。

毛泽东对诗的热爱厚爱是无人不晓的，但毛泽东的诗论，除了几封有关诗的书信和臧克家在《毛泽东同志与诗》一文中披露的点滴情况之外，最重要的就是《致陈毅》和流传甚广的在成都会议上的一段讲话了。这段有关诗的讲话，精辟深刻，幽默风趣，虽然未见诸正式文献，但对中国新诗运动来说，是非常重要的，广大诗歌工作者、诗歌爱好者，无不振奋，直到现在仍

① 此文发表在《文艺报》1993 年 12 月 4 日第 3 版。

是新诗运动的美谈。当然也引发诗坛的涟漪微澜，似乎至今未散。

为了缅怀毛泽东同志的丰功伟绩，为了缅怀毛泽东同志对新诗的热爱和希望，值此纪念毛泽东诞辰一百周年之际，我想谈谈毛泽东对中国新诗的看法，同有兴趣的诗人和朋友，共同探索切磋，恐怕不是完全没有意义的。

要谈毛泽东的新诗主张，首先得从这位善于创造性地把马克思主义的普遍真理和中国革命的具体实践完美相结合的伟大思想家的爱国主义思想联系起来。

在毛泽东的著作中，我们经常可以读到关于民族化、民族形式的问题。早在《中国共产党在民族战争中的地位》中，就鲜明地提出“新鲜活泼、为中国老百姓所喜闻乐见的中国作风中国气派”的民族化思想。他在《新民主主义论》中写道：“中国文化应有自己的形式，这就是民族形式。”

关于中国新诗，最系统的是一九五八年三月在成都会议上讲的一段讲话。毛泽东说：中国诗的出路，第一条民歌，第二条古典，并在这个基础上产生出新诗来。形式是民族的，内容应当是现实主义和浪漫主义的对立统一。一九六五年在《致陈毅》信中，对白话诗这样写道：“但用白话写诗，几十年来，迄无成功。民歌中倒是有一些好的。将来趋势，很可能从民歌中吸收养料和形式，发展成为一套吸引广大读者的新体诗歌。”从成都讲话和写给陈毅的这两段话里，我们明白地看出毛泽东对新诗状况不甚满意。在成都会议上他还说过：现在的新诗不成形，没人读，我反正不读新诗。毛泽东是不是就不读新诗，我们无法知道。但他在致《诗刊》主编臧克家等同志的信上，鲜明地说过：“诗当然应以新诗为主体，旧诗可写一些，但不宜在青年中提倡，因为这种体裁束缚思想，又不易学。”新诗散漫，太自由化，他不满意；旧诗束缚思想，不宜提倡，所以他说新诗的出路一条是民歌，一条是古典。他对古典诗词的学问，精辟渊博。他的诗词作品，意境深邃，气势磅礴，瑰丽神奇，给读者以无穷的、乐观主义的、无坚不摧的力量和美的享受。他的诗作，完美地运用传统的写法，又大大突破传统的写法。说到民歌，他是喜欢的，他曾亲自搜集民歌。

《诗经》《乐府》，都是古代民歌。古风、律诗、词等等，都是中华民族的宝贵遗产，对世界诗坛的贡献，是非常重大的。这的的确确是中国的东西，代表着光辉灿烂的中国作风中国气派的中国文化。毛泽东对民族古典诗歌，身体力行，爱之很深，用得很活。他希望中国的新诗，应该是具有中国的泥土芳馨，应该具有中国鲜明特色和鲜明的民族个性。毛泽东是伟大的马克思主义者，又是伟大的爱国主义者，他一切出发点都是为了中国人民。

我在前头说过，毛泽东系统的论诗文字，见诸文献的很少很少，但毛泽东论诗的主张，从我们这一代人来说，是人人皆知的。从现在能见到的论诗文字说，真是谆谆教导，循循善诱，观点深远广阔，却是随便道来。至于毛泽东说新诗几十年来，迄无成功的话，我认为是风趣话，是说笑的话，是加重对新诗要改革的话。像毛泽东这样一位伟大思想家政治家，绝不会否定中国革命诗人的献身精神和新诗对中国解放事业的巨大贡献的。他也不可能不知道这样说不是事实，不可能不知道《义勇军进行曲》就是新诗歌。我倒深深感到毛泽东时常关怀着中国新诗的前途。应该注意，毛泽东这些话一句都没有说到诗的思想内容，全是说诗的创作方法和形式问题。中国诗的风格形式，主要表现在音韵、节奏和语言的组合上。

运用从西方引进的诗歌形式，不少诗人写出了很动人、很好的诗。中华民族处在水深火热的年代，诗人把自由体新诗，当作武器，参加战斗，在知识青年中，影响深远。这种自由体新诗，是以旧文化的叛逆者姿态出现于中国诗坛，从她的出生那天起，褒贬不一，一直是在欢迎的掌声与冷落的眼光中迅猛前进。欧化、洋化与大众化、民族化，一直是对新诗评头论足的焦点。她浪漫自由，只是缺些中国作风中国气派。这个问题，后来在《在延安文艺座谈会上的讲话》发表之后，已得到较好的解决。

中国古典诗，直到今天仍有强大的魅力和生命力。近年全国新出现那么多诗词学会、诗社、诗词报刊，就是有力的证明，也轻视不得。不管你怎么样说，直到今天，书法家们在创作时，仍然多是借古典诗词，来表现他们的书法艺术功力，借用新诗来表现，可以说是凤毛麟角；大人物做报告，拿来点缀生色的也多是古诗词。中国题画诗，多是旧体诗。诗和书法，本是孪生姐妹，为什么同样文字写的新诗被挤了出来？为什么？究其原因，大概有三：一是古诗精练。二是形式完整。一个横披一幅立轴，容不下当代越写越长的自由诗。三是可能还有感情习惯上的问题。现在，不少诗人，年纪大了，倒写起旧体诗词来。

毛泽东提到对中国外国文学遗产时，态度是明确的："我们决不可拒绝继承和借鉴古人和外国人"，"但是继承和借鉴决不可以变成替代自己的创造。……文学艺术中对于古人外国人的毫无批判的硬搬和模仿，乃是最没有出息的最害人的文学教条主义和艺术教条主义”。毛泽东非常强调中华民族的尊严和民族特性，主张“建立互相吸收和互相发展的关系，共同形成世界的新文化”，中国的新诗，应该以自己的独特风骨，出现于世界先进的民族诗歌之林。一个民族的诗，如果丧失了民族风骨特性，按着人家的模样来打扮自己，拿外国人的灵魂来替代民族之魂，模仿外国人的腔调歌唱，按着外国人趣味嗜好来创作，是不可取的。

毛泽东说过：“诗当然应以新诗为主体。”中国新诗如何前进呢？毛泽东的主张是在民歌、古典结合的基础上产生新诗。这就是毛泽东的诗歌观和希望。毛泽东对诗提出的问题，三十多年了，赞叹者众多，探索试验者几何？怀疑冷落者常见。有点言者谆谆，听者藐藐的味道。

中国的古典诗丰富瑰丽。中国的民歌俏丽多姿。就风格形式说，古典诗仍能宽广地反映现实生活。凝重、宽舒，豪放、婉约，都能充分表现，但语言艰深难懂。现在我们常读到的许多新诗，也吸收了古代成语、古典词汇、书面语言。今天的读者同战争年代，发生了根本变化。然而旧诗的束缚性是明显的。

中国民歌的特性，是比兴生动，形象鲜明，活泼俏丽，通俗易懂，不受平仄的约束，不须严格遵循古典诗的清规戒律，可添加虚字衬字，可插进形声的感叹字。描绘田园风光、儿女恋情、民歌形式，都是任君驰骋的广阔天地。中国各个民族的民歌，都蕴涵着浓郁的民族风韵。但是用之表现海沸山飞、风驰电掣的现代生活的一些方面，似非所长，她大大弱于古典诗词。

代表中国诗歌特性的古典诗和民歌，如果能艺术地结合在一起，摆脱古典诗律的诸多束缚，发挥民歌的活泼自由，创造出具有民族风格的新诗体。这种新诗体，在总体上，为新诗定形；在个体上，又各有个性，“发展成为一套吸引广大读者的新体诗歌”。这不是不可能的。

自“五四”引进的新诗，经过七十多年的战斗，已经落地生根、开花结果，已经广泛地为人民接受。现在的新诗已经不同于以前的新诗，要求新诗形式更民族化更完美，是合理的。说新诗不行，是错误的；不承认，更是根本不可能。

十年前有论者云：毛泽东提出古典诗与民歌相结合产生新诗，二十多年迄无成效。其实，毛泽东同志已经早说过新诗改革最难，至少需要五十年。（见臧克家《毛泽东同志与诗》）他的估计也未免太乐观。律诗是从南梁到盛唐，经历了漫长的一百五六十年才定型。

我国现在，正按着邓小平同志提出的理论建设有中国特色的社会主义。社会主义的诗歌，当然更要具有中国特色。中国许多科学家以自己的创造发明，使中国走进世界科学之林。中国的诗歌，是不是也可以吸收外国有益的成分，发扬自己风格，走进世界诗歌之林，为世界诗坛做出新贡献呢？我想是能够的。这是毛泽东的希望，也是人民的希望。

1993年7月

劣质书 何时了[①]

好几年了，每逢文朋诗友互赠新书时，头一句话必然是：“错字漏字多不多？”如果说有一些而不太多，就一定会为著书的朋友表示欣慰和祝贺；如果说是不少，那一定黯然憔悴衰老好几年。以后才是感谢出版社能为你出书，太难得太不容易，等等。

当你接过赠书翻出不少错字时，就一定会说：唉，国家新闻出版署规定差错率超过万分之一的即为劣质书，可现在依然堂而皇之陈列在书店里。中国没有劣质书，什么时候才能兑现呢？难！现在不少书，“人”“入”不分，“己”“已”“巳”无别，“象”“像”混用，“分”“份”共使，“问”“同”随便互用，已是司空见惯。掉字漏文，漏行错段，少页倒装，时时可见。文朋诗友吁嘘对我说：“‘调’字‘泪’字，长相毫无相似处，

① 发表在《中国文化报》1996年2月7日，笔名“胡华”。

却把‘调’字当作‘汨’字两次印在标题上。”

一位文朋诗友告诉我：“为了减少差错，我曾向责任编辑提出限期由我校对一遍。责任编辑却信誓旦旦地说：‘放心，我一定为你校对好。’可后来这位责任编辑寄来的样书中，竟然缺少三十几面。”

另一本书，因差错太多，作者要求看二校清样，结果发现二校上批着：“此处文字混乱不通，请责任编辑查对原稿。”二校清样证明责任编辑根本没看清样，就开印了。

另一位诗友赠书时说：“这本书，是老家出钱资助出版的。第一次印出装好，发现错得一塌糊涂，再印的第二次，错误仍多达三四十处。老家资助印的书，总得送几本吧，但错得如此之多，我有何脸面去见江东父老！”为了对读者负责，出钱印了个勘误表，可读者一看，谁会买呢？不得已问责编怎么会错得那么厉害，责编嘟囔着说：“出这些书（指严肃作品）都是赔钱的。”我这位诗友才大彻大悟：人家是赔钱出你的书，你还挑肥拣瘦找差错，真是太不识抬举了。

文朋诗友都问：“劣质书，何时了？”我说：“了不了！”

1993年10月

道听途说[①]

一部小说，在首发式之前，就听到传播媒体放出风声，说这部小说如何如何不凡。等到首发式一开，传媒一发烧，立刻产生轰动效应。这在当今的中国，还很少见到过。书店的售书小姐，一反过去满脸不高兴的常态，热情地对翻看小说的人说：

“这本书才出版几天，现在只剩下两本了，错过机会就得等到再版了。”

翻书者被说服了。我也受了感染，便随手翻起书来。

“怎么那么多□□[②]呀？这些天窗是谁开的？”

“报纸说，是作者自己开的。”

---

① 以笔名“赵十飞”发表。

② 开天窗、删节的意思。

“过去文学开这种天窗，都是反动政府检查官，对革命作品的作法。现在搞这些天窗干啥，要删就删去好嘞。”

书架旁边另一人说：“这是故弄玄虚，可以增加神秘色彩嘛。这广告手法，高！”

这到底是本什么书？我纳闷起来。早晨在林间运动锻炼，一位每天都见到的老编辑告我：

“这本书，议论纷纷，有评价很高，有评价不高，颇为热闹。”

“如此轰动的书，怎么没见评论家的评论文章？”

“大概是想多看行情，但是道听途说的，倒很不少，你留心点，会听到的。”

果然，我稍微留心，就听到好几则。

道听：有人说这本书是当代的《金瓶梅》，作者是当代的笑笑生。

是吗，真有这么高？

有，据一家报纸报道，作者躲到深山五年，呕心沥血，才写成这部书。你还没有看？好得很啊！

哦，像曹雪芹那样？太可歌可泣了！

可也有人说，这书糟得很，是堕落文学，手淫文学，是垃圾文学。

那是不懂艺术，少见多怪，或者是“左”兄说的话，太过分了！得过上级表扬，常出好书的出版社出的书。又是这家出版社、作家、编辑，又有主管部门领导应邀出席的首发式，那么多的记者、电台、电视台，做了实况报道，连篇累牍的特写、访问、趣闻逸事，都是真实的，书，怎么会不好呢？我不信，是文人相轻吧？

不不，这许多，恰恰都不是文人说的，许多都是工人、干部，各行各业的人说的。

道听：这本书，在书店不让卖了，个体书摊，消息灵通，立即涨价涨了八九块钱。

怎么那么热门抢手？不是出版社正加印了几十万册吗？

不加印倒罢了，这次加印栽了，不让卖了。倒是书摊发了，立即到处去收，倒腾回来，高价出卖，破了外销转内销的历史纪录了。

出版这书刚发了，怎么又栽了？高兴过早倒了霉了！

途说：你怎么不肯看看这本书呢？

这么长，好看吗？我怕上当。真有精彩段落吗？

多得很，但你不用全看，你只要把□□的地方看了，就晓得作家的思想主体是什么。最精彩的地方，就在有□□的地方，那是作家思想灵魂，进入最高、最陶醉、最销魂的地方。

当然啦，也有人说是作家最下作的地方。那是不懂艺术。艺术的真谛就□□□……

道听：有人说，书中的女子，都是真实的，跟作家都……说不清楚。都有模特，所以才这样精彩。

别胡诌了。文学中的人物，即使有真实基础，但都是合成的，决不许随便对号入座啊！

途说：据说当地领导，对作家非常重视，十分抬举，给了好多荣誉。这回本想他出来说些领导爱听的话，谁想到这回他一出来就脱个精光，什么都露出来！应该朦胧些嘛！

不过，《金瓶梅》不是一样露骨，还是一部经久不衰、读者爱读的巨著嘛。不必担忧，越不准卖的书，越神秘，读者就越想看。不管人怎么说，这部书，仍不失为一部发人深省的作品。

1993年11月

小传

一九一四年生于广东省中山县。当过油漆学徒、工人。为学绘画、习文学，踯躅十里三年多，均无缘分。

一九三七年冬上太行山参加抗日游击队。许是阴差阳错，组建八路军太行山剧团时，领导发现我会唱歌画画，叫我当政治兼艺术指导员。我就硬担起写剧本，导演戏，作歌词，配曲，画打鬼子救中国的宣传画。

因整风有气，不干文艺去搞土地改革，带民兵打仗。

一九四六年末到太行文联，无官不好发津贴，挂了个戏剧部长名。

建国后，当过宣传部处长、副秘书长、《诗刊》副主编。

出版话剧、歌剧有《未熟的庄稼》《赤叶河》。诗歌有《圈套》《漳河水》《四月的哈瓦那》《阮章竞诗选》《边疆明月胡杨泪》《漫漫幽林路》《夏雨秋风录》。童话有《金色的海螺》。散文《新疆忆旅》。

1993年

与李牧同志谈话提纲[①]

极不易得此良机，请求看看研究。先讲讲社会的意见，二是机关管理的作风。

一、现有个非常叫老同志听了受不了的顺口溜：“理论联系实惠，密切联系领导，表扬与自我表扬。”这叫适合当前的“新三大作风”。

北京领导很深入生活，联系群众，有目共睹。但为什么不满，值得反思。反贪早在十年前（就提出，现在）人民怀念主席。

反丑恶、贪污、抢劫、盗窃等处理不力。道德沦丧，乱就要轻罪重罚。

拐卖妇女儿童，应重判，杀一大批。不满十四岁的和用暴力买来做妻的，按强奸罪（处理）。

追星族现骂得像过街老鼠。是谁造成的？电台、电视台、音像、录像公

① 1994 年 1 月 29 日，北京市委宣传部副部长李牧代表市委登门给作者拜年。此提纲是在得到通知后写的。同来的陈之昌做了记录。

司。（流行音乐）成了全市噪音，无人过问。小孩是受害者。现在批小孩的又是电台、电视台、报刊。这些人反过来责问小孩，没做自我批评。

市教育局通知中小学不得搞流行歌，有人立即在市热线反对，主持人不表态。宣传媒体随风倒，有的是两面派，恬不知耻。现虽好些，但点歌还是《吻别》、叶倩文、张学友。

性教育卫生，随便主持，问的问题不堪入耳。如一星期几次为宜，专家说天天都没关系。有人当时质问，说中医学不如此说，会伤人。争吵起来，污秽语言出来了，主持人才叫请说话注意。康老师[①]，搞得都不好，实际为咨询者做广告。

市委应审查热线。有有聊，有无聊透顶，把大好时光放在点歌、歌星私情绯闻。

现在好多了，但发烧友并未退烧。

二、文联（作风）。

人浮于事，单位越来越多，车越来越忙，忙到不能接送病人。应建用车制度。

领导同志总的都不错，但中总有七十分与九十分之差。文联最缺是党的领导、工作指导和生活管理。现在是一代不如一代。

马很好，特别是在《文艺报》的发言。陕西差了一截。不是表扬。

要领导就会得罪人。反对党的意见无人敢驳。意见不是不能提，尖锐更

① 疑为栏目名。

好。（问题在于）是反对中华人民共和国和领导的党。

文联各协会都是以名人为首，但都是不管事的大小少爷，甩手掌柜。我因此提议分会党组书记是真管事的，只称秘书长不好办事，应是兼副主席。结果转了长，提升之后更不管事。

要我打分：宋最好，九十分。马不知，只见过一面，其余说不出来。但陈模最起作用，可惜不是好作用。比专业作家还自由，因有权（苏精诚对我提的）。

机关（宿舍）是无人敢管的。请看一米过道，全被陈苏两家占了，连电梯廊也全占了。急病手推车无法过。几次文联出公告，为高楼安全出一大张全民大报，限某月某日不清即来处理。有人理了，但这两家我行我素。反映多次都不敢解决。上海电梯厂，是超生游击的窝，提了几次，无人管，后不知怎么解决。请重视起来，不能只说万事如意，新春大吉。

机关该改革，不愿真管事的，请让位。不论资排辈，文联坚强的少，可能合力不协调。

全国最受中央表扬的出版社，出了本世界最丑恶的小说。而且头面人物参加首发式，市各报连篇累牍大肆宣传，美国人叫好，有为的青年愤怒。这是我最想不到的。

昨夜想到今晨三时半，原不想说，临死何必得罪人。但又想是党员，难道就此下去，怎么对先烈、人民。一句话，有何面（目）去见江东父老？

错了请批，不怕受处。因毛说言者无罪，闻者足戒，鼓起我今留诸（位）几分钟。

1994年1月29日

回溯·翘首[①]

像黄河长江那样，中国诗歌源远流长。

中国诗歌，从来就是以讴歌劳动，讴歌祖国，讴歌人民，讴歌一切为自由、为美好生活而斗争，作为主旋律的。

现实主义、浪漫主义，一直是中国诗歌随时代而变化发展、历久不衰的优良传统。

近代现代，中国诗歌一直以争取民族自由、人民解放，作为自己的使命，热爱祖国的诗人无不参加了反对帝国主义、反对封建主义、反对官僚资本主义的伟大斗争。中国现代的诗歌，迎接五星红旗升上祖国晨空。

中国人民，从来对离开这个主旋律的诗歌，名之为无病呻吟，或叫靡靡之音。

---

① 发表在《诗刊》1994年第5期。

广大的中国人民，认为建国以后的中国诗歌，应该有个翱翔祖国长空的载体——诗歌刊物。

但是，办一个纯诗歌的《诗刊》，不是一件很容易的事情。

臧克家等老一辈革命诗人，经过辛勤的努力，为《诗刊》的创办做了大量的工作。

《诗刊》的创办，首先得到毛泽东主席的热情支持，同意将自己流传在社会、从未发表过的诗词，经过亲自校改，连同写给臧克家等同志的亲笔信，一同发表在《诗刊》创刊号上。

一九五七年一月，《诗刊》创刊号，连同气势磅礴、恢弘瑰丽的毛泽东十八首诗词，光芒四射，捧在千千万万读者手中。.

这是世界诗史上，值得大书特书的事件，也是《诗刊》值得自豪的事件。

此时，我正在包头钢铁公司工作。一读到《诗刊》创刊号，就觉得自己与《诗刊》，似有宿缘，一读倾心，鼓舞起作诗的热气，引发了写诗的激情，立即写了《风砂三章》。

我从毛泽东致《诗刊》的信中，更明确了诗歌方向；从众多的诗人、诗评家的诗作和诗论中，得到教益。我是从《诗刊》得益最多的读者之一。

从总的方面说，《诗刊》是个坚持“二为”“双百”方针的刊物，是个热爱和平、热爱自由，又有战斗性的刊物。

五十年代、六十年代前期，祖国正进入社会主义革命社会主义建设时期，从《诗刊》中能时时听到气锤风镐移山倒海、黄钟大吕般的响声。当时，正是世界被压迫民族掀起独立解放大风暴，从《诗刊》中，能时时听到隆隆战鼓的响声，不断看到殖民主义者逃离殖民地时的狼狈丑态。我想，不管多少年代后，凡是热爱祖国、热爱和平自由、支持世界被压迫民族解放的人，谁会说这是“左”呢？

回溯三百期，《诗刊》也经历了风风雨雨，这是历史原因，试问哪个刊物，哪级组织曾能避免呢？当然，《诗刊》出现过某些事情，我也为之伤心过。

我认为，《诗刊》应当弘扬正确的主旋律。我喜欢《诗刊》，正是喜欢这个主旋律。正处在改革开放、建设有中国特色的社会主义的今天，我希望能时时读到有这个主旋律的作品！

这期是《诗刊》创刊第三百期，是继往开来的一期，是翘首展望的一期。年年岁岁花相似，岁岁年年人不同。我祝贺《诗刊》在这个辉煌时代，更加辉煌。

1994年2月25日

致北京诗词学会的信[①]

北京诗词学会常务理事会、理事会和会员诗友：

从一九九四年二月二十四日起，我自愿放弃北京诗词学会会长名称和北京诗词学会法人代表资格。从写这封信的日期起，再不能以我的名义在会内外进行任何联系和活动。

请常务理事会立即到我市审理法人代表的部门，注销我的法人代表资格。并同时到北京市文联办理我不再担任北京诗词学会会长的手续。此两项请在十天之内完成办理手续，并有书面材料交我。

以上两个问题如在十天后无办妥，我将向审理机关和北京市文联声明，我已不担任北京诗词学会职务，该会任何事务均与我无关。

---

① 1994年2月23日，作者收到诗词学会某会员来信。作者在信上批有“此信批评得好，实事求是，辞去会长也是我的心愿。”

从一九九四年二月二十四日起，我与北京诗词学会脱离一切关系。同时从写信日期起，凡学会任何事务不要通知我，我已退出北京诗词学会，不再是学会会员。

请北京诗词学会将此信内容通知中华诗词学会，以及与北京市诗词学会有联系的各个方面。

请北京市诗词学会常务理事会、理事会，在会员大会上宣读此信。

此致

敬礼！

阮章竞

1994年2月23日

终程回溯[1]

酒徒们在土地堂纵情猜枚划拳，喝尽添丁的社酒之后，新春的欢乐，基本结束。该忙浸谷播种的时候，我诞生在这块既可爱又痛苦的南国土地上。那是一九一四年的农历大年初六。

我家除了有一座土房子外，说得上穷无寸土。父亲靠租种社、庙和祠堂土地，还兼贩鱼塘主和城里鱼栏的淡水咸水鱼虾养家。我母亲是一个看坟人的三女儿，一生生了九个男孩和两个女孩，其中两男一女先后夭折。我是第六个孩子。

我小时听力甚好，四哥背书唱歌，我都能记住。从六岁起，我哭着要读书，哭闹到八岁，父母终于让我进了彭肅昆书塾。但很倒霉，暑假后去学校

① 作者注："为周良沛编之中国百人诗库写的简历。"见《中国新诗库八集·阮章竞卷·卷首》长江文艺出版社 2000 年 1 月。

上学时，被告诉先生被官府当作大烟犯抓走了，几个月后放回来还没教一次书，就病死了。我白哭闹了两三年，又不能读书了。

九岁改进乡立作新小学校。我喜欢国文和画画，而不喜欢算术。读书到三年级时，请了几天假帮父亲割禾。那几天，因先生陈适，经常带着兼课学校的大龄女生（本校也有两三个）到教员室，闹得学生不能好好读书。有几个大年龄学生，暗地里贴出“白帖”讽刺他。陈适暴怒如雷，痛打了一两个学生，逼供“白帖”是谁人领头写的。参与嘻嘻哈哈的一女生告密是我。当我到校那天早上，陈适拿手指粗的教鞭没头没脑地痛打我。我冤枉得忍不住，要拿上课小手钟回击他时，陈适疯了，更狠狠地又打我好几十鞭。我浑身伤痕，手脸是血，我冲出校门，他才停止。十几天过去了，学校无人来处理。我罢课两个多月，表示抗议。病中的老校长劝我父亲，要我回去上课。不读书太难受了，我无可奈何地又去上课了。从此，一直到陈适不任教止，我从未叫过他一句先生。只有四个年级的作新小学校，读完了。十三岁，我暂时改上刚开办的树人学校。此时，父母已经四处托人为我找出路了。

四月底五月初，我到涌头两合油漆店当了学徒。小学徒也叫“小火头”，不管轻重大小什么活都要干。老板是个吝啬鬼，老板娘狠心不像人。熬到十六岁期满，老板态度极佳，留我傍师到年底。年三十下半天，给我七元小银洋，我全交了给母亲。母亲看见第一次有个孩子能挣钱回家，接着七元钱就哭了。老板这七元小银洋，便买了我整个童年，够便宜的了！

从十七岁起，我是个油漆工人，但我只挣一块钱，当时正式日工是一块三毛钱。因我只挣青工钱，好多人都叫我为他们做工。做工范围多在中山，两次到过澳门，一次到过广州。有的泥瓦、木匠揽工，为我介绍生活，但要从我挣的钱里，扣给他们一半。一半就一半，我无所谓。

当学徒时，我常悄悄地看画工画画，我也把老板有时给工人午餐钱攒下来，去城里时，常买回好多画谱，有《芥子园》、《点石斋》、《唐诗三百首》、章回小说等等。每天总是干完活后，我便躲在矮楼角读书、画画、刻石章，老板发现便警告我耗费灯油，不准我点灯。我就悄悄地把灯藏木箱子里，照样读书、画画。

“一·二八”战争时，有两个画家从上海回到中山，同另外两个中山画家，开了个天涯艺术学院，办了一期四十多天的暑期补习班。我和一位青年油漆工，抱着极大的希望，进了这个只有三个学生的已经开学十几天的补习班。教画油画的萧剑青先生，给了我两人十几张印有西洋画的明信片，叫我们全天临摹，就不管了。我们虽然很失望，但也认识了住在那里，或常来这里吹牛聊天的大学生和知识分子，向他们借阅一些新文学作品，和丰子恺的《西洋画巡礼》，黄宾虹的《古画微》，等等。我基本上是在此时期，从中国民间画师和章回小说，走向新文学和新的绘画世界。

“香港割于英，澳门割于葡”这两句课文，从小就深深烙印在我的脑子里。“五卅惨案”“省港大罢工”“九一八”等等，都激起我满腔怒火，“打倒列强，除军阀，建立自由独立的新中国”是我终生所追求的目标。我认为，那时的上海，是政治、经济、文化中心，人才荟萃的大都市。一九三四年七月，我到了上海，想一面做工一面学习。我同萧剑青的弟弟同住一个亭子间，为人做些广告、临时工，也在一家职业中学和两家小学教图画课，以解决吃饭问题。谁料如此糟糕的“好景”也不长，职中被查封，一家小学我还没领过一次薪水，便突然关了门，剩下的一家小学没薪水，只能在暑假时，免费提供一亭子间，开学后得找地方住了。

一九三六年我参加上海职业界救国会，参加抗日救亡歌咏活动，先后受过吕骥、冼星海的教导，在几个歌咏班教唱抗日歌曲，并参加了上海业余合唱团。这时期多得一位好心的照相馆老板，为我大开方便之门，在他那里吃住。我至今仍感谢这位何老板！

“八一三”上海抗战，我全身心投入宣传工作，九月末随上海文化界救亡协会流动宣传团，沿无锡、常熟一带的太湖农村宣传抗日。宣传团有位领导，在这一带有熟人和朋友，能在流动中，吃住都得到老百姓帮助解决。后来，当地的国民党见我们宣传内容太左，思想激进，就限期命令我们离开这一带。我们借口没有路费，他们就发了三四十元，我们只好分头离开了。此时，我正发疟疾。日寇沿京沪国道，日夜轰炸扫射。在苏州，我终于挤进要当夜躲开战地的苏州红十字会，到了南京。在南京失守前一天，我们挤进难民船，渡江到浦口，辗转几天到了汉口，找到了冼星海先生。他非常赞成我到延安或到八路军华北前方部队的志愿。通过他，我在一九三七年十二月三十一日到了太行山。要到八路军这段途程太复杂了，但我终于到了由当地中共县委领导初建的游击队，当了一个大队的指导员，在晋城潞城一带，游击破坏，进行练兵。一九三八年四月，阎锡山密电河北民军搞垮了这支游击队。

四月末五月初，八路军联络部主任朱瑞同志，组建了八路军太行山剧团，任我为政治指导员兼艺术指导员，并鼓励我创作剧本。我根本没有搞过戏剧，写剧是从太行山剧团逼出来的。创作剧本、写词作曲、画画，事事都逼着你去做。后来有人说我是戏剧家、诗人、作家。我无意冒充风雅，这实在都是阴差阳错弄成的。

从一九三八年五月到太行山剧团，到一九四三年秋离开止，我每年都要写好几个剧本、活报剧、歌曲。能记起来的，有《周年》《保卫抗日根据地》《最后的一个》《在红星旗下》《公粮》《人间地狱》《和尚岭》等等。由于日寇的残酷的反复扫荡，烧村挖洞，这些作品都丧失殆尽，只留下话剧《未熟的庄稼》、《糠菜夫妻》和小歌剧《比赛》三个麻纸孤本。

一九三九年冬，我被选为中华文艺界抗敌协会晋东南分会常务委员。

一九四二年五月日寇大扫荡，在与日寇遭遇战时，我三处负伤。

一九四三年秋，在《在延安文艺座谈会上的讲话》指引下，我深入兵工厂体验生活。临近除夕晚上，接电令，调我即回太行区党委党校参加整风。我参加整风，人都说是难得的好事，我没有这样高的觉悟水平，因为我正要创作。在这个一进去就不准出外的一年零四个月里，我受到各种各样捕风捉影、无中生有的审查、交代和大轰大嗡的批判。整风还是有不小的收获，基本上认识党内的各次路线斗争，提高了思想政治水平，也没有挨过打，够幸运了。一九四五年整风结束。因我做文艺工作挨了整，拒绝重回太行山剧团，请求下放做减租减息农村群众工作。点名分配的组织科长说：“几百人，个个都服从分配，就你一个不接受！”

四五年八月十五日，在深山里听到日本天皇宣布投降，我要求参加大反攻。我和地区武委会主任，领着三个县民兵大队，参加了解放焦作市和矿区战斗的全过程。而后，在矿区做工人工作，开展反霸反奸和到农村参加土改运动。在这一年多的群众工作中，我了解到阶级斗争、社会生活等各个方面的情况，就是因为赌气不肯回太行山剧团，取得的丰收，我是塞翁失马。

一九四七年一月，到太行文联任戏剧部部长。这一年我创作了俚歌故事《圈套》、大型歌剧《赤叶河》（下简称《赤》）。《赤》是一个农民剧团首演的，音乐是高介云以民间各种曲调作基础，谱写成的。《赤》的剧也是我自己导演，因该剧团没有女演员，女主人公是男演员扮演的，故此剧我不敢多写几个女性人物。《赤》剧受领导称许，也指出不足和欠缺。在几次座谈会上，提出好多修改的宝贵主张，好菜太多，消化不了，改来改去，改明白了，以后少写或根本不写剧本。

一九四八年，我兼任太行区党委文化委员会委员。当时有人说土改不彻底，原因是组织不纯。我们三个人代区党领导，率领一个检查团，进入豫北一个编村。在与群众同住同吃的过程中，了解到村干部大多数是一面下矿井一面种地的基本群众。土地问题，早已解决，在反恶霸反奸细特务斗争中，有粗暴过火现象，但此编村离敌人大据点，只有十五、二十里，时时有暗藏敌特，所以武装斗争异常激烈。敌人偷袭时，捉到干部和积极分子，都将他们活埋。有一次捉到一个斗争坚决的青年童养媳，因她不肯供出实情而在严酷拷打之后，逼着群众来观看活埋。青年童养媳为避免乡亲看见自己的惨状，拉衣襟蒙着脸而死。此地的地主富农矿主，都跑进城里去，对群众怀着深仇大恨，报复非常残忍，干部也只能以牙还牙，不能恭俭让。

七月间，我回到驻地，想起这次见到听到，加上过去的所见所闻，中国农村的妇女命运太惨，常在脑海中浮沉翻滚。在婚姻上，有真心相亲相爱的，有半心半意同床的，有被世俗暴力、精神暴力逼着捆绑在夫权铁碑上的。当了婆婆便忘了当媳妇的苦，不知道是谁给这样的权利，可以半夜在院子里煽动儿子打老婆说：你不敢狠狠地打，就不是我的儿子！明明在家里，外面问，有人吗，却回答没有人。受了委屈，跑到村外地头才敢放声哭，好像是她们天生有伟大谦虚，自己有姓，不敢叫姓，自己有名，不敢道名，只能叫“某某家的”“我家做饭的”。但我见到世界上，没有一个男人不想女人，包括和尚、修道士在内。这是怎么造成的？根本原因是对男人的依附！妇女的自由解放，必须摆脱对男子的依附，首先得经济独立，否则一切都自由解放不起来！一九四九年春，解放战争的胜利发展，想到不久会离开漳河，萌发了我要用当地妇女爱唱、爱听的小曲，最后为漳河的女儿们，创作一首歌——《漳河水》（以下简称《漳》）。写作过程中，我是动感情的，流着泪写，发着火写，也笑着写。有些评论家看了《太行文艺》发表的初稿后对我说：“你这诗，好像世界也可以没有男人？”我说不可以，但这诗，我的确是只写妇女！《漳》诗写得很快，一九四九年三月初动手，二十多天，就把初稿写出来，诗人冈夫和高沐鸿看了，主张先在《太行文艺》发表，以后再修改。一九五〇年春修改过的《漳河水》在《人民文学》上重新发表。

一九四九年第一届全国文学艺术界代表大会，我因事没有参加完，故很久不知道我被选为候补理事。一、二、三、四届作家代表大会都被选为理事。

一九四九年冬，调到中共中央华北宣传部任文艺处处长。

一九五二年到上海参加“五反”，给我任务是写个电影剧本。我未写过电影剧本，便在五三年写了话剧《在时代列车上》。

一九五五年五月任中国作家协会中共党总支书记、青年作家工作委员会主任。发表了童话诗《金色的海螺》，有一同志说写得不好，张天翼读了找我说，写得好。二十多年后，获第一届全国儿童文学童话作品一等奖。

政治运动不断，斗争不已，我产生厌战思想，多得中宣部常务副部长张际春同志支持我，实现原华北局决定到包钢的要求。一九五六年冬，任中共包头钢铁公司党委会委员，经常来往白云鄂博矿山、包钢厂区工地、黄河水源地之间。五八年任第一号高炉指挥部成员。天高任鸟飞，在包头三年里，创作了《新塞外行》《迎春橘颂》等组诗、短诗，和叙事长诗《白云鄂博交响诗》。一九五九年秋，在高炉工地患痢疾，反复治疗反复发作，中国作协来电要我到北京医治。大炼钢铁，我不相信。但为了一千八百万吨钢任务，我抱病坚持到出铁之后才去北京治病。

一九六〇年春，我正准备病态消除之后，投入长篇创作时，中国作协，调我任《诗刊》副主编，这是我最恐怖的工作，但硬决定了。我向侯金镜请教，怎么能编好刊物？侯金镜笑答：你准备每年作几次检讨。

阿弥陀佛，这两年老生病。一九六二年，得到中共中央华北局的同情，挂名宣传部副秘书长之职，专事创作。张天翼同志听到我当这样的“官”后，问我：你怎么找到这样舒服的官做呀？我笑着答道：天时地利人和。一九六三年，我两次花了半年时间，重回太行山、王屋山访问，为长篇做准备。

一九六四年春，参加谁都不能不参加的“四清”运动。下半年写长篇小说第一卷提纲。到一九六六年二月后，见当时有山雨欲来风满楼之势，想急速草完第二卷提纲。中途，“文化大革命”开始了。下半年，华北局宣传部少数先叫红卫兵，后称造反派的一个小丑，把《群山》一、二两部草稿全部抄走，当作重大斩获，送给北大公社的孙蓬一、聂元梓们，作依附的晋见礼品。

一九六八年一月至一九七五年夏，下放河北省革命委员会，将近八年，等于一个抗日战争。我在文教组当干事。成天观派战，处理派纠纷，看见到处都有政治地雷。中途，幸未忘记这个老年干事，七三年，忽然在全省干部会上宣布我为文化局副局长。能攀上“长”字号，谁不高兴？但我乐为干事，抗命不受职。有一领导人说服不了我，叹道：“你真是看破红尘了！”十分“有幸”，我得了冠心病，常回北京看病，借创作《海河》作掩护，明知此时搞创作，险象环生，可我却忍看逝水东流去，潇洒了一年多，万幸万幸。

一九七五年多谢河北革委会同意我回北京，并派人与北京联系，我调进北京市文化局创作组。

一九七八年，北京市文联准备恢复工作，同年应邀为第五届人民政协全国委员。

一九七九年九月，从刘邓大军突破黄河天险的寿张等渡口，溯黄河西进北上，东折五台山、雁门关、北岳到大同。而后，写了《溯河千里行》组诗、短诗。同年冬被选为中国文联全国委员、中国作家协会理事。同时被选为北京市第七届人大代表和常委。

一九八〇年，被选为北京市文联副主席、北京市作家协会主席。春去山西写《群山》第一卷，组诗《夏日山村》。

一九八一年夏秋之交，沿刘邓大军千里跃进大别山征战路线，搜集材料，写了组诗《大军之路》。八二年写了《意大利之歌》。八三年秋去新疆访问。

一九八四年四月患大面积心肌梗塞。一九八五年病情好转，五月进三峡，写了组诗《三峡颂》。

从患心梗后，年年反复住医院，医生劝我停止继续写长篇。我借几次住院时间，先后写了长诗《胡杨泪》《漫漫幽林路》，整理了访新笔记《新疆忆旅》。一九八八年在北京市作家代表大会上，留名为北京市作家协会名誉主席，海阔凭鱼跃。一九九〇年，我应邀为重庆出版社《中国解放区文学书系·诗歌篇》主编。

一九九三年春完成《群山》第一卷。但是在今天，严肃文学处在衰微境遇之际，这部长篇恐怕只能睡在纸箱里，任老鼠的牙齿去批判了。

说实话，要我写个简历，无须两页稿纸便可写完。可是《诗库》编者周良沛先生则与人不同，要求作者写简历，也要与人不同。如此，我只好放手乱涂鸦。总之，从我这篇《终程回溯》得出，凡生活是主动地在战斗，就能写出东西，也能多写点东西；凡是坐在书斋或办公室，长期不走进社会去，我就写不出东西。即便写出来，也只是在空虚中创造空虚。但也有这种情况，越有生活实践的人，越不一定能写出令人感兴趣的东西。有的作者无须辛苦走进社会或只同朋友侃一侃就能写出、侃出看得过去的作品来。这些是老天爷故意要如此捉弄人，你有什么办法呢！

1994年2月20日

山高水长

——纪念茅盾先生诞辰一百周年[①]

生活在内忧外患的旧中国，许多青年都感激那个时代为民族自由解放而呐喊的作家。他们的许多作品成为许多青年走上革命行列的一声晨笛。茅盾先生就是最受青年敬仰的作家中的一位。

建国以前，我从未见过茅盾先生。在抗日根据地里，我听一些见过先生、听过他讲话的文化界朋友说：茅公为人普通朴素，谦虚和气，但不善言谈，同他作品的语言相比，则完全不一样。

中华人民共和国诞生的前两个月，在全国第一届文学艺术家代表大会文学界的预备会议上，我才初次见到茅盾先生。会议由先生主持，他刚讲完几句开会的话时，有一位解放军青年作家，激动地首先起来发言，热烈地赞颂

① 此文收入《茅盾和我》中国广播电视出版社 1996 年 7 月版。

先生的作品。茅盾先生似乎有点不好意思，无可奈何地笑着对那位青年说，这个会是征求代表们意见，怎么把会开好，请不要谈他的作品。茅盾先生话讲得很慢，讲话之间，时续时顿。印证了我从山里带来的谦虚和气，不善言谈的印象。

五十年代中后期，我在中国作家协会工作，便有了较多的机会见到茅盾先生。名家创作也是非常辛苦的。[①]青年作家创作需要人来扶持。我听说茅公放下创作转而孜孜不倦地阅读青年的稿子。当时在中国作家协会工作的同志，听到有这样一位大师为青年看作品，都说是这一代青年作者的幸福。

谁都知道看到好的作品，是一种快乐的享受，能兴奋不已；但看到一些较差，部头又大的稿子，却是一个“苦难的历程”。我几次听这样的议论，说现在一些青年作者的稿子，字写得非常潦草，读起来非常吃力。有些稿子光是字体，就很叫人头疼，不少字都不是约定俗成的简笔字。茅公称它是作者自己随意造出来的“创造”字，费尽力气也判断不出是个什么字，令人一读三叹。虽然如此，茅公仍然孜孜不倦地在看这样的稿子，唯恐漏掉一个有才华的青年。这个茅公读稿的印象，到现在仍深深地印在我的脑子里。自古至今，中国许多文学家，在书法上，都是下过苦功夫、死功夫的。我常常看到印在书上的作家笔迹，很多就是艺术珍品，观其字，见其人，行有章，草有路，都是很严谨的。但我的确见过某些来信来稿，确是会使作家、编辑都喊头疼。有些文字像“天书”，用放大镜也找不出笔路的走向，更令人头疼

---

① 楷体字是《中国文化报》1996 年 7 月 5 日发表时删去的部分。

的是连地址和署名都无法辨认出来，让你想写复信也无法写。

我常常看见茅盾先生送到作协讨论的手稿，很多都是已用过的纸，或是废线装书反过来重用的。而且字写得非常清楚，看时不用费力气。茅盾先生节俭朴素的生活精神和认真严肃的工作作风都是值得我们学习的。一位中华人民共和国国务院文化部部长、中国作家协会主席，亲手起草的文稿用这样的再用纸写稿，如果不是亲自看见，有几个人能相信呢！茅公真可谓惜纸如金。

在当时，不管什么风格、什么形式的作家，不少人都得到过茅盾先生这样的帮助教诲。

“大跃进”后的困难时期，为召开中国文学艺术工作者第三次代表大会，决定由茅盾先生作文学报告。他亲自阅读当时许多作家、诗人、儿童文学家、曲艺作家的作品，都作了精湛、深刻的艺术分析。尤其是对有代表性的作家，从理论上肯定了许多作品在民族化、群众化的长足发展，对这个讨论了多少年的民族化、群众化问题，表示了他的喜悦。他对这些作品所表示的喜悦和立论，对某个作家的作品，都不是泛泛而论，而是做了很细致、很有根据、十分精辟的深刻分析。这个报告，使当时的作家受到极大的鼓舞。

如在诗歌方面做了历史性的评述。他认为从“五四”以来中国的新诗已有了四十年的历史，诗人们为创造新诗进行了各种各样的尝试，但都是“各写自己的一套，努力追求新诗歌的形式”。茅公认为：中国的新诗应当走民族化（批判继承我国古典诗词和民歌的优秀传统而发展之）的道路。他沿齐、梁、唐、“五四”，直到抗日战争、解放战争的诗歌发展史看，认为“1945年后开始陆续出现的叙事诗”“是我国新诗歌在民族化、群众化的光索而艰巨的道路上第一批收获”。茅盾先生这一个结论，确是总结了八年抗日战争和三年解放战争中，诗人向工农兵学习，与工农兵相结合，这样一个艰苦历程而取得的。诗歌的民族化、群众化，只在知识分子群中探索，是得不到的。

从这个报告谈诗歌创作的篇幅中，看到茅公对当时的诗人作品都是十分熟悉的。对当时比较活跃的诗人作品，不管是叙事诗、抒情诗，还是政治诗、讽刺诗的风格、形式、个性特点，差不多都论述到了。邵荃麟先生对茅公这个报告，尤其是对论诗部分，非常赞赏。有一回我到邵荃麟家谈《诗刊》工作，他翻起茅公论诗部分对我说，茅公很喜欢当前诗人的诗，对好几个诗人，他都用了很多功夫来评论。

这个报告中，更大量的是论述小说、散文及其他方面，都以极大的热情，评述各个文学创作方向的收获和成就。

我一直思索：茅盾先生所做的这个报告所提到的各种文学作品，如小说，很多都是长篇巨著，是谁帮助他，给他提供了如此详尽的资料呢？一个身体瘦弱的老人，文联决定召开的第三次代表大会，时间如此之短，工作量如此之大，报告写得如此之详尽，使我感到惊奇。直到三十年之后的一九九一年春末，我得到一个机会参加茅盾故居的一个座谈会。参加会的人不多，记得有陈荒煤、李准、姚雪垠、邹荻帆等。座谈会主持人告诉我们，南房左边的一个柜橱里，全部都是茅公对当时作家作品的批注本。所陈列的三十多本诗集、小说，都是他阅读时亲自批注的，还有很多亲手批注的这次未陈列。大家听到顿时涌起感激的心情，每人都去取阅茅公亲自批注自己的作品。我所看见这些同代人的作品，都是茅公阅读时，用红笔小字批注过的。批注的地方，有长有短；有的批注得十分详细，有赞许有批评；有的连一个字都不放过。如在我的作品中，就批着：“此字不妥”“不押韵”。个别句子还做了这样的改动：“改为‘咆哮山野像飞虎’何如”之类商量语气的批语。好像我就坐在他身旁看他修改我的作业。我在翻阅这些批注时，深深感到茅盾先生不是匆匆翻阅作品，寻找可用的材料，而是长期在阅读作家作品，日积月累得来的。参加座谈的作家和我一样，都怀着感激的心情，捧着茅公批注过的自己的作品。这时我才悟出来：茅公批注的这样多的作品，不是为了写第三次代表大会报告才阅读的，而是长期在看作家们的作品时批注的，否则怎能论述得如此详尽精辟？我当时就产生了一个念头：如果把许多批注过的作品选一两种或一部分，复印出版，对青年作者是个很好的范本，但从近些年来的出书难的现实看，只能保存在玻璃橱子里了。①

五十年代末的“大跃进”运动失败，名声不好，许多不是写“大跃进”的作品也被株连问罪。茅公这篇文学创作报告，正是在明知“大跃进”失败而死不认账的时候出来的，而且用了《反映社会主义跃进的时代，推动社会主义时代的跃进》的大标题。是不是也会因为“大跃进”的沉沦而沉沦？我认为如果是这样，那是极不公平的。试想正当那个时候召开一个全国性的大会报告，不采用这样的题目，不对“三面红旗”大说光辉灿烂，赞扬一些

① 在茅盾诞辰百年纪念时，中国现代文学馆将这一批作品编成《中国现当代文学茅盾眉批本文库》（中国国际广播出版社 1996 年 7 月）出版。作者的《漳河水》，《迎春橘颂》被编入诗歌卷。

“大跃进”作品，能让这个报告印发出台吗？我认为即使茅公有这个警觉，审查报告者也不许他有这个警觉！君不见我们的彭大将军么？我认为茅公这个报告，是呕心沥血地写出来的，它总结了建国以来我国文学创作的一段历史情况，不应为“大跃进”而沉沦，它也不会沉沦！

我与茅公没有过什么来往，更没有过长谈。只是在一九六〇年，中国作家协会领导，要我替茅公陪他邀请的客人——波兰作家协会党组书记夫妇到各地参观访问。茅公约定在杭州与客人会见，同游杭州上海。就是这次相随几天，获得长谈的唯一机会。当时我国正处在经济困难时期，许多地方，对外宾是谢绝参观的。有的地方想去，先要得到批准。因为这对夫妇是茅公的客人，基本是按客人的要求进行参观。我陪客人去过沈阳、郑州、西安、成都、重庆、武汉。其实客人应该满足，没有什么地方是不让他去的，但客人还是不高兴。到了广州才精神振作起来，因为曾同茅公一起访问过波兰的王匡同志[①]，态度大方。他对我说：我们这里好的、坏的，都可以随便去看。初陪客人时，我是不大愿意的，但借此机会，自己也增长了一些见识：住过豪华的宾馆、银波荡漾的湖边别墅，去过只有高干中的高干才能享受的温泉游泳池，吃过许多具有地方特色的美味佳肴；也曾住过一座形似天坛的大宾馆。这宾馆真是“有多大的胆，就有多大的馆”！因为此地此时是对外封闭的地方，偌大的宾馆除我们四个人（连翻译）之外，根本没有别人住。我想

① 王匡（1917—2003），广东东莞人，“七七”事变后赴延安，1938年参加中国共产党。是革命战争时期新华社的四大著名记者之一。1960年，他任中共中央中南局委员、宣传部长。

起砸锅炼铁、拆屋并村之后，多少农民无家可居。第二天，当地的主管文化的负责人（战争年代的战友）问我：客人住得满意么？我答：当然满意。但我有点害怕，这样大的宾馆，空空荡荡，半夜我还怕鬼哩！

在杭州，我同茅公的交谈中，他说了不少有关创作的问题，我大受裨益。他问我想带些什么回去，我说想买几支长锋羊毫小楷湖笔时，茅公有些不解，问为什么喜欢用长锋小楷写作。长锋小楷会用，写字很洒脱，可是很不好控制，用这种笔要很有功底。我说这种笔是陈学昭同志送过我几支，才知道杭州有这种笔，是不大好控制，写毛笔字我没有功底，只是用长锋写稿时，觉得别有风味。不知为什么，茅公十分高兴。过了十几年、二十年之后，每次我遇到他时，他总会问我是不是还用长锋湖笔写作，每次都说使用这种笔要很有功底。

到了上海，住在外滩华茂饭店（名字记忆不很准了），茅公向我介绍了一些历史情况。他说这座饭店，过去都是大资本家，尤其是国民党的军政大官，常在这里玩交际花，狎明星，花天酒地，寻欢作乐。他说了好几个国民党大官和交际花名字。我听他说这些话时，好像在重新翻阅他的巨著《子夜》那样。

此后，我见茅盾先生还不断地为青年作家的作品写评论。好几位青年作家是因茅公的评论而定位的。有一段时间，我离开了文学圈，后听说中国作家协会在大连开了一个创作会议，此后，茅盾先生的评论文章，好像不见了。所谓“中间人物”的话题，像炒股票那样炒得好红火，不知道是触动谁家贵人的疼痛神经。先进人物、英雄人物应当写，他们带头推动了历史发展。但社会那么复杂，怎么可能没有中间人物呢？为什么不许写不好不坏的芸芸众生呢？难道文字作品只能写千人一个面孔的人物和路线斗争、阶级斗争吗？我记得有次作家协会两位负责人和我谈话，问我在写什么。我说写战争，一位同志听到不耐烦地说：又是写战争了！我一下深深感到自己无所适从。

在“文化大革命”的十年里，我未见过茅盾先生，也打听不到他的情况。到了“文革”后期，有些被下放的作家可以回北京治病了。有一次，我从臧克家同志那里知道茅公住在后圆恩寺，我立刻到那里去看望他。他看见是我，很高兴，但似乎总有点沦落感。他人很瘦，说眼睛不太好，看东西很费力气了。我问孔德沚夫人怎样，他告诉我已经去世了。当时是个“万马齐喑”的时期，茅盾先生和我对坐吁嘘。人都说形势大好，越来越好，而且从来没有过得那么好。但我感觉不出来，拿什么话对茅盾先生说呢？我什么话都没说。半天之后，他问我的情况，我告诉他，我是回北京治冠心病和眼睛出血。他问清楚我眼睛是外出血后说：这还不怎么要紧，要紧的是内出血，得赶快治。说他自己就是内出血，并要我吃蜂蜜。要到宣武门大街去买，那家的蜜是原产的。不要吃食品厂加过工的蜜，掺了大量蔗糖。

我问他生活怎样？他说有孩子照顾。但我当时只见到有个看门的老人。我坐着，只听到屋外树上蝉的叫声。一位反映了中国重大历史生活、功劳卓著蜚声中外的文学大师，怎么会这么寂寞？我几乎都要哭了，只好赶快告辞。

“四人帮”一伙被抓起来了，中国文学艺术复苏了，我又听到茅盾先生一句沉痛的声音：中国只有一个作家。我和大家一样都会问：中国作家协会几千名会员，在这场“史无前例”的“文化革命”中，中国的作家都不见了，都哪里去了？他们是在“五七”干校、边疆、劳改场、秦城监狱，有的跳了楼，有的做了吊死鬼，个别在野狗和狼的牙缝里……受过了百年苦难的中国就是不哭！有过光荣革命历史的天安门广场，自“四五”诗抄和圣洁的小白花，被一阵阵使人心惊肉跳的锣鼓荡涤之后，在一夜之间，全都化为缕缕血痕和阵阵腥风。“广场”成了一个酸楚的名字，周围的青松都发灰了。

一九七九年一月一日，我看到《北京日报》第4版《广场》的刊名，是茅公写的。我感到“广场”新生了。我看到那瘦硬刚健开张的字，深深地感动了。我当即写了一首《歌茅公为〈广场〉题刊名》的诗。诗是这样写的：

茅公高寿笔锋健，
写尽沧桑几轮回？
怒挞铁蹄蹂小草，
长歌沸血腾风雷。

讨妖诗火照天地，
锣鼓岂能盖九垓？
血雨清明沃万卉，
横扫阴霾《广场》开。

写好之后，立即抄寄《北京日报·广场》，但过了很久很久未见刊出，也不见退稿，我询问是什么缘故时，编者说留待后用。直到今天我对“留待后用”仍不理解，是否因“锣鼓岂能盖九垓”而决定不了呢？

1981年春，我从外地回京，在参加中宣部一个会议时，突然听到茅盾先生病逝的噩耗。我实在无法掩藏自己的悲伤，是夜便把读他的作品，听他的教诲、鼓励一起倾泻在《哀悼茅盾公长者》上，诗是这样写的：

南愁苦雨北愁风，
远道归来心忡忡。
待问矍铄步履健，
悲闻噩耗荡苍穹。
嫩草如茵花开日，
哀悼长者哭茅公。

三十年代读翁书，
方识中国为何穷。
六十年代聆教诲，
大长精神步险峰。
八十年代索翁字，
犹记西湖论长锋。

前代红蕾翁扶植，
抗争怒放风雨中。
火中一代生有幸，
风云际会识谦恭。
开国春花枝枝壮，
几多长者汗育红？

奇书怪字蚯蚓体，
看稿甘受罚苦工。
珍惜平承多种树，
江山早已绿葱茏。
春园烂漫翁离去，
姹紫嫣红雨溟濛！

这时《广场》编辑拿着我《歌茅盾为〈广场〉题刊名》的那首诗找我，要我在这两首前加个小序一起见报。这两首诗是不同性质的，我感到为难，但我还是照办了。

我曾两次请茅盾先生为我写条幅。第一次是在1960年初冬，他欣然答应。三四天后我便收到一幅题为《书赠章竞同志》的条幅。诗中写道：

漳河水唱翻身调，

出塞新诗颂有成，

指点江山抽彩笔，

阮郎风骨剧峥嵘。

第二次是在中国作家第四次代表大会上，我看到茅盾先生已经坐上轮椅了，立即涌上心头的是：茅盾先生真的老矣！我好像悲凉地预感到什么。散会时，立刻在门前向他问好。他非常高兴，说坐轮椅有个年头了。接着问我是否仍用长锋小楷写作，还是那句话：长锋很不好使用，要很有功底。我请他送我一本有他签名的书，再给我写个条幅。他和以往一样欣然答应，只是惋惜地说：精装本都没有了，只好送平装本了。又是过了三四天，我就收到有他签名的《子夜》和《读稼轩词——七二年旧作》[①]条幅。这是他在“文化大革命”中感时之作，字还是那样瘦硬刚健，使我心慰，使我感激。

我正处在壮年的时候，认识茅盾先生，见面不多，往来甚少，但印象、情谊极深。直到现在，他仍像高山流下的一道清泉，依然悠悠地、悠悠地在我心中。

1995年4月25日写于同仁医院病房中

① 这首词的全文是：“浮沉湖海词千首，老去牢骚岂偶然。漫忆纵横穿敌垒，剧怜容与过江船。美芹荩谋空传世，京口壮猷仅匝年。扰扰鱼虾浩劫尽，放翁同甫共婵娟。”

对日本军国主义不可解除思想武装[①]

在50多年前的抗日战争、世界反法西斯战争中，中国是抗日战争的主战场。在八年抗日战争中，我是从头到底的直接参加者，全过程的参加者。日本帝国主义在中国所犯下的惨绝人寰的滔天罪行，我是亲身经历者和目击者。在太行山，我参加过组建游击队，所有大小反扫荡战我都参加过，亲眼看见日寇“三光”政策硝烟弥漫，鲜血淋淋的现场。也亲自参加过百团大战中的关家垴战斗，参加过豫北地区的大反攻。解放焦作时，硝烟未散、冷枪未停，我亲眼看到蒋介石保护他的日本“友军”的布告，把为虎作伥的汉奸军队称为他的地下军，要他们一起抗拒向八路军投降。

在八年抗日战争中，蒋介石政府，除头一年外，没有给八路军发过一文军饷、一支枪、一粒子弹、一颗军粮。我八路军背靠着黄河，面对着强大的

① 此文是作者在《光明日报》召开的“中秋老同志座谈会”上的发言。标题是编者加的。

日军，后防着蒋介石军队，在这样前虎后狼夹击的情况下，在连年的敌祸天灾、水旱蝗虫的灾害下，自己开荒种地，纺花织布，解决口粮被服，一手拿枪一手种田，用最形象的语言就是靠步枪加小米，坚持了八年敌后抗战，终于最后彻底打败了日本帝国主义，建立了新中国。

抗日战争是中华民族抵御外侮取得完全胜利的一次民族革命战争，胜利来之不易。中国共产党是民族革命战争的中流砥柱，历史充分证明，没有中国共产党就没有新中国。

抗日战争，世界反法西斯战争胜利，已经50周年。但日本帝国主义并没有认输，从未承认发动过侵略战争，只承认“进入”，给中国“找了点麻烦”。现在仍在大肆叫嚣要扩充防卫费用，不顾一切想削尖脑袋钻进联合国安理会当常任理事国。在美帝国主义的包庇下，许多重大战犯都释放了，当了内阁大臣，有的还当了首相。这些内阁大臣，甚至首相，年年都参拜靖国神社。日本军国主义并没有死，它的中生代、新生代，越来越猖獗！这是反复出现的危险信号。

这些年，在我国不少人不知道甲午战争，中国无因无故挨打，还要赔给日本侵略者2万万两白银。不知道抗日战争中我国伤亡3500万人，损失1000亿美元，间接损失5000亿美元，可是日本侵略者一个铜板都没有赔给中国。

好多年来，不知道为什么，除了一些特许的文章，不大讲或很少讲日本帝国主义侵略中国的罪行，更不让百姓写文章讲话，写了也不能登，也没有公布过我国的伤亡人数、经济损失。直到今天，不知道中国有多少万妇女被日本法西斯军蹂躏，当了性奴隶——慰安妇。今天第四次世界妇女大会在我国召开，菲律宾、马来西亚等国家都有妇女控诉日本军国主义对妇女的暴行，中国不知道有没有人敢出来控诉?

我认为，对日本军国主义应该时时保持清醒的头脑。

我认为，对青少年勿忘国耻的爱国主义教育，应该世世代代坚持下去。各个列强强加于中国的国耻日，应该在媒体，长期刊登。

我认为这个世界并未充满爱，也不可能充满爱。青少年常唱《让世界充满爱》，不要唱了，不要自我麻醉，自己解除思想武装。这样才能真正做到前事不忘，后事之师。

日本军国主义、帝国主义对我国的贼心从来不死，时时都有亡我之心，所以要长期教育后代，提高警惕。

1995年9月8日

风雨太行山[①]

——《太行山剧团团史》序

1938年4月中上旬，我从潞城前线经平顺、壶关回陵川，中途听到中共陵川独立游击支队司令部，被阎锡山密令河北民军总指挥张荫梧解决。我回到陵川，已找不到独立支队司令部和政治部，我便随华北军政干校陈沂、张栏园、杜郁沄和王振华等同志到晋城去见八路军总部联络部主任朱瑞同志。他当时也是中共北方局军事部部长。朱瑞同志，好客爱才，他跟这些知识分子一见如故。在头几天里，多次随便谈话，谈生活、谈思想、谈抗日前途，似春风化雨，使我终生难忘。

不几天，华北军政干校与陵川独立游击第一支队联合剧团，和陵川城关小学孩子剧团，先后来到晋城。朱瑞同志接受他们参加八路军的要求，便把

① 此文发表在《新文学史料　史料专辑》1998年第2期，有删节。

他们合在一起，成立了一个剧团，命名为“中国国民革命军第十八集团军第八路军晋冀豫边区太行山剧团”，任命赵洛方同志为团长，我为指导员。

太行山剧团成立两三天之后，就随朱瑞开赴长治（潞安府）。长治是晋东南历史上的军事重镇。朱瑞同志便把我们交给在那里的八路军民运部长黄镇同志。黄镇是经过长征的红军画家，对艺术十分理解，为我们购置彩绸布料、汽灯、乐器等，将剧团装备起来。大幕布的图案是我设计，由团内女同志一针一线集体缝制的。

剧团成立时，除了从郑州来的两三个同志，懂得一些简单的化妆、声响效果之外，其余都没有真正涉足过戏剧工作。大家都是抱着卑微不敢忘国难，不管做什么工作，也要为打走日本帝国主义，为民族解放事业，发一点光而来的。我从小喜欢看戏，特别是反映爱国主义的戏，反映正义的戏。但家住农村，只看过一两次学生下乡演的“文明戏”。上海是文化荟萃的地方，但在上海，我也只是因朋友送票在暨南大学看过《雷雨》，和在大光明剧院看过《太平天国》，酷爱话剧但只看过这两出戏。教唱指挥抗日救亡歌咏活动，我倒是略有过涉足其间的短暂经历。然而要我担起一个综合艺术的文艺工作团，我虽有沸腾的抗日热情，但自己的根底是严重不足的。由于朱瑞将军的信任，使我偶然闯入这块艺术天地走上文学道路。我一直到现在仍在感谢和怀念这位为人民解放而英勇献身的炮兵司令。

太行山剧团成立的时候，正是晋冀豫抗日根据地的创建时期。当时的太行山似乎没有来过什么话剧团、合唱队，我听当地州府县城的人说，他们只见过“文明戏”。蓬蓬勃勃的新戏剧活动，是在1939年才开始的。所以当太行山剧团初建时在长治的演出，一拉开大幕，在炽热的汽灯光下，观众看见的是一个有山有树，有门有窗，有道具，有青蛙秋虫鸣叫的真实舞台世界，都惊呼新奇。所以在长治第一次演出，就得到观众的信任和支持。我们都受到很大的鼓舞。

在长治活动几天之后，朱瑞同志带领我们到屯留，将剧团交给中共晋冀豫区党委（代号为八路军总部编辑部）领导，区党委派赵迪之同志做政治指导员，我专管艺术工作。

太行山剧团成立之初，演出的三个剧本，都是联合剧团时期从外面、从大城市引进的。歌咏节目，也是引进的。节目太少，内容离敌后战争的现实生活太远。朱瑞同志和区党委领导同志都鼓励我们自己创作剧本。区党委军政干校的教员，如陈沂、张柏园，都为我们写过剧本，朱瑞也为我们写过剧本。我在他们的鼓励和带头下，自己开始创作剧本。很快，我们的演出剧目，主要部分都是自己创作了。我们自己的创作，多次承担八路军总部的迎宾文艺晚会演出任务。朱德总司令常在演出前到后台看演员化妆，问节目内容。总司令平易近人亲切慈祥，演员们很受鼓舞。

太行山剧团建立之后，抗日根据地的各方面工作，都需要人才。区党委决定在太行山剧团内，附设一个名为“鲁迅艺校”的短期培训班，一方面为各地区培养艺术骨干，另一方面补充自己。艺校邀请军政干校陈沂、张柏园等同志兼任教员，也请十八集团军总部火星剧团的同志，传授儿童舞蹈。这个附设培训班，开办了两期，结业后的学员，有的派到部队，大部分回地委、军分区组织剧团。太行山剧团也采用轮换的方法，派团员到地区剧团，做艺术骨干。1941年这些地区剧团，都先后称为太行山分团，一共有五个分团。

太行山剧团成立的那年10月，根据晋冀豫区党委指示，太行山剧团沿太行山主峰，进行保卫抗日根据地的演出大流动。晋冀豫区党委派一个通信班，担任保卫工作。我们做了一番准备之后，带着艺术培训班，从屯留出发，经襄垣、武乡、辽县、和顺，登太行主峰，东下马岭关、沙河，北上内丘、临城、高邑、赞皇、元氏，再西登太行山昔阳，经和顺到榆社，沿浊漳北源南折武乡、襄垣回屯留。沿途演出三个月，行程两千五百里。在赞皇、高邑间，离日军据点二十华里处，为我军前沿部队举行慰问演出时，部队向平汉铁路方向派出监视哨，保护我们安全演出。与敌近在咫尺，随时都可能发生战斗的肃杀秋夜星光下，金鼓齐鸣，纵情高唱《在太行山上》，将士振奋，群情振奋，我们深深感受到战斗的欢乐。此首名曲，是在大流动出发前两天，桂涛声寄来的。这首名曲便成为这次大流动的主旋律，震撼太行山，音符镌刻在太行山上，五十多年过去了，此情此景，一点都没有从我们的心中流逝。现在到处天天都在唱“让我们的世界充满爱”，可是现在仍死不改悔的日本军国主义分子，矢口否认日本帝国主义的侵略，矢口否认南京大屠杀等等罪行，年年都在增加庞大军费，日本政要年年都去参拜包括甲级战犯东条英机在内的靖国神社，我们切不可自己麻醉自己。

抗日根据地，都建立在偏僻的山区农村，1938年时的戏剧演出，女演员很少，剧中女性人物，多是用男性演员扮演。太行山剧团不同，一开始就有女演员。每到一个地方演出，群众，特别是女性群众，都奔走相告：“这个八路军剧团，有女兵”“戏里的老婆们，都是女兵演的”，成为稀罕奇事。

当时偏僻的中国农村，尤其是山区，有了女兵，什么事都好办，特别是妇女工作，没有女兵，寸步难行。在驻地，人缘熟了，妇女敢问我们的女兵：“哪是你汉？”“你几个汉儿？”。这问话，似乎十分不礼貌，但隐藏着农村女性复杂深沉的各种思想和痛苦。我们有的女兵大大方方地笑着答道：“我一个也没有看中，你替我挑一个。”她们敢于跟女兵说笑话，就是她们和女兵已经是朋友。后来我们在开展农村戏剧运动，调查搜集民歌民谣活动中，许多男同志无法搜集到的材料，都是妇女坐在炕头上悄悄地低声甚至流着泪唱给我们的女演员听的。

1939年秋，晋冀豫区党委决定在辽县（现左权县）搞实验县，工人、农民、妇女、青年等抗日救国群众组织，都抽出相当强的干部到辽县区村，开展工作。经过充分发动群众，各方面的工作都显出蓬蓬勃勃气象。太行山剧团奉命分散到辽县六区好几个乡村，开展农村戏剧活动，直接与农民同吃同住同劳动同抗日，直接参加社会各方面的斗争生活，如减租减息、除汉奸、反恶霸、组织民兵自卫队，扫除文盲，开展识字运动，教唱歌曲，教识谱，教写戏、排戏、化妆。试点村的戏剧活动，如火如荼，试点附近的村庄，派人来学，请人去教。我们开晚会，请试点的群众来看，来学习。由于派人下去教，请人上来看，深受群众欢迎。农民看了我们的演出，深受启发，他们回去，把当地流行的秧歌戏、小花戏，改旧创新，赋以抗日民主内容，很受老百姓欢迎。他们把寺庙神龛帐幔和信男信女敬献的“万灵感应”“神通广大”之类的幛子神幡拼缀缝成幕布，绣着××村太行山剧团农村分团的团名，在村中演出，并联合各村剧团举行汇演。自编自演自娱的农村戏剧运动蓬蓬勃勃、轰轰烈烈地开展起来。

我们在这个活动中，搜集到了很多民歌和民谣，学习到通俗生动的群众语言，改变了知识分子的腔调，改造了自己的世界观。在搜集民歌时，我们的女青年们，搜集到男同志很难搜集到的、藏在灵魂深处的农村妇女的心声。

由于无条件地深入农村，深入最底层，与群众同甘共苦，打成一片，丰富了太行山剧团的艺术创造，对通俗化、群众化取得了长足的进展。但也有个别专门家，对太行山剧团搞农村戏剧运动的作法，抱着怀疑的态度。他们认为：集中提高，闭门冥思苦索，才是提高艺术水平的唯一的最佳办法。我们认为：抗日战争，是全民族求解放的战争；抗日根据地，是建立在广大的，而又是偏僻的农村，没有农民的拥护和支持，这个战争打不下去。因此，首先必须发动群众，组织群众，给农民群众演好戏，唱好歌，以农民喜闻乐见的、较高水平的艺术，教育鼓舞群众，是天经地义。光靠几个专业剧团是做不到的，把农村群众动员起来，组织起来，参加到艺术战线里来，是最佳的选择。当时，在太行区党委的领导支持下，我们没有动摇，仍继续派人下乡，开展农村戏剧活动，并扩展到黎城和武安一些村庄。这些组织过农村戏剧活动的村庄，在日本侵略军残酷的扫荡时，常常成了我们体弱有病同志可靠的安全岛。

时至今日，回顾太行山剧团的农村戏剧活动，我是永不忏悔的。

在整个抗日战争过程中，太行山剧团的戏剧节目，除建团之初的几个剧目以外，大多数是演自己创作自己导演的作品，从来不会感到节目缺乏。

因为区党委对剧团的创作，总的说来是很放手的（1940年秋，划归边区政府管理，艺术创作仍然是区党委领导），演或唱的节目，差不多都是彩排时审查，这个方式，使创作者、导演、指挥，都可以按自己的意图，发挥创造力。创作素材，都是从当时的现实斗争生活中摄取的，作品都能较好地贴近生活，演农民、士兵生活，都较熟悉，因而表现较真实。著名戏剧家李伯钊在太行山前半期（1939年春到1940年夏）的作品，多是太行山剧团首演问世。如《紫坊村》、《老三》（又名《母亲》）等，都演得很成功。她开办了前方鲁艺之后，有的剧作如《金花》仍是太行山剧团首演。李伯钊同志对太行山剧团做了重要的贡献和良好的影响。

但太行山剧团的剧目，也有被领导在演出中途勒令停演的。如刚建团之初，由联合剧团时带来的颇受欢迎的独幕剧《上前线》，演出多次，非常受欢迎，无人提过任何意见。有一次在行军途中，部队要我们为他们演出，这个剧演了一多半，被部队领导中途勒令停演。这个独幕剧中写的是一个士兵，临阵脱逃回家，诉说战争的可怕，遭到爱国父亲的痛斥，最后由老父代子上前线。不让演下去的理由是散布战争恐怖。因为演了这个从剧本到导演手法都是移植的戏，我得了一个“政治不强”的评语。其实这个节目，同我毫不相干。

另一个节目，是写战争紧急转移时，青年知识分子的懦弱。当剧中女青年说到来了“月经”而不便行动时，领导立刻勒令停演。这个戏是我编导的，“政治不强”就更是当仁不让了。

第三个戏目是多幕剧《和尚岭》，也是演出中途勒令停演，停演原因是剧中写了农民与隐瞒土地、拒交公粮的地主作斗争，说这是违反了统一战线团结政策。我写作这个剧本是有生活依据的，故不很服气，但无法反抗领导的“政治不强”的看法。为了加强政治，于是我就加了一个开明士绅，允许演出了，得到观众的好评。这个剧本给日本人烧了，但它的插曲《牧羊儿》仍然流传在太行山上。

戏剧作品，公演于众，哪位领导政治都很强，都有自由批评权，今天要你按这样改，明天又要你按那样改，左也难右也难。多说一句：战争胜利之后，我不写剧本了，不是不想写，而是怕这个让这样改，那个要那样改。在创作上，我不喜欢被这样的随意摆布。

抗日战争早已进入艰苦的1941年，忽然有些抗日根据地刮起强烈的演大戏风。理由是为了提高艺术水平。于是，太行山地区一下大风起兮云飞扬。较大的剧团，都从国内国外挑选戏剧名著，按系统集中最好的演员，集中所有光亮度强的汽灯、财力物力，不下连队，不下乡，花了好几个月工夫，排练大戏，集中在一两个地方汇演竞演。太行山剧团被这股演大戏风刮得心旌摇动，灵魂恍惚。于是手忙脚乱找剧本，集中五六个分团的人力物力，赶排大戏。来团不久的新任导演，没考虑到太行山剧团演员绝大多数是乡村城镇青年，从不了解城市生活，一下仓促上阵，得来的是“不堪回首”。彭老总看了这些大戏汇演之后，说了一句：全是吊膀子戏!

太行山剧团，是个以现实主义为艺术方法的新文艺团体，但她不排斥传统文艺。当日本帝国主义发动太平洋战争，把华北视作“大东亚圣战基地”之后，扫荡更加频繁，“三光”政策更加残酷了。加上轮番而来的水灾、旱灾、蝗灾，一心要借抗战消灭共产党八路军的蒋介石国民党，不仅不发一枪一弹，不发一文军饷，反而一个接一个地发动武装“反共”高潮。根据地军民，一直处在前狼后虎的夹击之中。不必讳言，生活非常艰苦，抗日情绪多多少少受到影响了，十分需要鼓舞斗志的文艺作品。当时晋冀鲁豫边区政府主席杨秀峰同志在文联的会议上问我：“洪荒同志，怎么这两年抗战歌声少了呢？”为什么，他是知道的。刮了演大戏风之后，文艺工作者正在争论什么是真正的文化正统问题。从城市到根据地来的文学艺术家，把“五四”引进的西方艺术形式认为是抗战文艺正统，较少考虑广大群众的接受程度。从当地成长的文学艺术家则主张学习当地群众喜闻乐见的民间艺术形式和群众语言，为广大军民服务。拥护前者，就排挤人民群众喜爱的民间通俗的艺术创作方法和表现形式，拥护后者的，就反对新的文艺及其表现形式。这是个当时无法争论清楚的问题。

不管文艺界怎么争论，旧戏仍然很有市场。农民需要文化生活，旧戏班依然悄悄地在乡村活动，带有浓厚封建迷信的戏目仍然在影响群众；在干部、高级干部中，喜欢旧戏、旧传统文化的人，仍然很不少。有鉴于此，太行山剧团承认了这样的要求，便千方百计地招收了若干位山西梆子和京剧艺人，组成一个很小的梆子、平剧（当时京剧叫平剧）队，由赵子岳同志领导。赵子岳是位天才全才的表演艺术家。他既是太行山剧团副团长，也是台柱子。梆子平剧队在他的领导下，改编演出的折子旧戏目，颇受欢迎。山西梆子平剧队中有女演员，在当时的抗日根据地里是凤毛麟角。赵子岳运气很好，有李佩琳和宋光，她们是颇受观众欢迎的女演员。李佩琳年轻美丽，嗓音圆润，演技潇洒，令不少戏迷赞叹不已。

1940年夏天，太行、冀南、太岳抗日根据地，建立了抗日民主边区政府后，太行山剧团接受双层领导：经费供给，归边区政府管，政治由晋冀豫区党委管。战争进入艰苦阶段，生活十分困难。晋冀豫边区又处在敌祸、天灾、顽祸频仍的情况下，党中央提出自力更生，克服困难。原来每年发一套新军装，已改为每年发三尺窄面布，用于缝补旧衣服。太行山剧团保证文艺任务的同时，还积极参加开荒种地，每人自己保证种出三个月口粮。

太行山的军民是坚强的。全区军民在连续三年的打蝗虫挖蝗卵的斗争中，战胜了蝗灾，这是个伟大奇迹！我听人说，毛泽东同志曾说过共产党会捉蚂蚱，指的是太行山的灭蝗斗争。

太行山剧团，是个没有武装战斗任务的文艺工作组织，但只要碰上战斗，都看作是难逢的机会，很多人都自告奋勇参加。如1940年反击“反共急先锋”国民第九十七军朱怀冰时，沿武安、磁县、涉县、林县，跟随参战部队，打到最后，看着朱怀冰率领几个残兵败将，落荒逃过淇水。在百团大战中，剧团的任务是到前方慰问部队。由于遇到敌人的报复扫荡，太行山剧团转来转去转到黄崖洞时，听到敌人正向黄崖洞水腰兵工厂进攻。我们决定不走，上了黄崖洞北侧的桃花寨，那里正是朱德警卫团一个连的阵地。我们便要求和部队在一起，为他们送弹药送水，有的同志还参加战斗。仗打得非常激烈。打到第二天黄昏时，枪炮声稀落了，我们不知道敌人已攻进水腰。部队撤离半天之后，才察觉情况不对头，于是紧急撤离桃花寨。未料一撤到半山，就碰上敌人。在敌人向我们打枪的时候，激励妇女、儿童和全体团员，在伸手不见五指的黑夜里，攀登上摩天岭，靠着高山陡壁，任大风扑打。第三天，听到冈崎大队被我军围在关家垴，太行山剧团又主动要求参加战斗行动。

1942年，日本侵略军发动残酷的五月大扫荡。大风雨中夜行军后的一个上午，太行山剧团在玉霞关下的井底村，与日寇遭遇。在敌人居高临下的火力射击中，我们损失很大，全团三十余人，五人受伤，七人牺牲，一人被俘。在弹雨中，有四个人负伤后跳入滚滚激流，泅水脱险。沟里有敌军，东山是顽军庞炳勋的防地。我们四人找不到粮食，在半夜找到的牧人石窝里，烧吃几个土豆。我们身上仅有三块钱，写一条子连同三块钱压在火灰旁的石头下留给牧人。被困七日后，才辗转到医院。牺牲的同志遗体全被山洪冲走了！在五月大扫荡中，我们虽然损失很大，但没伤斗志，反扫荡尚未完全结束，我们已经在创作排练，时时准备演出了。

在练发音、唱歌和日常的说话中，我们忽然发现儿童小演员的童声变粗了。孩子们长大了，应该进中学接受完全的教育了，否则会耽误了他们的将来。于是只留下两个能表演儿童角色的小演员，全部送到太行中学上学。中学毕业之后，有的当了摄影师，有的搞过木刻、绘画，有的当了日报主编、记者，有的从事电影或电台工作，都成了有用之材。现在写团史的执笔者中，有三位是最后完成此书的主力。

精兵简政时，领导机关有人提出撤销太行山剧团，但也有许多人认为抗日根据地需要太行山剧团。太行山剧团内部，在血与火斗争中结下的同志情谊，和与老百姓的深情，都不愿撤销这个当时仅剩下三四十人的集体，便提出减少开支，压低经费，由剧团演出中收取点报酬，以减轻一小部分政府负担。剧团内部考虑：话剧演出，无法收取演出费用，但梆子、平剧演出，是很有吸引力的，能够收取少许报酬。加上种地开小饭店，即可以解决部分开销。上级同意这个设想。多少年以来，剧团的演出都是由领导机关下任务的，现在可以由群众来请去演出，一下便有好几起来请太行山剧团去演戏。

要用梆子、平剧挣钱来解决部分困难的做法，我们是想坚持在抗日战争中战斗了四五年的这个文艺阵地。但未料到梆子、平剧队的两位女演员，早就被别人觊觎了，通过独钟平剧的领导人，用“没商量”的命令强行要走了。梆子平剧队，只留几个年老艺人，可奈谁何？

过了不久，太行山剧团，改划归太行区文联领导。毛主席《在延安文艺座谈会上的讲话》的正式文件，到了前方。“讲话”指明了文艺方向，太行山剧团学习后充满信心。太行文联是文学艺术界的组织，能按文学艺术规律进行管理指导。虽然接受文联领导只有半年多，但领导与剧团建立起能坐下讨论艺术问题的关系，处在最艰难时期的太行山剧团，倒是较好地发挥了艺术创造力，创作演出都较以前更加贴近群众生活，鼓舞群众，克服困难，争取抗日战争的最后胜利。在整个抗日战争中，太行山剧团创作的许多作品，都在敌人“三光”政策下，化为灰烬，唯独1943年创作演出的作品中，有几个由新华书店、群众书店和韬奋书店出版的，保留下来。

战争越接近胜利，根据地的困难，更加严重了。这时只有三四十人的太行山剧团，似乎是养不起了。1943年秋开辟第八军分区的时候，太行山剧团划归开辟新区的部队领导，随军开赴被日本侵略军侵占了四年的太行山南部山区。

重新回归部队领导，虽然同志们的心情是复杂的，但被踢过来踢过去的日子总算结束了。太行山剧团一踏进她的诞生地，人人都被吓呆了。这块“十二月事变”前，八路军所建立的根据地，名曲《在太行山上》产生灵感的千山万壑，已经变为人间地狱：千村薜荔，万家野篙，白骨头拦路，白骷髅绊脚，狼窝占着土炕，蒺藜长满了田地，进村无鸡犬，敲门没人应。这种凄惨景象，是日本天皇的武士用刺刀蘸血砍削出来的。太行山剧团的团员们，把还未断气的人，用自己的炒面喂活他们，用军锹清除了院子房里的野草，埋葬了无人收殓的尸体……挂起“国民革命军第十八集团军第八路军晋冀豫边区太行山剧团”的红色幕布，用眼前的悲惨生活，用形象，用台词，用歌曲控诉日本帝国主义和国民党反动军队制造的罪行！

1945年8月15日，日本天皇裕仁宣布无条件投降。太行山剧团紧随太行军区部队，参加了解放博爱、武陟、温县、沁阳的大反攻，最后参加解放豫北重镇焦作。把日本侵略军，完全彻底赶出太行山南麓，迎接抗日战争的全面胜利。诞生在抗日战争中的太行山剧团，宣告结束，她完成了自己诞生时的誓言：一定要把日本帝国主义，赶出太行山去，赶出中国去！

在纪念世界反法西斯战争暨抗日战争胜利五十周年之际，西顾巍峨的太行山，想起风雨行军时，见过一种小草，当地小孩儿叫马奶奶。她不怎么好看，但在风雨中，也能流珠滴翠，为峥嵘的群峰、嶙峋的山道添点青绿，而且叶茎里有乳白色汁液，没喝过牛奶的稚童们，都喜欢采摘吸吮。

我怀念太行山，更怀念那个风雨岁月。

1995年10月写于北京

求明者赐教[①]

现在的诗坛上，主义真够多矣，也真够烦人矣！不过，谁都有选择或拒绝的自由。我写东西是有主义的，而且是当今有些人决心回避转向的，那就是革命现实主义和革命浪漫主义。

鸦片战争，一百五十多年了。中国几代诗人，为雪洗这个耻辱，而呐喊而奋斗，终于在1949年10月1日，建立了中华人民共和国。明年6月30日，发动鸦片战争的毒枭帝国，终于要涕泪纵横卷旗滚了。你说几代诗人，为这一个伟大的斗争的目的而写诗，有什么不好呢？诗人的呐喊是人民的呐喊，而且大多数诗人，都为之终生奋斗的革命理想和必然目标，都已经早就成为现实。我赞扬而且追随这种创作方法，即使当今这个主义、那个主义，喧嚣十

① 此文是为《诗刊》所写。发表在1996年第12期“编委论坛”。同时配有丁聪先生所画的作者像。作者留有多封各地读者对此文的来信，并一一回复，见本书书信卷。

几年，而且有人痛心疾首地诅咒她，使诗的中国变为诗的沙漠。让他们歇斯底里地叫吧，但我，是永不忏悔的。

从老帝国主义世界，贩运偷运进来的什么前主义后主义为指导写的，多数是没有标点符号的作品，读来读去，好多是不知所云。

诗要新要好，难道非这些主义不可吗？所以写这几百个字，求明者赐教！

1996年6月5日

为枝为柄 时代所需

为柯岩作品研讨会说几句话。

因心脏不好，我未能参加柯岩作品研讨会，只好用笔说几句话。

柯岩同志是建国以来女作家群中，文学成就突出者之一。她是位多面手，诗歌、儿童文学、散文、戏剧、小说，都能写，而且都写得很好。如《周总理，你在哪里？》，依然在我耳边呼喊着。

柯岩同志在任《诗刊》副主编时，同编委们的关系是非常好的，她和副主编们每年都有几回登门看望，征求如何改进《诗刊》的意见。编委们的意见、要求，都能听取和帮助。时常在轻松的言笑中办了事，解决了问题，给我留着深刻印象。

柯岩的创作，对社会潮汐、世界风云具有敏锐的观察力，不少题材都能采取适合的形式反映出来，思想的深度与完美的艺术形式，结合得很恰当。在建国后成长的女作家群中，我是很爱读她的作品的读者之一。柯岩更可贵的地方，是她对革命，对革命文学的真诚。这是一个为人民写作的作家极其重要的基本点。从我认识她到现在，她是始终如一的。现在对女性的称呼可说是丰富多彩的：小姐、教授、先生、女士等等，但我对柯岩为什么只称同志，正是在这个基本点上我称她为同志。

当今，诗坛文坛刮起欧风美风、西风北风、港风台风。不少文坛诗坛大树老枝都被动摇，独有一青青柯枝及其绿叶，挺立危岩，我看这是难得中的难得啊！

柯，是草木枝条，也称柯为斧柄，斧子没有柄是无用的。我愿文坛诗坛多长青枝，多生几把斧柄，对杂草丛生的文坛诗坛，是有用的。

愿病中的柯岩，早日恢复健康，为青枝为斧柄，都是人民所需要的。

1996年9月18日夜

在中国文联晚霞文库新闻发布会[①]上的谢词

莫道桑榆晚，红霞尚满天。

尊老敬老，是中华民族的传统美德，所以中国有一系列的桑榆老树，都得到党和国家的关怀。中国老一代的知识分子，都经历过革命战争和建设新中国的考验，许许多多我的同年代人，都仍在孜孜不倦地劳动。为什么？无非是想把中华民族那百年魔怪舞蹁跹的苦难和今天的成就，留下给后人。今天能高耸屹立在世界民族之林的辉煌，来之不易。中国的老一代文学艺术家的苦心之所以得到人民的赞赏，就在这里。

但这些劳动能变成一点光亮，非常需要各方面的帮助。在这一点，我们各方面都暴露垂垂老矣的秋凉晚景，总在盼望着更宽大再宽大一些。

中国文联党组深深理解中央对老年人的政策，而且是个重在行动的党

① 此发布会于1996年10月18日在北京人民大会堂举行。

组。前年率先决定：建立晚霞工程——这个使天下寒士笑开颜的重要创举。我的书曾经碰到四五处出书闭门羹，又无人资助之后，曾死心等着让老鼠的牙齿去批判，蛀虫的嘴巴去咀嚼了，已经在“文革”之前写出的第二卷几十万字的半部提纲稿不写了。是晚霞工程给我以起死回生的再造力量，重新又写起来。

我知道，全中国的老一代文学艺术家，无不对中国文联和慷慨赞助这套晚霞工程的企业和单位，心中在晨昏焚香叩谢，无不对参加文库出版的出版社领导、工作人员、责任编辑同志表示衷心的感谢！

中国文联晚霞工程，功在千秋！

谢谢！

1996年10月17日

给中国作协书记处的意见[①]

一、拥护中央对五次代表大会召开的指示。

二、筹备工作没有透明度。11月21日我才听到电话，22日中午才收到征求意见信，只说中央已批准，七页报告稿。用信叫理事同意，谁知同意什么？这是很轻率的，何况又是在《决议》和向新世纪行进，非常重大的历史关键，所以我无法同意。

三、历次作代会，都给理事先发征求意见稿，这次如此保密，不透风，是不可想象的。

作协四大是个有错误的大会，十来多年执行的自由化方针。八七年中央8号文件指出是一次“既不符合中央关于思想文化工作的指导方针，又不符合思想文化战线的客观实际”，“否定十一届三中全会以来党的文艺方

① 作者在1996年11月22日收到中国作协书记处发来的“致中国作协第四届理事会理事的信”，当天便写了这份意见寄给发信者。

针”，“反对和摆脱党的领导”，“客观上助长了文化界主张搞自由化的人的气焰，造成了思想混乱”。王蒙的闭幕词《文艺的春天》“不提反对资产阶级自由化，不提反对精神污染”，说文学的黄金时代到来了。

四代以来的实际，证明了中央批评的正确。

八九年“六四”中，作协应负有什么责任？

在五大上，四届工作报告，应对代表交代什么呢？刘宾雁跑了，会不会还会有王宾雁、李宾雁被选进五届的主席团？

为了人民、党、共和国的将来，所以我要讲话，也是最后一次发言了。

1996年11月22日

附：

在“致中国作协第四届理事会理事的信”上的批语

（眉批）不同意

阮章竞理事：

您好！

今年四月召开的中国作协第四届主席团第十次会议，提出了年内召开中国作家协会第五次全国代表大会的建议。六月六日中央书记处专门讨论了中国作协的报告，原则同意在今年第四季度召开五次作代会，并强调要按照“民主、团结、鼓劲、繁荣”的要求，开好大会，为繁荣我国社会主义文学事业做出新的贡献。

此后，在中央的亲切关怀下，我们本着“精心组织，认真准备，把会前的各项工作做细、做扎实”的精神，抓紧进行起草工作报告、揪改作协章程、选举代表和推荐全委候选人等各项工作。拟提交第五次全国代表大会的工作报告，在充分调查研究的基础上，历时四个多月，现已形成题为《站在时代前列迎接文学繁荣的新世纪》的送审稿；[①]（旁批：是否充分）根据新的形势和任务的要求，我们九易其稿，提出了《中国作家协会章程（修改草案）》；在各地党委的关怀下，经过广大作家共同努力，按照民主程序进行的代表选举工作已经结束，出席代表大会的人数大体上保持上届大会800人的规模。第五届全国委员会委员预备人选的民主推荐工作也已经完成。（旁批：但毫无所知）目前各项筹备工作基本就绪。

为给五次作代会做进一步的准备，我们原拟于今年11月中旬召开中国作协四届理事会第四场会议，就五次作代会的议程、开法等听取各位理事的意见，（旁批：现在仍毫无所知）并审议关于五代会筹备工作的汇报，做出召开五代会的决定。在五代会前夕召开四届理事会第五次会议，对五代会的若

① 文中下划线都是作者加的，以示批注针对的文字。

干重要事项进行审议。现经征求各位理事的意见，绝大多数理事认为，原计划年内举行的两次理事会可以合并召开，即于12月中旬作代会前夕召开四届理事会第四次会议；而召开五代会的决定，可以授权主席团作出。（旁批：不民主完成，只是少数完成。五届前夕召开四届会的各项如此匆忙，是开不好的。因此五代会权问题，我不同意授权。因不合章程。）

现在，我们再次征询各位理事的意见，请您考虑是否同意授权主席团做出年内召开五代会的决定；并请您于11月22日前将复函（附后）签署意见后，尽快寄给我们。

关于拟提交代表大会的工作报告和《中国作家协会章程（修改草案）》，我们将在五代会前召开的四届理事会第四次会议时印送给各位理事，提请审议。

谢谢！此致

敬礼

中国作协书记处

1996年11月12日

给第五次中国作家代表大会的题词

五次全国作家代表大会是个正举足迈进新世纪的誓师大会，是正深入学习贯彻中共中央关于加强社会主义精神文明建设决议的历史性大会。我希望这次大会能继承弘扬中国革命文学的优良传统，开拓耕耘有中国特色社会主义文学更宽广的领域。用最新最美的作品反映这个辉煌时代，以美以爱的力量教育、鼓舞各族人民高歌前进。

丹青书美丑

文学写人生

1996年12月

在《诗刊》工作的日子里[1]

我曾在《诗刊》工作过，1997年是她创刊四十周年。朱先树同志要我写篇文章，因为我与《诗刊》有此前缘，我答应了。

我到《诗刊》工作的时候，正是亚非拉反殖民主义斗争风起云涌之时。“四海翻腾云水怒，五洲震荡风雷激”，毛泽东主席这联名句，深刻生动反映了这段历史。生活战斗在民族解放、人民解放战争中的中国诗人，人人横刀立马，站在斗争的最前线，支援求解放求自由的被压迫民族。当时的编辑部只有10个工作人员，人人不分昼夜，拜访诗人、画家，组稿出刊，跑工厂，参加游行，多次组织大小朗诵会。诗人、朗诵家、演唱家，都进入“奔腾急，万马战犹酣”的境界。我每回想此光景，人生几何?

与此同时，《诗刊》还常与音乐、曲艺和古诗词吟诵专家，吟唱观摩，

① 发表在《诗刊》1997 年第 1 期。

座谈交流。文联各协会的地下室常是我们聚会的场所。

我到《诗刊》工作时，“大跃进”，已到霜重鼓寒声不起。“秋后算账派”的喁喁私语，也已万马齐喑。为了迅速改变一穷二白的面貌，对“大跃进”，我是见证者，也是歌颂者。“大跃进”失败，我赞成气可鼓而不可泄。但是审稿，十分小心，唯恐偶一不慎，麻烦不少。我从未做过编辑工作，故在受任之时，请教侯金镜同志。金镜笑道：“你准备每年做几次检讨就行。”当时做个编辑，谁不战战兢兢，如履薄冰。闻捷同志写了首纪念列宁的诗，听到议论，很紧张地找我。我说：“诗是我审查签发的，事大事小，都由我负责，你放心工作，吃饭睡觉。”

在诗风上，我主张民族化，喜欢民歌，但并不认为用民歌体反映现代生活，什么都适宜，还常感到民歌不如诗词有力度。《诗刊》是遵循“诗当然应以新诗为主体”的方针在办刊的。但每期发表的诗作，都做到作者高兴，读者满意，领导放心，实在不容易。我曾为此伤脑筋，自己曾写一首小诗，以求平衡：

欲觅强音震九天，
风格形式语声喧，
无才始觉为诗苦，
顿悟何如种瓜甜。

回忆我在《诗刊》工作的日子里，享受过战斗的欢乐，也品尝到编刊的艰辛。回首当年，情愫依依：克家热烈、徐迟多才、小川执着、水拍善思、葛洛任劳任怨，编辑部内坦诚不藏。我从这些同志的身上，看到许多光点亮点，逝水东流，现在仍在心中闪烁。健在的、走了的朋友，我怀念着这段短短的岁月。

愿《诗刊》前程似锦，风帆正劲。

1996年12月

加强、开展文艺批评是当务之急[①]

多谢中国社会主义文艺学会举行这次春节茶话会，使我得到个机会，同大家一起交流。

学习江泽民同志在“两代会”上讲话的心得体会。

这个讲话很有针对性和现实性，如果能得到强有力的贯彻和落实，我深信我们社会主义文艺肯定能迎来繁花似锦的真正的“春天”。

这个讲话在一些重大原则问题上廓清了散布在我们文艺生活中的一些错误言论，同它们划清了界限，分清了是非。这些年来，一些本来是非常正确的观点、观念，经某些人的胡乱搅和，被弄得面目全非了。不妨举几个例子来说。江泽民同志在讲话中指出，希望我们的文艺家“努力成为名副其实的人类灵魂工程师”，他说，“这是文艺工作者的光荣，也是人民群众关怀和

① 此文发表在《文艺理论与批评》1997 年第 3 期。

支持文艺事业、敬重文艺工作者的根本原因”。在这之前，小平同志在四次文代会的《祝词》和其他一些重要讲话里，也多次指出文艺工作者要努力使自己成为“人类灵魂工程师”。可是，那个以“中国重要作家”自许的王蒙却跑到台湾去说，“他们把作家捧为‘人类灵魂的工程师’，然后却又回过头来要求作家的灵魂是否清洁，作家的灵魂必须先消过毒，才能当人类灵魂的工程师，否则带菌操作，把别人的灵魂也弄脏了……”要求作家的灵魂崇高一些，清洁一些，这有什么不好呢？难道具有卑鄙灵魂的作家，肮脏灵魂的作家，能够写出为人民所需要、具有社会主义崇高精神的作品来吗？江泽民同志在讲话中指出，文艺工作者应“开阔眼界、增长知识，学习和借鉴世界各国的文明成果”，但是，要“坚决抵制落后、腐朽、有害的东西”。他还特意引了毛泽东同志对鲁迅的著名评论：“鲁迅的骨头是最硬的，他没有丝毫的奴颜和媚骨，这是殖民地半殖民地人民最可宝贵的性格。”毛主席和江泽民同志号召我们文艺工作者学习伟大的鲁迅，学习他的伟大的精神，这是要求我们保持我们文学的社会主义性质和民族特色，提高我们的民族自尊心、自信心，并坚决抵制殖民文化的侵蚀。

但是，王蒙却说，“我们的作家都像鲁迅一样就太好了吗？完全不见得。……这样提出问题本身就是潜意识中的文化专制主义。”他在另一个场合甚至还这样讲：“都成了鲁迅也不好———那会引发‘地震’。”我是搞不懂，为什么作家学习鲁迅的硬骨头精神，就会成为“文化专制主义”，就会引发“地震”。难道，我们作家都成了“软骨头”，在殖民文化面前摆出一副“奴颜”的丑态，才会出现文化昌明的盛世么？真是十足的天方夜谭，痴人说梦。江泽民同志讲到我们中华民族的可歌可泣的历史时这样说道：“五千多年来，各族人民在改造自然、改造社会的过程中，在共同抵御外侮的斗争中，相互帮助，增进友情，融汇为统一的、团结的中华民族，创造灿烂的中华文明；经济、政治、思想文化，无数人物和事件，波澜起伏，可歌可泣，每一块砖瓦、每一捧泥土，都记载着祖先们的勤劳、智慧和创造。所有这些，催促着我们在这块大地上继续奋斗，都应该在我们的文艺中占有自己的地位。特别是我们党成立以来，把马克思列宁主义基本原理同中国具体实际相结合，中国人民由精神上的被动转入主动，经过艰苦卓绝的斗争，建立了中华人民共和国，开创了社会主义的新时代。”

这段话，就是我们伟大中华民族五千年历史的一个缩影，读来令人感奋，令人为之动容。读到这段话时，我油然想起矗立在天安门广场上的人民英雄纪念碑的碑文[①]：

三年以来，在人民解放战争和人民革命中牺牲的人民英雄们永垂不朽！

三十年以来，在人民解放战争和人民革命中牺牲的人民英雄们永垂不朽！

由此上溯到一千八百四十年，从那时起，为了反对内外敌人，争取民族独立和人民自由幸福，在历次斗争中牺牲的人民英雄们永垂不朽！

这段碑文就是中华民族近现代史的一个缩影。这段碑文是由中国人民政

---

① 作者在发表的刊物上批注：“此文的思想、举例都是我写的，程代熙同志为我整理过，并引了英雄纪念碑文。十分感谢。”

治协商会议第一届全体会议通过，并由毛主席在1949年9月30日在纪念碑的奠基典礼仪式上亲自宣读的。

我亲身经历了抗日战争和解放战争，我深深地体会到我们这个共和国是多么的来之不易啊！为了民族的解放和国家的独立，无数的先烈洒尽了他们的热血，捐出了他们的身躯。正如毛主席所赞颂的："为有牺牲多壮志，敢教日月换新天。"我的一些战友就是在战争的硝烟和血泊中倒下的。每思念起先烈们，我就感到自己———作为一个革命文艺工作者———肩负的历史使命的重大。我只有兢兢业业，不计个人之得失与荣辱，贡献出自己全部的绵薄之力，才对得起九泉之下的烈士们。

可是王蒙就跟大家想的不一样，他竟然如此说，"中国近百年来，真是够壮烈的。烈士是伟大的。烈士出得那么多那么频繁，是国家之福人民之福吗？天知道是什么兆头。但愿我们的后代不是生活在天天壮烈的时代。"

我要问王蒙：近百年来，为了求得民族的生存和国家的独立，无数先烈抛头颅洒热血，这难道是我们国家之祸，人民之祸吗？王蒙如此这般地羞辱我们的先烈，实在令人赫然和发指。

说到这里，我耳边又响起常听到的一种声音：王蒙是批评不得的，是不能批评的，因为他当过大官（部长），又是政协的常委，批评他得先获到批准。这种声音使我不解：王蒙这些年，批评了那么多人，而且批的还是我们大家敬爱的领袖和先烈，他又是从哪里得到批准的呢？！

这几年，怪事很多：王蒙批评不得，写过《废都》的人批评不得，就连那些侮辱少数民族、破坏民族团结、丑化中华民族早已不存在的弱点去讨洋人奖赏的所谓“文学艺术作品”，也统统批评不得。否则就是在搞争论。这一切的一切，都不合江泽民同志在“两代会”上的讲话精神。他在谈到“文艺评论是文艺发展的重要推动力”时，就给我们指出，要批评错误的文艺倾向，要“帮助人们区分真、善、美和假、恶、丑”。所以，我深深感到加强、开展马克思主义的、科学的文艺批评，乃是当务之急。

最后，我还要说一句，但愿我的这篇根据会上的发言写成的小文，不至于给刊登它的《文艺理论与批评》招来麻烦。因为在当下，这样的文艺刊物实在不多了。如果真的给它引来了麻烦，我也没有回天之力，只好先在这里说声：对不起了。

1997年1月29日夜

用以自勉[①]

私心像魔鬼套绳，私心越重，套得越紧。无私的人，是最快乐最自由的人。

人要生活不能没有钱。但钱多是个祸害，它能使人丧志不再进取，甚至腐烂死亡。

眼睛应用于观察事物，分清美丑，而不应用于寻找刺激、使人沉沦的境域。

年轻时，要珍惜披荆斩棘的朝阳年代；中年，正是纵横驰骋的美景良辰；到了晚年，应该是：

剑老无芒莫认账，余年当学大江流。

为人民，应该永无休假日。

1997年5月

① 此文应《羊城晚报》约稿而写。发表在该报1997年5月12日第13版，编辑将题目改为《自勉的话》。

高楼精神文明应立法[1]

人常以为人的文化水平越高，精神文明越高。但我找不到任何事例证明它有这样的对应性。相反，有些文化水平高的先生，不一定文明素质都高。近十几年，我住过两处高层楼房，两处的住户文化水平都很高，不少是当过官的，可公德却难以打分。

说说现在已住进六年的新楼吧。几乎所有芳邻都是“家”，或是“家”的领导人，都是一向教育人们要树立高尚精神文明的“灵魂工程师”。可是有极个别的，颇缺文明。六年过去了，精神文明之风，从吹不进这幢十层高楼。从入住的那天起，首先是抢占楼道、梯道、电梯口来放置拆下来的灶具、制作食物的水泥板架、铁纱门窗、破椅破床废沙发、旧缝纫机、家电包

① 载于《北京日报》1997年8月14日第7版，署名：杨皎璁。编者改题目为《高楼里的文化》，内容亦有改动。

装物、新蔬烂菜、自行车、坛坛罐罐等等。一米多宽的楼道、楼梯弯道、电梯口相当于马路人行道，都占了，万一发生火警、地震，就不堪设想！我曾见过一位急于上学的小学生，把一位八十出头病残老太太撞倒在余下的半米楼道上。现在，一人带头，就有人紧跟，这些公用空间成了废物的永久放置场。更有意思的是，谁先占领，居然就享有了所有权。有天，突然听到一位主妇，沿楼道不大祥和地吆喝："谁把东西放在我的地方（电梯口）？赶快搬走！"半天后，一位占楼道者出来，诚惶诚恐拿走了，才算祥和收场。

不少住户向机关房产管理处反映。处领导说："楼道放东西不好管；市政府要求六时开电梯，可我住的楼还七时才开呐！"以后再写信打电话，干脆无人理了。这楼的管理员是上帝，与住户是吆喝关系。请他办事，经常听到不祥和的语言。

在国家还很困难的情况下，建起广厦千万间，壮观富丽，寒士尽开颜。但有些住户如此的文明素质，能说是爱中国爱北京吗？北京既要金玉其外，更不能败絮其中。高层住宅的管理，我认为刻不容缓的是要马上立法！有法才有共同的公德准则，有法才能安居乐业，有法才能祥和。

北京的高层住宅，赶快立法吧！

1997年8月

目标始终如一在行进[1]

——致老友子奇同志

许多与我生活在同一个时代的人，都会和朱子奇同志的著名诗句一样：“当真理属于你时，目标始终如一。”为什么？因为我们的祖国，我们的人民的痛苦太大，太久了！是什么照亮我们取得一个又一个胜利，是马克思主义。中国人民正是高擎这支火炬，越过一座座险峰，绕过一个个暗礁险滩，走到今天的。从诗人十六岁参加革命，十七岁喊出“怒吼吧，醒狮”，十八岁在延安入党，当找到属于他的真理时，他始终如一地为共产主义而战斗而歌唱。至今六十年，经住了考验。翻翻朱子奇《星球的希望》，就更加加深了始终如一的真实印象。

在中国，为实现共产主义的道路，不是笔直的、平坦的。但是，三座大

① 此文收入《朱子奇诗创作评论选》，作家出版社 2004 年版。

山不是被搬倒了？就是狡黠的老牌殖民主义帝国，所谓的铁娘子也在北京人民大会堂台阶之上摔了一跤。在玩尽各种阴谋诡计之后，不得不在1997年7月1日零点，无可奈何卷旗走的报应场面，已经永远镌刻在蓝天。只有中国共产党，才能导演出这幕和平的、仁至义尽的、比用什么非和平的解决方法都来得更加痛快，更加惬意，更加发人深省，更加是威武雄壮的活剧。

朱子奇“飞”向世界的诗，紧紧地为“星球永恒的春天”在战斗，捍卫世界和平与正义，播种友谊与真理，是他诗的永恒主题。当社会主义世界内部出现了和平演变，曾热情歌颂十月革命故乡的诗人，痛心地在诗歌创作中，在国际活动中，不得不与马克思主义的背叛者赫鲁晓夫势力对抗，面对面斗争。1962年，朱子奇写长诗支持古巴人民，赞颂卡斯特罗，发出怒吼声：“古巴西，洋基诺！革命西，投降诺！”批判赫鲁晓夫对古巴的冒险和投降。当越南人民吹响雄壮的军号驱逐侵略者的时候，诗人高呼：“越南，我在海这边呼唤你。”是那样兴奋，那样激越；当河内几个“魔法师”喊出“印度支那就是越南”，并在中越边境武装挑衅的时候，诗人在山这边又喊出：“越南，你该是最明白的，绞杀他人自由的人是没有自由的！”诗人为曾站在同一战线上的朋友，是多么哀伤，但他仍希望能第三次写致越南的贺诗。我要说，没有这样识别善恶的能力，怎能称作一个清醒的有良知的诗人呢？

中国摆脱了“史无前例”的挫折，迎来了改革开放的灿烂春天。在马年1990年，诗人热情奔放唱出：“我的枣红色的中国马”，“四蹄飞花，迎向九十年代涌来的风云。”气势磅礴歌唱他最倾心的成熟颜色——枣红色：“它不是自来红，也非染红。枣红是太阳光愈晒愈红的，是风吹红，雨淋红，不会变色的。”中国共产党在漫长的征途中，从失败走到胜利，又从胜利走进挫折。但每次“不幸受伤了”，“失蹄跌倒了，就奋勇跃身而起，而立，而直挺”！这就是中国共产党，这就是毛泽东思想的辉耀，这也就是建设有中国特色的社会主义设计师的新风格。

《中流击水》这首诗，耐人品赏。诗人一方面为《中流》“击鼓”加“吹号”，一方面要求人们看清方向，当心“陷阱”。事实告诉我们：当共产主义顺利前进的时候，不少先进人士踊跃参加共产党，其中也掺有一些“鹦雀”这类的人。“鹦雀”知道共产党威信高，只有参加共产党，才能获得个人表演的机会和做官的机会。但当气候一变，他们就会首先从内部啄垮共产党。苏联解体，东欧骤变，都能验证。杜勒斯“和平演变”的“鹦雀兵团”一下都变成凶猛的秃鹫，摇身一变，当了总统、总理、部长、黑色党魁，各种各样的变色精英。他们的历史身份证水印尊号是“叛徒”，定语是“恬不知耻”。在“世界大事纷至沓来的时代”，《中流》这个难得的薄薄的刊物出版，遭到多少诅咒，诽谤，招来多少谣言和明暗施压？却又得到追求真理的工人、农民、军人、知识分子和海外明白人的热爱和支持。

“首先是战士，是党员，然后才是诗人。”我们的朱子奇同志，就是按照这条准则，始终如一在行进，在中国，在世界。

1997年8月

我为什么要写《霜天》[①]

有几位朋友问我为什么要写小说，又是写抗日战争这样久远的历史题材？绝不是为了怕露丑，我从未写过什么中篇长篇小说，我之所以要写《霜天》，得从五十年前说起。

1945年8月8日，苏联对日宣战。9日，毛泽东主席发表声明，号召全国一切抗日力量举行全国规模的反攻。10日，朱德总司令发布向日军大反攻命令。晋冀鲁豫地区八路军司令员刘伯承、政治委员邓小平命令各军区夺取敌占城市，向敌发出令其投降通牒。

15日，日本侵略军大元帅天皇裕仁，播发了《投降诏书》。

16日，太行军区道清支队向拒绝投降的日军发动攻击。日军千岛中队及伪保安团共1000余人被歼，残余日军龟缩到一碉堡，顽抗无望，最后集体

① 此文发表在《中国艺术报》1998年1月2日第三版。

自焚。

已是瓮中之鳖的沁阳日军，向东败逃到博爱时，为了报千岛中队全部被歼之仇，发泄败逃之耻，猛烈轰开博爱县城，进行了疯狂的烧杀后，在秋田摘折玉米，供在被歼日军坟前，然后仓皇东逃。

我进入博爱见此情景，顿时得出一个这样的结论：要日本帝国主义承认侵略战争失败，对侵略战争认罪，是永不可能的，我国人民，必须警惕！

继而我军攻克焦作，全歼伪东亚巡抚军李仙洲部。在硝烟未散，余烬仍焚之际，我进入焦作，到处看见国民党军事委员会委员长蒋介石的布告。布告称8年为虎作伥的伪军为“党国地下军”，称日本侵略军和掠夺者为“友邦军民”，命令他们共同拒绝和抵御中国共产党军队来受降。国民党蒋介石认敌为友，忠奸不分的狼子野心，赤裸裸地暴露在光天化日之下，令人发指！

指挥屠杀中国人民的恶魔岗村宁次，被蒋介石尊为“顾问”。紧接着美国出钱出军火、用飞机兵舰运蒋介石的军队，开进华北、东北、华中打内战。

狼打走了，魔鬼来了。美帝国主义要把中国投进血海中去。

就是在这两种情况之下，我在焦作县城曾是英国、日本掠夺者住过的豪华洋房里对几个一起抗战八年的战友说：我要把我们所亲自经历的所见所闻，择其心有深感的东西糅成小说，留给后代。诸友问为什么用小说时，我说小说容量大，而且宽广自由。诸友称是，故决定写部长篇小说。

工作量那么大，在已经由蒋介石点起的内战战火中，我是无法动笔的。

在开国之后，当了领导的助手，也没有时间写。在要改变一穷二白，开展移山倒海工业建设中，我怎能在小房子里不闻不问不参与呢？五六十年代又是一个政治运动没完没了的多事之秋，本来写革命题材就有许多有形无形的限制，“用小说反党新发明”大帽子祭起之后，谁敢迎头去戴呢？

我参加过一次中国作家协会的关于创作的谈话[①]，有两位领导人听了我仍想写战争题材之后，一位厌烦地说：“又是写战争！”但我不动摇，仍要写这部包括人民解放战争在内的长篇小说。

1963年我两次重回晋冀鲁豫革命根据地。然而我已预感到有两个问题必须注意：一是得赶快动笔，看看能不能躲过无法估计的政治运动；二是决心不碰当时的领导人物，避免为谁树碑之嫌。1965年夏天，参加了半年“四清”运动之后，我总算可以开始草拟这三部长篇的提纲了。但我总有“树欲静而风不止”的预感，当看见《评海瑞罢官》时，我想到风又起了。我急急忙忙把第二卷提纲，改用铅笔匆匆赶写到一半时，“文化大革命”来了，我不得不停笔了。不久，机关造反派头头要我交代书中写了什么领导人。他点了好几个晋冀鲁豫最高领导人名字，我回答没有。他们不信。我曾想过活着的不敢写，为革命献身的总可以写吧？头头跟我谈话之后，我觉得死了的也有可能开坟鞭尸，我连夜把1942年日寇大扫荡时，在指挥作战中牺牲的左权同志的有关章节，全部删减掉。不出所料，第二天晚上造反派来抄家了，

① 这次谈话应在1961年2月作者前往墨西哥参加世界人民保卫和平大会登机前，在首都机场与刘白羽、李季、张光年的一次谈话。见笔记卷《墨西哥日记》。

指定要交出全部原稿，送到红得发紫的“北大公社”聂元锌、孙蓬一那里邀功。过了一年多，机关造反派实现了大联合，同情我的一个造反组织向“北大公社”要回这部提纲稿，交到我手里时，此提纲虽然有墨污和某些损失，基本还算完好。但我不敢写了。等到拨乱反正后，我又想起许下留给后人的诺言来。

十年无法无天的“史无前例”，一旦看到曙光，我思想解放胆解放了。我虽然无力改变原有的设想基础，但想到如果没有忠诚坚定地执行党中央毛泽东主席制定的路线，从抗日战争开始时才近万人的第一二九师，怎么可能逐步发展为拥有30万正规军和40万民兵的军队，并歼灭敌伪军42万，建立了拥有2400多万人口的我党最大的革命根据地之一晋冀鲁豫解放区呢？当然，写这样高级的领导人我是写不了的，但不能完全回避，否则说明不了大军过黄河、渡长江、解放大西南、挺近西藏的无愧于中华民族的伟大业绩。

我重新写这长篇时，已64岁了，虽然知道自己已患了冠心病和其他一些病，但我不敢偷闲，后又得好些同志的支持，给我方便。我沿着我军出征及跃进大别山的路线和地点，花了半年多的时间，分两次进行实地考察，用《溯河千里行》《大军之路》两组诗，记述了这两次旅行。

我跟过去一样，每天凌晨三时开始啃这块硬骨头。

1984年4月，我突然患心肌梗塞，一个星期之后，我才知道自己是躺在医院的监护室里。一年后，我虽然不能遵从医生不写长篇小说的劝告，但自己已经每年都住几回医院了。要完成从抗日战争到解放战争的100多万字三卷书，已不可能了，决定只写抗日战争两卷，放弃写解放战争，将第三卷只留下一个尾声。心血管和脑血管毛病，越来越多了。又想到现在写这样题材、用这样的手法写的书，根本不可能出版。不能出版，那就留给老鼠的牙齿和蛀虫的嘴巴去批判、去啮噬吧，第二卷和尾声我还要写下去。去冬今春医生已警告，我的心功能衰竭，已不能改进，不宜再写作，但我前缘未了[①]。

天意怜芳草，人间重晚情。中国文联决定开拓“晚霞工程”，《霜天》的被列入，更鼓起我走完第二卷《晴岚》和尾声《青春祭》的漫长征程。

太行山是我的第二故乡，我的成长深深铭刻着这座雄伟群山之恩。我亲眼看见在驱逐日寇出中国，解放全中国的两个革命战争中，她和各个革命老根据地一样，做出了巨大的牺牲和光辉的贡献，因此拟写这卷长篇时原定书名为《群山》，这是我最喜欢的书名。后因写作时间太长，当第一卷脱稿，在社会上以“群山”命名的书太多了，就改为《霜天》，而太行山的伟大形象，我舍不得放弃，故加了个总称“山魂”。

1997年10月31日改后寄《中国艺术报》

---

① 未定稿中有一段说明作者心情的话，抄录如下：“长篇是在三十年前构架成的，动筋动骨以适合现在读者的要求，我无能为力了。只想从一个参与者的视角，窥视历史事件，做出自己的判断而已。成败得失，恭候明者赐教评说。”

赵迪之同志生平[①]

中国共产党优秀党员、原国家仪器仪表工业总局顾问赵迪之同志因患心脏病医治无效，于1997年11月13日12时47分在北京复兴医院逝世，享年81岁。

赵迪之同志是河北省清苑县人，1916年4月出生，1934年10月参加革命工作，同年加入中国共产党，1982年12月离职休养。

赵迪之同志参加革命后，先后在天津女师学院、北平民国大学从事地下党的机关工作。1935年5月北平机关遭破坏，在国民党缉捕下，赵迪之同志辗转到冀南，同年秋到张家口继续从事学生运动。1936年底到太原军政训练队女兵连受训，不久经西安去延安抗大、中央党校学习。1938年2月赴晋东南太行区党委宣传部工作，同年5月任八路军太行山剧团指导员。1939年任

① 这是作者为妻子拟写的悼词，机械工业部组织部门做了审定。

长治民族革命艺术学校训育部主任。1940年3月去北方局党校学习，后到中共武乡县委任县委书记。1945年调任陵川、晋城县委书记。1946年调任太行四地委政策研究室主任。1947年调任邢台市委委员、宣传部部长。1948年调任太行区党委妇委委员。1949年调任华北合作总社办公室主任、组导处长。1953年调任一机部土建厂筹备处副主任。1954年调任西安仪表厂筹备处主任、西安仪表厂厂长。1960年调任北京调节器厂筹备处主任。1963年任一机部设备动力司副司长。1972年任一机部仪表局副局长。

赵迪之同志是第二次国内革命战争时期参加革命的老同志，在长达六十多年的革命生涯中，她始终把革命利益放在首位，把自己的一切都交给了党的事业。她从学生时代就开始从事党的地下工作，任县委书记兼宣传部部长，亲自带领民兵与日寇进行英勇斗争，为革命出生入死，贡献了自己的青春年华。在抗日战争和解放战争中，她为推翻“三座大山”、为中国人民的解放事业贡献了自己毕生的精力；新中国成立后，为社会主义事业和现代化工业建设，特别是在仪表工业忘我贡献了自己的全部力量。

长期以来，她认真学习马列主义、毛泽东思想、邓小平理论，拥护党的路线和各项方针、政策，工作积极、认真负责，有工作魄力和组织能力，政治理论水平较高，作风正派、联系群众、团结工程技术专家和知识分子，关心同志、平易近人。她生活简朴，对自己要求严格。教育子女要成为对社会主义现代化建设事业的有用人才。

赵迪之同志在机械工业系统长期从事仪器仪表工作，是西安仪表厂第一任女厂长，为仪表行业培养了大批领导和技术骨干人才。虽然在五九年的反右倾和“文化大革命”中受到不应有的冲击，但她对党的忠诚丝毫无损。恢复工作后，她竭尽全力为仪表工业工作，以致在办公室中突发心肌梗塞。她始终如一地把革命利益放在首位，为党、为人民不停地工作。长期以来，她为党、为人民、为机械工业所做的贡献，将永远为后人所铭记。

赵迪之同志虽在离休中，时时对党内某些腐败现象克服不力感到痛心疾首。病危时，仍要家人传达党的十五大报告而喜形于色。

赵迪之同志生前留下遗嘱，去世后捐献眼角膜、遗体献给医疗事业，供科研解剖。充分体现了一名老共产党员无私奉献的革命精神。

赵迪之同志和我们永别了，我们失去了一位久经考验的好党员、好干部。我们沉痛悼念赵迪之同志，要学习她对工作一丝不苟、兢兢业业的高尚品德；学习她全心全意为人民服务的崇高精神、实事求是的工作作风。我们沉痛悼念赵迪之同志，要化悲痛为力量，为振兴机械、仪表工业，为建设有中国特色的社会主义伟大事业而努力奋斗！

赵迪之同志，安息吧！

1997年11月13日

八九十年代文学奇观[①]

之一　朦仙

晋代刘伶嗜酒，时称“酒仙”。

唐代陆羽嗜茶，时称“茶神”“茶仙”。

当今某老文学家嗜朦，每见朦文奇篇就赞不绝口说：“初看好，再看还是好，死了之后我还会说，就是好！”

因此这位老文学家喜闻朦，善品朦，故有人称其为“朦神”“朦仙”。

自古文章多寂寞，唯有朦翁留其名，死亦知足矣。

① 此文署名“宁朔夏”。

之二 写什么，快出名多捞钱?

《丰乳肥臀》得奖十万元，于是产生了：文学什么能出版快、最畅销、快出名、多捞钱?

写：颤抖的嘴唇——纤腰——大腿——屁股——“玫瑰门”。能得爱黄族品嘲，能出国，能与西方接轨，洋人喜爱什么，什么能获诗歌文学奖，得重彩，能登上什么委员、理事、主席宝座。

文学的责任功能，全为这些。

之三 珠泡

春池沉渣冒起的珠泡，借得春光，喧嚣炫耀，但很不幸，留下的是恶心的恶臭。

咔——吐

晨阳灿烂，一个衣着时髦的年轻父亲带着个三四岁的小孩，从一个胡同出来，在盆花竞艳的长安街人行道上。我忽然听“咔——吐”一声，一团痰吐在道上。

“同志，请不要随地吐痰。”

他回头怒目一瞥。我见他是向我提抗议，只好笑一笑了之。

“咔——吐”，这声音更大了。

“同志，请不要让不好习惯影响到小孩！”

谁知又是一眼怒视。我还能说什么？没想到那小孩，立刻从他父亲学得启示，也朝我瞪了一眼，“咔——吐”一声，吐在地面的是口水，而不是痰。

一个小孩能责备吗？不能。但我的心，被这个从他的青年父亲身教的示范，像剑刺着一样，痛楚起来！

1997年

中国现代文学馆青花瓷瓶简语

文学负担着认识世界，改造世界，净化灵魂的职能。

文学绝不是作家倾吐污浊，宣泄腐臭的溷厕。

1997年

不要忘记，这是个很大的读者群[①]

中国已经步入老龄社会。在我们这个社会主义国家中，由于物质生活改善，健康水平大大提高。由于人口众多，界定离退休年龄提前了，又有双休日，闲暇的时日多了。但他们都非常关心世界大事、国家前途和文化科学的发展。他们都想多了解一些东西，多知道一些信息，总之都不甘心落后，都希望在桑榆晚景中，知识丰富一些，聪明一些，很少有浑浑噩噩、坐享清福、以终余年的。

如此他们就需要学习，需要读书看报，钻研理论，阅读书刊、文集著作。可是现在的书刊，新闻字号越印越小，笔画越来越细，行距越来越密，文章越来越长，废话空话越来越多，压题网版越来越灰，题目侧影越来越多。不如此，好像不够新潮，不够派头花哨。可是这样，使这个老龄读者

① 此文在1998年8月15日寄《人民日报》。

群，戴上花镜都不够，还得加上放大镜，直看得晕头昏脑。本来一个钟头能看完的文章，再贴上一个钟头，千辛万苦所得甚微，却越看越烦恼。

我深深感到，现在阅读出版物，好像在受折磨，受虐待，受愚弄，受苦刑。

是没有纸吗？可是豪华汽车、生猛海鲜、歌舞升平、纸醉金迷的宴会舞会；游山玩水，一掷万金的潇洒人生，有钱得很，富有得很。

是没有纸吗？黄色书刊，绯闻艳事，青涩文章，泡沫诗歌，袒胸露腿的垃圾书刊，充塞街头；至于没有多少人看的内部“印刷手纸”压满案头，盛满新潮书柜。能说是没有钱，纸张不够吗？不出或少出这种泡沫书报，难道有损泱泱大国形象吗？不够资格自立于世界民族之林吗？难道多出大字书刊，用老五号字，用黑体字，用娟秀的仿宋体，不够潇洒，不够时髦吗？

现在“读书人少了，买书人更少了”的说法，时有耳闻。有人说“你看不了，就不要看好了”。我却要反问这些先生一句：你们不惜重金去做广告，挖空心思去搞包装，唯恐挣钱不多！为什么需要公家通知，公家出钱，才去买“必读文集”呢？

不要忘记，这是个很大很大的读者群体。

还我老五号字，订户是不会少的，一定有人订阅有人买。

1998年8月

我也想有支笔[①]

今年8月3日，读《光明日报》凡夫同志《我想有支笔》的文章勾起了我的愁怀。过去写文章都是用毛笔写的。近几年来，因年老眼花加上白内障、手颤，改用自来水笔。这四五年来，用过许多品牌的自来水笔，可是没有一支是称心如意的。经常在你思路顺畅的时候，笔却捣乱来了。不是吸不饱墨水，就是写不了几个字就干涸了，就要拧开笔杆加压或顿几下手腕。但这两种临时措施，酬给你的是几滴水，把稿纸弄得一塌糊涂，有时要用自来水冲洗半天才勉强得到“缓解”。有时在你文思汹涌的时候，偏又出毛病了，干脆不出水了。有时需要停笔思考一下，它又死灰复燃，这样地来回折腾，苦不堪言，只好停止工作，再去物色一支较好的笔回来，可是用不了多久，这种现象又周而复始，令人啼笑皆非。这两年买到一个老牌号新面孔的自来水

① 发表在《光明日报》1998 年 8 月 31 日第 5 版。

笔，使用不错，不减当年的英雄本色，价钱在十五六元左右。称得上价廉物美。我还向朋友介绍，高兴之余，连买两支，谁料到刚刚为它做了广告，毛病就来了。吸完了墨水，笔杆拧不上了，螺丝脱扣。再有笔帽套上笔杆，拔笔帽时笔杆顶端也一齐被拔了下来。只好插在笔筒里作为长嗟短叹的物品了。

现在大家都在叫喊：中国商品要走出国门，进入世界。像这样的水笔，怎么能走出国门，进而走向世界呢？只能起到适得其反的作用。即你只要买一支，就不愿再买了。

诚如凡夫先生所说的："中国能把卫星送上天又可以把放到宇宙的卫星收回来，可以用一枚火箭一下发射三颗卫星，为什么就造不出一支好用的水笔来呢？"我也说："这不是咄咄怪事？"

供河北作协文学作品陈列室用[①]

阮章竞，广东中山人。诗人、作家。

抗日战争、解放战争时期，在当时的晋冀豫边区从事文学艺术工作。当时的好多作品都是在涉县的清漳河畔写的。

他的长诗代表作《漳河水》初稿是1949年春，在涉县小庄村写成的。房东告诉说，过去此村也叫卧虎坡。涉县现在在河北省的辖区内。

这首著名的长诗，诗中有画，采用了当地的民歌风韵，深刻生动地反映了流经山西、河北、河南的漳河两岸妇女的精神世界和斗争生活。

1999年1月

① 1998 年 12 月底，河北省作家协会建立了河北文学馆，作者被列入重点展出作家之一，并来函索要资料。此文即为该馆陈列而写。

国成提纲[①]

小时喜欢诗，但是古典诗。多是从唐诗三百首学来的。老师教我平仄是一三五不论，二四六分明。

喜听游街艺人唱《鲤鱼歌》、《鹤歌》（此是对唱，可随便即时应答）、《渔歌》。“鲤鱼公鲤鱼婆……”“鸡公仔，尾婆娑，三岁孩儿学唱歌，唔使爹娘教被我，自己精乖唔奈何。”

到了发生二十一条款，愤怒的学生下乡就是用《鸡公仔》曲调填新词而改成的“日本仔，逞淫凶，凶行恶过贼老哥。乘欧战，占青岛，夺人土地笑呵呵”。（那是1918年，我还是小孩）。

① 此文是作者应《诗刊》副主编丁国成 1999 年 7 月 19 日来信的采访要求，所写的提纲。

广东“南音[①]”优美、委婉、有点凄凉，现仍喜欢，但找不到资料。在1997年文联“晚霞工程”新闻发布会上，一女子唱得让我着迷。

喜欢戏曲，白驹荣、马师曾[②]、何大傻、月儿、吕文成[③]等都是偶像。（广东称大戏），我曾爬上高棚听演唱，和木偶戏演员结成朋友。有个戏《打雀遇鬼》，把我吓坏了，不敢夜路回家。曾想跟戏班去学戏。

词，我知道的较晚，是1932年学画时见到《词选》，有点着迷了。但一点也不懂怎么填（建国后才注意的）。

宋词对我吸引力很强，婉约、豪放，李、苏、辛、陆放翁都喜欢。陈亮、刘克庄等豪放派很有影响。但不喜欢姜白石。

打日本时，在高平看见一庙殿旧书，选了半天，有字典、百衲本，如获至宝。蒋介石进攻解放区时丢了，现仍惋惜。

接触新诗较晚，徐志摩、冰心、郁达夫，郭沫若的《女神》，田汉、蒲风都读过，印象深的是艾青、田间。逐渐走上喜欢革命风格，同情劳动者的诗人。新诗主要要革命，为劳动人民，有种很强烈的吸引力。

田汉，应是当代的关汉卿。田遭“四人帮”的迫害而死，我非常地惋惜。

---

① 也称“弦管”，是中国现存最古老的乐种之一。两汉、晋、唐、两宋等朝代的中原汉族移民把音乐文化带入闽南地区，并与当地民间音乐融合，形成了具有中原古乐遗韵的文化表现形式——南音。2006年经国务院批准列入第一批国家级非物质文化遗产名录。

② 白驹荣、马师曾，都是著名粤剧表演艺术家。

③ 何大傻、月儿、吕文成都是民国时期著名广东音乐演奏家。

我不赞赏诗词都要有来历（三百首注释），严格守律。所以我开头看此类书，常批反调，认为诗人不可能在创作时，既寻意境又受平仄约束，许多可能是后加工的。

我第一首诗是《故乡》，用洪荒为名。陈白曙等认为很好，拿去发表。

“大跃进”，我开头是狂热的，“一穷二白”不管别人如何看法，不想思变，不想写最新最美的文字、图画，我革命干什么？中国古老文明了不起，传统的东西那么好，全盘西化我不同意。中国有很多东西，外文是写不出来的。所以我赞成两“革命”[①]，民歌、古典与新诗相结合。说中国十七年把诗国变沙漠，我很反感，此公不懂历史。

艾青跟我谈诗，问我是否很喜欢词，又说许可有偏爱，但不以此作普遍政策。要做梦，诗要有梦。

艾青回归后在《诗刊》。我谈到，就是犯重大错误也仅是个错误，二十多年不让人写诗，哪有这样的政策？邵荃麟在批丁陈时，对我说用丧事说敷张[②]，他说此种事在古代也“罪不及妻孥”！

艾青说此类文章我不看。我说就是不应该看，不得已写的。说我不知道你是这样的心情，很感动。我也唏嘘。

走上诗歌道路，一是爱好。一见画册、画中的意境就想到诗：“斜抱云

① 革命现实主义和革命浪漫主义。

② 原稿如此。

和深见月，朦胧树色隐昭阳”[①]、“奇文共欣赏，歧义相与析[②]”。很大原因是我喜欢画。

二是诗可抒怀。少年时生活困难，好像诗能找到解脱。

三是帝国主义、官僚资本的压迫，要反抗、斗争。北京音乐台的百年回唱，非常感兴趣。

古代是爱国诗人。

当代是革命诗人。

但做诗不多，数不出几首。在抗日救亡歌咏运动中受影响，主要是歌曲和歌词。

参加抗战后，主要是歌词，纯诗很少。《秋风儿》《牧羊曲》都是剧中插曲，是区党委提倡收集民歌。

新诗，在太行山时是吃不开的，能发表的凤毛麟角，不如晋察冀。

我从事诗歌，主要是1947年开始。

对抗日救亡非一般的感兴趣，是全身心融合，几乎分不开。

“讲话”传到太行，我才离开戏剧，专门搞创作，去深入生活。

中国作风，中国气魄，中国老百姓所喜闻乐见。开展农村戏剧运动，有计划、主动地收集民歌。

---

① 王昌龄《西宫春怨》。

② 陶渊明《移居二首》。

主要作品（的自我评判）。

喜欢的是运用民歌体作品。

抗战中前期是《牧羊儿》，没有一句是没有根据的。生活和感情，也不概念化、不公式化。加上常苏民的曲，安上翅膀。

《圈套》喜其质朴。但在土改会上，不怎么受到认可。主要是张万一①把它改成秧歌戏。

《赤叶河》喜欢是剧诗，自己感觉写的很自然，钟惦棐喜欢剧中的词（剧诗）。

《漳河水》不知是怎么搞成这样，自感有情有景，有点出乎意外，偶然性很大。

茅公对《漳》《新塞外行》的评价亲切，先是邵荃麟叫我看的。看到《评点》是90年代的事。为此，他有赠诗。

写童话，我回到儿童时代，看到自己的样子。

何其芳对《李》《漳》评难以为继，诚然周申明说是双璧。

《金色的海螺》天翼说好，李季说不好。白羽说每年写一部就好。《马猴祖先的故事》《小姑娘与乌猿婆》满意，《牛仔王》不满意。

但我现在说，我对《漫漫幽林路》有孤芳自负，自认在那一方面是说实话，露真情。

《新塞外行》自我感觉良好。

---

① 张万一（1917—1994）山西武乡蟠龙人，剧作家。

《大军之路》真话实说，不管如何，对刘邓的奇才是不会忘怀的，对战士的勇敢我不许别人说三道四。

我未亲见亲闻是不写的，怎么也写不出来。

诗观

从自己说吧，我不是饱读书、懂得很多事、有较深广的知识走上文学道路的。

但我常问自己为什么要走上这条道路，又偏艰险方向的道路。我更多地在问：为什么凡有点出息的中国诗人都走上民族、人民斗争的道路?

你看，哪一个不是因民族受践踏，求解放而走上去。

历史使焉，时代使焉，中华民族的历史，都说明这种情况。

鸦片战争给中国造成的灾难。

“五四”民主、科学赞成的多，左翼少一些。赞成抗日，特别是党领导的根据地，从少逐渐多。从拨乱反正后，对十七年不喜欢的人多。真反对“讲话”不见，不满的不少。

“没有共产党就没有新中国。”怎么不好，今天的辉煌是共产党领导出来的。

如无“讲话”引导，文学诗歌靠近群众不易。很需要了解中国人民的胜利是靠农民的支持来的，诗歌不反映他们的生活，不改变诗风，就难以与群众结合。

抗日战争前的诗歌，主要读者是青年学生、知识分子。“讲话”以后是工农兵。

战争时期的诗，首先获得广大农民的支持，打败日本，这就是时代。

只谈革命，不谈风月，是窄了，限制多了。但当时多讲，不利于革命。都是终生的志愿军，牺牲是大的，朱德说妇女牺牲更大。周扬也说像苏联影片送站哭哭啼啼不好办。

要求过分，我就不满。

建国后的十七年中的问题，主要是“左”。有的是批的过分，也不是毛要如此的。如毛对小川的诗很公平。没有幻想，就没有文学。

文艺批评中的“左”，粗暴现象，与老人家有关，也并不都有关。因过去不透风，许多事没搞清楚。我说很有必要有人来做个客观的评价。

指责“文学是上层建筑，上层建筑不能为上层建筑服务”的说法，我就糊涂，“战争是政治的继续”（列宁），不打日本行吗？朱光潜先生都同意我的说法。

大教授说“只有新诗潮”才能把中国诗歌推向世界。

谢冕说“这种局面给人信心，使人确信艺术的现代表现与东方文化传统受到世界的承认。”此说无根据，传统诗早已进入世界。

现阶段诗的前期，不少好诗，如《致橡树》，其中也有需要分析。现阶段诗的后期似乎问题多些，但也要分析。各地出了那么多的诗歌刊物、那么多诗，不可能都是“没有意思”的。

但也要看到，当前有的诗确叫人不知所云的，太多了。

诗是要敢说敢怒敢笑的，靠近时代并不难。我们有多少可颂可赞的东西，也有极其可批可揭可恼可恨的东西。

当前的诗歌

为什么电视台搞了一次唐代古典诗朗诵，效果强烈？值得冷静思考。为什么新诗“没意思”？

古典传统作品到现在仍受欢迎，音韵流畅，同民族语言、情感很有关系。

内容，人们的悲欢离合等等，远从乐府的民歌看，都言之有物。

唐诗也如此。李白、杜甫反映当时的社会情况，李白《将进酒》一泻千里，抒发复杂情怀。

辛、陆的词，无不带着为国家痛苦的呐喊。

我们的前辈诗，都在为民族、自由，战斗呐喊。

建国十七年，不能说都不好。不能不解放西藏，不能不抗美援朝。

我认为今日的诗歌情况。

新诗、旧诗的爱好者、写作者，是从古没有过的（广泛）。新诗有广大的战线，但传统也有广大的战线。几乎没有一个省市，甚至县没有诗刊（报）的，恐怕哪个朝代都没有这盛况。

诗，许多有偏爱的，争正统是没意思的。（在太行时）写诗的人多，并不就说好诗很多。好诗应苦，承认不多，但也不是没有。

问题是都以为写诗是很容易的事。相当一部分写诗的人，还不甚知道什么是诗等。诗要求很高的。

“诗人可以不体验生活”，千万别信，光开诗会是写不出可读的作品的。不管在海滨、名山、海内外召开，都不是开会就有好作品。

诗讲究精炼。现在越写越长，几千行。邵荃麟就说过，一两千行的政治抒情诗，怎么能抒得那么多呢？

当然时代不同，今天确需长篇巨著，黄钟大吕，小桥流水人家反衬不了现代风云。

《孔雀东南飞》《长恨歌》现在仍叫人回肠荡气，但只有二百多行、一百多行。

现在有几部长诗，很好，我相信。因为写的都是了不起的今天中国和人物，我正在等着读。

现在很需要评论家。评论家要求公正，不能是风派。评论家说了一些话不周到的，许可，不能动辄就是诽谤，打官司。

新诗、传统诗词应一视同仁，不要勉强登一些必须放在笼子里。

新诗的形式。不能没有形式。贺诗、李诗都有自己的形式。

丁芒的诗就很有特点，现代语入词。

从题材说，现在比什么时代都广，必需与时代同步，可读、可评，还可骂！

要民主，不能以官位定位，应以思想艺术。

起码不要学我。当时的颂语，是不得已的。

诗要说真话，对历史说真话。

诗是崇高的事业，不要搞痞子风。

1999年7月

题赠《文艺理论与批评》

新文学会如在二十世纪一样，向旧世界的顽固堡垒，漏网的幽灵继续进攻。

二十一世纪的新文学应如二十世纪的新文学一样，仍是战斗的文学。

1999年10月

为《晚号集》[①]写的两个序言草稿

一、《晚号》

《晚号》是由《漫漫幽林路》《夏雨秋风录》《桑影集》三个集子合在一起编成的。这三个集子，都是拨乱反正后写的叙事诗和抒怀诗，《漫漫幽林路》《夏雨秋风录》因印刷、校对错误太多，除了很少很少一部分外，都未能与读者见面。现在借《桑影集》出书的机会放在一起，向读者做个交代时，我已走到晚号吹彻，宿鸟鸣林的时刻。

毛泽东在发起“文化大革命”之初，曾在“5·16通知”上怒气冲冲地写道：“很不理解，很不认真，很不得力。”这“三很”道出了当时的实际

① 《晚号集》人民文学出版社 2001 年 1 月版。作者生前以最后的精力，编成了这部收入了他 1974—1999 年创作诗歌的集子，未能出版。在他身后，家人用他的全部积蓄，资助出版了该书。

情况。这个十年大乱，万马齐喑的局面过去之后，我回溯了当时的情景和外出的所见所闻，感慨万千：在共产党领导下取得了亘古未闻的胜利，建立了人民民主共和国的国家，怎么会在共产党自己的手下，把国家搞成这个样子？百思不解，记录下一些事和感想，写了一些叙事诗和抒怀诗。

马克思主义是人类思想的真理成果，世界的共产主义者为这个伟大理想的实现，抛头颅，流热血，前仆后继而为之奋斗，可为什么已经取得社会主义胜利的国家，都出现专制、独裁，反差如此之大的恶果？人们都希望了解它、剖析清楚。但说句实话，到现在还没有敢道破其根本原因的结论，总是有点遮遮掩掩。

二、《晚号鸟鸣林》序

这个集子是由《漫漫幽林路》《夏雨秋风录》《桑影集》三个诗集集合而成的。这三个集子的长短诗，基本上都是“文化大革命”结束之后写的。

标志着登峰造极的“左”倾思想“大跃进”失败的庐山暴怒，中国已出现万马齐喑的景象。克服三年经济困难，初见成就，正要好好搞好经济建设的时候，决策者反复强调的阶级斗争又统治了一切。“四清运动”好像不闹腾就安静不下来的好打架的孩子那样，又把整个社会，搞得稀里哗啦。接着费尽心机，突然爆发的“文化大革命”，使全国被推进天下大乱。

马克思主义《共产党宣言》的根本原则，全都抛弃，出现了个人迷信横行，提倡盲从，造神膜拜，置《国际歌》“从来没有神仙皇帝，我们只能自己靠自己”的真理于不顾，改奉“东方红，太阳升”的宗教“圣歌”。国家主席能在中南海被恶斗，被踢出。公然无视宪法，无视党章，以捏造、编织、陷害，比法西斯还法西斯的手段，把一位经人民代表大会庄严选出的国家主席秘密整死，能说又是思想政治路线的错误而解释清楚的吗？

长期的太监思想，弄臣伎俩，祸国殃民的现象，空前绝后，不值得反复深省吗？

中国作家的创作环境，是在一潭深深的死水中。唯圣歌旋律、圣诗模式的文艺作品可存，有几部能逃离此桎梏呢？至于为中华民族、中国人民、中国社会主义建设而创造的悲歌慷慨、可歌可泣的辉煌，应该批判、揭露的丑恶，都不能得到自由创作，而使许多人不敢相信的现象，能忽视吗？为中国革命培育、引导的、写中外历史无法比拟的文学艺术作品经典理论——毛泽东《在延安文艺座谈会上的讲话》，被近年贩卖西方文艺垃圾的文痞文丐、奸商倒爷手舞足蹈狂呼怪叫地大加挞伐，能置之不理吗？

1999年11月

2000年新春贺词[①]

在此新千年第一春之际，我祝愿中国作家，共同弘扬民族风格，中国特色，创作出多姿多彩、新鲜活泼，为老百姓所喜闻乐见的作品，并永葆百花齐放，百家争鸣，祥和常青的局面，为人民更伟大更美好的事业服务。

1999年12月14日

① 作者注：中国作协要求老作家为《文艺报》写的祝词，1月13日已寄出，此为原稿。

《阮章竞文存·散文卷》分类检索

文评时评与题词

通讯报道

纪念与友情

序跋

创作谈

杂文

随笔游记

会议发言

履历与职务

阮章竞著作出版年表

建国前

《转变》 （话剧） 1941 太行韬奋书店

《未熟的庄稼》 （话剧） 1943 太行新华书店

《比赛》 （歌剧） 1943 太行新华书店

《糠菜夫妻》 （短剧） 1943 太行新华书店

《圈套》 （叙事诗） 1947 太行新华书店

《赤叶河》 （歌剧） 1948年2月 太行群众书店

《赤叶河（修订版）》 （歌剧） 1949年5月 新华书店

十七年

《赤叶河（修订三版）》 （歌剧） 1950年9月 新华书店

《漳河水》 （叙事诗） 1950 新华书店

《漳河水》 （叙事诗） 1954 大众美术社

《漳河水》（叙事诗）1953 1958 1965 人民文学出版社

《在时代的列车上》 （话剧） 1955 作家出版社

《金色的海螺》 （童话诗） 1956 少年儿童出版社

《漳河水》　（吴静波绘本）　1957　人民美术出版社

《牛仔王》　（童话诗）　1958　少年儿童出版社

《虹霓集》　（诗集）　1958　作家出版社

《漳河水》　（绘画注音本）　1958　文字改革出版社

《漳河水》　（叙事诗）　1958　通俗文艺出版社

《漳河水》　（英译绘本）　1958　中国建设杂志社

《迎春桔颂》　（诗集）　1959　人民文学出版社

《草原钢城》　（纪录片）　1959　中央新闻纪录电影制片厂

《赤叶河》　（歌剧）　1959年11月　1960年2月　人民文学出版社

《马猴祖先的故事》　（童话诗绘本）　1962　少年儿童出版社

《金色的海螺》　（改编剪纸片）　1963　美术电影制片厂

《勘探者之歌》　（诗集）　1963　作家出版社

《四月的哈瓦那》　（诗集）　1964　作家出版社

《白云鄂博交响诗》　（叙事诗）　1964　作家出版社

新时期

《漳河水》　（叙事诗）　1977　人民文学出版社

《阮章竞诗选》　（诗集）　1982　人民文学出版社

《金色的海螺》　（英法德俄西葡阿等语译绘本）　1986　外文出版社（侵权出版）

《密令截击》　（改编电影故事片）　1986　长春电影制片厂

《漫漫幽林路》　（叙事诗）　1991　花城出版社

《夏雨秋风录》　（诗集）　1993　重庆出版社

《新疆忆旅》　（散文集）　1993　北京环境科学出版社

《白丹红》　（中篇小说）　1997　北京出版社

《山魂·霜天》　（长篇小说）　1997　大众文艺出版社

《金色的海螺》（童话诗集）　1998　花山文艺出版社

身后

《晚号集》　（诗集）　2001　人民文学出版社

《王贵与李香香　漳河水》　（新文学碑林本）2001　人民文学出版社

《漳河水》　（吴静波绘本）　2004、2011、2012　人民美术出版社

《阮章竞绘画篆刻选》　2009　人民美术出版社

《金色的海螺　（中国儿童文学经典100部）》　（童话诗集）　2010　湖北教育出版社

《故乡岁月》　（回忆录）　2012　人民文学出版社

《异乡岁月》　（回忆录）　2013　文化艺术出版社

《四月的哈瓦那》　（中西文对照本）　2015　五洲传播出版社

《熊熊炉火照天赤》　（包钢作品集）　2017年　人民文学出版社

《阮章竞太行山笔记手稿四种（影印本）》2017年　中华书局

《漳河水（红色红典初版本影印文库）》2021年　作家出版社

《阮章竞文存》编后记

整理父亲阮章竞先生的遗稿，本是我力所不能及的事情。因为在此之前，除了父亲的童话诗，我几乎没有通读过父亲的其他作品，更不知道他的画箧、画筒、画夹里藏着那么多精彩的国画、油画棒画和硬笔写生。父亲生前，我从来没有深入过他的精神世界，在我的心里，他只是个偏爱独生女儿的慈爱爸爸。

但在2000年2月父亲远行的那一天，当我从病房里收拾起那只人造革小皮箱时，我感到自己只能迎难而上了：那只皮箱里装的是父亲最后20年的诗作结集——《晚号集》，有亲笔手稿，有订正了的剪报粘贴稿、抄稿，也有字体不一、显然不是出自同一台电脑的打印稿。父亲最后的坚持就表现在这一包诗稿上，如影随形，不离不弃，就像他1993年在陕南勉县孔明墓前写下的诗句："生时未及中原地，死骨坚守定军山。"

在整理出版《晚号集》时，从手稿堆里，我又发现了父亲逝世50天前发表的最后一首诗："我终于来得及坐在轮椅上，/用我底气未尽衰竭的喉咙，/为你歌唱——澳门，/扑向母亲怀抱的澳门……" 我内疚、自责，我太不了解父亲了。他一生为人民歌唱，哪怕已经衰坐在轮椅上。那么推轮椅的人，不正该是我吗？整理出版他的全部著作，将是我此生必达之目的，我才刚刚50岁，一切都来得及。

我先生丁丙辰和我从父亲留下的资料归档整理开始跋涉，哪怕只是有父亲手迹的半张残缺纸片，都以"敬惜字纸"的态度，放入档案夹中，登记摘要，等待找到它在拼图恰当位置那一刻的到来。近四千个档案夹，以及分别以时间、体裁、专题来录入、制作和检索的电子表格，都在枯燥单调中慢慢完成了。就像玩扑克牌那样，这四千个卷宗本身和里面的文本，被多次重新排列，以期达到更为合乎逻辑的组合。若在时间轴线上发现了空白之处，也要采访相关前辈，寻找草蛇灰线，查阅资料档案，尽力予以补充。就连父亲在重要书籍刊物中的随笔批注，也会发现一处，记录一处，不肯放过。多年的坚持，父亲的人生和创作轨迹在我的头脑中慢慢清晰起来，自认有了编辑《阮章竞文存》的基础条件。

父亲的文学创作是从戏剧开始的。仔细研读便会发现，他的戏剧作品都带着鲜明的"群众工作"色彩，可以视为他的职务创作。有太行山剧团团长的、太行区党委文委委员的、包钢宣传部长的、也有中共中央华北局宣传部文艺处长和副秘书长的职务创作。作品的时间跨度从1938—1965年，而抗日战争时期的戏剧作品数量最丰，却多在残酷的战争中湮灭，只收得3部，其余仅留存目。因此，戏剧卷理所当然的列在了第一卷的位置上。

父亲与生俱来的对绘画和艺术的强烈爱好，使他在战争硝烟慢慢消散的时候，把精力逐步转向了更能抒发个体情感的诗歌，努力进行中国风格、中国气派的新诗探索。除了他在自传中提到的诗歌处女作《故乡》（1935年）没能找到之外，搜集到的诗歌共有535首（1938—1999年），贯穿作者的整个创作生涯，大多收入诗歌卷上下集。其中有叙事体长诗7首（后期2首），童话诗4首（后期1首）。以1966—1976年的沉默期为界，作者前期诗歌有197首。沉默过后的恢复期有十来首诗，读者可以明显感到作者在十年拳离手，曲离口，思想遭禁锢之后的笔涩声暗。正是线条、构图、色彩那些无声的绘画表达，使作者从极度的创作焦虑中得以康复，并开始了他的创作第二春。

作者同题诗画的创作，发轫于1961年3月对古巴的访问，一首《自由古巴诞生地》配着一幅水墨中国画《卡斯特罗等82人登陆处》出现在诗集《四月的哈瓦那》（1964年作家出版社）中。而在诗集《勘探者之歌》（1963年作家出版社）中收入组诗“沿着历史的长河行”的13首诗中的10首，都有同题绘画，但只有《金星槲树》这一标题下的一诗一画收入了诗集中。在作者全部8组[①]同题诗画中，有6组创作于后期，无论质量数量都大大超过前期的2组。从疗伤治愈到酣畅表达，“诗画共生”所承载的灵性才情，使他后期的诗歌创作绽放出了别样的光彩。

---

① 这8组诗画是：四月的哈瓦那（1961年4月—5月）、沿着历史的长河行（1962年1月—2月）、溯河千里行（1979年9月—10月）、夏日山村（1980年8月—10月）、大军之路（1981—1982年）、天山昆仑行（1983年9月—10月）、故乡行（1985年5月）、汉中行（1993年10月）。见《阮章竞绘画篆刻选》人民美术出版社2009年版。

作者后期的诗歌中，有一组专为长篇小说《山魂》三部曲写的旧体诗词，计45首，使用的诗词曲牌有37种之多。除了长篇弃用的3首收入了诗歌卷，其余均用于小说的章前词和内文之中。作者从民歌和古典两个方向汲取营养，在新诗创作中的探索，或许就蕴含在其中。

散文卷上下两集的收录原则曾让编者颇费了一番心思。因为纳入这一卷的，有相当一部分不属于文学意义上的散文。除了通讯、报告文学、游记、杂文随笔、序跋、创作谈、文评时评之外，我们还将作者在各种场合发表的讲话、题词、履历自传，统统收在此卷之中。未能收入的几篇，感兴趣的读者还是可以在当年报刊上查到。因为全书的编辑体例是以时间先后为主轴的，编者特为此卷做了一个分类检索的补充目录，以期能给读者提供一个更为方便快捷的查询工具。

小说这种文学体裁，在作者的创作中有着特殊的内容指向，那就是专为描写他和战友、乡亲们所经历的抗日战争而用。小说卷上下两集收有短篇小说4篇，中篇小说1部，长篇小说2部，无一例外都是献给逢七逢五的抗战纪念日的。

这一份小说祭礼，是在1945年对日大反攻进入焦作后，作者在众多战友面前许下的宏愿。之后55年的风雨坎坷，其志不堕弥坚。从1947年3月—7月的初稿，到1954年11月—1955年4月的第二稿，这部小说题为《太行山不会倒》。1964年改名为《烽火太行山》，到1966年初完成了57万字。抽出一些素材加以整理作为抗战周年小祭的仪程，就开始于此时。从抗战胜利20周年的1965年，发表《清晨的凯歌》开始，跨过无言的七十年代，1985年7月写

《民兵王小旦》，接着发表了《侦察英雄赵亨德》（1987年）和《五阴山虎郝福堂》（1995年）。中篇小说《白丹红》和长篇小说《山魂第一部 霜天》都在“七七事变”六十周年的1997年出版。这是作者生命中充满仪式感的献祭。

在作者的十年沉默期中，悄悄书写的，还是这部再次更名为《群山》的小说。从朱颜青鬓写到白发苍苍，辛苦煎熬，焦灼无眠，只为当初的千金一诺，只为埋骨太行的青葱战友和淳朴山民。为此，编者将遭遇退稿的《民兵王小旦》和尚未定稿的《山魂·晴岚》、《尾声 青春祭》收进小说卷中，以圆作者大愿。

两部回忆录的单行本，都是在作者身后出版的。其中《异乡岁月》是整部文存中仅有的口述记录文本。在编辑过程中，发现有多份相关的作者手稿可以给口述内容以印证，都选入了札记卷的回忆录组中。有感于文中与作者有过生命交集的众多战友已被淡忘，编者尽力为他们做了简要的注释，虽然挂一漏万，但编者谨借此来表达后辈的怀念与敬仰之情。

书信是本书最难征集的文本，以作者的老朋友和他们的后代陆续惠赠的为主。另外编者从他本人保存的信件草稿中得到了一些，还有些是从书刊中收集到的。作者保留了从1978年以来的各方来信千余封，从这些来信中发现了一些线索，对编辑本卷亦有所帮助。该卷共收书信187通。

札记卷收录的是作者未成手稿、手稿上的随手批注，还有创作计划等等难以归类，且未曾发表或不为发表而写的文字。虽然不能归类于某种文学体裁，但对于了解作者的思想和创作状态有一定的意义。编者试着将这部分文稿归纳成创作与诗草、回忆录、群山手记、日记随想、文艺批评等5组，希望能为研读者提供一些便利。

作者留有从1941—1998年记录的89种笔记计92册，家属已于2013年捐赠给国家图书馆善本部收藏。在作者家乡广东省中山市、国图善本部和华东师范大学历史系的共同努力下，这些笔记得以全部录成了电子文本，约270万字。本书编者在勉力承担了最终的校对工作后，从中选出了50万字，按照时间先后顺序编成了本书的笔记卷。编者把材料与文化工作的关联度，作为选取的原则，而将作者参加各种实际工作和会议的原始记录舍弃了。当然，这些实际工作和会议记录保留着最真实的现场感，具有较高的史料价值，但本书毕竟是一位文学家的著作结集，不得不作此等选择。编者还就个人梳理体会作者思想脉络的心得，把内容最丰富的四十年代笔记分成了三段，即：参加整风（1943年1月）前、不做文化工作（1945年5月—1946年12月）和民歌体创作期，以此就教于各位研究者。对于未能选入本卷的笔记，编者都做了摘要，存目备查。

笔记卷所用编号，均为国图扫描件的编号。由于当时对内容尚未及详读，在顺序上有所失误。此卷的编排严格以时间为序，故数字上的倒置，均由此产生，特此说明。

在整理编辑遗稿的21年时间里，我与父亲在他的文字中进行着持续的精神对话，感到与他更亲近了。编辑这部书对我来说是一次充满了生命细节和情感体验的探究历程，虽然辛苦却乐趣无穷。这部书的完成，使父亲的生命价值更加完整，也使我们兄弟姐妹对自己生命来源和性格特点多了一分带有哲学意味的了解，因为父亲是我们人生的镜子。

在这21年中，除了文字整理，帮助我加深理解和增强信心的，还有关于父亲的各种活动的举办，如诗集、画册的首发式，父亲百年诞辰的座谈研讨，“阮章竞诗歌奖”的设立颁奖，以及回忆录、评传、纪念文集、年谱、研究资料的出版等等。这些活动分别得到了父亲生前相关工作单位、机构和家乡父老的大力支持，谨向中国作家协会、北京作家协会、中山市委市政府市政协、沙溪镇党委、中国现代文学馆、包头钢铁公司、欧美同学会拉美分会致谢。还要特别感谢北京市委宣传部给予本书的资助。

华东师范大学韩钢教授，国家图书馆张志清副馆长，陈红彦主任，孙俊、程天舒两位女士，在整理作者笔记的工作中所做的努力，对完成本书的编辑至关重要，在此表达由衷谢忱。

感谢北京十月文艺出版社章德宁女士及各位责编为本书的编辑出版所做的艰苦细致工作。

我的爱人丁丙辰对我无条件的支持和各种扶助，兄长幼弟给予我的鼓励，是我完成这部书的基础保障。亲情与爱的力量，常在常新。

阮援朝

2021年8月于昌平望都寓所

图书在版编目 (CIP) 数据

阮章竞文存 . 散文卷 . 下 / 阮章竞著 . -- 北京 :
北京十月文艺出版社，2022.1
ISBN 978-7-5302-2210-2

Ⅰ . ①阮… Ⅱ . ①阮… Ⅲ . ①散文集—中国—当代
Ⅳ . ① I217.2

中国版本图书馆 CIP 数据核字 (2021) 第 246966 号

阮章竞文存 散文卷（下）
RUANZHANGJING WENCUN SANWEN JUAN（XIA）
阮章竞 著

出 版 北 京 出 版 集 团
北京十月文艺出版社
地 址 北京北三环中路 6 号
邮 编 100120
网 址 www.bph.com.cn
发 行 新经典发行有限公司
电话（010）68423599
经 销 新华书店
印 刷 北京盛通印刷股份有限公司
版 次 2022 年 1 月第 1 版
2022 年 1 月第 1 次印刷
开 本 880 毫米 ×1230 毫米 1/32
印 张 15.75
字 数 200 千字
书 号 ISBN 978-7-5302-2210-2
定 价 130.00 元（全 2 册）
质量监督电话 010-58572393
如有印装质量问题，由本社负责调换。